ROMANS POPULAIRES ILLUSTRÉS

BERTALL

LUXE ET MISÈRE

PAR

STEPHENS

PRÉFACE.

Traduire un roman amé-
ricain n'est pas chose aussi
facile que bien des gens paraissent le croire, et la meilleure preuve, c'est que
parmi ceux qui ont tenté ce
travail ardu, beaucoup n'ont
réussi qu'à prouver une fois
de plus la vérité du pro-
verbe : Beaucoup d'appelés,
et peu d'élus !

C'est qu'aussi pour rem-
plir une pareille tâche, il
faut non-seulement savoir
la langue anglaise, mais encore posséder à fond la connaissance des idiotismes particuliers aux Américains; et
nul peuple plus que celui
des États-Unis n'emploie
des locutions locales qu'il
est impossible de rendre en
français, si l'on ne connaît
les mœurs, les usages et le
génie de la nation, tout aussi
bien au moins que sa langue.

L'ouvrage de mistress
Ann S. Stephens, que nous
offrons à nos lecteurs, est un
de ceux qui demandaient,
pour être fidèlement repro-
duits en français , une
science parfaite du pays décrit par l'auteur, des mots
techniques, des localités et
des usages américains. Ce

JULES DAVID

Mais pour bien en juger, disons-nous un peu comment tout cela s'est fait ;
nous écoutons.

roman est sans contredit un
des meilleurs qui aient été
publiés depuis longtemps
par la presse du nouveau
monde; l'intérêt, la texture
du drame , les incidents de
l'action, les descriptions, les
études de mœurs et les personnages ont un mérite hors
ligne que nos lecteurs re-
connaîtront eux-mêmes et
apprécieront à sa juste valeur. Du reste, les journaux
de l'Union et ceux d'An-
gleterre ont fait de ce volume de madame Ann S.
Stephens des éloges qui
nous dispensent des nôtres,
car nous craindrions de paraître partial. Nous nous
permettrons seulement de
reprocher à l'auteur cer-
taines morsures par trop
puritaines à l'adresse de la
littérature française , que
mistress Stephens accuse
d'être un foyer d'immora-
lité. Si notre pays a enfanté
de mauvais livres , certes
l'Angleterre et les États-
Unis ont aussi donné le jour
à des auteurs dont la plume
s'est salie par des œuvres
d'une obscénité révoltante.
Pendant les dix années que
j'ai passées à New-York et
dans les autres capitales de
l'Union , il m'est souvent
tombé sous les yeux des
livres, originaires du pays,

dont le style et les mots dépassent tout ce qu'on peut trouver de plus infâme dans aucune langue du monde.

Chaque peuple a ses plaies, et mistress Ann Stephens, qui a vu une paille dans nos yeux, n'a pas découvert la poutre de ses compatriotes.

On a essayé avant nous de faire connaître l'œuvre éminente que nous offrons à nos lecteurs, mais, quoique remarquable sous plus d'un rapport, et notamment par l'élégance et la grâce du style, cette traduction dénote à chaque instant, chez l'écrivain français, une ignorance complète du pays dont il parle. Tronquée à chaque chapitre, elle est incompréhensible dans plusieurs passages, et nous laisse l'es-

poir qu'en refaisant ce volume, nous ne serons pas moins utile aux lecteurs français qu'à la réputation de mistress Ann S. Stephens.

Dans cette nouvelle traduction, nous avons voulu être fidèle : le long séjour que nous avons fait aux États-Unis nous permettait de l'être plus aisément que qui que ce fût; aussi, à défaut d'autre mérite, nous nous sommes efforcé d'être exact et complet, et nous n'avons omis ni une pensée, ni un mot. C'est donc l'œuvre de l'auteur rendue en français avec toute la fidélité possible.

Nous osons espérer du moins que l'on ne nous appliquera pas cette appellation trop souvent méritée : Traduttore, traditore, Traducteur... écorcheur.

B. H. RÉVOIL.

LUXE ET MISÈRE.

CHAPITRE PREMIER.
La petite marchande de fraises.

L'aube commençait à poindre au-dessus du magnifique paysage qui entoure la ville de New-York, et cependant sa lueur douteuse suffisait à peine pour dissiper l'ombre qui obscurcissait encore la cité impériale.

Les vapeurs de la nuit qui enveloppaient Weehauken s'évaporaient pourtant peu à peu, grâce aux rayons purpurins du crépuscule, illuminé à différents intervalles par des éclairs teintés de rose et d'or.

Les eaux du fleuve Hudson clapotaient en se soulevant doucement par petites vagues empourprées des reflets du jour naissant, et s'écoulaient paresseusement du côté de la baie, en aval de Jersey-City.

A l'horizon, dans un périmètre rapproché, le territoire de Long-Island apparaissait comme un groupe de nuages épais liés les uns aux autres par de longs fils d'or sur lesquels se détachait la silhouette des maisons, des arbres, des mâts de navires et des clochers d'église. Tout était noyé dans cette fantasmagorique couleur que donne la chambre obscure.

Le silence morne, ce calme de la mort qui règne ordinairement sur les lieux où la vie est comme endormie et presque éteinte, couvrait de son vaste linceul la ville de New-York. A peine était-il interrompu par le roulement des charrettes chargées de légumes et des wagons encombrés de boîtes à lait qui, après avoir été transportées sur les bacs de l'Hudson et de la rivière de l'Est, roulaient à grandes guides sur le pavé en se rendant au marché. De temps à autre la vapeur sifflait en s'échappant de la cheminée d'un steam-boat chargé de passagers endormis, pendant que les matelots l'arrimaient le long d'un *wharf*[1].

Bientôt l'animation se produisit le long des quais de la ville. Les charretiers, les vendeurs de boissons alcooliques, les marchands revendeurs se pressaient autour des bateaux chargés de provisions. Les marchés de Fulton street et de Barclay-Row s'ouvrirent, et la plus grande activité se manifesta dans ce quartier de New York.

Le marché de Fulton fut le premier ouvert. A mesure que le jour se faisait, ce vaste dispensateur de la nourriture des habitants se remplit de marchandises de toutes sortes. Les passages étaient obstrués par des monceaux de légumes, des charretées de viande de boucherie, des tombereaux de fruits, d'énormes blocs de beurre frais, des cages de volaille, de nombreuses plumes d'oies et de fil de fer au milieu desquelles gazouillaient des canaris, des buissons de fleurs et de plantes de serre chaude ; de machines dans lesquelles on broyait du raifort, d'étalages sur lesquels on faisait chauffer du café, où l'on vendait de la bière douce faite avec des racines, des boissons plus ou moins épicées, et, au milieu de ce pêle-mêle, se poussaient, allaient et venant comme des fourmis laborieuses, des hommes, des femmes et des enfants, travaillant avec courage, entremêlés à des gens en haillons, à moitié nus, au visage maculé, qui ajoutaient encore à l'encombrement de cette immense arène commerciale.

De nombreuses charrettes arrivaient à chaque instant débouchant par toutes les avenues, et apportaient au marché une addition considérable d'approvisionnements de diverses natures.

Toute cette animation annonçait une vie luxuriante, un besoin d'activité sans pareil. Des hommes d'une force athlétique, des femmes au visage hâlé et coloré à la fois, se mouvaient de çà, de là, au milieu de ce chaos, arrangeant, travaillant, habillant et se livraient à un labeur que rien ne ralentissait. A ce bruit assourdissant se joignait celui des voitures de transport roulant sur le pavé. En un mot, cet assemblage de sons tumultueux qui grandissait d'une minute à

l'autre annonçait le réveil d'une grande ville, qui, comme le ferait un géant, ouvre les yeux avant de se lever tout à fait sur son séant.

Un artiste, un observateur se fussent fait un vrai plaisir d'étudier ce spectacle, qui, malgré sa trivialité, décelait pourtant des beautés frappantes et dignes de fixer l'attention.

Les étaux des bouchers, qui deux heures auparavant offraient aux regards des passants des planches nauséabondes, se couvrirent de longes de viande appétissante, autour desquelles bien souvent se déroulaient des festons de verdure odorante et des guirlandes de fleurs. Les bouchers se tenaient debout, chacun près de son étal, la taille emprisonnée dans d'immenses tabliers blancs, le visage gai, joyeux, souriant de manière à attirer les chalands qui se plaisaient à examiner leur marchandise, et à acheter suivant les nécessités de leur ménage.

D'un autre côté, les boutiques des fruitières se remplissaient de légumes d'une primeur et d'une fraîcheur admirables ; chaque botte de carottes, chaque paquet de raves, chaque plant de salade ou de céleri se trouvait disposé avec art par la revendeuse, qui tenait à rendre son étalage pittoresque et invitant à la fois pour la pratique.

Une de ces boutiques surtout méritait à tous égards d'attirer l'attention. Nous recommandons particulièrement au lecteur de ce livre la description que nous allons en faire. Elle différait essentiellement des autres, non-seulement par les marchandises qui recouvraient ses planches, mais encore par la femme qui en était la propriétaire. Le goût artistique qui avait présidé à l'arrangement de cet étalage méritait sans contredit de nombreux éloges. Un peintre eût trouvé un sujet tout tracé dans cette longue table surchargée de fruits, de légumes frais cueillis, de fleurs aux senteurs et aux couleurs sans pareilles, prêts à être vendus au premier acheteur. Il y avait là des radis aux teintes écarlates, se détachant, par un contraste étrange, sur la nuance vert-tendre de leurs feuilles, côte à côte avec des oignons blancs appendus à leurs tiges longues, et disposés en monceaux comme autant d'énormes perles. Des navets, à peu près gros comme des œufs de poule et tout aussi blancs qu'eux, arrachés depuis quelques heures du sol, s'appuyaient sur un tas de laitues tendres et dorées, d'épinards d'un vert foncé et de cresson de fontaine. Tous ces légumes étaient encore humectés de rosée ou bien de gouttelettes d'eau habilement dispersées par la marchande. Des paniers de fraises emmaillotés de feuilles de vignes, primeur de la saison, des bouquets de roses, de jacinthes, de violettes et autres fleurs embaumées contrastaient, par leurs parfums et leur prisme coloré, avec le rude aspect des légumes, produit d'un sol rugueux. Tout cet assemblage formait un coup d'œil non moins charmant que celui de la vieille femme assise à l'une des extrémités de la table, attendant ainsi patiemment les pratiques, qui, à mesure que sa matinée s'avancerait, devaient invariablement s'arrêter devant ses marchandises.

Déjà les achats se multipliaient sur toute la ligne ; les domestiques, les maîtres d'hôtel et les revendeurs avaient envahi le marché. Le tintement des pièces de monnaie, les prix qui se débattaient d'une manière souvent peu parlementaire, le bruit du couperet des bouchers, retentissaient de chaque côté du marché et se confondaient ensemble. C'était une scène remplie d'animation ; chaque acteur paraissait gai et souriant ; on aurait dit que l'air pur du matin avait suffi pour donner aux gens et aux choses un aspect agréable et radieux.

Au nombre de ceux qui étaient entrés les premiers ce matin-là dans le marché de Fulton se trouvait une jeune fille de treize à quatorze ans, d'une forme svelte, qui pourtant ne paraissait pas son âge. Un capuchon de calicot rose, retombant sur le derrière de sa tête, laissait apercevoir des traits d'une délicatesse et d'une pâleur remarquables. Toutefois la fraîcheur de l'air, comme aussi peut-être les reflets de son capuchon, avait implanté sur ses joues un incarnat qui rehaussait la distinction naturelle de l'enfant. Malgré cet éclat de la

---

[1] Quai servant de débarcadère.   (Note du traducteur.)

jeunesse, une vague anxiété se peignait dans ses regards; ses yeux d'un bleu sombre se voilaient sous des cils noirs d'une longueur démesurée, chaque fois qu'une des marchandes s'adressait à elle pour l'engager à s'approvisionner à son étalage. La petite fille portait à son bras un panier vide, elle avait donc été envoyée par sa famille pour faire des provisions; mais en même temps son air timide, son visage qui rougissait au moindre mot, tout prouvait qu'elle venait au marché pour la première fois, et qu'elle n'avait pas d'approvisionneurs attitrés pour faire ses modestes achats. Cette jolie enfant paraissait perdue dans le marché: elle avait un visage si gracieux, malgré la pauvreté de ses vêtements de calicot fané et taché, qu'en passant devant chaque étalage on l'arrêtait en l'invitant, avec un sourire moitié narquois, moitié sérieux, à remplir son panier.

À chaque interpellation la pauvre enfant baissait les yeux, tremblait et rougissait; puis elle hâtait le pas, sans crainte de meurtrir ses petits pieds nus au milieu du dédale des boutiques, se dirigeant vers cette partie du marché occupée par les revendeuses. Une fois arrivée là, elle ralentit sa marche et regarda autour d'elle avec une anxiété inexprimable.

— Que vous faut-il, ma petite fillette? vous vendrai-je quelque chose? lui criaient plusieurs marchandes à mesure qu'elle passait.

À chacune de ces questions elle s'arrêtait, regardait en face la personne qui la lui adressait, puis elle faisait un signe négatif dont l'expression trahissait un désappointement mêlé de tristesse et de timidité.

La gentille enfant, c'était bien plus une enfant qu'une jeune fille, sentait tout son courage l'abandonner. Elle avait interrogé du regard chaque figure parmi les personnes qui formaient le personnel du marché, lorsque enfin ses yeux rencontrèrent ceux de la bonne femme âgée dont nous avons décrit l'étalage.

Il y avait dans la physionomie de cette marchande un air de bonté qui rassura l'âme craintive de la petite fille. Aussi s'approcha-t-elle de la boutique et se mit-elle à regarder celle qui en était la propriétaire avec peu dans lesquels se peignaient la timidité et l'espérance. Le visage de la vieille femme était agréable, malgré son embonpoint; il suffisait donc à lui seul pour encourager. De bonnes joues, fraîches encore en dépit de leur teinte brune par l'âge et le hâle (on aurait dit une pomme bien mûre aux pommettes rosées), un menton bien rond, une bouche souriante, des tempes épargnées encore par les rides, un teint pur, qui contrastait avec ses épais cheveux gris dont les boucles retombaient le long des oreilles sous une capeline de jaconas blanc bordée d'un ruban très-large, et liée sous le menton par des brides de la même étoffe que le couvre-chef.

Jamais meilleure humeur et meilleure santé ne s'étaient associées ensemble: on aimait à voir ce double menton surmonté d'une bouche souriante se fondre dans l'embonpoint d'un cou blanc comme l'albâtre, enfoui au milieu d'un fichu de mousseline qui couvrait les épaules et la poitrine de la bonne femme.

Un large tablier de toile rayée bleu et blanc complétait ce costume et préservait la robe de la marchande, dont la rotondité était aussi appétissante que l'aspect des fruits et des légumes qui couvraient les planches de sa boutique.

En vérité, ami lecteur, cette femme, dans son ensemble comme dans les moindres détails, était bien faite pour attirer l'attention et gagner la confiance d'une enfant qui se trouvait là, pieds nus, seule, demandant un peu de bonté pour toute somme.

Dans un moment donné la revendeuse aperçut à son tour la petite fillette dont les yeux s'étaient arrêtés sur les siens si fixement, qu'elle se sentit tout émue. Elle jeta en même temps un coup d'œil jusqu'au fond du panier vide appendu au bras de la frêle créature, et ses petits yeux bruns brillèrent à l'espoir d'une pratique nouvelle.

— Eh bien, ma chère, que choisirez-vous ce matin? fit-elle en étirant son tablier à l'aide de ses mains mignonnes et en jetant un regard de satisfaction d'abord sur son étalage, puis sur la petite fille, qui devint telle, et commença visiblement à trembler en se sentant soumise à une inspection toute particulière. Voyez, ajouta la bonne femme, j'ai toutes sortes de légumes, des fleurs, des fraises même... Qu'allez-vous prendre de tout cela?

Mais la petite fille, sans répondre tout d'abord, se glissa près du siège sur lequel était assise la marchande, et lui dit d'une voix émue et tremblante:

— De grâce, madame, je voudrais bien que vous me fissiez crédit.

— Vous faire crédit! répondit celle-ci avec un rire de bonté qui fit mouvoir son double menton et tressaillir ses joues, mais je ne vous connais pas, ma petite! Pourquoi donc vous ferais-je crédit? Ah! je comprends, vous avez perdu l'argent que l'on vous a donné pour venir au marché, et vous redoutez d'être grondée. N'ai-je pas deviné, c'est cela?

— Non, non, je n'ai rien perdu, reprit l'enfant en poussant un soupir. Ah! madame, baissez-vous un moment, et laissez-moi vous dire...

À ces mots, la brave femme, dont la petite fille avait saisi le tablier, descendit de son marchepied et inclina la tête jusqu'au niveau de celle de son interlocutrice. C'était, il est vrai, le meilleur moyen d'entendre cette confidence.

— Je demeure avec mon grand-père et ma grand'mère, madame; tous deux sont vieux et pauvres, oh! pauvres comme vous ne pourriez le croire. Grand-papa a été bien malade, et puis, chose étrange à dire, je mange, moi, tout autant qu'eux. Eh bien, madame, j'ai cherché du travail; mais, petite comme je le suis, il m'a été impossible d'en trouver, personne ne me croit assez forte, même pour soigner un enfant au maillot. Imaginez-vous que depuis avant-hier nous n'avons pas pris la moindre nourriture!

— Pauvre petite, murmura la revendeuse, pauvre petite!

— Mais, voyez-vous, je veux travailler, je supporterai toute sorte de fatigue plutôt que de les voir mourir de faim. Je n'ai pas fermé les yeux pendant la nuit dernière, et je me suis mise à réfléchir à ce que je pourrais bien faire pour gagner ma vie. Ah! croyez-moi, je n'ai jamais mendié, mes parents non plus; rien que de penser que j'en serai peut-être réduite à cette extrémité, le cœur me manque... Cependant je me résignerais à le faire plutôt que de les voir un jour de plus assis l'un en regard de l'autre et versant des larmes. Avez-vous jamais vu un vieillard qui a faim et qui pleure, madame?

— Non, que Dieu m'en préserve! jamais, oh, jamais! répondit la marchande, qui porta la main à ses yeux pour y essuyer une larme.

— Eh bien, moi, j'ai vu cela! dit l'enfant au milieu d'un sanglot; et c'est ce qui m'a fait penser qu'après tout ce n'était pas une chose si répréhensible que de demander l'aumône. Aussi ce matin j'ai demandé à mes parents de me laisser sortir. Grand-papa a répondu qu'il irait lui-même s'il était assez fort,... « Mais, cependant, quand il me faudra tendre la main, je n'en aurai pas le courage, disait-il, jamais je ne pourrai m'y décider, oh! non, jamais, jamais! »

— Bon vieillard, brave homme! fit la revendeuse.

— En voyant cette répulsion de mon grand-père, ajouta la petite fille, je n'ai plus rien dit. J'avais formé un plan pendant la nuit; je me souvenais avoir vu des enfants de mon âge qui vendaient des fruits, des légumes ou des fleurs...

— Ah! oui, je comprends, dit la vieille femme.

Et ses yeux remplis de larmes assumèrent de nouveau leur brillante sérénité.

— Mais je n'avais pas d'argent, je ne possédais pas un seul cent pour acheter ces fraises ou des fleurs.

— Ah! vraiment!

— Je n'avais pas même de panier.

— Pauvre enfant!

— C'est égal, j'avais résolu de faire quelque chose. Aussi j'allai m'adresser à un épicier chez qui grand-papa se servait pour l'usage de votre intérieur quand il avait de l'argent, et je lui ai demandé un panier à crédit.

— C'est bien de la part de cet homme! c'est là une bonne action!

— Oh! oui! c'est généreux de sa part, dit l'enfant, dont les yeux témoignèrent une reconnaissance sans bornes; c'est d'autant plus généreux que je lui ai dit que j'agissais sans que grand-papa et grand'maman en sussent rien. Regardez comme ce panier est joli; vous n'avez pas d'idée combien j'ai eu grandir mon courage lorsque je l'ai eu dans les mains. Lorsque je suis entrée dans le marché, je ne sais comment il se faisait, mais j'aurais osé demander à crédit à n'importe qui.

— Et cependant, ma petite, vous êtes venue droit à moi, sans vous adresser à personne autre.

— Ah! voyez-vous, j'ai auparavant examiné le visage de chacun pour deviner à l'avance si je tomberais bien, fit la petite fille avec une simplicité naïve; mais il y avait sur leur figure quelque chose qui me faisait rentrer les paroles dans le gosier.

— Ainsi vous vous êtes arrêtée ici parce que c'était presque la dernière boutique du marché?

— Non, non, je n'ai point fait cette réflexion, dit l'enfant avec rapidité. Je me suis adressée à vous, parce que mon cœur me disait que c'était le bon endroit. J'ai pensé tout d'un coup que si vous ne me faisiez pas crédit, vous seriez du moins assez bonne pour m'écouter patiemment.

La bonne vieille se mit à rire avec aménité et franchise, et cette expression d'hilarité suffit pour rassérener la pauvre enfant. Il y avait dans le rire de la revendeuse un mélange de bonté et de consolation qui lui réchauffa le cœur.

— Ainsi vous étiez persuadée que je vous ferais crédit, et vous aviez confiance en moi, n'est-ce pas?

— Je me suis dit, madame, que si vous me refusiez, il serait dès lors inutile de m'adresser ailleurs, répondit l'enfant en relevant ses jolis yeux et en regardant en face la complaisante marchande.

Un nouveau rire s'épanouit sur le visage de la bonne vieille.

— Voyons, combien vous faut-il de corbeilles de fraises pour commencer aujourd'hui votre petit commerce? Six, dix, une douzaine, vos petits bras ne pourraient pas en porter davantage. Je vous les céderai au prix coûtant; promettez-moi seulement de revenir ce soir et de me rapporter l'argent. Je perdrais plus volontiers cinquante dollars que de voir que vous m'avez trompée.

— Oh! ne craignez rien, madame, je serai exacte; mais, dites-moi, si par hasard je n'allais pas tout vendre? ajouta l'enfant avec anxiété.

—Cela ne me surprendrait pas, ma chère petite, votre voix fluette aura d'abord de la peine à se faire entendre; mais, n'importe, entre dans toutes les cours, regarde à travers les vitres, on vous verra certainement. Allons! à la garde de Dieu.

Et, tout en parlant, la bonne femme choisissait ses plus beaux paniers de fraises au milieu de la pyramide qui s'étalait devant elle. Elle les arrangeait avec art dans la corbeille de la petite fille, au fond de laquelle un lit d'herbes fraîches et mouillées avait été placé par ses soins, les séparait les unes des autres au moyen de belles feuilles de vigne, de manière que la marchandise eût un bel aspect, et aussi pour que les fruits conservassent leur fraîcheur et leur saveur. Lorsque tout fut bien disposé comme elle le désirait, elle plaça aux deux extrémités de la corbeille un bouquet de roses mousseuses rouges et blanches, et dans les interstices des paniers de fraises, ses mains glissèrent un certain nombre de touffes de violettes, qui complétaient ce charmant échafaudage de fruits et de fleurs.

—Voilà qui est fait, dit la bonne vieille en soulevant la corbeille et en manifestant sa satisfaction à l'aide d'une respiration prolongée; il est impossible que vous ne vendiez pas ou ces fruits ou ces fleurs. Le prix des fraises doit être de six cents le panier. Quant à celui des roses, obtenez-en ce que vous pourrez. Ceux qui ont une prédilection pour les fleurs ne marchandent jamais beaucoup lorsqu'ils en achètent. Laissez donc à leur générosité le soin de vous payer largement.

La fillette prit le panier dans ses mains; sa bouche gentille trembla, ses lèvres devinrent rouges comme les roses mousseuses appendues aux bords de son fardeau d'osier, moins fraîches que ses petites mains. Au même instant ses yeux se remplirent de larmes.

—Oh! madame, si vous saviez combien je suis reconnaissante! Seulement je ne sais pas comment vous exprimer tout ce que j'éprouve dans mon cœur! dit-elle d'une voix qui émut la marchande.

—C'est bien, c'est bien, ne pensons pas à cela! soyez exacte ce soir, comme une honnête fille. Ah! j'allais oublier... quel est votre nom, ma chère enfant?

—Julia, Julia Warren, madame.

—Un fort joli nom que le vôtre! Bon! Mais, arrêtez-vous, moi qui ne songeais pas...

L'enfant posa son panier sur un escabeau que lui montra la revendeuse, et attendit patiemment le retour de la bonne femme, qui disparut sans ajouter un mot dans les méandres du marché comme pour exécuter un plan qui lui venait à l'esprit.

—Voilà qui est fait! dit-elle en revenant le visage radieux, comme celui de ceux qui ont fait le bien pour le seul plaisir de le faire. Dans l'une de ses mains elle portait un pot de fer-blanc, et de l'autre elle retenait son tablier, qu'elle tenait rempli de petits pains. Tenez, mon enfant, laissez là les fraises, et courez bien vite chez vous avec ces provisions. Le temps paraîtrait trop long à vos vieux parents s'il leur fallait attendre jusqu'à ce soir pour manger. Du reste vous irez à vos affaires le cœur bien plus gai quand vous les aurez vus déjeuner, et quand vous aurez pris votre part de ces vivres, ma chère enfant. Allons, partez vite, courez, et ne perdez pas votre temps en route.

Julia s'empara de la boîte de fer-blanc et des pains, roulés dans une feuille de papier brun par la compatissante marchande.

—Oh! fit-elle, comme ils vont être heureux! Et poussant un soupir qui exprimait la joie la plus vive, elle se mit à courir, emportant avec elle ce précieux fardeau, qui allait rendre la vie à ses bons parents.

—En vérité, ma chère madame Gray, vous êtes une étrange femme de vendre à crédit à de pareilles gens. On dirait que vous avez trop d'argent. Je m'étonne que vous fassiez d'aussi bonnes affaires, dit une marchande à l'air futé qui se tenait à une stalle près de là, et qui, cachée à tous les yeux par une masse énorme de légumes, n'avait pas perdu le moindre mot, le geste le plus insignifiant de la scène que nous venons de décrire.

—Bah! c'est ma manière de faire, et cela ne me ruine pas! répondit la revendeuse en se frottant les mains et en clignant les paupières comme pour faire tomber de ses cils les larmes qui les perlaient encore. Je n'ai pas dix années d'expérience pour ne pas m'y connaître. Cette enfant est honnête, j'en réponds sur ma vie.

—Je parie n'importe quoi que vous qu'elle a disparu avec la boîte à lait et ne reviendra plus, fit sèchement la voisine.

—Eh bien, tant pis pour moi; je puis m'être trompée, cela arrive à tout le monde; nous verrons. Après tout, mes moyens me permettent de me laisser voler une demi-douzaine de boîtes à lait, si cela me fait plaisir.

—Elle saisit toujours l'occasion de parler de son avoir et de faire tinter les écus qu'elle a mis de côté, murmura en ricanant entre ses dents la petite femme. Quant à moi, je ne crois pas qu'elle ait la moitié de la fortune qu'elle prétend posséder.

Cette conversation des deux marchandes fut interrompue par l'arrivée de plusieurs pratiques, qui affluaient au marché pour faire leurs achats.

Pendant la demi-heure qui s'écoula depuis le départ de Julia jusqu'à son retour, mistress Gray dut répondre à de si nombreuses demandes, qu'elle n'eut pas beaucoup de temps pour songer à sa pro-

tégée. Tout d'un coup, pendant un des intervalles de la vente, la petite fille se présenta à elle hors d'haleine, les joues empourprées et les yeux rayonnants de joie.

—Ils ont déjeuné, madame; je leur ai tout raconté, dit-elle à mots entrecoupés, à mesure qu'elle reprenait sa respiration; tout en serrant les mains de la revendeuse et en lui rendant la boîte de fer-blanc vide jusqu'à la dernière goutte de son contenu. J'aurais donné tout au monde pour que vous eussiez vu grand-papa quand j'ai soulevé le couvercle du pot, lorsque l'odeur du café tout chaud s'est répandue dans notre chambrette. Oh! bonne dame, comme il avait l'air joyeux!

—Cela lui a fait plaisir, n'est-ce pas?

—Oh! il l'a trouvé délicieux, exquis... que n'étiez-vous présente pour recevoir ses bénédictions!

Mistress Gray chercha dans tout son étalage pour voir si elle n'avait plus rien à mettre dans la corbeille de sa protégée. Le regard joyeux de cette enfant la rendait si heureuse, qu'elle eût volontiers donné à Julia tout ce qu'elle se trouvait sous sa main. La réflexion lui fit comprendre que la corbeille était déjà bien assez pesante pour les bras de cette petite fille à peine portée; du reste, ajouter une fleur ou un fruit de plus à la corbeille, c'eût été déranger la symétrie de ce gracieux éventaire. Aussi, voyant qu'il n'était pas possible de rien faire de plus, elle se contenta de pousser un soupir, qui tenait à la fois du désappointement de la bonté retenue et de la satisfaction de sa généreuse action; puis donnant une tape d'amitié à la petite Julia, elle l'aida à placer sa corbeille sur son bras droit, et l'engagea à partir pour se livrer à son petit négoce.

L'enfant ne se fit pas dire deux fois; elle dit adieu à mistress Gray, et le cœur content, le pied léger, elle quitta le marché, souriant à tous ceux qu'elle trouvait sur son chemin et jetant de temps à autre ses yeux en arrière, comme si elle eût voulu raconter aux passants les bienfaits de la généreuse marchande.

Mistress Gray la suivit d'un regard attendri et ses yeux étaient humectés de larmes. Prenant aussitôt la boîte à lait, qu'elle n'oublia pas de faire voir d'un air narquois à sa rusée voisine comme pour jouir du triomphe qu'elle éprouvait pour avoir été récompensée de sa bonne action, elle se hâta de la rapporter au cafetier du marché qui la lui avait prêtée.

—Des fraises! qui veut des fraises?

Julia Warren, qui venait de prononcer ces mots à haute et intelligible voix, devint pâle, et regarda autour d'elle comme un oiseau effrayé. Personne ne l'avait entendue, tant ces paroles avaient été prononcées du bout des lèvres. Cette idée lui rendit son courage; elle hâta le pas, et là, à l'ombre projetée par une maison, elle s'appuya, tremblante, sur une des grilles en fer du rez-de-chaussée, persuadée que jamais elle n'oserait ouvrir de nouveau la bouche pour crier ses fraises et ses fleurs. En y réfléchissant, toutefois, elle reprit courage.

Mistress Gray lui avait assuré que le matin était le meilleur moment de la journée pour vendre ses chalands. Il ne fallait donc pas rester ainsi, toute tremblante, sa corbeille à la main. Les parfums qui s'exhalaient des fruits et des fleurs, tout paraissait lui reprocher sa timidité.

—Des fraises! achetez des fraises!

Les petites lèvres de l'enfant laissèrent échapper ces mots d'une manière plus intelligible; il y avait même dans sa prononciation une maturité fort en rapport avec celle des fraises. Ce cri n'était ni trop fort ni trop faible; il avait toute la douceur nécessaire pour attirer l'attention et pour réveiller la bienveillance endormie. Elle reprit donc courage, car tous les regards qu'on lui adressait exprimaient la bonté, et à mesure qu'elle s'accoutuma à s'entendre elle-même, la nouveauté de la profession perdit peu à peu à ses yeux la terreur qu'elle lui avait inspirée.

Une femme sortit du rez-de-chaussée d'une maison, et ayant appelé la petite fille, lui acheta deux corbeilles de fraises sans marchander et sans rabattre un cent.

Pauvre enfant! comme son cœur palpita lorsque le shilling d'argent fut tombé dans sa main! Quelle importante affaire! pensait-elle, et, pourtant avec quelle indifférence la femme qui l'avait conclue lui avait-elle donné le prix des fraises avant de rentrer dans le basement[1] de la maison!

Julia resta un moment à regarder à travers la grille, tout en remerciant sa première acheteuse, celle qui avait étrenné sa journée. Elle avait besoin de donner un libre cours à sa reconnaissance, car son cœur débordait. La femme, qui l'entendit, se retourna, lui répondit: C'est bien! c'est bien! et ferma la porte du rez-de-chaussée. Malgré cette réponse tant soit peu brusque, Julia se trouva satisfaite; elle reprit sa corbeille, et, le visage radieux, continua à marcher.

—Des fraises! d'excellentes fraises!

Ce cri s'échappait vibrant et sonore de sa bouche rosée: elle sou-

<hr>

[1] À New-York, comme dans toutes les villes des États-Unis, les maisons sont construites sur un même plan. Ce que nous appelons le rez-de-chaussée est nommé aux États-Unis le basement (la base) du logis. C'est une cave avec fenêtres sur la rue et sur la cour divisée en deux pièces, l'une servant de salle à manger, l'autre destinée à la cuisine. (Note du traducteur.)

riait de temps à autre, en cheminant, toutes les fois qu'elle jetait les yeux sur le shilling neuf qu'on lui avait donné. Elle allait devant elle, sans connaître les rues, le cœur allégé; car tandis qu'elle passait devant les maisons d'entrepôt qui se trouvent dans cette partie de New-York, les commerçants qui allaient et venaient à leurs affaires, si pressés qu'ils fussent, ne passaient pas devant elle sans lui acheter un bouquet de violettes; et l'enfant avançait toujours, sans penser, aussi légère qu'un petit oiseau.

Tout d'un coup Julia se trouva sur le port. L'aspect dénudé et triste des quais de l'Hudson produisit sur elle une impression pénible; elle s'arrêta sur le bord de l'eau, ne sachant vraiment pas dans quelle direction porter ses pas. Il était déjà un peu tard, et la plus grande activité régnait dans cette partie de la ville, la plus commerciale de tous les arrondissements; car la jeune fille s'était arrêtée à peu de distance de la Batterie: elle pouvait, de la place où elle s'était assise, distinguer, dans le cadre d'une rue, les arbres verts plantés sur cette promenade. La baie, inondée de lumière et couverte de navires, de yoles, de canots de tout tonnage, se dessinait devant elle. Les hauteurs de Brooklyn, la ville de Jersey, les rives boisées de Weehauken, à demi voilées par la brume dorée du soleil de juin, apparaissaient à ses yeux comme autant de vues des pays hantés par les fées et les génies, dont elle avait lu avec un plaisir inexprimable les descriptions dans les livres.

Jamais, depuis sa naissance, elle n'était venue dans cette partie de la ville: elle s'oublia donc à regarder ce panorama magnifique, qui frappe d'admiration tous ceux qui le voient pour la première fois.

Les bateaux à vapeur creusant un sillon argenté dans l'écume des vagues de l'Hudson, tournant autour du Castle-Garden et de la Batterie, arrivant et partant à chaque embarcadère des quais; les navires du gouvernement endormis à l'ancre au milieu du fleuve, dont les grands mâts se détachaient sur l'azur du ciel, et dont la coque peinte en noir demeurait immobile malgré les efforts du courant; les bois de Jersey-City et de Weehauken, les bateaux de déchargement, les esquifs de toute sorte décrivant des cercles rapides sur les vagues moutonnantes de la baie; tout, dans ce spectacle grandiose, avait produit une impression indicible sur la petite fille.

Tandis qu'elle laissait sa vue s'égarer dans l'admiration de cette magnifique scène, un steamer parut à l'entrée de Sandy-Hook, s'avançant à force de vapeur devant la Quarantaine. Il était d'abord imperceptible, un point à l'horizon; mais peu à peu il grossit, comme un monstre de la mer, à mesure qu'il se dirigeait vers la ville, entouré des rayons dorés du soleil de juin. De prime abord, il eût été impossible de décrire ce léviathan de l'Océan, amoindri par la distance; mais la vapeur le faisait avancer avec la rapidité d'un cheval lancé au galop dans une vaste arène, et bientôt on eût pu l'apercevoir dans tous ses détails.

Le steamer déployait sa coque noire bien lustrée, ses roues majestueuses sillonnant les eaux et leur imposant leur force irrésistible; on aurait dit qu'il avait pour l'élément qui le portait un dédain pareil à celui du maître pour son esclave. De sa gigantesque cheminée s'échappait en tourbillonnant une fumée noire et grise parsemée d'étincelles qui, après avoir sillonné le dense nuage emporté par le vent, s'éteignaient instantanément pour rendre plus apparente encore l'épaisseur de la fumée, dont les spirales suivaient le sillage du navire en disparaissant peu à peu par parcelles dans l'espace éthéré.

L'enfant regarda d'abord avec une sensation d'effroi cette masse imposante qui s'avançait de son côté. Ses beaux yeux se dilatèrent, ses joues devinrent pâles, elle eut au moment la pensée de ramasser en toute hâte sa corbeille et de fuir loin du bord de l'eau; mais un sentiment de curiosité, mêlé à une frayeur superstitieuse, la retint immobile à la place qu'elle occupait. Elle avait entendu parler de ces grands navires qui marchent par la vapeur: celui qui avançait de son côté devait être un de ces steamers, et cependant elle le prenait pour un de ces monstres dangereux torturé par un poison puissant et jetant des flammes par les naseaux.

Julia se tourna vers un vieux matelot qui se tenait à quelques pas d'elle, et qui, plein d'enthousiasme à la vue de cette masse gigantesque, se faisait l'honneur de se parler à lui-même.

— Sir, fit-elle, dites-moi, s'il vous plaît, c'est un navire cela? rien autre chose, n'est-ce pas? vous en êtes sûr?

Comme on le voit, l'enfant, entraînée par un spectacle nouveau pour elle et d'une majesté qui lui était inconnue, avait quelque peu oublié sa timidité pour parler à des étrangers.

L'homme à qui elle s'adressait tourna son visage du côté de la petite fille, et jeta un regard qui se rencontra au passage avec les yeux bleus si expressifs de son interlocutrice.

— Mais, que le bon Dieu vous bénisse! qu'est-ce donc que ce pourrait être, si ce n'était pas cela? C'est un navire assurément, ou peu s'en faut, un navire mu par le vent et la vapeur. Quoi qu'il en soit, je préfère un bon navire marchand, bien gréé, bien chevillé. Certes, c'est facile à comprendre que vieux solé comme moi soit plus amoureux d'une coque qui se manie par le moyen de l'eau et du vent, que d'une caresse qui a besoin, pour aller, de feu et de fumée! Allons, allons, ma petite, ramassez vos bibelots, prenez garde à vous, le steamer sera à quai dans deux secondes. »

Julia, sans plus attendre, se hâta de prendre sa corbeille à deux mains, et regarda tout autour d'elle pour savoir de quel côté elle pourrait sortir du prolongement du quai sur lequel elle s'était aventurée; mais, tandis qu'elle s'était amusée à suivre les évolutions du steamer la foule avait envahi le bord de l'eau, et elle dut renoncer à tout espoir de se frayer passage à travers les charrettes, les camions, les voitures et les curieux qui lui barraient le chemin pour rentrer dans la ville.

— Bah! ne craignez rien, lui dit le vieux marin, qui s'aperçut de sa frayeur, seulement faites attention à votre marchandise; restez là, un steamer vaut bien la peine d'être vu de près.

Le steamer, à ce moment, passait près de l'île du Gouvernement; il décrivit une courbe devant la Batterie, et vint s'aligner le long du quai, grâce aux mouvements mesurés de sa machine, qui laissait par intervalles échapper sa vapeur, comme le fait un cheval de course lorsqu'il vient d'atteindre le but.

Le pont était couvert de passagers groupés ensemble, manifestant l'anxiété bien naturelle de voyageurs fatigués par une pénible traversée. La plupart d'entre eux appartenaient évidemment aux classes les plus élevées de la société, comme l'indiquaient leurs vêtements et un certain air d'indifférence affectée ou naturelle, qui fait que l'on ne s'étonne de rien, et que l'on n'est pas même ému par un arrivage à bon port.

Dans la foule des passagers, Julia remarqua deux personnes qui attirèrent tout d'abord son attention au plus haut degré, et dont l'aspect absorba bientôt entièrement son esprit.

Le premier de ces personnages était une femme d'une taille au-dessus de la moyenne, admirablement bien faite, qui s'appuyait contre les bastingages du steamer, se laissant bercer tout à fait par une pensée douloureuse dont tout son être paraissait être bouleversé. Une de ses mains était dégantée, elle serrait convulsivement la bordure peinte en noir, et cette étreinte convulsive faisait saillir les veines de ses doigts effilés, dont la grâce était remarquable, même aperçue du rivage. Un chagrin profond, quoique maîtrisé, se manifestait dans tous les traits de la jeune femme. Chacun de ses mouvements décelait un trouble intérieur, et quand elle releva sa taille courbée en deux pour ramener sur sa poitrine les plis de son cachemire, on vit sa main s'appuyer fortement sur ce soyeux tissu, comme pour contenir un sentiment pénible qu'il cachait à tous les yeux.

Le steamer était complètement amarré le long du débarcadère. Un escalier volant fut immédiatement hissé du quai au pont du navire, et tout aussitôt les passagers se précipitèrent par cet étroit passage en se hâtant de toucher le sol.

Parmi ceux qui descendirent les premiers, Julia Warren reconnut la femme qui avait particulièrement attiré son attention. Derrière elle, portant un nécessaire de voyage en argent et un sac richement brodé, s'avançait un homme de haute taille et d'un aspect quelque peu singulier. Bien qu'il se tînt naturellement droit et qu'il portât la tête haute, lorsqu'il marchait il se plaît en deux, et ses bras longs et maigres se démenaient comme s'ils eussent appartenu à un autre corps; on aurait dit qu'un malencontreux échange avait été commis dans un moment d'oubli; ses habits étaient de drap fin, mais ils étaient faits sans grâce et portés de même: le plus mauvais goût avait présidé au choix de leur couleur. Un chapeau de castor de fabrique étrangère se tenait en équilibre sur sa nuque, où probablement on l'avait fixé à l'aide d'un coup de poing sur la forme. Il ne portait pas de gants, et l'absence de ce complément d'une toilette élégante faisait remarquer la grosseur de ses mains. Enfin des bottes deux fois trop larges laissaient parfaitement à leur aise les deux pieds qu'elles chaussaient.

Des yeux gris et microscopiques de cet homme s'échappaient de temps à autre des regards dirigés vers la femme qui marchait devant lui, et il était facile de remarquer, à l'expression de son visage, qu'il partageait sa tristesse. La crispation de ses traits s'augmentait chaque fois qu'il regardait sa compagne; il serrait alors convulsivement la poignée du nécessaire, comme s'il eût voulu briser les ciselures délicates dont le coffret était orné.

Lorsque la jeune dame posa le pied sur le quai, presque devant la petite fille aux fraises, ses yeux bleus, dont la beauté était sans pareille, jetèrent un éclat fébrile. Au même instant sa blanche main, qui retenait le châle croisé sur sa poitrine, laissa échapper le pli qu'elle conservait entre ses doigts, et le riche cachemire traîna dans la boue qui couvrait le sol.

Julia ne voyait que la jeune passagère au milieu de la foule. Retenant sa respiration, n'osant même pas faire un mouvement, elle épiait tout ce que faisait celle sur qui se concentraient tous les sentiments de son être; il y avait quelque chose de surnaturel que rien ne saurait expliquer, dans le désir intense qu'elle éprouvait de parler à l'étrangère, d'attirer l'un de ses regards et d'entendre sa voix. Elle s'élança, obéissant à cette irrésistible impulsion, et relevant l'extrémité du cachemire souillé de boue, elle le présenta serré dans ses petites mains tremblantes en disant :

— Madame, votre châle !

Ce fut tout ce qu'elle put articuler; car, à ces mots, les beaux yeux bleus de la dame s'étaient reposés sur les siens. Elle se sentit fascinée par ce regard ; des pleurs se firent jour lentement, à travers ses longs cils, pour couler goutte à goutte sur l'incarnat de ses joues. Et, chose étrange ! des larmes se montrèrent aussi aux yeux de la passagère du steamer. Elle regarda de nouveau cette enfant, dont la robe était proprette quoique misérable, elle examina sa figure maigrie, cette corbeille de fruits et de fleurs qui reposait sur ses bras, et tout en se livrant à cet examen, un sourire de pitié vint effleurer ses lèvres.

— Cette douce voir, ces fleurs, n'est-ce pas d'un augure favorable pour mon arrivée ? fit-elle en tournant ses yeux mouillés de pleurs du côté de l'homme qui marchait près d'elle.

Mais ce personnage, quel qu'il fût, un ami ou un domestique, ne lui répondit pas. Son regard s'était aussi fixé sur l'enfant, et quelque sensation inexplicable se réveillait en lui.

— Donnez-moi, dit l'étrangère en posant la main sur la tête de Julia et en caressant ses jolis cheveux, donnez-moi quelques-unes de ces roses ; il y a si longtemps que je n'ai respiré le parfum des fleurs du sol natal !

Julia choisit le plus frais de tous ses bouquets et le présenta à la dame, dont la main trembla en tirant sa bourse de sa poche pour y prendre une belle pièce de monnaie d'argent qu'elle donne à la petite fille.

— Achetez-moi aussi quelques belles fraises, madame, voyez comme elles sont mûres, comme elles sont fraîches ! dit la petite fille en soulevant un des petits paniers du lit de verdure sur lequel il reposait.

La dame sourit de nouveau à travers les pleurs qui obscurcissaient ses yeux, et saisissant le panier, elle vida quelques fraises dans sa main nue.

— Monsieur n'en voudrait-il pas aussi ? demanda la petite fille en présentant la corbeille à peine dégarnie à l'homme, qui ne perdait pas un seul de ses mouvements.

— Non, merci ; donnez-moi plutôt un bouquet de ces violettes qui croissent par milliers tout autour du rocher sur lequel s'élève la maison de ma famille, fit le voyageur, dont la prononciation était celle des habitants de l'est des États-Unis. Sans dire un mot de plus, il prit un des bouquets de violettes, et se retourna comme s'il était honteux de l'émotion qu'il venait de manifester.

La dame imita cet exemple ; quelque chose, dans les paroles prononcées par son compagnon de voyage, paraissait l'avoir troublée d'une manière toute particulière. Elle ramena le châle sur ses épaules, et se dirigea du côté d'une voiture que l'on était allé chercher à la station exprès pour elle.

Le petit cœur de Julia battait à se rompre ; elle ne pouvait se décider à laisser partir l'inconnue sans lui adresser encore la parole.

— Madame, prenez donc quelques violettes ! ce petit bouquet ! Bien des gens préfèrent les violettes à toute autre espèce de fleurs.

— Non ! non ! je n'en veux pas, je... Elle ne put en dire davantage, sa voix fut interceptée par un torrent de larmes. Sa main ramena sur son visage le voile de blonde qui pendait sur son chapeau, et elle fit quelques pas en avant.

Julia remit en soupirant les violettes dans son panier. Son cœur se sentait tristement ému par ce refus inespéré ; mais en relevant les yeux, elle aperçut la dame assise sur les coussins de la calèche, se pencher en dehors de la portière pour lui faire signe d'approcher.

— Je prendrai ces violettes, dit-elle en tendant la main à Julia, qui la sentit trembler lorsqu'elle plaça les fleurs entre ses doigts. Dieu me préserve de repousser loin de moi un présage favorable ! Merci, ma petite fille ; merci !

La dame se rejeta au fond de la voiture, cachant son visage sous les plis de son voile, étouffant les soupirs qui tremblaient dans sa voix, et cette voix vibrait toujours à l'oreille de Julia Warren, même un mois après, cette première entrevue. Cette apparition avait produit sur la jeune enfant une impression que rien ne saurait décrire.

La petite marchande de fraises resta immobile sur le quai, ensevelie dans les réflexions pendant que la calèche disparaissait à l'angle de l'une des rues de la ville.

Elle avait oublié ses fraises, ses fleurs, tout, pour ne songer qu'au chagrin que ce départ laissait à son jeune cœur.

Ne reverrait-elle donc jamais cette belle dame ? Ce doute lui faisait mal, elle se sentait seule au monde, et abandonnée.

Dans sa préoccupation, Julia n'avait pas fait attention qu'une autre voiture était venue s'arrêter près d'elle, une voiture d'un second steamer, arrivé du sud de l'Amérique, déchargeait ses colis et ses nombreux passagers sur l'autre côté du quai. Elle fut tirée de cette rêverie par une voix douce et remplie d'aménité, qui disait :

— O les belles fleurs ! voyez donc quels ravissants boutons de roses moussues !

Julia releva la tête et aperçut une jeune fille aux yeux noirs, gracieuse au possible, dont les lèvres, risquant comme les fleurs qu'elle convoitait, laissaient apercevoir des dents d'une blancheur éclatante. Elle se tenait à quelques pas, donnant la main à un homme de taille élevée, d'une cinquantaine d'années environ, qui paraissait être pressé, et cherchait à entraîner la demoiselle vers la voiture.

— Voyons, Florence, venez donc ! dit l'homme en retenant la petite impatiente, qui refusait de

monter sur le marchepied. Allons donc ! fillette ; ce n'est pas ici un endroit fait pour vous ; voyez donc, la plupart des gens qui sont là se tournent déjà pour nous regarder.

La jeune fille rougit à ces paroles, et se hâta de franchir le marchepied, suivie par son compagnon impatient, qui, une fois assis, fit signe à Julia de venir vers lui.

— Approche, petite, fit-il tout en jetant un demi-dollar dans la corbeille, donnez-moi ces fleurs bien vite, et maintenant allez-vous-en, car vous pourriez être écrasée par les chevaux.

Julia tendit sa corbeille sans pouvoir savoir précisément ce qu'elle faisait, car l'impatience de ce monsieur, qui ne la quittait pas des yeux, lui faisait presque peur.

— Voilà ces fleurs, ma charmante ! elles auraient pu éclore sous l'influence d'un seul de vos sourires ; baisez-les pour l'amour de moi, dit le gentleman en se penchant du côté de sa jolie compagne pour lui offrir les roses odorantes.

Sa voix adoucie, mélodieuse et presque harmonieuse alors, tomba aussi sur le cœur de la gentille Julia, et tandis qu'elle cherchait à se rappeler les sons qui vibraient à son oreille, elle tressaillit comme pourrait le faire une fleur, lorsqu'un serpent rampe auprès d'elle.

CHAPITRE II.

Les deux vieillards.

Dans une chambre au rez-de-chaussée, cave béante, ouverte à tous les vents, vers l'arrière partie d'une maison qui s'élevait au milieu de l'une de ces rues fangeuses placées le long de la rivière de l'Est, deux malheureux vieillards étaient assis le soir même du jour où notre humble héroïne a fait connaissance avec nos lecteurs.

Cette chambre où l'humidité recouvrait de salpêtre les quatre murailles, mal recrépies à la chaux, avait un plafond écrasé et se trouvait à moitié ensevelie dans l'obscurité. Deux chaises déhanchées et pantelantes, une table de sapin et un grand coffre en bois formaient tout l'ameublement de ce méchant réduit.

Sur une planche grossièrement rabotée, placée au-dessus de la cheminée, s'étalaient avec tout l'orgueil de la misère une demi-douzaine de tasses et autant de soucoupes ébréchées, deux ou trois assiettes égueulées et une théière privée de la moitié de son goulot. Tout cela était d'une propreté remarquable et rangé avec une certaine coquetterie.

On avait placé sur la table un plat contenant un semblant de nourriture, la seule que possédassent ces pauvres gens. La nappe qui couvrait le meuble était, il est vrai, de toile grossière, mais d'une blancheur éclatante, étirée avec soin, comme pour mieux faire ressortir ce plat dans lequel se prélassait un os de jambon rongé jusqu'à la dernière parcelle. Ces malheureux semblaient avoir gardé cet os par le désir ambitieux de posséder quelque chose ayant l'apparence d'un mets.

C'était vraiment pour eux une amère ironie !

À côté du plat on avait placé un morceau de pain, et tout cela était recouvert d'un torchon de gros fil, mais d'une netteté merveilleuse. À l'un des angles de la chambre, un lit de paille offrait à la vue cet aspect de propreté qui régnait dans toute cette demeure misérable. Les draps étaient faits de cette toile de ménage pareille à celle que les ménagères du pays de l'Est se plaisent autrefois à tisser de leurs mains.

Le couvre-pied, jadis confectionné avec une riche étoffe de Perse à dessins magnifiques, était maintenant rapiécé de toutes parts, et cependant on l'avait soigneusement remployé aux quatre coins. Un soin tout particulier que l'on donnait à cette pauvre demeure trahissait la misère sous une respectabilité hors ligne. En un mot, cette profonde indigence et cette scrupuleuse propreté formaient un contraste qui faisait mal à voir.

Les deux vieillards rapprochèrent leurs chaises du foyer, et se regardèrent tristement à travers l'obscurité de la nuit tombante qui régnait autour d'eux. Une pluie froide et pénétrante avait remplacé les rayons du soleil qui brillaient le matin, et certes, cet état de l'atmosphère était bien fait pour augmenter la tristesse des infortunés habitants du rez-de-chaussée. Ils restèrent ainsi longtemps, se regardant l'un l'autre sans ouvrir la bouche, écoutant le bruit monotone de la pluie, qui fouettait avec rage les murailles et le trottoir de la rue.

— Allons, allons, dit enfin la vieille femme en essayant un sourire qu'elle s'efforçait de rendre gai, mais où malgré ses efforts disparut bientôt sur ses lèvres ; ce que nous faisons là n'est pas bien ! Déjà aujourd'hui le bon Dieu nous a donné notre pain quotidien, et, comme si cela ne devait pas nous rendre l'espérance, nous sommes encore à nous lamenter. Julia va revenir glacée, trempée par l'orage, pauvre petite ! Ayons soin de ne pas paraître si affligés quand elle rentrera.

— Je pensais à elle, répliqua le vieillard les larmes aux yeux. Oui, la chère enfant aura froid, elle sera bien mouillée et harassée de fatigue, mais qu'est-ce que, tout cela, si on la compare au désappointement qu'elle aura éprouvé ? Elle avait ce matin fait de si beaux rêves, de vrais châteaux en Espagne...

— Peut-être, mon ami, qui sait, après tout? Il se pourrait qu'elle eût eu bonne chance, répondit la vieille femme en cherchant à communiquer son espoir à son mari.

— Je n'y crois pas, reprit celui-ci; s'il lui était arrivé quelque chose d'heureux, elle serait revenue depuis bien longtemps. Mais elle n'a pas le courage de rentrer, le cœur lui manque.

Le vieillard passa sur ses yeux sa main décharnée comme pour y essuyer une larme, puis il prit dans un coin de l'âtre une poignée de copeaux et de menus morceaux de bois de menuisier, qu'il jeta sur le feu. La flamme, en se ravivant, éclaira pour un moment les murs désolés de cette humble demeure, puis elle s'éteignit, jetant des lueurs mourantes sur ces deux créatures amaigries, qui se penchaient au-dessus d'elle et ressemblaient à des spectres. On aurait dit un tableau de Rembrandt.

Ces deux visages ridés étaient d'une maigreur et d'une pâleur indicibles. La faim, l'horrible faim causait seule cet état piteux; et cependant, à bien examiner ces traits flétris par la misère, on n'éprouvait aucune répulsion. La patience et la bonté se peignaient sur la figure de ces vieillards, malgré les traces profondes de leur chagrin. Les besoins du corps avaient fait chez eux d'horribles ravages. Leurs lèvres étaient pâles, immobiles, contractées par une souffrance continuelle. Leurs yeux ardents, cerclés tout autour d'une teinte livide, étaient bordés de rides profondes, que l'âge n'avait point creusées.

Au moment où la flamme jeta sa lueur brillante, le vieillard se tourna du côté de sa femme et l'examina avec anxiété. Hélas! la malheureuse trahissait dans tous ses regards un besoin de manger qui faisait peur. Ses yeux, si bons d'ordinaire, avaient quelque chose de hagard et de vorace qui fit mal au pauvre homme : il détourna la tête en poussant un gémissement. C'était un horrible tableau que celui-là! Celui de la faim dans toute sa hideur! Et cependant ce tableau, représentant la foi et la résignation luttant avec la misère, était d'une beauté saisissante.

Un dernier jet de flamme permit au vieillard d'adresser un regard à son épouse désolée, et ses doigts décharnés s'entremêlèrent les uns dans les autres, il tordit ses mains avec désespoir.

— Tu meurs de faim, ma chère femme! Tu es plus affamée que jamais, dit-il; et je n'ai rien, rien à te donner à manger!

La bonne vieille releva la tête en essayant de sourire; mais, hélas! cela faisait mal à voir.

— C'est étrange, dit-elle; mais il me semble que ce que nous avons mangé ce matin, au lieu d'apaiser mes tiraillements d'estomac, les a bien au contraire augmentés et redoublés. N'éprouves-tu pas la même sensation? Il m'est impossible de penser à autre chose. La pluie qui clapote sur les pavés me représente le bruit d'une bouilloire immense remplie de café, et ces copeaux amoncelés dans le coin de l'âtre, brillent constamment à mes yeux. Je crois voir là, devant moi, des miches de pain, et je suis tentée d'étendre la main pour les prendre.

Le vieillard fit un effort inutile pour sourire, tandis qu'une larme pointait à l'angle de ses yeux et coulait doucement le long de ses joues, invisible à cause de l'obscurité.

— Vois encore s'il ne reste pas quelques bribes de viande contre l'os de jambon, dit-il après un moment de silence.

— C'est vrai, j'oubliais l'os! Tu as raison, il y a peut-être quelque chose à manger! Ce matin, notre bonne fortune nous a fait oublier de le gratter entièrement, ajouta la pauvre vieille en se levant à la hâte et en allant chercher le plat qui contenait ce triste débris.

Son mari le lui prit des mains, et, plaçant le vase d'argile devant le feu, mit un genou en terre et racla l'os avidement à l'aide de son couteau.

— Regarde, regarde! ma bonne, dit-il en simulant la gaieté, tandis qu'il faisait tomber quelques parcelles de viande dans le plat en épluchant l'os, qui devenait blanc et brillant comme un morceau d'ivoire; tiens, c'est mieux que je ne l'espérais, tu vas avoir de quoi manger : avec ces débris et un bon verre d'eau, tu apaiseras ta faim.

— Non, non! répondit l'infortunée en détournant les yeux, comme si elle prenait une résolution soudaine, nous oublions Julia; la pauvre enfant a pris à peine une bouchée, ce matin.

— C'est vrai, fit le vieillard en soupirant et en laissant tomber son couteau dans le plat.

— Mets cela de côté, faisons semblant d'avoir d'être rassasiés, autrement elle ne toucherait pas à son souper; car... car...

Les yeux de la pauvre vieille rencontraient les parcelles de viande, ces précieuses bribes, que son mari avait raclées à l'aide de son couteau, à cette vue, les instincts de l'égoïsme se réveillèrent chez elle, aiguisés par la faim. Elle laissa échapper un cri guttural, et allongeant sa main amaigrie, ouvrant ses doigts crochus comme ceux d'un oiseau de proie, elle saisit les raclures et les porta à sa bouche. Ce fut avec une joie féroce qu'elle fit claquer ses dents et qu'elle dévora cette infime bouchée; puis, honteuse de sa voracité, elle regarda son mari, et laissa tomber dans le plat ce qui restait de la viande.

— Je n'ai pu m'en défendre, Benjamin, ç'a été plus fort que moi! dit-elle, tandis que de grosses larmes jaillissaient de ses yeux et

coulaient sur ses joues en signe de repentir. Ôte cela, mets le plat hors de ma portée, s'écria-t-elle en se cachant la figure dans ses mains, tu vois que la vue de ces bribes de viande m'a rendue vorace à en perdre la raison!

— Va, mange encore, dit le vieillard en lui tendant le plat et son contenu.

— Non, je n'en veux pas; tu n'as pas eu ta part. Mange toi-même; je me sens d'ailleurs beaucoup mieux.

Pendant un instant les doigts du malheureux vieillard s'allongèrent du côté du morceau qui restait sur le plat, car il mourait de faim et avait un besoin inexprimable de prendre quelque nourriture; mais son naturel désintéressé prévalut, et, sans vouloir écouter les refus de sa femme, il la força à prendre le plat sur ses genoux.

— Mange, lui dit-il, mange donc! je puis attendre, et Dieu veille sur notre enfant.

Mais la malheureuse repoussa la main de son mari tout en détournant la tête. — Non, disait-elle à moitié vaincue, non, non, laisse-moi, je ne veux pas.

Le vieillard posa de nouveau le vase à terre, et au même instant sa femme se releva d'un seul bond, puis elle se laissa retomber dans sa chaise en poussant un cri convulsif.

— Et les fraises, Benjamin, les fraises! Penses-y donc! Si Julia n'a pas pu les vendre, elle les aura mangées... toutes, toutes! Dis donc, quel excellent repas elle aura dû faire avec ces bonnes fraises! Oh! donne-moi ce restant de viande! quel cas en ferait-elle?

Il lui tendit le plat, le brave homme! en jetant de côté un regard de chagrin et de regret. Il réfléchissait que les fraises dont parlait sa femme, et qui avaient été confiées à la petite-fille, appartenaient à un autre; mais il ne se sentait pas le courage de le rappeler à cette pauvre malheureuse affamée qui lui faisait pitié. Il se réjouissait de la courte illusion qu'elle s'était faite en mangeant ces méchants débris. Avec le stoïcisme d'un martyr il étouffa le cri de sa faim, et il s'assit tandis que sa femme dévorait les derniers restes de leurs provisions.

— Mais tu n'en as pas eu ta part, Benjamin, dit-elle lorsqu'elle eut achevé, en le regardant les yeux pleins de larmes, comme si elle lui demandait pardon.

— Oh! lui répondit-il, Julia va revenir : elle m'apportera des fraises.

— Mais si elle ne rapporte rien? fit la vieille émue par le remords qu'elle éprouvait de l'égoïsme dont elle venait de faire preuve. Au cas où il serait arrivé quelque chose de la sorte, tu vendras ou tu mettras au mont-de-piété notre couverture; je ne m'y oppose plus, je ne dirai plus un mot pour t'en empêcher. Tu te souviens, c'est à la naissance de notre pauvre chérie qu'on s'en servit pour la première fois!

— Nous avons mieux aimé souffrir la faim que de nous en séparer! s'écria le vieillard en se levant et arpentant la chambre à grands pas, tandis qu'elle...

— N'en parle pas, Benjamin; elle est morte et probablement enterrée, j'en ai peur.

— Non! reprit le vieillard d'une voix solennelle, nous ne serions pas en vie si c'était plus. Ce n'est pas pour rien, ma femme, que nous avons tous, toi, l'enfant et moi, souffert et prié dans cette maudite cave. Dieu à ses vues, il nous a conservés vivants pour accomplir ses desseins. Quels sont-ils, je ne saurais le dire, il ne les a point encore manifestés; mais tout vient à son heure, sa volonté sera faite, patience, patience!

— Oui, patience! reprit la vieille femme, c'est la seule résignation que je puisse avoir!... de la patience!

— Elle reviendra vers nous, notre enfant prodigue, notre belle-enfant perdue! dit le vieillard en levant les yeux au ciel. Nous avons bien attendu, mais nous la reverrons.

— Oh! si je pouvais le croire! disait la femme en secouant la tête, s'il m'était permis de l'espérer!

— Cela sera, je le sais! fit le vieillard les mains étendues au ciel et les yeux rayonnants d'une sainte confiance. Dieu a rempli mon cœur d'un doux espoir : il m'a donné la force de braver la faim, et plus je vais, plus je suis sûr de la revoir. Le temps viendra où il me sera possible de racheter nos enfants; cela sera, même au moment où j'espérerais. Il m'est souvent venu une pensée, femme, c'est que sa régénération s'accomplirait à notre heure dernière.

— Que veux-tu dire? Explique-toi, mon mari!

— Je ne le puis. Dieu seul me révélera en temps et lieu. Attendons patiemment, attendons!

— Oh! si elle revenait seulement, comme j'attendrais avec patience! Mais pensez donc qu'il y a longtemps qu'elle est partie, et nous n'avons pas eu de nouvelles. Pas un mot écrit de sa main ne nous est parvenu! Combien nous avons souffert chaque mois, chaque heure, chaque minute! O mon ami, n'avons-nous pas eu de la patience?

— Allons, bon courage! reprit le vieillard d'une voix solennelle, attends que Dieu ait manifesté son vouloir. Notre enfant a commis une grande faute, tu le sais; mais autrefois elle était vertueuse, elle était bonne!...

— Oh! oui, bien bonne, aussi bonne qu'un ange sur la terre, jusqu'au moment où il se trouva sur son chemin.

— Tais-toi, tais-toi! Quand je pense à *lui*, la haine déborde en mon
cœur, je ne peux m'en défendre, il m'est impossible d'être calme.
Que Dieu me vienne en aide! O Seigneur, faites que je puisse entendre son nom sans enfreindre les devoirs de la charité!

— Benjamin, mon mari! s'écria la bonne vieille effrayée de l'expression haineuse qui brillait dans les yeux de son compagnon de
misère, dont les mains jointes se tenaient dans un mouvement convulsif, et dont tous les membres commençaient à trembler.

Il n'entendit pas ce cri pathétique, car il retomba lourdement sur
son escabeau, à côté du foyer, tandis que ses mains crispées se reposaient sur ses genoux, le corps penché en avant et fixant d'un air désolé les derniers charbons allumés qui scintillaient dans les cendres.

La bonne vieille s'empara de l'une de ses mains et la pressa dans
les siennes. Ce mouvement sympathique et tendre n'eut pas de réci-
procité chez le mari, qui étreignait toujours ses deux genoux.

J'ai passé tout d'un coup que si vous ne me laviez pas credit, vous
seriez du moins assez bonne pour m'accorder quelque...

Elle renouvela ses instances, elle l'appela d'un nom d'amitié, d'un
nom qui lui était bien doux lorsqu'il était jeune, d'un nom qui remplissait alors son âme d'une joie indicible.

— Benjamin, fit-elle, Benjamin!

Il leva la tête alors, et, regardant fixement sa femme, retomba à
genoux devant elle. Le corps appuyé sur ses talons, les mains jointes,
la tête inclinée comme celle d'un homme qui va se débarrasser d'un
pesant fardeau, il adressa à Dieu une prière si énergique, que l'orage
semblait se taire au dehors comme pour écouter la tempête d'une
âme qui faisait plus d'efforts que lui-même. Jamais peut-être l'autel
d'une église consacrée à la Divinité n'avait été sanctifiée par une
prière plus sainte et plus éloquente que celle que récitait ce soir-là
du fond du cœur l'habitant de ce taudis humide.

Le vieillard, à n'en pas douter, rivalisait avec les anges dans leurs
hommages au Très-Haut. Il demandait aide et secours contre sa nature rebelle; son front était perlé de sueur; chaque parole sortait
brûlante de ses lèvres décolorées et flétries.

Elle aussi, sa femme, malgré la faiblesse de son naturel timide,
tomba à genoux à ses côtés; mais des sanglots entrecoupaient sa
prière incohérente, des gémissements interceptaient sa voix. Tandis
que son mari demandait la force de supporter la douleur, le pouvoir
d'endurer le supplice d'une vie misérable, la malheureuse éjaculait,
dans un mouvement de lèvres involontaire, ces paroles déchirantes:

— Du pain, du pain! O mon Dieu, donnez-nous notre pain de
chaque jour!

Tout d'un coup, au milieu de sa prière éloquente, le vieillard s'interrompit; un sourire illumina ses traits, et se cachant le visage dans

les mains, il murmura ces paroles empreintes d'un amour incommensurable.

— Je vous remercie, ô mon Dieu! vous m'avez enfin rendu digne
de racheter notre enfant!

Il se releva alors, comme il le put, avec peine; il aida sa femme
à en faire autant, puis, une fois assis, leurs mains réunies, ils contem-
plèrent tous deux les étincelles du foyer, qui se mourait faute d'ali-
ments.

— Ma femme! fit le vieillard; et le son de sa voix différait tellement de l'intonation de colère qu'il trahissait peu d'instants auparavant, que la pauvre vieille le regarda avec étonnement; ma
femme, tu peux maintenant parler de lui, Dieu m'a donné la force
d'entendre son nom sans colère.

— Mais je ne veux pas prononcer son nom, mon ami; tel n'est
pas mon désir, répondit-elle en frémissant.

— Tu es témoin, ma bonne amie, ajouta le vieux Warren en souriant tristement, que le bon Dieu m'a châtié longtemps en me laissant tant de haine au fond du cœur. Comment pouvais-je donc espérer que Dieu me donnerait les moyens de sauver mon enfant, tant
que j'aurais gardé dans mon âme cette horreur pour mon mari! C'était
un serpent que je réchauffais là dans mon sein.

— Tu le haïssais donc bien? demanda-t-elle, comme si elle n'eût
pas compris un sentiment naturel aussi violent que celui-là.

— Oh! oui! N'as-tu donc pas vu quelle violence je me suis faite,
à quels combats je me suis livré pour arracher ce venin de mon
cœur?

— C'est vrai! continua-t-elle timidement; et le silence se rétablit
entre eux.

Les minutes s'écoulèrent ainsi, lentes comme des heures, et la pluie
tombait toujours, fouettant les vitres mal jointes de la fenêtre. Le
feu s'éteignait, à vrai dire, il n'y avait plus dans l'âtre que deux tisons qui se mouraient tristement, et dont la fumée s'élevait en spirale autour de ces deux têtes amaigries.

Tout à coup un pas léger se fit entendre dans la cour; on le devinait malgré le bruit de la pluie qui rageait au dehors. Enfin la
porte d'entrée s'ouvrit, et la rafale qui s'engouffra dans le corridor
fit entre-bâiller l'huis de la cave où demeurait la pauvre famille. Julia
entra à la hâte, essoufflée, hors d'haleine, mais rayonnante de joie et
d'animation; le capuchon qui lui couvrait la tête ruisselait d'eau de
toutes parts; ses cheveux épais et liés en nattes étaient aussi trempés,
et ses petits pieds nus laissaient leur empreinte sur le sol partout
où elle passait.

Le grand-père se leva et jeta à la hâte quelques brindilles de bois
sur le feu, et, comme par enchantement, les copeaux prirent feu et
éclairèrent l'appartement. Elle était là, cette belle fillette, secouant
ses vêtements, entourée d'une auréole de lumière. Le carmin s'é-
panouissait sur ses joues empourprées: on aurait cru voir des roses
se balançant au milieu d'un tourbillon orageux. Ses yeux brillaient
comme des étoiles, et sa voix, lorsqu'elle retentit joyeusement dans
la chambre, rasséréna tout ce qui se trouvait autour d'elle.

— M'avez-vous donc crue perdue, grand-papa, ou vous êtes-vous
imaginé que la pluie m'avait fait fondre? Comme l'eau tombe, eh!
Allons, grand'maman, venez un peu m'aider à puiser ce panier quelque part. Attendez, laissez-moi allumer une bougie.

L'enfant se mit à genoux devant le feu pour allumer cette bien-
heureuse bougie qu'elle avait tirée des profondeurs d'un son panier.
Mais ses mains mignonnes tremblaient, la flamme dansait tout autour
de la mèche. D'où vient qu'elle ne pouvait pas être assez calme pour
obtenir le résultat désiré, c'est qu'elle éprouvait l'émotion de la joie,
de la joie qui fait peur!

— Voyons, grand-père, essayez donc, fit-elle en lui donnant la
bougie; et sa voix rieuse éclata dans la chambre comme le ramage
des oiseaux, quand tous les arbres sont en fleur. Il me sera impossible d'en venir à bout. Mais n'allez pas croire que j'ai froid ou que
je suis fatiguée; ne faites aucune supposition jusqu'à ce que je vous
aie tout dit. Voilà! Maintenant que nous y voyons, venez ici, venez
tous deux.

La gentille enfant plaça son panier devant le foyer, et jamais fée
égrenant des rubis et des perles à un de ses protégés ne parut plus
enchanteresse que la petite Julia dans ce moment solennel. Les deux
vieillards s'accroupirent des deux côtés du panier; l'un tenait la
bougie, l'autre, la femme, pleurait comme un enfant.

— Voyez, grand-père, un beefsteak, un gros, un énorme beefsteak;
des cornichons, et puis, et puis, regardez donc, grand'mère, ce papier, que croyez-vous qu'il contienne? Ah! ah! vous ne devinez
pas? Du thé, du thé vert et du sucre. Bon! voilà grand-papa qui
pleure! Mais pourquoi donc cela? vous ne vous imaginez pas combien je suis contente! Aussi sûr que je suis en vie, si vous pleurez
je vais pleurer à mon tour. Mais, mon Dieu, n'est-ce pas étrange
que nous soyons là tous les trois à pleurer, sans savoir pourquoi? Je
suis si heureuse que je voudrais mourir tout de suite!

La chère petite fille, dans la surexcitation de ses paroles, laissa
tomber le papier qui contenait le thé, et se précipitant dans les bras
de sa grand'mère, la serra sur sa poitrine, donnant un libre cours à
ses larmes, tremblante comme une feuille d'automne et littérale-

mentanéantie par le sentiment de joie que sa présence faisait éprouver dans cette misérable demeure.

Tandis que la bonne Julia prodiguait ses caresses à sa vieille grand'mère, celle-ci, les yeux fixés sur le panier, atteignait un des pains qu'il contenait, en brisait un morceau, et le dévorait avec avidité.

La joie est bien souvent moins calme que le chagrin. Julia s'aperçut de ce que faisait sa grand'mère, et, se relevant aussitôt, elle s'écria :

— La ! la ! laissez donc ce pain sec, vous n'auriez plus d'appétit pour le souper délicat que nous allons faire ! Je vais aller acheter pour trois sous du charbon de bois, j'emprunterai un gril, et puis..., mais, voyons donc, ne mangez donc pas ! je vous le défends, jusqu'à mon retour ! Alors nous souperons !

Julia obtient le plus frais de tous ses bouquets et le pedant à la dame.

Et la charmante fillette s'élança hors de la chambre en prononçant ces dernières paroles : ses pas, tandis qu'elle s'éloignait dans le corridor, étaient aussi légers que ceux d'un faon. Lorsqu'elle revint, une grande portion du pain avait été dévorée, et les deux vieillards, dans les bras l'un de l'autre, adressaient au ciel des actions de grâces pour ce secours inattendu. C'était là une peinture du cœur humain d'un pittoresque admirable, peinture prise sur le fait, les sentiments de l'âme, par la reconnaissance de la créature pour son Créateur, et qui offrait aux yeux des poses dont la beauté tenait de l'idéal.

Julia, le regard brillant, les mains agiles, allait de çà, de là, sans songer à la fatigue qu'elle avait éprouvée depuis le matin jusqu'au soir. Elle approcha la petite table, elle essuya avec un soin tout méticuleux les tasses et les soucoupes, et frotta de nouveau le chandelier de fer, qui, depuis fort longtemps, n'avait point contenu une chandelle aussi longue et aussi blanche.

Le fumet du beefsteak qui cuisait sur les charbons ardents, le gazouillement de la bouilloire qui chauffait à côté, le pétillement de la flamme alimentée par la graisse de la viande, tout semblait correspondre aux mouvements joyeux de la petite fille. La pluie glaciale qui tombait toujours, les efforts du vent qui ébranlaient les volets extérieurs, rendaient plus agréable encore le confort relatif qui régnait maintenant à l'intérieur.

— Voilà qui est fait, dit Julia en achevant de frotter la théière et en la plaçant sur la table. Maintenant tout est prêt : je verserai le thé, grand-papa coupera le beefsteak, et vous, grand'mère, vous serez notre hôte ce soir. Allons, asseyons-nous : notre souper est chaud et fort appétissant.

Les deux vieillards s'approchèrent de la table : leurs têtes vénérables s'inclinèrent quelques secondes, et pendant ce temps la petite fille baissait confusément ses yeux cachés par des cils d'une longueur admirable ; sa joie, qui débordait de toutes parts, venait d'être réprimée par la pensée soudaine d'avoir oublié, avant de s'asseoir, les actions de grâces que toute âme chrétienne adresse au bon Dieu en pareille occasion.

Ce fut l'affaire d'un moment. Bientôt, semblable à l'oiseau-mouche qui bourdonne autour d'une fleur entr'ouverte, la gentille enfant s'empara de la théière, d'où s'échappa un jet de la boisson ambrée, et à mesure que le sucre se fondait dans les tasses, où elle l'avait mis à l'avance, sa bouche rieuse laissait apercevoir ses dents blanches. On aurait dit qu'elle remplissait l'office d'une fée bienfaisante qui offre un festin à de simples mortels. Elle était vraiment trop heureuse pour songer à sa propre faim ; elle oubliait les besoins de son estomac tantôt pour offrir un morceau de pain à son grand-père, tantôt pour garnir l'assiette vide de sa grand'maman d'une autre tranche de beefsteak. La théière paraissait inépuisable, car elle ne cessait de remplir les tasses vides de ses chers parents.

— N'est-ce pas, grand'mère, que le thé et le sucre sont excellents ? Comment donc, bon père, mais vous n'avez pas encore vidé votre tasse ? disait-elle à chaque instant dès que l'un ou l'autre s'arrêtait dans les intervalles d'une bouchée, tant il lui semblait qu'une joie pareille devait durer longtemps et ne pas avoir de terme.

— Mais, dit enfin le vieillard en reculant son assiette et en poussant un soupir de satisfaction accompagné d'un sourire ; mais, ma bonne Julia, tu ne manges pas, toi. Voyons, dépêche-toi, afin de pouvoir nous raconter comment tu t'es procuré tant de bonnes choses. Tu as donc eu bien de la chance, qu'il t'a été possible d'acheter tout cela avec le gain de ta journée ?

— Tout cela ! s'écria l'enfant ; mais ce n'est seulement que le souper : était-il bon, grand-père ?

— Excellent ! Ah ! si tu savais comme nous avions faim ! Nous eussions été heureux avec bien moins, va !

Julia tendit sa corbeille sans savoir précisément ce qu'elle faisait.

— Oui, je comprends, vous vous demandez comment nous pourrons subvenir à nos besoins de demain. Vous vous dites : Julia a dépensé tout ce qu'elle avait pour nous faire faire ce somptueux repas, elle a agi comme une enfant.

— Oui, comme une enfant, mais comme une enfant pleine de cœur et de bonté : pourrions-nous la blâmer ?

— La blâmer ! dit la grand'mère les yeux humides de larmes, la blâmer ! que Dieu la bénisse au contraire !

— Mais aussi, dit Julia en essuyant une larme qui mouillait ses beaux cils, je n'aurais pas dû tout dépenser à la fois ; c'est ce que grand-papa veut dire.

— Non pas, fit la vieille en lui coupant la parole, il ne fait aucun reproche, loin de là !...

— Oh ! je sais bien ce qu'il pense. C'eût été un enfantillage, et pourtant je l'aurais commis... Qui sait ? Lorsqu'on a un demi-dollar dans la main, brillant comme s'il sortait de l'hôtel des monnaies ; et quand on pense que votre grand-père et votre grand'mère sont à la maison sans avoir rien à manger, réfléchit-on, dites-moi ? Mais, bah ! regardez-moi ça.

Et l'enfant, tirant une pièce d'or cachée dans son sein, la fit briller à la lumière de la chandelle.

— De l'or ! s'écria le grand-père saisi d'étonnement et devenant pâle tout d'un coup.

— De l'or, un demi-aigle, aussi vrai que j'existe ! s'écria la vieille femme, qui s'empara avidement de cette menue pièce et l'examina avec soin.

— Certainement, de l'or, cinq dollars ! fit l'enfant joyeuse en frappant la table de ses deux petites mains, cinq dollars ! rien que cela ! c'est la bonne marchande du marché de Fulton qui me l'a assuré : cinq dollars ! pensez-y donc !

— Mais tu n'as pas gagné tout cet argent ! dit le vieillard d'un ton solennel.

— Pas précisément gagné, répondit en riant la petite fille, qui pourrait croire qu'une enfant comme moi peut gagner cinq dollars par jour ? Et encore qui sait ? La revendeuse m'avait dit d'accepter tout ce qu'on me donnerait pour les fleurs qu'elle m'avait confiées. J'ai suivi son conseil. Une dame, belle parmi toutes les belles que vous avez jamais vues, m'a donné cette pièce d'or en échange d'un bouquet de roses.

— Mais qui était cette dame ? Elle s'est peut-être trompée, elle n'a pas vu que c'était de l'or, dit le vieillard, qui allongea la main et prit la monnaie brillante entre ses doigts de sa femme.

— Je crois tout le contraire. Bien plus, je suis sûre qu'elle savait ce qu'elle me donnait, reprit l'enfant, car elle a bien regardé la pièce d'or en la prenant dans sa bourse ; elle en connaissait la valeur, tandis que moi je l'ignorais.

— Bien ; mais pour savoir à quoi nous en tenir, dis-nous comment cela s'est passé, ajouta le vieillard examinant toujours le demi-aigle pour se donner une contenance. Ta grand'mère a achevé de boire son thé : nous t'écoutons maintenant.

Julia, d'abord quelque peu déconcertée par l'air sérieux de son grand-père, recouvre enfin la gaieté, qui cependant était parfois entrecoupée par des larmes et des sourires. Sa bouche, tantôt sérieuse, tantôt enjouée, se prêtait difficilement aux difficultés d'un récit suivi.

— Eh bien, dit-elle en rejetant en arrière les longues tresses de ses cheveux et en croisant avec un air décidé ses mains sur ses genoux, je vais tout vous raconter ; mais ne me faites pas de questions, et je vous donnerai tous les détails possibles, dans l'ordre où les faits sont arrivés. Vous savez comment ce matin l'épicier m'avait prêté un panier, et comment je suis partie avec cela. Ce panier neuf appendu à mon bras m'avait donné du courage, je me sentais hardie comme un lion. Et cependant j'avais bien de la peine à retenir mes pleurs, tout me paraissait étrange, j'avais peur sans savoir pourquoi, oh ! mais j'avais peut-à en trembler !

Grand'maman, je m'imagine que les Enfants perdus dans le bois dont tu m'as conté l'histoire, ont dû éprouver les mêmes sensations. Pense donc, je n'avais pas mon frère avec moi, et puis, ma foi, ça me paraît bien plus effrayant d'aller au milieu d'une foule d'hommes qui vous regardent froidement et de femmes que l'on n'a jamais vues, que d'être perdue dans une forêt et de marcher sur un tapis de mousse diaprée de fleurs, d'admirer le feuillage multicolore des arbres, d'entendre le chant et le gazouillement des oiseaux, de ces chers oiseaux, de ces oiseaux qui couvrirent de feuilles les enfants perdus. En somme, grand'mère, comme je vous le disais, j'étais bien plus seule et bien plus désolée que ces enfants, qui avaient des framboises et des mûres à discrétion, vous savez bien, et puis je mourais de faim, j'avais d'horribles tiraillements d'estomac, quoique je ne vous l'aie pas avoué. Toutes les vitrines des pâtissiers regorgeaient de gâteaux et de sucre candi : on aurait dit que ces gâteries avaient été placées là tout exprès pour me faire commettre le péché d'envie. Je vous ai raconté, en courant, comment je m'étais introduite dans le marché de Fulton, le cœur glacé, se refroidissant toujours de plus en plus, jusqu'au moment où j'ai trouvé la bonne marchande, cette femme qui m'a compatissante !

— Que Dieu la bénisse pour sa généreuse action ! s'écria le vieillard avec ferveur.

— Oh ! Dieu lui revaudra cela certainement ! ajouta la grand'mère.

— J'aurais voulu que vous la vissiez, n'eût-ce été qu'un moment, dit en s'interrompant la fillette dans un élan de sa reconnaissance ; mais vous la verrez un jour, allez !

Et la gentille enfant continua son récit dans ce langage décousu particulier aux êtres de cet âge, racontant ce qui lui était arrivé dans les rues, son aventure du quai sur le bord du fleuve, où pour la première fois elle avait vu un steamer transatlantique.

Au moment où elle parla de la dame et de son bizarre compagnon, les deux vieillards redoublèrent d'attention. L'ardente admiration de l'enfant pour cette femme leur faisait éprouver un intérêt dont ils ne s'expliquaient pas eux-mêmes la cause. Lorsque Julia leur dépeignit aussi cet homme aux manières brusques qu'elle avait rencontré

sur le quai, sa voix s'éteignit presque, et elle regarda autour d'elle comme si elle avait peur. L'impression toute particulière que ce personnage avait produite sur sa jeune imagination la poursuivait encore ; elle se mit à parler à voix basse, détournant les yeux de temps à autre du côté de la porte comme si elle craignait d'être entendue. Mais quand elle songea à la charmante demoiselle qui l'accompagnait et qui était montée avec lui dans la voiture, le courage lui revint, ses yeux se ranimèrent, et sa conversation reprit cet enjouement naturel qui en faisait le principal charme.

— Il venait de partir, dit-elle, je regardais devant moi, cherchant une issue pour quitter le quai, lorsque j'aperçus un mouchoir à mes pieds : la roue de la voiture avait passé sur cette batiste et l'avait souillée de boue. Je le ramassai et me mis à courir dans la direction prise par le cocher ; car ce mouchoir était plus fin qu'une toile d'araignée, et devait être d'un grand prix. J'allais comme une folle, au milieu des camions, des bagages et de la foule, tenant d'une main ma corbeille, et de l'autre le mouchoir précieux. Deux fois j'aperçus la voiture, mais elle était déjà trop loin, et puis, à l'angle d'une rue, je la perdis de vue : elle avait disparu. Je me demandais alors quel parti je devais prendre, lorsque la calèche dans laquelle était montée la jeune femme passa devant moi. Sans doute elle s'était arrêtée quelque part : c'est pour cela qu'elle repassait à la place où je me trouvais. Elle avait la tête à la portière, et je crus que le mouchoir pouvait bien lui appartenir. Je quittai donc le trottoir, et je secouai le mouchoir en l'air pour attirer son attention. La voiture s'arrêta, le cocher descendit de son siège et ouvrit le vasistas, sur l'ordre que lui en donna la dame, qui, m'adressant un sourire rempli de tristesse, prononça ces paroles :

— Eh bien, mon enfant, que voulez-vous ?

Je lui montrai le mouchoir et, d'une voix entrecoupée par la fatigue de ma course rapide, je m'efforçai de lui dire : — Est-ce à vous, madame ? Ce mouchoir vous appartient-il ?

Elle le prit, regarda à tous les coins pour y trouver un chiffre, puis ses joues devinrent pâles comme celles d'une morte, ses lèvres si roses, si purpurines, blanchirent tout d'un coup : j'aurais cru qu'elle allait rendre son âme à Dieu, si elle ne m'avait dit d'un air égaré : — Montez avec moi, venez tout de suite. Et, sans me laisser le temps de lui répondre, elle me prit le bras et m'attira, moi et mon panier, sur les coussins de la voiture. La portière se referma, et, à ma grande frayeur, je lui entendis dire au cocher de fouetter ses chevaux pour aller plus vite. Je m'étais tue, je croyais rêver. Devant moi la dame, pâle, contenant à peine son émotion, serrait convulsivement le mouchoir dans une de ses mains. Tantôt elle me regardait avec une fureur concentrée, tantôt ses yeux paraissaient se clore et oublier tout ce qui se passait autour d'elle.

La calèche volait comme un wagon du chemin de fer de Harlem ; j'eus peur, et je me mis à pleurer. Alors la dame me regarda avec compassion, et me dit d'une voix si plus douce voix :

— Allons, ne pleures pas, mon enfant, on ne vous fera pas de mal.

Et malgré cette assurance, mes larmes coulaient toujours ; car tout cela me paraissait inaccoutumé et fort étrange.

Enfin, la calèche s'arrêta devant une grande maison bâtie en pierre de taille, avec de grandes fenêtres et une porte de fer par devant. De beaux arbres entouraient l'hôtel, et un escalier de pierre conduisait à moitié chemin de la grille jusqu'à la porte du milieu. Les fenêtres étaient garnies de vitraux de couleurs variées ; et à l'un des coins de cette maison s'élevait une tourelle carrée de haut en bas, éclairée par de toutes petites ouvertures, et à moitié ensevelie sous les pampres d'une vigne dont les brindilles s'accrochaient aux pierres, du sol jusqu'au sommet.

Personne ne vint ouvrir la porte. L'homme que j'avais vu avec elle sur le port, et qui avait pris place à côté du cocher, ouvrit la grille de la cour avec une clef, puis ensuite la porte de la maison, et nous introduisit dans cette demeure, aussi silencieuse qu'une salle d'audience quand elle est vide. La dame me prit alors par la main et me conduisit dans une grande salle, l'antichambre, je crois, carrelée de plaques de marbre noir et blanc. Nous montâmes ensuite un escalier couvert du haut en bas d'un tapis moelleux. On aurait dit que nous marchions sur un lit de mousse et de fleurs. Tout, autour de nous, était calme ; on y voyait à peine, car des rideaux de soie fort épais tombaient, déployés devant chaque fenêtre, et le ciel s'était couvert au dehors.

La dame ouvrit une porte, et me fit entrer dans une chambre encore plus belle que tout ce que j'ai jamais vu de ma vie. Là, comme partout, on y voyait à peine. Mes pieds s'enfonçaient dans la laine du tapis ; partout où mes mains se posaient, j'aurais juré que je touchais des fleurs effeuillées : c'était soyeux et satiné.

Enfin, la dame rejeta son châle et se laissa tomber sur un petit sofa recouvert d'une étoffe bleu de ciel. Elle me força de m'asseoir à ses côtés, et m'adressa le plus gracieux de ses sourires.

— Maintenant, fit-elle, vous allez me dire, mon enfant, où vous avez trouvé ce mouchoir.

— Mais, sur le quai, madame, répondis-je en m'efforçant de ne pas pleurer ; je l'ai ramassé dans la boue. J'avais d'abord pensé qu'il appartenait à ce grand monsieur, mais la voiture qui l'emportait allait si vite, que lorsque je vous ai aperçue, j'ai cru...

Elle m'arrêta, et ne m'en laissa pas dire davantage. Ses yeux brillaient comme des diamants, et ses joues reprirent cette couleur incarnat qui m'avait frappée lorsque je l'avais vue pour la première fois.

— Un grand monsieur! fit-elle. De quel grand monsieur voulez-vous parler?

Je lui racontai ce que je savais du gentleman et de la belle demoiselle qui était avec lui; mais avant que j'eusse tout dit, ses mains abandonnèrent les miennes, elle tomba inerte sur le sofa. De ses yeux fermés s'échappaient, à travers ses beaux cils, des larmes en si grande abondance, qu'elles humectèrent le coussin sur lequel elle appuyait sa tête.

J'éprouvais un chagrin inexprimable en voyant cette émotion dont mon récit était la cause. Dans un moment donné je ramassai ce mouchoir qu'elle avait laissé tomber à terre, et à l'aide de l'un des coins que la boue n'avait pas souillé, je voulus essuyer les larmes qui mouillaient son visage. A ce contact la dame se releva d'un seul bond, tremblante : elle me repoussa brusquement. Ce n'est pas qu'elle fût courroucée contre moi, oh! non; mais elle paraissait avoir une répulsion instinctive pour ce mouchoir, et se refuser à ce qu'il touchât sa figure.

Elle marcha alors de long en large dans la chambre, puis peu à peu elle se remit de son émotion. Dans cet intervalle, l'homme à la tournure bizarre entra, portant le sac brodé et le nécessaire en argent. Elle lui adressa la parole à voix basse : ce qu'elle lui dit parut ne pas lui plaire; mais elle lui intima l'ordre d'obéir, et il sortit aussitôt. Elle revint se placer sur le sofa, sans prendre garde à moi, la tête ensevelie dans ses deux mains; sa respiration était saccadée, et souvent des larmes coulaient, comme autant de perles, sur ses joues.

Il se faisait tard : j'entendais la pluie qui tombait au dehors; je lui adressai la parole, et lui dis que je voulais m'en aller. Elle ne parut pas m'entendre. J'attendis encore, et puis je renouvelai ma demande. Elle ne m'écouta pas davantage. Je pris alors ma corbeille, et je sortis sans rien dire. Personne ne se trouva sur mon chemin. La maison paraissait être déserte : c'était une bien belle maison; mais là, vrai, ce silence me faisait peur! Le seul bruit qui se manifestât autour de moi était celui de la pluie qui tombait des feuilles des arbres sur le sable. Un jardin était planté tout autour de cette maison isolée, placée, si je m'en souviens bien, sur le haut d'une colline. Je ne savais vraiment pas où j'étais : on aurait dit la campagne; il y avait des arbres tout autour de moi et des buissons de roses qui se laissaient hors d'un terrain planté de gazon vert.

Une grande rue toute droite descendait du côté de la ville; ce qui me la fit découvrir, ce furent les candélabres placés de chaque côté des trottoirs. Je la suivis, et je parvins bientôt aux maisons bâties en ligne. Je marchai ainsi longtemps d'une rue à l'autre, demandant mon chemin, jusqu'à ce qu'enfin, après une course qui me parut fort longue, je parvins au marché fort inquiète et harassée de fatigue.

La bonne marchande fut très-contente de me voir de retour. Je lui donnai tout l'argent que j'avais reçu; elle le compta, et se paya de ce que je lui devais pour les fraises et pour les fleurs. L'argent assez pour elle sans doute; car elle remplit le panier de vivres; puis elle remplit le panier de vivres, comme pour m'encourager à travailler de mon mieux la semaine prochaine. Et maintenant, grand-père, je vous ai raconté tout ce qui s'est passé dans cette mémorable journée. N'est-ce pas que cela ressemble à un conte de fées?

Le vieillard demeura longtemps à regarder le visage plein de douceur de sa petite-fille, à qui l'animation du récit donnait l'air d'un ange consolateur. Les mains jointes et posées sur la table, il leva les yeux au ciel pour adresser à Dieu les remerciements du chrétien. Peu à peu sa tête respectable s'inclina vers la terre, et d'une voix lente, solennelle et sonore il récita ces mémorables paroles de la Bible :

« J'ai été jeune, et maintenant je suis vieux; jamais pourtant je n'ai vu l'homme juste abandonné et ses enfants réduits à demander l'aumône! »

C'était vraiment avec un sentiment de respect et de touchante émotion que le saint paragraphe de l'Ecriture fut prononcé par le bon vieillard.

La jeune fille inclina la tête avec respect, et sa grand'mère murmura avec componction ces seuls mots qui allaient au cœur : « Ainsi soit-il ! »

CHAPITRE III.

La maison isolée.

Julia Warren avait fidèlement décrit à ses vieux parents la maison dans laquelle on l'avait fait entrer d'une manière si extraordinaire. C'était une construction d'une grandeur et d'un style d'architecture qui rivalisaient avec les plus belles résidences des millionnaires de New-York, et néanmoins elle avait à l'extérieur comme à l'intérieur un aspect de tristesse qui se communiquait à tous ceux qui la regardaient en passant. La plupart des persiennes étaient closes; et à travers les fenêtres où il n'y avait pas de verres de couleur on apercevait derrière les vitres blanches d'épaisses draperies qui s'opposaient à ce que la lumière pénétrât au dedans et se creusât même une issue entre les planchettes d'un volet.

Si l'on entrait dans la maison, en parcourant les vastes appartements somptueux et habités par le silence, on croyait avoir accès dans un jardin argenté par la lumière des étoiles. On savait bien être entouré de toutes parts par un ameublement somptueux, mais aucun objet ne paraissait distinct, tout s'apercevait dans un clair obscur fantastique; et cette vague obscurité produisait sur l'imagination une impression qui s'accroissait peut-être par le silence profond dans lequel toute la maison était ensevelie.

Depuis que la grande porte d'entrée s'était refermée sur les pas de la petite fille qui s'échappait de la maison, aucun bruit n'avait été entendu, aucun mouvement ne s'était opéré à l'intérieur. La dame qui avait si vivement impressionné Julia n'avait point quitté la position rêveuse et dolente qu'elle occupait sur le sofa dans le boudoir du second étage. Elle était seule dans la maison, et sans la respiration oppressée qui de temps à autre soulevait sa poitrine, on l'aurait prise pour un être inanimé, glacé comme le marbre de cette statue de Flore posée sur un piédestal au-dessus de la couchette et semant des lis avec une grâce toute particulière.

Après un certain temps, ce silence réveilla la jeune femme : elle tressaillit, leva la tête et jeta les yeux tout autour de la chambre.

— Elle est partie, dit-elle avec un geste de désappointement qui tenait de l'impatience, elle est partie!

Puis elle se leva le visage pâle de colère, comme celui de quelqu'un dont le caractère impérieux n'a jamais été contrarié, dont les moindres désirs ont toujours été accomplis. Elle alla vers la fenêtre, en écarta les rideaux de damas bleu et regarda rapidement tout autour de la chambre; mais la seule ressemblance humaine que rencontra son regard fut cette blanche statue de Flore, qui tenait toujours ses lis gracieusement suspendus. La dame laissa retomber le rideau avec un mouvement de dépit : on aurait dit que la statue lui adressait ce sourire narquois stéréotypé sur son visage. En cet instant la tempête redoubla de rage, et la pluie retentit sur les vitres à l'extérieur de la maison.

Cette rafale inattendue produisit un tel effet d'irritation sur ses nerfs, qu'elle parut être animée du plus violent désir de retrouver l'enfant, qui s'était enfuie sans mot dire. Elle se dirigea du côté de la porte, l'ouvrit, traversa le palier et descendit le grand escalier; mais son regard devint hagard lorsqu'il lui fut prouvé qu'il n'y avait personne. Plusieurs fois elle entr'ouvrit les lèvres comme pour appeler quelqu'un; mais le nom qu'elle voulait prononcer s'arrêta au passage; sa bouche se tut.

N'était-il pas extraordinaire que ce nom enseveli dans son cœur depuis tant d'années comme l'or qui appartient à l'avare fût au milieu de la terre, ce nom caché qui jadis fit la joie et le malheur de sa vie, se fût présenté plusieurs fois à son souvenir? Cela était pourtant; et quand elle cherchait à le prononcer, les sons mouraient sur ses lèvres, son visage reprenait une morne expression de tristesse. Elle ouvrit aussi la porte de la maison, et ses regards plongèrent dans la rue sans qu'il lui voulût s'étendre.

Il y avait une marquise au-dessus du perron, et grâce à cet auvent somptueux la pluie n'avait point mouillé le seuil de la porte. Dans quelque direction que la jeune femme portât ses regards, il lui fut impossible d'apercevoir la petite marchande de fraises. Son désappointement était extrême, et elle allait rentrer, quand à ses pieds elle découvrit un bouton de rose, tombé naguère de la corbeille de l'enfant. Bien plus encore elle vit les empreintes des pieds nus de la pauvre créature laissées sur le pavé des escaliers. Ces marques étaient disposées en descendant : il n'y avait donc plus d'espoir : elle rentra dans la maison, et ferma la porte aussi doucement qu'elle l'avait ouverte.

Elle resta pendant quelque temps indécise dans le vestibule; puis elle gravit de nouveau les escaliers et revint dans son boudoir. Elle s'assit, mais ce fut seulement pendant quelques minutes. La solitude de cette immense maison eût suffi pour exciter les nerfs de la femme la moins délicate; particulièrement à cette heure, où la pluie fouettait les vitres, où l'obscurité s'épaississait autour d'elle; mais elle se montrait insensible à tout cela.

Une autre idée lui passa tout d'un coup par la tête et sembla raviver ses forces. Elle se mit alors à marcher tantôt à pas lents, tantôt avec une précipitation sans pareille, qui prenait, sans qu'elle s'en doutât, des proportions effrayantes. Ses yeux brillaient d'un éclat extraordinaire, et puis ils se voilaient au moment où elle s'arrêtait pour écouter si quelqu'un venait. Aucun bruit ne parvint à ses oreilles, rien ne se faisait entendre, si ce n'est la pluie qui tombait, qui soupirait sur les ailes du vent, et glissait par gouttes énormes sur les carreaux des fenêtres.

La dame regarda sa montre, et un sourire de dépit et d'amertume effleura ses lèvres. On aurait dit qu'elle attendait depuis de longues heures le retour de son domestique, et cependant il y avait tout au plus une demi-heure qu'il était parti.

— Voilà donc, dit-elle en faisant un geste qui ressemblait à un reproche adressé à elle-même, voilà donc la mesure de la patience et de la résignation que j'ai acquise ! que Dieu m'assiste ! Elle recommença alors à marcher lentement, puis enfin elle se laissa tomber sur le sofa, et ferma les yeux comme si elle eût voulu se contraindre à rester calme et résignée à attendre. Elle demeura ainsi pendant un quart d'heure, et la statue de marbre la regardait toujours à travers les fleurs en lui adressant le même sourire.

Elle avait pu rester tranquille ! Quelle conquête sur elle-même ! Quinze minutes de repos ! Ce temps lui avait paru durer une heure. Ses yeux se rouvrirent et rencontrèrent le visage de marbre de la Flore, qu'elle prit d'abord pour une figure humaine. Cette erreur de son imagination lui fit presque peur, elle se leva et recommença à marcher.

A peine avait-elle fait quelques pas, que ses pieds foulèrent le mouchoir qu'elle avait arraché avec tant d'énergie des mains de la petite marchande de fraises, lorsque celle-ci avait voulu s'en servir pour essuyer ses larmes. Elle se hâta de le ramasser sans pouvoir réprimer un frémissement involontaire. Était-ce un mouvement de douleur, une sensation de joie cachée ! Ce qu'il y a de certain, c'est qu'après un effort qui tendait à rester calme, elle chercha à lire encore sur un des coins du mouchoir le nom qui y était brodé.

Un autre changement soudain s'opéra dans tout son être : elle plia la batiste avec un soin minutieux, et sortit de l'appartement emportant le mouchoir dans sa main crispée. Elle gravit à pas lents, comme si elle agissait contre sa volonté, les marches de l'escalier en spirale de cette tourelle dont Julia avait fait la description aux deux vieillards, et elle s'introduisit dans une chambre isolée de la maison. Là comme partout ailleurs le luxe déployait sa fastueuse somptuosité endormie dans le silence : tout était enseveli dans cette obscurité, qui laissait deviner une opulence que l'on ne voyait pas. Elle était bien seule, et le frôlement de ses pieds était étouffé par d'épais tapis de moquette. On aurait dit un fantôme qui glissait doucement ; sans le bruit de sa respiration, on l'eût prise pour une vision surnaturelle, tant la pâleur de son beau visage et la fixité de ses yeux étaient fantastiques à voir.

Elle s'arrêta un moment indécise, cherchant à se rappeler quelque chose : enfin elle ouvrit la porte d'un petit cabinet et y pénétra.

Quel contraste cette mansarde n'offrait-elle pas avec le splendeur, le luxe que nous avons décrit ! Il n'y avait pas là de demi-jour : l'imagination ne se sentait pas émue par des rayons prismatiques : tout ce qui se trouvait dans ce réduit respirait la chasteté et la simplicité. Un volet entr'ouvert laissait pénétrer une lumière froide, qui révélait la présence de chaque meuble avec toute la nudité de la réalité positive. Les murailles étaient modestement blanchies à la chaux ; un vieux tapis fané couvrait le plancher ; le lit, rempli de plusieurs matelas de plume, était recouvert d'un couvre-pied fait de morceaux d'étoffes cousus en losange, quelque peu défraîchis par l'usage et la vétusté. Une demi-douzaine de chaises de bois d'érable se dressaient le long des murailles ; à l'un des angles était placée une table à ouvrage d'acajou, brunie et polie par le temps et le frottement, et entre les deux fenêtres on voyait, appendu au mur, un miroir cerclé dans un cadre de bois d'érable noueux. Aucun de ces meubles ne paraissait avoir servi depuis longtemps, et quelque simple que cet ameublement eût paru dans toute autre maison, leur présence dans ce riche manoir laissait percer un mystère incompréhensible.

En entrant dans cette chambre, la dame jeta tout autour un regard rapide, et son visage trahit une émotion nouvelle ; mais elle se hâta de comprimer la douleur qu'elle éprouvait, tant elle paraissait avoir de force de caractère pour se contenir. Tout à coup ses yeux tombèrent sur le pauvre tapis : c'était un ouvrage de femme, pareil à ceux que les ménagères de la Nouvelle-Angleterre fabriquent elles-mêmes de leurs mains avec leurs navettes et leurs métiers à tisser. Des bandes aux couleurs vivaces et criardes s'étayaient les unes sur les autres, et, malgré les ravages du temps, ces teintes n'avaient point acquis une harmonie douce à la vue. Personne au monde n'eût regardé plus d'une fois ce pauvre tapis, qui devait être, en vérité, fort indifférent à tout autre qu'à la dame de la maison isolée. Il paraissait attirer ses yeux comme eût pu le faire une combinaison de couleurs des plus artistiques. Son regard se voila ; ses pas chancelèrent, et le foulant aux pieds et se cramponnant au lit, elle se laissa tomber, tremblante et presque hors de ses sens, sur une chaise posée non loin de là. Peu d'instants suffirent pourtant pour la rappeler à elle-même ; mais la pâleur de son visage ne se dissipa point, et elle resta plongée dans ses souvenirs, ensevelie dans ses pensées, immobile comme une statue.

Une heure s'écoula encore. L'orage avait atteint le paroxysme de la fureur, et à travers la fenêtre qui donnait sur le jardin on distinguait à peine les branches des arbres, agitées par les efforts de la tempête, se détachant en noir dans l'obscurité de la nuit. La pluie tombait toujours en larges flaques d'eau : le bruit qu'elle produisait sur le toit ressemblait à celui d'une décharge continue d'artillerie. La tristesse et le désespoir se manifestaient partout dans l'appartement : on aurait dit que les éléments se déchaînaient avec plus de violence comme pour protester contre la présence de cette belle créature dans une chambre qui n'était pas faite pour elle.

Ada ne pensait pas à l'orage, ou plutôt cette solitude et cette obscurité paraissaient s'accorder parfaitement avec le tumulte des passions qui agitaient son cœur. Comme elle assumait au dehors un air de calme et d'insensibilité, l'étrange créature qu'elle était ! Enfin la chaîne de fer qui encerclait son cœur se brisa d'un seul coup : elle se tourna du côté du lit, posa doucement ses mains sur le couvre-pied, et contempla cette étoffe fanée jusqu'au moment où une corde sensible vibra chez elle, et alors, se laissant tomber sur la pauvre couchette, le visage enseveli dans l'édredon des oreillers, elle versa des larmes abondantes, comme l'eût fait un enfant. Elle tremblait de tous ses membres ; le lit craquait à ces mouvements convulsifs, et ses sanglots finirent par dominer le bruit de l'orage extérieur. Puis l'expression bruyante de son chagrin fit place à une autre démonstration non moins extraordinaire. La jeune femme se mit à prodiguer des caresses aux oreillers, au couvre-pied, aux draps même de cette humble couche. Elle les regardait avec amour à travers le voile de ses larmes ; elle les touchait d'une main tremblante, plaçait son visage en contact avec chacun de ces objets, comme l'enfant qui, grondé par sa mère, baise ses vêtements en lui demandant pardon.

Ces démonstrations étaient insensées, bizarres à l'extrême, car une femme énergique comme l'était Ada ne devait pas facilement se plier aux caprices d'une passion enfantine. C'est aussi pour cette raison que la douleur qu'elle éprouvait était cent fois plus émouvante que celle de tout autre. On comprenait facilement que lorsque de telles émotions se faisaient jour chez elle, elle ne s'abandonnait pas à ces sentiments sans un rude combat avec sa fierté naturelle.

Elle était encore étendue sur le lit, pleurant et s'abandonnant sans contrainte à sa douleur, lorsque le bruit d'une porte, qui se refermait dans la maison, vint frapper son oreille. A ce bruit se joignit celui de pas que l'épaisseur du tapis ne suffisait point à amortir.

La dame se releva, écouta quelques secondes, et se hâta de quitter la chambre, après en avoir soigneusement fermé la porte. Il fallait presque nuit quand elle rentra dans son boudoir, et sans le bizarre costume et les traits anguleux qui caractérisaient son domestique, elle eût eu de la peine à reconnaître l'homme qui l'attendait debout et en silence.

— Jacob ! c'est vous ! Ah ! bien ! vous êtes de retour, fit-elle en parlant à mi-voix.

— Oui, c'est moi ! J'arrive, et par un temps peu agréable, répondit l'homme, qui retira son bras sur lequel elle avait placé sa main, et secoua, avec autant de rudesse et d'indifférence que l'eût fait un bouledogue, l'eau qui ruisselait de ses habits. Je suis trempé jusqu'aux os, madame : il ne faut pas vous approcher de moi, vous pourriez prendre froid.

— Il pleut donc ? ajouta-t-elle en maîtrisant son impatience.

— S'il pleut ! je crois bien ; sans compter qu'il fait un vent !... N'entendez-vous pas la tramontane qui brise les branches des arbres de votre jardin ?

— Je n'y ai fait aucune attention, reprit-elle d'une voix empreinte de tristesse, je pensais à toute autre chose.

— A lui probablement !

La voix du domestique d'Ada prononça ces paroles avec une lenteur et une énergie sans pareilles. Cela était d'autant plus bizarre que toutes les fois qu'il parlait dans le langage accentué des gens de l'Est, il avait le mot bref et sympathique.

— Oui, je pensais à *lui* et à *eux !* Ah ! Jacob, j'ai passé une bien terrible journée !

— Et moi donc ! murmura le brave homme en secouant de nouveau ses habits.

— C'est vrai, vous êtes resté debout tout le jour, vous avez été mouillé, mon bon ami, tout cela pour me servir ! Vous avez eu bien du mal !

— Bah ! cela n'en vaut pas la peine, n'en parlons pas. Je voudrais bien savoir qui oserait se plaindre de cela ? Un peu de pluie, la belle affaire ! s'écria l'homme, qui paraissait suivre l'observation qu'il avait faite, quoique à voix basse, eût été entendue par sa maîtresse.

— Vous ne vous plaignez jamais, mon brave Jacob, et cependant j'ai été souvent injuste avec vous, quoique je sois votre amie ; oui, votre amie ! aussi vrai que je vous considère, moi, comme un véritable ami. Oh ! j'ai trop souvent abusé de votre patience et mis votre courage en réquisition.

— Allons ! bon ! encore ! fit l'homme avec une impatience marquée, qui toutefois n'avait rien de grossier, comme si je me plaignais ! comme si je vous montrais du dépit ! Ne suis-je pas à votre service, ne suis-je pas votre domestique, comme cela s'appelle ? Ma mission n'est-elle pas de vous servir, de vous obéir, de vous suivre partout ? N'ai-je pas rempli ces devoirs depuis la que nous en parlons là ! Je reviens de faire la course que vous m'avez commandée au bas de la ville.

— Eh bien ? fit Ada d'une voix calme, remplie de charme, voix modulée tout exprès, en retenant l'anxiété qu'elle n'osait manifester.

— Comme vous le pensez bien, continua-t-il, je ne pouvais rien faire sans que l'on m'aidât! Ce que vous avait raconté la petite fille prouvait seulement qu'il était à New-York, mais c'était là tout. Elle n'avait pas su vous expliquer ni vers quel endroit sa voiture s'était dirigée, ni quel numéro portait la calèche. Le trouver était aussi facile que de découvrir une aiguille dans une meule de foin. Mais vous désiriez savoir où il demeurait, et je jurai d'en venir à bout. Ce matin, quand nous avons quitté le steamer, j'ai aperçu dans la foule un homme qui portait une étoile en argent sur la poitrine : comme une pareille livrée me paraissait extraordinaire dans un pays républicain comme le nôtre, j'ai demandé à quelqu'un ce que cela signifiait. On m'a appris que c'était un agent de police. Il y a apparence que l'on a organisé à New-York un nouveau système d'espionnage en costume ; aussi, réfléchissant à ce que l'on m'avait dit sur le quai, il m'est venu à l'idée de m'adresser à quelques-uns de ces agents pour retrouver M. Leicester.

— Tais-toi! pas si haut! ne parle pas si fort! reprit la dame tressaillant à ce nom, qui n'avait pas été prononcé devant elle depuis de nombreuses années, et qui frappait soudain ses oreilles.

— Je demandai où était le bureau de police, et je m'y rendis : c'est au milieu du Parc, madame, dans la partie basse du bâtiment du City-Hall. J'ai été introduit auprès du chef, un homme qui est vraiment le plus habile et le plus actif de tous ceux que j'ai jamais connus. Je lui ai raconté le but de ma visite, et je l'ai prié de m'aider dans les recherches que je faisais. Il a alors appelé un jeune homme qui se tenait dans une chambre à côté, puis écrivant quelques mots sur un morceau de papier, il les donna à ce commis, qui sortit, tandis que le chef de la police me priait de m'asseoir. Il m'interrogea alors sur mes voyages, sur mille choses; nous causions comme de vieux amis : le temps s'écoulait, lorsque enfin arriva un homme, et je reconnus ce même agent de police que j'avais remarqué le matin sur le quai.

— Monsieur Johnson, lui dit le chef, il est arrivé ce matin un steamer venant du Sud, qui a pris sa station du côté opposé à celui du steamer de Liverpool : avez-vous remarqué, parmi les passagers qui se trouvaient à bord, un gentleman de haute taille, ayant une demoiselle à son bras?

— Cheveux bruns, grands yeux, habillé de noir! répondit l'agent en se tournant de mon côté.

— C'est bien cela! répondis-je.

— La jeune dame est d'une admirable beauté! Je n'ai pas pu voir quelle était la couleur de ses yeux, elle les baissait toujours : robe de soie noire, châle de cachemire, chapeau négligé, continua-t-il.

— C'est bien cela! ajoutai-je.

— Oui! fit l'agent en s'adressant au chef de la police, j'ai vu ces deux personnes.

— Où sont-elles allées?

— La voiture de place n° 117 a fait trois courses, l'une à l'hôtel du City-Hall, l'autre à celui de New-York, et la troisième à l'Astor-House. C'est à ce dernier hôtel que le gentleman s'est arrêté.

— Et la jeune fille, est-elle descendue avec lui? s'écria Ada ne pouvant plus contenir l'émotion qui la poussait à questionner Jacob.

— C'est justement lui que le chef de la police demanda à son agent, répondit celui-ci.

— Et que répondit l'agent? Est-elle restée avec lui?

— Le chef de la police posait la question d'une manière plus calme, et l'agent lui apprit que la jeune demoiselle...

— Eh bien!

— ... Avait d'abord été conduite par le cocher de la voiture de place dans une maison de la neuvième ou dixième rue, à ce que je crois.

— Peu importe! ainsi elle n'était pas restée avec lui! fit Ada en poussant un soupir prolongé qui dénotait le soulagement qu'éprouvait son cœur : il est seul à l'Astor-House, et moi dans la même ville que lui. Son cœur ne le lui dit-il pas, son âme ne lui parle-t-elle pas de moi comme la mienne de lui?... L'Astor-House!... Jacob, y a-t-il bien loin d'ici à l'Astor-House?

— Mais, un ou deux milles au plus : je ne puis pas vous l'assurer au juste.

— N'être séparé l'un de l'autre que par un ou deux milles! Oh! plût à Dieu que ce fût la seule distance qui nous séparât! s'écria-t-elle tout d'un coup en frappant ses mains l'une dans l'autre, dans un mouvement de douleur inexprimable.

Le domestique recula en présence de cet élan de douleur passionnée. Pourquoi? nous ne saurions l'expliquer : il garda pourtant le silence, et se perdit dans l'ombre qui assombrissait l'appartement. Pendant plusieurs minutes pas une parole ne fut échangée entre ces deux personnes si dissemblables d'aspect, de disposition d'esprit et de position sociale, qui, malgré tout, étaient unies l'une à l'autre par un lien sympathique assez fort pour compter pour peu de chose la distance qui les séparait.

A la fin la dame releva la tête, et jeta sur son domestique un regard suppliant qui perça l'obscurité.

L'orage ne s'était certes point apaisé : le vent rageait dans les feuilles des arbres, la pluie continuait à tomber par torrents, des éclairs sillonnaient la nuit sombre, le tonnerre grondait au loin.

— Quel horrible temps! dit la dame en souriant tristement et en fixant ses beaux yeux sur son domestique.

Celui-ci crut d'abord qu'elle avait peur des éclairs, et cette pensée réveilla son bon naturel.

— Oh! ce n'est pas un temps si mauvais que celui que nous avons rencontré sur les cimes des Alpes et au milieu de la mer.

Les yeux d'Ada, à ces mots, brillèrent d'un éclat joyeux.

— C'est vrai, fit-elle, ce n'est rien en comparaison de ces tourmentes effrayantes des montagnes et de l'Océan. Après tout, la nuit n'est pas si noire!

— C'est l'orage qui assombrit la lumière, voilà tout. C'est à peine si le soleil vient de se coucher, reprit Jacob, qui alla consulter sa vieille montre d'argent tout contre la fenêtre.

— Etes-vous bien fatigué, Jacob?

— Fatigué! mais pourquoi le serais-je? A vous entendre, on pourrait s'imaginer que je suis resté tout le jour à manier la bêche et à creuser la terre.

La jeune femme hésita : elle n'osait plus rien dire, sa voix se faisait à peine entendre, lorsqu'elle s'efforça de prononcer les mots suivants :

— Eh bien... Jacob... si vous n'êtes pas trop fatigué... vous m'obligeriez... d'aller me chercher... une voiture. Il doit y avoir quelque remise dans le voisinage.

— Une voiture! s'écria-t-il tant sa surprise était grande, une voiture, madame, une voiture, ce soir et par un temps pareil!

— Jacob, Jacob, il faut que je le voie! Je veux le voir aujourd'hui même, tout de suite! Le moindre retard me tue, je suis toute bouleversée, ne vous en apercevez-vous pas, Jacob? Je n'ai plus la force de me maîtriser, je veux le voir, il le faut, ou je mourrai!

— Mais comment sortir par ce temps d'orage? fit le domestique, qui était devenu pâle comme sa maîtresse, par une cause que nous ignorons.

— Qu'importe! tant mieux qu'il fasse mauvais temps, mon courage redouble. Comment lui et moi pourrions-nous nous revoir, si ce n'est au milieu d'une tempête. Cette tourmente, mon ami, m'a rendu toutes mes forces.

— Je vous en conjure, madame, je...

— Jacob, soyez bon, allez me chercher une voiture, fit Ada d'une voix suppliante, ne cherchez pas à me contredire, je vous en prie! Au lieu de contrarier ma volonté, obéissez-moi. Dieu seul peut dire combien sans vous il me serait impossible d'agir.

Il était impossible de résister à cette voix, à l'éloquence enchanteresse de ces yeux. Le serviteur fidèle étouffa un soupir au fond de son cœur et sortit sans songer à la pluie, à laquelle, pour tout dire, il ne faisait jamais grande attention.

Son absence ne fut pas longue, et à voir la masse noire arrêtée devant la grille de fer, ensevelie sous un vrai déluge de pluie, on comprenait qu'il avait pleinement réussi à satisfaire les volontés de sa maîtresse.

Celle-ci avait profité de cette absence pour changer de robe et pour en revêtir une de soie noire toute simple, qui ne décelait en rien sa position sociale. Personne n'aurait pu deviner à quel rang de la société elle appartenait. Un chapeau de paille et un châle complétaient ce modeste costume.

— Je suis prête, je vous attends! s'écria-t-elle au moment où Jacob parut à la porte, et elle abaissait son voile sur son visage pour que le bon serviteur ne pût pas lire les sentiments qu'elle éprouvait.

Puis, disant ces mots, Ada passa devant lui et s'élança en avant.

Mais Jacob, à la faible lueur d'une petite lampe que sa maîtresse avait allumée dans le boudoir pendant sa courte absence, avait jeté sur elle un regard inquisiteur. Il avait vu ce qu'il voulait voir, et ce coup d'œil avait réussi.

Il suivit Ada sans prononcer une parole.

CHAPITRE IV.

L'Astor-House et la mansarde.

Dans un des appartements les plus somptueux de l'Astor-House était assis, tout seul, l'homme qui, dans la matinée du même jour, avait fait une impression si terrible sur la petite Julia Warren. Bien que la froide température de cette nuit d'orage s'infiltrât même à travers les murs massifs de l'hôtel, l'air glacial extérieur ne pouvait en rien troubler le confortable. Le bien-être que ce personnage avait su rassembler autour de lui. Le feu pétillait dans l'âtre et colorait de teintes brillantes les objets massifs dans lequel ses pieds s'enfonçaient, si profondément, qu'on eût juré que ses pantoufles brodées étaient enfouies dans un lit de mousse.

Les rideaux étaient soigneusement tirés, et l'appartement tout entier avait un aspect de mollesse recherchée, d'isolement souhaité, qu'on trouve rarement dans un hôtel public. Sur une table, l'inconnu avait ouvert un nécessaire de toilette en ébène, offrant aux yeux éblouis la richesse de ses ustensiles de toute sorte, montés en or et ciselés avec art. A côté, on avait placé un pupitre de voyage fait de bois précieux, tout incrusté de nacre, dont le miroitement, grâce à la lumière vacillante, jetait des teintes opales pareilles à un ruisseau de diamants. Sur la cheminée on apercevait un petit cadre dont la sculpture, une véritable dentelle, était évidemment de l'or le plus pur ; il renfermait un portrait de femme peint avec une délicatesse si exquise et d'une beauté si suave, qu'en le contemplant on ne pouvait s'empêcher de ressentir une douce émotion. C'était le portrait de la jeune fille que Julia avait vue le matin s'appuyant sur le bras de cet homme. Les teintes qui couvraient l'ivoire étaient encore toutes fraîches et toutes nouvelles ; hélas ! aucun portrait de femme n'avait eu le temps de se faner dans ce petit cadre. Presque chaque changement de lune voyait rayonner une nouvelle tête dans ce cercle d'or si merveilleusement sculpté. Cette seule particularité dévoilait un des traits les plus marquants du caractère de cet homme.

Il s'était placé devant le feu, à demi couché dans un moelleux fauteuil ; promenant parfois un regard éteint sur le portrait, et souriant avec un air de fatuité. Tantôt il se retournait vers un guéridon avancé près de lui pour prendre au bout d'une fourchette quelques morceaux d'un gibier délicat, des oiseaux éparpillés sur une assiette, et tous dépecés, morcelés comme s'il avait goûté à chacun d'eux sans réussir à contenter son appétit émoussé. Diverses épices exotiques, comme aussi plusieurs flacons de vins se trouvaient sur la table, couverte de riches porcelaines, et de verres de toutes formes et de toutes couleurs. On savait à l'hôtel que ce personnage avait des goûts et un appétit fort difficiles à satisfaire, et que pour lui l'arrangement d'un couvert avait autant d'importance que les mets qui devaient composer le festin.

Il n'y avait pour toute lumière, dans tout l'appartement, que deux bougies fixées dans des flambeaux d'argent : ces deux flambeaux, ainsi que la vaisselle plate qu'on voyait sur la table, faisaient partie du bagage qu'il portait toujours en voyage. Si nous nous sommes si longuement étendu sur ces minutieux détails, c'est qu'ils dépeignaient le caractère de l'homme bien mieux que n'aurait pu le faire aucune espèce d'analyse philosophique ; aussi bien pour un sentiment de dégoût et d'éloignement personnel, n'aimons-nous pas à nous mettre en contact, même en imagination, avec les cœurs endurcis par l'égoïsme.

Oh ! si la plume n'avait jamais à décrire que ce qui est chaste et bon, quelle agréable tâche un auteur n'aurait-il pas à remplir ! Mais l'existence humaine, toute pétrie qu'elle est de mal et de bien, exige, pour être présentée avec vérité, l'application de ces teintes sombres qui obscurcissent le tableau de la vie telle qu'on l'a faite de nos jours, et même telle qu'elle a toujours été depuis le commencement du monde. L'humanité, comme la nature elle-même, offre le contraste des ténèbres de la nuit noire et du soleil le plus brillant et le plus pur.

Leicester n'avait rien dans sa personne qui nous empêche ou nous rende désagréable l'obligation où nous sommes, comme romancier, d'en faire une exacte description. Il avait atteint l'âge moyen de la carrière humaine, ou du moins il en approchait ; cependant lorsqu'on le considérait avec attention, ses traits annonçaient plus d'années qu'il n'en avait réellement, car sa vie avait été de celles qui laissent rarement le front uni ou la bouche riante. Malgré cela, pour un observateur superficiel, Leicester avait la physionomie noble et le port élégant. L'éclat de son épaisse chevelure noire se ressentait à peine de la présence de quelques fils argentés qui commençaient à poindre çà et là. Il avait le front haut, large et très-blanc, les dents magnifiques, et malgré une certaine épaisseur des lèvres, le sourire qui à de rares intervalles venait les effleurer était plein d'une expression à la fois rusée et enchanteresse, pleine de méchanceté et d'un pouvoir fascinateur qu'il est impossible de décrire. C'est à ce sourire qu'il fallait attribuer la présence si souvent renouvelée de ces figures gracieuses dans le petit cadre d'où la pauvre Florence Creft semblait le contempler avec une tendresse empreinte de mélancolie.

Au moment où il leva les yeux, on aurait pu voir ce sourire moqueur et séducteur s'incruster et s'étendre sur ses lèvres, auxquelles il imprima un mouvement de vibration. C'est qu'il entremêlait alors dans sa pensée un sentiment à la fois affectueux et rempli d'un froid dédain, et pourtant son regard était fixé sur ce visage ravissant qui, de sa tablette d'ivoire, l'obsédait par son immuable fixité. L'expression de tristesse que ce portrait exprimait venait peut-être de la position de la lumière. Leicester changea de place la bougie, et aussitôt un autre sourire d'un caractère différent vint remplacer le premier. Le roué s'étendit nonchalamment dans son fauteuil les deux mains enlacées derrière sa tête, tandis que ses yeux, à demi fermés, restèrent fixés dans la même direction.

Ce mouvement dénoua la cordelière de soie enroulée autour de sa ceinture et y retenant une robe de chambre d'un riche cachemire, doublée de velours rouge. Il mit à découvert des proportions majestueuses d'un corps robuste, nerveux, plein de vigueur et d'agilité.

Leicester n'avait pas de gilet, et on aurait pu compter les battements de son cœur à travers le linge fin et parfaitement repassé qui lui couvrait la poitrine. Mais ce n'était pas seulement les mouvements de ce cœur avili que la cordelière en se dénouant avait permis d'entrevoir : à l'orifice de l'une des poches intérieures de la robe de chambre on apercevait la crosse sculptée d'un pistolet revolver.

Ainsi entouré d'objets du plus grand luxe, ayant près de son cœur un instrument qui donnait la mort, William Leicester demeurait assis les yeux à demi fermés, ne perdant pourtant pas de vue cette image muette qui semblait elle-même lui adresser un regard mélancolique. Enfin le sourire s'effaça des lèvres de cet homme, et des paroles de menace, de trahison, plus cruelles encore que l'expression sinistre qui les avait précédées, se firent jour à une passage à travers ses dents.

— Oh ! Flora ! Flora ! disait-il, votre tour ne tardera pas à venir. Cet excès de dévouement, cet amour exalté fatigue, ma chère enfant ! Vous n'êtes pas adroite, Flora ! Allons, une petite boutade de malice diabolique, un orage de colère, une averse d'indifférence, tout plutôt que cette tendresse éternelle, qui finit par vous écraser par sa monotonie insupportable. C'est de l'ennui, oui, Flora, de l'ennui !

Et Leicester, tout en parlant, s'adressait en remuant la tête au portrait et souriait doucement. Il se détourna vers le guéridon, et déboucha un des flacons pour remplir un verre qu'il porta à ses lèvres. Après avoir lentement dégusté la liqueur, fait claquer sa langue contre son palais, et permis à quelques gouttes de s'infiltrer jusqu'à son gosier, il reposa le verre, assumant un air de dégoût, et se rejetant en arrière, il tira vivement la sonnette.

Sa main n'avait pas encore quitté le cordon qu'un domestique se présenta à la porte, non pour répondre à son appel, mais pour l'informer qu'une voiture venait de s'arrêter devant l'entrée particulière de l'Astor-House. Une personne qu'elle amenait désirait lui parler à lui seul.

Leicester parut contrarié. Il releva la cordelière de sa robe de chambre, et se tint debout.

— Qui est dans la voiture, John ? Quelle espèce d'individu ce peut-il être ?

La figure du mulâtre s'épanouit dans un sourire qui permit à ses dents blanches de briller à la lueur des bougies.

— Pourquoi ne réponds-tu pas, moricaud ?

Le garçon de l'hôtel fit un clignement d'yeux particulier dans la direction du portrait posé sur la cheminée, et montra de nouveau ses dents blanches.

— La nuit est noire comme de l'encre, monsieur, je ne pouvais pas voir à deux pas de la porte ; mais j'ai entendu une voix qui n'était pas une voix d'homme : Iah ! Iah !

— Une femme ! par un tel orage ! Certes elle n'aurait pas commis cette imprudence ! s'écria Leicester tout en se débarrassant à la hâte de sa robe de chambre et la remplaçant par un habit plus convenable et plus présentable à cette heure du soir. Va, John ; dis que je descends aussitôt que toi ; et surtout, tout en t'acquittant de ce message, fais en sorte de voir qui est cette dame.

John disparut, et redescendit vers la porte de l'hôtel avec une rapidité merveilleuse.

Un homme se tenait debout sur les degrés, s'inquiétant fort peu de la pluie, qui lui fouettait le visage. S'il eût changé de position, il aurait pu se soustraire en partie à la violence de chaque nouveau coup de vent ; mais il semblait trouver une sorte de plaisir à braver la tempête, et la morne pâleur qui couvrait son visage tourné du côté d'où tombait la pluie, était éclairée à différents intervalles par l'éclat fugitif d'un éclair.

C'était l'homme qui avait d'abord parlé au domestique ; cependant, au lieu de s'adresser à lui, John s'avançait droit à la voiture avec l'intention formelle de découvrir quel était son mystérieux contenu. Au moment où il descendait les degrés, une main de fer étreignit son bras et le fit pirouetter subitement. Il se trouva alors face à face avec l'inconnu, d'une force herculéenne, qui restait immobile sur la marche la plus élevée du perron.

— Où allez-vous ?

Il y avait dans la voix de cet homme quelque chose qui fit trembler le mulâtre.

— J'allais à la voiture, monsieur, avec un message de la part de M. Leicester, pour le... pour la... Et ici John se mit à bégayer, car il sentait une main de fer serrer son bras comme dans un étau.

— Je vous ai envoyé dire à M. Leicester de descendre, quelle est sa réponse ?

— Oui, monsieur, oui, certainement, M. Leicester va descendre dans la minute, murmura John tout en secouant ses habits ruisselants de pluie, et se retirant sous l'auvent de la porte aussitôt qu'il se sentit libre ; et, malgré le danger qu'il redoutait, ses yeux plongeaient furtivement dans l'obscurité, afin de surprendre, s'il était possible, quelque indice du personnage renfermé dans la voiture.

A ce moment même, comme pour venir en aide à son espionnage, le store de la voiture s'abaissa, et, à la faible lueur des lanternes, il en vit sortir une main blanche et un visage dont il ne put distinguer les traits. Il lui sembla seulement que la dame était très-pâle, et que deux grands yeux brillant d'un éclat étrange le regardaient fixement à travers le brouillard.

— Qu'est-ce donc, se refuse-t-il à descendre ? Ouvrez la portière, ouvrez-moi ! s'écria une voix qui lui alla jusqu'au cœur.

C'était une voix de femme, sonore et sympathique, mais évidemment élevée à un diapason extraordinaire par l'effet de quelque émotion profonde.

Le mulâtre essaya encore une fois d'arriver jusqu'à la voiture.

— Madame, M. Leicester va...

Il n'avait pas achevé la moitié de sa phrase qu'il se trouva subitement lancé contre la porte, tandis que l'homme qui l'avait si rudement bousculé s'élançait en bas des degrés et s'approchait de la voiture.

— Fermez les stores. Reculez-vous au fond, pour l'amour de Dieu !

— Va-t-il venir ? Est-il ici ? répondit-on avec une expression de délire.

— Il va venir ; prenez donc patience !

— J'en aurai, j'en aurai ! s'écria la dame ; et, sans proférer une parole de plus, elle se rejeta dans l'obscurité.

Cependant le mulâtre était remonté à l'appartement où M. Leicester l'attendait avec impatience. Le récit, tout imparfait qu'il fût, de ce qu'il avait réussi à découvrir, délivra Leicester de sa première appréhension, et réveilla dans sa tête cet esprit d'aventure qui lui était particulier.

— Par le ciel ! qui cela peut-il être ? s'écria-t-il tout en cherchant son chapeau. John ! as-tu vu sa figure ?

— J'ai seulement vu quelque chose de blanc et les yeux. Ah ! monsieur, quels yeux ! grands et brillants, plus brillants que le bec de gaz que la pluie menaçait à tout moment d'éteindre.

— Ce ne peut être Florence, j'en suis sûr, murmura Leicester en relevant sa robe de chambre tombée à terre et en y prenant un pistolet qu'il plaça dans une des poches de son habit. — Une ancienne passion, peut-être, ou bien une nouvelle ; en tous cas, je suis prêt.

Leicester trouva devant la porte la voiture, dont la forme se dessinait vaguement à travers les ténèbres, à la lueur vacillante d'une seule lanterne : l'autre avait été éteinte par la pluie.

Sur les degrés, mais un peu plus bas et tout près de la voiture, se tenait toujours comme une sentinelle l'homme du message mystérieux. Au moment où Leicester se présenta au haut du perron, cet homme ouvrit la portière et détourna la tête hors de la lumière presque mourante de la lanterne.

Leicester vit qu'on s'attendait à ce qu'il montât. Cependant, tout brave qu'il était, il ne manquait pas de prudence, et pendant un instant il hésita, la main sur son pistolet.

— Montez, monsieur, montez donc ! dit l'homme, qui se tenait toujours à la portière, vous allez être mouillé jusqu'aux os.

— Qui désire me voir ? Que me voulez-vous ? demanda Leicester, dont le pied était posé sur le marchepied. On m'a dit qu'une dame m'attendait ; est-elle dans la voiture ?

Une sourde exclamation sortit de l'intérieur du remise, lorsque le son de sa voix y pénétra.

— Montez, monsieur, tout de suite, n'ayez pas peur, fut la seule réponse qu'il put obtenir.

— Je n'ai jamais peur, répliqua-t-il d'un ton hautain ; et en même temps il frappa sur sa poche avec un geste significatif.

— Vous n'avez rien à craindre ici, je vous l'assure, fit une douce et tremblante voix qui sortait de l'intérieur de la voiture. Au nom du ciel ! montez, il n'y a ici qu'une femme.

Il eut honte de son hésitation, qu'on aurait pu prendre pour de la lâcheté, et s'élança dans la remise. La portière se referma aussitôt, et l'homme qui était resté invisible dans l'obscurité se hâta d'aller se placer à côté du cocher. Aussitôt la voiture partit avec rapidité, car le cheval et le conducteur, exposés à l'orage, qui redoublait de furie, avaient hâte de s'abriter pour la nuit.

L'intérieur du remise était plongé dans l'obscurité la plus profonde. Leicester, qui s'était placé au fond dans l'un des coins, sentait à côté de lui quelqu'un qui se reculait à l'autre angle, cédant on à la largeur, ou aux atteintes d'une émotion violente. C'était une femme ; il le devinait au frôlement de ses vêtements de soie, à sa respiration précipitée, à cette espèce de frissonnement qui semblait agiter cette personne si mystérieusement placée en contact avec lui. Les sensations de Leicester étaient aussi étranges et inexplicables. Blasé sur les aventures de toute sorte, continuellement plongé dans un tourbillon d'intrigues, il ne pouvait se défendre d'une vive émotion en se trouvant initié à cette scène inexplicable encore. La voix qui l'avait invité à monter était si claire, si vibrante, si plaintive, qu'elle avait pénétré jusqu'à son cœur comme un souvenir de sa jeunesse passée, à l'époque où les sensations n'avaient encore rien perdu de leur fraîcheur première.

Il ne pensait plus à rompre le silence ; il se sentait troublé comme il ne l'avait été depuis longtemps, et sa tête était bouleversée de pensées confuses. Son oreille semblait avoir acquis une finesse inusitée. Malgré la pluie qui battait la voiture, malgré le bruit des roues et celui des sabots du cheval piétinant dans la boue, il distinguait parfaitement la respiration inégale de sa compagne : il lui semblait même saisir les palpitations d'un cœur agité par les sensations les plus tumultueuses ; mais il se trompait. Ce qu'il prenait pour la voix d'une autre âme n'était qu'une intuition profonde qui le frappait lui-même en ce moment.

Leicester n'avait pas tenté de prendre la parole : son sang-froid ordinaire l'avait abandonné dans cette circonstance, et son esprit audacieux semblait faiblir en face de cette inconnue. Mais un pareil état de choses ne pouvait durer longtemps chez un homme si licencieux et si dépravé. Dix minutes environ après que la voiture eut repris sa course vagabonde, la pensée lui vint que ce silence devait paraître bien étrange, et il en ressentit une sorte de honte ; il souffrit de sa faiblesse. Quoi ! une dame venant le chercher à son hôtel, l'enlevait presque de force dans sa voiture ! Allait-il donc rester là assis comme un écolier, sans lui adresser une parole de galanterie, sans faire un effort pour entrevoir du moins la figure de son aimable ravisseur ! Il faillit éclater de rire en songeant à l'instant d'émotion qu'il venait d'éprouver. Toute son audace lui revint, et, avec un air de galanterie moqueuse, il se rapprocha de sa compagne.

— Belle inconnue, dit-il, vous faites une réception bien froide à votre prisonnier. Si on consent à se laisser enlever par une nuit aussi orageuse que celle-ci, du moins a-t-on le droit de s'attendre à une parole aimable.

Leicester se rapprocha de la dame, dont la main était froide comme glace. Il sentit arriver sur sa joue une respiration froide comme la température extérieure ; mais pourtant cette respiration lui semblait familière comme le parfum d'une fleur qu'on a chérie dans son enfance. Il y avait dans cette haleine quelque chose qui lui ramena au cœur cette étrange sensation qu'il avait déjà éprouvée ; il retomba dans le silence : les paroles de galanterie semblèrent expirer dans son gosier. La main qu'il tenait toujours dans les siennes reprit de la chaleur, et se mit à trembler comme l'oiseau à demi gelé qui revient à la vie dans le sein qui l'a recueilli.

Leicester reprit la parole ; mais cette fois sa voix avait perdu tout accent d'ironie. Il sentait au fond de son âme que ce n'était pas une aventure ordinaire ; que la femme assise à ses côtés avait pu agir ainsi des motifs plus sérieux qu'un caprice romanesque ou une passion éphémère.

— Madame, dit-il d'une voix harmonieuse et empreinte de respect, veuillez du moins m'apprendre pourquoi on est ainsi venu me chercher. Permettez-que j'entende encore votre voix ; quoique par cette nuit obscure il me soit impossible de voir votre visage, il m'a été possible de voir au son de votre voix ne m'était pas étranger. Me trompé-je ? Nous sommes-nous déjà rencontrés ?

La dame tourna la tête de son côté et parut faire un effort pour parler, mais on n'entendit qu'un léger murmure interrompu par un sanglot : ou eût dit que les paroles expiraient sur ses lèvres.

Leicester, avec toute la tendresse insidieuse qui le rendait un être si dangereux, entoura de son bras cette femme étrangement agitée, non de cette manière qui éveille la susceptibilité de la personne la plus modeste, mais respectueusement, comme s'il sentait que l'inconnue avait besoin d'appui.

Elle tremblait de tous ses membres. Il lui adressa quelques douces paroles, et se penchant vers elle il la baisa au front. Alors elle laissa tomber sa tête sur son épaule et éclata en sanglots. Tout son être semblait ébranlé ; au milieu de ses larmes elle murmurait des mots d'amour trop bas pour qu'il pût les entendre, mais sa main tenait la sienne avec plus de force et de passion, enfin elle s'attacha à lui comme un enfant abandonné qui retrouve le sein de bons sentiments.

Tout libertin qu'il fût, Leicester ne pouvait se méprendre à l'agitation à laquelle l'inconnu paraissait être en proie. Cette situation réveilla chez lui la fraîcheur et la vivacité romanesque de son imagination. Il était corrompu sans doute, mais tout sentiment d'honnêteté n'était pas éteint en lui. La surprise, la vanité satisfaite, et même une influence mystérieuse dont il ne soupçonnait pas l'existence, faisaient taire en lui ce moment la perversité de son naturel. Tout étrange ou tout au moins incompréhensible qu'eût été la conduite de cette femme, il ne pouvait concevoir une mauvaise opinion sur son compte. Il se serait moqué de tout autre qui, se trouvant à sa place, eût pu supposer que ce qu'étant une femme perdue ; mais cette femme était là, reposant sur son cœur, et néanmoins, malgré son esprit naturellement enclin à considérer le mauvais côté de l'humanité, il ne pouvait se résoudre à lui manquer de respect. Après tout, il devait y avoir quelques étincelles de bonté dans le cœur de cet homme, car sans cela il lui eût été impossible de comprendre qu'une autre personne pût nourrir de bons sentiments.

Elle restait là pleurant, immobile, et toujours entre ses bras, paraissant bénir les douces larmes qui coulaient de ses yeux. De temps à autre sa poitrine laissait échapper un long soupir entrecoupé de sanglots, mais sa bouche ne proférait aucune parole.

Leicester rompit enfin le silence, et la questionna en ces termes :

— Ne voulez-vous pas me dire maintenant pourquoi vous êtes venue me chercher ? Si vous ne le pouvez, dites-moi du moins où nous sommes ?

À ces mots, la jeune femme se dégagea doucement de son étreinte et se retira au fond de la voiture. Il l'avait réveillée de cet engourdissement plein de délices où elle était plongée, le plus enivrant de tous ceux que l'on puisse goûter sur la terre. Ce moment d'illusion rappela à la pauvre femme ce qu'elle était, le motif qui l'avait poussée à chercher Leicester, et une sensation amère et poignante vint glacer son cœur. Elle ne craignait pas qu'il vînt à reconnaître sa voix, quand bien même elle lui aurait été autrefois familière ; rien n'était plus incompréhensible et plus changé que l'accent au moyen duquel elle lui répondit :

— Dans quelques instants vous saurez tout.

Leicester fit un mouvement pour l'attirer encore vers lui; mais elle résista doucement à ses efforts, de sorte qu'au comble de l'étonnement il voulut savoir quelle serait la fin de cette étrange aventure.

Les chevaux s'arrêtèrent devant un bâtiment de vastes dimensions, mais, eu égard à l'épaisseur de l'obscurité, il était impossible de deviner où on se trouvait. Quelque chose de plus sombre et de plus palpable que l'air se laissait devant eux : c'est là tout ce que put distinguer Leicester, et il se résigna tranquillement à attendre l'issue de ce mystérieux voyage.

La portière de la voiture s'ouvrit enfin du côté où la dame était assise; elle échangea quelques paroles avec une autre personne qui se tenait au dehors, se penchant tout à fait en avant. Du reste, lors même qu'elle eût élevé la voix, les sons en eussent été emportés au milieu du bruit de la pluie, qui tombait avec force.

— Oh! l'ace, v'ue leur ne l'adiera pas à venir!

L'homme à qui elle avait parlé referma la portière et sembla monter un escalier, puis on entendit le bruit d'une porte, et presque aussitôt une lumière brilla à travers une ouverture percée dans la muraille; Leicester la suivit de l'œil, d'étage en étage, jusqu'à ce qu'elle s'arrêta bien au-dessus de sa tête, rayonnant à travers une jalousie, et dessinant le pourtour d'une fenêtre; il lui fut néanmoins impossible de recueillir une autre indication plus certaine.

La portière se rouvrit enfin; la dame se leva et sortit la première, suivie de Leicester. Sans proférer une parole, ils entrèrent par une grille de fer, et gravirent les degrés de granit du perron construit devant l'habitation. La porte extérieure était ouverte, et la dame prit la main de son compagnon, qu'elle guida dans les ténèbres les plus profondes au milieu d'un spacieux vestibule. Ils montèrent ensuite un escalier qui tournait en spirale comme ceux qui sont bâtis dans une tour. Une porte s'ouvrit devant eux, et Leicester se trouva introduit dans une petite chambre, meublée comme celles des villages de la Nouvelle-Angleterre, et par conséquent peu en rapport avec celles que l'on trouve dans une grande ville. Cette bizarrerie étonna Leicester.

Nous n'avons pas besoin de faire la description de cet appartement, que le lecteur connaît déjà. Ce n'était pas la première fois que cette femme, qui se tenait alors toute ruisselante de pluie sur le tapis terni par les années, visitait cette modeste chambre.

Un seul objet parmi tous les meubles qui se trouvaient là semblait étrange et disparate. On avait placé sur le bureau une petite lampe d'argent, d'une forme gracieuse, dont la ciselure représentait une guirlande de fleurs artistement dessinées. A en juger par l'élégance du travail, cette lampe avait dû sortir des mains d'un des meilleurs artistes de l'Europe. Leicester, qui se connaissait en fait

d'objets d'art, admira ce bijou aussitôt qu'il le vit, et il ne put s'empêcher d'être frappé du contraste qui existait entre cette lampe somptueuse et le pauvre mobilier qui décorait l'appartement.

— C'est quelque femme de chambre, ou plutôt une gouvernante, pensa-t-il avec un mouvement de colère dédaigneuse, car il était délicat même dans sa dépravation; une servante ou une institutrice qui aura pris la lampe de sa maîtresse pour m'éclairer. Par ma foi! l'affaire commence à devenir ridicule.

Lorsque Leicester se retourna vers sa compagne, on pouvait encore lire sur ses traits l'expression du dédain que lui avait inspiré cette pensée; cependant il fut impossible à la jeune femme de s'en apercevoir. Elle avait quitté son manteau, et se tenait debout, le visage couvert de son voile de dentelle noire, dont la broderie était si épaisse qu'elle interceptait le regard le plus perçant; bien plus, elle le tenait serré dans sa main crispée sans avoir la force de le soulever. Elle tremblait de tout son corps, et Leicester à travers ces plis épais éprouvait le pouvoir magnétique de ses yeux fixement attachés sur lui.

Dans ce moment la physionomie du sceptique perdit toute apparence de hauteur; il y avait dans l'attitude de cet être étrange qui restait immobile devant lui quelque chose de noble, d'imposant, qui anéantit à la fois ses soupçons et ses dédains. Les proportions d'une taille svelte et élégante décelaient une beauté extérieure qui suffisait pour lui inspirer un vif désir d'apercevoir les traits du visage; il s'avança vers elle par un mouvement rapide, tout en ayant soin de donner à son regard et à ses manières une expression de tendre respect. Ils se trouvaient alors face à face, et la jeune femme releva son voile.

A sa vue, Leicester bondit de surprise. Un étonnement plein d'indécision bouleversa ses traits. Celle qu'il voyait ne lui était pas inconnue, et, quoique ses souvenirs fussent confus, ce visage lui était

— Vous étiez belle alors, bien belle, dit-il.

si familier que tous ses nerfs semblèrent ébranlés à cette reconnaissance impartiale. Elle s'aperçut de la difficulté qu'il avait à rassembler ses souvenirs, et, jetant de côté son châle et son chapeau, elle vint se placer debout devant lui.

Il la reconnut alors.

A son air de surprise profonde, au rouge qui lui monta aux lèvres, à la pâleur de mort qui lui couvrit les joues, il était visible qu'il l'avait reconnue à ne pas s'y méprendre; car un homme de sa trempe se laissait rarement surprendre. Son sang-froid était vraiment extraordinaire, et cependant dans cet instant Ada elle-même était peut-être moins émue que lui. Ce fut elle qui parla la première; sa voix était douce et pleine de tendresse :

— Vous me reconnaissez, William?

— Oui! fit-il avec effort et en respirant avec peine, oui, je vous reconnais!

Elle le regardait, ses grands yeux humides de larmes empreints d'un sentiment affectueux; et cependant elle conservait toujours dans son maintien un air de fière réserve, comme si elle eût attendu de lui quelques paroles encore. Elle se sentait blessée de n'avoir obtenu pour réponse que ce *oui*, dont la brièveté lui paraissait trop explicite.

— Il y a bien des années que nous ne nous sommes vus, dit-elle encore à voix basse.

— Oui, bien des années, répondit-on froidement; je vous croyais morte.

— Et vous m'avez pleurée? O Leicester, pour l'amour du ciel, dites que vous m'avez pleurée!

Leicester sourit; mais c'était un de ses sourires cruels, et celui-là perça le cœur de cette pauvre femme comme l'eût fait la morsure d'un reptile venimeux; elle parut atteinte au cœur par cette influence délétère. Quant à lui, il manifesta un mouvement de satisfaction. Il semblait être content de comprendre qu'au moyen de son sourire il pouvait encore faire frémir et trembler cette femme si hautaine. Un instant lui suffit pour reconquérir son sang-froid, et grâce à l'habileté qu'il avait de combiner ses idées, tout en gardant le sourire sur les lèvres, il se mit à réfléchir. Egoïste, plein d'orgueil, cruel, le cœur capable de tout dans la violence de la passion, mais sachant pourtant en subordonner les impulsions grâce à l'inflexibilité de ses nerfs d'acier, il pouvait même, dans le moment le plus critique, raisonner et calculer à la fois; cette faculté de l'abandonnait rarement. Malgré son désir de faire le mal, il agit avec prudence; comme il voulait en savoir davantage, il résolut de n'agir que d'après ce qu'il allait apprendre.

— Et si je vous ai pleurée, à quoi cela m'a-t-il servi, Ada?

Il prononçait ce nom à dessein; car il savait qu'à moins qu'elle ne fût tout à fait changée, ce nom devait lui remuer le cœur et lui montrer infailliblement le pouvoir qu'il avait encore sur elle. Il ne se trompait pas. Elle fit un pas vers lui, lorsqu'elle l'entendit prononcer ces paroles empreintes de ce doux accent des beaux jours passés, dont elle conservait depuis si longtemps le souvenir enfoui dans son âme. Les larmes lui en vinrent aux yeux, et elle lui tendit les bras.

— « A souper! repète Leicester d'un air abattu, à souper! nous n'avons pas un morceau de viande fraîche à la maison.

Leicester était ravi. L'influence qu'il avait jadis exercée sur elle était donc toujours la même! « Les années pouvaient avoir rouillé la chaîne qui m'attachait à moi, se disait-il, mais elles n'ont pu la rompre. » C'est pourquoi, devant cette femme si belle et toute palpitante d'émotions, il pouvait encore raisonner avec autant de sang-froid qu'un mathématicien dans son cabinet; l'impression de surprise et de contrainte qu'il avait éprouvée à la première vue s'effaça dès lors entièrement de son cœur.

— Oh! si j'avais pu le savoir! s'il m'avait été possible de penser que vous aviez conservé pour moi le moindre souvenir! s'écria la pauvre femme en tombant sur un des fauteuils qui se trouvaient près d'elle, et en portant la main à son front comme pour le soutenir.

— Eh bien! qu'auriez-vous fait alors, Ada, que fût-il advenu?

Il prit l'autre main d'Ada, qui reposait sur ses genoux, dans la sienne, et elle leva ses yeux sur lui, ses yeux humides de tristesse et d'affection.

— Vous me le demandez, William?

— Oui, certainement. Quelle influence la connaissance de mes sentiments pour vous pouvait-elle avoir sur votre destinée?

— Comment, ne vous ai-je pas toujours aimé, n'avez-vous pas toujours été mon idole, mon dieu? O ciel! combien je vous ai chéri, William!

451.

Et tout en disant ces mots, Ada lui serrait les mains avec passion. Une lueur ineffable brillait à travers le nuage de larmes qui voilaient ses paupières.

— Et cependant vous m'avez abandonné!

— Moi, je vous ai abandonné!... ah! William!

— Eh bien, soit! pas de récriminations. Ne choisissons pas un pareil moment pour revenir sur le passé; il n'a rien d'assez agréable pour nous engager à nous y arrêter plus longtemps.

— Oh! tant s'en faut; que de chagrins, que d'amertume ce passé n'a-t-il pas eu pour moi.

— Parlons du présent. Si vous pouvez parler de quelque chose, ce doit être de cela. Qu'êtes-vous devenue pendant toutes ces années?

— Vous le savez, vous le savez bien! Pourquoi m'adresser cette cruelle question?

— C'est juste, nous ne devions pas parler du passé.

— Il faudra cependant avant de nous séparer, dit-elle avec douceur, sans cela comment comprendre le présent?

— C'est encore vrai; peut-être vaut-il mieux en finir tout d'un coup; d'autant plus qu'il est probable que cette entrevue sera la dernière.

Elle jeta sur lui un regard de reproche, car ces paroles, prononcées dans l'intention de la blesser, avaient atteint leur but. Cet homme ne se contentait pas de faire des victimes; il se plaisait encore à les frapper et à les torturer. Il avança une des chaises de bois de cerisier qui se trouvaient dans la chambre, et s'assit près de la pauvre femme éplorée.

— Maintenant, dit-il, racontez-moi toute votre histoire depuis le moment de notre séparation, et dites-moi pour quel motif vous êtes venue ici.

Elle leva les yeux sur les siens, ils reflétaient une tristesse pleine d'amertume. La tâche qu'elle se voyait imposée était terrible à remplir; fallait-il donc ouvrir son cœur, et dire toute la vérité, quelque sombre, quelque déchirante qu'elle pût être? Mais en présence de cet homme elle sentit faiblir son courage. Elle ne pouvait forcer ses lèvres à lui faire une révélation complète.

Lui, il jouissait de la torture qu'il lui faisait endurer; car, nous l'avons déjà dit, il aimait à voir souffrir ses victimes, et l'angoisse de honte sous laquelle Ada se débattait avait pour lui quelque chose de nouveau et d'attrayant.

Pendant quelque temps il refusa de lui venir en aide, il ne lui adressa même pas une simple question; et cependant il désirait connaître une partie de sa vie, car depuis trois ans il avait entièrement perdu ses traces, et certaines particularités survenues pendant ce laps de temps pouvaient avoir pour lui un certain intérêt. Il jugea prudent néanmoins de paraître ignorer les détails qui étaient parvenus à ses oreilles.

Ada gardait toujours le silence : ses idées semblaient être paralysées. Combien de fois n'avait-elle pas désiré ardemment cette entrevue! Avec quelle éloquence n'avait-elle pas dans ses rêves plaidé sa cause devant Leicester, et maintenant la faculté même de la parole paraissait l'avoir abandonnée!... Elle désirait presque entendre encore une parole de dédain, une froide moquerie à son adresse; alors du moins l'indignation eût réveillé son éloquence. Mais ce morne silence enchaînait toutes ses facultés. Muette et pâle, elle ne pouvait relever les yeux du tapis sur lequel elle les tenait obstinément fixés, et pendant ce temps-là Leicester, immobile sur son siège, la tenait toujours palpitante sous la froideur de son regard.

Enfin celui-ci se fatigua de ce silence :

2

— J'attends patience, Ada, j'attends que vous me disiez pourquoi vous avez abandonné votre mari.

Elle tressaillit, son œil s'enflamma, son sang afflua vers ses joues, qui se couvrirent de rougeur.

— Je n'ai pas abandonné mon mari, dit-elle, c'est lui qui m'a quittée.

— Pour faire un voyage, pour un simple voyage, répliqua-t-il avec calme.

— Oui, des voyages tels que vous en aviez déjà fait et pour de semblables motifs, me laissant jeune, dénuée de tout, entourée de tentations, torturée de jalousie ; et bien plus pour faire le voyage dont vous parlez vous n'étiez pas parti seul.

Elle le regardait comme si elle eût voulu en ce moment encore, malgré sa propre certitude, l'entendre se disculper de cette accusation ; mais il ne fit que sourire, et murmura à voix basse :

— Oui, oui, je me le rappelle, ce fut un voyage charmant.

— Votre absence m'avait rendue folle, Leicester ; je n'étais plus maîtresse de moi, j'étais en proie aux plus affreux soupçons... oh ! des soupçons horribles... je pensais... je croyais, et je crois même encore, que vous vouliez me voir partir, que vous étiez impatient de vous débarrasser de moi, et qu'aussi vous encourgiez... mais je ne saurais encore concevoir de telles pensées. Cet homme vous avait prêté de l'argent, des sommes considérables... William, au nom du ciel, dites-moi que ce n'était pas pour le rembourser que vous m'avez laissée seule, sans soutien, accablée de dettes ! Dites-moi que ce n'est pas vous qui m'avez jetée dans cette horrible tentation !

Elle posa sur son bras, qu'elle serra avec force, et du regard elle chercha à plonger jusque dans le fond de son âme.

Il ne lui répondit pas ; un sourire vint effleurer ses lèvres. Oh ! alors, elle laissa retomber sa main, sa force l'abandonna ; il était facile de deviner qu'à la voir toute l'agonie de son désespoir.

— Cette pensée, Leicester, a toujours été depuis comme un ulcère qui me déchirait le cœur. Un mot de vous m'eût délivrée de mes angoisses ; mais vous ne voulez même pas prendre la peine de me tromper. Vous raillez, vous ne faites que railler...

— Je ne raille pas, mais vos soupçons absurdes me font sourire de pitié.

Ada reporta les yeux sur Leicester : elle doutait, ou plutôt elle aurait voulu le croire ; mais la confiance lui faisait défaut.

— Je l'ai conjuré, lui, à son lit de mort, de me déclarer que cela n'était pas, et il ne l'a pas pu, dit enfin Ada.

— Il est donc mort, s'écria-t-il avidement, il est mort !

— Oui, il est bien mort, répondit-elle à voix basse.

— Et sa fille... son héritière ?

— Elle aussi n'est plus de ce monde !

Leicester brûlait du désir de faire une autre question à la pauvre femme ; ses yeux brillaient de l'espoir de continuer à l'interroger ; mais il avait sur sa volonté un pouvoir des plus extraordinaires, et une question directe pouvait mettre au jour toute la bassesse de ses espérances. Il lui fallait prendre des voies détournées pour arriver à ce qu'il voulait savoir.

— Et vous êtes restée près de lui jusqu'à ses derniers moments ?

Ada jeta un regard rapide et insinuant sur son interlocuteur. Celui-ci en éprouva la puissance, et, assumant une expression qui n'eût pas échappé à un observateur moins passionné :

— Je croyais, dit-il, que vous viviez dans la retraite, que vous aviez quitté ce noble vaurien sans éclat, et cette nouvelle m'avait fait grand plaisir.

— Je l'avais quitté en effet : je vécus dans la retraite, je travaillai pour vivre, et, tout en luttant avec la pauvreté, je m'efforçai à recouvrer la paix du cœur.

— Et cependant vous étiez près de lui lorsqu'il mourut ?

— Car sa une mort bien triste ! Il m'envoya chercher, et j'y allai. Oh ! ce fut une agonie terrible que celle-là !

Et tout en parlant les yeux d'Ada s'humectèrent de larmes ; elle se cacha la figure dans ses deux mains.

— J'avais été la gouvernante de sa fille ; c'est moi qui l'ai soignée dans sa dernière maladie.

— Vous êtes ensuite restée seule avec cette jeune fille ?

— Oui, elle est morte à Florence ; nous y étions seules. On transporta ses restes dans son pays pour les enterrer.

— Et pour être la gouvernante de cette jeune fille vous abandonniez votre propre enfant pour n'être rien autre chose que sa gouvernante ? Pouvez-vous répondre, Ada ? n'était-ce pas pour être gouvernante de cette demoiselle ?

Il y avait dans sa voix comme un sentiment de dignité sévère ; peut-être éprouvait-il en ce moment cette noble sensation. Ada le crut, et cela lui fit concevoir quelque espérance.

Elle n'avait pas retiré ses mains, qui cachaient son visage ; un soupir aussitôt réprimé se fit jour à travers les interstices de ses doigts. Oh ! combien une conscience coupable nous rend lâches ! Cette pauvre femme n'osait dire la vérité, ses lèvres se refusaient à mentir ; et voilà pourquoi sa bouche tremblante ne pouvait produire qu'un

murmure inintelligible, voilà pourquoi un frisson fébrile vint agiter tous ses membres.

— Vous ne répondez pas, fit le mari ; car Leicester l'était réellement, vous ne répondez pas ?

A cette brusque interruption, Ada rassembla assez de force pour mentir, et, laissant retomber ses mains, elle répondit d'une voix ferme et même avec un accent qui tenait de l'indignation. Cet effort coûtait bien cher à une âme si fière, et, loin de ressembler à son époux en cela, il lui eût été impossible de proférer un mensonge en se servant de sa voix naturelle.

— Oui, je puis l'affirmer : c'était seulement pour être la gouvernante de la jeune fille que j'allai dans cette maison, rien que pour être sa gouvernante. Puisque vous m'abandonniez, lorsque j'étais dénuée de tout, que pouvais-je faire ?

Leicester ne la crut pas. Il se sentait intimement convaincu qu'Ada ne disait pas la vérité ; mais il avait encore quelque chose à savoir, et, au bout du compte, il était politique de feindre une confiance illimitée.

— Ainsi, après vous avoir pris votre jeunesse, après vous avoir dérobé le secret de vos talents pour l'instruction de sa fille, après avoir consenti à voir votre beauté se flétrir devant deux lits de mort, il était encore possible que ce misérable vous abandonnât ! Vous pouviez donc tomber dans la misère, avoir besoin de travailler ! Pensait-il donc que je vous recevrais encore après une escapade aussi suspecte ?

— Non, non, moi seule j'avais fait ce rêve insensé ; car vous m'aimiez autrefois, William !

Ses yeux se remplissaient encore de larmes ; peu d'hommes se seraient senti la force de résister à ce regard, surtout à cette voix qui plaidait avec tant de douceur ; il y avait même quelque chose de touchant dans le contraste frappant de l'humilité de ses pleurs et de sa fierté ordinairement si hautaine.

— Vous étiez belle alors, dit-il, bien belle...

— Sais-je donc bien changée ? répondit-elle en lui adressant un sourire des plus tendres.

Dans le fond de son âme, Leicester voyait cette admirable créature plus belle que jamais. Si on ne trouvait plus chez elle la première fraîcheur de la jeunesse, à la place de cet unique attrait perdu toute sa personne respirait la grâce, l'élégance, l'intelligence, toutes les qualités, en un mot, qui rendent la femme un être parfait.

Il entrait dans les plans de Leicester de plaire à sa femme jusqu'à ce qu'il eût acquis une connaissance parfaite de sa position : aussi cette fois lui parla-t-il sincèrement, et de ce ton de voix qu'il savait si bien lui plaire, il se mit à détailler longuement les magnifiques proportions que sa beauté avait prises avec les années. Elle rougissait comme un peu de la faire une jeune fille ; et, à la chaleur de sa main, il pouvait sentir toute l'ivresse que lui causaient ses louanges. Ce n'était pas assez pour lui ; que lui importaient tous ses charmes, s'il ne pouvait les faire servir à ses intérêts ? Quelle était sa position actuelle ? Avait-elle amassé des richesses à l'étranger, et s'imaginait-elle follement qu'il allait la reprendre avec lui si elle était pauvre ? Voilà le point auquel il voulait en venir, et jusqu'alors elle avait évité de satisfaire à ses questions, comme si elle n'eût pas compris son interrogation.

Il jeta donc un coup d'œil sur l'appartement, espérant, par l'examen du mobilier, en arriver à une conclusion. Cette investigation lui causa un léger tressaillement de surprise. Le tapis d'étoffe grossière, le bureau, le lit, tout lui était familier. C'était le petit ménage que sa femme avait reçu de ses parents dans la Nouvelle-Angleterre. Comment se trouvaient-ils là, dans cette chambre haute ; si bien conservés et si proprement arrangés ? Était-elle encore gouvernante dans quelque riche maison, et avait-elle meublé sa chambre avec les pauvres objets qui autrefois avaient composé toute sa fortune. Il examina sa toilette ; elle était vêtue simplement et ne portait aucune parure ; cette inspection rapide le confirma dans la conclusion vers laquelle il arrivait à grands pas.

Leicester se rappela le vestibule de marbre qu'il avait traversé pour arriver à l'escalier, les précautions qu'on avait prises pour l'introduire dans la maison, la voiture de place ; tout lui prouvait que sa femme allait lui être à charge.

Ada ne s'aperçut pas de cet examen : elle le vit regarder le couvre-pied placé sur le lit, et se mit à pleurer.

— Vous rappelez-vous, William, que lorsque nous nous en servîmes pour la première fois notre enfant chérie était encore au berceau ? L'avez-vous revue depuis le jour où...

Leicester laissa tomber la main de sa femme et se leva. Sa manière d'agir était entièrement changée.

— Ne parlez pas de votre enfant, malheureuse mère dénaturée ! Ne l'avez-vous pas abandonnée, n'est-elle pas réduite à la misère ? Pouvez-vous jamais compenser tout cela envers elle ?

— Oh non, je n'en ai pas l'espoir ! Je le sens aussi vivement que vous, William, cela est impossible. Oh ! si quelque jour j'en avais le pouvoir !

Ces paroles suffirent à Leicester ; il en avait dès lors la certitude ; elle était plus pauvre que jamais.

— Mettons un terme à cette entrevue pénible, fit-il; il est inutile de nous revoir pour nous entretenir de choses auxquelles nous ne pouvons rien changer. C'est vous qui avez désiré cet entretien, terminons-le; il ne doit plus se renouveler.

Ada tressaillit, elle regarda son mari d'un œil égaré.

— Oh! non! telle ne peut être votre intention, dit-elle en s'efforçant de sourire, comme pour chasser au loin les craintes qui l'assaillaient. Il n'y a qu'un instant, vos regards, vos paroles... Oh! vous n'avez pas voulu vous jouer de moi, William !

Leicester s'en allait. Elle le suivit jusqu'à la porte; là sa voix s'éteignit; elle revint près du lit en chancelant, et, poussant un faible cri, elle tomba inanimée sur cette couche de douleur.

CHAPITRE V.

Maîtresse et serviteur.

Jacob était resté sur les degrés de cette vaste demeure jusqu'au moment où sa maîtresse disparut dans l'obscurité. Il la suivait d'un regard pénétrant, comme si le feu qui brûlait dans son sein eût pu communiquer à ses yeux le pouvoir de percer la nuit épaisse qui semblait l'envelopper elle et l'homme qu'elle tenait par la main. Autour de lui la pluie tombait par torrents, le vent qui la chassait, quoique moins violent, soufflait encore avec force. Cependant le serviteur restait là immobile, sans se soucier des efforts du vent et de la fureur de la pluie. Il prêtait l'oreille au bruit de leurs pas sur le marbre du vestibule : on aurait dit qu'il était pétrifié sur ces dalles balayées par la rafale et ruisselantes comme les vasques d'une fontaine.

Le grincement des roues sur le pavé au moment où le cocher essaya de faire tourner sa voiture le tira de sa torpeur, et, descendant rapidement l'escalier, il saisit un des chevaux par la bride.

— Ne partez pas encore, on aura encore besoin de vous! cria-t-il.

— Besoin ou non, il faut que je m'en aille, répondit le cocher d'un ton de mauvaise humeur. Quant à demeurer devant la porte d'une maison par une nuit pareille à celle-ci, et Dieu sait combien de temps, je ne le ferai pas. Non, certes, je n'y resterais pas pour le double de ce que vous me payeriez.

Jacob fit reculer les chevaux jusqu'à ce qu'une des roues vint se heurter contre la borne.

— Là, dit-il avec résolution. Montez dans votre voiture si vous craignez d'être mouillé, car pour ce qui est de vous en aller, il n'y faut pas songer.

— C'est ce que nous allons voir, dit le cocher en rassemblant les rênes ruisselantes de pluie.

— Arrêtez! fit Jacob ; et s'élançant sur une des roues de devant, il glissa un dollar dans la main de cet homme. Voilà pour boire, en dehors du prix de la course. Est-ce assez pour vous faire attendre?

— Ça se pourrait bien, répondit celui-ci en faisant une grimace de satisfaction et en enfouissant la pièce d'argent dans les profondeurs d'une poche démesurément grande. Voilà un argument capable de me réconcilier avec l'eau froide; car maintenant, voyez-vous, il y a encore moi la perspective de me payer quelque chose de chaud quand j'aurai fini ma journée. Eh bien, qu'est-ce que vous faites donc là?

— J'examine la lampe, dit Jacob; et tout en parlant il en souleva le verre.

— Mais la voilà éteinte.

— Ma foi, oui! fit Jacob en descendant de dessus le moyeu de la roue sur laquelle il était monté.

— Et ce qu'il y a de pire, c'est qu'on ne voit pas dans tout le voisinage une lanterne pour la rallumer, murmura le cocher avec humeur, tandis que ses yeux cherchaient à pénétrer l'obscurité.

— C'est vrai, pas une! répondit Jacob sèchement.

— Je vais me casser le cou et mettre ma voiture en pièces.

— Soyez tranquille, n'ayez pas peur, dit Jacob, et lorsque vous serez de retour à l'Astor-House, il y aura encore un dollar pour payer le raccommodage; entendez-vous?

— Très-bien, je comprends! répondit le cocher en riant; et, s'enveloppant dans son pardessus comme une tortue dans son écaille, il s'accroupit sur son siège, résolu de se laisser mouiller, à ce prix, autant qu'on le voudrait.

Jacob, une fois tranquille au sujet de la voiture, retomba dans l'état de préoccupation pénible d'où l'avait tiré pendant un instant sa petite altercation avec le cocher. Il leva la tête. Par une ouverture située bien haut au-dessus de lui, un seul rayon de lumière brillait en vacillant à travers les gouttes de pluie. Ce rayon lui perça le cœur comme l'eût fait un poignard.

Que disait Leicester à Ada? Était-il dur avec elle, se comportait-il oui ou non en homme comme il faut? Cette lumière éclairait-elle leur réconciliation? Jacob frémit de rage à cette pensée. Il voulut se calmer, éteindre ce feu qui jaillissait des replis de son cœur. Sa nature forte et lente à s'enflammer ne connaissait plus de frein dès qu'elle était sortie des bornes ordinaires. Jamais, jusqu'à cet instant,

son imagination n'avait été si brûlante, et cruellement éveillée. Sa tête ordinairement si calme était bouleversée de mille sujets de crainte. Seule, dans cette maison vaste et silencieuse, était-elle en sûreté avec un homme tel que Leicester? N'avait-elle rien à craindre, sa maîtresse?... Cette pensée, la dernière et la moins égoïste, le fit songer à agir.

Il franchit rapidement les degrés, traversa le vestibule, et monta à tâtons dans l'obscurité jusqu'à la mansarde. Un seul rayon de lumière, sortant par le trou de la serrure, le guida jusqu'à la porte de cet appartement singulier. Il s'y pencha tout contre et prêta l'oreille sans songer à ce qu'il faisait, car son anxiété était arrivée à ce point qu'il oubliait toute délicatesse.

Le bruit de la pluie qui tombait lourdement sur le toit amortissait tout autre son, et cependant son oreille saisissait par intervalles un léger murmure, très-souvent intercepté, mais qui lui était aussi familier que les palpitations de son propre cœur. Puis vinrent quelques paroles dont le sens, comme il le comprit, lui fit serrer les dents avec rage; sans doute ces mots cruels avaient été atténués par la distance, car ils lui semblaient doux et persuasifs jusqu'à la fascination. Ce supplice était au-dessus de ses forces; chaque parole pénétrait dans son cœur, et le poison se distillait goutte à goutte dans cette âme ulcérée.

Il porta la main à la serrure, mais il hésita à tourner la clef ; puis soudain il s'enfuit inaperçu, grâce à l'obscurité, et honteux de ce qu'il venait de faire. Lui, écouter aux portes! lui, espionner! et qui encore? sa maîtresse! Il s'arrêta au haut de l'escalier en spirale, hors de la portée de la voix, mais les yeux fixés sur le rayon lumineux qui filtrait à travers la porte. Jacob venait de s'éveiller, anéanti, honteux du songe qu'il avait fait, car il s'était surpris à écouter aux portes! Le malheureux s'assit sur le haut des marches, s'abandonnant aux remords qui l'oppressaient.

Pauvre Jacob! son châtiment était terrible! Les minutes se succédaient rapidement, et pourtant chaque seconde lui semblait une heure. Quelquefois, les coudes appuyés sur ses genoux, il cachait sa figure dans ses mains; puis tout à coup il se dressait dans l'obscurité, et demeurait immobile comme une statue. Aucun murmure, aucun bruit n'arrivait de la chambre jusqu'à lui, et cependant il retenait sa respiration et se penchait en avant dans l'intention de saisir un mot, une seule parole. Il était cloué là par l'inquiétude qui le dévorait; mais rien n'aurait pu le déterminer à faire un pas de plus.

Il était toujours là debout, penché en avant, dévorant des yeux la clarté vacillante qui brillait tranquillement à travers les fissures du pêne, lorsque tout à coup la porte s'ouvrit, et Leicester parut simultanément. Avec ce jet de lumière un cri plein de douleur et d'angoisse fut poussé dans l'appartement. Jacob s'élança, il saisit Leicester par le bras, et après quelques vains efforts, car les paroles l'étouffaient en lui montant au gosier, il s'écria :

— Vous l'avez tuée ! ... Avez-vous commis ce meurtre ?

— Ce n'est qu'une attaque de nerfs, l'ami, rien de plus, répondit-il froidement.

Jacob alors entra dans la mansarde. Sa maîtresse était renversée sur le lit, la figure pâle comme la mort, et les membres agités par des mouvements convulsifs.

Il se pencha vers elle, et écarta doucement les cheveux qui lui couvraient les tempes.

— Elle n'est pas morte! Elle n'a pas de mal ! murmura-t-il. Et bien que sa physionomie exprimât une compassion profonde, un rayon de joie presque sauvage vint éclairer ses yeux, lorsqu'il prononça ces paroles : — Oh ! ce n'est pas sa main qui l'a blessée, c'est plutôt son dédain !

Cependant la pauvre femme restait toujours inanimée, et l'on ne s'apercevait que la vie ne l'avait pas quittée qu'au frémissement imperceptible qui agitait ses paupières. Jacob chercha autour de lui quelque spiritueux pour lui faire reprendre ses sens; il ne trouva rien. Il ouvrit alors la fenêtre, repoussa les volets, et ouvrant sa large main à la pluie il eut bientôt recueilli quelques gouttes d'eau qu'il versa sur les lèvres et le front d'Ada; en même temps une rafale pénétra par la fenêtre ouverte et vint la tirer de sa torpeur. Un frisson parcourut tous ses membres, et ses yeux se rouvrirent. Jacob était là, lui prodiguant ses soins comme l'eût fait une mère qui veille sur son enfant.

Elle le reconnut, et se soulevant avec peine sur un bras, elle le repoussa doucement. Ses yeux firent une rapide inspection de la chambre, et elle s'écria :

— Où est-il? Oh! Jacob, rappelez-le!

— Non, répondit le serviteur avec fermeté, bien que sa voix émue tremblât entre ses lèvres, non, je ne le rappellerai pas! Si je le faisais, demain vous me maudiriez de vous avoir obéi.

Ada laissa retomber sa tête sur l'oreiller, et, fermant les yeux, elle dit à son serviteur : Alors — laissez-moi, laissez-moi, Jacob !

Celui-ci ferma la fenêtre, et ramenant doucement le couvre-pied jusque sur les épaules de sa maîtresse, sortit de l'appartement. A peine avait-il descendu quelques marches de l'escalier, qu'une voix qui venait d'en bas attira son attention.

— Lui ! encore ici ! fit-il en s'élançant dans l'obscurité, et comme

une bête fauve s'abandonnant en entier aux instincts de sa passion. Il saisit Leicester par le bras.

— Doucement, doucement, l'ami! dit le roué d'une voix calme et
impassible, quoiqu'il eût aussitôt porté la main sur son revolver;
faites-moi le plaisir de desserrer tant soit peu vos doigts: j'ai le bras
aussi sensible que celui d'une femme, et votre main me serre comme
un étau de fer.

— On agit ainsi avec un serpent à sonnettes lorsqu'il vous tombe
sous la main, murmura Jacob avec colère, on le prend à la gorge,
pour lui faire avaler son venin.

— Il ne faut jamais toucher de serpent à sonnettes, l'ami. C'est une
triste besogne, je puis vous le certifier. Ces reptiles sont charmants
à voir, mais il ne faut pas jouer avec eux. Ah! je suis bien aise de
ne plus sentir l'étreinte de vos doigts; il m'eût été désagréable de
tuer un de mes semblables ici dans les ténèbres, et surtout tout près
d'une charmante dame.

— Ah! cela vous serait désagréable! grommela Jacob entre ses
dents.

Leicester lui répondit par un léger éclat de rire, qui produisit un
effet étrange dans cette maison silencieuse.

— Donnez-moi encore une fois votre main, l'ami. Cette obscurité
m'oblige à me fier entièrement à vous pour me guider jusqu'au
dehors.

Jacob hésitait; il luttait avec lui-même, et n'osait s'abandonner
aux sentiments de haine qui l'agitaient; mais enfin il étendit la main,
et Leicester la saisit dans la sienne, sans s'apercevoir que le seul
contact de ces doigts polis remplissait le serviteur de dégoût.

— Par ici; soyez tranquille, je vais vous conduire.

— Tiens! comme vous tremblez, l'ami! Ce n'est pas de peur,
j'espère?

— Non, c'est de haine! allaient proférer les lèvres de l'honnête
Jacob Strong; mais il fit un effort pour ne pas prononcer ces paroles,
et il se contenta de répondre: — Je ne sais pas ce que c'est que
la peur!

— Par ma foi! il faut du courage pour s'avancer ainsi à tâtons dans
cette obscurité. On risque à chaque pas de se casser le cou.

Jacob ne fit aucune observation; il était arrivé au vestibule du bas,
et marcha rapidement sur les dalles de marbre jusqu'à la porte d'entrée. Dès qu'il l'eut ouverte, il arracha sa main à l'étreinte de son
compagnon, franchit les degrés d'un seul bond, et ouvrit la portière
de la voiture. La pluie coupa court aux questions de Leicester, qui
s'installa en silence sur les coussins du fond.

Pendant ce temps, Jacob grimpait sur le siège; il prit les guides
en main. Le cocher le laissa faire, bien aise de se tenir enveloppé
dans son pardessus. Un seul coup de fouet suffit pour faire partir les
chevaux à fond de train malgré la pluie et l'obscurité, en traînant la
voiture avec la rapidité de l'éclair, le long des maisons endormies,
faisant mille détours, traversant les mêmes rues dix fois de suite;
c'était une ruse de Jacob, et par ce moyen, même en plein jour, on
eût été bien embarrassé de dire où l'on allait et d'où l'on venait.
Enfin la voiture entra dans Broad-way, et s'arrêta au bas de la ville
devant l'Astor-House.

Le cocher resta couché sur son siège, et ce fut encore Jacob qui
abaissa le marchepied. Cette course lui avait donné le temps de réfléchir; il n'était plus l'esclave de la colère, qui, une heure auparavant, semblait anéantir ses forces; il se sentait plus animé de cette
rage qui avait changé sa voix et même son langage habituel.

— Entrez, entrez, dit Leicester en montant les escaliers de l'hôtel.
J'ai une question ou deux à vous adresser.

Jacob, sans répondre un mot, le suivit d'un pas lourd et indifférent. Il était complètement maître de lui, et décidé à remplir tous les
rôles nécessaires.

Leicester s'arrêta dans le vestibule, et se retourna pour examiner
l'extérieur de Jacob. C'était la première fois qu'il voyait à son aise
les traits de cette physionomie revêche et empreinte de brusquerie.
Leicester se sentait embarrassé. Était-ce l'homme qui l'avait guidé
dans les appartements obscurs de la maison inconnue, ou bien, n'é-
tait-ce que le cocher? La nuit noire l'avait empêché, en descendant
de voiture, de distinguer qui était l'autre personne assise sur le siège,
et Jacob avait si bien pris les allures d'un cocher de place, que, tout
habile que fût Leicester, il ne savait qu'en penser; mais il était sûr
de ne pas se tromper à la voix. Leicester avait l'oreille fine, et il
était sûr de reconnaître son homme dès qu'il parlerait. Il lui adressa
donc tranquillement la parole en tirant sa bourse de sa poche.

— Combien vous dois-je, mon brave homme? fit-il.

— Ce qu'il vous plaira. La dame a payé; mais le temps est bien
mauvais, et à cette heure de la nuit...

— C'est bien, c'est bien. Cela vous suffit-il? fit Leicester en lui
offrant une pièce d'argent. Il était convaincu au son de cette voix
que c'était bien le cocher. L'accent de Jacob avait jusqu'alors été vif,
impérieux et animé par la colère; mais il avait en ce moment le ton
calme, traînant et quelque peu nasillard des habitants des Etats de
l'Est. Il n'y avait rien de semblable entre cette voix et celle qu'il
avait entendue une heure auparavant.

Jacob s'approcha de la lumière pour examiner avec soin la pièce
d'argent qu'il avait reçue.

— Merci, monsieur; je suppose que ce demi-dollar n'est pas faux?
dit-il en se retournant avec cet air de bonhomie qu'il avait si bien
su prendre.

Leicester se mit à rire. — Soyez tranquille; c'est du bon argent!
Mais, venez ici un instant, et dites-moi, — si du moins ce rensei-
gnement rentre dans le cercle de vos connaissances géographiques, —
de quel côté nous avons voyagé ce soir?

— Ah! monsieur! fit Jacob d'un air embarrassé, c'est peut-être
assez difficile.

— Où m'avez-vous conduit? Dans quelle rue, et à quel numéro?

— La rue? Mais... d'après mon calcul, ce pourrait être vers la vingt-
huitième.

— Et le numéro?

— Je crois que les maisons ne sont pas encore numérotées dans ce
quartier-là.

— Mais connaissez-vous la maison?

— Oui, monsieur, du moins je le suppose. L'homme qui était assis
à côté de moi m'a averti au moment où il a fallu m'arrêter, de sorte
que je n'ai pas fait grande attention moi-même.

— Un homme! qui était-il? était-ce un domestique ou un gentleman?

— Mais, monsieur, dans un pays où tout le monde est libre, où
l'égalité est universelle, il est facile de s'y tromper. Vis-à-vis de la
dame, il avait l'air d'un homme à gages; mais à mon égard il s'est
conduit en gentilhomme au moins pour ce qui en est de la renonciation.

— Renonciation! Rémunération, voulez-vous dire?

— Vous avez peut-être bien raison, répondit Jacob en secouant son
chapeau ruisselant de pluie. Un mot en vaut bien un autre, je pense,
pourvu qu'il soit à peu près de la même longueur.

— Ainsi vous pourriez retrouver la maison? insista Leicester, qui
voulait à toute force recueillir quelque information sur cette aventure.

— Je crois que oui.

— C'est bien; revenez demain matin, et je vous emploierai.

— Merci, monsieur.

— Un instant encore, laissez-moi une de vos cartes.

La figure de Jacob prit une profonde expression de dégoût. — Des
cartes, monsieur! je n'en ai jamais touché de la vie!

— Je veux parler des billets que vous donnez aux voyageurs pour
qu'ils sachent où se procurer une voiture.

Jacob se mit à fouiller dans toutes ses poches; mais ses recherches
furent inutiles, comme il devait le supposer.

— Eh bien, voilà qui est fort! a-t-on jamais vu pareille chose! je
n'en ai pas un seul sur moi!

— Peu importe! Donnez-moi le numéro de votre voiture; ça me
suffira.

Jacob nomma sans hésiter la première combinaison de chiffres qui
lui vint dans la tête, et il le fit avec un air de simplicité qui ne laissa
pas l'ombre d'un doute sur sa véracité.

— C'est bien; venez demain, sur les deux heures.

Jacob salua gauchement. A vrai dire, avec ses membres osseux et
sa tournure disgracieuse, ce n'était pas pour lui chose très-difficile.

— Encore un mot. Reconnaîtriez-vous la dame de ce soir?

— Si je la reconnaîtrais! fut le cri qui faillit s'échapper des lèvres
de Jacob; mais il maîtrisa cette exclamation, et bien que tous ses
membres tremblassent d'émotion en entendant le nom de sa maîtresse, il répondit aussi naturellement qu'auparavant:

— Mais... il faisait bien noir. Cependant je m'imagine que c'est
une de ces figures qu'on n'oublie pas facilement, du moment qu'on
l'a aperçue une fois.

— La même personne peut encore vous envoyer chercher.

— Cela se pourrait, comme aussi cela pourrait ne pas arriver.

— Vous me paraissez être un homme habile et sensé.

— Mais on dit chez nous que ce n'est pas l'esprit qui me manque.

— Et vous savez prendre au besoin quelque petite information sur
l'un et sur l'autre, j'en suis sûr?

— Sans doute: chacun sait que je ne suis pas trop endormi.

— C'est bien, ne perdez pas cette dame de vue. Prenez quelques
renseignements chez les liquoristes et dans les boutiques du voisinage. Je désirerais faire plus ample connaissance avec elle. Vous
comprenez?

Jacob fit de la tête un signe affirmatif.

— Vous serez bien payé de vos peines, entendez-vous?

— Ça va sans dire, répondit-il tranquillement.

— Eh bien, passez par ici demain. Mon domestique vous fera
monter chez moi, dit Leicester en s'en retournant.

— Je n'y manquerai pas! murmura Jacob, mais d'un ton de voix
si différent, que si ces paroles lui fussent parvenues aux oreilles,
Leicester aurait conçu de nouveaux soupçons.

L'instant d'après le faux cocher descendait rapidement les degrés
de l'Astor-House; et jetant avec violence sur le pavé l'argent qu'il
avait reçu, il se précipita dans la voiture.

CHAPITRE VI.

Le tentateur à l'œuvre.

Leicester en passant au milieu des corridors qui conduisaient à sa chambre fredonnait un air entre ses lèvres : c'est à peine si on eût pu distinguer le motif qu'il cherchait à reproduire : son sifflement ressemblait au bourdonnement d'un oiseau-mouche. De temps à autre il s'arrêtait pour épousseter son habit, sur lequel la pluie avait laissé quelques perles. Une fois entre autres, il s'abandonna à ses pensées, et demeura ainsi, rêvant tout debout, les yeux fixés sur le parquet. Un de ces domestiques attachés à l'Astor-House pour réveiller les voyageurs qui partent le matin de fort bonne heure et porter leur bagage, vint à passer près de lui, et interrompit le cours de ses réflexions.

— Ah! c'est toi, Jim? fit Leicester comme réveillé en sursaut; j'aime à croire que tu as fait du feu dans ma chambre?

— Oui, monsieur, je viens précisément d'aller voir si votre jeune ami était pourvu de tout ce qu'il lui faut.

— Qu'est-ce à dire? quel est ce gentleman, Jim?

— Mais c'est un monsieur qui est venu vous chercher au moment même où vous alliez sortir. Je lui ai bien répondu que vous n'aviez rien dit avant de partir et que probablement vous rentreriez bientôt : aussi m'a-t-il demandé à vous attendre.

Cette nouvelle parut contrarier Leicester : il retint une autre question prête à s'échapper de ses lèvres, et se hâta de rentrer chez lui.

Un jeune homme, un adolescent presque, à qui l'on aurait à peine donné dix-neuf ans, se trouvait installé dans sa chambre. Son teint rosé avait la fraîcheur de celui d'un petit enfant, et ses cheveux épais, d'une couleur châtain tintée d'or, retombaient en boucles brillantes le long de ses joues veloutées. Il dormait profondément dans un fauteuil, ce même sur lequel Leicester, en sortant, avait jeté sa robe de chambre de soie cramoisie, et la figure du jeune homme se détachait sur l'étoffe rehaussée de teintes admirables. On se plaisait à voir les brillantes couleurs de cet adolescent; ses lèvres entr'ouvertes, rouges comme la chair d'une cerise mûre, et recouvrant à peine des dents aussi blanches que des perles. Le jeune homme était grand pour son âge, et ses membres, gracieusement formés, rappelaient ceux d'une femme. Ses mains, un peu grandes, mais fort blanches et aux doigts potelés, reposaient indolemment sur sa poitrine, comme si elles avaient été d'abord jointes ensemble, et qu'elles se fussent séparées pendant le sommeil : la figure du jeune homme était alors tournée du côté de l'un des bras du fauteuil.

Un air de quiétude voluptueuse se décelait dans la pose et dans l'expression du jeune dormeur. Les accessoires de ce tableau de genre, le vin rougissant le verre à moitié rempli, les débris du souper de Leicester, les tentures aux couleurs foncées qui se détachaient sur les murailles, tout concourait à rehausser cette nature fraîche et à la faire mieux ressortir. Leicester en fut frappé quand il entra dans sa chambre, et avec ce sentiment d'artiste qui était inné chez lui, il changea de place une des bougies qui brûlaient sur la cheminée, de manière à ce que la lumière tombât directement sur la figure du jeune homme, et que les seconds plans se trouvassent dans l'ombre.

Un doux sommeil, profond comme celui dont on jouit à dix-neuf ans, régnait en maître sur le visiteur endormi : l'éclat de la lumière n'eut même pas le pouvoir de le réveiller : ces rayons n'eurent d'autre effet que de lui faire faire un mouvement d'indolence, il s'étira mollement, laissa retomber sur ses genoux, et sa respiration sonore troubla seule le silence de l'appartement. Cette motion produisit un nouvel effet, elle ajouta au pittoresque de la pose. La robe de chambre s'était dérangée, par un des efforts du jeune homme, et ses plis se drapaient harmonieusement autour de ses traits délicats. Leicester sourit, et, s'appuyant sur le marbre de la cheminée, il se mit à étudier tranquillement chaque détail de ce tableau vivant; car c'était un de ces hommes dont l'égoïsme aimait à prolonger le raffinement des plaisirs des sens à quelque moment inattendu qu'il se présentât. Le jeune homme souriait pendant son sommeil : à n'en pas douter il rêvait; l'incarnat de ses joues devint tout à coup plus vif, comme si les pensées du sommeil étaient douces et joyeuses.

Leicester fronça les sourcils; il y avait quelque chose dans ce doux repos, dans ce visage riant, qui paraissait éveiller le souvenir de sa jeunesse passée. Il regarda plus attentivement, et ses yeux trahirent la haine, comme s'il commençait à détester l'adolescent à cause de l'expression d'innocence répandue sur toute sa personne. Le dormeur remua de nouveau, et murmura quelques mots relatifs à la peinture encerclée dans le cadre de la cheminée. Ces paroles, entendues par Leicester, excitèrent chez lui une envie de rire qu'il s'efforça de réprimer.

Dans toute autre circonstance, Leicester n'eût pas hésité à réveiller le jeune homme, car la nuit était avancée, et certes son égoïsme s'opposait à ce qu'il sacrifiât ses aises pour être agréable à n'importe qui. Ce qui l'arrêta, ce fut une émotion excitée chez lui au plus haut degré. Il se souvenait d'un temps passé, d'une époque

calme et sans tache, comme l'est ordinairement celle des premières années d'un adolescent, même alors qu'elles sont liées à une nature aussi vile que l'était la sienne : des lis d'eau arrachés au bourbier d'un marais empesté. Les souvenirs avaient remué la lie fangeuse de son âme ; quelques gouttes d'eau pure s'étaient détachées de la masse corrompue, honteuses de se trouver en compagnie de tant de fiel et d'amertume. Il n'avait pas sommeil, il ne tenait pas à se trouver seul, et bouleversé comme il l'était dans tout son être, il s'estimait heureux d'étouffer ses propres pensées, sa conscience! par une distraction quelconque qui n'aurait point trait à ses souvenirs.

Mais tout ce qu'il faisait pour chasser ses pensées était inutile. Sa passion pour l'art, le goût exquis qui était inné chez lui, l'empêchaient d'ensevelir au fond de son cœur ses souvenirs que tout contribuait à réveiller. C'est en vain qu'il désirait se borner à admirer simplement les positions diverses que l'adolescent assumait pendant son sommeil. Cette innocence endormie lui rappelait celle de son jeune âge. En vain cherchait-il à maîtriser ses sensations, en vain disait-il à sa pensée : Tu n'iras que là, et pas plus loin! la lumière réverbérée par la peau satinée du dormeur, dont le cou élégant était encerclé par un col de chemise bien blanc et un ruban de moire, était cent fois plus brillante que celle répandue par la bougie. En dépit de sa volonté, ce rayon divin éclairait les replis obscurs de son cœur, et le contraignait à voir l'iniquité qui s'y trouvait celée.

Aussi s'abandonna-t-il à une rêverie péniblement douloureuse, qui se termina par un profond soupir.

Le jeune homme souriait toujours pendant son sommeil.

Leicester ne put supporter davantage l'aspect de cette jeunesse à son aurore, qui s'ignorait encore quoiqu'elle fût près de lui. Il étendit la main jusqu'à l'épaule du dormeur, et le réveilla.

— Robert!

— Ah! monsieur Leicester, c'est vous! fit le jeune homme, qui se releva d'un bond et ouvrit de grands yeux. Décidément je m'étais endormi dans votre fauteuil, et j'y rêvais. Ce n'est pas l'effet du vin, parole d'honneur, car c'est à peine si j'en ai bu un demi-verre.

— Ah! vous rêviez, disiez-vous? lui demanda Leicester avec une froideur concentrée. Probablement la vision qui passait devant vos yeux était fort agréable?

À ces mots, le jeune homme dirigea ses regards sur la miniature placée sur la cheminée, et un éclair se fit jour à travers ses longs cils.

— Le dernier objet qui s'est offert à moi avant de m'endormir est celui-là, dit-il, et je crois que cette image m'a poursuivi dans le songe que j'ai fait.

— Vous trouviez donc ce portrait à votre goût? continua froidement Leicester.

— À mon goût! mais la femme qu'il représente est jolie comme les amours, belle comme un ange! Je rêvais que je me trouvais en sa compagnie sur l'une des îles éloignées de l'Océan, dont Tom Moore nous a fait une description si enchanteresse, où les fruits sont toujours mûrs, savoureux et parfumés; où les fleurs, humides de rosée, offrent leur perles liquides aux rayons du soleil; où le gazon du rivage est plus moelleux que la mousse des bois, plus vert que la verte émeraude; où les eaux transparentes se précipitent...

— Bien, bien, je vois, mon cher, que vous faisiez un rêve superbe, dit Leicester en interrompant le discours poétique de Robert.

— Oui, c'était un songe magnifique, céleste! Cette belle créature, si digne d'être aimée, si...

— Savez-vous qu'il est fort tard? répliqua Leicester, qui s'assit dans une chaise à bascule, et qui rappela ainsi vers la terre l'imagination poétique de son compagnon.

— Vraiment, je n'y pensais pas; je vous ai attendu longtemps, c'est vrai ; et puis ce rêve enchanteur... On ne pense jamais à la longueur du temps, lorsque...

— Il est près d'une heure après minuit.

— Et vous avez probablement sommeil, vous désirez que je m'en aille! Allons, portez-vous bien. Adieu!

— Ce n'est pas cela ; mais je voudrais causer avec vous sur un sujet plus sérieux que des rêves d'enfant.

— Des rêves d'enfant! ah!...

Et Robert rougit comme une jeune fille.

— Bon! des rêves de jeune homme, si mieux vous aimez! c'est là ce que je voulais dire. Maintenant dites-moi ce que vous avez fait depuis que je ne vous ai vu. Comment vous plaisez-vous dans la maison de commerce où je vous ai fait admettre?

— Oh, très-bien! je ne saurai jamais comment vous remercier assez de ce que vous avez fait pour moi.

— Vos patrons ont-ils augmenté vos appointements?

— Pas encore, et je n'ai pas osé le leur demander.

— Ils ont confiance en vous, j'aime à le croire.

— J'ai agi de mon mieux, afin de mériter leur estime, répondit modestement le jeune homme.

Leicester fronça les sourcils, il paraissait ne pas trouver à son gré la franchise honnête de ces paroles.

— Vos chefs vous ont-ils déjà envoyé porter de l'argent aux diverses banques où ils ont un compte ouvert?

— Oui, quelquefois.

— J'en suis enchanté. Et votre écriture? avez-vous gardé bonne note de leçons que je vous ai données? Un commis doit avoir une belle main, car sans cela il n'avance jamais.

— J'aime à croire, monsieur, que vous serez content de mes progrès.

— Tant mieux! Il me serait pénible, Robert, de vous voir inférieur en quoi que ce soit, après les éloges que j'ai faits de vous à vos chefs.

— Je ferai tous mes efforts pour réussir, monsieur, soyez-en persuadé; je n'épargnerai ni l'étude ni le travail pour arriver, répondit le jeune homme d'un air décidé.

— Je vous crois. Parlez-moi de vos camarades, racontez-moi vos plaisirs.

— Mes plaisirs, monsieur! mais comment pourrais-je m'en procurer?...

— C'est vrai, vos appointements sont si minimes!

— Je ne me plains pas, ils me semblent très en rapport avec les services que je rends à ma maison de commerce.

— Ainsi vous travaillez tout le jour?

— Certainement.

— Et ceux de vos compagnons qui reçoivent deux fois, trois fois même plus que vous, ne font pas plus de travail, peut-être moins?...

— C'est vrai, que voulez-vous, répondit Robert d'un air pensif; mais après tout je suis si jeune!...

— Vous avez une capacité bien supérieure à celle de ceux qui sont placés au-dessus de vous, et par conséquent mieux payés que vous ne l'êtes.

— Le croyez-vous réellement, monsieur Leicester? fit le jeune homme en rougissant de plaisir.

— Je ne dis jamais ce que je pense, répondit l'homme astucieux en assumant un air de dignité et en jetant un regard prolongé sur le commis, dont la physionomie ouverte laissait deviner ce qui se passait dans son âme. Vous avez une capacité d'un ordre élevé, l'amour du travail, du talent, tout ce qu'il faut pour réussir; mais rappelez-vous ce que je vous dis, Robert, la récompense de toutes ces qualités arrive lentement dans un pays où la société est aussi mal constituée que la nôtre: bien souvent cette juste récompense s'arrête en chemin et ne parvient jamais à son adresse. L'imbécile qui a de l'argent distance souvent l'homme de génie qui n'a pas le sou.

Le jeune homme regarda son interlocuteur d'un air sérieux; il éprouvait un mécontentement secret, qui lui fit dire :

— Je croyais cependant qu'avec de l'intégrité et une application soutenue je parviendrais à réussir comme les autres; mais il paraît que la pauvreté vous barre souvent la route. N'est-ce pas une chose bizarre que je n'aie pas encore songé à cela?

— A quoi donc, Robert?

— A quoi! mais à ce que, pauvre comme je le suis maintenant, il me sera impossible de ne pas rester pauvre. Je me souviens à cette heure que l'on a dû la semaine dernière de l'avancement à un de mes camarades qui n'est pas plus âgé que moi. Il est vrai que son père est fort riche, et on m'a assuré qu'il serait avant peu associé à notre maison de commerce.

— Vous le voyez, mon ami, l'argent peut tout.

— Oh! mon Dieu, j'y pense, ma bonne tante a de l'argent plus qu'on ne l'imagine, et vous pouvez me croire! s'écria le jeune commis avec un geste d'orgueil.

— Qui, votre vieille tante, celle du marché de Fulton? Ah! mon pauvre Robert, vous ferez mieux de ne jamais parler d'elle!

— Pourquoi cela? demanda-t-il.

— Parce que la vente des navets et des choux pourrait bien être considérée par vos camarades comme un moyen peu aristocratique de faire fortune.

Robert à ces mots pâlit visiblement, ses yeux brillèrent, ses lèvres se crispèrent ostensiblement.

— Jamais je ne rougirai de ma tante, monsieur! c'est une bonne, une excellente parente!

— Vous avez raison, c'est très-bien ce que vous dites là! Allez prôner ses bonnes qualités à vos compagnons, et voyez ce qu'il en adviendra. Pour ce qui me regarde, j'ai pour opinion que tous les hommes honorables doivent répudier une société dans le sein de laquelle une profession honnête, mais simple, est regardée comme dégradante. Mais ni vous ni moi, Robert, ne pouvons espérer de faire changer l'opinion publique; et, comme il nous est impossible de remédier à cela, ce que nous avons de mieux à faire c'est de nous conformer aux devoirs de ce monde. Aussi, croyez-moi, ne parlez jamais à vos camarades de cette bonne revendeuse de légumes.

Robert gardait le silence les yeux fixés sur le parquet de la chambre, le rouge au visage, tant ses bons sentiments se trouvaient froissés. Quelques pleurs coulaient le long de ses joues; sa voix tremblait presque lorsqu'il essaya de parler.

— Merci de vos conseils, monsieur Leicester, quoiqu'à vrai dire ce ne soit pas là un avis qui vienne du cœur. Je vais vous quitter, excusez-moi de vous avoir fait veiller si tard.

— Mais ne vous en allez pas pour cela, dit Leicester, je n'ai pas la moindre envie de me coucher avant le jour.

— Ni moi non plus, ajouta Robert; la conversation que nous venons d'avoir m'a vivement impressionné. Ce beau rêve que je faisais lorsque vous m'avez réveillé ne reviendra pas de sitôt égayer mon sommeil!

Tout en disant ces mots, Robert jetait les yeux sur la miniature, et un signe d'admiration perçait à travers les larmes qui obscurcissaient son regard.

— Peut-être, qui sait! fit Leicester ne perdant pas de vue le jeune homme, il serait possible qu'un jour ou l'autre je vous présente à elle...

— A elle! s'écria Robert; mais elle existe donc? Une créature aussi enchanteresse est-elle donc au monde?

Son visage rayonnait, son sourire s'épanouissait sur ses lèvres : on ne pouvait rien imaginer de plus beau que la tête de l'adolescent.

Leicester le regardait fixement. En habile chimiste, il faisait une expérience sur un sujet qui en valait la peine, et il suivait les progrès lents mais subtils du poison qu'il distillait goutte à goutte.

— Elle vit, elle respire, oui, mon ami! A vrai dire, ce portrait est au-dessous de l'original. On l'a représentée avec un air triste qu'elle n'a pas. La peinture est impuissante à rendre l'éclat de son teint joyeux. Vous verrez par vous-même.

— Je la verrai donc? murmura Robert en détournant les yeux de la miniature. Si mon rêve allait se réaliser un jour!

— Quoi! l'île déserte, les fleurs, les fruits enchantés! dit Leicester d'un air presque moqueur.

— Ce n'était pas tout mon rêve; j'ai songé aussi qu'elle était malheureuse, et que, malgré son chagrin, cette belle des belles devenait mon ange gardien.

— Le fait est qu'il serait difficile de mieux choisir pour remplir un tel office...

— Elle doit être aussi bonne qu'elle est belle! continua le jeune homme en interrogeant Leicester du regard; car, sans se rendre compte de cette impression, la sensibilité naturelle avait été blessée par la raillerie cachée dans le langage du roué.

— A votre âge, toutes les femmes sont des anges! ajouta celui-ci.

— Et au vôtre, que sont-elles donc, monsieur?

— Des femmes! répondit-il en laissant errer un sourire moqueur sur ses lèvres et en donnant à sa voix un ton sarcastique qui fit frémir Robert.

Le méchant homme s'aperçut aussitôt de l'impression produite par cette amère dérision qu'il n'avait pu se défendre, et pour pallier sa faute il ajouta :

— Du reste, celle-ci est vraiment un ange! Je n'ai pas peut-être pour elle autant d'admiration que vous, Robert; mais c'est une créature divine, timide comme une biche, aussi délicate qu'une fleur!...

— J'en étais sûr à l'avance! s'écria Robert ivre d'enthousiasme, et oubliant à cet éloge, qui lui paraissait franc comme il était mérité, l'impression fâcheuse produite par les paroles de Leicester.

— Et maintenant, Robert, comme vous me paraissez aussi peu disposé à dormir que je le suis moi-même, que diriez-vous si je vous proposais de venir vous promener avec moi?

— Où pourrions-nous donc aller à cette heure de la nuit? répondit Robert étonné d'une proposition aussi insolite.

— J'ai envie de vous montrer, pour une fois seulement, l'intérieur d'une maison de jeu, fit Leicester d'un ton plein de froideur.

— Une maison de jeu! oh! monsieur Leicester!

— J'ai souvent pensé, fit celui-ci sans prendre garde à l'interruption du jeune homme et comme se parlant à lui-même, que le meilleur moyen de guérir la jeunesse de l'ardente curiosité qu'elle a pour l'inconnu, c'était de lui montrer tout d'un coup le vice dans toute sa gloire et son iniquité. La vue de ce qui se passe dans une maison de jeu est aussi profitable que le meilleur discours de morale. Dites-moi, Robert, n'avez-vous jamais entendu quelque homme sérieux soutenir une thèse de ce genre?

Le jeune homme ne répondit pas. Un nuage passa sur son front, et prenant son chapeau des mains de Leicester, il se mit à en tordre les bords par un mouvement nerveux.

— L'orage a cessé, je crois, fit Leicester sans avoir l'air de faire attention à l'agitation de Robert. Allons, venez, nous arriverons au bon moment pour voir le spectacle du jeu dans toute sa hideur.

Robert pâlit, et se recula vivement.

— Vous refusez de venir? s'écria Leicester en regardant son jeune compagnon avec un affectueux reproche. Avez-vous peur de m'accompagner?

— Non, j'irai partout où vous voudrez me conduire, répondit le commis, repoussant au fond du cœur un soupir prêt à s'en échapper, car ce reproche bienveillant qu'il avait lu dans les yeux de son bienfaiteur lui avait fait éprouver une commotion inexplicable; je vous suivrai partout où bon vous semblera!

Et il sortit à la suite de Leicester.

Ils remontèrent Broadway, cheminant à pas lents, sans s'adresser une parole. Enfin, une fois parvenus à la hauteur de Prince-Street, ils entrèrent dans la célèbre maison de Pat-Hearn.

CHAPITRE VII.

Le pays natal.

C'était un site sauvage et charmant à la fois, au centre de l'État du Maine, la province de l'Union américaine où la nature pittoresque déploie une végétation inconnue partout ailleurs. Dans le comté où va se passer la scène que nous allons décrire, les cimes ondulées des Montagnes Blanches (*White Mountains*) découpent çà et là le paysage : on dirait même que leur ombre gigantesque s'étend sur tout le pays qui les environne. Les vallées sont ensevelies sous des masses d'un feuillage touffu; et pendant l'été, ordinairement fort court aux États-Unis, la végétation offre aux regards une couleur verte plus brillante et plus admirable que celle d'aucun autre pays de ce côté de la mer Atlantique. De nombreuses collines, dont la plupart sont hérissées de rochers arides, tandis que d'autres offrent à leur versant les plus riches produits de la culture humaine, se détachent en saillie sur des champs de maïs et de sarrasin, dont la blanche floraison forme un contraste sans pareil. On voit çà et là des champs fraîchement labourés, dont la couleur brun foncé tranche avec le vert éclatant du seigle et de l'avoine cultivés sur les coteaux. Des lacs profonds endormis dans leurs lits de verdure, entourés de toutes parts de montagnes élevées ; de nombreux ruisseaux, qui encerclent les rochers de leur réseau limpide et brillent au soleil comme autant de chaînes de diamant, animent ces sites délicieux, et leur frais murmure se joint au bruissement des feuilles; l'Androscoggin s'ouvre paisiblement un chemin, au milieu de méandres sans nombre, parmi les collines; ses eaux transparentes roulent doucement sous les saules, donnent à ses rives l'aspect d'un beau parc, et baignent des anses fertiles sans nombre, abritées et tranquilles, au centre desquelles on aperçoit tantôt une ferme isolée et tantôt un petit village. Tel est le pays où va se dérouler cette partie de notre histoire.

A un certain endroit, les rives escarpées projettent leur ombre sur la rivière; les rochers sont couverts d'une couche épaisse de terre fertile, des bouquets d'arbres nains se groupent jusqu'au sommet autour de quelques pins jaunâtres dont ils cachent la maigreur naturelle. Ces coteaux abrupts couvrent presque entièrement les eaux limpides du cours d'eau pendant l'espace d'un demi-mille; mais tout à coup ils s'écartent : on dirait qu'ils ont été déchirés depuis des siècles par un tremblement de terre, pour faire place à une petite vallée, partagée par le lit de la rivière, et bornée d'un côté par un précipice profond, de l'autre par un coteau à pente rapide, dont les nombreuses crevasses sont hérissées de vignes vierges, de différentes espèces de mousses et de tous les arbres qui croissent sur les terrains élevés du Maine. Cette petite vallée peut avoir un demi-mille de large, et s'étend au loin en amphithéâtre sur le versant de la montagne. A partir de là, la route serpente autour des rives escarpées, et va se perdre dans les sapins qui se dessinent à l'horizon.

A cet endroit, la rivière s'élargit, baignant l'autre bord une plaine couverte de bosquets et de vertes prairies, et traversée par un chemin qui communique avec la route dont nous avons parlé au moyen d'un bac ou plutôt d'une vieille barque naviguant sur les eaux de la rivière. Deux vieillards du pays trouvaient une honnête existence à servir de passeurs aux voyageurs pressés d'arriver sur l'autre bord.

Quelques semaines après les événements que nous avons déjà racontés depuis le commencement de notre histoire, une voiture à un seul cheval descendit lentement le long de la route et se dirigea vers le lac. Les vieillards avaient amarré leur barque à l'ombre des saules, et ils attendaient l'arrivée de quelque passager. Ils aperçurent la voiture, et se mettant aussitôt à l'œuvre, ils ne vit pousser le bac dans le courant, et l'amener à l'aide d'une brusque secousse au pied même de la berge qui bordait le grand chemin.

La voiture contenait deux personnes, l'une des deux était une femme en costume de voyage simple et élégant à la fois : elle cachait en partie son visage sous les plis d'un voile vert très-épais. Les vieillards ne s'étaient jamais aventurés au delà du cours d'eau qui les faisait vivre ; mais cependant, malgré leur ignorance, ils découvrirent quelque chose de particulier dans l'aspect et les manières de la dame, qui excita vivement leur curiosité.

Quant à l'homme qui l'accompagnait, ses manières et sa mise étaient bien faites pour attirer l'attention. Une sorte de gaucherie rustique qui n'excluait point une certaine assurance, et une vigueur empreinte de rudesse, étonnèrent de prime abord les bateliers, qui virent bien qu'ils avaient affaire à un étranger. Ils reconnurent bientôt que la voiture appartenait à un riche aubergiste du village voisin ; mais ce qui les intriguait fort, c'était les deux voyageurs qu'elle contenait ; l'homme fit avancer la voiture droit dans le bac, puis, sautant à terre, il prit le cheval par la bride.

— Vous pouvez aller maintenant, dit-il aux passeurs du ton de quelqu'un qui connaît l'endroit et ses usages. Si le cheval reste tranquille, je vous donnerai tout à l'heure un coup de main.

— Oh! il ne bougera pas; nous avons fait traverser la bête plus d'une fois; il n'est pas craintif, ce cheval, oh! pas le moins du monde! répondit l'un des passeurs en hâtant de saisir cette occasion pour entrer en conversation.

— C'est possible; mais, avant de le lâcher, je veux voir comment il se comporte à la vue de l'eau.

Ces quelques paroles n'étaient pas très-engageantes pour entrer en matière; aussi, s'emparant de leurs perches, les deux vieillards poussèrent le bateau au large dans le courant de la rivière, jetant de temps à autre un coup d'œil furtif sur la jeune dame, qui, sans prendre garde à eux, tenait les yeux obstinément fixés sur l'autre bord.

— Elle est très-jolie, n'est-ce pas? murmura l'un des passeurs.

Le second batelier fit un signe d'assentiment.

— Elle a un certain air de bonté dans toute sa personne, reprit le premier en se reculant pour replonger sa perche dans l'eau.

— C'est vrai, répliqua son camarade.

Jusque-là la dame n'avait pas quitté des yeux le petit village vers lequel le bac glissait lentement, mais tout à coup elle tourna la tête, et adressant soudain la parole aux passeurs :

— Il y a maintenant trois maisons dans la vallée, leur dit-elle, à qui appartient celle qui est là-bas tout près de l'eau?

— Celle-là, madame, oh! c'est la nouvelle auberge; l'enseigne est un peu cachée par les arbres, mais pourtant, regardez bien, on l'aperçoit se balancer contre ce saule, tout près de la maison.

La jeune dame dirigea sa vue du côté indiqué : son regard semblait vouloir percer les profondeurs de la vallée. Au delà de l'auberge se trouvait un verger derrière lequel le toit d'une vieille maison aux murailles grisâtres se détachait sur l'horizon : on ne pouvait apercevoir que le faîte de cette habitation surmontée par une cheminée massive; mais cette partie du vieux bâtiment semblait fasciner la jeune dame; elle se pencha au dehors de la voiture, joignit les mains, ses traits se couvrirent d'une pâleur soudaine; puis, dirigeant sur le vieillard un regard qui trahissait son inquiétude, elle essaya de parler, mais aucun son ne put s'échapper de ses lèvres, et elle pâlit encore davantage.

— Ne craignez rien, madame, il n'y a aucun danger, dit un des passeurs se méprenant sur la cause de son émotion. Voilà seize ans passés que je travaille à cet endroit, et aucun accident n'y est jamais arrivé en ma présence. Vous ne pourriez vous y noyer, même si vous en aviez envie.

— Seize ans! dit-elle, seize ans! et un sourire mélancolique revint animer ses lèvres.

— Cela vous paraît bien long, sans doute, mais quand vous aurez mon âge vous verrez combien c'est court.

La dame ne répondit rien : elle baissa son voile, et se rejeta au fond de la voiture.

Durant cet entretien, le voyageur, qui tenait toujours le cheval par la bride, regardait la jeune dame avec une anxiété qu'il s'efforçait de cacher. Il avait entendu les paroles échangées à voix basse par les bateliers, et en paraissait vivement contrarié. Évidemment, il se trouvait mal à l'aise. Lorsque le bac eut atteint le bord après s'y être bruyamment heurté, il paya les passeurs sans mot dire, puis, s'élançant dans la voiture, il dirigea son cheval du côté de l'auberge.

L'hôte, qui venait de finir à la hâte son souper, arrosé d'une pinte de cidre aigrelet, vint lentement à la rencontre de nos voyageurs, et tint la bride du cheval tandis qu'ils mettaient pied à terre.

— Faut-il faire rafraîchir le cheval? demanda-t-il en montrant une auge de bois adossée au tronc du saule.

— Dételez-le : nous comptons passer la nuit ici, répondit le voyageur.

A ces mots, la figure de l'hôte s'épanouit ; il était rare que son auberge eût à s'honorer de la présence de voyageurs d'un rang élevé: il ne logeait ordinairement que des rouliers, qui apportaient toujours avec eux leur nourriture et celle de leur cheval, enfouie dans le même sac contenant à l'un des bouts l'avoine ou le maïs, et à l'autre une boîte remplie de fèves cuites, un pain et un morceau de lard, provisions que l'homme et la bête se partageaient fraternellement.

— Lui donnerai-je de l'avoine ou de l'herbe? s'écria le tavernier excité par la riante perspective qui s'offrait à lui de faire un honnête profit.

— L'un et l'autre; il nous faut deux chambres; vous apporterez un pied de madame dans sa chambre, et vous servirez mon repas n'importe où.

— A souper! reprit l'hôte d'un air abattu, à souper! nous n'avons pas un morceau de viande fraîche à la maison; il n'y a même pas un poulet dans tous les environs.

— Mais il y a des truites dans le ruisseau, je suppose, dit le voyageur.

— Ah! comment savez-vous cela? Vous avez donc déjà passé par ici?

— Il y a dans tout ce pays de montagnes des ruisseaux pleins de truites, tout le monde sait cela par oui dire, répondit-il d'un air froid; si vous avez une ligne sous la main, je puis peut-être vous tirer d'embarras.

— Il y en a une sous le porche; je vais rentrer le cheval, et vous montrer ensuite le chemin.

Le voyageur parut charmé de pouvoir ainsi se soustraire à tout regard scrutateur, et, s'éloignant avec précipitation, il alla prendre à la place indiquée une ligne grossière : il longea la maison, et traversant une prairie qui la bordait par derrière, il se trouva enfin sur le bord d'un ruisseau qui descendait de la montagne et marquait les limites abruptes de la vallée. C'était un courant d'eau vive courant sur un lit de cailloux, et coupé çà et là par des rochers hérissés, au pied desquels, en dessous de la cascade, on apercevait certaines flaques d'eau profonde et tranquille : le ruisseau reprenait ensuite son cours; il s'échappait en filets argentés à l'ombre des noisetiers et des arbustes qui le couvraient de leur frais ombrage, faisant entendre un gai murmure qui réjouissait le cœur comme un rayon de soleil après un orage.

Jacob Strong égarait ses yeux sur ce ruisseau solitaire, il paraissait en proie à une tristesse insurmontable.

Jacob vint s'asseoir sur la pierre, sur laquelle ses yeux brûlants s'étaient arrêtés avec une émotion bien facile à comprendre.

— Comme tout me rappelle le passé! soupira-t-il enfin. Ici, sur cette même pierre, elle s'asseyait avec sa petite ligne; elle m'envoyait lui chercher là-bas des fleurs de buis et des tiges de chèvrefeuille sauvage, tandis qu'elle plongeait ses petits pieds dans l'eau pour me faire bien vite revenir auprès d'elle.

Ces jolis petits pieds blancs! comme j'aimais à la voir aller ainsi nu-pieds! Un peu plus tard, lorsqu'elle grandit, elle riait de ma maladresse à amorcer sa ligne; elle ignorait alors ce qui faisait trembler ma main, hélas! elle ne le saura jamais!

Jacob vint s'asseoir sur la pierre sur laquelle ses yeux brûlants s'étaient arrêtés avec une émotion bien facile à comprendre. Son visage caché dans ses mains, ses coudes appuyés sur ses genoux, et ses pieds enfouis dans un creux rempli de mousse, il s'abandonna à une de ces rêveries profondes qui réveillent tous les souvenirs du passé et remuent les fibres de notre cœur. La ligne gisait à ses pieds; il n'y songeait même pas. Devant lui s'étalait une flaque d'eau transparente comme un diamant liquide, au fond de laquelle dormaient trois ou quatre belles truites remuant à peine leurs nageoires, et reflétant, de temps à autre, de leurs flancs irisés, un doux rayon de lumière qui se glissait à travers l'onde limpide.

Dans un tout autre moment, cette vue eût vivement intéressé Jacob, qui, dans sa jeunesse, passait pour un habile pêcheur; mais, aujourd'hui, c'est à peine si les belles truites qui passaient et repassaient au gré du courant pouvaient arrêter un moment son regard distrait. Que pouvaient-elles lui rappeler d'ailleurs, si ce n'est l'amer souvenir des temps écoulés?

Il fut enfin réveillé de sa rêverie par l'arrivée de l'hôte qui venait le rejoindre une ligne à la main, et qui amorçait son hameçon tout

en continuant sa marche. Il jeta sur la mousse, aux pieds de Jacob, deux belles truites enfilées à une baguette de noisetier, et se hâta de lancer sa ligne dans le ruisseau.

Jacob observait ses mouvements avec un vif intérêt. Ses yeux s'animèrent en voyant le pêcheur promener la mouche sur l'eau d'une main calme et assurée. Tantôt il la laissait aller au fond tout doucement, tantôt il la faisait flotter nonchalamment à la surface de l'eau, et souvent il lui permettait de disparaître pour mieux tenter les gracieuses créatures qu'elle n'avait pu séduire encore.

Tout à coup, une belle truite, endormie près du bord sous une touffe de gazon, s'élança vivement vers l'amorce en laissant derrière elle un sillon de lumière. En voyant ce gracieux poisson soulevé hors de l'eau, les nageoires frissonnantes, les flancs perlés de gouttes cristallines, et gracieux encore même au milieu des convulsions de l'agonie, Jacob laissa presque échapper un gémissement. Il comparait les souffrances de la pauvre truite à celles d'une créature humaine dont l'histoire remplissait son cœur; et ce poignant rapport ravivait sa douleur amère.

— Voilà qui suffira pour le souper, dit l'aubergiste en caressant les flancs humides de sa capture et en passant la baguette entre ses ouïes. Vous êtes sûr de ne pas mourir de faim, monsieur, et, qui plus est, de manger quelque chose de bon. La truite sera sur le gril bien avant que vous soyez rentré, à moins que vous ne consentiez à m'accompagner à la maison.

— Non, je ne rentrerai pas encore; je veux essayer d'avoir meilleure chance un peu plus loin, répondit Jacob en saisissant sa ligne et s'éloignant à travers un buisson de sureaux : il disparut bientôt sur la rive opposée. Mais à peine le fâcheux se fut-il éloigné qu'il vint reprendre sa place et se laissa de nouveau aller à ses méditations.

Les pensées qui l'accablaient étaient toujours poignantes et remplies d'amertume. On devinait son chagrin au tremblement nerveux de ses traits accentués, comme aussi aux larmes qui coulaient silencieusement de ses paupières mi-closes.

Les ombres du soleil couchant s'étendaient sur la vallée, et l'obscurité ramenait de plus en plus le pauvre Jacob vers ses tristes souvenirs. Tout ce qui l'entourait lui rappelait le passé. Là, près de lui, au milieu de ce champ de trèfle émaillé de fleurs, diapré de bouquets de chrysanthèmes d'or et de lis aquatiques, il revoyait en songe une petite fille, douce et belle enfant, à la chevelure brune et bouclée, aux grands yeux expressifs, l'attendant à l'angle de la haie, tandis qu'il lui cueillait une moisson de ces fleurs des champs qu'elle s'amusait ensuite à tresser en couronne. Plus loin s'étendait le verger planté d'une demi-douzaine de grands poiriers rangés le long de la haie. Jacob se rappelait avoir cent fois grimpé jusqu'à la cime pour atteindre les branches chargées des poires les plus mûres et les plus dorées. Il lui semblait entendre encore le bruit du fruit savoureux qui tombait de feuille en feuille jusqu'au tablier blanc tendu pour le recevoir. Un vire argentin, lorsque le tablier cédait sous le poids de ce léger fardeau, venait se reproduire aux échos de son cœur et lui rappelait les joies de son enfance.

L'ombre du soir obscurcissant la vallée, la rosée mouillait le frais gazon, et rendait plus odorantes les suaves émanations des champs, et pourtant Jacob demeurait toujours là, absorbé dans ses souvenirs. Il oubliait la dame qui, dans cette humble taverne de village, l'attendait peut-être avec impatience, pour ne penser qu'à l'enfant belle, vive et malicieuse, dont l'image remplissait son âme. Tout à coup une main se posa sur son épaule.

Il tressaillit et se mit à trembler, comme un homme surpris au moment où il commet une faute.

— Ah! madame, que venez-vous faire ici?

— Il m'était impossible de rester davantage dans cette maison. J'étouffais, je ne pouvais plus respirer. La paix de cette vallée me pénètre jusqu'au cœur; mais je ne puis verser une larme. Et vous, Jacob Strong, et vous?

Jacob détourna la tête, il s'efforçait d'échapper à ce délire que ses souvenirs avaient provoqué, il cherchait à maîtriser l'émotion causée par la présence de l'être qu'il aimait plus que tout au monde. Ada jeta un regard rêveur sur le paysage qui l'entourait, et fit quelques pas en avant.

— Où allez-vous, madame? Ce n'est point là-bas, à la vieille maison.

— Il faut que j'y aille, Jacob : cette hésitation me tue, je ne puis vivre ainsi une heure de plus sans apprendre de leurs nouvelles.

— N'y allez pas encore, de grâce, attendez!

Ada Leicester se retourna à ces mots du côté de son ami; ses lèvres étaient pâles comme celles d'un cadavre.

— Pourquoi, pourquoi cela? Vous êtes-vous informé, avez-vous appris quelque chose?

— Non, je n'ai pas voulu questionner tout d'abord.

— Alors, vous ne savez rien, absolument rien?

- Rien encore!

— Mais vous avez vu la vieille maison? On doit l'apercevoir d'ici.

— Plus à présent, madame. Les arbres du verger ont poussé depuis... depuis...

— Les arbustes sont-ils donc devenus des arbres depuis cette époque? Tout cela me semble dater d'hier, dit-elle avec un geste qui exprimait la tristesse de son cœur. J'espérais pouvoir jeter un regard sur la maison, comme on s'arrête à considérer le cachet d'une lettre si on craint qu'elle ne contienne de tristes nouvelles. Laissez-moi m'asseoir. Je me sens faible et fatiguée.

Jacob se leva pour lui faire place, et ne put retenir une larme.

—Comme tout m'est encore familier! dit-elle promenant ses regards çà et là; ce buisson de fleurs blanches tout près de cette pierre, ne dirait-on pas qu'il n'a pas cessé de fleurir depuis la dernière fois que je m'étais assise à leur ombre? Pourquoi donc, Jacob, les avez-vous foulées aux pieds?

—Parce que je me souviens! répliqua-t-il en éloignant son pied qui écrasait les fleurs, et en les contemplant avec douleur, tandis que ses lèvres crispées donnaient à sa bouche irrégulière une expression étrange. Ada leva sur lui ses yeux pleins d'une vague surprise.

—Je n'ai jamais aimé les fleurs! murmura-t-il troublé par ce regard inquisiteur.

Florence.

—Vous n'avez jamais aimé les fleurs! O Jacob! comment pouvez-vous avouer cela?

—Je n'aime pas celles là, madame, reprit-il presque avec une colère comprimée, en les montrant du doigt. La dernière fois que je vins ici un serpent se glissait sous ces fleurs. Ce serpent a laissé son venin sur tout ce qu'il a touché au sein de ce vallon ombreux.

Ada porta ses yeux sur les traits animés de son serviteur; puis, abaissant ses longs cils, elle poussa un profond soupir.

Aussitôt le rude visage de Jacob se contracta sous une expression douloureuse, signe d'un sincère repentir. Il se tenait debout, en proie à un malaise indicible, les yeux fixés sur la touffe de fleurs qu'il avait foulée aux pieds dans un moment de colère fébrile. Ses larges mains s'agitèrent par un mouvement nerveux, tandis qu'il épiait, à la dérobée, la tristesse et les traits abattus d'Ada. Il n'osait lui parler; il attendait qu'elle lui adressât quelques mots, se reprochant jusqu'au fond du cœur les pensées qu'il venait de réveiller en elle. Enfin il se hasarda à parler, osant à peine élever sa voix, et donnant à ses paroles un ton de prière et de supplication.

—La rosée tombe, madame, et vous n'êtes pas habituée à l'humidité du soir.

—Autrefois, répliqua-t-elle, je ne craignais pas de m'aventurer sur le gazon mouillé par la rosée.

—Mais vous êtes fatiguée, et vous n'avez pris aucune nourriture.

—Il me serait impossible de manger, Jacob, comme aussi de prendre du repos jusqu'à ce que j'aie visité la maison. Le pourrai-je même après? Je ne saurais le dire, car Dieu seul connaît ce que je vais apprendre. Rentrez, mon bon ami, et faites-vous servir à souper.

Jacob secoua la tête.

—Allons, j'ai tort, continua-t-elle, laissez-moi seule ici jusqu'au

soir, alors j'irai vers la maison; peut-être pourrai-je y coucher cette nuit, Jacob, qui sait? Elle s'arrêta un moment, puis ajouta :

—S'ils sont encore en vie; mais pourquoi en douterais-je? Ils doivent exister encore?

—Je l'espère, répondit Jacob plein de pitié pour l'angoisse profonde de sa maîtresse, pendant qu'elle cherchait à surprendre dans les traits de son serviteur dévoué quelque trace d'une confiance ou d'une crainte incertaine.

—Et pourtant, Jacob, mon cœur est oppressé et rempli d'une douleur terrible. Laissez-moi maintenant; peut-être en restant seule ici, pourrai-je verser quelques larmes.

Jacob s'éloigna sans répondre un seul mot. Son propre cœur, sensible malgré sa rudesse apparente, allait déborder : l'anxiété maladive qui perçait dans tous ses regards, dans tous les mouvements de sa maîtresse, annihilait son courage et le laissait muet et troublé devant cette morne douleur.

Il ne reprit cependant pas le chemin de l'auberge, mais, escaladant une haie, il sauta dans le champ de trèfle, et plongeant jusqu'aux genoux dans l'herbe embaumée, on le vit se frayer un passage jusqu'à la ferme, dont la cheminée et le toit incliné apparaissaient plus distincts à sa vue à mesure qu'il avançait de ce côté.

Il marchait à grands pas, décidé à rapporter quelques nouvelles à l'infortunée qu'il venait de quitter. Après avoir traversé le champ de trèfle, il entra dans une riche prairie, dont l'herbe épaisse et ondoyante, encore dédaignée par les faucheurs, était inondée par les derniers rayons du soleil couchant. Plus loin s'élevait la ferme silencieuse et d'un aspect pittoresque. Le jour était sur son déclin, et la lueur phosphorescente du soir dorait çà et là ce vieux toit couvert de mousse. Jacob s'arrêta la main appuyée sur une barrière; son courage l'abandonnait. Tout ce qui l'entourait lui était si péniblement familier, qu'il tressaillait à l'idée de faire un pas de plus.

Florence pâlit, et sa main retomba inerte à ses côtés.

Devant lui s'étendait le jardin sur le côté de l'antique demeure; une rangée de cerisiers longeait la haie verdoyante, et ombrageait des buissons de groseilliers aux branches affaissées jusqu'à terre sous le poids de leurs fruits pourprés et vermeils. Là, était le puits dont le large seau se balançait aux efforts de la brise, près du grand poirier, debout et immobile comme une sentinelle, vigoureux encore en dépit des années. Plusieurs pierres étaient détachées de la cheminée massive, et la mousse accumulée sur le toit l'avait nuancée d'une teinte verdâtre, d'un velours naturel, tandis que des touffes d'oignons sauvages croissaient entre chaque interstice.

La lueur mourante du crépuscule répandait sur la vieille ferme une apparence de calme solennel. Quelques oiseaux au noir plumage voletaient autour d'une volière placée à l'un des angles; c'était le seul signe de vie qui s'offrit aux yeux inquiets de Jacob Strong. Il restait là, attendant l'approche de quelque créature vivante : un cheval paissant près de la porte de l'écurie, un être humain s'approchant du puits, eussent rendu quelque courage à son cœur oppressé.

Enfin son impatience, si longtemps contenue, céda devant le désir qu'il éprouvait d'apprendre enfin ce qui pouvait donner à sa maitresse une joie extrême ou la plonger dans une douleur profonde. Jacob s'élança dans la prairie, et, suivant un petit sentier bordé de lis d'or, il arriva bientôt dans un jardin planté de légumes, au milieu desquels croissaient quelques plants de tournesols. Des touffes de liliacées à demi flétries garnissaient l'entrée, et des pois de senteur entremêlés de volubilis couvraient à moitié la grille de bois vermoulu.

Oh! combien ces fleurs, quelque communes et dédaignées qu'elles fussent elles-mêmes, parlaient éloquemment au cœur de Jacob Strong! Les tournesols eux-mêmes, penchant vers l'occident leur disque radieux, semblaient lui rappeler le parfum et la lumière de jours plus heureux. Leur aspect remplissait son cœur d'un nouvel espoir : aussi loin que se reportaient les premiers souvenirs de sa plus tendre enfance, ces tiges audacieuses avaient toujours orné l'enclos de l'antique habitation.

Il croyait retrouver intact tout ce que jadis il avait tant aimé! Les feuilles de plantain qui entouraient le puits étaient toujours vertes, comme il l'avait depuis son départ elles ne se fussent point fanées. L'ange de pierre meulière, à moitié remplie d'eau, se trouvait à son ancienne place, près de la cochère. Tout lui prouvait que, puisque rien n'était changé, ceux qui avaient vécu et respiré dans cette demeure solitaire devaient y rester encore.

Jacob Strong s'avança vers le perron, et frappa doucement à la porte. Une voix intérieure l'invita à entrer, et, poussant l'huis, il se trouva dans une cuisine longue, aux solives basses, où deux hommes, une femme et une petite fille étaient assis et soupaient tranquillement. Un des deux hommes, aux larges épaules, à la figure hâlée, se leva à sa vue, lui présenta une chaise de bois grossièrement façonnée, et reprit sa place à table, tandis que l'enfant, les yeux grands ouverts et la cuiller remplie, à moitié chemin de sa bouche ouverte, considérait avec surprise le visiteur étrange.

Jacob, toujours debout, examinait ses hôtes d'un air embarrassé. Un désappointement subit le saisissait au cœur; car, parmi ces quatre personnes assises autour de la table, aucune ne lui était connue. Il promena tristement ses regards autour de lui. Une seule chandelle placée sur la table éclairait faiblement la salle dans laquelle il se trouvait : sa lueur incertaine servait à celer le trouble que sa présence semblait apporter parmi les habitants de la ferme; car le morne silence du visiteur surprenait étrangement ces bonnes gens. Le fermier se tourna enfin de son côté, et lui adressa la parole de la façon la plus hospitalière et la plus cordiale.

— Venez vous asseoir à table et partager notre souper, dit-il, tandis que sa femme se levait et cherchait un couvert qu'un buffet placé à l'encoignure de la chambre.

— Non, je vous remercie, répondit Jacob avec effort, car il lui semblait que les mots allaient l'étrangler.

— Venez donc vous asseoir avec nous, ajouta modestement la fermière, qui revenait du buffet une assiette et un couteau à la main, notre souper n'est pas très-bon, mais vous êtes le bienvenu.

— Je vous remercie, dit Jacob, je n'ai pas faim, mais si vous pouvez me prêter une tasse, je boirai volontiers un peu d'eau tirée à votre puits.

Le fermier prit sur la table un bol de faïence blanche, et le présenta à son hôte.

— Faites comme il vous plaira; mais vous trouverez peut-être la manivelle un peu dure, ajouta-t-il d'un ton cordial.

Jacob prit le bol et sortit. Il lui semblait qu'une gorgée d'eau fraiche, prise à ce puits qui lui était si connu, dissiperait l'étrange frisson qui lui avait serré le cœur à l'aspect de tous ces visages étrangers.

Il posa le bol entre les feuilles de plantain, et, saisissant la manivelle, fit descendre le seau dans le puits. Quand il l'eut remonté tout ruisselant encore, il l'appuya sur le bord, et but à longs traits plusieurs tasses de cette eau limpide; puis il resta là quelques instants encore, s'abandonnant aux angoisses de son âme, et cherchant à recueillir ses idées. Enfin, après s'être un peu calmé, il rentra dans la maison d'un pas ferme et résolu.

— Vous avez là une belle propriété, dit-il au fermier, en acceptant la chaise qui lui fut offerte de nouveau. J'ai traversé en venant ici la plus jolie prairie qu'il soit possible de voir.

— Oui, il y a quelques arpents de bonne terre d'ici à la rivière, répliqua celui-ci, flatté des éloges que lui adressait Jacob sur la valeur de son bien.

— Vous tenez tout en fort bon ordre aussi; voilà bientôt cinq ans que je n'ai vu d'aussi belles luzernes.

— C'est vrai; je crois mon foin est supérieur à celui qu'on voit ordinairement, reprit le fermier en prenant sa petite fille sur ses genoux, et en lissant ses cheveux épais à l'aide de ses mains calleuses. Quand on pense au mauvais état où se trouvait la ferme lorsque nous l'avons prise! Certes, nous n'avons vraiment pas à en rougir d'aucune façon.

— Elle ne vous a donc pas toujours appartenu? La voix de Jacob

tremblait en prononçant ces mots; mais le fermier, qui caressait son enfant, n'en remarqua que le sens, sans observer avec quelle intonation ils avaient été prononcés.

— Vous êtes donc étranger au pays, car tout le monde aux alentours sait depuis combien de temps je demeure ici : voici près de dix ans, n'est-ce pas, Mabel?

— Dix ans depuis le printemps dernier, répondit la fermière d'un ton doux et gracieux; nous sommes entrés ici trois ans avant la naissance de Lucie.

— C'est bien cela! Oh! pour les dates, ma femme vaut un almanach; elle nous battait tous sur le calcul, nous autres garçons, quand nous allions ensemble à l'école : n'est-ce pas, Mabel?

La fermière rougit, et partagea cordialement son sourire de bonne humeur entre Jacob et son mari.

— Vous ne devez point nous croire sans ressources, dit-elle, parce que nous habitons encore la vieille maison, nous avons souvent songé à la reconstruire, mais cela ne nous a pas encore été possible; d'ailleurs mon mari ne se soucie pas beaucoup de démolir la ferme.

— La démolir! s'écria Jacob avec une émotion qui surprit ces honnêtes paysans, démolir la vieille ferme! N'en faites rien, oh! n'en faites rien, mon digne ami! Il y a des gens dans le monde qui donneraient une pièce d'or pour chaque latte de son toit, plutôt que de voir une seule de ses poutres ébranlée.

— Je devine que vous êtes déjà venu dans ce pays, dit la fermière en adressant à sa femme un coup d'œil expressif. Je ne serais même pas étonné que vous eussiez autrefois connu les habitants de la ferme.

— Oui, j'ai passé par ici, il y a bien des années; il y avait alors un homme plus âgé que vous ne l'êtes à présent, qui s'appelait, il me semble....

— Wilcox? n'était-ce pas là son nom?

— Oui, c'est cela! Il était grand, avec des yeux noirs.

— C'était bien lui. Pauvre vieillard! c'est de lui que nous avons acheté la ferme.

— Je m'étonne qu'il ait pu se décider à la vendre! Sa femme paraissait tant s'y plaire, et... et sa fille; il me semble qu'il avait une fille?

— Oui, nous en avons entendu parler; je ne l'ai jamais vue, mais les gens du voisinage se souviennent encore de sa gentillesse, de sa gaieté, de son doux sourire, c'était une jolie fille, si l'on en croit ce qu'ils disent.

— Qu'est-elle devenue? S'est-elle établie dans les environs?

— Oh! non, au contraire. Un jeune homme de Boston ou de New-York, à ce que je crois, vint par ici un été pour y pêcher et pour chasser dans les montagnes, il épousa la jeune personne et l'emmena à la ville.

— Et n'est-elle jamais revenue?

— Non; mais un an ou deux après, le jeune homme revint avec une petite fille, la plus jolie petite créature qu'on ait jamais vue. Sans doute qu'il échangea de dures paroles avec le vieillard, car Wilcox n'a jamais souffert depuis qu'on prononçât devant lui le nom de sa fille. Personne n'a jamais su au juste ce qui s'était passé entre eux, mais le jeune homme partit, laissant son enfant aux deux vieillards. Peu de temps après, l'esprit du vieux Wilcox s'assombrit; sa femme perdit aussi courage, comme si ce beau petit chérubin eût apporté avec lui un ver rongeur dans la maison.

Après cela, les choses allèrent de mal en pis, les deux vieillards déclinèrent de plus en plus; ils n'allaient plus à l'église, ils passaient leurs dimanches au coin de leur cheminée, les yeux fixés tristement sur le foyer. Vous savez que les meilleurs d'entre nous ne peuvent s'abstenir de parler un peu de ce qu'ils ne comprennent pas tout-à-fait. Les uns disaient ceci, les autres cela; et au bout de quelque temps Wilcox se retira tellement de la société de ses voisins, qu'ils se mirent à l'éviter aussi.

— Les deux vieillards vivaient-ils seuls après le départ de leur fille? demanda Jacob d'une voix saccadée. Il y avait un jeune homme ou un jeune garçon dans la famille, lorsque je les ai connus.

— Oh! oui, je me souviens, c'était un enfant que M. Wilcox avait élevé, plein d'adresse et d'esprit plus que personne ne l'est à cet âge. Il partit juste après le mariage de la jeune personne, et personne n'a jamais su ce qu'il était devenu. On a généralement pensé dans le pays que le jeune vieux se chagrinait aussi à son sujet; quoiqu'il en soit, ces deux événements eurent une terrible influence sur les deux vieillards.

— Vous ne voulez pas dire au moins que M. Wilcox et sa femme sont morts.

Le fermier, à ces paroles, tourna subitement les yeux sur Jacob Strong, car il y avait quelque chose dans le ton et la voix de cet homme qui fit tressaillir son cœur honnête. Jacob était devant lui pâle comme un criminel, et s'affaissant sur sa chaise, prêt à s'évanouir.

— Non, je n'ai pas voulu dire qu'ils sont morts, mais lorsqu'un homme fort et courageux comme Wilcox se laisse aller au chagrin, c'est bien pis que la mort.

— Qu'est-il donc arrivé? où est l'enfant? Est-il vivant? s'écria Jacob tout hors de lui, incapable, dans l'agonie de son impatience, de se contenir un instant de plus : mais le regard étonné de ses auditeurs mit un frein à ce torrent d'émotion impétueuse, et il continua plus tranquillement :

— J'ai connu cette famille, il y a longtemps, et je me suis arrêté ici ce soir pour rendre visite au vieux M. Wilcox. Je n'avais jamais pensé qu'il songeât à quitter la ferme, et j'ai été bien plus surpris en trouvant ici des étrangers que vous n'avez pu l'être en me voyant entrer chez vous. Maintenant, dites-moi, savez-vous où est la famille Wilcox ?

— Ah ! c'est plus que je ne saurais vous apprendre, répondit le fermier. J'ai acheté la ferme, et je l'ai payée comptant, terres, meubles et tout ce qui s'ensuit.

— Mais où sont-ils allés ? s'écria Jacob hors de lui, car ces détails ne faisaient qu'irriter son impatience.

— A Portland ; ils emportèrent leur bagage dans un wagon, et quand le conducteur revint, il raconta qu'il avait transporté tout cela à bord d'une goélette prête à partir.

— Pour où ? Quel était le nom de ce navire ?

— Voilà précisément ce que nous demandâmes au cocher du wagon, mais il ne put nous l'apprendre, et jusqu'à ce jour personne dans la vallée n'a plus entendu parler d'eux !

Jacob se leva en s'appuyant sur sa chaise.

— Est-ce là tout ? Partis ou ne sait où ? N'avez-vous plus rien su des Wilcox ?

— C'est là tout ce que moi ou n'importe qui pouvons vous apprendre, répondit le bon fermier.

— Mais le conducteur de la voiture de transport, où est-il ?

— Il est mort !

Jacob sortit sans ajouter une parole. Il savait que ces tristes nouvelles seraient plus terribles encore pour une autre qu'elles ne l'avaient été pour lui, et pourtant elles avaient brisé les forces de cette nature indomptable.

Le crépuscule avait fait place à la douce clarté de la pleine lune, qui versait sur tout le paysage les flots de sa lumière argentée. Les lucioles émaillaient la prairie, et sur le coteau un whip-poor-will faisait entendre son cri lugubre. Jacob tremblait en lui-même en songeant qu'il était destiné à porter à sa pauvre maîtresse ces nouvelles qui devaient lui briser le cœur. Plein d'angoisse inexprimable, il s'éloigna de ce sol chéri, et prit un chemin creux qui conduisait au ruisseau. A la jonction s'élevait un ormeau dont les branches longues et touffues retombaient presque jusqu'à terre, et ombrageaient un rocher d'où s'échappait une source d'eau pure et abondante. Le murmure de cette onde, qui se frayait un passage entre les primevères et les iris qui tapissaient chaque bord, rappelait à ses sens troublés le souvenir d'un ancien amour.

Il s'approcha de l'ormeau, et aperçut Ada assise sur la pierre, la tête appuyée contre le tronc de l'arbre. La lune, tombant d'aplomb sur le beau visage de la jeune femme, inoculait à son teint une pâleur étrange, et bien longtemps avant qu'elle eût pu découvrir sa présence, il put ouïr distinctement les violents sanglots qui soulevaient son sein oppressé.

Au bruit des pas de Jacob, Ada tressaillit, et se relevant tout à coup, elle s'élança à sa rencontre. La main de Jacob, qu'elle pressa dans la sienne avec égarement, était froide et humide, et sur les joues du serviteur dévoué tremblaient encore de grosses larmes, triste rosée de la douleur.

— Vous les avez vus ? sont-ils vivants ? Je vous ai aperçu lorsque vous êtes entré, et depuis lors j'attendais. Dites-moi, Jacob, me laisseront-ils passer la nuit sous leur toit ?

— Ils sont tous partis, il n'y a plus personne de la famille ! répondit Jacob trop agité lui-même pour user des précautions dictées par la prudence.

Un cri faible et perçant à la fois comme celui de l'oiseau blessé résonna dans la vallée, et, frappé de terreur à ce désespoir que lui-même venait de faire naître, Jacob vit à l'instant sa maîtresse tomber évanouie à ses pieds. Ses traits étaient empreints d'une pâleur livide, ses mains inanimées se confondaient avec les pâles rayons de la lune et le châle blanc qui l'enveloppait.

A cette vue il ne se posséda plus. Jetant autour de lui ses regards effarés, comme s'il eût craint qu'on cherchât à la lui ravir, il enleva Ada dans ses bras robustes, et la pressa contre son cœur avec passion. Ce n'était point un léger fardeau ; mais, sans s'arrêter, sans chanceler un instant, il remonta le chemin creux d'un pas ferme, la serrant avec frénésie contre lui, tandis que ses traits illuminés par la lune brillaient d'une joie surhumaine.

— Ada Wilcox, ma petite Ada, mille fois je vous ai portée ainsi ! Alors, vous leviez vos petits bras, vous les jetiez autour de mon cou, et votre joue touchait la mienne comme à présent, Ada !

Le visage de Jacob s'inclina doucement vers celui de la jeune femme. Soudain il tressaillit.

— Que Dieu me juge ! O Ada, pardonnez-moi ! s'écria-t-il d'une voix brisée en contemplant le front inanimé qu'allaient presser ses lèvres.

Il la tenait toujours embrassée, retenant son haleine, tremblant de tous ses membres, et la balançant doucement entre ses bras quand il lui semblait voir ses paupières s'agiter faiblement aux pâles rayons de la lune.

Mais après un choc si violent l'épuisement était complet. Elle demeurait entre ses bras, comme si la mort l'eût saisie, inanimée, les membres inertes, les paupières closes. Enfin elle fit un faible mouvement.

— Ne remuez pas, Ada, Ada Wilcox, c'est Jacob, l'enfant d'adoption de votre père. Nous sommes seuls dans votre prairie. Il vous a portée mille fois dans ses bras à cette époque, vous ne vous défendiez pas alors, vous riiez, et... et... Ne remuez pas ! restez là !... encore !... dit-il avec passion, vous êtes trop faible pour vous soutenir.

Elle s'agitait pourtant, car, dans son délire, il l'étreignait dans ses bras nerveux avec tant de violence, que la douleur la rappelait à la vie.

— Pas encore, oh ! pas encore ! s'écriait-il tandis que son cœur palpitait à tout rompre, vous ne pouvez vous tenir debout. L'herbe est humide et profonde. Rassurez-vous, je suis fort, Ada, je puis vous porter.

— Est-ce vous, Jacob Strong ? dit-elle à moitié revenue à elle-même.

— Oui, dit Jacob d'une voix étranglée, c'est moi, le protégé de votre père. Nous sommes revenus à la ferme. Je... je... Il y a longtemps que je ne vous ai portée dans mes bras, Ada Wilcox !

— Ada Wilcox ! dit-elle en tressaillant, laissez-moi, Jacob Strong ! mon nom n'est plus Ada Wilcox, ils sont partis tous ceux qui s'appelaient ainsi, la ferme est pleine d'étrangers, le nom de Wilcox est mort, celui de Leicester l'a anéanti, l'ombre de la nuit obscure cache une tombe.

Jacob Strong ouvrit si brusquement les bras qu'Ada tomba presque à terre.

— J'avais oublié ce nom ! dit-il d'un ton lugubre.

La pauvre femme essaya de faire quelques pas, mais elle chancelait ; et, tournant vers lui son visage pâle et presque suppliant :

— O Jacob ! je tremble, ce coup m'a ôté toutes mes forces. Aidez-moi à me soutenir, car je ne puisse voir encore une fois la vieille habitation de ma famille ! Que de fois nous l'avons regardée d'ici !

— Oui, dit Jacob, la lune éclaire le toit comme pendant certaine nuit... Le vieux poirier étend son ombre jusqu'à la haie du jardin.

Elle pressa ces mots. Ada sentait frissonner son bras sous l'étreinte de sa propre main.

— Vous tremblez de froid, dit-elle.

— Oui, c'est cela, j'ai froid, madame ; la rosée tombe fort épais. Je vais marcher devant pour vous tracer un sentier dans le gazon, ce ne sera pas la première fois.

Jacob pressa le pas, écrasant l'herbe touffue et projetant une ombre élancée devant la pauvre femme éplorée. Elle le suivait en silence, se retournant pour jeter sur la ferme des regards désolés et éperdus.

— Jacob, dit-elle avec tristesse, je suis seule à présent, seule au monde ! Vous ne me quitterez pas, promettez-le-moi ?

— Ada Wilcox, je n'ai pas mérité cette question, dit-il en ouvrant la porte de l'auberge, devant laquelle ils étaient parvenus.

Elle entra timidement, s'attendant peut-être à ce qu'il l'y suivit ; mais Jacob, fermant la porte, s'élança au dehors, sauta par-dessus la haie, et rentra en courant dans la prairie.

— La laisser ! dit-il écartant de sa main les hautes touffes d'herbe, la laisser ! comme si je serais son esclave, son chien, son serviteur, comme je l'ai toujours été, même lorsque, tout petit, une fois atteignait à peine la hauteur des herbes. Et pourtant elle ignore pourquoi j'agis ainsi. Peut-être croit-elle que c'est pour les gages qu'elle me donne. Jamais il ne lui vient à l'idée que j'ai une âme pour aimer et pour haïr ! Pourquoi les ai-je suivis partout, elle et cet homme, si ce n'est pour être près d'elle quand sonnerait l'heure de la douleur ?

Pourquoi ai-je abjuré ma nationalité, mon orgueil d'Américain, pour endosser cette livrée galonnée et pour porter cette maudite cocarde sur mon chapeau, comme le font ces nègres blancs en Angleterre, si ce n'est parce que je ne pouvais l'accompagner qu'avec ce costume dégradant ? Qu'est-ce qui me rend parfois timide comme un lièvre et par moments bourru comme un dogue ? Elle ne le voit pas, elle croit que c'est en penchant sur les voyages qui m'a fait traverser la mer avec elle, et que moi, citoyen américain, libre de naissance, j'ai un goût naturel pour les cocardes et les galons d'or, comme si la chose était possible ! C'est vrai qu'elle ne me les fait pas porter maintenant, mais si, elle le voulait, je crois, en vérité que j'y consentirais ici même, devant cette vieille ferme de sa famille !

Cette ferme, continua-t-il se tournant toujours debout dans l'herbe et regardant la ferme jusqu'au moment où son cœur se dilata et ses yeux se remplirent de larmes : oh ! si je pouvais rappeler le passé, être encore son protégé, et elle une petite fille ! si les vieillards demeuraient encore là-bas, je consentirais volontiers à être son esclave, son chien, n'importe quoi, pourvu qu'elle pût redevenir, comme elle l'était alors, une douce et innocente créature. Mais c'est lui, c'est ce scélérat qui est cause de tout cela ! Oh ! s'il pouvait disparaître de la surface de la terre ! Ce n'était pas sa faute à elle ;

je défie qu'on ose l'accuser. Le péché originel n'était-il pas dans son propre cœur?

Pauvre Jacob! Toute sa force était épuisée; il ne pouvait même plus rappeler les tristes souvenirs qui assiégeaient son cœur. Il erra toute la nuit dans l'enclos de la vieille ferme, tantôt s'aventurant sous les poiriers, tantôt se glissant dans la cour de l'étable, où une demi-douzaine de vaches, inquiétées par sa présence, levaient la tête, le suivaient des yeux, et semblaient désirer qu'il partît.

Il visita, l'un après l'autre, chaque endroit de l'enclos regretté, et l'aube du matin le trouva transi, pâle et désolé, attendant sa maîtresse à la porte de l'auberge.

Peu après, la voiture repassa la rivière. Les vieux passeurs eussent volontiers échangé quelques mots avec les voyageurs: Jacob ne leur répondit que par monosyllabes, et ils tentèrent en vain de revoir les traits de la jeune dame profondément cachés sous les plis de son voile épais.

CHAPITRE VIII.

Un chalet en ville.

Devant un de ces parcs, ou squares lilliputiens, que le promeneur rencontre à New-York, oasis plantée de fleurs au milieu d'un désert, s'élevait un de ces palais en miniature, trop étroit pour abriter une famille riche, mais aussi trop beau, dans ses moindres détails, pour avoir été construit ou inspiré par un homme qui n'eût pas en ce goût exquis que l'opulence peut souvent pas acquérir. C'était une toute petite maison, un chalet, ou pour mieux dire une copie exacte pour la forme de ces résidences de la campagne des Etats-Unis, avec cette différence seulement que les agencements intérieurs et extérieurs étaient parfaits.

La façade de la maisonnette, bâtie en pierres presque blanches, était ornée de balcons en fer ouvrés avec un soin et une élégance extrêmes et de persiennes du goût le plus parfait. A vrai dire, cette habitation était digne de se ranger au milieu des autres maisons de la ville, quoique extérieurement elle affectât de ressembler à celles qui se groupent si gracieusement dans un site pittoresque.

En avant de la maison, se trouvait un petit jardin semé de fleurs, au centre duquel un bassin de marbre recevait les eaux d'une gerbe artificielle, jaillissant entre des cactus ou autres plantes grasses. Cette invention du jardinier était vraiment heureuse, et l'on aurait cru, en examinant les reflets de la lumière qui se jouait entre les nappes liquides, voir une masse d'émérandes, écrasées, cachées dans un bouquet de fleurs.

Entre les grilles ouvragées qui entouraient le jardin, le long des fenêtres, sur le rebord du toit, partout, des plantes grimpantes avaient suspendu leurs vrilles aux appuis protecteurs. Devant les balcons du premier étage, des massifs d'églantiers aux fleurs blanches et rouges se groupaient avec art. On aimait à admirer ces superbes ipomées, balançant leurs clochettes roses et pourpres le long des fenêtres élevées, ces lianes-cyprès aux grappes cramoisies, ces pétunias de toutes couleurs, ces belles passiflores, ces verveines, dont les feuilles abritées par les dentelures du balcon s'entremêlaient avec des convolvulus de nuances diverses, ouvrant chacune à leur tour leurs pétales brillants, qui surgissaient dans la verdure et se diapraient les tons sombres. Comme ils étaient beaux ces chèvre-feuilles rouges, entortillés en guirlandes du sol au faîte, tantôt en épais faisceaux, tantôt en festons légers, dont les suaves parfums imprégnaient l'atmosphère!

L'eau claire et limpide qui tombait en murmurant dans la vasque de la fontaine destinée à arroser les fleurs, les senteurs d'une demi-douzaine d'orangers chargés de boutons et de fruits, la pureté des lis blancs, la beauté des roses, la grâce du cytise aux grappes élégantes et plantées en massifs dans ce petit jardin destiné à servir de cage tout au plus à une fée, tout cela est fait pour attirer l'attention des passants, même s'ils n'eussent pas aperçu à la fenêtre une forme enchanteresse bien plus digne d'enchaîner les regards.

Par un beau clair de lune, particulièrement à cette heure où la lueur argentée de l'astre des nuits entourait ce réduit mystérieux d'un brouillard couleur d'opale, on s'arrêtait pour admirer la beauté de cette maisonnette, beauté d'autant plus frappante, que tout était calme, endormi dans un profond silence. Si de temps à autre un rayon de lumière n'eût pas filtré à travers les fenêtres et les lianes, on aurait cru le chalet inhabité. Quelquefois la lumière se faisait jour au centre du massif de rosiers, sous le balcon intérieur; mais le plus souvent sa lueur mourante se glissait du haut d'une persienne élevée, et l'on pouvait distinguer, grâce à ce rayon, se dessinant sur des rideaux de mousseline, l'ombre d'une personne ensevelie dans une lecture attachante ou dans des pensées absorbantes.

Jamais une persienne ne restait ouverte par l'insouciance d'un négligent domestique; jamais des voix enfantines n'étaient entendues au milieu des pourpres du jardin. Une jeune femme se hasardait timidement sur le marbre du balcon, puis elle rentrait aussitôt, comme un oiseau qui n'ose pas faire un pas en dehors de sa cage. De temps à autre, une vieille dame, toute vêtue de noir, se montrait

allant et venant, et s'occupait du service de la maison. Voilà tout ce que savaient les voisins sur le chalet et ceux qui y demeuraient. Ce n'était pas toujours la même jeune fille qui habitait là; mais la nouvelle pensionnaire, comme l'ancienne, était toujours belle, et nul ne pouvait dire quand et comment ces changements avaient eu lieu.

Un gentleman fort riche, d'un nom inconnu, avait fait construire ce chalet et y avait d'abord installé la vieille femme dont nous venons de parler. Quelle était la position de cette femme, était-elle la mère, la locataire ou la gouvernante du monsieur? Cette question n'avait point encore été décidée. Le propriétaire visitait rarement sa maison : des mois entiers s'écoulaient même sans qu'il en franchît le seuil; mais la dame âgée demeurait toujours là, et presque toujours en compagnie d'une charmante jeune fille. Un fait digne de remarque, c'est que, malgré les années qui s'étaient écoulées depuis son installation dans la maisonnette, elle n'avait point cessé de porter des vêtements de deuil.

Jamais on n'avait vu dans la maison de domestiques, ces propagateurs naturels de tous les bavardages de votre intérieur. Une femme de couleur très-âgée venait deux ou trois fois par semaine pour faire le gros ouvrage; mais elle ne parlait pas la langue du pays, et c'est probablement ce qui l'avait fait choisir pour remplir ces fonctions du ménage. Comme on le voit, il était difficile à la curiosité de s'immiscer dans cet intérieur. A vrai dire, un nègre se présentait aussi de temps à autre pour tailler les arbres, planter les fleurs et ratisser les allées, mais jamais il n'entrait dans l'intérieur du chalet, et il paraissait ignorer tout à fait quels étaient ceux qui l'employaient à cet ouvrage.

Les plus curieux s'étaient aventurés par delà la grille jusqu'au milieu du jardin, afin de pouvoir lire quel était le nom gravé sur la plaque d'argent que l'on apercevait derrière le grillage de la première porte; mais ils avaient déchiffré un nom qui paraissait être celui d'un étranger. De toute manière ce nom était inconnu à ceux qui l'avaient lu : appartenait-il à la vieille dame ou au monsieur? c'était là un mystère impénétrable.

Comme on le voit, le chalet était un petit palais, bien mieux caché parmi les maisons dont il était entouré, qu'il aurait pu l'être au milieu des vertes feuillées d'une campagne isolée. Mais à l'époque où notre narration commence, la profonde tranquillité de la petite maison paraissait avoir fait place à plus d'animation. La cause en était à l'arrivée d'une nouvelle pensionnaire, une jeune fille qui descendait chaque jour au jardin d'aussi bonne heure que possible, et le soir aussi fort tard après le coucher du soleil, se promenant autour de la fontaine, comme si elle était attirée par les douces émanations des orangers en fleur. Et cependant, si l'on apercevait la gaze de sa robe légère voltiger au milieu des massifs, comme eût pu le faire un oiseau craintif dans un bois inconnu, nul ne pouvait se flatter d'avoir jamais vu distinctement les traits de son visage.

Le soir du même jour, à l'heure précise où Ada Leicester et Jacob Strong s'arrêtaient sous les vieux ormeaux de cette ferme du Maine qui jadis les avait abrités sous son chaume, deux gentlemen se présentèrent devant la porte d'entrée du petit chalet que nous avons décrit. Jusque-là il n'y avait rien de singulier, car lorsque cette jolie maison abandonnait ses eaux argentées aux caprices de la brise du soir, quand les fleurs prenaient un nouvel éclat aux lueurs du clair de lune, on était forcé de s'arrêter pour admirer la beauté de cet Eden en miniature. Mais les deux personnes en question paraissaient avoir l'intention de franchir la porte. L'un d'eux saisissait le loquet de la grille, et s'il hésitait à la pousser, c'est qu'il examinait les fenêtres du chalet. L'autre individu, plus jeune, mais surtout plus enthousiaste, se cramponnait à la grille de fer, et respirait à pleins poumons les parfums qui émanaient du jardin plein de fleurs.

— Venez, dit Leicester en poussant la barrière, j'aperçois de la lumière dans le salut du bas, entrons.

— Quoi, c'est ici que vous m'amenez? s'écria le jeune homme, dont la voix exprimait la surprise : oh! quelle charmante habitation, comme c'est beau! Nous allons probablement rendre visite à la reine des fées?

— Ainsi donc, mon ami, vous aimez cette maison? dit Leicester avec son calme habituel, tout en s'avançant sur le sable du jardin. Cette demeure a une bonne apparence maintenant par ce beau clair de lune, dont les rayons se glissent à travers les feuilles; mais à la longue on finit par trouver tout cela fort monotone.

— Monotone! s'écria Robert en regardant autour de lui : trouver cela monotone!

— Je doute, ajouta Leicester en contournant la vasque de la fontaine et en écrasant sous son pied les pierres blanches du chemin, je doute vraiment qu'il y ait au monde quelque chose qui satisfasse toujours, même la réalisation des efforts de notre pensée, ou bien celle du labeur de nos mains, quand nous l'avons obtenue. C'est le progrès, l'amour du changement, la curiosité de connaître l'opinion des autres qui fait trouver du plaisir à accomplir la tâche que l'on se propose. Je suis enclin à penser que celui à qui appartient cette charmante maison est déjà las de cette beauté toujours la même.

— Vous pensez cela! mais c'est chose impossible! Les anges se croiraient chez eux dans un palais tel que celui-là!

— Ils s'apercevraient bientôt du contraire, j'en ai peur. Et tout en prononçant ces paroles, Leicester leva la tête. Un rayon de lune vint éclairer ses lèvres, sur lesquelles se dessinait un de ces sourires moqueurs et sarcastiques dont la méchanceté n'avait pas d'exemple. A ce même moment Robert le regardait, et l'expression de son protecteur refoula tous les sentiments qu'il éprouvait. Il devint rêveur, et lorsqu'il rompit ce silence, il était évident que le cours de ses pensées n'était plus le même.

— Il m'est impossible de songer que ceux qui demeurent ici ne sont pas aussi bons et aussi purs que des anges! dit-il en hésitant, comme s'il craignait d'entendre contredire ses paroles.

— Nous allons le voir, répondit Leicester en cueillant à l'un des arbres du jardin une branche d'oranger couverte de fleurs. Il se disposait à la placer à sa boutonnière, lorsqu'une pensée lui vint qui lui fit changer d'avis, comme cela arrive souvent dans les plus simples de la vie, et il la donna à son compagnon.

— Placez-moi cela sur votre cœur, dit-il avec une sorte de gaieté railleuse, peut-être cela vous aidera-t-il à remporter votre première victoire !

Le jeune homme s'empara de cette branche fleurie, mais il la garda entre ses doigts, sans obéir à Leicester, dont la voix ne lui était point sympathique, dans ce moment surtout ; et, sans ajouter un mot de plus, il s'éloigna de la fontaine.

Ils arrivèrent devant le perron entouré d'un grillage de bois admirablement découpé, et Leicester tira le bouton de la sonnette.

La porte fut ouverte par une dame d'un certain âge, d'une apparence calme, d'une figure pâle, qui inclina gravement la tête dès qu'elle reconnut Leicester. Après avoir exprimé, dans un simple regard, la surprise qu'elle éprouvait en voyant un jeune homme avec lui, elle introduisit les visiteurs dans un petit salon.

Rien n'était plus chaste au monde que ce petit appartement. Le plafond et les murailles émaillées étaient d'un blanc de neige immaculé, ainsi que la corniche de pampres et de raisins qui se détachait gracieusement tout autour du plafond. On aurait juré que cet ornement était suspendu et tenait à peine contre les parois. Il n'y avait pas là de lustre aux dorures miroitantes, de rinceaux luxuriants, de tapis multicolores qui auraient écrasé la simplicité de cette chambrette si élégante. Une natte de Chine couvrait le parquet. D'un côté se balançaient des fauteuils à bascule, un divan et des chaises se prélassaient de l'autre; et tout cela, chose extraordinaire, était d'une admirable blancheur. Des rideaux de mousseline brodée de fleurs admirables pendaient le long des fenêtres, et se rattachaient à des embrasses de moire blanche. Deux statues de marbre blanc de Paros, placées en avant de la fenêtre qui donnait sur le jardin, retenaient les rideaux et fermaient un étroit sanctuaire, le plus gracieux du monde, enseveli dans des flots de dentelles et de gaze.

Sur la mosaïque d'une table d'albâtre, faite de découpures d'agate incrustées avec art, se dressait un vase de forme grecque dans les cavités duquel brûlait une lampe. A travers les jours laissés par le sculpteur se glissaient les rayons d'une clarté douteuse, dont le mystère rivalisait avec celui de la lune, qui éclairait la nature extérieure.

Le jeune homme avait deviné juste : on aurait pu dire qu'un ange habitait là, dans cette demeure chaste et paisible. Les nuages du ciel ne lui paraissaient pas plus dégagés de toutes terrestres que ce qui se trouvait dans l'intérieur de cet asile.

Robert s'arrêta sur le seuil : une pensée impossible à définir remplissait tout son être ; un moment il s'imagina que sa présence allait souiller la pureté mystérieuse de ce sanctuaire. Cette vieille femme vêtue de noir, à son visage pâle, à l'extérieur grave, offrait un tel contraste avec tout ce qui l'entourait, qu'il tressaillait en la voyant marcher sans faire de bruit, et que tout son sang refluait vers le cœur.

Leicester s'assit sur un divan près de la fenêtre.

— Dites à Florence que je suis ici, dit-il en parlant à la dame âgée.

Celle-ci hésita quelques secondes, puis, sans mot dire, elle sortit du salon. On entendit bientôt un frôlement le long des escaliers, un pas léger qui faisait craquer les marches et qui s'avança du côté de la porte; puis, avec toute la hâte possible à son âge, une jeune fille entra dans l'appartement.

Elle était revêtue de mousseline blanche, bordée de bouillons de dentelle, et ce sarrau modeste et élégant emprisonnait sa taille du haut en bas. Une broche de corail rouge, qui retenait les plis de la robe au haut du cou, était le seul bijou visible sur sa personne.

Elle se présenta hors d'haleine : ses yeux noirs étincelaient, ses joues étaient empourprées de carmin, ses bras s'ouvrirent étendus du côté de Leicester.

Mais avant d'arriver jusqu'à lui, elle s'aperçut qu'un étranger était là. A cette vue elle s'arrêta, mais qui brillait sur son visage disparut instantanément.

— Je vous présente un de mes amis, dit Leicester en désignant Robert d'un signe de la main. La soirée était des plus belles; nous nous étions longtemps promenés dans le parc, et comme nous étions près d'ici, nous sommes entrés pour nous reposer un peu.

La jeune fille se retourna pour adresser un salut à Robert, et celui-ci reconnut le visage de celle dont il avait admiré le portrait dans la chambre de Leicester, le céleste original d'une image profondément burinée dans son cœur. La surprise la clouait sur place : il ne pouvait pas parler, et Leicester, qui ne le perdait pas de vue, tant il aimait à étudier le cœur humain dans toutes ses phases, ne put s'empêcher de sourire en s'apercevant de l'altération de ses traits.

Comme si elle eût été déconcertée par la présence d'un étranger, la jeune demoiselle alla s'asseoir près du divan sur lequel reposait Leicester. Les couleurs de ses joues avaient disparu, et Robert, qui examinait attentivement son visage, crut apercevoir des larmes qui roulaient dans ses beaux yeux.

— Il y a bien longtemps que vous n'êtes venu me rendre visite, dit-elle à mi-voix en se penchant timidement du côté de Leicester. Je croyais,... je m'imaginais,... nous pensions que vous nous aviez oubliées.

— Non pas, tant s'en faut! mais j'ai eu beaucoup à faire; c'est ce qui m'a privé du plaisir de vous voir, répondit Leicester avec indifférence. Je vous ai envoyé deux ou trois fois des livres et divers objets... Vous sont-ils parvenus ?

— Oh! oui, mille mercis, sans eux j'aurais été bien plus triste, mais... mais...

Elle s'arrêta à ces mots, obéissant au regard impérieux de son interlocuteur; mais malgré elle-même, il y avait des pleurs dans sa voix : on aurait dit que la pauvre jeune fille paraissait tout d'un coup oppressée par une réflexion inconnue.

— Et vos études, Florence, comment vous en tirez-vous ?

— Il m'est impossible d'étudier, répondit-elle en remuant la tête avec tristesse ; vraiment je ne sais ce que j'éprouve.

— Le mal du pays, peut-être, fit Leicester en l'interrompant; c'est bien cela, n'est-ce pas ?

— Le mal du pays ! répéta-t-elle en frissonnant, oh ! non. Vous vous trompez ; ce n'est pas cela qui me rendra jamais malade.

— Bien, bien; vous vous habituerez alors bientôt à continuer vos leçons, répondit Leicester en affectant le ton de l'affection maternelle, et alors quand votre père me demandera ce que vous faites, j'aurai un rapport favorable à lui transmettre.

Florence, à ces mots, devint d'une pâleur effrayante, et se levant à la hâte, elle se glissa dans le sanctuaire de mousseline, feignant de regarder dans le jardin. On entendit pendant quelques instants un murmure étouffé sortant de ce réduit qui la cachait à tous les yeux, et Robert, qui ne perdait pas un seul détail de ce qui se passait, crut deviner qu'elle pleurait.

Leicester se leva, et, s'avançant à son tour vers l'endroit où se tenait Florence, il disparut aussi derrière les rideaux brodés. Il murmura quelques mots qui parurent à Robert être des paroles de reproche, puis il revint prendre sa place sur le divan en faisant une observation fort décousue sur la beauté du clair de lune. Florence reparut alors et vint tomber sur le siège qu'elle occupait avec un air de modestie et de douleur comprimée, qui remplit d'une vague compassion l'âme sensible de Robert.

— Puisque nous parlons de vos études, dit Leicester, qui reprit avec sang-froid la conversation interrompue, vous devrez, avant tout, ma chère enfant, vous appliquer à vos leçons de dessin. Je sais que rien n'est plus difficile que d'avoir de bons maîtres, mais je vous présente mon jeune ami, qui est très-habile, et possède au plus haut degré le vrai sentiment de l'art. Il sera trop heureux de vous donner une leçon de temps à autre.

Florence, à ces mots, leva les yeux sur le visage du jeune homme; elle remarqua qu'il tressaillait et changeait de visage, comme s'il éprouvait une émotion indicible. Elle rougit, et, comme si elle obéissait à une volonté qu'elle devinait dans le regard de Leicester, dont elle sentait plutôt qu'elle ne voyait l'éclat dirigé sur elle, Florence adressa quelques mots gracieux de remercîment.

— Je serais très-heureux, dit le jeune homme en rougissant, comme embarrassé à chaque parole, si mon faible talent, je veux dire si mes connaissances imparfaites du dessin... si... tout cela pouvait plaire à mademoiselle et lui être de quelque utilité.

— Mais, certainement, répondit Leicester en l'interrompant. Ne voyez-vous pas que miss Craft est enchantée de l'occasion qui lui est offerte? J'étais persuadé de lui faire plaisir.

Florence lui adressa un regard rempli de reconnaissance, qui aurait eu le pouvoir de réchauffer un cœur de marbre.

— Oh! que vous êtes bon de penser ainsi à moi ! dit-elle d'une voix à peine intelligible qui faisait mal à entendre ; je craignais que vous n'eussiez oublié ce à quoi je tiens le plus.

— Toutes les jeunes filles vous ressemblent : elles se plaignent toujours que leur tuteur est ou trop négligent, ou trop sévère, répondit Leicester en souriant.

Florence le regarda de nouveau d'un œil où l'on aurait pu lire le plus grand étonnement. Il lui était impossible de comprendre ce langage, et elle paraissait résister en vain à retenir ses larmes.

Le visage de Leicester, pendant qu'il étudiait l'expression diverse de cette beauté divine, ressemblait à celui d'un gourmet qui fait pétiller et mousser le vin dans son verre longtemps après que sa soif est satisfaite. On aurait dit qu'il prenait plaisir à amener les larmes sur les cils de cette pauvre enfant, et à les empêcher de couler.

— Maintenant, dit-il en lui adressant un de ses plus gracieux sourires, faites-nous un peu de musique. Nous ne pouvons pas vous quitter comme cela. Allez donc chercher votre guitare.

Elle est là, répondit Florence avec une vivacité charmante. Du moins je crois l'y voir laissée la dernière fois que j'ai chanté pour vous.

— Et vous ne vous êtes pas servie depuis de ce pauvre instrument? lui demanda Leicester lorsqu'elle sortit du sanctuaire de mousseline brodée, d'où elle apportait une guitare richement incrustée d'ivoire et de nacre.

— Non, je ne me sentais pas disposée à faire de la musique, répondit-elle de sa voix la plus douce, tandis que Leicester se penchait de son côté et lui passait galamment le large ruban de l'instrument par-dessus le cou.

— Et maintenant êtes-vous disposée à chanter? murmura-t-il à mi-voix.

Florence ne répondit pas, une rougeur subite illumina son visage, et pendant ce temps elle préludait quelques accords avec une habileté remarquable.

— Que vous chanterai-je? fit-elle en se tournant vers Leicester tandis que ses doigts effilés exécutaient certaines gammes sur sa guitare. Voyons, décidez vous-même.

C'était vraiment un plaisir infernal que celui que prenait cet homme à torturer un jeune cœur si prompt à s'émouvoir. Mais quelles autres jouissances Leicester aurait-il trouvées de son goût? Le raffinement plein de froideur de son intelligence le rendait cruel. Il se servait de tout son esprit pour torturer une âme qu'il avait en son pouvoir. Il indiqua très-gentiment à Florence le morceau qu'il désirait lui entendre chanter.

C'était la chanson favorite du père de la jeune fille, et la dernière fois qu'elle l'avait chantée...

Oh! quelle douleur la saisissait à ce souvenir!

Ses lèvres pâlirent, ses mains blanchirent et ressemblèrent à du marbre sur le manche de la guitare.

C'était ce que Leicester attendait : il se plaisait à voir les sensations d'un cœur passionné qui lui appartenait en entier, et qu'un regard de ses yeux, un mot de ses lèvres pouvaient à volonté diriger comme bon lui semblait. Une minute à peine le bonheur illuminait son visage, et maintenant il se tenait devant lui, penchée et pâlissante comme un lis coupé sur sa tige. Mais là devait s'arrêter son épreuve : il aimait mieux rappeler les roses sur ses joues.

— Mais attendez donc, fit-il, j'aimerais mieux cet air si joli que vous nous chantiez à bord du steamer. Vous le rappelez-vous? J'avais composé des paroles sur cette mélodie. Voyons, si je me souviendrai des vers et de la musique.

Il se mit à fredonner quelques mesures, comme s'il cherchait à se rappeler un motif presque oublié, et, tout en chantonnant, il tenait ses paupières mi-closes, et ne perdait pas de vue la jeune fille. Chose étonnante! Florence ne pouvait se souvenir de cette mélodie; le sifflotement de Leicester ne pouvait lui rendre la mémoire. N'est-il pas, en effet, plus aisé de faire de la peine que de procurer un plaisir! N'est-ce pas plus facile de répandre la coupe qui vous enivre de joie, que de la remplir après lorsque la main qui la tenait tremble avec violence? Elle soupirait profondément, et baissa les yeux à terre. Cet homme cruel se sentait presque insulté : il considérait cette continuelle tristesse comme une preuve de la perte de son pouvoir sur elle. Ce qui le mécontentait surtout, c'était de voir que les fibres du cœur de sa victime ne répondaient plus comme autrefois aux vibrations aimantes, comme aux répressions violentes de son mauvais esprit.

— Ah! vous avez oublié cet air? Je m'y attendais, lui dit-il avec un ton de reproche que nul autre qu'elle n'eût pu comprendre : mais ce jeune cœur était visiblement blessé, et cette réprimande ne put même pas lui rendre la compréhension de ce qu'il lui disait. Blessé dans son orgueil, Leicester se pencha sur le dossier du divan, et ses lèvres murmurèrent les paroles de cette romance, auxquelles elles donnaient tout le feu, la passion, l'amour nécessaires pour la situation. Il avait une voix superbe, ses traits s'animaient, et ses yeux noirs brillaient comme des diamants entre ses paupières abaissées.

Il eût fallu voir Florence écoutant alors cette voix qui ranimait son pauvre cœur glacé, comme la rosée qui tombe sur un lis mourant, comme un rayon de soleil sur la rose flétrie par l'orage. Sa tête courbée se releva, ses mains se mirent à trembler, ses lèvres s'entr'ouvrirent, et, de pâles qu'elles étaient, devinrent roses et fraîches pour donner passage à des soupirs dont elle ne maîtrisait pas l'ardeur. Chaque note vibrante pénétrait plus avant dans son cœur. Dans ce moment elle appartenait tout entière à cette séduction insensée qui l'avait subjuguée.

Pendant que Leicester rappelait ainsi le chant du steamer à la belle Florence, il étudiait l'effet qu'il produisait sur elle, comme fait un médecin qui touche le pouls à son malade. Qu'elle était belle, lorsque la pâleur de ses traits fit place au lis et aux roses! On aurait cru voir fleurir un bouton ou poindre un rayon caché par un nuage. Leicester aimait à étudier ces sensations. Ce triomphe faisait plaisir à ses goûts dépravés, réveillait ses passions endormies, et flattait sa vanité.

Depuis quelque temps, il craignait de voir s'évanouir avec l'âge son pouvoir naturel de séduction, et cette crainte stimulait son égoïsme et le poussait à tenter des essais nouveaux; c'est ce qu'il faisait sur cette belle créature.

Les échos du petit salon répercutaient encore les notes sonores de sa voix accentuée, lorsque la vieille dame parut précipitamment sur le seuil de la porte. Son calme était toujours le même; mais ses yeux brillaient d'un éclat inaccoutumé. Sa démarche se raffermit à mesure qu'elle traversa l'appartement. Elle se dirigea en droite ligne vers Leicester, qui lui tournait le dos, et le toucha à l'épaule.

— William!

Leicester, à moitié couché, se releva, et reprit une position plus convenable. Son chant s'éteignit sur ses lèvres au moment où cette voix sévère et pénétrante frappa son oreille. Il regarda la vieille dame avec une sorte d'embarras, et cette figure sérieuse et impassible glaça chez lui toute son assurance ordinaire.

— William! ne chantez pas ici! Vous savez que je n'aime pas la musique, ajouta la dame âgée en donnant à sa voix sévère toute la douceur possible.

Florence s'appuya au dossier de son siège, et poussa un profond soupir; on aurait dit qu'elle se réveillait d'un songe, dont l'enivrement se prolongeait encore. Robert, qui n'avait pas perdu un mouvement de cette scène entière, s'étonnait avec raison de tout ce qu'il voyait. Cette jeune fille lui paraissait ressembler à ces oiseaux attirés par l'haleine empoisonnée d'un serpent et tombant entre ses mâchoires, qui distillent la mort. Cette illusion devenait pour lui une réalité, et cependant il avait une confiance entière dans l'honneur et la bonté de cet homme qui attirait les regards de Florence, tandis qu'il ne connaissait à peine celle-ci.

— J'ignorais, madame, que vous n'aimiez pas la musique, je croyais même tout le contraire, dit Florence en se débarrassant du ruban de la guitare passé autour de son cou et en s'adressant à la dame âgée.

— C'est seulement lorsque nous sommes seules; alors, ma chère enfant, j'aime à la fois vous entendre chanter et vous accompagner sur votre instrument. C'est la voix de William... de M. Leicester, dit-elle en se reprenant, que je n'aime pas!

— Comment! vous n'aimez pas sa voix! s'écria Florence, qui tourna ses beaux yeux vers Leicester avec une expression telle que Robert frémit et serra ses lèvres pour étouffer un soupir. Ne pas aimer sa voix, oh! madame!

— Très-bien, madame, très-bien! je ne vous ennuierai pas davantage, dit Leicester en haussant les épaules. Je me suis oublié, voilà tout.

La dame âgée inclina la tête et prit un siège; mais son arrivée avait apporté la contrainte parmi les trois personnes qui occupaient le salon avant elle, et quoiqu'elle essayât de causer avec Robert, celui-ci était trop préoccupé pour répondre autre chose que des lieux communs souvent hors de propos.

Du moment où la dame âgée était entrée, les manières de Leicester avaient complètement changé. Il se joignit à elle pour ranimer la conversation, et il le fit avec une gravité mêlée de respect qui parut obtenir son assentiment. Il ne s'occupa plus de Florence, et sembla ne pas faire attention à sa présence à côté de lui et à l'anxiété que faisait éprouver à la pauvre jeune fille ce changement subit de manières et de langage.

— J'ai fait une proposition à Florence, dit-il après quelques phrases banales : je voudrais que mon jeune ami vînt donner à cette charmante enfant à qui vous offrez l'hospitalité des leçons de dessin pendant la saison; mais ce projet doit être approuvé par vous, madame.

La dame âgée jeta sur Robert un regard plus inquisitif que ceux qu'elle lui avait d'abord adressés; puis, reportant ses yeux à terre, elle resta ensevelie dans ses pensées pendant quelques minutes, réfléchissant à la nouvelle proposition de Leicester; puis elle fixa Leicester, et s'abandonna de nouveau à une méditation d'une ou deux minutes.

— Vous avez raison, dit-elle enfin en regardant Leicester en face, cela occupera Florence, et peut-être ces jeunes gens y trouveront chacun leur avantage.

Leicester fit un léger signe de tête; il se contraignit au point de forcer son visage à cacher la pensée secrète qui l'animait aux yeux inquisiteurs qui ne le quittaient pas et cherchaient à lire dans son âme. Elle pensait bien que Leicester avait un motif d'intérêt caché; mais elle résolut d'attendre patiemment et de veiller à ce qui se passerait. Les intentions d'un tel homme ne se devinaient pas de prime abord. Comme elle s'obstina à demeurer avec la compagnie, sa présence gênait ceux qui se trouvaient là; aussi les visiteurs songèrent-ils au départ.

Florence se leva au moment où ils se disposaient à s'en aller; ses beaux yeux fixés sous Leicester le suppliaient, et d'un signe inaperçu, elle essayait de le retenir quelques minutes de plus, n'osant pas forcer ses lèvres à exprimer son désir. Il prit une de ses mains si jolies, la pressa pendant quelques secondes entre les siennes, puis il s'en alla suivi par Robert et la dame âgée, qui reconduisit ses hôtes jusqu'au seuil de la maison.

Florence s'était glissée dans ce sanctuaire de la fenêtre, et tandis que sa respiration agitée obscurcissait la vitre; elle ne perdait pas de vue ces deux ombres qui s'éloignaient dans l'allée du jardin. Elle se sentait tristement déçue: la visite de Leicester était finie; cette joie qu'elle s'était promise et qu'elle avait attendue si longtemps avait donc ainsi disparu! Comment cette visite avait-elle été faite, sous les yeux de la dame âgée, en présence d'un tiers qui les observait? Des larmes de chagrin et de dépit lui vinrent aux yeux; mais, au moment où elle entendit la dame revenir, elle essaya de les refouler en passant sur ses paupières une des embrasses de soie des rideaux de dentelle, et demeura là cachée, immobile, pour attendre que son émotion fût passée.

La vieille dame rentra au salon, et, se croyant seule, se jeta dans un large fauteuil. Elle poussa un profond soupir, porta à son visage une de ses mains amaigries, dont, malgré les années, la forme était encore belle. Elle cachait ses yeux entre ses doigts, mais pourtant elle ne pleurait pas; des soupirs étouffés soulevaient par intervalles le fichu noir qu'elle portait sur sa poitrine. A ces marques de chagrin, Florence crut que la dame âgée était plongée dans une rêverie si profonde, qu'elle pourrait peut-être remonter dans sa chambre sans qu'on s'en aperçût. Elle se glissa donc timidement hors de sa cachette; les rideaux lui firent place sans produire le moindre frôlement; elle s'avança sur la pointe des pieds du côté de la porte. Mais à ce moment la dame releva la tête, et la jeune fille put distinctement apercevoir que la gravité ordinaire de cette dame avait fait place à une émotion inaccoutumée.

— Ah! c'est vous, ma chère enfant! dit-elle avec sa bonté toujours empressée: je vous croyais remontée dans votre chambre.

Florence s'arrêta: elle ne s'attendait pas à s'entendre ainsi interpeller; mais, en regardant la vieille dame, elle devina que celle-ci désirait qu'elle restât avec elle.

— Non, répondit-elle, je regardais au dehors... j'admirais... la nuit, qui est si belle!

— Le paradis était bien plus beau encore, et cependant les serpents se glissaient toujours à travers les fleurs même dans ce lieu sacré! fit la vieille dame d'un air tout pensif.

Une vive rougeur vint colorer les joues de Florence.

— Je ne vous comprends pas! balbutia-t-elle d'une voix émue.

— J'espère que non... je ne le crois pas... répliqua la dame en adressant à Florence un regard affectueux; venez vous asseoir près de moi.

La jeune fille obéit et se plaça sur un tabouret, que son interlocutrice attira jusqu'à elle. Les vives couleurs de Florence avaient disparu; elle se sentait plus calme, mais en même temps plus triste, sous l'influence des regards affectueux qui la fixaient avec intention.

— Vous aimez M. Leicester? dit la dame en donnant à ces paroles le ton d'une question à laquelle il était inutile de répondre.

Et tout en parlant elle passait sa main caressante sur les cheveux noirs qui encadraient cette jolie tête.

Florence se sentait émue à cette bienveillance toute maternelle.

— Vous a-t-il jamais dit qu'il vous aimait? ajouta la dame.

— S'il me l'a dit! oh! mais oui, mille et mille fois! s'écria la chère enfant, dont les yeux brillèrent, les joues de qui les roses reparurent; oui peut-être jamais, qui pourrait deviner combien je l'aime moi-même et combien je pense à lui!

— Et avez-vous jamais pensé au dénoûment de cette affection? demanda la dame, dont les yeux se froncèrent ensevelis dans une réflexion amère.

— Au dénoûment? répéta Florence rougissant encore plus; mais je n'y ai jamais songé, il m'aime tant!

— Vous n'avez jamais douté de cette affection? fit-elle en hochant la tête.

— De son affection, jamais! comment le pourrais-je?

— Pas même ce soir... ce soir même?

— Mais non! j'ai seulement regretté que sa visite fût si courte; j'en ai été désappointée... mais je n'ai pas sujet de douter de son amour.

— Cet amour... Leicester, vous a-t-il jamais promis de vous épouser? Lorsqu'il vous assurait de son amour, vous parlait-il de mariage? ajouta la vieille dame en persistant.

— De mariage? oh oui! pas cependant en propres termes.

— Pas en propres termes?

— Je n'y ai jamais songé, non plus! mais alors...

— Alors! dit la dame avec intention, c'est un misérable moins endurci que je ne le craignais.

— Madame! s'écria Florence pâle de colère et d'effroi.

— Mon enfant! dit celle-ci en lui prenant tendrement les mains, William Leicester ne peut pas plus vous épouser, vous, qu'aucune autre.

— Qu'en savez-vous, madame? qui vous fait penser cela? Qui êtes-vous donc pour me parler avec tant d'assurance?

— Je suis sa mère, ma pauvre enfant! Que Dieu m'assiste, c'est moi qui l'ai mis au monde!

La jeune fille leva lentement les yeux sur cette figure âgée, si pâle, si résignée, que cette tranquillité apparente lui paraissait plus douloureuse que si elle se fût abandonnée au désespoir.

— Vous, sa mère! dit-elle d'une voix entrecoupée; vous la mère qui appelle son fils un misérable!

— C'est moi! reprit celle-ci en appuyant sur ces paroles. Regarde mon visage, mon enfant, et voyez ce qu'il en coûte à une mère de traiter à traiter ainsi son fils unique!

Florence vit alors mieux que jamais une douleur incommensurable peinte sur ces traits ordinairement si calmes et si impassibles. Son cœur en ressentit une grande partie malgré le trouble intérieur qu'elle éprouvait elle-même; elle prit dans ses mains celles de la mère affligée, s'agenouilla et y posa ses lèvres.

— Si vous êtes vraiment sa mère, dit-elle d'une voix émue, demain vous rétracterez ces amères paroles. Vous avez ce soir sujet de vous plaindre de lui. Quelque chose vous aura déplu. Mais, de grâce, ne répétez pas demain ces cruelles paroles, ne traitez pas ainsi votre fils, car vous m'avez rendue bien malheureuse!

— C'est un motif de tendresse pour vous qui m'a forcée à être impitoyable, dit la dame avec une angoisse particulière, et maintenant, ma chère enfant, brisons cet entretien. Si vous êtes triste, moi je le suis bien plus que vous encore et je souffre bien davantage.

Et la vieille dame se leva et sortit du salon avec la jeune fille.

CHAPITRE IX.

Le dîner d'action de grâces de mistress Gray.

Parmi les habitations construites dans des styles divers d'architecture empruntés à l'art grec, gothique, suisse, chinois et même égyptien, que l'on rencontre à chaque pas sur les côtes de Long-Island, on aperçoit çà et là quelques vieilles fermes, d'une forme rustique, dont les granges n'ont point été remplacées par d'élégantes remises, dont les étables n'ont pas été destinées pour abriter des chevaux de luxe. Derrière ces maisons, des jardins plantureux, entourés de barrières infranchissables, nourrissent des légumes de toutes sortes, et devant la façade s'élèvent encore ces bosquets jadis à la mode, et une pelouse de gazon épais envahi par la mousse depuis plus de cinquante ans. Ces demeures primitives de nos pères n'ont pas encore disparu pour faire place à des pelouses tondues, à des sentiers couverts d'un sable fin, à des fleurs exotiques et importées à grands frais; et si le goût raffiné de notre époque n'y trouve pas tout le plaisir désiré, le cœur se sent ému à regarder ces souvenirs d'un temps passé, qui le touchent et l'émeuvent bien plus que ne le ferait une fantaisie fraîchement éclose.

Une de ces vieilles demeures au toit peu élevé, construite sans prétention, montrait encore des vestiges de la couche de peinture blanche dont on avait jadis recouvert ses poteaux, couronnée par une immense cheminée de pierre à moitié obstruée par des nids d'hirondelles superposés dans cet abri hospitalier, appartenait à une de ces héroïnes de l'histoire que nous racontons, qui, nous l'espérons pour notre satisfaction d'auteur, n'a pas été encore oubliée par nos lecteurs.

C'était à l'époque de l'automne, et la saison, belle et favorisée par une température excellente, paraissait vouloir cajoler et flatter sa voisine l'été, en qu'elle cheminait de concert avec elle jusqu'à Noël inclusivement. L'été des Indiens, comme on l'appelle aux États-Unis, avait prodigué ses teintes brillantes sur la chevelure des arbres, au milieu desquels on apercevait pourtant encore çà et là, malgré la saison avancée, des places d'un beau vert, qui s'obstinaient à ne pas vouloir revêtir cette teinte rougeâtre et dorée que la froidure cherchait à donner à toute la nature.

Devant la maison s'élevaient deux érables, deux arbres magnifiques, comme on en voit rarement devant nos chalets modernes; ces érables, aux troncs aussi symétriques que ceux des pins gigantesques, recouvraient la maison d'un feuillage luxuriant. L'un était aussi rouge que du sang, et cependant une tache d'un vert clair paraissait distinctement au milieu de chaque feuille; l'autre était de couleur d'or, on eût dit que ses racines étaient enfouies dans un des placers aurifères de la Californie, mais il n'en était encore qu'elles avaient été saupoudrées par les mêmes vents qui disséminent les pépites d'or dans la vallée du Sacramento. Ces deux arbres gigantesques unissaient leur feuillage et agitaient conjointement leurs feuilles, de telle sorte que l'œil apercevait tantôt une vague couleur d'or, tantôt un flot teinté de rouge ombré, chacun, d'une nuance verte qui en faisait ressortir l'effet.

Tout autour, au pied des arbres, le terrain était couvert d'un épais tapis de feuilles tombées du haut des branches dégarnies. Elles pendaient çà et là sur les buissons de lilas, elles flottaient sur les pointes des épines d'un rosier qui les tenait accrochées, elles étaient pelotonnées dans toutes les crevasses de la maison, au milieu des interstices de la mousse, en paquets rougeâtres et dorés.

Au milieu de cette avalanche de feuilles ballottées au gré du vent, les hirondelles prenaient leurs ébats. Dans les branches des érables se jouaient deux écureuils rouges, dont le nid était placé dans le tronc creux d'un vieux sycomore du jardin.

Une de nos amies, mistress Gray, l'excellente revendeuse du marché de Fulton, allait et venait deçà, delà, de la cuisine basse au salon, de l'office à la laiterie. Cette maison lui appartenait, aussi bien que le jardin carré qui s'étendait derrière la ferme. Certes, c'était un jardin fertile que cet acre de terre exposé au soleil du midi, habilement divisé en sections, encombré de panais, de betteraves, d'oignons, de pommes de terre, de buissons de framboisiers, de plantations de fraisiers, couvert en un mot de tous les légumes et de tous les fruits qui garnissaient l'étalage de la bonne mistress Gray du premier de l'an à la Saint-Sylvestre.

La saison était avancée, et déjà le froid avait mordu et raccorni la verdure des légumes dont la fermière comptait faire sa provision de vente pour l'hiver. Déjà la moitié des oignons blancs sortaient leurs énormes perles du sol, exposant leur pelure argentée aux rigueurs de la température : les couches de betteraves étalaient leurs feuilles d'un rouge sombre, et les concombres grimpeurs se prélassaient encore sur leurs tuteurs, les tiges garnies des derniers fruits de la saison

Julia lui tendit la main avec une grâce timide.

Tous les voisins de mistress Gray avaient, depuis plusieurs jours, rentré leurs provisions d'hiver; mais la bonne dame se contentait de rire, et se souciait fort peu de cet exemple qui lui était offert. Née sous le climat de la Nouvelle-Angleterre, habituée aux vents d'est glacés de l'État du Maine, elle faisait fort peu de cas de ces premières gelées qui rougissaient les feuilles de ses betteraves et de ses panais, tandis que les bulbes précieuses, profondément enterrées dans le sol, ne craignaient point les atteintes du froid. Mistress Gray s'inquiétait fort peu de ce que faisaient les autres, jamais elle n'avait fait la récolte de son jardin avant le jour des Actions de grâces, le célèbre *Thanksgiving* des États-Unis. Dès le lendemain de cette fête consacrée, la fermière cueillait les fruits et les légumes qui restaient dans son jardin : c'était là son jubilé annuel, l'époque où elle réglait ses comptes, aussitôt que ses granges et son cellier étaient remplis des richesses de sa propriété.

Les autres fêtes américaines, la Noël, le premier de l'an, le quatre de juillet, anniversaire de l'indépendance des États-Unis, se célébraient chez mistress Gray dans une seule et même fois, et, de toute l'année, la solennité des actions de grâces était la seule qui eût cours. Ce jour mémorable pour la bonne femme ne ressemblait en rien à cette fête de commande, une véritable contrefaçon, que le gouverneur de l'État de New-York impose à ses administrés. Mistress Gray faisait fi de cette ordonnance, et souriait de pitié chaque fois qu'un voisin ou un ami cherchait à la convaincre que le gouverneur de la Nouvelle-Angleterre n'était pas le seul à comprendre le respect dû au *Thanksgiving*. Autant aurait valu lui prouver qu'une ménagère d'un tout autre pays au delà du sud du vieux Connecticut, pouvait savoir faire un pâté de viande digne d'être mangé par un chrétien.

Mistress Gray avait une charité à toute épreuve, une bonté sans égale, mais il était impossible de lui faire croire un tel article de foi.

Il eût fallu la voir aux environs de la fête du Thanksgiving, non

pas celle ordonnée par le gouverneur de New-York, mais celle désignée par le chef de la législature du Maine, la seule admise par la fermière. Les affaires du marché de Fulton étaient confiées, à cette époque, à la voisine de l'étalage de mistress Gray. Tandis que ses pratiques étaient servies par une main étrangère, la bonne femme réservait ses sourires pour les solives de sa maison. Elle remerciait Dieu de tout son cœur, avec onction, de ses bienfaits et des richesses qu'il avait fait croître sur son sol; elle éprouvait un grand plaisir à exprimer sa reconnaissance suivant la pratique usitée par ses ancêtres.

On aimait à voir cette brave femme entourée de raisins secs, de confitures de groseille, de gelée de citrouille, de pommes pelées, de boîtes à sucre, d'assiettes remplies d'un beurre doré, les mains trempées dans la plus belle fleur de farine, mêlant tout cela, dans sa cuisine, avec des épices de toutes sortes, du gingembre et des clous de girofle. On se plaisait à la voir râper des peaux d'oranges et des noix muscades, s'arrêter de temps à autre pour relever la bride de son bonnet blanc comme la neige qui cherchait à tremper dans la sauce, et passer derrière son oreille une mèche de cheveux gris qui donnait souvent le mauvais exemple à sa voisine.

Il fallait admirer cette bonne femme installée dans cette vaste chaise à bascule, un vase soigneusement placé sur ses genoux, tenant d'une main un couteau à hacher bien affilé, et maniant cette arme de cuisine avec une habileté sans pareille. Avec quelle figure souriante, avec quelle attention scrupuleuse mistress Gray ne prenait-elle pas avec son couteau une certaine quantité de hachis qu'elle laissait tomber ensuite, afin de s'assurer si, suivant son expression, « la chair à pâté hachée trop menu était un vrai poison, » celle qu'elle venait de préparer ne l'était pas trop ! Comme elle riait avec bonhomie, avec fraud, en voyant l'air étonné de la servante irlandaise, qui ne comprenait pas un sel de cet ancien dicton !

Jacob mit sa tête dans ses mains et sanglota comme un enfant.

Oui, ami lecteur, il eût fallu voir mistress Gray dans ces moments de grandes occupations pour apprécier dignement ce que peut et sait faire une ménagère de la Nouvelle-Angleterre. Hélas ! elles disparaissent chaque jour ces honnêtes et laborieuses femmes : les chemins de fer et les bateaux à vapeur les ont emmenées au loin. Avant peu, si notre humble volume n'est pas oublié, la description que nous venons d'offrir à nos lecteurs de ces braves ménagères aura le piquant d'une légende. Les dames qui font cuire leur dîner et travaillent de leurs mains sont devenues bien rares.

Enfin le jour tant souhaité arriva, doux comme le sourire d'un cœur affectueux, pur comme une brise d'été murmurant au travers des feuilles vertes. Les rayons du soleil brillaient de cet éclat doré tout particulier à l'automne. Quelques fleurs vivaces conservaient encore leur fraîcheur et leur velouté, abritées comme elles l'étaient, dans la cour, devant la ferme, par les deux érables gigantesques qui faisaient pour elles l'office de tente. C'étaient des dahlias aux nuances diverses, des soucis, des chrysanthèmes et des asters de Chine, qui, grâce à leur position, fleurissaient là plus tard que partout ailleurs. Il n'y avait rien d'étonnant : l'atmosphère qui entourait la fermière de Long-Island était féconde et bienfaisante ; les fleurs d'automne paraissaient s'ouvrir aux sourires de mistress Gray. Son visage rosé, quand elle parcourait les allées du jardin, faisait sur elles l'effet d'un rayon de soleil. Tout contribuait donc à rendre mémorable le jour du Thanksgiving que nous allons raconter.

Le repas était préparé à point, rien ne « clochait, » pas même le service de la servante irlandaise, à qui l'on avait seulement confié le soin de faire cuire les pommes de terre, et c'était là un des secrets de la science culinaire, le seul peut-être, qu'elle connût sans faire aucune erreur dans l'application de la théorie...

Mistress Gray avait fait des merveilles ce jour-là. Le dîner promettait d'être succulent. La dinde grasse, à la crête luxuriante, aux airs orgueilleux, qui avait passé ses premières années au sein de la basse-cour, cuisait, à cette heure, dans les profondeurs du four (car la fermière n'était pas assez dégénérée pour se servir d'un fourneau économique), tandis que ses plumes volaient au gré du vent. La tête du pauvre oiseau, cette tête cramoisie qui respirait l'insolence et qui avait si souvent nargué les autres volatiles de la ferme, était là, étendue sans mouvement, au pied du bloc sur lequel elle avait été abattue. Et lui, le monarque des volailles, plumé jusqu'au dernier poil du duvet, était enfoui dans une casserole, prenant couleur au gré de la cuisson. Jamais, à l'époque même de son règne, au milieu de l'abondance qui l'entourait, la poitrine de ce poulet d'Inde n'avait été plus bourrée qu'elle ne l'était ce jour-là, et pourtant maître dindon était un rude gourmand. Un fumet délicieux, aromatisé de thym, s'échappait par tous les pores de son corps ; le long de ses flancs coulait à grosses gouttes un jus succulent dont les senteurs se répandaient dans l'intérieur du four et de la dans la cuisine. La pauvre servante irlandaise se signait dévotement, car elle sentait tout son être transporté à la vue de tant de bonnes choses ; et comme jamais le *Thanksgiving* n'avait passé à ses yeux pour un jour férié, elle craignait de pécher en célébrant une fête qui n'avait pas de saint pour patron.

Qu'y avait-il d'étonnant à ce que cette pauvre fille se sentît tentée ! Les parfums culinaires qui chatouillaient ainsi son odorat étaient fort appétissants. Le même intérieur du four la remplir d'autres acteurs autour de lui des compagnons en grand nombre : à sa droite, un poulet qui avait été coupé en morceaux, le malheureux ! pour remplir la croûte d'un pâté ; à sa gauche, un cochon de lait ; au nord, un énorme morceau de roastbeef ; et tout, tout à fait devant la porte du four, un pudding à la mode des Indiens, fait de farine de maïs, de sucre et de raisins de Corinthe, qui promettait d'être aussi bon que le reste. Comme on le voit, le four faisait son devoir, et on eût partout prisé son contenu, même dans la Nouvelle-Angleterre, pour la célébration d'un pareil jour de fête.

L'heure approchait à laquelle étaient attendus. Mistress Gray, qui, après avoir complété ses travaux culinaires, s'était éclipsée pendant quelques instants, revint bientôt dans le petit salon, le visage joyeux, revêtue d'une toilette entièrement neuve. Un bonnet de dentelles, orné de rubans de satin, qui seyait parfaitement à l'air de son visage ; une robe de soie noire à la jupe ample et étoffée, qui frissonnait à mesure qu'elle marchait ; un fichu de fin linon, coquettement agencé sur sa poitrine, formant un heureux contraste avec la couleur foncée de la robe et laissant apercevoir un collier de perles

d'or qui depuis de nombreuses années avait été caressé par son double menton : telle était la toilette simple et du meilleur goût portée par la bonne mistress Gray.

Elle était prête à recevoir son monde, et faisait tous ses efforts pour rester patiemment assise dans le fauteuil à bascule qu'elle avait traîné devant une fenêtre à travers laquelle on apercevait les sinuosités de la route jusqu'à une grande distance. Chaque cinq minutes elle se levait, se promenait dans la chambre, appelait Ketty, la servante irlandaise, pour lui recommander de veiller au four, aux casseroles qui bouillaient sur ses fourneaux, et surtout de ménager le feu sous le pâté de manière qu'il assumât une couleur dorée des plus appétissantes. Puis elle se promenait, s'approchait de la cheminée, et arrangeait avec grâce deux branches d'asperges chargées de leurs grappes rouges qui pendaient le long du miroir. Elle essuyait, à l'aide de son mouchoir, la table, qui n'avait pas besoin de l'être : tout cela pour se tenir en haleine, disait-elle.

Enfin elle entendit dans le lointain le bruit d'une carriole qui entrait dans le chemin de traverse conduisant à la ferme. Elle reconnut le trot de son vieux cheval, le même dont elle se servait pour aller au marché, et, s'étant assurée que c'étaient bien là les convives qu'elle attendait, elle s'assit, afin de les recevoir avec toute la dignité d'une maîtresse de maison.

La petite carriole traînée par le cheval descendait la pente du chemin avec une rapidité remarquable, et le charretier de mistress Gray, élevé pour cette occasion à la dignité de cocher, paraissait comprendre la solennité de la fête, car il fouettait le cheval, et l'animal, pressé lui-même de rentrer à son écurie, qu'il apercevait de loin, ne se faisait point prier pour aller aussi vite que possible.

Le véhicule tourna devant la porte d'entrée avec un fracas pareil à celui que fait la voiture d'un millionnaire américain. Le cocher sauta à bas de son siège, et d'un air tant soit peu gauche il offrit la main à une petite fille assise sur le devant de la carriole, et dont la tête était couverte d'une capote de mousseline rose qui seyait parfaitement à son visage. Mistress Gray ne put rester tranquille un moment de plus, car la petite fille lui avait déjà jeté un coup d'œil

Oh ! ma chère ... , que je suis aise de vous voir !

si éloquent, un sourire si gracieux, que tous les sentiments affectueux de la vieille femme avaient été ranimés comme par enchantement. Elle se leva précipitamment, étira les plis de sa robe, et courut du côté de la carriole, produisant avec sa robe un bruit pareil à celui d'un arbre qui secoue ses feuilles en automne.

— Soyez la bienvenue, ma chère, comme le sont les pois verts au mois de juin et les petites raves au mois de mars ! s'écria-t-elle en saisissant la main de la gentille enfant et en l'embrassant au visage.

La petite Julia, car c'était elle, et nos lecteurs ont dû la reconnaître, remercia mistress Gray en lui adressant un sourire, et lui montra d'un geste un vieillard qui aidait une femme âgée à descendre de la carriole. Elle allait adresser la parole à sa protectrice, lorsque celle-ci la devança.

— Je comprends, ma chère enfant, je comprends : ce sont vos parents, votre grand-père et votre grand'mère. Il n'y a pas à s'y méprendre. Et mistress Gray s'avança tout en parlant vers les deux époux, tandis que son visage exprimait la satisfaction de recevoir ses conviés.

— Oh ! oui, je les connais, dit-elle en serrant la main du vieux Warren ; mais, ô mon Dieu ! il me semble que je vous ai connu avant aujourd'hui, ajouta-t-elle en hésitant et en ... ant le vieillard comme si elle cherchait à rassembler ses souvenirs. C'est une chose étrange, mais je crois vous connaître, aussi vrai que je suis en vie.

Warren se retourna pour faire un signe à sa femme, et répondit avec dignité à mistress Gray :

— Il n'y a rien d'étonnant à cela, madame, nous ne devons pas être des étrangers pour vous, qui avez été si bonne pour des gens qui vous étaient inconnus.

La fermière l'interrompit en riant, suivant son ordinaire, car la généreuse femme se trouvait toujours embarrassée lorsqu'on la remerciait d'un de ses actes charitables : cela la faisait rougir comme une jeune fille.

— Ce n'est pas cela que je veux dire, mais je ne puis pas me sortir de l'idée que ce n'est pas la première fois que nous nous sommes vus l'un l'autre.

— J'espère, en tout cas, que ce ne sera pas la dernière, dit mistress Warren venant au secours de son mari. Julia vous connaît si bien, et nous a si souvent parlé de vous, qu'il est très-facile de s'imaginer que nous sommes de vieilles connaissances ; d'autant plus que je trouve que ma petite-fille ressemble énormément à son grand-père.

— C'est vrai, c'est probablement cela, répondit mistress Gray, qui n'était pourtant pas très-convaincue. Elle a un visage que l'on n'oublie pas facilement, et dont j'ai rêvé toute la nuit la première fois qu'elle vint au marché. Pauvre petite chérie !

Et en disant ces derniers mots mistress Gray pressait sur son cœur la gentille Julia, qui s'était rapprochée d'elle, et sur le front de qui elle déposa une caresse affectueuse.

— Allons ! allons ! donnez-vous la peine d'entrer, dit la bonne vieille femme en retirant sa main, sur laquelle Julia avait posé ses lèvres, et en la plaçant sur l'épaule de la jeune fille. Tenez, ma petite, cueillez donc un bouquet d'asters de Chine pour votre grand'mère. On dirait que la gelée les a respectés exprès pour vous.

Julia se disposait à obéir aux ordres bienveillants de la fermière, mais un regard qu'elle adressa à son grand-père la fit hésiter. Elle fut frappée du trouble et de l'anxiété que manifestait son aïeul.

— Grand-père, qu'avez-vous ? Vous êtes pâle, dit-elle à voix basse ; car, avec un tact exquis, elle s'aperçut qu'il cherchait à cacher son émotion.

— Ce n'est rien, mon enfant, ce n'est rien, répondit-il à la hâte d'un ton rempli de bonté. Ne t'occupe pas de moi.

Julia ne put s'empêcher d'adresser un autre regard à son grand-père, puis elle se mit à cueillir des fleurs tandis que le vieillard et sa femme, précédés de mistress Gray, entraient dans la maison.

— Quelle douce et gentille créature, n'est-ce pas ? dit mistress Gray, qui de la fenêtre du salon, après avoir débarrassé mistress Warren, suivait tous les mouvements de Julia.

— Vous avez bien de la bonté, madame, de faire ainsi son éloge, fit mistress Warren avec un sourire où se lisait la joie. Vous ne pourriez savoir combien cet éloge dans votre bouche nous est agréable.

Mistress Gray se mit à rire, et répondit :

— Il y a quelque chose que je n'ignore pas, c'est le plaisir que j'éprouve à le faire.

Et les deux bonnes femmes se partagèrent l'appui de la fenêtre pour mieux regarder Julia, qui cueillait des fleurs et arrangeait son simple bouquet.

Elle était vraiment charmante, cette enfant, avec sa petite robe rose taillée dans le calicot d'un shilling le mètre, mais fraîche comme si elle sortait des mains de la couturière, et si bien séyant à ravir. C'était, répétons-le, une ravissante jeune fille. De longues boucles de cheveux s'échappaient de dessous son chapeau ; sur ses joues satinées se peignait l'incarnat le plus pur : on aurait dit une fleur d'amandier, blanche et rose, qui vient de s'ouvrir aux premiers rayons du soleil. Julia était d'une taille svelte et frêle ; on voyait que les privations de la vie l'avaient atteinte de bonne heure. Une intelligence et une sensibilité précoces avaient été développées chez elle par le malheur. Sur son visage, quand elle souriait, dans ses yeux voilés par des ils de toute beauté, il y avait quelque chose d'éthéré, qui faisait mal à voir. Depuis quelques mois seulement cette expression douloureuse avait fait des progrès étonnants sur son visage. En un mot, sa gentillesse était du genre de celles qui font rêver, et qui font peine à voir. Mistress Gray éprouvait toutes ces sensations à l'égard de sa protégée, sans pouvoir se rendre compte des causes de son affection particulière pour elle, car Julia avait accaparé une grande place dans son cœur.

— C'est pourtant vrai, fit-elle en s'adressant à la grand'mère, je l'aime comme si elle était ma fille, et cependant, moi qui n'ai jamais eu d'enfant, je m'étais peu souciée jusqu'à aujourd'hui des enfants des autres. Je crois en vérité qu'un beau jour je lui ferai présent de ce collier. J'y pense plutôt deux fois qu'une, je vous assure, et pourtant il me vient de ma mère, qui le tenait de la sienne.

Et en disant ces mots, mistress Gray comptait les uns après les autres les grains d'or qui entouraient son cou.

— C'est vraiment étrange, disait-elle, mais j'ai toujours envie de lui donner quelque chose.

— Vous faites plus que d'en avoir envie, vous réalisez le fait, fit mistress Warren en exprimant sa reconnaissance.

— Oh ! ne parlons donc pas de cela, ça n'en vaut pas la peine !...

— Comment ! cette jolie robe et ce chapeau neuf, n'est-ce rien ?

— Qui vous a dit que c'était un de mes présents ?

— Nous n'avons pas assez d'amis pour que nous puissions douter un instant que cela ne vient pas de vous, répondit mistress Warren en soupirant. D'abord, Julia ne s'y est pas trompée, aussitôt qu'elle a vu ces jolies choses, sans compter le reste, ajouta la bonne vieille en regardant la robe qu'elle portait elle-même. Quelle autre personne que vous, dit-elle en baissant la voix, eût pu songer à de pauvres gens ?

En général, toutes les personnes charitables n'aiment pas à s'entendre remercier. La reconnaissance exprimée par un regard fait généralement plus de plaisir que les paroles les plus sympathiques, dont l'effet est de blesser au lieu d'être agréable. Mistress Gray le sentait d'autant plus vivement que ses propres paroles avaient paru provoquer les remerciements de son invitée. Ses joues se colorèrent, tandis que ses mains arrangeaient les plis de sa robe d'un air gauche, comme si elle ne savait pas quelle contenance elle devait garder. Lorsqu'elle leva de nouveau les yeux, ce fut pour apercevoir un jeune homme qui marchait à pied au milieu du chemin, et paraissait se hâter d'arriver à la maison.

— Le voilà enfin ! Je savais bien qu'il ne se ferait pas attendre, s'écria-t-elle avec un air de joie qui illumina son visage. C'est mon neveu que vous voyez, mistress Warren, là-bas. Allons, bon ! voilà une branche d'érable qui empêche de le voir. Le voici ! regardez maintenant ; n'est-ce pas que c'est un beau garçon ?

Mistress Warren fut en effet frappée de la bonne mine et de la taille gracieuse du jeune homme. Il avait évidemment marché longtemps, car il portait sur son bras un léger pardessus, et son visage paraissait être en moiteur. Du plus loin qu'il aperçut sa tante, Robert la salua de la main. Un sourire de joie se répandit sur tout son visage ; il hâta le pas, et se mit presque à courir.

Mistress Gray ne cacha pas non plus son émotion. Ses yeux brillèrent d'orgueil, et tout en parlant elle ne quittait pas son neveu du regard.

— N'est-ce pas un très-bel homme ? n'est-il pas charmant ? Pas autant que Julia, mais c'est un jeune homme très-bien, s'écria-t-elle dans son enthousiasme. Et puis, si bon ! Vous n'avez pas d'idée de la bonté de ce garçon-là. Ah ! grand Dieu ! voilà encore un de ses tours, fit-elle au moment où le jeune homme, appuyant une de ses mains sur la barrière, fit un bond par-dessus. Oh ! juste au milieu de mes plates-bandes. Allons ! il foule aux pieds mon gazon. A-t-on jamais vu ?

— Je vous demande bien pardon, ma bonne tante Sarah, s'écria Robert, mais je n'ai pu résister au désir de vous embrasser plus vite, et la barrière de votre jardin est si loin !... Allons, je vous embrasserai trois fois pour chacune des fleurs que je vous ai écrasées. Est-ce assez ? Mais qui est cette jeune fille ?

Cette dernière exclamation fut causée par la vue de Julia Warren, qui s'était assise au pied des deux grand des deux érables. Des fleurs nombreuses couvraient ses genoux, et elle les arrangeait en bouquet. A la voix de Robert elle exprima une surprise agréable, et un sourire effleura ses lèvres. Il y avait quelque chose de si joyeux et de si sympathique dans la voix du jeune homme, que son cœur s'en émut, comme s'il chant d'un oiseau eût frappé ses oreilles. Robert jeta sur Julia un regard rapide, puis posant son chapeau à la première place venue, il secoua les cheveux bouclés qui tombaient sur son front, et s'assit à côté de la jeune fille en criant à sa parente : Venez chercher vos baisers, ma tante Sarah ; j'ai résolu de m'arrêter ici au milieu des fleurs.

Mistress Gray se mit à rire de l'impudence de ce jeune drôle, suivant son expression, et elle sortit pour aller le trouver dans le jardin. — Allons ! vous êtes une méchante, s'écria le jeune homme en se levant. Ne me tirez pas les oreilles, et au lieu de vous rembourser seulement les baisers que je vous dois, je vous embrasserai gentiment, parole d'honneur ! A la condition toutefois que mes bras seront assez longs pour entourer votre taille. Et le neveu, s'emparant bon gré mal gré des deux mains de sa tante, la pressa sur son cœur et posa tendrement ses lèvres sur les deux joues.

— Tu es le bienvenu chez moi, Robert ; tu seras toujours le bienvenu, et je te souhaite un heureux thanksgiving de tout mon cœur. Julia, ma chère enfant, voilà mon neveu, M. Robert Otis. Sa mère et moi, nous étions sœurs. Il n'y avait que trois enfants dans notre famille : deux filles et un fils. Comme il est le seul enfant qui nous reste, je le gâte beaucoup trop. Julia, remise de l'émotion qui l'avait fait rougir lorsque le jeune homme s'était approché d'elle, s'avança vers lui, et lui tendit la main avec une grâce et une timidité charmantes qui n'étaient vraiment pas de son âge.

— Qui est miss Julia Warren, ma chère tante ? demanda le jeune homme à l'oreille de sa tante, au moment où la jeune fille rentrait à la maison en tenant pressé sur son cœur le bouquet qu'elle venait d'achever.

— La plus chérie et la meilleure des jeunes filles qui aient jamais existé, Robert ; c'est tout ce que je sais sur son compte, répliqua-t-elle.

— C'est déjà bien assez ; que demande-t-on de plus de n'importe qui ? répondit le jeune homme ; et cependant M. Leicester dirait qu'on doit en savoir davantage sur ceux que l'on invite à dîner avec soi un jour d'actions de grâces; il taxerait cette hospitalité offerte à des étrangers d'imprudence grave.

— M. Leicester est un homme plein de sagesse, j'en conviens, et je ne suis qu'une vieille femme sans prétention, Robert; cependant toutes les fois que j'ai cru devoir faire quelque chose, cela a toujours bien tourné.

— Parce que, ma tante bien chérie, ce qui paraît juste aux gens de bien est toujours ce qu'il y a de mieux. J'ai eu seulement pour but de vous prouver que, depuis mon séjour à New-York, je suis devenu un homme prudent et raisonnable.

— Prudent et raisonnable! oh! j'en doute, mon cher Robert; ce sont là des qualités inconnues dans notre famille, et jamais aucun de nous ne le sera. Contente-toi d'être bon et heureux, si cela t'est possible.

Ces paroles donnèrent à réfléchir à Robert. Une préoccupation sérieuse paraissait traverser son esprit.

— J'ai toujours été heureux chaque fois que j'ai suivi vos conseils, dit-il en regardant sa tante avec un air de tristesse.

— Allons, allons, Robert, ne plaisante pas ainsi avec ta vieille tante. J'aime à te regarder et je sais à ton sujet de la tristesse. Je serais trop malheureuse de savoir que tu éprouves du chagrin.

— Oh! je sais toute l'affection que vous me portez, répondit Robert en faisant un effort pour paraître joyeux. Voyons, tirez-moi les oreilles pour avoir chagrinée de la sorte, et entrons à la maison pour que j'aide la petite fille à attacher son bouquet.

Mistress Gray paraissait avoir envie d'interroger encore son neveu, et elle allait continuer la conversation, lorsque la domestique irlandaise parut à la porte de la maison. Son visage avait un air d'importance solennelle, et elle murmura d'un air effaré à sa maîtresse ces mots à peine intelligibles que Robert entendit aussi bien que sa tante :

— Ah! mon Dieu! il est entièrement gâté.

Mistress Gray se précipita vers la cuisine, épouvantée de ce qu'elle venait d'entendre. Son neveu la suivit des yeux, et, revenant sur ses pas, se mit à parcourir de long en large l'espace qui s'étendait de la porte de la maison à la barrière du jardin. Sa gaieté reparaissait par intervalles, et puis sa tête se courbait, entraînée par une pensée impossible à définir : cette tristesse n'était pas de son âge, et ne s'accordait pas avec son caractère, qui naturellement était toujours gai.

Quel que fût le malheur arrivé à la cuisine, le dîner n'en fut pas moins splendide. La dinde parut sur la table. Cuite à point, son aspect eût fait venir l'eau à la bouche du gourmand le plus blasé. Le cochon de lait, plus agréable à voir que lorsqu'il était en vie, se prélassait sur une couche de persil, la tête haute, un citron placé entre les deux mâchoires; le pâté de volaille, dont la croûte avait été brodée par les soins de mistress Gray, au moyen d'une clef forée, eût charmé l'architecte le plus difficile à satisfaire.

Vous ne pouvez concevoir, quel aspect peut offrir une table bien servie, si vous n'avez pas vu un dîner pareil à celui devant lequel s'étaient assis les convives de la bonne fermière de Long-Island. La couleur brunie des viandes, la blancheur de neige du pain, la teinte dorée du beurre, la nuance écarlate de la confiture d'airelles, tout cela, entremêlé à des gâteaux de diverses espèces, eût donné de l'appétit aux moins affamés. Le flan revêtu d'une croûte d'or, la tarte teintée de violet, les citrouilles écrasées, d'une couleur orangée, placées avec symétrie tout autour de la table, constellaient la nappe dans un ordre parfait. Et tout autour se trouvaient des carafes remplies d'une eau limpide, du sirop de groseilles étincelant comme un rubis dans des vases de cristal. Au haut bout de la table, on avait placé un vieux fauteuil aux coussins de velours cramoisi. Je le répète, ami lecteur, ce dîner d'actions de grâces était de ceux que l'on n'oublie pas, et cette pauvre famille si malheureuse, qui habitait à New-York dans une cave, y pensa plus d'une fois depuis ce jour mémorable. Mistress Gray ne l'oublia pas non plus, car son bonheur avait été doublé par celui de ses convives. N'avait-elle pas, du moins pour un jour, arraché ces dignes vieillards à la misère dans laquelle ils vivaient. Bien plus, cette excellente créature devait avoir un autre motif de se rappeler cette journée, avant qu'elle fût écoulée. Robert lui-même devait songer à ce repas longtemps après l'époque où il fut oublié ordinairement. Quant à Julia, ce dîner devait être pour elle; c'était un jalon planté au chemin de sa vie, une pierre milliaire entourée de fleurs, vers laquelle elle devait plus tard ramener ses pensées, comme le font les chrétiens au retour d'un pèlerinage.

Lorsque le vieux M. Warren, installé dans le fauteuil de velours cramoisi placé au haut de la table, joignit les mains et prononça d'une voix solennelle la prière qu'on adresse à Dieu pour bénir la nourriture de chaque jour, mistress Gray ne put s'empêcher de se dire encore qu'elle avait vu ce noble visage quelque part. Il n'y avait pas d'erreur possible. C'était il y a longtemps, elle ne savait pas à quelle époque, dans quel endroit, mais ce visage et cette voix lui étaient connus, elle en était certaine. Je n'insisterai pas sur les détails de ce dîner, animé d'un bout à l'autre par la plus franche gaieté et par les soins d'une hospitalité parfaite. Les convives n'avaient pas besoin de vin pour conserver leur bonne humeur, le pétillement du champagne, le choc des verres, l'éclat des chansons étaient inutiles pour cela. Tout dans cette salle à manger respirait la franchise et l'honnêteté, qui font la joie du cœur. Aussi le bon M. Warren se laissa-t-il aller plus d'une fois à sourire, Robert fut-il d'un entrain sans exemple durant tout le dîner, prodiguant à sa tante les plaisanteries les plus incroyables au monde, dans le but de faire rire Julia, qui s'en donnait à cœur-joie.

Un seul incident vint pour un moment troubler le plaisir général en réveillant un sentiment de tristesse. A côté du grand fauteuil occupé par M. Warren, était un siège vide; une assiette, un couteau et un verre se trouvaient aussi à cette place, et lorsque le vieillard demanda à la fermière si elle attendait un autre convive, la bonne femme laissa échapper un profond soupir et répondit avec tristesse que dans un jour pareil on attendait toujours un ami qui souvent n'arrivait pas. Tout le monde comprit que c'était un sujet de conversation pénible, et l'on s'abstint de faire de nouvelles questions; mais quand le repas fut terminé, lorsque Robert et Julia allèrent s'asseoir au pied des grands érables, le jeune homme dit à voix basse à miss Warren, que le couvert était toujours mis à pareil jour, en souvenir d'un oncle, le frère de mistress Gray, qui avait quitté la maison paternelle dès l'âge le plus tendre, pour voyager au loin. Depuis cette époque, on lui avait toujours gardé sa place au dîner d'actions de grâces. Mistress Gray, malgré le bon sens qui lui était naturel, avait certaines idées romanesques qui, malgré leur bizarrerie, faisaient ressortir encore mieux la délicatesse de ses sentiments affectueux. Ce sont des choses dont on peut rire, mais qu'importe? Cette poésie, extraordinaire chez une femme de sa caste, servait à adoucir l'impétuosité d'un caractère qui avait besoin de cette retenue pour ne pas être trop énergique.

La fête du Thanksgiving, dans la Nouvelle-Angleterre, est la fête du foyer aussi saintement célébrée que le dimanche. Ce jour-là, les amis éloignés se réunissent avec une ponctualité religieuse qui réjouit le cœur. C'est un jour de surprises agréables, car souvent celui qu'on attendait le moins apparaît au seuil de la maison, et vient réclamer sa place au festin. Il n'était donc pas extraordinaire, que la bonne mistress Gray eût conservé l'espoir, à mesure que ceux qu'elle avait retenus si heureux lui semblait écraser une à une les douces espérances de son cœur. Ses yeux se portaient sur cette chaise vide, inoccupée; son frère, le seul frère qu'elle eût, ne reviendrait-il donc jamais? A mesure que ces pensées lui vinrent à l'esprit, mistress Gray se croisa les bras sur la poitrine, et s'étendant dans ce vieux fauteuil qui avait appartenu à son père, elle se mit à pleurer, mais si doucement que celui qui eût été à côté d'elle s'en fût à peine douté.

CHAPITRE X.

Le retour du frère.

Miss Landon a écrit dans un de ses meilleurs ouvrages que l'histoire d'un livre, les sentiments, les souffrances et l'expérience de l'auteur, — s'il lui était possible de les révéler dans toute leur véracité, — seraient cent fois plus touchants, infiniment plus romanesques et remplis d'intérêt que le livre lui-même. Hélas! hélas! comme ceci est vrai, particulièrement en ce qui me regarde! Que ces pages seraient tristes si je pouvais raconter le profond chagrin qui a déchiré mon cœur, tandis que chaque parole tombait machinalement au bout de ma plume. J'écrivais comme bercée par un rêve; mon esprit travaillait tandis que mon âme s'envolait tout entière emportée par un autre songe. Chacune de mes phrases était interrompue par un souvenir douloureux, une anxiété terrible, dont moi seule j'avais la clef, et nulle empreinte de ces sentiments ne restait sur la page que j'avais noircie. O mon frère! ô noble et jeune frère, si bon, si fort, dont les jeunes années paraissaient remplies d'espérances, que de fois, depuis que j'ai commencé ce livre, me suis-je demandé si tu vivrais assez longtemps pour le voir achevé! C'est à côté du lit sur lequel il est mort que j'écrivais, et à chaque phrase je tournais les yeux de son côté pour m'assurer s'il dormait ou s'il souffrait encore. A cette époque, quand je compilais le consacrer encore des mois entiers, et toutes les fois que le médecin arrachait une espérance à mon âme, je voyais la mort qui s'approchait obscurcir la page de mon livre et assombrir mon cœur. O vous qui lisez ce livre, savez-vous comment

3.

on peut vivre et souffrir, tandis que l'on se livre à ses occupations quotidiennes sans éprouver le moindre soulagement aux pleurs que l'on verse en silence! Le chapitre précédent était terminé, et je venais de commencer celui-ci lorsqu'il mourut. Les fleurs placées sur son cercueil sont à peine flétries; le tintement du glas est à peine éteint dans cette belle vallée où nous l'avons couché pour y dormir jusqu'à l'éternité. Je suis encore en proie à ma douleur et à mon désespoir dans cette vallée de l'ombre de la mort; — car nous avons suivi ce frère bien-aimé jusqu'au bas des marches qui conduisent à l'Éternel, aux bras de qui nous avons confié ses dépouilles, — lorsqu'à mes oreilles une voix de ce monde se fait entendre, me disant: Écris, il faut écrire!

Oui, il le faut! mon ouvrage ne doit pas, comme la jeune vie de mon frère, être brisée au milieu. Ici, dans cette chambre déserte, où je l'ai soigné jusqu'à la dernière heure, je vais rassembler les fils épars de ce roman. Rien ne doit désormais m'interrompre; nul gémissement, nul appel du pauvre souffrant qui me demandait tantôt un fruit, tantôt un verre d'eau, ne saura me distraire de mon travail. Le lit est vide, la chambre silencieuse, je n'ai donc plus de sujet d'interrompre mon ouvrage, à moins qu'un soupir n'étouffe ma pensée, et que des pleurs n'obscurcissent mes yeux.

Elle était là assise, attendant son frère, cette excellente revendeuse du marché de Fulton, comme elle l'avait attendu si souvent chaque année à l'époque du Thanksgiving, animée de cette foi sans pareille que rien ne peut ébranler, même lorsqu'une désillusion cherche à la déraciner.

Mistress Gray était seule; son charretier avait accompagné Ketty l'Irlandaise chez un parent de la même nation qu'elle, et Robert s'était chargé de reconduire les Warren à leur demeure. La bonne fermière était donc restée seule pour garder la maison.

Le crépuscule faisait place à la nuit, mais la bonne femme, perdue dans ses souvenirs, ne quittait pas des yeux la flamme du foyer, et paraissait ne point songer à l'obscurité dont elle était environnée. Elle oubliait même ses devoirs de femme de ménage, et les heures s'écoulaient sans qu'elle parût y songer. La table était restée servie, couverte des restes du dîner d'actions de grâces. Rien n'avait été dérangé, car mistress Gray avait pour usage de servir son dîner tout à la fois, et de ne jamais faire deux services. Les gâteaux, les puddings, le bœuf, la table, avaient été placés sur la table et y étaient demeurés. Ce qui restait représentait les ruines du festin. Lorsque ses convives avaient été partis, la bonne dame, soit à cause de sa fatigue, soit à cause des pensées amères qui lui vinrent au cœur, oublia qu'il lui fallait desservir la table. La tranquillité qui régnait chez elle convenait parfaitement à la disposition de son esprit, et elle s'était assise triste et immobile devant la table couverte des restes de ce repas d'actions de grâces.

Un bruit léger, celui d'un objet que l'on remuait, tira mistress Gray de la rêverie à laquelle elle s'abandonnait tout entière. Elle s'imagina que le vieux chat de la maison, alléché par la gourmandise, avait sauté sur la table, et, frappant le parquet de son pied, trop doucement pour effrayer l'animal, elle s'essuya les yeux en disant:

— A bas, Tom, à bas! comme si son cœur hospitalier se refusait à chasser le quadrupède et à l'empêcher de prendre sa part du festin. Mais le bruit continua, il fut même augmenté par le craquement d'une chaise. Mistress Gray se retourna, et se levant d'un seul bond sans remuer de place, elle jeta les yeux du côté de la table.

Un homme était assis sur cette chaise vide. L'obscurité qui régnait dans l'appartement n'était point si épaisse encore qu'il ne fût impossible à la bonne femme de reconnaître dans les traits de cette personne certaines lignes qui ne lui étaient pas inconnues, et qui firent tressaillir un instant. Cet homme tourna de son côté un visage empreint d'une pâleur sans pareille, et la fermière crut apercevoir à travers l'obscurité un éclair qui jaillissait de deux yeux fixés sur elle.

Mistress Gray ne craignait point les voleurs. Quel eût été le bandit assez audacieux pour s'asseoir à cette place? En un mot, elle n'éprouvait aucune crainte, et cependant elle tremblait aussi, lorsqu'elle s'avança du côté de la table, elle sentit ses jambes fléchir. Au moment où elle se trouva vis-à-vis de la chaise de son frère, l'inconnu se leva, étendit ses bras en avant à travers la table et la salua avec respect. Au même instant, la bûche de noyer qui brûlait dans l'âtre sembla se réveiller et produisit une vive flamme. Mistress Gray s'élança vers la table, et s'emparant des deux mains étendues de son côté, elle s'écria: « O Jacob, mon frère, est-ce vous?

— Mais certainement, Sarah, c'est moi! Quelle autre personne pourrait-ce être? répondit Jacob Strong en serrant les mains de sa sœur, qui pressait les siennes à son tour avec toute la tendresse possible.

— Tu ne m'attendais pas, n'est-ce pas?

Malgré lui, malgré toute son excentricité, l'affection sincère que Jacob conservait pour sa sœur au fond de son âme se créait une issue dans ce moment. Sa voix s'éteignit; il appuya ses deux coudes sur la table, et, couvrant sa figure à l'aide de ses mains, il sanglota comme s'il ne pouvait pas en faire.

— Allons, Jacob, mon bon frère, ne pleure donc pas ainsi! s'écria mistress Gray, qui alla le rejoindre en passant de l'autre côté de la table, et sans chercher elle-même à retenir ses larmes. Vois-tu, je me sens si heureuse, qu'il me semble que c'est pour la dernière fois de ma vie que je pleure. Comment donc, Jacob, c'est bien toi! J'ai peine à m'en convaincre!

Jacob se leva, ouvrit les bras, et pressa sa bonne sœur sur sa poitrine, comme il l'eût fait d'un enfant.

— Oui, Sarah, c'est bien moi! C'est toujours mon cœur, le même! seulement il est rempli de bien plus de tendresse pour toi. Ne le penses-tu pas?

— Oh! oui, répondit mistress Gray, dont la voix se faisait à peine entendre, oh! oui, Jacob, je le crois, mais malgré moi je pleure, et rien ne saurait empêcher mes larmes de couler. J'avais bien raison de croire à ton retour, mais c'est bien heure que tu es là, il me semble que tu reviens en droite ligne du ciel.

Jacob Strong pressa de nouveau sa sœur entre ses bras, tandis que d'une main il caressait les cheveux de cette tête bien-aimée: c'était sans doute un souvenir de sa jeunesse. Mais au moment où sa main se trouva en contact avec les dentelles et les rubans de son bonnet, il ne put s'empêcher de s'écrier: O Sarah! tu as donc vieilli? Sus-je donc resté si longtemps éloigné de la maison?

— Qu'importe maintenant! répondit mistress Gray se sentant tout émue par le soupir douloureux que venait de pousser Jacob. Oui, j'ai eu beaucoup de chagrins, cela a dû me vieillir, mais il me semble que je n'ai jamais eu autant de bonheur qu'aujourd'hui.

Jacob pressa de nouveau sa sœur sur sa poitrine, et la rendit ensuite en liberté en disant:

— Sarah, va chercher de la lumière, que nous puissions nous voir tous les deux!

Mistress Gray prit sur la cheminée un chandelier de cuivre et alluma la bougie qu'il contenait. Son visage était plus pâle qu'à l'ordinaire; des larmes obscurcissaient ses yeux lorsqu'elle se retourna du côté de son frère. Ils se regardèrent l'un et l'autre pendant quelque temps sans parler: leurs yeux seuls exprimaient l'intérêt de cette observation mutuelle, et la douleur qui se peignait sur leur visage rendait la situation fort pathétique. Au bout d'un moment, mistress Gray éteignit la bougie.

— Dis-moi, ma sœur, est-ce l'âge ou est-ce le chagrin qui t'a fait blanchir les cheveux? dit Jacob à sa sœur, qui était venue s'asseoir près de lui au coin du foyer.

Il se tut, puis quelques instants après, cherchant à maîtriser la difficulté qu'il éprouvait de parler, il dit à Sarah en faisant un effort sur lui-même: — Est-ce moi qui en suis la cause? est-ce la douleur que je t'ai causée en te quittant et en ne te donnant jamais de mes nouvelles?

— Non, non, mon frère, ne pense pas à cela, répliqua-t-elle avec bonté. J'ai toujours cru, et je crois encore qu'en me quittant tu avais des raisons majeures pour en agir ainsi. J'avais toujours espéré te voir revenir, comme j'espère encore que nous vieillirons désormais ensemble l'un à côté de l'autre.

— Ainsi ce n'est pas moi qui suis la cause de cette vieillesse prématurée?

— Pas du tout! Je savais fort bien que tu ne ferais jamais rien de mal. J'avais là dans mon cœur une intuition divine qui me disait: Il vit toujours! Il poursuit un but honorable, lequel, je l'ignore; mais quoique le temps me durât de te voir, malgré l'incertitude où j'étais sur ton compte, j'étais certaine que tu mènerais ton entreprise à bonne fin, et que tu reviendrais en bonne santé. J'éprouvais en mon âme autant de tranquillité à ton égard que si un bon ange m'eût lui-même promis ton retour.

— Et cependant j'avais tort, et j'ai été longtemps coupable, Sarah, répondit Jacob profondément ému par cette croyance sacrée et bienveillante que sa sœur venait d'exprimer. J'ai été cruel de te quitter. J'ai été coupable de ne pas t'écrire. Mais si je cherchais à m'excuser moi-même : tu étais mariée, plus âgée que moi. Je me disais, sans d'étouffer mes remords, qu'occupée comme tu l'étais de ton mari, tu te soucierais fort peu de savoir ce que je faisais. J'étais un enfant, tu le sais, et je me l'imaginais pas que ma sœur Eunice et toi vous prissiez garde à ce que je pouvais faire.

— Elle t'aimait pourtant bien, Eunice, autant que moi-même! répondit mistress Gray. Hélas! elle est morte, pauvre sœur! Nous l'avons enterrée près de sa mère trois mois après le jour où la fièvre l'avait lui-même conduit au tombeau. Ils sont là tous les deux dans le champ du repos. Tu sais qu'ils avaient un enfant?

— Non, je l'ignorais. Je n'ai jamais rien su de tout cela, puisque je poursuivais un but qui m'empêchait de songer à vous. J'aurais même ignoré que tu étais veuve, ma chère sœur, si un homme, à qui j'ai demandé là-x̄ derrière la colline où tu demeurais, ne m'eût répondu ces paroles: La maison de la veuve Gray est la première que vous trouverez au tournant du chemin. Les dernières nouvelles que j'ai reçues de vous tous datent de bien longtemps. C'est à l'époque où ton mari et toi vous vîntes vous établir sur Long-Island.

— Et c'est à cette même époque que mon mari est mort, répondit mistress Gray en poussant un soupir. Je suis restée seule, et, sans le petit Robert...

— Le petit Robert! mais tu as donc un fils, Sarah? Je n'en savais rien.

— Non, ce n'est pas mon enfant, c'est celui qu'a laissé la pauvre Eunice, et que j'aime comme s'il m'appartenait. Oh! si tu l'avais vu lorsque je le pris chez moi, la pauvre créature! Il avait à peine trois mois; il était malingre, chétif. Pendant la maladie de sa mère, il n'avait pas été soigné comme les enfants doivent l'être. Jamais je n'avais vu d'enfant si faible et si pâle. Je ne m'entendais guère aux exigences d'un nourrisson, mais tu le sais, dès qu'on le veut, Dieu nous enseigne d'une manière ou d'une autre ce que nous avons à faire, et je t'assure que jamais personne ne pria plus que je ne le fis afin de savoir comment je devais m'y prendre. Bien souvent, lorsque le pauvre cher ange dormait dans mes bras, pleurant et poussant des cris à fendre l'âme, il me semblait qu'il songeait à aller retrouver sa mère dans le ciel; mais les soins que je lui prodiguai, et le bon lait de vache que je lui fis boire ramenèrent bientôt la santé sur ses joues, creusées des plus jolies fossettes qui aient jamais égayé le visage d'un enfant. Il grandissait à vue d'œil; comme jamais aucun enfant ne le fit à ma connaissance. Le fait est que du moment qu'il commença à grandir, il ne s'arrêta plus; et puis il avait un si bon caractère!...

— Mais où est cet enfant maintenant? demanda Jacob.

— Il était ici cette après-midi. Tu as été si longtemps éloigné de nous, Jacob! Il est venu prendre part au dîner du Thanksgiving. Il est parfaitement élevé, et je déclare que je rougissais de l'embrasser tant il est grand!

— Ainsi donc, tu l'as élevé ici, il travaille avec toi?

— Non, Jacob. Nous n'avons jamais eu de gentleman dans notre famille, du moins, je l'ignore; aussi j'ai eu la fantaisie d'en faire un gentleman.

— Et comment t'y es-tu prise pour cela? demanda Jacob en réprimant un sourire. J'ai essayé moi-même de le devenir; mais notre famille, tu le sais, n'a jamais produit que des êtres d'un naturel rude et peu malléable. Je n'ai pu réussir qu'à une chose, rester honnête homme, comme l'avait été mon père.

— Oh! Robert était une nature d'élite, répondit mistress Gray avec enthousiasme.

— C'est possible, mais il ne tient pas en cela de notre race, murmura Jacob; les portes d'une ferme grincent toujours sur leurs gonds.

— Mais son père appartenait à la famille des Otis, et Robert tient particulièrement de son père. La science lui a plu autant que le lait de vache lorsqu'il était enfant. Il était né pour être un homme de bonne éducation. C'est ce que m'a assuré M. Leicester la première fois qu'il est venu me voir.

Jacob tressaillit à ce nom, et serrant les poings, il laissa échapper ces deux mots entre ses dents : Qui donc? qui cela?

— Mais, M. Leicester, le meilleur ami de Robert. Il venait souvent dans l'île prendre pension chez nous pendant des semaines entières, car il y trouvait des cerfs dans les bois et du poisson dans les étangs, en assez grand nombre pour se livrer à ses plaisirs favoris, la chasse et la pêche. Il s'éprit d'une grande amitié pour Robert, dès le premier jour qu'il le vit, et il voulut lui apprendre tout au monde. Le professeur le plus habile n'eût pas pu mieux réussir...

— Et c'est cet homme à qui vous avez confié l'enfant de ma sœur! murmura Jacob en se voilant la figure avec la main. Mais je le trouverai donc partout sur mon chemin!

Mistress Gray regarde son frère sans le comprendre.

— Qu'as-tu, mon ami, serais-tu malade, par hasard?

— Non, non, je t'écoutais. Ainsi cet homme, ce M. Leicester, est devenu votre ami? Ainsi, vous avez de l'affection pour lui?

Mistress Gray hésitait à répondre; elle baissa les yeux dans la direction du foyer.

— De l'affection! répondit-elle, non, mais il a droit fort bon marché, et je t'avoue que je lui dois de la reconnaissance. Je m'accuse souvent, je ne sais pourquoi, d'être ingrate à son égard, car, je t'avouerai-je, Jacob, il m'a toujours été impossible d'aimer M. Leicester malgré ses bontés pour nous. Je ne sais pourquoi, et en rougissant, car c'est la vérité. Je ne sais si c'est son genre d'éducation, ou quelque chose autre, qui m'a éloignée de lui.

— Non, Sarah, c'est ton cœur, la droiture de ton âme, qui s'oppose à ce que tu aimes cet homme. Ce que tu éprouves, je l'ai éprouvé moi-même mille et mille fois. J'ai cherché à me rendre compte de ce sentiment; j'ai même rougi de l'éprouver, mais un cœur honnête va toujours son droit chemin. Lorsqu'il sent l'approche d'un étranger de la répulsion ou de la froideur, c'est que le sentiment qui est devant lui ne mérite point son estime. Ne rougis donc pas, ne sois point chagrine en présence de cette prétendue ingratitude : il n'y a que les gens honnêtes qui sentent comme nous. Ceux qui sont avilis n'éprouvent jamais de contrainte lorsqu'ils se trouvent avec leurs semblables.

— Quoi donc, Jacob? Prétendrais-tu que j'ai raison de ne pas aimer M. Leicester, de redouter ses visites, d'avoir maintes fois le désir d'arracher Robert aux conseils de cet homme, et de m'éloigner mon neveu? Oh! vois-tu, c'est là un de mes plus grands chagrins, et j'ai souvent prié Dieu de me rendre moins ingrate. Tu m'assures aujourd'hui que ce sentiment de répulsion était une inspiration divine; mais tu ne sais pas tout encore, et tu vas me blâmer probablement autant que tu le feras moi-même, lorsque je t'apprendrai que c'est par son entremise que Robert est entré comme commis chez l'un des plus riches négociants de New-York, où, dès son arrivée il a été mis aux appointements, tandis que beaucoup de jeunes gens appartenant aux premières familles de la ville se trouvent dans le même bureau à titre de surnuméraires. O Jacob! je suis sûre, maintenant que tu vas blâmer mon ingratitude.

— Ton ingratitude! répliqua Jacob d'un ton sérieux. Qu'importe, il n'est plus temps à cette heure de revenir sur ce que tu as fait. Dis-moi, Sarah, quel genre d'instruction que M. Leicester a-t-il donnée à notre neveu? Quels livres ont-ils lus ensemble? De quoi parlaient-ils ordinairement?

— Je ne saurais te répondre avec précision. Ils ont lu toute espèce de livres. En voilà quelques-uns dans cette bibliothèque, et tu peux voir par toi-même.

Jacob se leva précipitamment; il alluma de nouveau la bougie, et se mit à examiner les livres dont lui parlait sa sœur, tandis que celle-ci suivait des yeux, cherchant en vain à dissimuler l'appréhension qu'elle éprouvait.

Les volumes que compulsait Jacob n'étaient point du genre de ceux qui excitent le dégoût. Le moraliste le plus sévère n'aurait pu en blâmer le choix : il y avait là certains traités élémentaires, quelques ouvrages classiques, et un petit nombre de romans français, qui n'appartenaient point à ce genre de littérature imbue d'une philosophie vicieuse qui a souvent entaché la réputation des écrivains français.

Jacob respira à son aise, et, replaçant le chandelier sur le marbre de la cheminée, s'assit de nouveau à côté de sa sœur. Les sentiments qu'il éprouvait, tout aussi bien que les soupçons que Leicester inspirait à cet honnête homme, n'étaient nullement modifiés; mais l'inspection qu'il avait faite de ces ouvrages le déroutait complètement. Sa sœur le regardait avec anxiété.

— Sont-ce de mauvais livres? dit-elle enfin.

— Non, répliqua Jacob.

— Tu es compétent dans cette matière, et tu as pu t'en assurer, car je t'ai vu lire quelques pages. Ce sont des ouvrages écrits dans une langue étrangère, n'est-ce pas?

— Oui.

— Et tu les comprends?

— Oui.

— Mais d'où vient donc cela? où donc as-tu ainsi perfectionné ton éducation?

Jacob ne l'entendait pas. Enseveli dans une méditation profonde, il s'efforçait de deviner quels pouvaient avoir été les motifs du méprisable Leicester en donnant des preuves d'intérêt à Robert Otis.

— Sont-ce ces études que cet homme ait fait faire à notre neveu?... dit-il enfin en méditant ce que lui avait appris sa sœur.

— Oh! non pas. Tu n'as vu que les livres; mais, outre cela, M. Leicester a appris à Robert la musique, le dessin, et surtout l'écriture. Il passait avec lui des heures entières à écrire; il l'a rendu un vrai calligraphe. Oh! Robert n'a pas une main aussi grossière que la nôtre! Il sait imiter à s'y méprendre tous les exemples qu'on lui donne à faire, de vieilles lettres, des noms propres... Je me souviens que pendant un mois entier il s'est mis à copier des signatures diverses placées au bas de lettres que lui avait apportées M. Leicester.

— Ah! s'écria Jacob, c'est donc là l'intérêt poussé à ses extrêmes limites. Ainsi donc, c'était à cela qu'il l'exerçait?

— Oui, et Robert s'acquittait si bien de son travail, qu'il était impossible de reconnaître le modèle de la copie. Plus Robert réussissait, plus M. Leicester se montrait satisfait. J'ai souvent conseillé à notre neveu de chercher à surpasser l'exemple au lieu de l'imiter, car ces exemples étaient souvent fort mal faits; mais M. Leicester lui conseillait de n'en rien faire.

— En effet, je comprends : cela n'en valait pas la peine, murmura Jacob dans les yeux duquel brilla un éclair de haine, car il venait de découvrir les intentions du misérable.

— Je me souviens, ajouta mistress Gray, que pendant une semaine il lui fit copier la même somme sur les jours, vous les jours. Je trouvais cela fort ennuyeux, et Robert aussi; mais M. Leicester répondait à cela qu'on devait être expert dans l'art d'écrire.

— Et ce nom, quel était-il?... demanda Jacob avec un intérêt croissant.

Mistress Gray alla ouvrir le tiroir d'un bureau, et y prit un cahier de papier couvert de ces exemples d'écriture.

Jacob examina ce cahier feuille par feuille. Mistress Gray se trompait en disant qu'il n'y avait là que des noms propres; dans ce cahier de papier, sur des feuilles séparées, se trouvaient des billets à ordre, imités sans aucun doute sur l'original. Il y avait aussi des bons à payer pour les différentes banques de la ville. On aurait pu croire que ces lettres de change et ces effets de commerce étaient tout simplement des exemples d'écriture à copier; mais, chose étonnante...

ñque se trouvait mentionnée plus fréquemment que les autres, Jacob soupçonna que cela avait sa raison d'être, et cette pensée le plongea dans d'autres réflexions.

« Quel est ce nom? dit-il en désignant à sa sœur une signature qui se trouvait au bas de l'un de ces billets.

— Mais, répondit-elle, c'est celui d'un négociant chez qui Robert est placé.

— Je l'avais deviné, s'écria Jacob.

Et, rejetant le papier sur la table, il laissa tomber là la conversation.

Mistress Gray, si longtemps séparée de son frère, ne comprit point quelles étaient les sensations qu'il éprouvait dans son âme; elle prit l'attitude qui régnait sur les traits de Jacob pour l'émotion éprouvée par son frère en se retrouvant près d'elle après une absence aussi longue.

Ils restèrent longtemps assis devant la cheminée, gardant un silence fort bizarre, surtout chez deux êtres qui avaient l'un pour l'autre une affection incommensurable. Tout à coup un bruit de pas se fit entendre sur les feuilles sèches du jardin : il ramena un sourire sur le visage de la bonne femme.

— Je crois que c'est Robert, dit-elle; il revient de Brooklyn avec la voiture. Comme il va être surpris en t'apercevant!

— Oh! pas maintenant, fit Jacob Strong; je préférerais ne pas le voir ce soir. Ne lui dis pas que je suis ici.

— Mais il couche à la maison, ajouta mistress Gray, dont le cœur se réjouissait à l'idée de présenter sans retard le neveu à son oncle.

— Tant mieux! j'aurai l'occasion de le voir sans être reconnu. Où conduit cette porte?

— A une chambre de réserve.

— La sienne?

— Non, Robert couche dans un cabinet du premier, à côté de mon appartement.

— Très-bien, je resterai ici. Ne lui dis pas que je suis venu; lorsqu'il se sera retiré, je reviendrai le trouver.

— Oh! mon Dieu, tout ceci est bien étrange. Comment pourrai-je garder le secret, comment retiendrai-je ma langue pour ne pas lui dire?... murmura la bonne femme, qui fit quelques pas avec Jacob dans cette chambre où régnait la plus profonde obscurité. Oh! ce sera difficile! Il devinera peut-être à mon trouble.

— Silence! dit Jacob à voix basse en disparaissant au fond de la chambre; je vais me coucher sur le lit, et tu laisseras la porte entr'ouverte. Va t'asseoir là-bas, de manière à ce que la bougie vous éclaire tous les deux; va, dépêche-toi!

Mistress Gray reprit la place qu'elle occupait en faisant des efforts sans nombre pour cacher son embarras. Robert se précipita dans la chambre tout transi : la soirée était glaciale, comme cela arrive en automne, et la rapidité de sa course en voiture avait contribué à la refroidir. Ses joues étaient colorées et ses cheveux ébouriffés par le vent; il se débarrassa de son paletot, et le plaça dans un coin, en compagnie du fouet qu'il tenait à la main.

— Me voilà, ma tante, je suis de retour. Votre vieux cheval ressemble à un certain vin que je connais... celui de votre cave... qui devient meilleur et plus fort à mesure qu'il devient vieux.

— Qu'as-tu fait de la pauvre bête? Le charretier est parti à la brune, dit mistress Gray inquiète sur le sort du pauvre quadrupède.

— Oh! ne craignez rien. J'ai étrillé le poney moi-même; je l'ai attaché à sa mangeoire : si vous l'aviez entendu hennir quand je lui ai donné l'avoine! Oh! il m'a bien reconnu.

— Cela ne m'étonne pas. Je voudrais bien voir quelqu'un t'oublier, ici : je t'assure qu'il te fait regretter le temps passé avec moi.

— Oh! ma tante, je me refuserais à laisser chasser de chez vous le moindre cheval et le plus méchant chien, même pour un crime plus grand que celui-là. Je sais ce que c'est de sortir de votre maison.

— Mais je ne t'ai pas renvoyé, Robert?

— Non, ma tante; mais je vous ai quittée moi-même. Au lieu de rester ici pour surveiller la ferme, et pour vous épargner le gros du travail, je vous ai laissée seule. J'ai voulu devenir un gentleman, j'ai éprouvé le besoin d'aller vivre à New-York... Oh! je voudrais de tout mon cœur ne m'être jamais séparé de vous, ma tante!

— Pourquoi cela, Robert, qu'est-ce que tu as pris le parti que tu as pris? Si tu souffres de la nostalgie, pourquoi ne reviens-tu pas ici?

— Revenir ici, ma tante! répliqua le jeune homme avec une vivacité remplie d'amertume. Peut-on jamais revenir sur ses pas dans la vie? Quand on est changé, quand on a quitté sa position, et c'est ce qui m'est arrivé, le retour à la maison paternelle peut-il s'appeler un retour?

— Mais je n'ai pas changé pour toi, ma maison est toujours la même! répliqua la tante avec bonté.

— C'est moi qui suis changé, ma tante. Je puis m'asseoir à votre côté, reposer ma tête sur vos genoux, comme si j'étais l'enfant gâté d'autrefois, mais cela ne serait pas naturel; ni vous ni moi, ma tante, ne pourrions être de bonne foi.

— Quel étrange langage, Robert! N'es-tu pas toujours un enfant pour moi?

— C'est possible, mais je ne le suis plus pour moi-même; j'ai beaucoup réfléchi, j'ai été éprouvé; oh! oui, ma tante, j'ai souffert comme un homme peut penser, sentir et souffrir! Oh! qu'il eût bien mieux valu, ma tante, ne jamais vous quitter!

Et en disant ces paroles, Robert s'était jeté à genoux devant sa tante et cachait sa belle tête entre ses mains. Des larmes, de ces larmes brûlantes qu'un jeune homme seul peut verser, remplissaient ses yeux sans pouvoir en ternir l'éclat.

La vieille dame appuya sa main sur sa tête, et le regarda avec une expression d'affection ineffable.

— Et la cause de ton chagrin, c'est que tu es devenu un gentleman? dit-elle en remuant la tête avec incrédulité.

Le jeune homme tressaillit, et se cachant la tête dans les plis de la robe de sa tante, il laissa échapper des sanglots longtemps contenus.

— Robert, Robert! qu'est-ce que cela veut dire, quelle est la cause de ton chagrin?

— Rien, ma tante; je n'ai rien. C'est un accès de tristesse; j'éprouve des regrets de vous laisser seule ici : voilà tout, répondit-il en relevant la tête et en secouant en arrière les boucles de ses cheveux qui retombaient sur son front. Puis il s'élança au cou de sa bonne parente en essayant un sourire impossible.

Mistress Gray se désolait :

— As-tu besoin d'argent, Robert? Tu as fait quelque folie? Tes appointements sont pourtant fort beaux... Si tu as besoin d'habit ou de toute autre chose, dis-le moi; je te donnerai volontiers vingt ou trente dollars, ce n'est pas une affaire. Voyons, la! est-ce assez?

Hélas! l'excellente vieille femme ne comprit point ce sourire moitié triste et moitié joyeux qui vint plisser les lèvres du jeune homme; elle s'imagina, dans sa naïveté affectueuse, qu'elle avait deviné tout le mystère de cette douleur, et son visage rayonna de satisfaction.

— Allons, c'est cela! Je vois ce que c'est, maintenant. Viens ici, et dis-moi combien il te faut... vingt, trente, quarante dollars. C'est une folie, je le sais; mais aujourd'hui particulièrement, je me sens heureuse de donner à celui que j'aime tout ce que j'ai au monde. Tiens, mon neveu, voilà deux billets de dix dollars, trois de cinq, un de trois, et puis... ah! voilà ce qui manque à l'appoint, le billet de deux dollars!... Es-tu content? Voyons, réjouis-toi, et dans une autre occasion n'aie pas peur de tout me dire. Seulement, Robert, souviens-toi de ce qui est arrivé à l'enfant prodigue. Tu connais cette histoire de la Bible : ce malheureux disputait aux pourceaux leur nourriture. Ce n'est pas que je me refusasse à tuer le veau gras et à te pardonner, Robert. Il me serait impossible d'être sévère avec toi, cela me déchirerait le cœur. Vois-tu, s'il me fallait accomplir moi - même ce sacrifice, il me serait impossible de manger du veau, j'en suis sûre. Allons, c'est entendu, ne fais pas de folie; ne dépense pas l'argent de ta pauvre tante avant qu'elle soit morte et qu'elle ait quitté cette terre de douleur!

La bonne femme se sentait émue au plus haut degré pendant qu'elle exprimait ses craintes à son neveu, dans le style pittoresque que nous venons de décrire. Ses mains tremblaient en ouvrant le portefeuille de bisaine noire caché dans l'une de ses poches, d'où elle tira tous les billets de banque qu'elle comptait un à un en les remettant à son neveu.

Les traits du jeune homme étaient profondément altérés, tandis que mistress Gray lui parlait; il pâlissait, il rougissait tour à tour; ses lèvres se crispaient; ses paupières s'abaissaient alternativement l'une sur l'autre, comme pour refouler les larmes qui lui venaient aux yeux. Mistress Gray cherchait en vain à lui faire accepter les billets de banque; sa main était froide, et se refusait à prendre possession de cet argent. Il se releva en disant :

— Non, non, ma tante, je n'ai pas besoin d'argent. En vérité cela ne me servirait à rien.

— A rien! dis-tu, que ce n'est donc pas de l'argent que tu veux? s'écria la bonne femme. Tu es fou, Robert! Voyons, prends cet argent. Voilà dix dollars de plus. C'est une sottise de te donner tant à la fois, mais, bah! je ne veux pas y penser.

Robert était devenu plus calme; son cœur ne battait plus avec autant de force, et malgré la pâleur de ses traits, le jeune homme avait recouvré toute sa présence d'esprit.

— Merci, ma tante, répondit-il d'une voix douce et sympathique en repoussant les billets de banque, je ne veux pas de cet argent; mes appointements que je reçois suffisent et doivent suffire à mon entretien. D'ailleurs, je vous dis la vérité, lorsque je vous assure que cet argent ne peut m'être d'aucune utilité.

La bonne femme reprit bon gré mal gré les billets chiffonnés que lui rendait son neveu, les étira sur ses genoux cherchant à deviner quel était le motif de son refus.

— Qu'est-ce donc qui t'afflige, si l'argent ne peut dissiper ton chagrin? dit-elle après un long silence.

— Ce n'est rien, ma tante. Ne parlez plus de cela, fit-il en prononçant doucement la première parole, et en cherchant à cacher son trouble, jusqu'à ce qu'enfin il se laissa aller à un rire convulsif qui ne ressemblait point à celui d'un homme joyeux. Mistress Gray en tressaillit.

— Allons, allons, ma bonne tante, dit-il avec une rapidité de langage tout à fait fiévreuse, remettez ce vieux portefeuille dans votre poche, et embrassez-moi tendrement avant que j'aille me coucher. Je compte partir demain matin avant que vous soyez levée.

— Bonsoir, Robert, fit mistress Gray d'une voix triste et désappointée; ce baiser est le premier parmi ceux que tu m'as déjà donnés depuis que tu es au monde qui me fasse éprouver de la peine. Tu me caches quelque chose.

— Mais non, ma tante, vous vous trompez.

Ces mots s'échappèrent en tremblant de sa bouche, et mistress Gray comprit bien qu'il ne disait point la vérité. Tous les deux gardèrent le silence pendant quelques instants : Robert avait allumé une seconde bougie, et regardait avec fixité la flamme qui brillait dans l'âtre. Il tourna lentement les yeux du côté de sa tante, qui, elle aussi, assise sur un siège, une main sur son portefeuille, laissait égarer sa pensée, tandis que ses yeux suivaient la flamme du foyer. Le doute et l'anxiété se peignaient dans ses regards. Robert soupira avec effort :

— Bonsoir, ma tante.

— Bonsoir, Robert.

Il sortit, et elle écouta ses pas tandis qu'il montait l'escalier conduisant à sa chambre. Elle prêta l'oreille jusqu'à ce qu'elle eût entendu le jeune homme tourner la clef dans la serrure, puis elle noua les courroies de son portefeuille, et l'ensevelit dans la poche gisant entre les plis de sa robe.

— Je n'y puis rien comprendre, murmura-t-elle; le chagrin qu'il éprouve est un mystère pour moi.

Tout à coup elle se rappela la présence de son frère, et son visage devint radieux.

— Jacob va m'expliquer tout cela, dit-elle. Jacob! Jacob!

Elle prononça ce nom à voix basse, et celui-ci parut à la porte de l'appartement.

— Eh bien, Jacob, l'as-tu vu, l'as-tu entendu parler? N'est-ce pas qu'il est bien digne d'être aimé?

— Oui, digne d'être aimé, mais avant tout il faut le sauver! répondit Jacob. O Sarah! je n'aurais jamais cru que mon cœur pût battre comme il vient de le faire à la vue de cet enfant.

— Il a du chagrin; tu as vu, Jacob, il a refusé de prendre l'argent que je lui ai offert; qu'est-ce que cela veut dire?

— J'ai tout vu, j'ai tout entendu. C'est une noble nature, d'une volonté ferme. Ne crains rien. Il faut lui venir en aide d'une main plus forte que la tienne, Sarah. C'est moi qui m'en charge.

— Je ne lui ai pas laissé deviner que tu étais ici.

— Tu as bien fait; il vaut bien mieux de toutes manières qu'il n'en sache rien maintenant.

— J'aurais cependant bien voulu le lui apprendre, répondit mistress Gray.

— C'est bien ! Tu sais mieux que moi ce qu'il faut faire, répondit la sœur d'un air de soumission respectueuse. Je t'avouerai pourtant que je suis bien intriguée.

— Maintenant, dit Jacob en s'asseyant, tandis que l'enfant dort, je voudrais avoir avec toi une conversation relative aux jeunes années de notre vie. Je désirerais obtenir certains renseignements sur des voisins que nous avions alors.

— Il y a fort longtemps que je ne suis allée dans le Maine, Jacob, et j'ai oublié le nom de tous nos amis.

— Il est impossible que tu ne te souviennes point d'une certaine famille. Dis-moi si tu sais ce qu'est devenu le vieux Wilcox.

En prononçant ce nom, la voix de Jacob paraissait contrainte; il était évident qu'il cherchait à paraître calme, tandis que l'anxiété la plus vive perçait dans son langage. Mistress Gray lui fit signe qu'elle ignorait ce qu'il lui demandait, et Jacob courba tristement la tête.

— Comment, tu ne peux rien me dire! dit-il avec affliction. O Sarah, cherche, essaye de te souvenir ! Tu ne sais pas tout le bonheur qu'une seule de tes paroles pourrait rendre à mon âme.

— Je voudrais savoir quelque chose, dit mistress Gray, j'en serais heureuse; mais M. Wilcox vendit sa propriété, et quitta le Maine à peu près à la même époque où mon mari et moi nous vînmes nous fixer à Long-Island. Où alla-t-il? personne ne le sut jamais. C'était une décision fort étrange, tout le monde trouva qu'il avait tort; mais tu te souviens que sa fille avait fait jaser d'elle dans le pays, et j'ai supposé que ce qu'on disait à ce sujet lui était désagréable.

Jacob étouffa un soupir; ces paroles de sa sœur enlevaient à son cœur sa dernière lueur d'espérance.

— Voilà tout ce que tu sais, Sarah!

— Oui : c'est ce que chacun disait sur le compte de Wilcox et de sa famille. Quant à sa fille, voyons, que j'y réfléchisse. Tu te souviens qu'elle quitta la maison paternelle bien avant que toi-même tu eusses pris congé de son père. On n'a jamais su où elle était allée. Mais, qu'as-tu donc, Jacob? tu te trouves mal !

Non, ce n'est rien ! Laissons là ce sujet, nous le reprendrons une autre fois. Bonsoir, Sarah! je vais me jeter sur le lit jusqu'au

— Mais tu ne me quitteras pas demain?

— Si. Je reviendrai te voir de temps à autre; je choisirai un domicile près du tien, à New-York peut-être.

— Et pourquoi ne demeurerais-tu pas avec moi? Ce que je possède pourrait suffire à nous deux. Nous sommes les seuls de la famille qui vivions encore. Ce n'est pas bien à toi de me quitter si vite.

— Plus tard, Sarah, plus tard; nous resterons ensemble et nous vieillirons l'un près de l'autre, mais cette heure n'a pas encore sonné.

— J'ai oublié de te faire une question : es-tu marié, Jacob?

— Marié! répondit celui-ci, et un sourire douloureux vint plisser ses lèvres; non, je ne l'ai jamais été. Bonne nuit, Sarah !

— J'ai peut-être fait une demande indiscrète qui lui aura été pénible, pensa mistress Gray au moment où la porte de la chambre de son frère se fermait sur lui.

— Quel thanksgiving a été celui d'aujourd'hui ! Qui eût pensé ce matin que mon frère dormirait ce soir sous mon toit à côté de Robert, et que Robert, couché près de lui, ignorerait son arrivée? Oh! l'espérance est une belle chose! Du reste, j'étais persuadée qu'il reviendrait, et il est revenu.

Mistress Gray demeura ainsi, sans songer à l'heure avancée de la nuit, jusqu'à ce qu'elle éprouva un sentiment de fatigue. Elle n'avait cependant point envie de dormir, car, peu accoutumée aux grandes émotions, de quelque nature qu'elles fussent, elle se sentait vivement surexcitée. Il y avait dans l'appartement un sofa recouvert de serge moirée et, comme il se faisait tard, elle s'étendit sur cette couche, s'abandonnant aux pensées qui affluaient dans son cœur. Elle resta ainsi éveillée jusqu'à ce que la bougie fût brûlée jusqu'au bout. Il n'y avait plus de lumière dans la chambre, si ce n'est celle qui se détachait de quelques tisons qui brûlaient dans l'âtre, et un rayon de lune tamisé à travers les branches d'érable du jardin. Elle commençait déjà à ressentir une sensation sommeillante; ses yeux se fermaient, lorsqu'un bruit léger de pas qui cherchaient à ne pas être entendus vint frapper ses oreilles. Quelqu'un descendait l'escalier lentement et s'arrêtant de temps à autre. Tout d'un coup la porte s'ouvrit, et mistress Gray vit son neveu, les pieds nus, à peine vêtu, traverser l'appartement, et s'en aller droit vers le bureau placé près de la chambre où se trouvait son frère. Robert ouvrit un des tiroirs, et fouillant au milieu des papiers épars dans ce meuble, il s'empara de quelque chose, et se retira avec autant de précaution qu'il était venu.

Mistress Gray avait été sur le point de lui adresser la parole, un sentiment indéfinissable l'en avait empêchée; elle s'était dit d'ailleurs que tout ce qui était dans le bureau appartenait à son neveu, et cela l'avait tranquillisée. — Il aura eu besoin de quelque papier, se dit-elle, et il est entré sur la pointe des pieds pour ne point me réveiller.

Aussi, rassurée par cette réflexion naturelle, la bonne femme ne tarda pas à s'endormir, l'esprit préoccupé de riantes pensées.

Le matin de bonne heure, aussitôt qu'elle se fut réveillée, elle entra dans la chambre où Jacob avait dû passer la nuit.

Cette chambre était déserte.

Aucun vestige de la présence de son frère ne restait dans cette chambre.

Jacob s'était introduit chez elle comme un fantôme, il avait disparu comme une ombre.

Mistress Gray monta à l'appartement qu'occupait Robert; celui-ci n'y était plus, et toute la journée la pauvre femme resta rêveuse, cherchant à deviner ce que son neveu était allé chercher dans le vieux bureau. Le jeune homme n'y avait pris que le cahier contenant ses modèles d'écriture.

CHAPITRE XI.

La lettre de la mère.

C'était le second jour après celui du Thanksgiving. Leicester, rentré dans sa chambre, s'était jeté sur un lit de repos. Devant lui, sur une petite table, de nombreuses lettres, des billets parfumés, encombraient un petit plateau d'argent ciselé destiné à les recevoir. La plupart de ces épîtres n'étaient point décachetées, car son absence avait duré plusieurs jours. Du reste, lorsqu'il était chez lui, il arrivait souvent qu'après avoir examiné l'écriture d'une adresse, si la main qui l'avait écrite n'était pas une main amie, il jetait la lettre toute cachetée sur cette petite table, où elle restait ainsi pendant des semaines entières.

Mais ce jour-là Leicester semblait s'être imposé la tâche de lire tout ce qui lui tombait sous la main. Des mémoires, des lettres cachetées de cire rouge, lettres d'affaires, et même d'informes billets tout crasseux portant l'empreinte vulgaire d'une clef ou d'un dé à coudre, passèrent successivement sous ses yeux. Ce fut même ces lettres-là qu'il lut les premières, en choisissant délicatement parmi les billets teintés de rose et d'azur, scellés de cire dorée, et portant l'empreinte de devises emblématiques. Ces dernières missives répandaient dans la chambre un parfum voluptueux, et contenaient ces fadeurs, niaiseries sentimentales fort heureusement inconnues aux gens de goût et de bonne éducation : Leicester les écartait avec dédain.

Quand il eut achevé la lecture de tous les papiers d'affaires, il choisit dans cette collection de lettres parfumées trois petits billets blancs comme la neige, dont l'écriture fine et déliée était indubitablement l'œuvre d'une main peu habile ou plutôt agissant sous un tremblement nerveux. Une simple goutte de cire verte, portant l'empreinte d'une pierre gravée, scellait les enveloppes de ces lettres, qui, particulièrement à cause de leur cachet et de leur apparence de distinction extrême, différaient de toutes celles qu'il avait rejetées loin de lui sans avoir la curiosité de les lire. Il les décacheta froidement et les parcourut selon l'ordre de leurs dates. Le contenu devait en être bien éloquent, bien passionné, car cette lecture ramena quelques couleurs sur les joues de cet homme blasé, qui, en déchiffrant la dernière, s'anima véritablement.

— J'étais sûr qu'on pourrait se fier à vous, mon brave homme, voici votre récompense.

— Par Jupiter, c'est dommage que ces épîtres ne puissent être publiées ! Qu'elle écrit bien ! c'est un véritable consigné dont le chant révèle les sentiments du cœur tout humide de larmes ! Après tout, c'est un plaisir que de voir un amour aussi sincère et aussi ardent que celui-ci. Une, deux, trois lettres... voyons s'il n'y en a pas davantage.

Et tout en disant ces mots, Leicester se mit à examiner les billets entassés devant lui : — Oui, oui, en voilà une rouge, on dirait un perce-neige enfoui au milieu de boutons d'or. Mais une voici-je la de la cire noire, une écriture de femme sévère et accentuée : ah ! c'est celle de ma mère !

Il déplia la lettre avec une certaine inquiétude, mais en la lisant ses traits s'assombrirent. — Elle est malade !... Pauvre enfant ! malade avec le délire... Il faudra appeler les médecins, mettre une garde auprès d'elle. Quels nouveaux tourments et quels tracas ! Allons, mon ami Robert ne m'a pas servi à grand'chose, après tout ; je croyais que sa figure agréable me débarrasserait de toute cette affaire. Maintenant, je me demande si j'irai la voir, la rassurer, l'enlever à ma vieille mère, et braver ses amis ? Non, après tout ; une balle dans la tête doit être peu agréable, surtout pour un esprit sérieux, et ces planteurs du Sud n'écrivent pas de longs testaments. D'ailleurs, j'abhorre les scènes. Mais la pauvre fille est vraiment malade, et le chagrin l'a conduite au bord du tombeau. Voilà les propres expressions de cette lettre ; je m'étonne que ma auguste mère ait pu se laisser aller à prononcer une phrase si pathétique. Eh bien, puisqu'elle a souffert, la plus difficile est fait. Quand tout espoir sera éteint, elle se consolera ou... mourra. Mourir ! cela terminerait tout ; mais la mort est une lugubre compagne, et vraiment la chère enfant m'écrit des lettres si délicieuses....

Leicester se tut au milieu de ces pensées d'un homme sans cœur,

et, laissant retomber sa tête sur le lit de repos, il ferma les yeux tenant encore dans sa main la lettre qu'il venait de lire. Rien n'était plus horrible à voir que la froideur et le calme avec lesquels il décidait du sort de celle qui l'avait tant aimé. Au bout de dix minutes il rouvrit les yeux, se retourna tranquillement sur le lit, et resta sur le plateau la lettre de sa mère. — Non, je n'irai pas auprès d'elle, dit-il, et pourtant voici encore un cœur que je repousse, un cœur qui m'a aimé. Quand donc, quand éprouverai-je le besoin de me sentir chéri ? Passer ma vie à faire des conquêtes ! Hélas ! je n'ai vraiment été aimé que de deux femmes, la première et la dernière. C'est singulier ! mais en ce moment mon cœur s'attendrit en songeant à toutes les deux. Quoi ! une larme dans l'œil de Leicester ! Et, avec un regard de suprême dédain pour lui-même, cet être corrompu se leva, en raillant le seul sentiment honnête qui depuis longtemps eût fait battre sa poitrine.

A ce moment un domestique se présenta : — Monsieur, il y a en bas un homme qui assure avoir reçu de vous l'ordre de venir.

— Qui est cet homme ?

— Un cocher. Il dit que vous l'avez employé, il y a quelque temps, pendant une nuit d'orage, et que vous lui avez dit de revenir lorsqu'il aurait des nouvelles à vous apporter.

— Ah ! un homme grand, assez mal bâti, les épaules tant soit peu courbées, des pieds et des mains énormes ?

— C'est cela même, monsieur.

— Faites-le monter ! c'est vrai, je lui avais dit de venir.

Au bout de quelques minutes, Jacob Strong entra dans la chambre de Leicester, toujours sûr de lui-même, malgré son excessive gaucherie, et jetant autour de lui un regard narquois et rusé qui tout d'abord lui gagna les bonnes grâces de Leicester. Lors de leur précédente rencontre, l'homme du monde avait cru découvrir chez le faux cocher que cette finesse n'avait d'autre mobile que l'intérêt, et il espérait tirer profit pour lui-même de cette intelligence grossière.

C'eût été un spectacle étrange pour celui qui les eût connus, que le contraste existant entre eux : l'homme du monde élégant, astucieux et profondément habile, et l'homme du peuple insidieux, honnête et rusé. Engagés tous les deux dans cette partie de jeu qu'on nomme la vie humaine, l'un marchait sans savoir et ne regardait son antagoniste que comme un instrument docile, l'autre était souvent forcé de lutter avec violence contre ses passions, afin de ne pas être entraîné à aucun mouvement hasardé ; et pourtant c'était une partie sérieuse qui nécessitait une habileté et une adresse peu communes.

— Vous m'aviez dit, monsieur, de découvrir où était cette dame et l'endroit où elle demeurait. Cela m'a pris du temps, car tous ces gens du grand monde voyagent et déménagent sans cesse : mais enfin j'y suis parvenu.

— J'étais sûr qu'on pouvait se fier à vous, mon brave homme ; voici votre récompense. Maintenant dites-moi tout ce que vous savez sur le compte de cette dame. Qui est-elle, où demeure-t-elle, et quand l'avez-vous vue ?

Jacob prit la pièce d'or qui lui était offerte, la retourna dans sa main comme pour en apprécier la valeur exacte, puis il la rejeta sur la table devant Leicester.

— Je n'aime pas précisément à renoncer à ce qui m'est dû, dit-il en regardant l'or avec un sentiment d'avidité bien joué, mais peut-être pouvez-vous me récompenser d'une manière qui me plaira encore.

— Qu'est-ce donc ? qu'y a-t-il donc de mieux pour vous que l'argent ? Je croyais que vous autres Yankees vous estimiez le puissant dollar au delà de toutes choses.

— Quelquefois, de temps en temps, nous pouvons préférer certaines choses à l'argent, quoique nous aimions beaucoup aussi semer cette plante, source de tout mal, comme dit l'Écriture, chaque fois qu'elle nous tombe dans les mains ; c'est pour cela que je veux planter cet aigle d'or dans un terrain où il portera des fruits de la même espèce.

— Ah ! c'est cela, dit Leicester en riant, je pensais bien qu'il y aurait une raison péremptoire, pour expliquer votre dédain pour l'argent. Vous vous rappelez le vieux proverbe : un oiseau dans la main ... vaut mieux ....

— Mais, oui. Je me souviens de quelque dicton de ce genre, dit Jacob en portant la main à son front : un oiseau dans la main en vaut deux dans le buisson, n'est-ce pas cela que vous voulez dire ?

— Oui, c'est à peu près cela. Maintenant parlez-moi de cette dame, et après nous débattrons la valeur de la récompense. Avez-vous découvert le numéro de la maison qu'elle habite ?

— Non, sa maison ne porte pas de numéro ; mais peu importe, elle n'y demeurait pas et n'y est restée qu'une nuit. D'ailleurs, ce n'était pas une dame, ce n'était qu'une espèce de suivante .... vous savez....

— Une gouvernante ou une femme de chambre, je le pensais ! s'écria Leicester. C'est bien, mais à présent où est-elle ?

— Elle est d'abord partie, avec ses maîtres, pour aller à Saratoga et dans les environs, puis elle est revenue ; elle a suivi la famille avec laquelle elle s'est engagée dans un voyage au delà de l'Océan, se rendant dans le même pays d'où elle était d'abord venue.

— Eh quoi ! elle est allée en Europe ? Alors vous ne savez plus rien sur son compte ! Très-bien, mon brave homme, vous avez bien gagné votre argent.

Jacob regarda l'or d'un air avide, mais il laissa la pièce à l'endroit où il l'avait posée.

— Peut-être, dit-il, en se balançant tantôt sur un pied tantôt sur un autre, peut-être pouvez-vous m'indiquer quelqu'un qui cherche un domestique capable de conduire une voiture et de mettre la main à tout. Je suis sans place en ce moment, et il fait bien cher vivre à New-York.

Leicester se mit à réfléchir. Ses habitudes personnelles lui rendaient un valet de chambre nécessaire, et cependant il n'avait jamais pu en trouver un qui fût à la fois utile et discret. Il trouvait par hasard un homme qui n'avait point encore les vices du monde ; un domestique honnête, possédant une certaine finesse qui pouvait être d'un grand prix pour lui, et tout prêt à accepter la première

Mistress Nash et mistress Sykes.

place qui lui serait offerte. S'il pouvait attacher cet homme à sa personne, exciter son intérêt et son égoïsme, quel agent plus utile, quel serviteur plus précieux pouvait-il jamais trouver ? Pourtant, il y avait un danger. Avec cette rapidité de pensée qui lui était particulière, Leicester pesa cette idée, tandis que Jacob regardait le plancher avec un calme apparent, malgré le feu intérieur qui le dévorait.

— Vous ne connaissez personne alors, dit Jacob, avec une feinte insouciance. Tant pis ! je ne sais pas comment je vais faire.

Leicester fixa sur lui un œil inquisiteur ; Jacob sentit ce regard, et le supporta avec une indifférence calme et morne qui trompa complétement celui qui, avec tant d'art, voulait lire jusqu'au fond de son âme.

— Et si je vous prenais moi-même à mon service ?

— Ah ! monsieur, j'en serais vraiment enchanté !

— Savez-vous lire ? Cela doit être : quel habitant de l'Est ne sait pas lire ? Aimez-vous la lecture ? Avez-vous l'habitude de ramasser les livres et les papiers que vous trouvez ?

Jacob vit tout d'abord où tendait cette question ?

— Mais, oui, je sais lire un chapitre de la Bible ou un morceau de la grammaire anglaise, comme tout le monde, je pense, quoique je n'aie guère essayé depuis plusieurs années. Mais pourtant, si vous cherchez quelqu'un pour vous faire la lecture, je ne crois pas que nous puissions nous entendre. J'en ai pris à l'école un dégoût qui ne m'a pas encore passé.

— Vous savez écrire, je suppose ?

Jacob fit une révérence fort gauche, et se mit à brosser son chapeau à l'aide de sa manche.

— C'est bien ! vous n'avez pas besoin de rester aujourd'hui. Demain vous reviendrez, nous parlerons de vos gages. En attendant, si

vous pouvez encore découvrir quelque chose au sujet de cette dame, j'apprécierai ce commencement de votre service comme il le faudra.

Jacob salua de nouveau, et se dirigea vers la porte.

— Je ferai de mon mieux, certainement. A quelle heure reviendrai-je, demain ?

— A dix heures, à deux heures, n'importe. Si je n'y suis pas, vous attendrez.

— Oh ! oui, j'attendrai, murmura Jacob quand il se retrouva seul. C'est quelque chose d'avoir appris à attendre, comme vous en ferez l'expérience, mon nouveau maître : maître !... Et un sourire d'amertume vint effleurer les lèvres de cet homme de cœur.

CHAPITRE XII.

La chasse au comte.

La saison fashionable avait été fort brillante à Saratoga et à New-Port, et jamais peut-être, le luxe, la gaieté et la rivalité n'avaient été mis en jeu d'une manière plus extraordinaire. Deux Anglais de noble race, d'une illustre famille du continent, une comtesse allemande et les hommes d'État les plus illustres et les plus populaires des États-Unis avaient concouru à la splendeur des fêtes quotidiennes de ces réunions à la mode. Au milieu de cette vie agitée et de cet éclat éphémère qui animaient ces rendez-vous de la fashion américaine, chacun se livrait à des commentaires sans nombre sur une inconnue dont les toilettes, l'esprit et la beauté suffisaient pour attirer les yeux. Elle avait retenu des appartements à Saratoga fort tard après l'ouverture de la saison : une demi-douzaine de domestiques, autant de chevaux dans ses écuries, il avait fallu trouver assez de place pour tout cela.

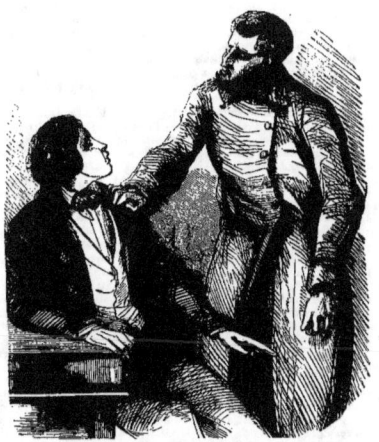

— Ainsi, mon jeune ami, vous aimez cette jeune fille?

Il y avait donc là une cause suffisante pour donner lieu à tous les commérages d'un établissement d'eaux minérales. Les domestiques de l'inconnue étaient d'origine étrangère, et parfaitement dressés au service ; leur adressait-on des questions au sujet de leur maîtresse, ils répondaient sans aucune réserve apparente, et sans lui donner d'autre titre que celui de madame. C'était donc tout simplement sous le nom de mistress Gordon que l'on avait loué des appartements au grand hôtel de Saratoga. Comme on le voit, ce nom était des plus simples et des moins prétentieux, et en supposant, comme la trop grande discrétion des domestiques semblait le faire soupçonner, que cette dame eût un autre titre qu'elle n'avouait pas, cela seul suffisait pour la rendre intéressante. Depuis quinze jours, les domestiques de mistress Gordon se promenaient çà et là le long des corridors et sur la piazza de l'hôtel des États-Unis. Les grooms de l'écurie étrillaient et pansaient dans les cours des chevaux dont la beauté attirait l'attention générale. La femme de chambre était devenue la reine de la table des domestiques, qui se plaisaient à entendre son langage anglais barbare et à admirer son élégance parisienne. Personne, cependant, n'avait pu encore apercevoir mistress Gordon. Enfin elle parut un soir au salon, mise avec une simplicité du meilleur goût, calme, confiante en elle-même, cherchant aussi peu à attirer des adorateurs auprès d'elle, qu'elle paraissait se soucier des regards dirigés de son côté. Elle n'avait aucune lettre de recommandation, et paraissait n'avoir aucun désir d'être présentée à personne. Cette femme singulière ne faisait pas la moindre attention à toutes ces cliques fashionables des Langdon, des le Vert, des Jones, des Bristed et de tant d'autres, dont les reines distribuaient des ordres; et cependant on apercevait de temps à autre un sourire passer sur ses lèvres, lorsqu'elle découvrait quelques-unes de ces sottises sans nombre que ces dames de beauté se croyaient en droit de commettre impunément. Une personne aussi calme, aussi insouciante, aussi indifférente même pour toutes ces factions de la mode qui se disputaient la suprématie, devait indubitablement attirer tous les regards, en admettant même qu'elle n'eût pas eu pour se faire remarquer cette beauté remarquable, et cette richesse d'un prestige plus grand encore. Ajoutons à cela qu'on lui supposait un titre de noblesse, que ses manières gracieuses étaient empreintes de ce piquant particulier aux Européens, — ce qui les distingue essentiellement de nos compatriotes, — et que les attraits de l'étrangère, sa position élevée, formant essentiellement un contraste avec tout ce qu'on avait vu jusqu'alors à Saratoga, ne pouvaient manquer de produire la plus grande sensation.

Si le but de mistress Gordon avait été de se placer tout d'un coup à la tête de la fashion américaine, certes elle n'avait pas pu procéder avec plus d'adresse qu'elle ne l'avait fait; mais son intention était plus que douteuse. A peine paraissait-elle s'apercevoir de l'attention qui lui avait été accordée. Elle ne l'acceptait même en dernier lieu qu'avec une condescendance gracieuse, comme si elle se fût voulue aux désirs des autres en les faisant passer avant son caprice.

Moins de trois semaines après que cette étrangère se fut installée aux eaux de Saratoga, sans avoir recommandé à personne et sans avoir même cherché à l'être, elle était devenue la « belle » ou plutôt la reine du cercle le plus élégant. On copiait ses toilettes, on répétait ses bons mots; toutes les jeunes femmes prenaient ses manières pour modèles, et malgré le contraire qu'elle exerçait, mistress Gordon était devenue la femme la plus populaire au monde, car elle était remplie d'égards pour tous, et se montrait particulièrement bienveillante et simple pour ceux que les élégants de l'hôtel cherchaient souvent à humilier, et parfois à écraser de leur dédain. Quelquefois, un air de hauteur apparaissait sur ses lèvres, mais il ne s'adressait qu'à ceux dont la présomption et la sotte ignorance contrastaient avec son esprit de bon goût et ses œcasses toujours gracieux. Certaines gens la redoutaient; mais en général elle était aimée, bien plus, adorée par tous ceux qui la connaissaient.

A la fin de la saison, lorsque tous ces millionnaires américains songèrent à rentrer à la ville, mistress Gordon était portée au pinacle, et sa position sociale s'était tellement affermie, que l'envie la plus audacieuse eût trouvé difficilement à mordre sur son ouvrage. Et pourtant, à l'époque de son départ, on ignorait qui elle était, comme on l'avait ignoré lors de son arrivée. Jamais elle ne parlait d'elle-même, et jamais personne n'avait pu obtenir un mot qui satisfît la curiosité en s'adressant à un homme attaché au service de mistress Gordon qui, malgré sa brusquerie apparente, parlait toujours à sa maîtresse de la manière la plus respectueuse. A peine ses réponses brusques avaient-elles pu donner lieu à des insinuations, et encore étaient-elles si vagues, qu'elles avaient enflammé la curiosité de chacun sans la satisfaire. Une seule chose était vraiment certaine, c'est que la dame avait le plus grand usage du monde, qu'elle avait voyagé dans tous les pays accessibles, et que sa richesse comme sa beauté n'avait pas d'égales. Personne ne pouvait en dire davantage sur son compte, et cette ignorance même, quelque étrange que cela puisse paraître, avait suffi à créer le prestige qui l'entourait.

Du reste, la manière de vivre de mistress Gordon avait contribué à rendre le mystère qui l'environnait plus grand et plus fascinateur encore; il se pouvait qu'il eût pour but de cacher une extraction vulgaire, une honte inconnue; mais la société fashionable avait préféré trouver derrière ce masque un titre de noblesse, et comme la dame n'avait jamais dit un mot pour affirmer ou pour contredire cette supposition, on aurait dit qu'elle ne se doutait pas même qu'on s'occupât d'elle à ce point-là. Parmi tous ceux qui se pressaient autour d'elle, aucun n'avait poussé l'intimité jusqu'à hasarder une question à cet égard, et malgré sa gracieuse bonté, on devinait au premier abord qu'il était inutile de se rendre familier et inquisitif.

Mistress Gordon était donc arrivée à Saratoga, belle, riche et inconnue, et elle quitta les eaux comme une énigme inintelligible, et d'autant plus brillante que le mystère qui l'entourait n'avait point été percé, quoiqu'on la prît toujours plus que jamais pour une dame de haut parage.

Ce fut particulièrement à l'époque du bal costumé annuel, qui eut lieu une semaine avant le départ de mistress Gordon, que ce mystère solennel devint plus profond, et que la position qu'elle s'était faite parvint à son apogée. Pendant tout l'été qui avait précédé

cette fête, l'Hôtel des États-Unis avait été le théâtre de la rivalité la plus extraordinaire entre deux coteries dont les chefs avaient fait élection de domicile dans ce vaste caravansérail.

Jamais escarmouche n'avait été dirigée par les uns contre les autres avec plus d'amertume, déguisée sous des semblants d'aménité, avec plus de sourires qui cachaient une trahison, Tout se passait dans les règles, avec cette politesse sans égale que les duellistes mettent en pratique même lorsqu'ils sont décidés à se couper la gorge. Comme on le pense bien, chaque dame tenait son rang, accaparait ses adorateurs, et jamais un officier commandant un corps d'armée n'avait mis en pratique une stratégie plus habile. Mistress Nash était certainement la plus ancienne en titre; et son droit de priorité lui donnait une prétention quelque peu fondée au commandement de ce bataillon féminin. Elle avait conquis le rang qu'elle occupait par les mêmes moyens que son mari avait employés pour faire fortune, c'est-à-dire que ce dernier avait passé de la boutique au comptoir, d'où ensuite il s'était présenté à la Bourse, et là, grâce à deux ou trois spéculations hasardées dans le genre de celles d'une maison de jeu, entreprises avec la même audace, il avait acquis plusieurs millions de fortune. Sa femme, mistress Nash, avait suivi un chemin à peu près semblable. Sans aucune éducation et une arrogance naturelle, elle avait, avant de parvenir à la position élevée où elle s'était placée, commencé par rudoyer tous les commis et tous les employés des magasins de son mari, prenant avec les femmes de ces pauvres gens des airs de protection, et se livrant à des efforts incalculables pour aider son époux à la conquête de la toison d'or qu'il avait entreprise. A travers les phases rapides de la fortune de M. Nash, elle assuma une importance qui croissait à mesure; et ses toilettes augmentèrent de richesse, sa morgue devint plus hautaine que jamais; mais il lui fut impossible d'améliorer son éducation et d'atténuer sa rudesse originelle. Lorsque son mari fut devenu millionnaire, madame Nash se crut autorisée à se présenter audacieusement au sein de cette prétendue aristocratie des États-Unis : elle se fraya un chemin parmi tous ces gens orgueilleux; puis, faisant volte-face, elle se proclama elle-même présidente de la fashion américaine.

On s'en étonna tout d'abord ; les uns sourirent de pitié, les autres haussèrent les épaules de dédain ; mais la masse, trop indolente ou trop polie pour se mettre en hostilité flagrante, consentit à reconnaître le pouvoir de ses charmes. Il y avait pourtant certaines personnes bien élevées pour qui mistress Nash, quelque riche qu'elle fût devenue, resta toujours une femme vulgaire, commune, futile et ignorante, qui refusèrent toujours de se lier avec elle. C'est ainsi qu'au milieu de la tolérance des uns, du dédain des autres et de l'insouciance de tous, mistress Nash était parvenue à s'emparer d'une position dont personne ne songea bientôt plus à lui contester la possession légitime.

Mais mistress Nash avait rencontré cette année une rivale redoutable, qui lui disputait le terrain qu'elle avait usurpé avec une habileté sans pareille. Si mistress Nash était insolente, mistress Sykes joignait à la ruse une beauté fascinatrice. Elle avait du tact, au moyen duquel elle dissimulait l'orgueil le plus arrogant, et son éducation négligée habilement dissimulée était à peu près du même style que celle de mistress Nash, qui, comme elle, était bien faite pour chercher à se distinguer dans la société par toute l'excentricité qui caractérise ordinairement les gens de cette caste. Aussi la lutte entre ces deux dames promettait-elle d'être piquante au plus haut degré.

Les femmes dont l'éducation est vraiment parfaite n'entrent jamais dans ces rivalités de mauvais goût dont le but est de se faire remarquer, mais parfois elles s'amusent à regarder de loin ces tournois à armes plus ou moins courtoises. Certes, les dames dont il s'agit étaient parfaitement faites pour se donner en spectacle. Si l'une était audacieuse, l'autre cachait son habileté sous une douceur parfaitement simulée. Si mistress Nash avait le pouvoir et le prestige d'une domination reconnue depuis longtemps, mistress Sykes possédait l'attrait de la nouveauté, une habileté sans pareille et une fascination de serpent qu'il était difficile d'éviter, et, à son grand désappointement, mistress Nash vit se détacher feuille à feuille du sommet de son front la couronne de lauriers qu'elle portait avec toute la grâce dont elle était susceptible. Ces deux rivales, dont la seule occupation paraissait être celle de se créer des partisans, avaient été les premières à chercher à se lier avec mistress Gordon. Belles toutes l'était celle-ci, riche comme tout le faisait croire, remarquable par sa tournure étrangère, et particulièrement à cause du titre de noblesse que laissait soupçonner l'hésitation mystérieuse de ses domestiques, elle promettait à mistress Nash et à mistress Sykes de devenir pour l'une ou pour l'autre un puissant auxiliaire. Pendant une ou deux semaines, elles avaient manœuvré autour de l'étrangère avec autant de ruse que le feraient deux truites en présence d'une mouche voltigeant à la surface des eaux d'une rivière. Toutes les deux auraient bien voulu accaparer l'amorce, et chacune redoublait de vigilance pour empêcher l'autre de s'emparer de ce morceau recherché.

Pendant qu'elles se livraient à cette stratégie de circonvallation près de mistress Gordon et attiraient ainsi l'attention sur elles, la gracieuse étrangère, se faisait admirer par tout le monde, attirait tous les regards, sans qu'elle fit le moindre effort pour cela : on aurait cru assister aux exercices d'un de ces chevaux russes qui dansent en mesure et se font remarquer par tous, tandis que les deux autres quadrupèdes attelés au télèki passent inaperçus traînant à eux seuls toute la charge. Mais quelques jours avant le bal travesti qui devait terminer les plaisirs de la saison, la société de l'hôtel se trouva un beau matin augmentée d'un nouveau concurrent à l'admiration générale, dont la présence créa sensation. C'était un comte anglais débarqué depuis quelques jours, et que le chemin de fer de New-York à Saratoga venait d'amener pour assister à cette fête carnavalesque. Comme on le pense bien, la faction des Nash et celle des Sykes fut en émoi à cette nouvelle. Laquelle de ces deux dames aurait assez d'habileté pour accaparer le noble lord, pour qu'il fût son chevalier pendant le bal? A vrai dire, le comte était fort jeune; sa gaucherie rappelait celle d'un écolier, et au fond ce jeune homme ressemblait plus à un jockey qu'à un homme du monde. Mais c'était un comte, qui siégerait indubitablement un jour à la chambre des lords, si Dieu lui prêtait vie; et qui plus est, on assurait qu'il avait perdu trente mille dollars dans une maison de jeu, sans y faire plus d'attention que ne l'eût fait un prince ou un nabab archimillionnaire.

Certes, cela valait la peine d'accaparer un homme de la sorte. Quelle serait donc l'Américaine dont le nom passerait à la postérité pour avoir fait son apparition dans la salle du bal en donnant le bras à un comte? Aucune prétention inférieure ne pouvait tenter l'aventure : il n'y avait donc pas de doute que le comte n'appartînt à mistress Nash ou à mistress Sykes. L'important était de savoir laquelle le monde fashionable des eaux. Chacune de ces dames avait des diplomates attachés à son char, des ambassadeurs particuliers, qui des salles de jeu se rendaient au salon avec d'autant d'importance et de mystère qu'eût pu en déployer un des envoyés des puissances alliées auprès du tzar de Russie.

Le jeune lord, peu accoutumé dans son innocence primitive à toutes ces affèteries féminines, et qui s'était échappé des mains de son gouverneur pour faire une escapade à Saratoga, se trouvait fort embarrassé par ces obséquiosités sans nombre. Dans le pays qui l'avait vu naître, il ne lui avait pas été possible, vu son jeune âge, d'être initié aux exigences de la société : aussi avait-il fort à faire pour ressembler à un homme comme il faut, et il se trouvait fort à son aise quand on se rendaient au salon avec presque dédaignés, tandis que la société est un vrai paradis pour les jeunes gens. On disait même que quelques grecs de profession, profitant de l'inexpérience du jeune comte, avaient contribué à rendre tout à fait princières ses pertes au jeu.

Le grand jour du bal arriva enfin, et le soir, lorsque la salle de bal fut ouverte, on put enfin découvrir tous les mystères de toilette que l'on cherchait en vain à pénétrer depuis plus de quinze jours. Les costumes les plus brillants et les plus fantastiques se dirigèrent, aux sons d'une musique enchanteresse, le long de la colonnade de l'hôtel, qui conduisait à l'endroit désigné pour le bal. Cette procession brillante se pressait à la porte d'entrée, et envahissait le parquet ciré outre mesure pour l'occasion : la foule dansait et tourbillonnait à l'éclat des bougies entassées dans des lustres et des candélabres sans nombre tout le long des murailles.

La toilette des Américaines rivalise avec celle des Parisiennes les plus élégantes, et certainement il n'y a pas de salon au monde qui eût offert une vue plus pittoresque que la réunion de costumes plus riche qu'à l'hôtel des États-Unis de Saratoga le soir de ce bal. Les diamants étaient aussi nombreux que les gouttes de rosée sur un buisson de roses, les perles s'étageaient sur des volants de dentelles dont la reine Élisabeth elle-même eût voulu se mouchoir à pierres précieuses les plus rares s'enroulaient autour du cou et du poignet de ces fées républicaines : ce luxe contrastait avec les carreaux dont se servait Benjamin Franklin à la cour des puissances européennes, ou avec les chaussures informes que portaient les soldats de Washington lorsqu'ils conquéraient notre indépendance, chaussures inutiles pour protéger leurs pieds contre la rigueur du froid et l'humidité de la neige.

Lorsque la foule joyeuse, eut circulé pendant quelque temps tout autour de la salle de bal, la musique se fit entendre, et chacun choisit sa place pour la danse, tandis qu'en même temps tous les yeux étaient tournés vers la porte d'entrée, et qu'un murmure général s'échappait de toutes ces lèvres souriantes.

Ni mistress Nash, ni sa rivale n'étaient encore arrivées, car, selon l'ordinaire, ces deux dames faisaient en sorte de produire sensation et de se faire remarquer.

J'ignore si le chef d'orchestre avait le mot d'ordre pour donner le signal à un moment convenu; mais ce qu'il y a de certain, c'est que les accords d'une marche joyeuse se firent entendre au moment où madame Zénobie Nash fit son entrée dans la salle, le front haut, écrasant tout le monde du regard, et tenant sous son bras le jeune lord anglais.

Mistress Théodore Sykes n'entra elle-même que beaucoup plus tard, afin de mieux cacher son désappointement. Elle donnait le bras

à l'un des plus illustres de nos hommes d'État, et ce triomphe adoucissait en quelque sorte l'amertume de sa défaite. Son costume ruisselait de diamants; et lorsque mistress Nash navigua dans ses eaux, tenant toujours par le bras le comte dont elle avait fait la conquête, elle ne put s'empêcher d'adresser à cette importation britannique un regard souriant qui exprimait le regret, comme si le diplomate américain qui était son cavalier n'eût pas été une consolation suffisante pour effacer la douleur d'avoir été vaincue dans la conquête d'un noble écolier rempli de gaucherie, qui eût probablement volontiers quitté le bras qui l'enchaînait, à la condition de rentrer chez lui, dût-il même se retrouver en présence de son gouverneur.

Mistress Gordon était entrée dans la salle de bal sans que personne s'en fût aperçu. Le premier de ses admirateurs qui la vit la trouva assise près d'une fenêtre ouverte qui donnait sur les jardins de l'hôtel. La lumière se glissait entre les plis de sa robe de brocart blanc et dans les marabouts légers entremêlés à ses cheveux. Sa toilette était brillante comme un rayon de soleil qui se joue sur la neige des montagnes. Il était évident qu'elle n'avait pas le moindre désir de rivaliser avec mistress Nash et mistress Sykes, et lorsque les galants s'empressèrent auprès d'elle, elle les reçut avec le plus grand calme, sans ajouter plus d'attention qu'il ne le fallait pour être jolie à toutes les faveurs qu'ils lui débitaient. Enfin, pour éviter l'ennui de toutes ces conversations, elle s'empara du premier bras qui lui fut offert, et se perdit au milieu de la foule, jetant à droite et à gauche des regards inquiets, comme si elle craignait ou attendait la présence de quelqu'un.

La contredanse était terminée, et chacun se livrait à la plus joyeuse gaieté, lorsque mistress Gordon se trouva, sans le chercher, sans le désirer, face à face avec mistress Nash. Le jeune comte, qui avait fait tout son possible pour paraître moins gauche qu'à l'ordinaire avec mistress Nash, lâcha sans cérémonie le bras de cette dame, poussa une exclamation à peine contenue en lui disant cette phrase banale :

— Veuillez m'excuser, madame..., et il s'élança les mains étendues du côté de mistress Gordon.

— Oh! ma chère dame, ma chère dame, que je suis aise de vous voir!

La jeune femme lui serra la main avec cordialité en lui adressant un de ses plus gracieux sourires.

— Vous ici, lui dit-elle avec un mouvement de tête significatif, vous ici, tout seul, mauvais sujet!

— Ah! ce n'est pas ma faute. J'ai été entraîné, contraint, je dirai presque, et par le meilleur garçon que j'aie jamais connu; je vous raconterai tout cela. Et, saluant à la hâte la dame qu'il abandonnait avec un sans gêne qui tenait de son âge, le jeune comte se plaça de manière à pouvoir causer avec mistress Gordon, qui, toujours au bras de son cavalier, ignorait le triomphe qu'elle remportait et la rage qu'elle faisait naître. Elle secoua la tête avec bienveillance, et continua sa promenade.

— Ainsi, disait-elle au jeune lord, vous avez abandonné votre gouverneur?

— Abandonné! Oh! non pas, c'est lui qui a consenti à me laisser venir. Leicester le lui a demandé, et il l'a obtenu. Quel homme charmant que ce Leicester! c'est un vrai démon! un esprit... Vous le connaissez sans doute. Tout le monde connaît Leicester, j'aime à le croire. Ah! qu'avez-vous donc? aurais-je marché sur votre robe?

— Non... non! vous parliez de... de...

— Ah! oui, de Leicester, l'homme le plus extraordinaire que je connaisse. Voilà deux semaines que nous nous sommes liés ensemble, et il a si bien gagné la confiance de mon gouverneur, qu'il m'a amené ici comme bon lui a plu.

— Et vous avez de l'amitié pour lui?

— A vrai dire, j'avoue qu'il est difficile d'avoir de l'amitié pour un homme qui vous a gagné dix mille dollars dans une nuit, et cependant j'avoue qu'il me plaît, malgré son bonheur au jeu.

— Et il vous a gagné cet argent... à vous, qui êtes encore mineur? demanda la dame à voix basse.

— C'est vrai! Mais il s'est comporté loyalement, en homme comme il faut, cartes sur table.

— M. Leicester habite-t-il l'hôtel? est-il jamais venu dans les salons?

— Ah! mon Dieu, non! Il prétend que les femmes sont ennuyeuses, c'est, du reste, ce que je pensais il y a dix minutes, car maintenant que j'ai retrouvé une ancienne amie, c'est bien différent. Cela me rappelle mon séjour à Venise. Comme vous avez été bonne pour moi là-bas! Je n'oublierai jamais, oh! jamais! les jours et les nuits que vous avez passés près de moi pendant cette terrible maladie, car sans vous je serais mort!

— Oh! vous savez, j'avais l'habitude de soigner les gens malades, répondit-elle d'une voix émue.

— Ah! oui, je m'en souviens! reprit le comte. Cette charmante jeune fille, votre parente, à ce que je crois, s'est-elle rétablie à Venise?

— Elle y est morte, répondit-elle à voix basse.

— Cela me serait aussi arrivé sans vous, fit-il avec une émo...

contenue. Vous m'avez prouvé alors tout ce que peut la bonté d'une mère.

— Oh! un pareil service ne mérite pas tant de reconnaissance.

— Je voudrais qu'il fût en mon pouvoir de vous prouver celle que j'ai là dans mon cœur.

— Oh! rien de plus facile.

— Comment cela, madame?

— Repartez ce matin même pour aller rejoindre votre tuteur, et brisez toute relation avec ce monsieur...

— Qui donc? Leicester?

— Oui, avec M. Leicester.

— Oh! il est facile de vous être agréable. Leicester est reparti ce soir pour New-York, et moi je me mets en route pour le Canada. N'ai-je donc pas autre chose à faire pour vous prouver ma reconnaissance?

— Si fait! Vous allez me raconter tout ce qui s'est passé entre vous et M. Leicester, mais pas ici. Retournons au salon, nous y causerons plus à notre aise.

Quelques instants après, mistress Sykes s'approcha comme par hasard de mistress Nash, à qui elle disait avec le sourire le plus faux qu'il y eût au monde :

— Allons, Sa Seigneurie aime mieux la société de ses compatriotes. Nous autres, Américaines, nous n'avons pas de chance.

Mistress Nash se mordit les lèvres, et, tout en étalant les plis de sa robe de moire couleur d'or, elle répondit avec la même intention maligne :

— Il paraît que le comte ne désire pas faire de nouvelles connaissances. J'ai toujours pensé que mistress Gordon était une femme avec laquelle on pouvait se lier, et du moment que le comte est de ses amis... Ah! mais j'y songe! nous pourrions savoir par lui quel est son véritable nom. Je le lui demanderai demain matin.

— Ne l'oubliez pas! s'écrièrent tous ceux qui entouraient mistress Nash. Nous avions bien deviné qu'elle était d'un grand monde ; mais, avez-vous remarqué, elle a l'air de protéger le comte lui-même? Dès que Sa Seigneurie sera de retour, demandez-lui tout ce qu'il sait à son endroit.

Tous ces projets se trouvèrent annihilés par le départ du jeune comte, qui ne devait plus revenir au bal. Bien avant que les amis de mistress Nash eussent quitté leur lit le lendemain matin, le jeune Anglais traversait le Champlain sur un des bateaux à vapeur qui le sillonnent, et regardait d'un œil appesanti le paysage qui se déroulait devant lui. Presque en même temps, mistress Gordon quittait Saratoga par le premier convoi du chemin de fer Liousatonic, sans que personne ne la vit partir, à l'exception seulement de deux ou trois jeunes gens, qui, sortis du bal les derniers à la pointe du jour, racontèrent l'avoir aperçue à cette heure donnant avec un air d'anxiété des ordres à un domestique de haute taille, et d'un air gauche, avec qui elle s'était entretenue pendant plus d'une demi-heure.

Mistress Gordon, car c'était toujours le nom sous lequel elle était connue, était revenue à New-York vers le commencement de l'automne : là, sur ce grand théâtre, commença pour elle une nouvelle phase de sa vie errante et de ses brillants succès.

Pendant l'année qui avait précédé son retour d'Europe, on avait construit dans le haut de la ville un hôtel de la plus admirable architecture. C'était une villa, un manoir dans les faubourgs de New-York, placé au sommet d'une colline et dominant la plus belle vue qu'on pût avoir, car on découvrait des fenêtres de cette maison le paysage enchanteur du fleuve Hudson et de la rivière de l'Est.

Quelques vieux arbres, probablement plantés lors de la fondation de New-York, étaient conservés tout autour de la maison. Ils abritaient de leur feuillage touffu les fleurs et les arbustes qui couvraient un vaste espace entouré de murailles et de barrières.

Cet hôtel, d'une architecture pleine de goût, entouré d'un paysage unique au monde, avait été construit comme par magie au milieu de ces vieux arbres ; on n'avait point épargné l'argent pour arriver à ce résultat. L'ameublement, d'une richesse fabuleuse, avait été importé d'Europe, et mis en place aussitôt que les maçons et les sculpteurs avaient achevé leur travail. L'artiste qui avait présidé à la construction de cet hôtel avait placé dans l'intérieur des statues de marbre de Paros, des bronzes ciselés par des maîtres et des meubles de bois sculpté de la plus grande beauté. On disait qu'il s'agissait de la direction d'une personne qui habitait l'Europe.

Lorsque tout fut prêt, les salons, la bibliothèque, les boudoirs et les chambres à coucher ; lorsque ce palais, ce palais digne d'abriter une princesse d'Orient, fut prêt à recevoir ses hôtes, on en ferma les portes. Ceux qui passaient devant pouvaient, de temps à autre, entrevoir les fresques éclatantes peintes sur les murailles, toutes les fois que leurs yeux pénétraient à travers les persiennes closes, et dans une serre attenant à la maison, ils admiraient une superbe collection de plantes exotiques dont les fleurs étaient écloses sans que personne fût là pour les cueillir : partout, le long des murs, des arbres fruitiers étalaient leurs récoltes luxuriantes, et des raisins et des brugnons tombaient d'eux-mêmes sur le sol ou se pourrissaient sur les arbres, car la seule personne qui y touchât était celui à qui l'on avait confié la garde de cette maison abandonnée.

Tout était donc resté silencieux et fermé ; on eût dit un palais enchanté dans le royaume des fées. Les semaines s'écoulaient après les semaines, jusqu'au moment où l'automne revint. Depuis que l'architecte avait terminé son travail, personne, à l'exception du vieux jardinier, n'avait été aperçu dans la limite de ce terrain entouré de grilles. A vrai dire, les voisins vivement intrigués par l'érection de cette maison avaient affirmé qu'un certain soir, au commencement de l'été, ils avaient aperçu de la lumière pendant une nuit orageuse au second étage, et même au sommet de la principale tour. Ils avaient ajouté qu'avant la nuit une voiture fermée s'était arrêtée à la porte, après avoir amené dans cette maison deux ou trois personnes qui s'y étaient introduites. A deux ou trois reprises, une lumière avaient dominé le bruit de la tempête : ce qu'il y avait de certain, disaient-ils, c'est qu'il y avait eu pendant toute la nuit des allées et des venues dont on ignorait la cause.

Le lendemain matin, lorsque tout le voisinage s'enquit de ce qui s'était passé, avec la curiosité si naturelle chez nos compatriotes, on fut obligé de se contenter de l'aspect solitaire de la maison, car le silence et le calme le plus complet régnaient toujours à l'intérieur. Les volets étaient fermés, la grille cadenassée ; aucune trace ne prouvait qu'un être humain se fût introduit dans la maison : aussi toute cette histoire fantastique fut-elle attribuée à l'invention d'une domestique irlandaise, qui affirmait de la manière la plus positive avoir vu les lumières, et entendu le bruit des roues. Elle jurait aussi que les plis d'un cachemire des Indes lui étaient apparus à la porte d'entrée : elle parlait encore d'une petite fille qui marchait pieds nus, portant un grand panier à son bras, et qui était sortie une demi-heure après être venue. Mais le jardinier avait contredit toute cette histoire merveilleuse. Du reste, n'y avait-il pas des voitures sans nombre qui passaient dans tous les sens le long de l'avenue près de laquelle s'élevait la maison : tout portait donc à croire que la narration de la domestique irlandaise avait été inspirée par l'un de ces véhicules. Il était d'ailleurs avéré que, depuis l'époque en question jusqu'au mois d'octobre, personne n'avait franchi la porte de ce palais endormi.

Mais lorsque cette saison dorée revint à son tour, la vie et l'animation s'introduisirent entre ces murailles. On vit arriver de toutes parts des voitures de différentes formes : plusieurs phaétons, une calèche et des chevaux de selle vinrent encombrer les remises et les étables. Les volets s'ouvrirent, et les fenêtres qui encadraient les vitraux de couleur laissèrent pénétrer l'atmosphère de couleur dans tous les appartements. Les grooms s'occupaient des chevaux dans les écuries, et les valets de pied stationnaient dans l'antichambre pavée de marbres et de brèches de teintes variées. Au milieu de tous ces serviteurs, on remarquait un homme de haute taille, assez mal pris dans ses formes, qui paraissait ne recevoir d'ordre de personne et faire à sa volonté. Quelles étaient ses attributions ? Il eût été difficile même au plus curieux voisin de le définir. Tantôt on le voyait conduire la voiture, mais ce n'était que lorsque sa maîtresse se trouvait assise dans l'intérieur ; tantôt on l'apercevait à l'office, agençant en bouquets avec une habileté toute particulière les fleurs les plus rares ; tantôt le rencontrait dans les serres où il était allé cueillir les fruits hâtifs, afin de les disposer dans les corbeilles destinées à être placées sur la table. C'était vraiment merveilleux que de voir les prodiges de goût enfantés par ses mains si maladroites en apparence. Les camélias, les roses mousseuses paraissaient être bien plus brillantes ; leurs couleurs ressortaient bien plus belles, lorsqu'il avait pris le soin de les cueillir et de les arranger lui-même.

A la fin de la première semaine, ce domestique quitta la maison pour ne revenir que par intervalles, tantôt à la tombée de la nuit, tantôt au point du jour. Comme on le voit, il avait abandonné la surveillance du personnel domestique. On eût dit que lorsqu'il n'appartenait plus à l'office, il venait de temps à autre pour demander des nouvelles de ceux qu'il y avait laissés. Qui était donc la maîtresse de cette riche propriété ? Cette femme d'une beauté rare, qui de temps à autre apparaissait sur le perron pour se glisser dans la voiture qui l'attendait à la porte, celle qui venait à l'heure où on ne l'attendait pas, admirer dans sa serre chaude ses fleurs dont la beauté pâlissait devant la sienne, cueillir des fruits moins veloutés que la peau satinée qui couvrait son visage et ses magnifiques épaules ; qui était donc cette femme, dont la grâce sans pareille égalait la fortune californienne? Chacun s'adressait cette question sans pouvoir y répondre, car mistress Gordon de Saratoga ou Ada Leicester, l'héroïne de notre histoire, ne racontait point les particularités qui lui étaient personnelles : elle ne rendait pas de visites à ceux qui n'étaient point les premiers à rechercher sa compagnie, et de cette manière elle enlevait à la société le droit de lui adresser des questions.

Pour nous, qui connaissons cette femme et le nom qu'elle porte ; pour nous, qui savons son histoire, qui est celle d'une pauvre créature abusée, malheureuse et pourtant pleine de cœur, nous pourrons nous étonner de trouver Ada aussi éblouissante, aussi gracieuse, aussi entraînante par l'une de ses sourires, comme par un regard de ses yeux ; mais la nature humaine est ainsi faite, elle est remplie de contradictions. Ce sont des serpents cachés au milieu des fleurs les plus parfumées.

Si Ada Leicester souriait en apparence, son cœur n'en était pas ment déchiré par le plus grande tristesse. A l'aisance de ses manières, à la douceur de sa voix, on se fût regardé avec étonnement ; mais tout cela c'était de l'habitude, le besoin de plaire aux autres, c'était en un mot une seconde nature. Elle n'avait plus dans son cœur qu'une seule pensée, une pensée immuable qu'elle poursuivait sans cesse, et qui l'absorbait plus que tout au monde. Aussi tout le reste, chez elle, n'était-il que routine. On eût dit pourtant qu'elle ne songeait qu'au plaisir du monde, et que son seul but était de mener une vie luxueuse qui semblait donner à sa vie l'avant-goût du paradis.

Jusqu'à présent, nous avons vu cette femme ensevelie dans l'agonie d'un amour perverti, malgré la légitimité qui la liait à celui qu'elle aimait encore, quelque vif et abject que fût cet homme. Nous l'avons vue idolâtrer de toute son âme une créature hideuse et sans honneur ; nous l'avons vue, courbée par l'affliction, se traîner sur le sol de la vallée qui l'avait vue naître. Mais ces sanglots expressifs, ces tortures de son âme, ces excentricités de son caractère demeuraient pour la plupart du temps ensevelies aux yeux du monde. C'est une erreur de croire que la vie peut se passer dans un chagrin éternel. Le crime fait lui-même éprouver des sensations d'un plaisir sauvage et insensé. On peut oublier quelquefois les élans de la conscience ; l'amertume de son âme était incommensurable, et des pleurs sans nombre coulaient à chaque instant de ses leur pureté par son haleine empoisonnée et la bave de son venin ? Ces élans du cœur, lorsqu'ils frappent un être quelconque et qu'ils durent pendant quelques instants, sont véritablement terribles ; mais ceux qui n'ont pas la force d'étouffer le serpent, le cachent de nouveau sous les fleurs fraîches écloses, l'endorment dans un des replis de leur cœur jusqu'au moment où il se réveille encore pour les déchirer. Malgré la splendeur qui l'entourait, Ada Leicester était profondément malheureuse ; l'amertume de son âme était incommensurable, et des pleurs sans nombre coulaient à chaque instant de ses yeux. Il n'y a pas d'agonie pareille à celle d'un cœur naturellement pur et noble, qui, par des circonstances indépendantes de sa volonté, par une faiblesse ou par une hésitation quelconque, a perdu sa pureté primitive. Se sentir animé des plus nobles pouvoirs, apprécier la sublimité de la bonté de son âme, et sentir que vous avez perdu toutes vos forces, être contraint de jeter un voile sur ce passé sans tache, qui ne peut plus revenir, oh ! c'est là un profond chagrin ! c'est la punition infligée au péché ! Si l'on pouvait connaître les tortures qui déchirent l'âme du pécheur, la charité pardonnerait vraiment une multitude de fautes.

Ada Leicester était donc malheureuse, si malheureuse que le mendiant qui venait demander l'aumône à sa porte aurait pu avoir compassion de sa douleur. Le luxe et les flatteries qui entouraient cette femme n'étaient plus une nouveauté pour elle. Elle se sentait blasée, et lorsqu'elle éprouvait la nécessité de tout ce comfort de la vie, rien ne pouvait calmer les désirs insatiables de son âme. A cette époque de son existence, elle ne ressentait pour personne une passion digne de l'enchaîner, et qu'y a-t-il de plus désolant lorsqu'une femme est assez malheureuse pour n'avoir rien à chérir ! Sa nature essentiellement sympathique avait besoin d'affection. Tout en elle lui rappelait des souvenirs chéris, et l'amour maternel se réveillait plus puissant que jamais ; elle n'avait plus qu'un seul désir, celui de presser encore dans ses bras l'enfant qu'elle avait abandonné dans un jour de délire et de colère aveugle ; mais où retrouver cet enfant pour toujours perdu ? Où retrouver ses parents qui l'aimaient tant, ce noble et bon vieillard, cette femme si tendre et si dévouée, sa mère ? La terre s'était-elle entr'ouverte pour les ensevelir ? N'aurait-elle donc plus le bonheur de les revoir ? Était-ce donc là la terrible punition de la faute qu'elle avait commise ?

A une époque de sa vie elle redoutait de se trouver en présence de ceux qu'elle avait si terriblement offensés, mais pourtant, comme elle les aimait toujours de toute son âme, elle n'avait plus qu'un seul désir, celui de se jeter à leurs pieds, et de solliciter leur pardon pour toute la honte et toute la douleur que sa folie leur avait fait éprouver. Mais tous les efforts qu'elle avait faits pour retrouver leurs traces avaient été inutiles. Ses parents, l'enfant de ses entrailles, tout ce qui l'avait aimé et avait souffert pour elle paraissait avoir disparu pour jamais. Le passé n'était plus qu'un souvenir douloureux ; il ne lui restait plus même un débris auquel elle pût s'accrocher pour échapper au naufrage.

Une autre sensation plus puissante encore que l'amour filial ou l'amour maternel, plus absorbante et plus profondément enracinée chez elle, était l'amour qu'elle cherchait en vain à chasser de son cœur pour cet homme qui avait été la première cause de sa douleur et de ses infortunes. Cette passion avait envahi son existence ; c'était un amour violent, entraînant à l'excès, et qui la dominait tout entière, car rien ne pouvait le faire changer ; rien ne pouvait l'anéantir. Un sentiment quelconque aurait pu être mais lorsqu'un amour pareil à celui-là a poussé une foie dans le cœur d'une femme, il brûle aussi longtemps qu'il reste une étincelle pour l'entretenir ; il y flamboie pour toujours comme une bénédiction ou comme une malédiction.

Pour Ada Leicester, c'était la malédiction qui sévissait contre

elle. Elle avait perdu tout le respect que l'on se doit à soi-même ; son souvenir suffisait à lui seul pour anéantir toutes les bonnes résolutions qui, à cette époque, se réveillaient dans son cœur. Jamais on n'eût pu croire que cette beauté orgueilleuse était humble à ne pas la reconnaître quand il s'agissait de son amour, — un amour sans espoir pour un être dégradé, pour le seul dont elle avait trompé elle-même, — et cependant tel était le cas. Malgré ce qui s'était passé, malgré la perfidie et le dédain cruel de celui qui l'avait poussée à sa ruine, elle aurait donné tout au monde pour l'entendre lui adresser un mot d'affection pareil à ceux avec lesquels autrefois il avait su gagner son jeune cœur. Mais ce dernier espoir, qui eût été sûrement une punition pour elle, lui était et lui devait être refusé.

A cette heure tous ses efforts étaient inutiles, et lorsqu'elle ne trouvait personne à qui elle eût pu demander pardon, sur qui il lui eût été possible de déverser un peu de cette tendresse immuable qu'elle éprouvait dans son âme, il lui fallait pour oublier, se plonger encore dans le tourbillon du monde. La pointe d'une flèche empoisonnée lui était restée dans le corps, mais elle la cachait sous la soie de ses toilettes splendides, et elle cherchait à étouffer les gémissements que lui faisait éprouver sa douleur dans la vie élégante à laquelle elle s'abandonnait. Hélas ! tout ce qu'elle essayait était inutile. Chaque fois qu'une personne d'une nature passionnée veut ainsi apaiser le chagrin qu'elle éprouve, son essai est infructueux. Ada Leicester le sentait bien, et souvent elle s'affaissait au milieu du luxe qui l'environnait, sous le poids d'une douleur irrésistible. Elle n'avait point subi la réprobation qui est le résultat ordinaire des fautes pareilles à celle qu'elle avait commise. Elle était riche, belle, considérée, entourée d'adulations ; mais qui eût osé dire que la punition de sa faute n'était pas plus grande encore, car il y a certaines âmes chez qui la conscience se révolte, lorsqu'elles se sentent indignes de l'hommage qui leur est adressé.

Et cependant tous ces préliminaires douloureux étaient peu de chose — un fil d'argent qui entoure le sombre nuage qui apporte la tempête — en comparaison des douleurs qui lui étaient réservées. Sa vanité humiliée devait être la punition dont elle souffrirait le plus au monde.

CHAPITRE XIII.

La leçon du matin.

Jacob Strong était seul dans la chambre de M. Leicester. Son maître en était sorti précipitamment, et l'avait laissée dans le plus grand désordre. Les papiers étaient épars çà et là sur la table. Le petit pupitre de voyage, qui y avait sa place ordinaire, était resté ouvert, et à la doublure cerise on voyait une lettre dépliée, laquelle portait un timbre du Sud, et était évidemment arrivée par le courrier du matin.

Malgré notre bienveillance pour notre ami Jacob, nous ne prétendons pas justifier ce qu'il fit en cette occasion ; le lecteur pourra peut-être trouver ses raisons excusables, mais, pour nous, nous hésitons encore à l'absoudre. Quoiqu'il en soit, Jacob prit la lettre ouverte, jeta un coup d'œil rapide sur son contenu, puis il la relut plus attentivement, pendant qu'une étrange et nouvelle expression assombrissait tous ses traits. Ceci ne parut pas encore satisfaire entièrement sa curiosité, car il ouvrit même un compartiment du pupitre, et poursuivit pendant près d'une demi-heure ses recherches parmi les lettres, les cartes de visite, les mémoires et autres papiers d'affaires, écrivant de temps en temps à la hâte quelques notes dans un portefeuille, à l'aide d'une plume d'or et d'améthyste qu'il avait prise dans le pupitre de M. Leicester. Ensuite il relut la lettre une troisième fois lentement et à demi-voix, comme s'il eût voulu, à l'aide de la parole, se la mieux graver dans la mémoire.

— C'est bon, cela fera l'affaire. Je ne laisserai jamais échapper cette occasion ! dit-il enfin en remettant la lettre. Prudent et rusé comme il l'est, la tentation sera trop forte. Et puis... et puis...

L'œil de Jacob étincela ; il appuya avec violence ses larges mains sur le pupitre et serra fortement ses dents.

En ce moment un pas furtif se fit entendre près de la porte, et aussitôt Jacob commença à faire le plus de bruit possible, mettant une confusion sans exemple parmi les chaises. Pendant qu'il s'occupait ainsi à replacer tout en ordre avec la gaucherie qui lui était naturelle, Leicester rentra dans sa chambre ; c'était rappelé la lettre, et était revenu en toute hâte pour la soustraire à la curiosité de son serviteur. Mais Jacob paraissait songer plutôt à ranger l'ameublement qu'à toute autre chose, et grommelait avec mécontentement contre le désordre de la femme de chambre. Il paraissait si complètement occupé à faire voltiger un vieux foulard de soie d'un objet à l'autre, que Leicester ne put concevoir aucun soupçon. Il ferma donc tranquillement le pupitre, et mit la lettre dans sa poche ; puis il s'enfonça dans un large fauteuil, sur lequel Jacob venait d'entourer d'un tourbillon de poussière pour recommencer ensuite la même opération sur un sofa voisin.

Il fallait que quelque chose de plus excitant qu'à l'ordinaire occupât les pensées de Leicester ; autrement, avec ses habitudes de bien-être, il n'aurait pas enduré un seul instant ce nuage perpétuel qui flottait sur ses cheveux et sur ses vêtements aussitôt que Jacob découvrait un nouvel objet sur lequel il pouvait employer son foulard. Mais en ce moment il était enseveli dans ses pensées, et ne paraissait pas avoir la conscience de ce qui se passait autour de lui.

— J'ai deviné juste, pensa Jacob ramassant convulsivement son foulard.

Et, tandis qu'il faisait semblant de chercher autour de lui s'il y avait autre chose à faire, ses yeux gris et perçants se dirigeaient sur le visage de Leicester.

— J'en étais sûr, il a presque pris son parti. Que j'entende le son de sa voix, et je saurai ce qu'il a résolu !

Jacob n'attendit pas longtemps. Après une pause qui fut interrompue par plus d'une pensée soucieuse, Leicester se releva sur son siège, ouvrit son petit pupitre de voyage et commença à écrire, s'arrêtant de temps à autre, comme s'il lui eût été plus difficile qu'à l'ordinaire de trouver les mots propres. La lettre qu'il écrivit ne lui plut pas ; il la déchira en deux, en jeta les fragments dans le foyer, et choisit une autre feuille de papier parfumé parmi celles qu'il avait sous la main. Cette fois il fut plus heureux ; il plia soigneusement la lettre, la scella avec un petit cachet antique, et traça l'adresse d'une main courante et légère.

Leicester souriait en écrivant, et son visage s'éclaircissait enfin, comme s'il se fût senti débarrassé d'un fardeau de doutes accablants.

— Holà ! dit-il tendant négligemment la lettre par-dessus son épaule avec une indifférence remplie d'affectation, portez cette lettre, et faites bien attention à la manière avec laquelle on la recevra. Vous comprenez ?

Jacob prit le petit billet blanc comme la neige, se pencha pour en regarder attentivement l'adresse, comme s'il eût été très-difficile d'en lire l'écriture.

— Eh bien, dit Leicester en se retournant vivement vers lui, pourquoi ne partez-vous pas ? Assurément vous savez assez bien lire pour pouvoir déchiffrer cette adresse.

— Ah ! peut-être, cette écriture est un peu trop fine, répondit Jacob tenant la lettre à la distance de son bras et la regardant de côté ; mais, si vous m'accordez le temps nécessaire, je pourrai en venir à bout.

— Très-bien... vous aurez assez de temps en route. Allez, et rappelez-vous bien d'observer tout ce qui se passera quand vous la remettrez à la personne chez qui je vous envoie.

Jacob prit son chapeau, l'enfonça fortement sur sa tête, et disparut en tenant la lettre entre le pouce et l'index.

Pendant que notre ami Jacob poursuit son chemin à travers la ville, nous le précéderons dans ce charmant petit cottage qui, avec son jardin féerique, a déjà été l'objet de notre attention. Dans le parloir de cette maison si belle et si triste, Florence Craft était assise. Bien que le froid commençât à se faire sentir, elle était encore enveloppée dans un joli peignoir de fine mousseline des Indes richement garni de dentelles de prix ; elle portait par-dessus une écharpe de cachemire écarlate qui donnait à sa joue une teinte rosée : on aurait dit un camélia ponceau se reflétant sur la paroi de la table de marbre sur laquelle ses pétales s'effeuilleront un jour. Sans cette vive réflexion, son visage eût été d'une froide pâleur ; il était même déjà sillonné de lignes tracées par la tristesse, comme si elle eût été atteinte par quelque maladie ou qu'un chagrin prématuré eût trop fortement ébranlé sa frêle nature. Ses yeux bruns et tristes étaient obscurcis par des larmes fréquemment répandues ; ses longs cils noyes sem- blaient prolonger encore leur ombre, car un cercle presque imper- ceptible, signe de douleur physique ou morale, était devenu perma- nent autour de ces yeux si beaux et si mélancoliques. L'empreinte de plus d'une angoisse secrète était marquée sur ces beaux yeux et sur cette bouche pâlie, qui souriait pourtant encore, quoique bien tristement !

Florence était assise près d'un bureau ; ses pieds amaigris, perdus dans des pantoufles de satin qui naguère en dessinaient admirable- ment les contours, reposaient sur une escabelle richement ciselée. La jeune fille était devenue si frêle, que sa robe, retombant en plis nombreux autour de son corps affaissé, semblait l'envelopper d'un nuage blanc ; la gaze était si transparente, que sans l'écharpe écarlate on aurait pu se rendre compte avec la plus scrupuleuse exactitude du dépérissement de son corps et de la maigreur de sa poitrine de marbre.

Elle prenait sa leçon de dessin, et le crayon qu'elle tenait semblait même trop lourd pour ses doigts agités par la fièvre. Quiconque eût pu comprendre la cause de cette faiblesse effrayante eût conçu un triste présage en contemplant cette couleur safranée étendue dans l'intérieur de ses mains mignonnes, comme si on y avait écrasé des roses sans pouvoir en effacer la trace.

Robert Otis se penchait du côté de la pauvre jeune fille. Lui aussi était changé, mais pas autant qu'elle : il n'avait pas maigri, ses yeux si brillants n'avaient rien perdu de leur éclat ; mais son regard était inquiet, incertain, quelquefois même égaré. Son sourire ne paraissait sur ses lèvres que rarement, par hasard ; la douceur et la tendresse en avaient complètement disparu. Le changement, quoique différent

dans ses phases, était aussi perceptible et aussi effrayant chez le jeune homme que chez la jeune fille.

Ce n'était pas une passion enfantine qui se lisait sur cette noble figure à mesure qu'il se penchait de plus en plus vers la jeune fille accablée ; c'était une vive tendresse, une profonde sympathie, qui ne ressemblait en rien à ce sentiment ardent dont tout son être avait été enflammé lorsque pour la première fois ses regards avaient rencontré l'image de cette ravissante créature dont il ne voyait plus maintenant que la ressemblance imparfaite.

Si Robert Otis aimait Florence Craft, c'était avec la tendre solli- citude d'un frère, non avec cette ardeur impétueuse si naturelle à son âge et à son caractère.

— Vous paraissez fatiguée, comme votre main tremble ! Reposez- vous un peu, miss Craft, cette position inclinée doit vous être con- traire, dit doucement Robert en essayant d'arracher le crayon de la jolie main qui ne pouvait réellement pas le guider plus longtemps.

— Non, dit Florence levant les yeux et souriant tristement ; vous ne venez plus maintenant tous les jours me donner leçon, il faut donc réparer le temps perdu. Quand M. Leicester viendra, il faut qu'il me trouve une artiste accomplie : je ne dois pas vous faire honte par ma paresse. Il aurait droit de ne pas être satisfait si nous trompions ses espérances, ne le croyez-vous pas ?

— Peut-être ; je n'en suis pas bien sûr. M. Leicester ressemble si peu aux autres hommes, qu'il est difficile de savoir quels sont réelle- ment ses désirs, dit Robert ; il est certain que tout d'abord il s'inté- ressait beaucoup à vos progrès.

— Et maintenant cet intérêt a cessé ! Est-ce cela que vous vouliez dire, Robert ? demanda la jeune fille. Et, en disant ces mots, le reflet écarlate de son écharpe ne suffit pas pour atténuer la pâleur mortelle qui se répandit sur son visage.

— Non, je n'ai pas dit cela, répondit Robert avec douceur ; bien au contraire, il me questionne souvent sur vos progrès.

Florence poussa un profond soupir, les roses reparurent sur ses joues, et une teinte plus vive que le reflet de son écharpe dissipa cette pâleur mortelle dont nous avons parlé.

— Mais à présent, continua Robert, il se contente de m'adresser des questions, il ne vient plus s'assurer par lui-même des progrès que vous faites.

— Vous l'avez donc remarqué, et cela vous a paru extraordi- naire ? dit Florence péniblement affectée, et laissant couler des lar- mes qui vinrent perler sur ses yeux. Vous ne savez pas... vous ne pouvez pas deviner combien cette indifférence m'est pénible.

— Peut-être, répondit Robert en baissant les yeux et en trem- blant sans pouvoir se maîtriser.

Florence se leva et se tint droite devant lui. Dans la violence de son agitation, elle perdit cette langueur qui lui était devenue habi- tuelle, toute l'énergie de sa nature se ralluma pour un moment, agitée qu'elle était par la surprise et la terreur ; mais elle ne parla pas, elle resta debout pendant un seul instant, puis elle retomba sans force sur le sofa en sanglotant comme une enfant. Robert, dans son agitation, s'agenouilla près d'elle. Il n'avait pu prévoir que ses paroles auraient un si violent effet sur la jeune fille.

— Ne pleurez pas, miss Craft, je n'ai pas eu l'intention de vous faire tant de peine. Qu'ai-je dit, qu'ai-je donc fait pour vous causer du chagrin ?

Elle le regarda fixement, et murmura d'une voix éteinte, pendant que ses paupières baissées interceptaient les flots de larmes qui s'é- chappaient de ses yeux :

— Qu'avez-vous dit ! N'avez-vous pas voulu me laisser deviner que vous saviez quelque chose ? N'est-ce pas cela ? Maintenant rapportez- moi tout ce que vous avez appris, tout ce que vous avez compris.

— Mais rien qui doive vous accabler de la sorte, dit Robert cher- chant à détruire les convictions que cette agitation devait produire chez Florence. Je croyais... j'ai longtemps pensé que vous étiez très- attachée à M. Leicester, plus peut-être qu'une pupille ne l'est ordi- nairement à son tuteur.

— Vous qui le voyez si souvent, dites-moi, mon ami, vous ne vous êtes pas aperçu que mon amour... car, je ne le nie pas, Robert, je l'aime, — fût inconvenant ou dédaigné ?

Robert hésita, car il ne pouvait trouver dans son cœur la force d'exprimer ses pensées.

— Non, je n'ai pas pensé cela, dit-il enfin ; mais M. Leicester est un homme bizarre, il est plus âgé que nous, son jugement est supé- rieur au nôtre, et je ne puis deviner ni ses sentiments ni les motifs qui le font agir.

— Cela m'a été aussi impossible, surtout depuis quelque temps, dit Florence ; quelquefois j'ai presque peur de lui, et cependant cette crainte même n'est pas sans charmes.

— Sans doute, reprit Robert en songeant pas à la signification de ses paroles, l'oiseau frémit de crainte même au moment où le ser- pent le fascine ; c'est un véritable mystère, car pendant que la pau- vre créature semble connaître le danger qui la menace, elle ne peut pas à résister ; le serpent est là, les yeux en feu, la gueule ouverte, distillant sa bave et son venin, mais le charme continue bon gré mal gré.

— Taisez-vous ! silence ! s'écria Florence en jetant sur Robert un regard de terreur, c'est là une comparaison trop cruelle qui me fait frissonner !

— Je n'ai pas eu l'intention de faire une comparaison, dit Robert ; il n'y avait rien qui se rapportât à vous dans ce que j'ai dit, et, pour ce qui me regarde, si je pensais cela de mon bienfaiteur, ce serait de l'ingratitude. Je voudrais pour tout au monde qu'aucune de ces mauvaises pensées à son sujet n'entrât jamais dans mon cœur.

— Il faut les étouffer, et ne pas même vous les avouer, répondit Florence avec impétuosité. Ces soupçons accablants m'ont fait grand mal... Ils ne viennent pas de moi... Oh ! non ! Que je suis donc heureuse de ne les avoir pas enfantés moi - même dans mon cœur ! Ils m'ont été insufflés, l'on m'a forcée à les entendre, je ne voulais pas y croire... Mais l'esprit du mal s'est maintenant emparé de moi, je n'ai pas la force de le repousser toute seule, et Leicester ne vient plus pour m'aider à le chasser.

— Peut-être ne connait-il pas l'amour profond que vous éprouvez pour lui, dit Robert inspiré par le désir de la consoler.

Florence secoua la tête, l'inclina doucement et se couvrit les yeux avec une de ses mains. Un moment après, elle tourna les yeux du côté de Robert, et lui parla plus tranquillement.

— Il ne faut pas avoir mauvaise opinion de lui, dit-elle avec un imperceptible sourire ; voyez ce que peuvent les soupçons et les pensées amères !

La pauvre fille releva la manche de mousseline de sa robe, et Robert fut épouvanté de la maigreur de son bras. Des larmes lui vinrent aux yeux, il se baissa et effleura de ses chairs blanches comme la neige.

— Il faut que je lui dise que vous êtes malade, que vous souffrez ; je suis bien sûr qu'il ne connait pas la vérité !

— Attendez, il ne faut pas l'importuner. Et puis je commence à m'habituer à ce sentiment de tristesse. Vous viendrez plus souvent, et c'est quelque chose que de savoir qu'il a été près de vous, qu'il a touché ces vêtements, qu'il vous a tenu la main ; l'atmosphère qu'il respire semble vous suivre ici, et cela me fait du bien. Tout ce que je vous dis là doit vous paraître un enfantillage, n'est-ce pas ? C'est pourtant vrai. Quelque jour, lorsque vous aurez donné tout votre amour à une autre, cela vous paraîtra moins étrange. Oh ! combien je dois quelquefois vous ennuyer !

— J'aurais pu aimer aussi, jeune comme vous me croyez, j'aurais pu éprouver un amour pareil à celui que vous avez pour cet homme, dit Robert froissé, malgré sa sympathie pour Florence, de l'allusion qu'elle faisait, sans y penser, à sa jeunesse. Mais le trait qui vous a blessée m'a sauvé. Vous ne savez pas, miss Craft, tout ce que j'ai ressenti depuis le soir où M. Leicester m'amena ici ; ce que je vis alors dissipa le premier rêve de ma jeunesse, je l'eusse encore fait. Alors j'aurais pu vous aimer autant que vous aimez M. Leicester.

— M'aimer, moi ! dit Florence, et un sourire se montra sur ses lèvres pour disparaître aussitôt, comme si la seule pensée d'un amour si jeune eût égayé un moment sa tristesse. C'est étrange ! vous m'avez paru ce soir-là si jeune, si embarrassé ! un enfant presque, et voilà que maintenant...

— Maintenant je suis changé ! voilà ce que vous vouliez dire, maintenant je suis tout différent, plus vieux, plus sérieux, plus maître de moi ; et cependant c'est à peine depuis un ou deux mois que je suis ainsi. Il est possible que je vous paraisse plus âgé et moins timide, car dans ce court espace de temps j'ai beaucoup pensé et beaucoup souffert. A cette époque j'étais plus timide, car je n'avais pas appris à douter de mon bienfaiteur. Comme vous, j'ai lutté contre le soupçon, et comme vous je n'ai pu réussir à l'éloigner. Il a flétri votre nature délicate, comme il a rempli la mienne d'amertume.

— Mais vous n'avez pas été poussé à le soupçonner, ce n'était pas sa propre mère qui vous inspirait le doute, qui vous excitait contre lui ?

— Sa mère ! j'ignorais qu'il eût encore quelque parent.

— Cette dame si calme et si froide que vous avez vue ici ; ne vous a-t-il jamais dit qu'elle était sa mère ?

— Il ne m'en a jamais parlé, dit Robert au comble de la surprise.

— Elle m'a dit elle-même en me prémunissant contre lui ; elle, sa mère !

— Vraiment ! dit Robert d'un air soucieux, quand je pense à la froideur avec laquelle cette femme l'a toujours accueilli !

— Ce n'est pourtant pas son caractère habituel, répondit Florence ; et ses yeux se remplirent de larmes de reconnaissance. Sa bonté pour moi est invariable ; il y a quelque chose de saint dans son affection : elle est si calme et si douce, que sans elle je serais bien malheureuse. Mais j'ai découvert chez son caractère de la prévention, de la rancune ou de l'égoïsme, si ses paroles avaient été mauvaises, elles n'auraient jamais blessé mon cœur ; mais maintenant je ne puis la fuir, sa froideur majestueuse a un empire pareil à celui de son fils ; je n'ose douter d'elle, et cependant je ne veux pas ajouter foi à l'avertissement qu'elle m'a donné.

Robert marchait de long en large dans l'appartement ; de nouvelles et sombres pensées se faisaient jour dans son esprit. La reconnais-

sance est un sentiment bien puissant, mais il n'est pas aveugle comme l'amour.

Les soupçons qui l'avaient poursuivi, et qui pesaient sur sa conscience comme autant de crimes, commençaient à prendre la forme de réalités, mais il ne voulait pas encore céder. Comme la douce fille abattue qu'il avait devant les yeux, il se refusait encore à rien croire contre Leicester. Pour lui, une telle pensée était le comble de l'humiliation ; bien plus, c'était la ruine de son bonheur.

CHAPITRE XIV.

Promesse de mariage.

Florence avait repris son crayon, mais il lui était impossible de dessiner : à travers les rideaux brodés qui encadraient sa fenêtre, elle regardait vaguement la petite fontaine de son jardin jaillissant au milieu des fleurs d'automne, qui résistaient encore à l'atmosphère glaciale dont l'atteinte avait déjà flétri toutes les plantes grasses, et cependant les dahlias étalaient avec orgueil leurs fleurs luxuriantes, et les chrysanthèmes teintés de blanc, de rose et d'or bravaient seuls la décomposition entière de la nature. L'hiver approchait, l'hiver, la saison qui rappelle la douleur. Florence se sentait triste plus qu'à l'ordinaire ; ce jour-là ses nerfs étaient tellement excités, qu'à la vue de ces fleurs brillantes, au murmure de l'eau qui bruissait dans la vasque, elle se mit à pleurer.

Si l'automne et l'été avaient été ce soleil brillant et la chaleur qui égayaient chaque journée, quelles sensations pénibles ne lui promettait pas l'hiver ? Malgré la résolution qu'elle avait prise de rester calme, lorsque ses yeux se dirigèrent sur sa pauvre petite main amaigrie qui restait inactive sur son papier de Bristol, son cœur tressaillit, et des larmes abondantes vinrent perler sur ses cils.

— Qu'il est triste de mourir pendant l'hiver et d'être ensevelie sans que ceux qui vous aiment vous accompagnent à votre dernière demeure !

Telles étaient les pensées qui accablaient cette âme désolée. La cause en était la vue de ces fleurs, de ces fleurs d'automne les plus diaprées et les plus riches en couleur qui existent au monde. Telle est la vie : il arrive souvent que les plus belles choses réveillent en nous les plus amères sensations, soit par le contraste insultant qu'elles forment avec le chagrin qui nous oppresse, soit parce qu'elles nous font souvenir d'un bonheur qui a fui loin de nous.

Tandis que Florence contemplait ainsi la décadence de la nature, la ruine des fleurs de son pauvre jardin, elle aperçut un homme qui ouvrait la barrière, et qui d'un pas lent et mesuré s'avançait dans la direction de la maison. Le visage de cet homme lui était inconnu ; et comme il arrivait rarement qu'un étranger vint frapper à cette porte, la présence de ce personnage produisit sur cette jeune et frêle créature une impression nerveuse bien facile à comprendre.

— Voici venir quelqu'un, dit-elle en s'adressant à Robert, qui marchait de long en large dans la chambre. Qui cela peut-il être ? ajouta-t-elle d'une voix alarmée, comme si cet événement eût été le plus terrible du monde. Veuillez donc aller jusqu'à la porte, car je crois que tout le monde est sorti.

Robert ne s'était point aperçu de la présence de l'homme mentionné par Florence : il fut réveillé de la méditation dans laquelle il était plongé par le bruit des pas qui résonnait sur les planches de la vérandah, et il alla ouvrir la porte.

Jacob Strong ne parut pas embarrassé le moins du monde, quoiqu'il ne se fût pas attendu à rencontrer son neveu dans cet endroit. Il parut oublier cette rudesse qui lui était naturelle, car aussitôt qu'il se trouva en présence de Robert, il affecta cet air de bonhomie sous lequel il se présentait toujours devant Leicester.

— Eh ! bonjour, monsieur Otis ! comment vous portez-vous ? Je ne m'attendais pas à vous trouver ici. Allons, il est probable que vous n'avez pas grand'chose à faire chez votre patron ?

— Oh ! c'est possible, monsieur Strong ! répondit le jeune homme en souriant. Mais quel bon vent vous amène ? Vous apportez probablement quelque message de M. Leicester ?

— Allons, il n'y a pas moyen de vous rien cacher, répondit Jacob en lui présentant le billet doux dont il était porteur. N'y a-t-il pas dans cette maison une jeune demoiselle qui s'appelle miss Flo..... Florence ? N'est-ce pas là son nom ? J'ai eu toute la peine du monde à déchiffrer cette adresse.

— Oui, c'est bien cela, mademoiselle miss Craft habite ici, répondit Robert ; donnez-moi la lettre, je vais la lui remettre.

— Cela n'est pas possible, monsieur Otis, répliqua Jacob d'un air presque sérieux. M. Leicester m'a particulièrement recommandé de ne remettre cette lettre qu'à la jeune personne elle-même, et, voyez-vous, je suis mes ordres à la lettre, malgré tout ce que l'on peut dire. Ainsi donc, soyez assez obligeant pour m'introduire auprès de cette belle dame, pour que je fasse ma commission, et que je m'en aille aussi vite que je suis venu.

— Faites comme il vous plaira. Entrez par ici ; miss Craft est au salon, et vous lui remettrez la lettre.

. Florence se tenait debout devant la fenêtre; ses yeux brillants se dirigeaient vers la porte. Elle avait entendu le nom de Leicester, et une agitation nerveuse la faisait frissonner.

Jacob entra dans l'appartement en affectant la plus profonde indifférence. Il regarda un moment la jeune fille, et lui tendit le billet. Robert s'imagina un moment que le nouveau venu éprouvait une sensation qui n'était pas ordinaire; mais le courant d'air occasionné par les portes ouvertes agitait les rideaux de dentelle, et il attribua à l'ombre produite par eux le changement subit qu'il avait cru découvrir dans les traits de Jacob. Et cependant il ne put s'empêcher de remarquer que Jacob regardait la jeune fille d'un œil scrutateur au moment où elle lisait la lettre qu'il lui avait remise.

Tout d'un coup ce fut sur Robert lui-même que Jacob dirigea ses yeux gris et expressifs, comme s'il eût cherché à deviner ce qui se passait dans le cœur du jeune homme. Robert se sentit mal à l'aise

— Maintenant, dit Julia en mettant la dernière main à sa coiffure; regardez comme vous êtes belle.

sous cet examen inquisitif; le rouge lui monta au visage, et pour échapper à l'observation du domestique de Leicester, il se tourna du côté de Florence.

Elle lisait attentivement la lettre sans songer le moins du monde à ceux qui l'entouraient; son visage était illuminé par une joie irrésistible; ses yeux brillaient d'un éclat inconnu; sa bouche gracieuse souriait comme autrefois et laissait admirer la blancheur perlée de ses dents, qui tranchait avec le carmin de ses lèvres. Elle tremblait de la tête aux pieds: ce n'était point un tremblement nerveux, mais un frémissement de bonheur, comme la feuille qui tremble par un beau jour d'été lorsque la brise fait vaciller la branche à laquelle elle est suspendue. Elle lut ce billet à diverses reprises; puis tournant ses yeux inondés de larmes du côté de Robert, elle lui dit avec une émotion de joie sans pareille qui rendait ses paroles plus mélodieuses encore qu'à l'ordinaire :

— Voyez comme nous avons été ingrats en doutant de lui ! Et elle lui présentait le billet dans l'exaltation de son bonheur; mais au moment où la main de Robert allait le prendre, elle le retira en disant :

— J'oubliais que moi seule dois connaître le contenu de cette lettre; mais vous pouvez deviner ce qu'elle contient, puisque vous me voyez si heureuse.

Robert Otis détourna la tête, comme s'il refusait de recevoir cette confidence. Florence n'y fit point attention; elle s'assit près de la table, et plaçant le billet devant elle, se prépara à écrire la réponse destinée à Leicester; mais l'excitation nerveuse qui l'agitait l'empêchait de tenir une plume. C'est en vain qu'elle essaya d'écrire; cela lui fut impossible. Elle prit la lettre et s'élança hors de l'appartement. Jacob et Robert se trouvèrent donc seuls ensemble. Le jeune homme enseveli dans ses pensées parut ne plus s'apercevoir de la présence du

messager de Leicester. Il alla s'asseoir sur le sofa, à la même place où Florence s'était placée. Son coude s'appuya sur la table, et son front se reposa dans sa main. Jacob demeurait immobile, observant avec attention le visage ému de son neveu; il éprouvait lui-même une agitation particulière, et dans ce même moment sa physionomie décelait, malgré lui, une angoisse extraordinaire. Deux fois il fut sur le point de s'approcher de Robert; mais il s'arrêta indécis. Cependant, il fit à la fin un effort sur lui-même; il s'avança du côté de Robert, sans que celui-ci eût pris garde, et lui posant la main sur l'épaule, il lui dit :

— Ainsi, mon jeune ami, vous aimez cette jeune fille ?

Robert tressaillit; car Jacob avait oublié cet accent traînard et cette prononciation qui caractérise le langage des gens de l'Est. L'homme qui se trouvait devant lui n'était plus l'homme qui lui était familier; il y avait toujours de la brusquerie et de la rudesse dans sa manière de parler, mais ces défauts eux-mêmes étaient ennoblis par quelque chose d'imposant. Robert regarda Jacob, les lèvres entr'ouvertes, ému par un étonnement mêlé de respect.

— Dites-moi, jeune homme, continua Jacob d'une voix attendrie, dites-moi si c'est l'amour que vous éprouvez pour cette jeune fille qui vous rend ainsi soucieux? Seriez-vous par hasard jaloux de M. Leicester ?

Ces mots firent perdre au jeune homme toute sa présence d'esprit; il garda le silence sans cesser de fixer les yeux sur le visage transformé de Jacob.

— Pourquoi ne pas vous confier à moi, Robert Otis? Vous devriez le faire, car je suis un honnête homme.

— J'en suis persuadé, répondit Robert en se levant et en lui tendant la main, et ce qui me le fait croire, c'est que je sens mon cœur

Près d'un sofa était agenouillée la vieille dame que Julia avait vue dans le vestibule.

battre à vos paroles. Que m'avez-vous demandé? Je veux vous répondre maintenant; ne vouliez-vous pas savoir si j'aimais Florence Craft?

— Oui, c'est ce que je vous demandais. Si cela était, l'avenir qui s'ouvrirait devant vous serait bien malheureux. J'aime à croire, Robert, que vous avez échappé au piège qu'on vous a tendu.

— Je ne vous comprends pas, mais il m'est possible aujourd'hui de répondre à vos questions plus sûrement que je ne l'eusse fait il y a trois jours. J'aime miss Craft comme j'aurais aimé une sœur orpheline avec moi. Pour elle, je ferais tout au monde, je sacrifierais tout. J'ai d'abord pris ces sentiments pour de l'amour; mais à présent j'ai lu dans mon cœur, et je sais ce qu'il renferme. Vous m'avez aussi demandé si j'étais jaloux de Williams Leicester ? à vrai dire, je l'ignore, et cependant, chaque fois que je les vois ensemble, mon cœur bat à rompre ma poitrine. Je ne saurais désirer qu'il épousât Florence, et cependant l'antipathie que j'ai pour cette union m'est inexplicable. Leicester est mon ami ; Florence m'est plus chère qu'une sœur, mais, comme je vous l'ai dit, la pensée d'un tel mariage a quelque chose qui me répugne : voilà ce qui me rendait pensif. Ce n'est pas de l'amour dans toute l'acception du mot que j'éprouve pour Florence, ce n'est pas non plus de la jalousie que la présence de Leicester fait naître en moi ; mais, que Dieu me pardonne! il y a quelque chose là qui fait tressaillir mon cœur lorsque je pense à lui. Vous savez tout maintenant, je vous ai tout dit. C'est peut-être une imprudence que j'ai faite ; j'ai probablement eu tort, mais la faute est irréparable.

— Vous n'avez commis ni imprudence ni faute, répondit Jacob, dont la main se posa sur la tête du jeune homme. Je suis un homme simple, et vous trouverez en moi un conseiller plus sûr que vous ne l'auriez imaginé, non moins sage et non moins sincère que votre bonne tante.

— Comment ! vous connaissez ma tante ? s'écria Robert dans son étonnement.

— Que ne vous êtes-vous confié à elle le jour du Thanksgiving, lorsque vous étiez sur le point de lui avouer les angoisses qui paraissent vous effrayer tant ! Quelques mots eussent peut-être suffi pour dissiper toutes vos peines.

— Ainsi, M. Leicester vous a dit... il a trahi les confidences que je lui ai faites pour les raconter à son domestique. Oh ! je ne l'aurais jamais cru ! Et en disant ces mots, Robert devint pâle, la honte et l'abattement se peignirent sur son visage ; ses paroles étaient empreintes d'amertume : on voyait qu'il souffrait comme souffrent les jeunes gens lorsqu'ils éprouvent une première désillusion.

— M. Leicester n'a rien à faire dans tout ceci, mon cher enfant, il ne vous a point trahi, et ne le fera probablement pas. Aussi bien ne sais-je point quelle est la cause de votre amitié?

— Mais qui êtes-vous donc? Il y a une heure, je croyais le savoir ; j'en étais même sûr, et maintenant je ne sais plus que penser, c'est à peine si je puis reconnaître les traits et la voix de l'homme que je connais comme attaché au service de M. Leicester. Quel est celui des deux personnages que vous représentez ? qui est le faux ou le vrai?

— Tous les deux sont réels : *j'étais* depuis longtemps ce que vous m'avez vu jusqu'à présent, et je *suis* véritablement tel que vous me voyez devant vous. Mais je puis, si je le veux, mettre le présent de côté et vous faire reconnaître mon identité dans le passé. Vous le voyez, Robert Otis, je vous fais une confidence à laquelle je vous demande de répondre. Si vous racontez un seul mot de ce que vous avez vu ou entendu aujourd'hui à M. Leicester, il n'y a pas de doute que je serai renvoyé de chez lui, et cependant je n'ai pas craint de me mettre à votre discrétion.

— Vous n'avez rien à redouter : je n'ai jamais de ma vie trahi personne. Je ne vous demande qu'une seule chose, c'est de me prouver que vous n'avez pas l'intention de lui nuire.

— Oh ! certainement non : je n'ai qu'un seul but, celui d'empêcher le mal, et j'y parviendrai.

— Je suis dans une perplexité fort grande, dit Robert en portant la main à son front ; il me semble que je vous ai connu il y a longtemps. Mon cœur est ému près de vous comme il l'est auprès de ma bonne tante.

— Cela ne m'étonne pas. Un cœur honnête sait toujours reconnaître une âme pareille à la sienne ; mais, silence ! j'entends venir quelqu'un, c'est la jeune demoiselle : que Dieu l'assiste, puisqu'elle aime cet homme !

— Oh ! ce n'est pas de l'amour : c'est plus que cela, c'est un culte, c'est une idolâtrie, et vous ne sauriez comprendre combien je souffre à voir les ravages que cette passion a produits sur cette charmante jeune fille.

— Comment, c'est son amour pour lui qui a fait tout cela ! répondit Jacob avec émotion.

Avant que Robert eût pu répondre, Florence, qui avait descendu l'escalier avec la légèreté de deux pieds mignons agités par la joie, entra dans le salon : Jacob se tenait près de la fenêtre, tenant son chapeau des deux mains avec une bonhomie affectée, et les yeux baissés sur le parquet.

— Vous remettrez ce billet à M. Leicester, lui dit Florence le visage radieux, en remettant une enveloppe à Jacob. Voici un demi-aigle pour vous. Je souhaite que cela vous rende aussi heureux que je... que vous le méritez, et que je le désire.

Et tout en hésitant ainsi, elle plaça sur la lettre une petite pièce d'or brillante comme si elle était neuve. Pauvre enfant ! c'était une

Q'ai-je donc à redouter ? ce billet ne peut point m'être représenté.

pièce de monnaie que son père lui avait donnée, et à laquelle elle tenait infiniment ; mais dans sa reconnaissance sans bornes pour celui qui lui avait apporté des nouvelles heureuses, elle eût donné tout ce qu'elle avait au monde pour lui prouver que son cœur y était sensible. Jacob prit la pièce de monnaie , il l'examina attentivement pendant quelques minutes dans le creux de sa main , puis il la glissa dans sa poche.

— Je vous remercie infiniment, madame, je vais partir de suite. Et, plaçant son chapeau sur sa tête , Jacob sortit de la maison , murmurant, lorsqu'il fut dehors, tandis qu'il jetait un dernier regard sur le jardin du chalet : il me semble que je viens de tuer un oiseau dans son nid. Oh ! cette pièce me fait mal !

Robert eût désiré suivre Jacob Strong, car son esprit était troublé, et il souhaitait découvrir par un moyen ou par un autre le mystère qui enveloppait cet homme bizarre. Au moment où il se disposait à sortir, Florence vint s'appuyer nonchalamment sur son bras et l'emmena derrière les rideaux dans le réduit placé près de la fenêtre. Son visage rayonnait de joie ; le carmin avait reparu sur ses joues, un sourire s'était posé sur ses lèvres.

— Comment , Robert , vous alliez partir sans me féliciter sur mon bonheur? dit-elle , et cependant vous avez deviné ce que contenait ce précieux billet.

Robert sentit un frisson agiter tous ses membres ; il détourna ses yeux de ceux de la jeune fille, qui exprimaient un bonheur qu'il ne comprenait pas, car cette joie lui faisait mal.

— Non, répondit-il avec amertume, je n'ai point deviné, et je n'en ai même pas le désir.

— Oh ! Robert, vous ne savez pas ce que c'est que le bonheur. Nul être au monde n'a jamais été aussi heureux que je le suis ! Mais quoi donc ? vous restez froid, insensible ! Vous aviez de la compassion pour moi lorsque j'étais malheureuse, et maintenant... Mais, j'ai tort, Leicester m'a ordonné de garder le secret. O Robert, je suis si émue, mon cœur est si plein! Venez plus près de moi, que je puisse murmurer à votre oreille... Mais n'allez pas révéler ce secret à personne ! cela le fâcherait. Robert, cette semaine je serai la femme de Leicester !

— C'est maintenant , fit Robert en soupirant avec violence et en prononçant ces paroles d'une manière sentencieuse et prophétique à la fois , c'est maintenant, Florence, que j'ai pour vous plus de compassion que jamais !

Celle-ci retira la main mignonne qu'elle avait posée sur son épaule, en lui disant avec désappointement :

4

— C'est donc là tout le bonheur que vous me souhaitez, Robert ! je ne vous en remercie pas.

Et cependant Robert lui prit la main, la serra un moment, puis il rejeta le rideau brodé qui le tenait enfermé près de Florence, et s'élança hors de l'appartement. La jeune fille le suivit des yeux, et, jusqu'à ce qu'elle l'eût perdu de vue, elle éprouva un saisissement impossible à définir ; mais elle se sentait si heureuse, que ce nuage se dissipa au bout d'un instant. Elle se jeta sur le divan placé dans un des coins du réduit mystérieux, d'où elle pouvait apercevoir les fleurs d'automne qui ornaient encore les plates-bandes du jardin ; et s'abandonna à une rêverie la plus douce, la plus entraînante dont jamais son jeune cœur eût éprouvé l'émotion.

CHAPITRE XV.

L'appel maternel.

Des plumes, de l'encre et du papier se trouvaient placés sur la table. Les rideaux grand ouverts permettaient au soleil de darder en plein ses rayons sur Leicester, et cette lumière intense laissait voir plus clairement que le demi-jour sous lequel il s'abritait ordinairement, ces traces que le temps et les passions laissent souvent indécises et souvent imprimées de leur main de fer, et qui chez lui plus que chez tout autre contrastaient avec la beauté de son visage. Il n'y avait que des papiers sur la table ; on n'y voyait pas de lettres, mais des feuilles détachées qui ressemblaient à des effets de commerce, les uns à moitié imprimés, les autres sans signature, mais tous ayant la forme légale, celle des billets à ordre.

Leicester prit un de ces billets, un effet lithographié ; il l'examina pendant quelques instants avec une minutieuse attention, et resta plongé dans ses pensers. Il le posa ensuite lentement sur la table, prit une plume, la regarda fixement comme pour s'assurer de la couleur de la goutte d'encre qui perlait à la pointe ; on eût dit que la teinte du liquide était pour lui quelque chose d'une très-grande conséquence. Puis il écrivit un mot ou deux en remplissant simplement l'espace laissé en blanc. Mais pendant cette action, quelque insignifiante qu'elle parût, sa main, ordinairement inébranlable comme un morceau de marbre, trembla sur le papier, imperceptiblement, il est vrai, mais assez cependant pour que les lettres ne fussent pas régulières. Sa figure était terriblement pâle, si je puis me servir de ce mot ; car on lisait dans l'expression de ses traits une agitation émanée de la conscience, qui causait évidemment cette pâleur. C'était le reflet d'une volonté hardie qui s'efforçait de maîtriser sa peur.

Un mouvement rapide de dédain vint effleurer ses lèvres ; il déchira le billet à moitié rempli, et en jeta les fragments au feu.

— Est-ce que je deviens vieux, dit-il à voix haute, ou est-ce pure poltronnerie ? De la crainte ! Qu'ai-je donc à redouter ? continua-t-il en baissant la voix. Ce billet ne peut pas m'être représenté ? Il est impossible qu'une chaîne qui s'est augmentée anneau par anneau pendant des années entières soit brisée d'un seul coup. Cependant si je pouvais éviter cela ? Ce jeune homme a de l'affection pour moi. Bah ! d'autres ne m'ont-ils pas aimé aussi ? À quoi sert l'affection si elle n'ajoute rien à nos jouissances ? Si ce vieux planteur avait donné en dot toutes ses propriétés à ma gentille Florence, où alors... mais que veut-elle soit majeure il faut encore deux ans, et jusqu'à cette époque il nous faudra vivre. a.

Ces pensées à moitié exprimées, à moitié ensevelies dans les réflexions de William Leicester, se faisaient jour sur ses lèvres ou s'entre-croisaient dans son esprit. Lorsqu'une fois il avait pris la résolution d'accomplir un acte, il s'arrêtait rarement même pour s'excuser auprès de sa conscience ; mais il ne s'agissait point exactement de moralité, il avait trop souvent étouffé ses bons sentiments pour admettre la moindre hésitation. Il y avait un danger dans l'action qu'il méditait, un péril personnel, c'est ce qui faisait pâlir son front et rendait sa main tremblante. Pendant tout le cours de sa vie entachée de fraude et semée de mauvaises actions, il ne s'était jamais exposé aux atteintes de la justice ; ceux qu'il mettait en avant, moins coupables et beaucoup moins perfides que lui, avaient souvent souffert pour des crimes que son intelligence pénétrante leur avait suggérés. Depuis longtemps il avait entretenu son luxe grâce au résultat des iniquités qu'il avait commises, mais jamais on n'aurait pu prouver qu'il y eût trempé ses mains. Cependant, sa fine prévoyance n'aurait pas su trouver un agent propre à porter la responsabilité du crime pendant qu'il en recueillerait les fruits. Le temps était venu où Robert Otis devait être utile ou jamais à son professeur ; mais la semence du mal avait été lente à se développer dans cette nature généreuse. Leicester, quelque rusé et artificieux qu'il fût, n'osait pas lui proposer de lui venir en aide dans l'acte frauduleux qui devait lui fournir les moyens de résider pendant deux années en Europe. Le jeune homme était trop clairvoyant pour subir l'influence de sa ruse, et à cette heure, après une existence ternie par une conduite diabolique, Leicester, pour la première fois, craignait de se confier à l'instrument de son choix. Il pouvait bien induire Robert à mal, en faire sa victime innocente ; mais il désespé-

rait, en égard à la haute intelligence et aux principes honorables du jeune homme, de l'engager jamais à être son complice dans le crime qu'il méditait.

Un flacon d'eau-de-vie était placé sur la table ; Leicester en remplit un verre, et le vida à moitié. La liqueur brûlante ne diminua nullement la pâleur de sa physionomie, mais sa main devint plus ferme, et il remplit plusieurs des billets à moitié imprimés avec une rapidité qui trahissait pourtant les pressentiments qui l'agitaient. Quand les billets furent écrits, il les examina attentivement, en choisit un, le mit dans un portefeuille brodé qu'il tira de sa poche, et plaça les autres dans un vieux cahier d'exemples qui était resté tout le temps ouvert devant lui ; c'était le même cahier que Robert Otis avait pris dans le secrétaire de sa tante, le soir du jour du souper du Thanksgiving.

Lorsque ces arrangements furent terminés, Leicester regarda sa montre, comme s'il attendait quelqu'un sur qui il comptait.

Puis il ouvrit de nouveau le cahier, et compara ses billets avec ceux qu'il contenait. Cet examen parut le satisfaire, car lorsqu'il le referma un sourire brilla dans ses yeux.

Robert Otis entra dans ce même instant. Sa démarche était devenue plus lente, l'air de jeunesse qui perçait dans son regard et dans ses manières quelques mois auparavant avait entièrement disparu. Une certaine contrainte, quelque chose même qui allait presque jusqu'au dégoût, se lisait dans tous ses traits lorsqu'il avança sur un siége vers la table et qu'il s'y assit.

— Vous êtes bien pâle, Robert. Vous est-il arrivé un désagrément à votre comptoir ? dit Leicester en regardant son visiteur avec intérêt.

— Non, rien !

— Êtes-vous donc malade ?

— Non, je me porte bien, tout a fait bien.

— Mais quelque chose vous tourmente ; ce cercle qui entoure vos yeux, l'expression de tristesse que vos regards trahissent... Il y a quelque chagrin là-dessous. Dites-moi ce que c'est ; ne suis-je pas votre ami ?

Robert sourit avec amertume, et ce sourire paraissait déplacé sur ces lèvres si jeunes et si fraîches. Leicester devina la signification de ce reproche silencieux, et se tint pour averti qu'il fallait être prudent.

— J'aime à croire, dit-il, que vous n'avez pas remis les pieds dans cette maison de jeu sans être accompagné par moi ; car si je n'étais pas là, moi sur la prudence de qui l'on peut compter, il y aurait danger pour vous, mon ami.

— Non ! répondit Robert avec énergie ; je n'ai joué que ce soir-là où vous m'avez conduit, parce qu'il m'est impossible de me le rappeler. C'était bien assez de m'être oublié pendant ces quelques heures d'égarement qui ont souillé mon âme ; c'est assez d'avoir contracté des dettes, dont je suis si honteux que je n'ose plus regarder un honnête homme en face.

— Mais je vous avais averti, prévenu.

Robert ne répondit pas, mais à l'éclair qui brilla dans ses yeux, au frémissement de sa lèvre, on pouvait voir que des paroles de feu s'étouffaient et cherchaient une issue.

— Sans moi, vous vous seriez de plus en plus laissé entraîner à la passion du jeu.

— Peut-être cela fût-il arrivé. C'était un rêve ! J'étais égaré. Ce souvenir me fait presque perdre la raison. Moi, je jouer, estimé de tous, me voir endetté... et comment encore... et pour quelle somme !

— Ah ! diable, elle est considérable, je le crains, dit Leicester avec douceur ; elle suffirait pour absorber la jolie ferme que votre bonne vieille tante possède, et tous les billets de banque qu'elle a gagnés dans son commerce. Mais qu'est-ce que cela fait ? Elle n'est responsable en aucune manière, et les dettes de jeu ne sont que des dettes d'honneur, aucune loi ne les atteint.

— Je ne commettrai pas une faute pour couvrir une bassesse, répondit le jeune homme avec une vivacité empreinte de sentiment ; les croupiers de la maison où vous m'avez conduit peuvent créer des fripons, mais ils ne m'ont pas forcé à jouer. C'est moi qui les ai cherchés de mon plein gré. Non ! je ne puis pourtant pas non plus dire cela, car le ciel m'est témoin si j'ai jamais désiré entrer dans cet horrible repaire.

— Moi seul vous y invitai, vous y excitai même à jouer, j'en conviens.

— Sans cela, je ne serais jamais entré dans cette maison.

— Mais j'agissais ainsi avec l'intention de vous prémunir contre le jeu. Je vous ai maintes fois averti, supplié.

— Oui, je m'en souviens, vous m'avez dit que j'étais ignorant, maladroit, novice, monsieur Leicester. Votre avis ressemblait à une raillerie, votre prudence à du mépris ; vos paroles étaient en désaccord avec votre manière d'agir. Je jouai ce soir-là, mais ce n'était pas avec mon libre arbitre. Je vous le dis, à vous, je n'agissais pas comme je l'aurais voulu.

— Est-ce à moi que vos paroles s'adressent ? fit Leicester avec le ton de quelqu'un dont les sentiments sont blessés.

Robert resta silencieux.

— Savez-vous, continua Leicester avec cette voix sonore et sympathique qui allait toujours au cœur, savez-vous, Robert Otis, pourquoi vous n'avez pas été juridiquement poursuivi, pourquoi cette dette ne vous a pas été réclamée depuis longtemps?

— Parce que le billet que j'ai fait n'est pas encore échu.

— Le billet! un effet signé par un mineur! Quel homme assez dénué de bon sens accepterait un titre d'une valeur si aléatoire? Non, Robert, c'est mon endos qui a donné du crédit à ce papier; c'est de moi, votre vieil ami, que doit venir l'argent au moyen duquel vous ferez honneur à votre signature lors de l'échéance.

Des larmes parurent aux yeux du jeune homme; il tendit sa main à travers la table à Leicester, qui la prit et la pressa tendrement.

— Vous savez, dit-il, que cette traite échoit ces jours-ci.

— Je le sais, je le sais. Il me semble que chaque heure qui me rapproche du terme a laissé son empreinte sur mon cœur. Oh! monsieur Leicester, combien j'ai souffert!

— Je ne dirai pas que la souffrance est la conséquence inévitable d'une mauvaise action, parce qu'en ce moment ce serait désobligeant pour vous, fit Leicester avec un léger sourire; mais dès à présent il faut tâcher de vous souvenir que c'est toujours ainsi.

Robert regarda son ami, ses yeux s'ouvrirent et ses lèvres commencèrent à trembler, on pouvait voir que son cœur était profondément remué. Oh! comme il avait mal jugé cet homme! Des larmes de généreux repentir lui vinrent aux yeux.

— Ce sera un peu dur de payer tout, mais je n'ai pas oublié l'échéance, dit Leicester. Demain je dois recevoir une grosse somme, dont une partie suffira à éteindre votre dette, mais à une condition, celle que vous ne jouerez plus jamais.

Robert frissonna.

— Jouer encore! dit-il. Et des larmes coulèrent à travers ses mains, dans lesquelles il avait caché son visage. Pensez-vous qu'un homme qui a été roué cherche à se rapprocher volontairement de l'instrument de son supplice? Ah! comment pourrai-je payer un tel bienfait!

— En étant confiant avec moi, en me croyant sur parole, Robert; ces soupçons qui remplissaient votre cœur il y a quelques instants reviendront-ils jamais?

Robert secoua la tête, et s'essuya les yeux.

— Non, non! car même alors je me reprochais de les avoir. Que vous êtes bon, que vous êtes clément et généreux! Je suis jeune, fort, j'ai de l'énergie; avec le temps je pourrai payer cette dette, qui me fait rougir de honte! Comment pourrai-je reconnaître tant de bonté?

— Oh! les occasions ne manquent jamais à ceux qui éprouvent une véritable reconnaissance. L'oiseau auquel l'on prodigue des soins vous paye par des gazouillements mélodieux, et cependant ces chants sont peu de chose. Donnez-moi votre amitié, Robert, c'est là le chant d'un jeune cœur; et surtout ne vous défiez plus de moi.

— Jamais plus, je vous le jure!

Leicester pressa fortement la main du jeune homme, ils se levèrent tous deux.

— Si vous allez à votre bureau, je vous accompagnerai, dit-il. J'ai une négociation à faire avec vos chefs.

— J'irai d'abord jusque chez moi, dit Robert.

— Allez-y toujours, je marcherai lentement. A propos, voici le cahier de votre tante, je le regardais il n'y a pas un instant. Ah! c'étaient d'agréables soirées, mon ami, que celles où je vous enseignais ainsi l'art de la calligraphie.

— Oui, dit Robert en prenant le cahier, ma chère tante tient à ces paperasses comme à une propriété de famille. A peine fut-il parti que la draperie se souleva et laissa voir une porte qui évidemment était restée ouverte pendant son entrevue avec Robert Otis.

Jacob Strong ferma cette porte sans bruit, mais à la hâte; il laissa retomber les rideaux, tira une clef de sa poche et s'élança hors de la chambre à coucher. Il rattrapa Robert Otis à quelques pas de l'hôtel, et, lui touchant l'épaule, il lui dit:

— Monsieur Otis, vous emportez le cahier, mon maître désire le revoir, voulez-vous le lui prêter de nouveau?

— Certainement, répondit Robert; mais comment se fait-il qu'il en ait encore besoin?

— Revenez avec moi, et je vous le dirai.

— Je vous suis, dit Robert; mais rappelez-vous vos conventions,

mon ami, plus d'insinuations malveillantes contre M. Leicester. Je ne saurais les écouter.

— Je n'ai pas l'intention de vous dire aujourd'hui quoi que ce soit contre lui, répondit Jacob sèchement, et ils rentrèrent ensemble à l'hôtel.

Jacob emmena le jeune homme dans sa propre chambre, où ils restèrent tous deux enfermés pendant plus d'une heure. Lorsque la porte s'ouvrit, Jacob parut aussi composé et aussi gauche en apparence qu'à l'ordinaire; mais un puissant changement s'était opéré dans le jeune homme. Sa figure était non-seulement pâle, mais son regard exprimait une horreur indicible qui bouleversait tous ses traits.

— J'hésite à le croire encore, dit-il, c'est vraiment trop infâme. En quoi lui ai-je jamais fait tort?

— Je ne vous demande pas de croire, mais de savoir. Absentez-vous seulement pendant une semaine; cela ne peut faire de mal à personne.

— Mais il faut que cette misérable dette soit payée avant la fin de la semaine.

— Alors payez-la.

Robert sourit amèrement.

— Comment? en ruinant ma tante? Lui demanderai-je de vendre le vieux toit qui abrite sa tête?

— Elle le ferait, elle donnerait volontiers son dernier sou, plutôt que de vous voir déshonoré, Robert Otis.

— Comment savez-vous cela?

— Je le sais; mais il n'est pas question de cela. Voici l'argent pour payer votre dette; je me le suis procuré pour vous depuis plusieurs semaines.

Robert ne tendit pas la main pour recevoir le rouleau de billets de banque qu'on lui présentait, car la surprise le rendait immobile.

— Prenez cet argent; c'est la somme exacte, fit Jacob d'un ton d'autorité. Je ne vous demande pas de me faire la promesse de ne jamais plus entrer dans une maison de jeu, je sais que vous n'y retournerez plus!

— Oh! non, fit Robert en recevant l'argent. Mais, dites-moi, comment et pourquoi agissez-vous ainsi?

— Ne m'adressez aucune question maintenant; plus tard vous saurez tout. Cet argent m'appartient; je l'ai gagné honnêtement, comme tout ce que je possède au monde. Point de remerciements, je n'ai jamais pu les supporter, et d'ailleurs, en temps et lieu, cet argent me sera rendu.

— Si je ne meurs pas, fit Robert les larmes aux yeux.

— Pendant toute cette semaine, rappelez-vous-le bien, il faut que vous quittiez New-York. Prétextez la nécessité d'une affaire qui vous appelle chez vous, n'importe quoi, afin que vous vous éloigniez de la ville.

— Je partirai, dit Robert. On ne peut certainement trouver aucun mal à cela.

Et l'oncle et le neveu se séparèrent.

Ada Leicester avait secoué le profond chagrin qui s'était si longtemps emparé d'elle, elle cherchait à engloutir toutes ses tristes pensées dans le tourbillon du grand monde. Ses soirées de réception étaient splendides. La beauté, le talent, l'esprit, tout ce qui pouvait charmer ou éblouir se réunissaient sous son toit. Elle ne voulait plus donner une heure au chagrin. Parfois le souvenir de son mari la replongeait dans de nouveaux accès de douleur; parfois sa pensée se reportait sur ses parents et sur son pauvre enfant, et elle éprouvait dans son âme un bouleversement semblable à celui éprouvé par les anges lorsqu'ils descendaient du ciel pour troubler les eaux tranquilles, comme le raconte la Bible. Son esprit se montrait plus pétillant, ses gracieux sarcasmes plus piquants qu'ils ne l'avaient jamais été. Elle était devenue la lionne de la saison, car elle se négligeait rien pour être à la mode. Comme Ada l'espérait, elle obtenait le bonheur en recevant les hommages dus à sa beauté et en jouissant de la splendeur que sa richesse lui assurait, tout ce qu'elle demandait au monde, c'était ce mouvement et ce bruit qu'il soulève autour de ceux qui le fréquentent.

Quand elle eut épuisé tous les moyens d'entretenir la fièvre de sa vie artificielle, elle forma de nouveaux projets. Son talent, sa richesse devaient accomplir quelque chose de plus brillant que tout ce qu'elle avait rêvé jusqu'alors. Elle voulut donner un bal costumé, une fête beaucoup plus pittoresque que tout ce qu'on avait jamais vu jusqu'alors à Saratoga ou à Newport.

D'abord Ada pensa seulement à ce bal comme on pense à un caprice: tout faisait croire que cette fantaisie, comme plus de dix mille autres, disparaîtrait de son esprit; mais à mesure qu'elle y songea, elle s'identifia avec ce projet, et résolut d'en faire une des époques de sa vie la plus intime. L'homme qu'elle avait aimé, le mari qui l'avait si froidement foulée aux pieds lorsqu'elle était pauvre en apparence, lui aussi serait témoin de cette grande fête, il la verrait dans tout l'éclat de sa splendeur. Il y avait dans cette pensée une orgueilleuse revanche à l'insulte qu'il lui avait faite, elle s'imaginait que c'était un ressentiment de haine celui qui lui inspirait le désir?

4.

d'écraser par son triomphe l'homme qui l'avait dédaignée. Hélas ! pauvre femme, cette surexcitation fébrile ne contenait-elle pas une trompeuse espérance, un sentiment qu'elle n'osait appeler de son propre nom ?

Ada envoya chercher Jacob, et le pria de trouver un moyen pour que Leicester pût assister au bal sans soupçonner son identité.

— Que cette fête soit superbe, qu'elle surpasse en élégance tout ce qu'on a vu jusqu'à ce jour ! dit-elle. Il sera ici, il verra la pauvre institutrice, l'épouse dédaignée entourée d'une splendeur nouvelle.

En parlant ainsi son regard triomphait.

— Vous aimez encore cet homme, à cette heure même, malgré tout ce qu'il vous a fait ! dit Jacob Strong, qui se tenait debout devant sa maîtresse pendant qu'elle parlait.

— Non, répondit-elle, non, je le hais !.... Oh ! oui, je le hais !

Jacob la regarda fixement, il avait peur d'ajouter foi à ses paroles. Il ne l'aurait pas crue sans cet ardent désir qui donnait une nouvelle impulsion à sa croyance.

— Peut-être sera-t-il ébloui par toute cette splendeur. Lorsqu'il vous saura tant de richesses, cela le rendra plus humble ; il redeviendra votre esclave !

Ada promena son regard autour de son magnifique et somptueux boudoir. Ses yeux brillèrent, et ses lèvres tremblèrent, agitées par un triomphe d'orgueil.

— Je le repousserai alors comme il m'a repoussée dans la modeste chambre de là-haut ; dans cette chambre qui contenait la richesse de nos vieux souvenirs.

Jacob détourna la tête pour cacher la joie qui brilla dans ses yeux.

— O ma maîtresse, répétez encore ce que vous venez de dire, jurez sérieusement que vous haïssez cet homme. Ne vous trompez-vous pas vous-même ? Avez-vous arraché ce reptile venimeux de votre cœur ? La nuit a-t-elle porté conseil ?

Ada Leicester s'arrêta ; elle avait honte d'avouer, même devant son serviteur dévoué, combien ce serpent était encore étroitement replié dans son sein. Elle devint pâle, mais répondit pourtant d'une voix assurée :

— Oui, Jacob, oui ! car je le hais !

— Pas encore, pas encore comme vous devriez le haïr, répondit Jacob, regardant si attentivement son visage pâle que lui-même partagea cette pâleur mortelle ; mais quand vous connaîtrez comme moi toutes ses infamies, lorsque vous apprendrez...

— Ne sais-je donc pas tout ? que me cachez-vous encore ? qu'y a-t-il de plus vil, de plus terrible que le passé ?

— Quoi ! si je vous disais qu'avant un mois, William Leicester, votre mari, épousera une autre femme !

— Lui, marié ! marié à une autre ! Leicester, mon ....

Elle ne put continuer, ses lèvres se refusèrent à articuler une autre syllabe. Après un effort de quelques instants, elle continua en se levant :

— Pense-t-il que je sois morte? espère-t-il donc m'avoir tuée pendant cette terrible nuit ?

— Il sait que vous vivez, mais il croit que vous êtes retournée en Angleterre.

— Mais c'est un crime, un crime que les lois punissent !

— Je le sais, madame.

Un sourire imperceptible d'incrédulité parut sur ses lèvres, et elle fit un geste de la main.

— Il n'enfreindra pas la loi, un homme tel que lui est toujours prudent.

— Il se marie demain au soir.

— Avec cette jeune fille ? l'aime-t-il donc tant ? sa beauté est-elle donc si enchanteresse ?.... Quel pouvoir a-t-elle donc pour entraîner Leicester au crime ?

— Son père est mort, et par son testament il laisse une immense propriété à cette jeune enfant. La lettre qui lui apportait cette nouvelle est arrivée à l'adresse de Leicester, qui l'a ouverte. Après avoir épousé miss Florence, il comptait l'emmener en Europe. Là seulement l'orpheline recevra la lettre et apprendra la perte qu'elle a faite. Comment pourra-t-elle savoir que son mari en connaissait le contenu avant elle ?

— Mais moi, moi, je ne suis pas morte !

— Vous l'aimez, il le sait bien, allez ! Votre mort n'est pas pour lui une sauvegarde plus sûre que la persuasion où il est de votre amour. Donc, vous le verrez, madame, que vous viviez ou que vous soyez morte, Leicester n'est-il pas également à l'abri ?

— Que Dieu me vienne en aide ! je ne serai pas toujours esclave de cet indigne amour ! Mais si cette dernière perfidie se confirme, dès lors mon âme l'abhorrera comme il le mérite.

— Ce que je vous dis là est la vérité pure !

— Mais son bal a lieu demain au soir. Il a accepté l'invitation. Êtes-vous sûr qu'il viendra ?

— Il a paru fort joyeux de cette invitation, répondit Jacob avec amertume ; mais qu'est-ce que cela prouve ?

— Ce mariage ne peut être célébré avant demain soir..... je le verrai, et après notre conversation.... Non, non, il n'osera pas ! Vous verrez, Jacob, je veux prévenir un crime plus abominable; il

ne faut pas que nous nous taisions, il est urgent de ne pas permettre que cette pauvre fille soit sacrifiée. Ce serait horrible ; il faut empêcher cela..., Rien de plus facile. Qu'il apprenne que la brillante, la riche mistress Gordon est sa femme ; dites-lui qu'elle possède des millions à sa disposition ; et comme l'orpheline n'a tout au plus que cent ou deux cent mille dollars, le choix sera bientôt fait.

— Le croyez-vous, madame?

— Pensez-vous qu'il n'a agi si mal avec moi que par la certitude qu'il avait de ma pauvreté? Êtes-vous certain que ce n'est pas un sentiment tout autre qui l'a rendu si cruel ce soir-là ? M'aurait-il acceptée avec ma richesse?

Une rougeur maladive couvrit les joues d'Ada pendant qu'elle adressait cette question à Jacob ; n'exprimait-elle pas un doute humiliant pour elle, ne découvrait-elle pas la blessure qui faisait saigner son cœur ?

Jacob se rapprocha de sa maîtresse ; il serra ses deux mains dans les siennes et se pencha vers elle, non pas avec la gaucherie qui lui était habituelle, car un sentiment pareil à celui qu'il éprouvait est toujours noble.

— O ma maîtresse, dites-moi que vous oublierez cet homme, que vous l'abandonnerez tout à fait. A l'heure même où je parle, vous ne pouvez concevoir combien il est infâme. Ne lui fournissez pas, avec la richesse, les moyens de faire de nouvelles victimes ; ne le voyez pas, ne lui accordez pas ainsi de droit sur vous-même et sur vos biens, car il ne manquerait pas de s'en servir ; ne donnez pas cette fête ! Quittez la ville, allons à la recherche de ce pauvre vieillard, de cette enfant que vous pleurez !....

— Jacob! Jacob! s'écria la malheureuse femme avec attendrissement, ne voyez-vous pas combien vos paroles me blessent, combien elles me désespèrent? J'agis peut-être avec témérité, peut-être mon désir tient-il de la folie, mais que je le voie une fois encore! que je le rencontre face à face!

Jacob laissa retomber ses mains; des larmes abondantes s'échappèrent de ses yeux et roulèrent lentement sur ses joues.

— Comme elle aime cet homme! fit-il d'un ton désespéré.

— Ne perdez pas de vue, Jacob, que ce que je fais c'est pour rendre service à une autre. Eh quoi! s'il n'épousait cette pauvre fille que parce qu'il se croit libre? dit Ada d'un ton de commisération.

— Madame, répondit Jacob, savez-vous que la loi donne à cet homme tout pouvoir sur elle, le pouvoir d'un mari, s'il lui plaît de le réclamer?

Jacob se tut, et croisa ses mains sur sa poitrine avec un mouvement qui trahissait l'angoisse et l'impatience, ces paroles n'avaient fait qu'animer cette figure éloquente. A travers ses paupières baissées il vit l'espoir se rallumer dans les yeux de sa maîtresse.

— Elle l'espère, elle l'espère! pensa-t-il dans l'amertume de son cœur, mais je la sauverai; avec l'aide de Dieu, je les sauverai toutes deux, elle et Florence.

Lorsque Ada Leicester leva les yeux pour parler à son serviteur, celui-ci avait disparu.

Parmi toutes les choses que Jacob s'était chargé de procurer pour le bal, il avait été question d'une grande quantité de fleurs rares, car les serres de la villa de mistress Gordon devaient être transformées en berceaux de verdure. Ada avait une passion particulière pour les fleurs : elle en avait dans tous ses appartements, lors même qu'elle n'attendait personne. Afin d'être certain d'en avoir assez pour la grande soirée de sa maîtresse, Jacob eut recours à une certaine mistress Gray, qui, à certaine époque de l'année, ajoutait à son négoce habituel celui de vendre les présents de Flora.

Mistress Gray fut enchantée de la commande, et elle promettait une riche aubaine à sa gentille petite amie Julia Warren. Aussi, quand elle eut quitté le marché ce jour-là, elle se rendit chez le célèbre fleuriste Dunlap, et lui acheta toutes les plantes exotiques que sa serre immense contenait. Elle informa Julia de la bonne chance qui lui arrivait, et retourna à la ferme de Long-Island avec une satisfaction pareille à la joie qu'elle éprouvait lors de son souper du *Thanksgiving*.

Le lendemain, Julia se rendait dans le quartier élevé de New-York, portant au bras un panier chargé de fleurs rares. C'était l'après-midi, parce que Dunlap, comme un horticulteur expérimenté, avait laissé les fleurs sur leurs tiges jusqu'au dernier moment, afin qu'elles ne perdissent rien de leur doux parfum avant d'arriver dans le boudoir qu'elles étaient destinées à embellir.

Cette mission était des plus agréables pour Julia. Aimant les fleurs comme elle les aimait, c'était pour elle un luxe sans pareil que de parcourir en marchant son fardeau odorant, dont les balsamiques senteurs s'environnaient de toutes parts. La vie de privation qu'elle menait avait rendu sa frêle organisation plus sensible que toute autre aux charmes de cette jouissance qui satisfait l'appétit de ces sensations presque éthérées. Elle s'arrêtait en route pour toucher ces fleurs, et bientôt ses mains furent aussi imprégnées de parfums que les fleurs elles-mêmes. De riches masses d'héliotropes, de jasmin du Cap blanc comme la neige, des touffes de daphné étoilé, des roses blanches et rouges, et tant d'autres petites fleurs aussi rares que brillantes et jolies l'enivraient de leurs douces émanations. La joie la plus exquise illuminait son visage ; ses yeux rêveurs ne se détournaient des fleurs que lorsqu'elle se trouvait au tournant d'une rue ou quand il lui fallait éviter un obstacle.

— Où vas-tu, fillette ? Ces fleurs sont-elles à vendre ?

Julia tressaillit et leva les yeux.

Elle passait en ce moment devant un chalet orné de balcons de fer et couvert de lianes grimpantes chargées de grappes d'un rouge doré comme le sont les derniers jours d'été dans les Indes orientales. Le jardin, placé devant la maison, était rempli des dahlias les plus rares et d'autres fleurs d'automne que la gelée n'avait pas encore flétris, et au centre du bassin d'une petite fontaine de marbre on apercevait plusieurs grands lits de métal, d'où l'eau s'échappait en minces filets en produisant un constant et doux murmure.

Julia ne vit d'abord rien de tout cela : le regard qu'elle jeta autour d'elle tenait de l'effroi et de la stupéfaction. Elle serra son panier de fleurs entre ses bras et resta sans mouvement. Un pouvoir magique paraissait l'enchaîner.

— Ne peux-tu pas me répondre, enfant ? ces fleurs sont-elles à vendre ?

Julia continuait à regarder l'homme en face. Ses yeux, qui avaient une fois seulement contemplé ses traits, restaient immobiles : un homme était debout devant elle tenant ouverte la porte qui donnait accès dans la maison.

— Oh ! non, ne vous déplaise, monsieur, ces fleurs sont commandées par une dame qui les attend.

— Alors elles ne sont pas payées, puisqu'elles ne sont que commandées. Entre ici, tu y trouveras une dame qui a envie de quelques-unes de ces fleurs d'oranger.

— C'est impossible, monsieur, l'autre dame pourrait être mécontente !

— Allons donc ! Il me faut quelques-unes de ces fleurs ; je n'en prendrai pourtant pas de manière qu'on s'en aperçoive ; je ne veux qu'un bouquet de celles qui sont blanches. Voici une pièce d'or qui vaut la moitié de ton panier ; laisse-moi prendre ce que je demande, et je crois bien que la dame à qui tu portes cela t'en donnera tout autant pour le reste.

— Je ne puis pas, monsieur, vraiment je ne puis pas, dit Julia en couvrant son panier à l'aide de son tartan ; mais si vous n'êtes, pas trop pressé, si votre dame peut attendre, j'en irai chercher d'autres à la serre de M. Dunlap.

L'homme ne répondit pas un mot, mais, posant sa main sur l'épaule de l'enfant effrayée , il la poussa de l'autre côté de la barrière.

— Ta pratique attendra, il faut que tu restes ici une heure ; ce n'est pas tant de tes fleurs que de toi dont j'ai besoin.

— De moi ? répéta la pauvre Julia les lèvres tremblantes.

— Entre donc ! entre ! je ne veux rien faire qui doive t'effrayer. Mais, parbleu, maintenant, je me rappelle ton visage. Sais-tu bien que je suis une de tes plus anciennes pratiques ?

— Je m'en souviens, répondit Julia, et des larmes de frayeur obscurcirent ses yeux.

— Alors tu me reconnais aussi ? tu ne m'as pourtant vu qu'un instant. Comment peux-tu donc avoir si bonne mémoire ? A quoi m'as-tu reconnu ?

— A l'impression que vous avez produite sur moi, monsieur. Je me sentais prête à pleurer alors, et maintenant je ne puis m'empêcher de verser des larmes.

— C'est étrange ! Les jeunes filles ne sont pas ordinairement si effrayées quand je leur parle. N'importe ces fleurs, et j'ai besoin de tes services. Suis-moi, et je payerai largement ta complaisance.

Julia n'avait pas de choix à faire, car tout en parlant le monsieur fermait la porte, et lui ôtait ainsi tout moyen de sortir.

— Entre ! viens ici ! dit-il avec un geste impératif.

Julia obéit hâtant le pas à mesure qu'il approchait d'elle. Il sonna ; un léger bruit se fit entendre à l'intérieur de la maison , et la porte fut ouverte avec précaution par une vieille dame couverte de vêtements de deuil.

— Ainsi vous êtes venu ; vous persistez ! dit-elle en s'adressant au gentleman.

— Écoutez-moi un moment, répondit celui-ci à mi-voix en se dirigeant vers le salon ; mais d'abord faites monter cette jeune fille près de Florence, puisque vous refusez encore , ce sera là mon témoin. Elle a des fleurs dans son panier, et ma gentille future croirait à un présage fâcheux si elle n'avait pas de fleurs pour notre mariage.

— Oui, c'est en effet une union qui vous sera fatale ! dit la dame en indiquant du doigt à Julia l'escalier par lequel elle devait monter.

— William, je ne permettrai pas que ce mariage soit accompli. Être témoin d'un tel crime, c'est en être complice.

— Ma mère, répondit Leicester en prenant la main de la vieille femme et en la conduisant au salon , dites-moi quelles sont vos objections, et j'y répondrai avec respect. Pourquoi vous opposez-vous à mon mariage avec Florence Craft ?

— Vous n'avez pas le droit de vous marier ; vous n'êtes pas libre, vous ne pourrez l'être tant qu'Ada vivra.

— Mais Ada est morte, ma mère ! Répondez, maintenant, n'ai-je pas le droit de choisir une épouse ?

— Morte ! Ada morte ! Oh ! William, si c'était vrai !

— Rien n'est plus vrai. Tenez, voici des lettres qui contiennent des preuves que vous ne pourrez vous empêcher de reconnaître véritables et authentiques.

Il remit alors quelques lettres portant le timbre de la poste d'Europe ; la vieille dame les prit, et à l'aide de ses lunettes, elle en examina attentivement chaque ligne.

— Êtes-vous convaincue, ma mère, ou faut-il que je traverse la mer , que j'aille arracher la morte à sa tombe pour qu'enfin vous n'ayez plus de scrupules ?

La vieille dame leva la tête, et une larme coula sous le verre de ses lunettes.

— Continuez, dit-elle d'une voix grave et solennelle, continuez, entassez victimes sur victimes légalement ou illégalement, cela importe peu ! Tout ce que vous touchez meurt ; mais rappelez-vous bien ceci, William, chaque nouveau crime inflige une marque pareille à celle d'un fer rouge sur le cœur de votre mère, et la douleur finira par me tuer !

— Eh quoi ! l'amour maternel est-il si énergique dans votre cœur que le sens de l'Écriture soit renversé à mon égard ? Mes iniquités doivent-elles retourner en arrière et retomber sur les générations passées ! dit le fils avec un léger sourire de raillerie.

— Non, c'est parce que mes fautes ont engendré vos crimes. Votre père était un méchant homme, William Leicester était un débauché, un fripon, un séducteur comme vous, et cependant je l'épousai. Malheur ! malheur à mon orgueil présomptueux ! Je m'unis à lui ; je me suis pourtant bien dit, dans ma coupable confiance en moi-même : Mon amour le rendra meilleur ! O mon fils, ô mon fils ! vous ne pouvez pas me comprendre, vous ne savez pas combien l'iniquité est terrible quand elle reste ensevelie dans votre sein ; il n'y a pas de poison semblable à celui que distille un scélérat, la bave du serpent n'est pas plus venimeuse ! Ce poison se répand dans toutes les veines et se reproduit encore chez vos enfants. Je m'étais dit : Mon amour est tout-puissant, il réformera cet homme que j'aime si éperdument. Je l'ai essayé ; j'élevais mon âme, et j'espérais non-seulement échapper au poison, mais encore en détruire les effets. Regardez-moi, William, pouvez-vous vous rappeler m'avoir jamais vue autrement que je ne suis, calme , froide et désespérée ? Et cependant je n'ai vécu que trois ans avec votre père ! Auparavant j'étais contente et joyeuse au delà de toute expression. Il mourut comme il avait vécu. Le châtiment de ma présomption finit-il avec lui ? Non, il trouva une nouvelle vie chez son fils , son fils et le mien. Avec vous, William, avec vous, ma punition continue encore ; et cependant j'avais espéré, j'avais fait tous mes efforts pour chasser le mal qui revivait dans votre âme. Le ciel m'est témoin que j'ai combattu contre vos mauvais instincts ; mais à mesure que vous approchiez de l'âge mûr , possédant toute la beauté et tout l'esprit infernal de votre père, le même poison moral circula dans vos veines. Alors l'amour que j'avais pour vous se changea en frayeur, et comme celui qui a lâché le serpent parmi les plus belles créations de la terre, je me suis dit : Que ma vie soit employée à protéger la société contre cet esprit du mal que ma présomption a lancé au milieu d'elle ! C'était une réparation acceptable devant Dieu. Combien de victimes abandonnées mon toit n'a-t-il pas abritées , vous le savez, William ! Combien en ai-je sauvé de votre maligne influence ? Il n'est pas nécessaire de les énumérer. Cette dernière jeune fille, si douce , si remplie de bons sentiments, j'espérais l'arracher à son entraînement ; j'eusse préféré de la voir tomber dans les bras de la mort , plus clémente, plus douce que vous. Je l'ai suppliée, je l'ai avertie ; mais elle me répond comme je répondais à ceux qui m'aimaient, et qui me disaient un pareil de votre père : C'est un crime d'épouser un tel homme ! Faut-il donc qu'elle souffre comme j'ai souffert ? O William , ô mon fils ! laissez là pour cette fois seulement cette nouvelle victime ; elle n'a plus de soutien sur la terre, sauvez son jeune cœur de la flétrissure qui tomba sur le mien !

— Mais, ma chère mère, vous ne me faites vraiment pas de compliments ; avez-vous oublié que je désire épouser Florence ?

Ah ! comme les inflexions de cette voix étaient froides et insultantes, combien l'éclair de ses yeux était impitoyable ! La malheureuse mère s'était tenue debout devant lui en joignant et en élevant vers le ciel ses mains blanches comme du marbre ; des mots d'une éloquence irrésistible s'étaient pressés sur ses lèvres, afin que Leicester ne perdît pas une seule syllabe de ce qu'elle lui disait ; mais lorsque celui-ci lui répondit froidement , avec insolence même, ses mains retombèrent, elle n'eut plus la force de parler.

— J'ai fini ! murmura-t-elle en sortant lentement de l'appartement.

— Madame, assisterez-vous à la cérémonie, dit Leicester en la suivant jusqu'à la porte.

Elle se retourna au moment où son pied se reposait sur la première marche de l'escalier, et lui adressa un regard si triste, si significatif, que le cœur endurci de cet enfant dénaturé ne put s'empêcher d'être ému.

— Bah ! sa présence n'est pas nécessaire , murmura-t-il en se retournant, nous pourrons nous passer d'elle. Cette petite fille et la servante feront l'affaire, et cependant, j'eusse préféré ne me confier à personne.

CHAPITRE XVI.

La couronne nuptiale.

Julia Warren se hâta de monter l'escalier : on eût dit un oiseau léger, voltigeant dans sa cage, effrayé à la vue d'un visage qu'il ne connaît pas. Dans la crainte à laquelle elle était en proie, elle s'arrêta indécise, ne sachant plus où se diriger, ignorant à quelle porte elle devait frapper. Dans ce moment, l'un des battants de la chambre qui se trouvait devant elle fut ouvert comme par magie, et dans l'ouverture qui se fit apparut un visage gracieux et souriant. Les yeux de cette jeune femme étaient fixés à terre, ses longs cheveux bouclés recouvraient les joues et le front, et laissaient voir un cou d'albâtre, des épaules à peine recouvertes par un peignoir de mousseline, entr'ouvert et retenu par la plus jolie main du monde.

L'ouverture de la porte s'élargit peu à peu jusqu'à ce que Julia put apercevoir les contours d'une taille mince, flexible et si frêle dans sa beauté, que pour son imagination déjà excitée cette forme lui parut être surnaturelle. Pareille à un esprit qui prête l'oreille à un son sympathique, la belle créature se pencha. Un murmure de voix qui venaient d'en bas frappa son oreille. Elle ne pouvait entendre autre chose que les accents voilés d'une voix qui lui était familière et aussi chère que les pulsations de son propre cœur, mêlés aux accents d'une autre voix évidemment fort agitée. La gentille écouteuse pouvait à peine se convaincre que ce ne fût pas la voix d'une autre femme qui serait entrée dans la maison, tant la vibration de son accent, ordinairement si calme et si compassée, était maintenant frénissante et pleine de colère.

Julia restait immobile, retenant son haleine. Elle ne voyait devant elle que le profil d'une personne élancée, dont elle apercevait les traits à travers les flots d'une chevelure ondulée. Il lui semblait avoir déjà rencontré cette gracieuse vision ; peut-être était-ce dans un rêve, peut-être...

En ce moment la jeune fille releva sa main les boucles de ses cheveux, qui embellissaient son front. Deux yeux bruns et limpides s'abaissèrent sur la bouquetière, qui reconnut celle qui se trouvait devant elle. Ces yeux étaient devenus plus grands, plus brillants, plus profondément cernés qu'ils ne l'étaient alors, mais rien n'avait pu en changer la tendre expression et le charme si doux.

Julia demeurait immobile, osant à peine respirer, et une rougeur pareille à celle des roses fraîchement cueillies se montra sur son visage au moment où Florence releva doucement les yeux, regardant fixement la visiteuse importune.

Julia s'avança, changeant de couleur à chaque pas.

— Un monsieur... non, une dame, je veux dire, Je... je... l'on m'a envoyée ici. Ils veulent avoir des fleurs pour vous ; cela m'est égal, quoique l'autre dame vous attende.

Florence porta les yeux sur le panier de fleurs, et un joyeux sourire illumina son visage : elle attira la jeune fille dans la chambre, puis s'empara du panier, quelque lourd qu'il fût ; mais, bientôt, épuisée par le poids, elle s'assit doucement sur le tapis, et en plaça le contenu sur ses genoux.

Florence étala les fleurs odorantes dans les plis gracieux de son peignoir, elle en couvrit délicatement la figure, semblait que son cœur même semblait s'enivrer du parfum qui se dégageait de ces pétales parfumés, et qu'elle aspirait ces émanations embaumées et pures comme l'haleine de sa bouche rosée.

— Et il m'envoie tout cela ? comme il est bon, comme il pense à tout ! Oh ! je suis vraiment trop heureuse !

Elle prit une gerbe de fleurs entre ses mains, et la laissa retomber en pluie dans le panier : leur parfum flottait autour d'elle. Quelques-uns des boutons s'attachèrent aux plis de la blanche robe, qui, aussi légère que l'écume de la vague, encerclait ses formes délicates. Elle était heureuse et belle, comme un ange ramassant des lis dans un parterre du paradis.

Il y avait quelque chose de contagieux dans ce bonheur, quelque chose qui fit venir une larme aux yeux de Julia et réveilla la sympathie dans son cœur.

— Je suis contente, je suis presque contente qu'il m'ait fait entrer, dit-elle, tombant à genoux afin de ramasser quelques boutons qui s'étaient échappés du panier, je le voudrais pouvoir vous les donner toutes. Il m'a offert une pièce d'or ; mais, voyez-vous, je ne pouvais pas l'accepter. Si nous étions riches... quand je dis nous, je veux parler de grand-papa et de grand'maman, je ne recevrais jamais un cent pour des fleurs ; il semble que Dieu ne les ait faites que pour être données.

— Elles ne sont donc pas pour moi ? dit Florence avec un regard douloureux et le ton du désappointement.

— Si fait, oh ! si fait, mais quelques-unes seulement, je veux remplir ce vase qui est sur votre toilette, j'y placerai les plus belles encore : choisissez celles que vous préférez.

— Mais c'est lui qui les a demandées, il a voulu les avoir toutes ; cela seul suffit à mon bonheur.

Une expression de joie parut sur le visage de Florence. Cette pensée était plus précieuse pour elle que tous les parfums et toutes les fleurs qu'elle avait convoitées.

On sonna. Florence entendit des personnes sortir du salon ; elle se leva alors précipitamment en laissant le panier à ses pieds.

— Oh ! je le ferai attendre, je serai en retard ; ne viendra-t-il personne pour m'aider ! s'écria-t-elle. Je n'ose pas prier sa... Ah ! mais, vous, ma petite, vous pourriez bien rester une demi-heure avec moi ?

— Il faut que je reste, si vous le désirez ; d'ailleurs il ne me laissera pas sortir. Mais en vérité, en vérité, je suis bien pressée ; il va bientôt faire nuit.

— Je ne veux pas vous garder de force, dit Florence avec douceur ; mais vous paraissez bonne, et je n'ai personne pour m'aider à m'habiller. Et d'ailleurs sa mère ne restera pas dans l'appartement : la pensée d'être tout à fait seule, sans une demoiselle d'honneur, sans même une femme pour me servir de témoin, tout cela m'effraye au dernier point !

— Quoi, que souhaitez-vous de moi ? demanda Julia pendant qu'un frisson subit et étrange la fit tressaillir des pieds à la tête.

— Je voudrais d'abord que vous m'aidiez à passer ma robe, et puis je désirerais vous voir rester pour descendre avec moi. Vous paraissez bien jeune, mais aucune autre ne voudra m'accompagner, et cela est si extraordinaire d'être mariée sans avoir une femme près de soi !

Florence pâlit tout en parlant ; il y avait en effet dans sa position et dans son isolement quelque chose de triste qui tout à coup lui revint à l'esprit. Julia à son tour se sentit atteinte par un sentiment qui la frappa d'une torpeur soudaine ; ses lèvres s'entr'ouvrirent, et ses joues perdirent leurs vives couleurs.

— Mariée, mariée ! répéta-t-elle d'une voix qui atteignit le cœur de Florence comme un mauvais présage.

— Ce soir, dans une heure, je serai sa femme !

Comme la pauvre enfant était pâle quand ces mots s'échappèrent de sa bouche, comme son cœur était froid ! Elle inclina la tête : on eût dit qu'elle attendait l'ange gardien qui aurait dû exercer une surveillance plus active sur une créature si confiante et si douce.

— Sa femme, la sienne ! dit Julia en faisant un pas vers elle. Oh ! comment pouvez-vous consentir à vous unir à lui ?

Une vive rougeur lui monta au front, et dans ce moment Florence se releva comme blessée de cette remarque insultante.

— Voulez-vous m'aider et voulez-vous rester, répondez ? fit-elle.

— Je n'ose pas refuser, répondit l'enfant, et pourtant je le ferais si je l'osais.

On sonna encore.

— Silence ! dit Florence en retenant son haleine, c'est probablement le ministre, c'est une voix étrangère, et... Leicester le fait entrer. Moi qui devrais être si heureuse maintenant ! Mais je ne sais, je frissonne, je me sens glacée comme la mort ! Oh ! aidez-moi, mon enfant !

Elle fit un effort pour arranger ses cheveux, mais ses mains tremblaient, et retombèrent sans force sur ses genoux : elle paraissait réellement grelotter de froid.

— Asseyez-vous, asseyez-vous sur ce fauteuil, et laissez-moi essayer, dit Julia secouant la torpeur qui s'était emparée de son esprit, et en la faisant asseoir devant la toilette dans un large fauteuil recouvert d'une housse de basin blanc.

De chaque côté de la glace, dont le cadre de filigrane argenté projetait des reflets blafards sur la blanche figure de la mariée, brûlaient des bougies placées dans des chandeliers dorés.

— Comme je suis pâle ! rien ne me donnera donc des couleurs ? demanda la jeune fille en se levant impétueusement. De la chaleur, c'est cela qu'il me faut ! Ma robe, mettons-la-d'abord ; après cela je pourrai m'envelopper dans quelque châle pendant que vous m'arrangerez les cheveux.

Florence prit une robe de riche dentelle de Bruxelles.

— N'est-ce pas qu'elle est belle ? dit-elle avec un sourire et en secouant les légers plis. C'est lui qui me l'a envoyée. Elle jeta loin d'elle son peignoir, et se revêtit de sa robe de mariée. Cet exercice parut la ranimer, un vif incarnat reparut sur ses joues, et ses mouvements devinrent nerveux et saccadés.

— Donnez-moi quelques fleurs d'oranger pour relever la jupe par devant, dit-elle lorsque Julia eut agrafé sa robe ; je les mettrai là. Et ce disant, elle forma quelques plis avec la fine dentelle, tout en observant sa compagne, qui posa un genou à terre pour accomplir sa tâche.

Florence tremblait de tous ses pieds ; une violente émotion avait remplacé le frisson dont elle se plaignait un instant auparavant ; elle pouvait ajuster Julia dans les détails de sa toilette. Lorsque les fleurs furent attachées, elle se jeta dans le large fauteuil en cachant ses mains sur ses seins blancs comme la neige sous un pardessus couleur de rose ; car, bien que ses joues fussent brûlantes, des frissons glacés parcouraient ses veines. La garniture moelleuse de duvet de cygne qu'elle pressait sur sa poitrine à l'aide de ses deux mains semblait inutile pour la réchauffer. Au bout d'un instant elle rejeta sa pelisse de côté, prétendant qu'elle était trop chaude. Il y avait plus que de l'agitation en tout ceci; mais cette fièvre donnait à sa beauté une splendeur surnaturelle.

— Oh! maintenant, dit Julia en attachant doucement la dernière boucle sur le cou de la mariée, regardez-vous, charmante dame, voyez comme vous êtes belle.

Florence se leva et sourit en se regardant dans le miroir. Un ange du ciel n'aurait pas eu l'air plus éthéré ni plus radieux. Les boucles de ses cheveux noirs, enroulés en tresses sur son front candide, retombaient sur son cou blanc comme la neige, et tranchaient sur la pureté de sa robe de mariée. Une couronne légère de jasmin étoilé entrelacé d'un feuillage d'un vert sombre, aussi vaporeux qu'une plume, avait été choisie par Julia parmi les fleurs de son panier, parce que c'était la fleur la plus en harmonie pour compléter cette toilette, et pour s'harmoniser avec cette beauté sans pareille au monde.

Tout à coup le sourire disparut des lèvres de Florence Craft; ses yeux exprimèrent une frayeur imprévue, et elle leva les mains comme avec l'intention d'arracher la couronne qui parait sa tête.

— Ah! qu'est ceci! L'avez-vous fait exprès? dit-elle en se tournant vers l'enfant.

— Quoi donc, qu'ai-je fait?

— Cette couronne, ces jasmins, vous les avez entrelacés de feuilles de cyprès. Et Florence s'affaissa sur elle-même sans avoir la force de détacher de son front la couronne de sinistre augure.

— Je ne le savais pas, fit Julia tout attristée; ces feuilles étaient belles, je n'ai pensé qu'à cela; voulez-vous que je les ôte, et que je mette des roses à la place?

— Oui, c'est cela, des roses, des roses! ces feuilles me font ressembler à la mort!

Au même instant on entendit un léger coup frappé à la porte de la chambre; Julia alla ouvrir, et Leicester entra. L'enfant se retira en arrière; celui-ci s'avança vers Florence, qui se tenait debout devant la toilette.

— Florence, mon bel ange, on n'attend plus que vous! Il la prit par la main, et plaça son bras sous le sien. Elle se retourna alors vers la glace en frissonnant à tel point que les feuilles de cyprès posées sur ses cheveux tremblaient comme si le vent les eût agitées.

— Ma belle, ma charmante épouse! murmura Leicester en pressant sa main sur ses lèvres.

Quelle femme aurait pu résister à cette voix, à ces paroles! Les couleurs reparurent sur ses joues, la vivacité brilla de nouveau dans son regard. Elle tremblait, mais ce n'était plus de cette crainte causée par un mauvais présage, qui s'était emparée d'elle un moment auparavant. Ces mots, plus doux que l'espoir, répandaient la chaleur, la lumière et la joie à cette place où la terreur régnait quelques minutes auparavant.

— Suivez-nous! dit Leicester en s'adressant à l'enfant.

Julia s'avança; une pensée parut frapper le marié, il s'arrêta.

— Savez-vous écrire tout au moins; savez-vous signer votre nom? dit-il.

— Certainement, je sais écrire, répondit-elle timidement.

— Très-bien; ainsi venez.

Le salon était illuminé avec splendeur; les volets étaient fermés, et par-dessus les fenêtres, qui jusqu'alors n'avaient été recouvertes que de dentelle, tombaient des rideaux de damas de couleur safranée qui interceptaient la lumière du dehors.

Un ministre se trouvait là. Leicester avait aussi amené son serviteur pour servir de témoin. Cet homme se tenait debout près de la croisée, s'appuyant avec nonchalance contre la muraille, les traits et les yeux fixés sur le parquet. Julia tressaillit en le voyant, car elle se rappela le jour où ils s'étaient rencontrés sur le quai, ce jour l'un des plus remarquables de sa vie. Il lui adressa un coup d'œil au moment où elle s'avançait timidement derrière le marié et la mariée. Elle répondit par une légère inclinaison de tête, à laquelle il riposta par un autre sourire de connaissance qui prouva à l'enfant qu'elle n'était pas complètement isolée parmi des étrangers.

La cérémonie fut courte; la voix du ministre était grave, et quand il se taisait, le silence qui régnait produisait une impression que rien ne pourrait décrire. Julia pleurait, il lui semblait assister à des funérailles.

Le contrat fut enfin dressé; Jacob le signa de son nom, mais d'une manière si illisible, que personne n'aurait pu dire ce qu'il avait écrit. M. Leicester ne se donna pas même la peine de le lire. Julia prit la plume, sa petite main tremblait violemment, mais elle écrivit son nom avec une habileté peu commune pour une fille de son âge.

— Maintenant, monsieur, ne vous déplaise, puis-je m'en aller? dit-elle en s'adressant à Leicester.

— Oui, oui, voici la pièce d'or que je vous ai promise; j'espère que votre pratique ne sera pas trop fâchée; mais, d'abord, dites-moi où vous demeurez.

Julia lui désigna l'endroit où il pourrait trouver le modeste logement de sa famille, et se hâta de sortir. Son panier de fleurs était resté dans la chambre de Florence; elle courut le chercher, et dans

son désir de s'échapper, dans sa hâte de fuir, elle ouvrit la première porte venue. C'était une chambre à coucher à peine éclairée; près d'un sofa était agenouillée la vieille dame qu'elle avait vue dans le vestibule. Ses mains étaient jointes, et sa pâle figure dirigée vers le ciel. Il y avait de l'angoisse dans son regard, mais une angoisse sans larmes, une angoisse qui décèle toujours un désespoir irrémédiable.

Julia se retira doucement. Elle trouva son panier dans la chambre voisine, et s'en empara aussitôt. Pendant qu'elle traversait le couloir, elle entendit la voix de Leicester, et se hâta de sortir, tant elle avait peur qu'il n'essayât encore de la retenir.

A peine était-elle partie que Leicester parut tenant Florence par la main. Il lui dit quelques mots à voix basse : — Tâchez de nous réconcilier, Florence. Elle ne m'a jamais aimé; mais qui peut vous résister? Demain, si elle refuse encore, je vous emmènerai d'ici, et dans quelques jours au plus nous serons prêts pour notre voyage en Europe.

Florence écoutait, les yeux baissés. — Et mon père, mon bon vieux père, il ne sera pas fâché, n'est-ce pas? il a bien dû prévoir ce qui arriverait lorsqu'il m'a confiée à vous. Cependant il pourrait trouver mauvais que je me sois mariée, tandis qu'il me croit encore en pension.

— N'ayez pas de crainte à ce sujet, mon amour, dit Leicester, qui pensait alors à la lettre par laquelle il avait appris la mort du vieux M. Craft. Allez trouver la dame qui est en haut, vous lui rendrez sa bonne humeur, afin qu'elle soit meilleure et me reçoive mieux quand je reviendrai. A bientôt, ma charmante épouse, adieu!

Leicester lui baisa la main à deux ou trois reprises : il jeta un rapide coup d'œil dans la direction de la chambre de sa mère, comme s'il eût eu peur d'être aperçu, et pressa Florence un instant sur sa poitrine.

Charmante épouse! Ce nom retentissait dans son cœur comme une douce harmonie. Elle retint son haleine et le bruit de ses pas tandis qu'il sortait de la maison; puis elle remonta lentement les escaliers.

Le ministre était parti pendant que Julia s'échappait avec son panier de fleurs. Jacob Strong avait quitté le salon en même temps; mais au lieu de s'en aller, il reconduisit le ministre et revint dans l'endroit le plus sombre du vestibule. On l'eût cru à peine remuer, en retenant même sa respiration. Il fut témoin de l'entrevue de Leicester et de Florence, et le calme dont il était entouré était si profond, qu'il entendit quelques mots de leur conversation.

Avant que Florence eût atteint la moitié de l'escalier, il sortit de sa cachette obscure, et lui adressa la parole.

— Écoutez-moi un seul instant, chère madame, je vous en prie : revenez, je ne vous retiendrai pas longtemps.

Florence, pensant que Leicester avait laissé quelque message à son serviteur, redescendit l'escalier et entra dans le salon.

Jacob l'y suivit et ferma la porte. Quelques minutes se passèrent, dix minutes environ, et bientôt un cri perçant et plein d'angoisse s'échappa de cette chambre close.

La porte fut ensuite violemment ouverte et la mariée s'avança en chancelant et en s'appuyant contre les murailles.

— Ma mère, ma mère! Oh! madame! Sa voix s'éteignit dans ce cri suprême; puis elle éclata en sanglots entrecoupés.

Une autre porte s'ouvrit au haut de l'escalier, et la vieille dame, que Julia avait vue agenouillée, descendit en glissant comme une ombre.

— Je le croyais parti! dit-elle. Et sa voix ordinairement calme parut agitée.

— William Leicester vous tuerait-il sous mon toit?

— Il n'est plus ici, il est parti, dit Florence; mais cet homme, cet homme!

Elle montrait du doigt Jacob Strong qui se tenait dans la pénombre de la porte. Le serviteur s'avança et montra son visage, où avait dépouillé toute sa gaucherie et son indifférence; il paraissait non-seulement affligé, mais encore ses yeux étaient-ils baignés de larmes.

— C'est mal ce que j'ai fait; j'ai été cruel, dit-il en s'adressant à la vieille dame, mais il fallait qu'elle l'apprît. Je ne pouvais pas attendre plus longtemps, elle se croyait légitimement mariée.

— Je suis sa femme, je suis sa femme! s'écria la malheureuse jeune fille; il m'a donné lui-même ce nom. Vous avez assisté à notre mariage, et pourtant vous osez le calomnier!

— Mais, madame, cela ne peut pas être! dit Jacob en s'adressant à la mère de Leicester d'une voix grave et profonde, quoique la tâche qu'il avait entreprise était au-dessus de ses forces; il est déjà lié à une autre!

— Il m'a pourtant assuré, il m'a montré même des lettres de l'étranger qui prouvent qu'Ada, sa femme, est morte, dit la vieille dame avec son calme ordinaire; mais sa figure avait pâli, et ses yeux étaient remplis d'une triste commisération pendant qu'elle se penchait vers la malheureuse Florence.

— Ainsi, il était marié, et je n'en savais rien! murmura la pauvre affligée, dont les pauvres petites mains retombèrent sans force.

La vieille dame s'approcha d'elle comme pour lui offrir quelque consolation ; mais il y avait si longtemps qu'elle avait cherché à étouffer tout sentiment d'affection, que cet élan de son cœur parut froid et contraint, bien qu'elle se sentît pénétrée de compassion pour la jeune fille.

— L'avez-vous cru, madame, quand il vous a dit que sa femme n'était plus ? demanda Jacob Strong.

Elle secoua la tête, et un sourire plein de tristesse effleura ses lèvres pâles. La douleur est communicative quand elle s'échappe du cœur dans un tel sourire. Florence tressaillit.

— Quoi, vous aussi, vous, sa mère, vous le calomniez !

— Que Dieu me pardonne d'avoir un tel fils ! répondit la vieille dame.

— Alors, dit Jacob Strong en se détournant résolûment de la jeune fille, dont il brisait ainsi le cœur, alors, madame, fit-il en s'adressant à la mère, vous qui connaissez sa femme, vous la reconnaîtriez, si vous la voyiez ?

— Oh ! oui, sans aucune difficulté !

— C'est donc là tout le bonheur que vous me souhaitez, Robert ! je ne vous en remercie pas.

— Cette nuit, cette nuit même, vous la verrez alors, madame ; venez avec moi ; ah ! cette pauvre fille ne veut pas croire ce que je lui ai dit. Venez vous assurer que mistress Ada Leicester vit toujours, qu'elle existe et que Leicester ne l'ignore pas. Dans deux heures vous les verrez ensemble, Leicester et sa femme, la mère de son enfant. Voulez-vous venir ? Il n'y a pas d'autre moyen de sauver cette pauvre jeune fille.

— C'est moi, c'est moi qui irai ! Laissez-moi être témoin de cette rencontre ! s'écria Florence en se levant soudain, ou je ne croirai ni à la parole de cet homme, ni à la vôtre, madame : vous le calomniez, vous le calomniez ! S'il a une femme, que je la voie de mes propres yeux !

La vieille dame et Jacob se regardèrent. Florence était devant eux transformée ; elle, si douce, paraissant hors d'elle-même, et le sang, que la douleur empêchait de circuler jusqu'à son cœur, affluait sur son visage.

— Vous n'osez pas, je le vois bien, vous n'osez pas !

Jacob et la mère de Leicester se regardaient dans une pénible hésitation.

— Je savais bien que c'était un mensonge infâme ! s'écria Florence avec un éclat de rire amer ; vous hésitez, cela le prouve. Demain, madame, je fuirai votre toit, j'irai trouver mon mari. La présence de ceux qui le calomnient m'est odieuse. Ce soir, à l'instant même, je veux partir !

— Il faut le convaincre, dit alors la vieille dame.

Toute la force morale de Jacob l'abandonna dans ce moment. Il regarda ce jeune visage si beau dans son angoisse, et frissonna en pensant aux conséquences que la conviction pourrait avoir pour elle.

— Ce serait sa mort, dit-il, je ne peux pas y consentir.

— Mieux vaut cette mort que celle que causerait son erreur.

La vieille dame posa sa main glacée sur le bras de Jacob, et l'attira à l'écart. Ils causèrent à voix basse, tandis que Florence les regardait avec ses grands yeux hagards, comme une gazelle blessée regarde ceux qui la poursuivent.

— Venez, dit la mère de Leicester en essayant d'entraîner la tremblante jeune mariée, cela demande quelques préparatifs, mais vous irez ; Dieu nous protége toutes deux ! c'est une horrible épreuve que nous avons à subir.

Florence éprouva une émotion qui lui donnait des forces ; elle se retourna et remonta l'escalier presque en courant, et Jacob sortit aussitôt.

Pendant les deux heures qui s'écoulèrent après la scène que nous venons de décrire, n'eût été grâce à une faible lumière qui brillait à l'étage supérieur et à un léger bruit qui se faisait entendre de temps à autre, la maison eût paru entièrement abandonnée. Enfin une voiture s'arrêta à la porte. Jacob pénétra dans la maison et vint s'asseoir dans le salon, où il attendit.

Les deux femmes descendirent enfin, mais si transformées, qu'aucune pénétration humaine n'aurait pu les reconnaître. La vieille dame portait toujours un costume de deuil ; mais elle était si complétement enveloppée d'un voile de soie brillante, qu'on n'apercevait que l'éclat de ses yeux. Un croissant de diamants posé sur son front, et quelques étoiles d'argent parsemées sur les plis amples qui la recouvraient en entier, donnaient à son costume assez de caractère pour qu'on l'acceptât pour un déguisement.

Florence était mise dans le même style, avec cette exception que tout ce qu'elle était d'un blanc de neige. Un voile de soie flottant, brillant et vaporeux avait été jeté par-dessus sa toilette de mariée ; mais la gaze était pourtant assez épaisse pour cacher tous ses traits. Une jupe de tulle teinté de violet et de rose flottait par-dessus. On eût dit voir les premières lueurs du soleil levant disputant la place à l'étoile du matin. Des diamants étincelants relevaient ce voile sur le côté gauche de sa tête, et le laissaient flotter autour d'elle comme un nuage azuré pour retomber jusqu'à ses pieds.

Ces trois personnes montèrent dans la voiture sans échanger une parole.

CHAPITRE XVII.

Une heure avant le bal.

Nous ramènerons le lecteur dans l'hôtel d'Ada Leicester. Ce palais somptueux de la bourgeoisie américaine n'est point cette fois assailli par la tempête. L'obscurité ne règne point dans ses riches salons ; les gémissements et les pleurs, terribles expressions du chagrin et de l'angoisse, n'interrompent plus le silence de cette maison. Que le lecteur nous suive dans cette maison isolée. L'éclat des bougies rayonne partout : on dirait que c'est là la résidence d'une fée ; la lumière se fait jour à travers les persiennes par toutes les fissures des abat-jour, et tout le long de la tourelle tapissée de lierre les vitraux de couleur offrent à la vue les teintes diverses qui répandent au loin dans la nuit d'automne des rayons d'or du plus bel effet. Aux branches des grands arbres qui entourent la maison sont suspendues des guirlandes de verres de couleur, étoiles factices, fruits lumineux de ce bosquet enchanté qui donnent de la vie au feuillage sombre des ormeaux et des marronniers. L'illumination est si intense, les lumières sont si nombreuses, qu'on pourrait recueillir de fleurs dans les massifs, ce feuillage étincelant, les lueurs phosphorescentes qui incendiaient le gazon de la pelouse, tout concourait à transporter dans un monde féerique cette pauvre enfant dont la vie s'était jusqu'alors écoulée dans une cave misérable. Elle regarda autour d'elle avec un pouvoir maîtriser sa stupéfaction. La corbeille remplie de fleurs qu'elle portait à son bras lui parut être remplie de perles et de diamants au moment où elle pénétra sous le vestibule, et lorsque ses yeux, encore éblouis par l'atmosphère extérieure, furent forcés de se fermer sous l'éclat des becs de gaz qui embrasaient cette partie de la maison.

— Ah ! la voilà à la fin ! Mais, dites-moi donc, mon enfant, pourquoi venez-vous si tard ? dit en l'apercevant une gentille petite femme dont la tête était couverte d'un bonnet orné de rubans roses, et qui vint à la rencontre de Julia tandis que celle-ci cherchait des yeux quelqu'un pour lui parler. La vivacité et la bonne humeur de cette personne produisirent sur l'enfant la plus agréable sensation.

— Êtes-vous la maîtresse de la maison? dit-elle.

— Non, non, répondit la jeune femme en riant et en rougissant presque du compliment qu'on lui adressait.

— Montez vite, mon enfant, montez vite; madame est d'une impatience...

Et la femme de chambre entraîna Julia dans les escaliers, après avoir dit quelques mots à un domestique qui passa à côté d'elle. L'enfant courbait presque sous le poids de ses fleurs, mais d'un pied léger elle franchit les marches. Pour la seconde fois elle foulait ce tapis moelleux, et cependant nul souvenir ne revenait à son esprit. Qui aurait pu lui rappeler cette maison pleine d'obscurité où elle avait pénétré certain jour? Qui aurait pu lui faire croire que ses yeux éblouis par un songe touchaient pourtant à une réalité? Partout autour d'elle le parquet semblait être couvert de fleurs, de tous côtés les murailles étaient cachées sous des draperies de soie.

La femme de chambre ouvrit une porte, et lorsque Julia fut entrée dans ce boudoir que mes lecteurs connaissent, elle se souvint: elle reconnut ce sofa d'ivoire sculpté, recouvert de damas bleu; ces rideaux de dentelle appendus devant les vitres, comme des festons de glace transparente, et les grandes draperies soyeuses qui les cachaient à moitié; mais ce qui rappela surtout ses souvenirs les plus vivides, ce fut cette statue de marbre représentant Flore élevée sur un socle à la tête du sofa. La grâce classique et enchanteresse de cette sculpture était restée présente à sa mémoire, et depuis sa première visite Julia croyait voir dans ses rêves ces lis blancs que le marbre tenait dans ses mains; elle était restée persuadée que ces fleurs étaient naturelles.

Julia ne put s'empêcher de pousser un cri d'étonnement au moment où elle reconnut les objets qui s'offraient à sa vue; mais la femme de chambre n'y fit point attention, et sans lui donner le temps de se reconnaître, elle lui fit traverser le boudoir, et l'amena devant une porte qui donnait accès dans un cabinet de toilette attenant à une somptueuse chambre à coucher. En y entrant, Julia se prit à admirer les splendides rideaux de satin rose qui retombaient gracieusement devant les croisées, et un lit recouvert de dentelles blanches comme la neige, dont les plis ondoyaient jusqu'à terre. Le cabinet de toilette communiquait avec la chambre à coucher, et Julia découvrit une table surmontée d'un miroir enveloppé sur les bords de mousseline et de point d'Angleterre, devant laquelle se miraient des bijoux étincelants. Autour du cadre d'argent ciselé de ce splendide miroir, deux lampes d'albâtre, suspendues de chaque côté comme deux perles gigantesques, éclairaient cet appartement en miniature, et leurs flammes en s'évaporant imprégnaient l'atmosphère des parfums les plus exquis. Ce n'était pourtant point la vue de cette riche toilette, sur laquelle on avait nonchalamment jeté des trésors d'une valeur immense, qui avait fait battre si fort le cœur de la pauvre Julia; mais il y avait là une dame assise devant elle, et quoiqu'elle tournât le dos à la pauvre enfant, celle-ci n'eut pas besoin

pour la reconnaître d'entrevoir, reflétés sur le tain de la glace, les traits gracieux toujours présents à son souvenir. La dame tourna la tête; son regard était dirigé sur un bracelet de diamants dont elle s'efforçait d'agrafer le fermoir. Oh! combien ces traits ressemblaient peu à ceux baignés de larmes que Julia avait contemplés dans le cours de cette nuit obscure où pour la première fois elle avait été introduite dans cette maison! Qu'elle était belle, qu'elle était radieuse, cette femme! Chacun de ses mouvements était empreint d'une grâce indicible, chacun de ses regards avait un éclat et jetait des éclairs bien faits pour enchaîner l'amour! Quel contraste existait entre cette créature adorable revêtue d'une robe de satin de couleur ambrée, dont la jupe était ornée d'une garniture splendide de point de Bruxelles retombant en plis gracieux, fine comme un de ces tissus de fil de la Vierge qui s'accrochent aux branches des buissons; quel contraste, disons-nous, entre Ada, car c'était elle, et cette humble enfant qui se tenait debout, immobile, une corbeille de fleurs dans les mains! Le capuchon de calicot rose, fané par de trop nombreuses ablutions, obscurcissait l'éclat de ses beaux yeux, et ses petites mains cherchaient un refuge sous le tartan grossier qui cachait sa robe d'indienne. Et pourtant, malgré ce contraste entre cette beauté orgueilleuse et resplendissante de la femme riche et la grâce modeste de l'enfant, il y avait entre elles deux un air de ressemblance, quelque chose d'impossible à définir, qui vous rappelait l'une en regardant l'autre.

Ada se retourna subitement, et fit quelques pas du côté de l'enfant. Mille éclairs prismatiques jaillirent des plis de sa jupe de dentelle tandis qu'elle marchait; de ses cheveux dorés se détachaient des étincelles sans nombre, car ils étaient tressés avec une guirlande de pierreries; mais l'éclat de ces diamants était moins remarquable encore que le sourire de bonté qu'elle adressa à la jeune fille.

Robert Otis.

— Ainsi vous êtes revenue me voir? dit-elle en dénouant le capuchon de calicot rose et en lissant de ses deux mains, au grand étonnement de la femme de chambre, les cheveux brillants de la gentille Julia. Regarde donc, Rosana, comme elle est jolie! Quels yeux charmants, quel gracieux sourire!

Et la femme de chambre, pour obéir à sa maîtresse, lui répondit en adressant un regard à la jeune fille:

— Elle est adorable, madame; mais voyez donc, quand elle sourit, elle vous ressemble.

— Ah, Rosana, vous voulez me flatter! fit Ada. Ne parlez jamais de ma ressemblance avec qui que ce soit, particulièrement avec une enfant aussi jeune. Cela n'est pas, cela ne peut pas être, et vous me faites de la peine.

— Je ne croyais pas que madame s'offenserait de ce que je lui ai dit. La petite fille est si jolie, et alors...

Ada ne prit point garde à la réponse de sa femme de chambre.

Elle regardait la petite fille avec une expression d'anxiété qui l'absorbait tout entière. Le sourire qui illuminait sa physionomie avait disparu, et Julia, avec sa sensibilité naturelle, subit l'influence de ce changement. Elle craignait d'avoir fait quelque chose de désagréable à la dame, car autrement comment eût-il été possible que celle-ci la contemplât avec des yeux où se lisait le chagrin le plus profond?

— Quel est votre nom, ma chère enfant? dit Ada à voix basse et comme en hésitant.

— On m'appelle Julia, madame, Julia Warren.

— Ah! bien! Rosana, souvenez-vous de ne jamais parler de cette ressemblance que vous avez trouvée entre cette enfant et moi.

— Oh! cela suffit. Je n'en parlerai pas, puisque madame le désire. Mais regardez donc, madame, que de belles fleurs! quelle quantité! Je m'étonne pas si la petite fille s'est attardée si longtemps, chargée comme elle l'était.

— C'est vrai; nous attendions vos fleurs, ma petite. Voyons, Rosana, choisissez les plus belles et les plus odorantes, et placez-les dans mon porte-bouquet.

La femme de chambre prit sur la table un petit joyau de filigrane d'or d'un tissu si léger que les pierres précieuses serties dans l'alvéole qui leur était destinée paraissaient tenir comme par enchantement, et s'agenouillant sur le tapis, elle se hâta de façonner un bouquet qui eût fait honneur à la plus habile fleuriste. A peine ses doigts légers avaient-ils lié ensemble les roses blanches et cramoisies qu'elle avait choisies dans la corbeille, qu'un domestique vint frapper à la porte. Rosana se leva, et alla savoir ce qu'il voulait.

— Madame, voici des invités qui arrivent; deux voitures viennent de s'arrêter à la porte, et ceux qu'elles amenaient sont entrés au salon.

Ada connaissait trop les devoirs du monde pour être troublée par une pareille nouvelle, mais comme elle se sentait intérieurement agitée, elle demanda au domestique.

— Quel sont ces personnes? Les avez-vous déjà vues ici? Ce ne sont donc pas des étrangers? Les messieurs qui sont là-bas vous sont-ils connus? En êtes-vous sûr?

— Oui, madame, très-sûr.

Et il y avait dans la voix d'Ada quelque chose de particulier qui ne ressemblait pas à l'anxiété d'une maîtresse de maison qui va recevoir des amis.

— Je suis folle de m'amuser ainsi, murmura-t-elle en se hâtant de se ganter. Il pourrait arriver, et je ne serais pas là. Pour tout au monde, je ne voudrais pas manquer son premier regard. Mon bouquet, mon mouchoir, Rosana! où est mon mouchoir?

— Est-ce celui-ci? répondit Julia en ramassant sur le tapis où il était tombé une fine batiste encerclée d'une valenciennes d'un haut prix.

Cet incident ramena de nouveau les yeux d'Ada sur ceux de la petite fille.

— Je l'avais oublié, dit-elle en se retournant du côté de sa toilette pour y prendre une bourse qui gisait au milieu de ses écrins vides.

— Je n'ai pas le temps de savoir ce qu'il y a là-dedans, ma petite, prenez tout, la bourse même, mais souvenez-vous qu'il faudra me la rapporter un jour ou l'autre. Et après avoir jeté un regard sur Julia, qui elle-même contemplait avec stupéfaction l'argent qu'elle avait reçu, elle prit à la hâte son bouquet des mains de sa femme de chambre, et quitta le cabinet de toilette.

Au moment de franchir le seuil de la porte, elle se retourna, et indiquant de la main la chambre à coucher de boudoir à Rosana, elle lui dit:

— Souvenez-vous que ces fleurs doivent être placées dans ces deux chambres; arrangez-les de votre mieux dans ces jardinières. Et après avoir donné cet ordre, elle disparut le long des escaliers, sans fermer les portes.

Julia poussa un profond soupir, tout en prêtant l'oreille au frémissement de la soie qui frôlait contre les murailles. Ses yeux, un moment indécis, se reportèrent sur la bourse qu'elle tenait dans les mains, à travers les mailles pourpres de laquelle brillaient plusieurs pièces d'or.

— Que vais-je faire de tout cela? Mais assurément la dame s'est trompée. Les fleurs que je lui ai apportées ne valaient pas la moitié de cet argent.

— Qu'est-ce que cela fait? répliqua gaiement la femme de chambre, puisque madame vous l'a donné! C'est sa manière d'agir; gardez tout cela.

Malgré ces paroles, Julia hésitait toujours.

— Si vous croyez qu'elle a fait erreur, vous le lui direz en rapportant la bourse, ajouta avec bonté la femme de chambre. Qui sait? peut-être cet argent vous portera-t-il bonheur. Croyez-moi, ça arrive à tous ceux à qui elle fait des présents.

Julia ne se sentait point tout à fait convaincue, même par cette prophétie bienveillante. Elle dut donc se résigner à partir, et adressant à la gentille Rosana un bonsoir des plus gracieux, elle se glissa hors du boudoir le long des escaliers, jusqu'à la porte d'entrée, car

elle ne connaissait point d'autre issue: et ramenant son tartan sur ses épaules, elle se fit humble autant que possible pour traverser la foule brillante qui encombrait déjà le vestibule.

CHAPITRE XVIII.

Le faux.

Leicester, après la cérémonie de son mariage, était retourné à Astor-House, car, quoiqu'il eût accepté une invitation au bal costumé de mistress Gordon, à cette fête qui faisait tourner toutes les têtes du monde fashionable, sa présence à l'hôtel était réclamée par des affaires plus importantes qu'une partie de plaisir.

Comme il avait prémédité un crime qui pouvait avoir pour lui des conséquences terribles, il avait pris certaines mesures pour éviter le châtiment, et il projetait de s'embarquer sur-le-champ pour l'Europe avec la pauvre jeune fille qu'il venait de tromper d'une manière si cruelle. Ce jour-là, dans le but de se procurer les fonds nécessaires pour entreprendre ce voyage, il avait exécuté le faux dont Robert Otis devait subir les tristes conséquences, et pour l'accomplissement duquel il l'avait stylé depuis si longtemps.

Il supposait que Robert avait conservé dans sa chambre le vieux cahier d'exemples et les preuves évidentes qu'il contenait. Le billet à ordre qu'il avait imité d'une manière si exacte, et placé ensuite dans son portefeuille, avait été confié le matin même aux mains du jeune homme, qui devait le soir même lui rapporter les espèces sonnantes. Comme on le voit, tout paraissait être combiné pour le mieux. Il était vrai que lui-même avait signé le billet, mais Robert l'avait porté à la banque pour en toucher le montant. Dès qu'on découvrirait la fraude, on ferait des recherches dans l'appartement de Robert, et on y trouverait le livre d'exemples qui prouverait qu'il était dans l'habitude de s'exercer la main à faire des faux. De toutes parts, sur chacune des pages de ce fatal cahier, se retrouverait la signature de ce faux, sur des morceaux de papier de grandeurs diverses et même sur des lettres de change imprimées, pareilles à celles dont il s'agit. Comment, avec de telles preuves contre le jeune commis, pourrait-on soupçonner Leicester! Ajouterait-on foi aux dénégations de l'accusé? Quelles preuves fournirait-il de son innocence? aucune, pas la moindre! Comme on le voit, c'était un complot infernal, et que rien ne paraissait devoir déjouer.

Et cependant Leicester n'était point à son aise : la crainte qu'il éprouvait malgré lui d'être atteint un jour ou l'autre par la justice humaine donnait une vague inquiétude vint le retrouver, chez qui la prudence avait remplacé l'honnêteté. Il se faisait tard, et Robert n'était point encore entré dans la chambre de Leicester, aussi ce retard remplissait-il le misérable d'une anxiété bien facile à comprendre; ne pouvant rester en place, il marchait à grands pas dans son appartement, et s'approchait souvent de la fenêtre, d'où il regardait passer les promeneurs. Il avait des verres de vin les uns après les autres, et ressentait à son tour ces tortures d'angoisse et de crainte qu'il se plaisait à infliger aux autres.

Robert Otis était pourtant dans l'hôtel, mais il attendait Jacob Strong, et lorsque cet étrange personnage vint le retrouver, son neveu s'aperçut qu'il était plus agité qu'il ne l'avait jamais vu. Certes il avait raison de l'être, une heure ne s'était-elle pas écoulée depuis qu'il avait laissé la malheureuse fiancée de Leicester à peine instruite du malheur qui la menaçait, et s'efforçant de traiter de mensonge le crime dont elle était, hélas! la victime innocente. Jacob n'avait-il pas promis de conduire, avant qu'une heure se fût écoulée, la pauvre Florence dans un lieu où elle devait apprendre la réalité de son infortune irréparable? Jacob avait du cœur, et l'amertume des pensées qui l'absorbaient lui faisait plus de mal qu'on n'aurait pu le supposer.

— Voici l'argent, descendez, et hâtez-vous de le lui donner. Il est dans sa chambre, dit-il à Robert; je l'ai entendu marcher. Le compte est exact, je suis allé moi-même toucher le billet à la banque ce matin.

— Mais dites-moi, cet argent est-il à vous? demanda le jeune homme; je ne voudrais pas agir sans savoir.

— C'est bien de votre part, jeune homme. Non, l'argent ne m'appartient pas. Hélas! je ne possède pas la moitié de cette somme; mais, du reste, je n'ai pas le temps de vous raconter comment il se fait que... Cependant, voilà... Une dame riche plus qu'on ne pourrait le supposer le plus vif intérêt à ce misérable.

— Qui donc? Florence? Miss Craft? s'écria Robert.

— Non, non. Une dame plus âgée que lui; une autre victime de Leicester, plus malheureuse encore que miss Florence. Je n'ai en qu'à lui dire qu'il avait besoin de cette somme, elle m'a donné les dix mille dollars, cette somme que cet infâme avait jugée suffisante pour la ruiner à jamais, mon pauvre neveu!

— Votre neveu! serait-il vrai, Jacob?

— Oui, oui. Appelle-moi Jacob, Jacob Strong, ton oncle Jacob! Appelle-moi comme tu le voudras, car je t'aime, car je t'ai éprouvé, mon enfant. Viens dans mes bras, embrasse-moi! Il y a bien longtemps, depuis l'époque où tu n'étais qu'un enfant à la mamelle, que je ne t'ai ainsi pressé contre mon cœur. Eh! vois-tu, j'ai besoin de le réchauffer à ce contact qui me fait tant de bien! Je n'aurais jamais cru souffrir comme cela m'est arrivé aujourd'hui.

— Mon oncle Jacob, vous, le seul frère de ma mère! Je ne sais pas ce que tout cela veut dire, mais c'est égal : je vous ai retrouvé, et je suis heureux!

Et tout en disant ces paroles l'adolescent s'était jeté dans les bras de Jacob, qu'il étreignait comme s'il eût voulu l'écraser sur sa poitrine.

— Là, cela m'a fait du bien! s'écria l'oncle en essuyant, à l'aide de sa manche, une larme qui coulait de ses yeux; — c'était du reste une de ses habitudes lorsqu'il était écolier, qui lui revenait avec ses sensations de famille. — Maintenant, ajouta-t-il, descends chez ce serpent venimeux, et jette-lui cet argent pour pâture. Tu ne craindras plus d'avoir confiance en moi maintenant?

— Oh! non, je suivrai tous vos conseils, en supposant même que vous me vinssiez à m'ordonner de sauter par la fenêtre.

— Et tu pourrais le faire sans crainte, mon brave enfant, car je serais en bas pour te recevoir dans mes bras. Allons, prends l'argent. Je vais aller dans la chambre, afin de servir de témoin : ce ne sera pas la première fois, vois-tu, que cela me sera arrivé.

Leicester tressaillit, ses lèvres pâlirent, sa physionomie devint cadavéreuse au moment où Robert entra dans son appartement. Une frayeur nerveuse s'était emparée de lui; et pour se dérober à l'anxiété qu'il éprouvait, il eût donné tout au monde pour pouvoir quitter promptement les États-Unis. Il regardait fixement Robert, mais il attendit toutefois que celui-ci lui adressât la parole.

— La banque était fermée quand je suis arrivé, dit celui-ci d'un ton calme pareil à celui d'un commis à qui sa conscience ne fait aucun reproche, et en plaçant sur la table une petite cassette recouverte de cuir dont il ouvrit la serrure. Heureusement j'ai trouvé une personne qui a consenti à négocier ce billet; comme elle n'a pas besoin d'argent tout de suite, il lui sera facile d'attendre l'échéance.

Leicester contint avec difficulté le cri de joie qui allait s'échapper de ses lèvres au moment où il vit Robert ouvrir la boîte à moitié pleine d'or; mais se rappelant à l'instant qu'il ne fallait point manifester la sensation agréable qu'il éprouvait, il répondit avec indifférence :

— J'aime à croire que vous avez compté cet argent. Vous a-t-il fallu avoir recours à quelque changeur, pour vous procurer de l'or comme je vous en avais prié?

— Non, on m'a donné les espèces que voilà, répondit le jeune homme en se dirigeant vers la porte; car il éprouvait un tel dégoût à regarder cet homme, qu'il craignait de ne pouvoir réprimer un moment de plus l'expression de ses sentiments à son égard.

— Tenez, emportez cette cassette, je n'en ai pas besoin, dit Leicester en versant les pièces d'or dans un des tiroirs de son bureau; je ne veux pas vous priver de cette boîte.

Robert comprit le but de Leicester : un sourire vint effleurer ses lèvres; il prit la cassette, et sortit de l'appartement.

— Il n'y a pas de preuves, rien que ce tas d'or! murmura Leicester avec un air de triomphe au moment où Robert fermait la porte. Ah! mon jeune ami, c'est pour vous une heureuse chance que le porteur de ce billet n'ait pas besoin d'argent tout de suite! La liberté est fort douce pour les jeunes gens; vous pourrez en jouir quelques jours de plus, et moi aussi. Allons, tout est pour le mieux. Un steamer rapide m'aura transporté de l'autre côté de l'Atlantique bien avant que cette peccadille ait été découverte.

Leicester paraissait être un homme tout différent. Son « naturel revint au galop, » et la joie la plus audacieuse se peignit sur son visage.

— Allons, maintenant, allons au bal costumé! dit-il à haute voix en se regardant dans la glace avec complaisance. Un costume de noces est certes un assez bon déguisement pour un bal costumé; je n'ai donc plus qu'à mettre des gants propres, mais auparavant j'éprouve un besoin... la tentation irrésistible de plonger mes doigts dans cet or!

Le misérable sourit en prononçant ces paroles entrecoupées. Pendant quelques minutes il avait pris dans ses mains des poignées de pièces d'or et les faisait rouler dans le tiroir qui les contenait; puis il referma le bureau, plaça la clef dans sa poche, et après avoir réparé les détails de sa toilette, il choisit une paire de gants neufs d'une pureté irréprochable, et apporta tous ses soins à les étirer sur ses mains. Leicester paraissait avoir oublié jusqu'au souvenir de son crime au moment où l'or avait brillé à ses yeux; il était facile de s'en apercevoir, car, aux paroles entrecoupées qui s'échappaient de ses lèvres, nul n'aurait pu deviner que la conscience de cet homme avait à lui reprocher des infamies sans nombre.

— Cette mistress Gordon... ma parole d'honneur!... je voudrais savoir si elle est aussi belle qu'on le dit. Sans ce maudit voyage en Europe... que je suis forcé d'entreprendre... aujourd'hui... je pourrais... mais non... je n'aurais pas de chance à cette heure... Bah! n'importe! je veux au moins aller savoir par moi-même qui elle est. Et tout en se parlant à lui-même, tout en souriant à ses pensées intimes, Leicester sortit de l'hôtel.

La soirée était des plus belles; et comme Leicester, qui aimait à produire de l'effet, n'entrait jamais dans un salon du grand monde qu'à l'heure où tous les invités étaient arrivés, il pensa qu'en se promenant, et sans se presser, il lui serait facile de s'introduire chez mistress Gordon à l'heure la plus convenable pour le but qu'il se proposait. Il se mit donc en route avec l'intention de tuer le temps, marchant sans but, et n'ayant qu'un désir, celui de ne pas trop se hâter. Et cependant, entraîné quelquefois par sa rêverie, il pensait le pas sans y songer. Au moment où il arriva dans la partie du haut de la ville qui longe Union-Square, il tira sa montre pour y regarder à la lueur du réverbère quelle heure il était. Il s'aperçut alors qu'il avait marché plus vite que cela n'était nécessaire, et il manifestait tout haut la contrariété qu'il en éprouvait, lorsqu'une voix timide lui dit en s'adressant à lui :

— Monsieur, auriez-vous l'obligeance de me dire le nom de cette rue?

Leicester se retourna et reconnut la petite fille qu'il avait forcée d'assister à son mariage avec Florence. La pauvre enfant recula terrifiée en le reconnaissant.

— Je ne savais pas... je n'avais pas l'intention... dit-elle en tremblant.

— Quoi donc! tu es égarée, ma petite? lui dit Leicester dont la voix de ce misérable fût donc et mielleuse.

— Oui, monsieur... oui... j'ai perdu mon chemin... mais je le retrouverai.

— Et où habites-tu donc? Ah! je m'en souviens. Voyons, j'ai du temps à perdre, et je vais t'accompagner jusque chez toi, afin qu'il ne t'arrive rien.

— Oh! non... je ne veux pas... vous donner cette peine!

— Cette peine! oh! la belle affaire! tu me montreras la maison où tu demeures, ma charmante, de cette manière je saurai où te retrouver.

Julia hésitait encore.

— Mais, j'y pense, dit Leicester en tirant sa bourse, tu oublies que je ne t'ai point payé les jolies fleurs que ma fiancée a prises dans ta corbeille.

— C'est inutile, répondit l'enfant d'une voix résolue, j'ai été payée; je souhaite que la pauvre jeune dame ait été satisfaite.

Leicester se prit à rire.

— Comment, tu appelles ma jolie fiancée une pauvre jeune dame! Ma parole d'honneur, tu plaisantes!

Julia hâte sa marche; elle espérait pouvoir échapper à la compagnie de Leicester, persuadée qu'elle était qu'il n'avait voulu que lui faire peur. Mais celui-ci ne la quitta point d'un pas, et il marchait à ses côtés en s'amusant réellement de la terreur qu'il inspirait à cette enfant. Il pouvait disposer encore d'une demi-heure, et quel autre amusement plus agréable pourrait-il prendre que celui de satisfaire une de ses fantaisies; et puis, à vrai dire, il n'était pas fâché de savoir où habitait la petite fille. N'était-elle pas un des témoins de son mariage, ne se trouvait-elle pas en quelque sorte liée à sa destinée? Ce qu'il y a de certain, c'est que la pauvre Julia tremblait de tous ses membres, et qu'à l'instar de Néron[1], Leicester se fût amusé à torturer des mouches, si aucune créature plus sensible et plus digne de se mesurer avec lui ne se fût trouvée sous sa main. Cet homme sans cœur était aussi insatiable que le tyran romain du plaisir de mal faire, et sa cruauté était peut-être supérieure à celle de Néron; car, tandis que l'empereur renommé se contentait de douleurs physiques, Leicester n'était véritablement satisfait que lorsqu'il avait infligé à sa victime les angoisses morales les plus déchirantes. Néron se plaisait à jouer de la lyre, et la musique que Leicester préférait à toute autre, c'était celle rendue par les cordes des cœurs qu'il avait blessés.

— C'est ici que j'habite, dit enfin Julia en s'arrêtant tout d'un coup devant une maison basse et délabrée qui s'élevait à l'angle d'une rue de traverse; et, tout en parlant, la voix lui faisait défaut, tant elle avait couru pour chercher à son protecteur. — Ne venez pas plus loin, grand-papa n'aime pas à voir d'étrangers chez lui.

— Va donc, va donc, répondit Leicester d'un ton de bonté affectée, grand-papa sera enchanté.

Julia se précipita, désespérée, le long des escaliers qui descendaient dans la direction de la chambre basse. Elle se berçait de l'espoir d'être à même d'ouvrir et de refermer la porte du corridor avant que Leicester eût pu arriver tout contre, et elle croyait même avoir la force de l'empêcher d'entrer, mais Leicester, ayant deviné son intention, arriva en même temps qu'elle à l'entrée du corridor, plongé dans la plus profonde obscurité. Julia hâta sa course, et ouvrit la porte de cette misérable chambre où elle habitait avec ses parents. Leicester la suivit encore. L'appartement dans lequel il se trouvait était sombre, malgré les lueurs du feu qui se mourait dans le foyer, car les vieillards qui habitaient là, et que l'on apercevait vaguement assis aux deux coins de l'âtre, se gardaient bien de laisser une bougie

[1] Mistress Ann Stephens a voulu probablement nommer Domitien. *(Note du traducteur.)*

allumée lorsqu'ils n'avaient pas besoin de voir pour faire un travail quelconque : ils étaient trop pauvres pour se donner ce luxueux plaisir.

— Est-ce toi, ma chérie, est-ce toi qui reviens ici tout essoufflée? dit la voix du grand-père Warren tandis qu'il se levait et cherchait quelque chose sur la pierre de la cheminée. Qu'est-ce qui t'a retardée ainsi? Ta pauvre grand'mère était fort inquiète. Et tout en parlant on entendait contre la muraille le frottement d'une allumette qui se refusait à brûler.

— Le gentleman, grand-papa! le gentleman! Il a voulu venir malgré moi! s'écria l'enfant tout émue.

Ces paroles parurent émouvoir le vieillard; l'allumette ne pouvait pas s'enflammer par la friction, il l'approcha d'un tison, et lorsque le soufre commença à brûler, il répandit une lueur phosphorescente sur le visage de la femme et sur celui du mari. Cette lueur n'eut qu'un seul instant de durée. Lorsque l'allumette se trouva en contact avec la mèche de la bougie, la flamme hésitait à se communiquer, et plus d'une minute s'écoula avant qu'on pût y voir dans l'appartement. Le vieillard se tourna alors du côté de la porte en abritant la bougie avec ses mains.

— Où est ce gentleman, mon enfant, je ne le vois pas?

Julia se retourna et parcourut des yeux tous les coins de la chambre. Ce qu'il y avait de certain, c'est que Leicester était encore auprès d'elle il y avait à peine quelques secondes.

— Il est parti! il n'est plus là ! s'écria-t-elle en tressaillant. O grand'mère! ô grand-père! comme il m'a fait peur! C'est le même gentleman que j'ai vu l'autre jour sur le quai, et dont je vous ai parlé.

CHAPITRE XIX.

La nuit et le matin.

Le bal de mistress Gordon, dans lequel nous avons déjà introduit nos lecteurs, était l'un des plus remarquables qui ait jamais été auparavant donnés à New-York. La foule se pressait dans une douzaine de salons splendides, les uns d'une dimension pareille à ceux des palais, les autres vrais bijoux d'élégance. Nous reprendrons notre histoire au moment où la jeune marchande de fleurs vient de quitter la maîtresse du logis.

La serre, remplie de fleurs exotiques du plus haut prix, et éclairée par de nombreuses lampes d'albâtre entourées de verres dépolis, pareilles à des lunes suspendues à la voûte de cristal de ce palais enchanté, était l'un des endroits les plus admirés de la fête par tous les invités. C'était en effet un coup d'œil admirable que celui de ce temple de Flore envahi par toutes les plantes de l'Amérique du Sud, de passiflores étoilées, dont les branches retombaient de la voûte et venaient cacher en quelque sorte, avec leurs feuilles, l'éclat des lumières; d'arbustes aux feuilles gigantesques, bananiers, caroubiers et autres, qui abritaient sous leur toit de verdure les plantes fleuries placées devant eux. Un lis d'eau et un nymphéa d'une rareté particulière, plantés au milieu d'un bassin de marbre, projetaient leurs larges feuilles et leurs fleurs blanches veinées de rose aux étamines d'or à la surface de l'onde pure toujours renouvelée, dans laquelle s'ébattaient des myriades de poissons rouges qui miroitaient dans l'eau pareils à des éclairs dans un ciel sans nuage. L'atmosphère était imprégnée des senteurs odorantes de l'héliotrope, des daphnés et des jasmins du Cap. Tout autour du bassin, un tapis de mousse verte était les pétales de velours, et retombait en grappes touffues sur les dalles de marbre qui l'entouraient. On eût dit que c'était là le royaume des fées, lorsqu'on pénétrait dans cette serre ou plutôt dans cette oasis de fleurs, après avoir traversé une galerie de tableaux qui la séparait du salon de réception.

Dunlap, le célèbre horticulteur et fleuriste de New-York, avait présidé à l'arrangement de ce jardin artificiel. Jamais artiste n'avait réussi à peindre un tableau plus séducteur, jamais péri n'avait découvert un paradis plus enchanteur.

Les rideaux de velours qui séparaient la galerie de tableaux du salon de réception avaient été relevés par une habile combinaison, et dès la porte d'entrée la vue pouvait s'égarer jusqu'à l'extrémité de cet horizon parfumé, jusqu'à ce qu'elle se perdît au milieu de ces masses de verdure illuminées par un clair de lune factice. Du seuil du salon de danse, où des flots de lumière doublaient d'intensité à l'éclat des dorures, on pouvait voir un tableau magique qui rivalisait d'élégance avec celle des palais européens, à l'exception peut-être du grandiose de l'espace. Vis-à-vis chaque fenêtre, vis-à-vis chaque porte se trouvaient appendues aux murailles des glaces d'une taille gigantesque, qui réfléchissaient et prolongeaient au loin la perspective des appartements et les feux des bougies sans nombre. Les plafonds recélaient des fresques entourées de brillantes dorures, qui en rehaussant le mérite et la couleur. Chaque appartement avait un aspect particulier et des meubles de couleur identique; mais les contrastes naturels avaient été si habilement préparés par le tapissier, que lorsque toutes les portes étaient ouvertes la vue de cette enfilade d'appartements était sans pareille, et présentait un ensemble bien fait pour être admiré comme l'œuvre d'un ar-

tiste du plus grand mérite et consulté par tout le monde pour servir d'exemple à d'autres demeures aussi princières que l'était celle-là.

Les salons avaient été rapidement envahis, et les costumes de fantaisie choisis par les invités donnaient à cette fête un éclat inimaginable. Aucune fête européenne, malgré son luxe et sa magnificence, ne pouvait être comparée à celle-là. Le scintillement de la soie avaient quelque chose de royal, qui contrastait avec les simples habitudes républicaines qui ont immortalisé notre pays parmi toutes les nations du monde. Mais, au milieu de cette foule brillante, nous n'avons à nous occuper que de quatre personnes, autour desquelles gravitait d'un pas rapide le destin fatal qui devait bientôt apparaître comme un fantôme à chacun d'eux au milieu de cette gaieté et de ce luxe inimaginable.

William Leicester entra l'un des derniers. La soirée qui venait de s'écouler avait été pour lui si fertile en événements, qu'il se sentait ému malgré lui-même. Il pénétra dans la maison de mistress Gordon, les joues pâles et les yeux abattus, comme s'il eût pressenti que son sort allait se décider dans quelques instants. Quelle influence inconnue lui avait inspiré la pensée de suivre jusque chez elle cette jeune fille qui l'avait conduit en présence de ces vieillards accroupis devant le feu, dans la cave obscure de la rue isolée? Quel était le mauvais génie qui resserrait autour de lui le réseau d'événements fâcheux dont il se sentait étreint? Il commençait à douter de lui-même : une crainte superstitieuse s'était emparée de son être, et il souhaitait plus que jamais se hâter de placer l'Atlantique entre lui et les inquiétudes terribles qui l'assiégeaient.

Quelques personnes privilégiées, et certains hommes appartenant au gouvernement par leur position, avaient été admis par la maîtresse de la maison, quoique le costume fût absolument de rigueur. Leicester avait pris acte de cette autorisation, et il se présenta dans le costume élégant et simple à la fois dont il s'était revêtu pour la cérémonie de son mariage.

— Mais oui, Leicester, vous êtes pâle, vous serait-il arrivé quelque chose, ou bien faut-il attribuer cela aux reflets de votre gilet blanc? lui dit un jeune Turc, qui, assis près de la porte, cessa en lui parlant d'admirer les broderies des pantoufles dont il avait chaussé ses pieds.

— Moi, pâle! oh! non pas! Je suis seulement fatigué, à cause de mes préparatifs de voyage; car vous savez que je pars pour l'Europe.

— C'est fort ennuyeux, n'est-ce pas? répondit le jeune homme en ajustant le châle qui lui servait de ceinture. N'est-ce pas que mistress Gordon est superbe ce soir? C'est la plus belle du bal, sans mentionner les richesses diamantées qu'elle possède. Ah! c'est une conquête à faire. Il faudrait essayer, Leicester.

— Vous croyez! mais, parbleu, elle doit avoir écorné sa fortune pour bâtir un palais pareil à celui-ci, répondit-il en admirant cette enfilade d'appartements qui s'offraient à ses yeux.

— Oh! pas tout à fait, réplique le jeune Turc en avançant le pied pour mieux admirer l'ampleur de ses pantalons de soie. Cent cinquante mille dollars ne payeraient pas, j'en suis sûr, la valeur d'un palais semblable à celui-ci.

— Ainsi, mon cher monsieur, vous pensez que c'est une forte somme que cent cinquante mille dollars? Si par hasard une femme ne possédait que la moitié de cette somme pour sa dot, quelle estime auriez-vous donc pour elle?

— Vingt-cinq mille dollars! réplique le dandy : une femme qui n'a pas une dot plus considérable ne vaut pas la peine qu'on l'estime, et celui qui lui fera la cour peut tout au plus être un vieux imbécile de vingt-deux ou de vingt-trois ans.

Leicester sourit à sa manière, en cherchant à peine à comprimer sa raillerie. Quoiqu'il fût très-chatouilleux sur les plaisanteries relatives à son âge, ce spécimen de la jeune Amérique l'amusait étrangement.

— Ainsi, dit-il, cette veuve qui possède des monceaux d'or est, suivant vous, un mariage à faire et digne qu'on s'en occupe? Si je faisais une tentative de ce côté?

— Ah! si vous aviez vingt ou vingt-cinq ans de moins, vous auriez quelque chance.

Leicester éclata de rire.

— Allons, allons, puisque je suis trop vieux pour être à craindre, et comme je n'ai pas l'intention de devenir votre rival, vous voudrez bien, je l'espère, me montrer cette perle de beauté qui m'est tout à fait inconnue.

— Eh quoi, vous n'avez jamais vu mistress Gordon, la belle mistress Gordon? Je croyais qu'un homme tel que vous l'adorât plus fin. Je connais plus de cent jeunes gens qui sont amoureux fous d'elle.

— Vous voyez donc bien que je n'ai pas de chance.

— J'en ai peur, réplique le jeune homme, qui ne put à souvenir avec complaisance en regardant son visage qu'il se reflétait dans une glace placée vis-à-vis de lui. Comment voulez-vous faire une conquête en habit noir et en cravate blanche. Il aurait fallu prendre un travestissement... un costume dans le genre du mien... voilà ce qui séduit les femmes...

Leicester commençait à trouver le jeune homme très-assommant.

— Eh bien, dit-il, puisque vous ne voulez pas m'aider, je trouverai bien le moyen de me présenter moi-même à mistress Gordon.

— Mais attendez donc pour cela que la foule vous permette de circuler. Ah! bon! voilà l'orchestre qui commence à se faire entendre. Aux accents mélodieux de la valse, tout le monde s'éloigne. Regardez donc: quelle vue enchanteresse! N'est-ce pas que c'est une perspective sans pareille?

Un nuage passa dans ce moment sur les yeux de Leicester. Il porta machinalement la main à son visage, et dès ce moment la sensation d'ivresse morale qu'il éprouvait disparut : il vit clairement devant lui.

— Laquelle... laquelle de ces dames est mistress Gordon? dit-il d'une voix émue, qui fit presque tressaillir le jeune beau dans son costume d'Oriental flegmatique.

— Que vous êtes donc aveugle! Existe-t-il sur la terre une femme qu'on puisse lui comparer?

— Est-ce cette dame? demanda Leicester en désignant d'un geste une personne revêtue d'un costume représentant Cérès, qui se tenait debout dans l'embrasure d'une porte.

— Mais, sans doute... Allons, je suis bon diable, je veux vous présenter moi-même. Venez avec moi, puisque nous avons la possibilité de nous approcher d'elle. Mais comment donc vous êtes-vous procuré une invitation dans les formes? je ne le demande en vain. Allons, venez; la voici qui regarde dans notre direction.

— Tout à l'heure... répondit Leicester en se retirant de côté, afin d'être moins en vue.

— Mais qu'avez-vous donc? vous avez pâli!... Ah! je vois ce que c'est; un seul regard a suffi pour vous séduire, ajouta le persécuteur.

Leicester essaya de sourire, mais il pouvait à peine remuer les lèvres. Aussi, lorsqu'il voulut répondre à cette mauvaise plaisanterie, il lui fut impossible de trouver une parole.

— Venez donc! venez donc! dépêchez-vous, si vous voulez que je remplisse mes fonctions d'introducteur. Il faut vous hâter, car je suis engagé pour la prochaine polka.

— Excusez-moi, répondit Leicester en se redressant avec fierté, je vous remercie; mais je plaisantais en vous demandant de me présenter à mistress Gordon. Elle et moi, nous sommes de vieilles connaissances.

— Alors je vous quitte pour rejoindre ma danseuse, répliqua le Turc presque effrayé par le regard menaçant de Leicester.

— Allez, répondit celui-ci en s'appuyant sur l'angle d'un piano qui se trouvait devant lui.

Et dès ce moment Leicester, le démon dans le cœur et la flamme dans les yeux, suivit sa femme du regard sans la perdre de vue un seul instant.

N'était-ce pas là l'accomplissement du désir de mistress Gordon? En donnant ce bal, Ada n'avait-elle pas voulu se montrer à son mari environnée de tout le prestige et l'éclat de sa position et de son immense fortune. Quel pouvait être le motif secret qu'elle cachait dans son cœur? Nul autre n'aurait pu le dire. Peut-être s'attendait-elle — car un amour de cette nature s'abaisse quelquefois jusqu'à subir de grandes humiliations, — à obtenir de nouveau quelques reflets de sa tendresse passée? Peut-être espérait-elle l'émouvoir par sa vue et par la richesse princière, pour pouvoir ainsi l'accabler de son mépris et le chasser pour jamais. Probablement c'était là la raison qu'elle donnait à son cœur; mais n'est-il pas plus probable de croire qu'elle rêvait au fond de tout cela une réconciliation avec son mari? Dans toute autre circonstance, avec le tact et le goût parfait, la simplicité exemplaire qui présidaient toujours à la toilette d'Ada, elle eût revêtu surtout dans sa maison, pour y recevoir ses invités, un costume moins riche que celui qu'elle portait ce soir-là. Mais elle avait un but à poursuivre, il lui fallait écraser du pied et rouler dans la poussière un être méchant et orgueilleux; c'était donc armée de toutes pièces, comme les chevaliers en se revêtant de leurs armures avant de marcher au combat. Le personnage de Cérès, dont elle portait le costume allégorique, convenait admirablement au genre de beauté et à la grâce qui lui était naturelle. Pour rendre plus magnifique encore l'éclat de son travestissement, elle avait confié au célèbres bijoutiers Ball et Black ses nombreux diamants, pour qu'ils fussent remontés et sertis en forme de couronnes, de bouquets et de grappes propres à accompagner comme détails les différentes parties du costume. Lorsque Leicester aperçut Ada à la distance qui le séparait d'elle, il se sentit ébloui de tous les feux de l'arc-en-ciel qui se détachaient à chacun des mouvements qu'elle faisait.

Ada avait revêtu une robe de satin de couleur d'or, sur laquelle un pardessus de point de Bruxelles du plus grand prix était relevé à différentes places par des bijoux ayant la forme de fruits, de plantes et de cerises grosses comme nature taillées dans des escarboucles précieuses, des raisins d'améthystes ou de topazes orientales, des groseilles de rubis, des pommes d'api taillées dans du corail de Naples, des épis de blé barbelés d'or, et dont chaque grain était un diamant. Comme on le voit, ces bijoux étaient admirables et d'autant plus précieux, qu'autour de chaque fruit il y avait des feuilles imitées au moyen d'émeraudes qui jetaient des lueurs pareilles à celles d'un feu d'artifice.

Ada portait les bras nus jusqu'aux épaules, et sur sa poitrine d'une forme irréprochable s'étalaient des dentelles merveilleuses, retenues vers le milieu par une broche de la plus grande valeur, représentant, comme le reste, une grappe de fruits.

Ses cheveux, arrangés comme ceux d'une statue grecque, retombaient en arrière en boucles épaisses, et sur son front elle avait posé une couronne de diamants dont l'éclat rehaussait encore celui de tous les autres bijoux. Cette couronne merveilleuse, représentant des fruits et des fleurs, avait été composée à l'aide de ses plus beaux diamants : des fuchsias de roses multiples teintées au moyen de rubis, des myosotis de turquoises, portant au centre une perle dorée, se groupaient à des épis de diamants, à des grappes en rubis entremêlées à des pierres précieuses de tout genre. Des feuilles de vigne en émeraude retombaient le long des tempes de chaque côté de ce gracieux visage, entremêlées à des bouquets de cerises en escarboucles, au milieu desquelles on aurait juré apercevoir une teinte de couleur ponceau. Chacun de ces fruits, chacune de ces fleurs étaient ornés d'un brillant de grosseur différente, que le lapidaire avait placé là pour imiter la rosée, et certainement rien n'était plus beau à voir que cet amas de richesses posées sur la tête et entre les cheveux de cette femme adorable.

Ada s'était placée sous un candélabre, dont les feux multiples éclairaient la couronne bizarre qu'elle portait sur son front, et en empruntant un éclat sans pareil à cette lumière intense. Des flots de dentelle retombaient de chaque côté du visage d'Ada, à l'imitation de ces statues antiques de Cérès dont les fragments existent encore à Athènes.

Leicester se tenait debout en contemplant sa femme, et chaque pierre précieuse était estimée dans son esprit à sa juste valeur. La surprise l'avait de prime abord absourdi; mais il avait eu le pouvoir de cacher son trouble sans quitter des yeux, fût-ce même un instant, celle qui était devant lui.

Sa résolution fut bientôt prise; avec le plus grand sang-froid il s'avança vers Ada, et si ce n'eût été à l'éclat de ses yeux et à la pâleur de ses lèvres, on aurait pu croire qu'elle et lui avaient été à peine séparés l'un de l'autre depuis la veille.

La plus grande partie des invités avait passé dans la salle de danse, et dans ce moment même le salon de réception où se trouvait Ada était à peu près abandonné de la foule qui s'y pressait quelques instants auparavant.

Cependant mistress Gordon n'était point seule : quelques personnes l'entouraient, joyeuses de tenir compagnie à leur hôtesse et d'admirer le luxe qu'elle déployait dans cette occasion. Jamais sa beauté n'avait été plus admirable, jamais aussi son esprit n'avait été plus piquant, jamais sa bouche n'avait été si purpurine. L'animation brillait dans ses yeux; le carmin le plus pur colorait le duvet de ses joues, dont l'éclat augmentait à mesure que la soirée s'avançait et que la joie lui rendait toute l'énergie de ses forces. Souvent, pendant la soirée, elle suspendit sur ses lèvres une phrase à peine commencée, pour chercher quelqu'un qui se faisait attendre. Alors, dans son désappointement, des plis venaient contracter son front : on aurait dit que cette couronne de diamants était une couronne d'épines dont les pointes la déchiraient cruellement.

Mais bientôt le souvenir revenait à son esprit; une repartie spirituelle dissipait la contrainte qu'elle venait de manifester, et le sourire épanouissait son visage.

Ada venait d'adresser une saillie des plus joyeuses à un jeune homme, lorsque ses yeux se détournèrent pour se diriger du côté opposé. Elle tressaillit alors; ses yeux se remplirent de flammes, et se relevant de toute sa hauteur avec une fierté sans égale, on la vit se cambrer, les lèvres frémissantes, les joues empourprées, se tenant sous les armes, afin de recevoir son mari. Celui-ci traversa l'appartement, s'avançant à pas lents avec la grâce nonchalante qui lui était naturelle; de temps à autre il s'arrêtait au milieu de la foule. Il s'arrangea même pour mettre un intervalle d'une minute du moment où elle l'avait aperçu, jusqu'à celui où il arriva assez près d'elle pour pouvoir lui adresser la parole.

— Ah! ma chère madame, que ne pardonnerai-je ma vie d'être arrivé si tard! Et en lui disant ces mots, il lui prit la main et la baisa. Aussi pourquoi vos invitations n'annonçaient-elles pas que nous étions conviés à une fête donnée au paradis!

Ada pâlit dans ce moment suprême, et perdit pendant quelques instants sa présence d'esprit. L'audace de cet homme l'avait stupéfiée : elle avait espéré le surprendre et jouir de sa défaite. Mais avant qu'il eût achevé ces paroles, le sang lui monta au visage, l'incarnat reparut sur ses lèvres, et ses yeux s'injectèrent d'une flamme incandescente. Il tenait toujours sa main dans la sienne; tout en lui parlant, il la pressait d'une manière significative : mais cette pression réveilla chez elle l'orgueil de son naturel.

Espérait-il pouvoir encore la fasciner comme autrefois? La prenait-il encore pour une de ces jeunes filles à peine sorties de l'école, dont on fait la conquête au simple attouchement de leur main, ou grâce à une de ces facteurs banales qui frisent la sottise. La fat ne trompait étrangement.

Elle retira sa main en souriant avec mépris.

— Aimez-vous ignoriez que la déesse de l'abondance régnait ici en souveraine ?

Chacune de ces paroles, quelque insignifiante qu'elle fût en apparence, avait une intention particulière. Les yeux de Leicester, malgré son audace ordinaire, s'abaissèrent devant ceux de sa femme. Mais son audace naturelle lui revint, et, prenant son temps pour répondre, il lui dit, après une pause :

— Vous auriez pu choisir un meilleur rôle, madame, et si vous m'aviez consulté je vous aurais indiqué une personnification qui vous eût bien mieux convenu.

— Et laquelle, s'il vous plaît ? Quel costume auriez-vous indiqué ? reprit-elle vivement en s'efforçant de sourire.

Leicester se releva, et de l'air le plus gracieux, comme s'il eût voulu faire croire qu'il lui adressait un compliment, il lui dit :

— J'aurais, à votre place, madame, voulu personnifier Niobé.

Le ton avec lequel il avait prononcé ces paroles, beaucoup plus que les paroles elles-mêmes, avait produit sur Ada l'effet de la morsure d'un serpent.

Elle leva la tête avec un mouvement qui fit jaillir des éclairs de sa couronne de diamants.

— Puisque vous connaissez si bien la mythologie, vous devriez savoir que tout ce que touchait Niobé se convertissait en pierre, et c'est là une ressemblance qui nous est personnelle à vous et à moi, monsieur, ajouta-t-elle d'une voix basse qui tremblait en quelque sorte.

Leicester courba la tête, et se disposait à répondre de la même manière au moment où Ada se releva avec un rire de défi.

— Du reste, vous vous trompez, monsieur, le rôle de Niobé est par trop triste; il y a longtemps que j'ai essuyé mes larmes! dit-elle en se tournant avec gaieté du côté du groupe qui l'entourait. Qu'en dites-vous, messieurs? Voici un de mes amis qui aurait désiré me voir représenter l'image de la Tristesse ! Ai-je l'air d'une femme qui pleure toujours ?

— A moins que ce ne soit comme les anges pleurent ! répondit une des personnes présentes.

— Les anges versent des larmes lorsqu'ils quittent le séjour qui leur est assigné, murmura Leicester en se penchant de nouveau vers elle.

Mais celle-ci ne répondit point cette fois. Ces paroles n'avaient point produit l'effet qu'il en attendait. Elle se sentit moins de haine pour Leicester pendant qu'il lui adressait ces reproches à mots couverts que lorsqu'il s'était présenté à elle en lui adressant un compliment. Elle s'apprêtait à lui répondre, au moment où plusieurs personnes s'élancèrent dans le salon en riant de toutes leurs forces.

— Oh! mistress Gordon, si vous saviez comme c'est amusant! s'écria une jeune fille costumée en bouquetière en arrivant devant Ada. Figurez-vous qu'il y a là un de vos invités déguisé en facteur de la poste et portant sa boîte remplie de lettres, de vraies lettres; on n'a jamais rien vu de plus piquant. Je parierais tout ce qu'on voudra que M. Willis ou quelque autre poète que je pourrais désigner a mis la main à la fabrication de cette correspondance, car il y a certaines de ces lettres qui contiennent des vers charmants. Regardez vous-même. Ceux-ci... ne sont-ils pas ravissants?

Et en disant ces mots la jeune fille présentait à Ada un papier sur lequel une douzaine de vers étaient écrits.

— Lisez, lisez tout haut! s'écria-t-on en chœur. Il n'y a ici de secrets pour personne.

— Oh! je m'y oppose, répondit la jeune demoiselle en minaudant et en secouant les fleurs contenues dans sa corbeille. Je suis bien persuadée que mistress Gordon n'en fera rien, et qu'elle n'insistera pas pour...

Ada comprit ce que signifiait cette résistance, et fit semblant de rendre la lettre, tandis que la jeune fille feignait à son tour de vouloir la reprendre.

— Et si mistress Gordon insistait, dit celle-ci; car je prétends que le facteur n'a pas le droit d'apporter en ce moment des lettres qui ne seraient pas destinées à l'amusement de tous.

— Oh! mais non!... je refuse! s'écria la jeune bouquetière en essayant de dissimuler le plaisir qu'elle éprouvait à l'aide d'une moue presque gracieuse. C'est un mauvais tour que vous me jouez là.

— Lisez donc, lisez donc! s'écrièrent plusieurs voix.

— Non, répondit Ada, qui ne prenait aucun plaisir à cette scène et avec l'intention de punir la jeune fille de son affectation, tout amusement doit être ici volontaire. Et si la lettre à la jeune fille, qui cette fois fit une moue réelle en remettant le papier sur les fleurs de sa corbeille.

Pendant que tout ceci se passait, Leicester s'était éloigné du salon en évitant les regards : deux personnages, revêtus de costumes bizarres, étaient venus occuper sa place auprès de miss Gordon. A vrai dire, dans une assemblée aussi nombreuse, ces deux invités n'auraient point attiré l'attention s'ils n'eussent été revêtus de costumes d'une excentricité toute particulière. L'un des deux personnifiait la nuit, et l'autre le matin. Tout autour de leur visage retombait une draperie de

soie transparente qui leur permettait de voir tout ce qui se passait, et les enveloppait des pieds à la tête. Ils observaient tous les deux un silence obstiné, et leur présence auprès d'Ada arrêta toutes les conversations. Ils comprirent cette contrainte générale, et se retirèrent peu à peu sans affectation derrière un des piliers qui séparaient le salon de la salle de bal, à quelques pas de l'endroit où se tenait Ada.

Leicester s'était dirigé vers l'appartement destiné seulement aux messieurs, et qui, à cette heure, se trouvait tout à fait désert. Il paraissait pressé et fort ému lorsqu'il y entra. Il s'approcha d'un flambeau, ouvrit un portefeuille qu'il tira de sa poche, et après avoir fouillé dans un paquet de lettres qu'il contenait, il en prit une qu'il ouvrit rapidement; puis ayant lu quelques-unes des premières lignes, il dirigea les yeux autour de lui comme s'il cherchait quelque chose.

A n'en pas douter, les lettres et les épîtres en vers que colportait le faux facteur de la poste avaient été fabriquées dans cette partie de la maison, car à l'un des angles de cette chambre se dressait une table couverte de plumes, de papier à lettre et d'enveloppes.

— Voilà qui est heureux, dit Leicester en apercevant ces préparatifs et en cherchant parmi les enveloppes une d'elles qui fût assez grande pour contenir ce qu'il voulait y mettre : cette lettre qu'il avait tirée de son portefeuille, et dans laquelle, à la lumière de la bougie placée sur la table, on apercevait une tresse de cheveux bouclés scellée à l'une des extrémités.

Leicester mit l'adresse sur l'enveloppe en copiant chaque lettre qu'il écrivait sur celle de l'épître placée devant lui, de manière qu'on eût pu prendre l'écriture comme identique à l'autre.

Lorsqu'il eut achevé, et qu'en ôtant sa main il put lire son nom tracé par une écriture qui ressemblait à celle d'une femme, un sourire de satisfaction effleura ses lèvres. Il replia la lettre qui contenait la boucle de cheveux, et cacheta l'enveloppe avec un soin tout particulier; puis il sortit de la chambre d'un air pressé, et fit signe à un domestique de s'approcher de lui.

— Prenez ce billet et donnez-le au facteur, que vous trouverez quelque part dans le salon. Dites-lui que mistress Gordon désire qu'il le remette à l'adresse indiquée, lorsque la personne dont le nom est écrit là-dessus se trouvera auprès d'elle.

— Oui, monsieur, dit le domestique français, heureux d'avoir à remplir une commission qui lui convenait sous tous les rapports. Ce n'est pas la première fois que j'ai eu à être porteur de pareilles lettres.

— Agissez avec adresse, vous comprenez! et voici pour votre peine.

— Monsieur est trop généreux! répondit le serviteur en saluant la pièce d'or que lui tendait Leicester. Monsieur va voir que je vais exécuter le tour sans que personne s'en doute.

Leicester rentra dans le salon, et se glissa de nouveau dans la foule des admirateurs qui entouraient mistress Gordon. Il se croyait inaperçu; mais les deux personnes, qui ne perdaient pas un moment Ada de vue et s'étonnaient de l'insouciance qu'elle avait manifestée pendant tout le temps que Leicester avait été absent, tressaillirent tout d'un coup au moment où sa physionomie s'illumina d'une ardeur nouvelle. Au même instant, la Nuit et le Matin se rapprochèrent de la colonne, et cherchèrent à se cacher entièrement à tous les yeux.

— Voici le facteur qui revient! s'écrièrent à la fois une demi-douzaine de demoiselles. A qui va-t-il porter une lettre? A mistress Gordon, sans doute?

Le personnage qui remplissait le rôle du facteur était l'un des premiers avocats de New-York, et il s'acquittait de son rôle avec une habileté qui faisait croire à la réalité de sa mission. Il portait sous son bras un paquet de lettres, et en gardait plusieurs dans chaque main. Toutes les dames tressaillirent lorsqu'il reparut. Son arrivée fut le signal de jeux multiples d'éventails et d'ondulations de boucles de cheveux, qui étaient bien faits pour arrêter tout homme au passage. Il ne détourna la tête ni à droite ni à gauche, mais il s'avança à la rencontre de Leicester et lui présenta une lettre.

— Vous me devez deux cents, monsieur, pour le droit de poste.

Leicester prit gravement l'épître qu'on lui présentait, tira de sa poche une petite pièce d'argent d'une valeur de cinq sous, et la plaçant dans la main ouverte du facteur, il lui dit :

— Rendez-moi ma monnaie, s'il vous plaît.

Chacun se mit à rire; mais le facteur, sans se déconcerter, prit entre ses dents la pièce de cinq cents, et fouilla dans ses poches pour y trouver de la monnaie. Il rendit trois cents à Leicester et s'éloigna aussi rapidement que si la distribution de tous les courriers des Etats-Unis eût été confiée à son activité.

Leicester resta un moment silencieux, tenant la lettre entre ses doigts, semblant et paraissant hésiter à l'ouvrir.

Ada le regarda avec anxiété; ses yeux se portaient alternativement de la lettre au visage de Leicester. Dans cet instant même la jalousie lui faisait oublier le mépris qu'elle ressentait pour cet homme.

— Ah! non, nous ne le souffrirons pas, s'écrièrent plusieurs voix au moment où Leicester paraissait vouloir cacher cette lettre dans sa poche. Toutes les lettres doivent être lues en public. Brisez le cachet! brisez le cachet!

Leicester sourit avec ironie, comme si on le forçait à faire quelque chose d'absurde. Il brisa la cire de la lettre, et la déploya. Une boucle de cheveux dorés tomba à ses pieds, il la ramassa à la hâte, et le serra convulsivement dans sa main. À cette vue un éclat de rire universel se fit entendre.

— Lisez! lisez! c'est évidemment de la poésie. On le voit rien qu'à cette boucle de cheveux. Rien n'est en vérité plus poétique! s'écria-t-on généralement.

— Épargnez-moi! répondit Leicester comme s'il eût été ennuyé de cette circonstance. Cependant si madame consent à vous donner ce plaisir elle-même, elle le peut; je ne m'y oppose pas.

Ada tendit la main et s'empara du papier. Une sensation pénible s'était emparée d'elle au moment où le facteur avait remis cette lettre à Leicester, et il lui fallut toute sa force de caractère lorsque ce papier arriva dans ses mains pour qu'elle pût l'ouvrir avec le calme et l'insouciance nécessaires.

Elle regarda la première ligne; ses lèvres s'efforcèrent de prononcer les premiers mots; — mais aucun son ne se fit entendre, — et une pâleur mortelle chassa le carmin qui les couvrait quelques minutes auparavant. Pour ceux qui l'entouraient, Ada semblait chercher le sens des vers avant de les lire à haute voix. Ce papier contenait simplement un appel passionné qu'elle avait adressé à son mari à l'époque de son mariage, lorsqu'elle avait ressenti la première atteinte de la jalousie. Suivant l'usage, lorsqu'un cœur qui aime avec passion a souffert lui-même ou fait souffrir quelqu'un, il se hâte de faire des concessions pour obtenir de nouveau le calme et la paix; il s'accuse et se donne tort lui-même, comme si la faute lui était personnelle. Ada, dans son indignation jalouse, avait redemandé la boucle de cheveux qu'elle avait donnée un soir à Leicester quand elle habitait encore la maison de son père.

Leicester la lui avait rendue froidement, sans prononcer une parole: alors, désespérée, craignant que cette restitution ne fût la cause d'une séparation éternelle, elle avait renvoyé cette même boucle de cheveux que Leicester cachait en ce moment dans sa main, en lui écrivant ces lignes passionnées que celui-ci, avec son génie infernal, venait de remettre entre ses mains.

Pauvre Ada! elle ne voyait plus rien de ce qui se passait autour d'elle. Ses yeux mi-clos n'apercevaient plus que l'image du vieux foyer paternel de la ferme du Maine. Sa pensée se reportait vers cette époque de la lune de miel qui avait eu ses joies et ses chagrins. C'était un songe dont elle s'était bientôt réveillée, pour retomber dans une désespérante réalité.

Leicester se tenait debout devant elle, la regardant avec une indifférence apparente: on l'aurait pris pour une araignée sur le point de s'élancer sur la mouche enchevêtrée dans les mailles de sa toile légère.

— Elle n'ose pas lire à haute voix, je le savais, pensait-il lui-même. À son émotion et à la pâleur de ses lèvres, tout me prouve qu'elle est à moi! Je savais bien que je la blesserais au cœur. Qu'importent les cris de cette foule qui l'environne, elle n'entend plus rien que la voix qui lui rappelle ses souvenirs d'autrefois!

Et sans y faire attention, un sourire glacial de triomphe vint crisper ses lèvres, tandis qu'Ada, perdue dans ses souvenirs, continuait à garder le silence. Les yeux fixés sur ce papier, elle paraissait toujours lire.

Les convives parurent s'impatienter avec toute la politesse de gens du monde.

— Nous sommes tous très-attentifs! s'écria une voix.

Elle n'entendit pas.

De nouveaux rires, de nouvelles clameurs s'élevèrent alors autour d'elle. À la fin, elle leva la tête comme pour chercher à reconnaître le bruit qui avait frappé à ses oreilles. Ses yeux rencontrèrent ceux de Leicester. Le sourire de triomphe qui se dessinait sur ses lèvres, et dont il ne se doutait peut-être pas lui-même, dissipa le rêve dans lequel elle s'était endormie, et le présent apparut vivide à ses yeux.

— Croit-il donc renouveler mes angoisses en me rappelant mes souvenirs d'autrefois? pensait-elle.

Tout d'un coup ses yeux se ranimèrent, la force lui revint, et les paroles sortirent les unes après les autres de sa bouche sans la moindre hésitation. À mesure qu'elle prononçait chaque vers, les sentiments d'un cœur qui se faisait jour dans chaque muscle de son visage; sa voix vibrait harmonieuse et passionnée; son cœur de femme avait passé tout entier dans les mots qui se pressaient à ses lèvres.

Reprends ces cheveux blonds, dès que tu romps la chaîne,
Et que tous les anneaux sont brisés désormais;
Adieu donc! tu n'auras pas à craindre ma haine;
Ces dédains sans motif me froissent à jamais!
Eh quoi! pour un seul mot, caprice, erreur, folie,
Tu pars, cruel, laissant mon cœur anéanti...
N'as-tu plus souvenir du charme qui nous lie?
Ou bien, quand tu m'as dit : Je t'aime!... as-tu menti?

Reprends-les! Cette boucle à ma main frémissante
Pèse comme un fardeau dont le poids est trop lourd.
Souvenir du passé! Ma voix est impuissante,
Puisqu'à mon désespoir, ingrat! tu restes sourd.
Hélas! j'entends encor dans l'écho de mon âme
Ces mots entrecoupés, cet aveu si sacré,

Qui, chatoyant aux yeux comme un rayon de flamme,
Se glissaient dans mon sein pour l'écraser plus tard.

Je crois ouïr encor ta voix si caressante
Qui redisait mon être, alors que tous les deux,
Loin de ce monde impur, — mer souvent impuissante, —
Nous égarions nos pas, craintifs quoique joyeux!
Ces tendres sentiments, — naturelle harmonie,
Ces liens amoureux, — culte de vanité;
N'ont-ils plus de pouvoir? Ton orgueil les renie
Comme s'ils n'avaient pas autrefois existé!

Reprends ces cheveux blonds! Eh quoi! leur longue tresse,
Ne te rappelle rien pour chasser ton mépris?
Oh! réponds-moi : dis-le, n'était-ce pas d'ivresse
Que tressaillait ton âme à l'heure où tu surpris
Cette boucle à mon front? — Le jour venait d'éclore,
Ta main, ami, tremblait de crainte et de bonheur,
Et moi, folle d'amour, mais plus craintive encore,
Comme si c'était mal de t'aimer, j'avais peur!

Dans un amer regret je suis ensevelie,
Ami, car j'ai douté de toi que j'aime tant!
De fierté contre moi ne t'arme pas, oublie...
Car mes jours loin de toi seraient un deuil constant.
Je ne veux pas garder cette boucle cruelle;
Reprends-la : son aspect me semble plus fatal
Que celui des corbeaux effleurant de leur aile
La cime des sapins de mon séjour natal.

À toi par qui ma vie a connu l'espérance
Cette boucle appartient; mais s'il n'en est plus temps,
Jettes-en les fils d'or au loin, si leur présence
Allume dans ton cœur de haineux sentiments.
Pour moi, je ne veux pas anéantir la trame
De la chaîne par qui nos cœurs furent unis.
Fais-le, si ton amour est éteint dans ton âme,
Détruis-les. Par ta main qu'ils soient anéantis!

La voix d'Ada s'éteignit pendant quelques secondes, et ceux qui l'avaient écoutée parler en observant le plus profond silence purent enfin respirer en liberté. L'influence magnétique du chagrin qu'elle cachait dans son cœur s'était communiquée à tout son entourage, et ses auditeurs oublièrent même d'applaudir. Un silence inaccoutumé se prolongea donc après qu'elle eut prononcé les dernières paroles. Le papier qu'elle tenait à la main paraissait s'agiter entre ses doigts comme une feuille de tremble, elle le rendit à Leicester avec un air d'insouciance naturel.

— Voici certainement une dame fort à plaindre, dit-elle d'un air railleur. Sa poésie m'a mise hors d'haleine : une passion aussi terrible doit être bien fatigante.

À ces mots Leicester tressaillit; il s'empara de la lettre, y replaça soigneusement la boucle de cheveux, et remit ces deux objets dans sa poche. Ses manières étaient graves et presque humbles. Ada venait encore de le vaincre, mais le jeu ne devait pas en rester là : il demandait sa revanche.

La foule, qui ne comprenait pas autre chose que ce qui se passait sur le visage des deux interlocuteurs, c'est-à-dire la surface de cet épisode, se sentait pourtant émue par les sentiments qu'Ada venait d'exprimer; mais bientôt les accords d'une valse se firent entendre dans la salle de danse, et la foule joyeuse oublia tout pour se précipiter du côté de l'orchestre.

— Qui donc m'a rencontré pour cette valse? dit la maîtresse de la maison en interrogeant du regard le cercle d'hommes distingués dont elle était entourée.

Des voix multiples répondirent à cet appel; mais Ada, toujours avec l'intention de blesser Leicester, choisit parmi tous le plus beau garçon de la compagnie, et s'élança avec lui dans le tourbillon des danseurs.

Leicester était resté à la même place; son énergie était fortement ébranlée par tous les événements qui l'avaient assailli pendant le cours de la journée qui venait de s'écouler. Jamais sa position n'avait été aussi difficile. À l'heure où il venait de commettre deux crimes de la plus haute gravité qui nécessitaient sa fuite immédiate en Europe, il se trouvait engagé, par l'élan de sa cupidité, à ne pas quitter encore New-York, afin de s'emparer de ce trésor splendide que le hasard venait de mettre à sa portée.

Il demeura ainsi quelque temps appuyé contre le pilier du bal où Ada était restée debout pendant la lecture de la lettre en vers, et là, plongé dans ses réflexions, il passa en revue toutes ses chances de perte ou de succès.

— Il faut que je parte!... se disait-il en lui-même, les dents serrées par un mouvement de colère contre la nécessité qui semblait le forcer à agir malgré lui; il le faut absolument, car je dois laisser agir la justice toute seule pour qu'elle ait le temps d'enfermer Robert dans Sing-Sing... Et la jeune fille! Quelle folie j'ai faite là! quel embarras je me suis mis sur les bras! Allons, il est urgent de lui faire traverser la mer sans retard! Qu'importent les témoins de mon mariage! Florence vivra à peine deux mois, et encore!

Une expression infernale se manifesta sur son visage ; et après un instant de silence il murmura ces paroles, que deux dames qui passaient près de lui purent entendre distinctement :

— Le cœur des femmes ne se brise jamais, car si cela était, la fille des Wilcox serait morte depuis longtemps !

Un gémissement étouffé qui parvint à son oreille le rappela à lui-même. Le frôlement de la soie attira son attention, et, lorsqu'il releva les yeux, il aperçut les deux personnes revêtues du costume de la Nuit et du Matin qui se dirigeaient du côté des danseurs. Leicester n'attacha pas d'abord une grande importance à cet incident, car il traversa le salon, et s'aventura du côté de la serre dans l'espoir de s'y trouver seul pour y réfléchir à son aise sur le parti qu'il avait à prendre.

— Oui, se disait-il, oui, il faut que je parte, que j'aille mettre Florence en lieu sûr ! Grâce au caractère sombre de ma mère, qui n'a jamais voulu recevoir de visites dans sa maison, je ne crains les bavardages de personne. Robert sera logé dans une cellule de la prison publique, et pour plus de précaution j'emmènerai mon domestique en Europe.

Mais un nouvel obstacle surgit à sa pensée. La petite fille qui vendait des fleurs, son second témoin, qu'en ferait-il ?

Ces deux vieillards, les Wilcox, que le hasard venait de lui faire retrouver, et dont le visage l'avait si fortement impressionné.... si Ada allait les rencontrer jamais, et qu'elle apprît tout de leur bouche ! Cette pensée était accablante ; mais bientôt il la considéra comme moins terrible et peu digne de soulever chez lui la moindre anxiété.

— Ils ne se retrouveront pas. Voilà déjà plusieurs années qu'elle fait des efforts inutiles pour se réunir à eux ; et puis dans un mois ou deux je serai de retour. Si Florence s'obstine à vivre, ce qui n'est pas probable, je la laisserai sur le continent. Mon départ hâtera la catastrophe ; le stigmate des poitrinaires est déjà visible sur tous ses traits. Allons, il faut que j'aie cette nuit même une entrevue avec mon orgueilleuse enchanteresse. Pauvre Ada ! quel mal elle se donne pour me prouver sa constante affection ! C'est à n'y pas croire ! Je ne me trompe pas, cette fête a été donnée pour moi, dans le but de m'étonner, de me braver, de m'exciter encore. Puis, après avoir joué une ou deux scènes tragiques, la belle aurait fait sa paix avec moi ; et serait devenue aussi douce qu'un agneau. Quelle admirable créature ! Ah ! j'ai été bien avec la lettre que je lui ai fait lire ! J'espérais pourtant que cette poésie lui fendrait le cœur. C'était cependant le souvenir de notre première querelle amoureuse. Avec quelle assurance n'a-t-elle pas lu cette poésie ? Ah ! je ne me dissimule pas qu'il sera difficile de la rendre aussi souple qu'elle l'était il y a quelques années. Bah ! n'a-t-elle pas toujours le même cœur ? Je n'aurais pourtant pas cru qu'elle conservât autant de présence d'esprit pendant la lecture de ces strophes. Par Jupiter ! je me suis repris à l'aimer en la voyant aussi courageuse. Quelle folie j'ai commise en rendant mon voyage en Europe aussi nécessaire qu'il l'est en ce moment ! Si ce n'était à cause de cela, je pourrais dès aujourd'hui rentrer dans mes droits de mari. Ma parole d'honneur, je crois rêver ! Ada Wilcox, la jolie petite paysanne Ada, la belle de l'État du Maine, régnant ici comme une reine ! Mistress Gordon ! parbleu ! c'est là une plaisanterie qui n'a pas de nom ! Son ameublement est magnifique, et mistress Nash, tout aussi bien que mistress Sykes, ne peuvent rivaliser de bon goût avec elle : elle les a battues toutes deux. Mieux que cela, elle a presque remporté la victoire sur Leicester !

CHAPITRE XX.

La dernière entrevue.

Enfin le bal finit. Le salon, la salle du souper et la serre de fleurs exotiques, endormis dans cette vague lumière pareille à celle du clair de lune que nous avons déjà mentionnée, tout était désert : les bougies s'éteignaient dans leurs alvéoles d'argent. Les guirlandes de fleurs penchaient leurs tiges fanées, et les dorures perdaient leur éclat sous la lumière affaiblie des lustres mourants. Cinq ou six valets de pied, les yeux à moitié fermés par la fatigue, parcouraient les salons en éteignant les lumières et en arrêtant le gaz qui filtrait encore à travers les becs destinés à cet usage ; mais tout cela se faisait en silence : on aurait dit autant de fantômes s'aventurant sans bruit, et étouffant leurs pas sur le tapis de la maison.

Ada Leicester, elle seule, n'éprouvait aucune fatigue ; elle paraissait ne pas s'apercevoir de l'obscurité qui assombrissait peu à peu la splendeur de son hôtel. Son boudoir seul restait éclairé par deux lampes qui brillaient comme des étoiles d'albâtre, et répandaient une lumière douce et parfumée qui se joignait à l'arôme d'une douzaine de vases de fleurs odorantes placés dans le cabinet de toilette, dans la chambre à coucher et dans le boudoir. Les portes par lesquelles on communiquait d'un appartement à l'autre demeuraient entre-bâillées de manière qu'on ne pût point apercevoir l'intérieur de chaque appartement. Ada entra dans le boudoir ; sa démarche était hautaine, ses joues étaient colorées par une fièvre brûlante. L'orgueil, la colère et le dédain faisaient soulever sa poitrine au moment où elle s'assit sur l'un des sofas. Une de ces révolutions mystérieuses de sentiments, si fréquentes chez les âmes passionnées et chez les natures indomptables, s'opérait en ce moment chez la jeune femme. Pour la première fois de sa vie, elle éprouvait le désir d'écraser à son tour le pied qui l'avait si souvent écrasée elle-même. Dans cet instant, l'amour qu'elle avait éprouvé pour cet homme paraissait se changer en une haine implacable. C'était une de

— Ainsi il est marié, et je n'en savais rien ! murmura la pauvre affligée dont les petites mains retombèrent sans force.

ces heures où nous défions la destinée, où nous offrons un cartel à notre propre cœur. Quelques moments auparavant, elle n'eût pas abordé Leicester le dédain sur les lèvres et le mépris dans ses paroles ; mais, en cet instant suprême, elle attendait sans approche sans éprouver la moindre émotion de plaisir ou de crainte. Le souvenir de sa tendresse passée la faisait rougir de honte ; la statue de Flore était là sur son piédestal, et, au milieu des lis de marbre qu'elle tenait à la main, on apercevait des fleurs d'héliotrope et des roses pourpres que l'ordonnateur de la fête y avait placées. C'était elle-même qui, pendant le bal, abandonnant la foule de ses invités, était venue présider à l'arrangement de ces fleurs, dont le parfum était jadis préféré par Leicester. Elle se leva ; et comme si elle eût éprouvé un malaise à la vue de ces fleurs et au parfum qu'elles répandaient autour d'elle, ses mains les arrachèrent l'une après l'autre, sans exception, et les jetèrent dans la cheminée incrustée d'argent où brûlait un feu de charbon.

Au lieu de retourner s'asseoir sur le sofa, Ada resta debout, les pieds enfouis dans le tapis d'hermine, un bras appuyé sur la plaque de marbre de la cheminée. Aucun bruit de pas ne se faisait entendre sur les tapis moelleux, elle devina plutôt qu'elle n'entendit l'approche de Leicester, qui avait quitté les ombrages de la serre chaude, et se dirigeait vers le boudoir où elle était venue l'attendre.

Leicester avait recouvré le calme nécessaire pour une pareille entrevue; il allait engager une partie dont le gain était plus difficile qu'aucun de ceux qu'il avait convoités avant cette heure. Mais son esprit infernal avait repris le dessus; son cœur endurci ne ressentait aucune sympathie pour Ada, et paraissait disposé à soutenir le choc. Quel être animé avait jusqu'à présent pu résister à sa volonté inébranlable?

Mais Ada à son tour l'attendait avec le sang-froid nécessaire à une pareille entrevue; son aspect calme et impassible le remplit d'une surprise indicible. Il s'avança vers la cheminée, et alla se placer dans la même attitude que celle de sa femme, à l'autre angle de la cheminée. Ada tenait entre ses mains un magnifique éventail à moitié déployé, et le pressait sur sa poitrine. Le plumage brillant d'un oiseau des tropiques servait de franges à cet objet précieux; mais le duvet soyeux n'était pas même agité par la plus légère palpitation. Elle tenait cet éventail avec grâce, comme elle l'avait fait si souvent pendant le bal, entourée des hommages de tous ses invités, lorsqu'elle attendait tranquillement qu'on lui adressât la parole. A vrai dire, Leicester ne s'attendait pas à cette attitude, et ce sang-froid dérangea tous les plans d'attaque qu'il avait prémédités. Elle restait silencieuse au lieu de lui adresser des reproches avec cette colère passionnée qui dissimule souvent le désir d'une réconciliation.

— Ada! murmura-t-il d'une voix dont le son eût suffi pour émouvoir le cœur de celle qui eût encore aimé ce misérable. L'éventail ou plutôt le duvet dont il était entouré éprouva un frémissement imperceptible, et un soupir aussitôt réprimé s'évanouit dans l'espace; mais la femme orgueilleuse se contenta d'incliner la tête.

— Croyez-vous avoir agi avec délicatesse et avec honneur, en trompant ainsi votre mari? dit-il. Avez-vous pensé qu'il fût convenable, après une séparation aussi longue, de lui accorder une entrevue de quelques instants et de vous cacher ensuite pour éviter ses recherches, comme vous l'avez fait en prenant un nom supposé?... Car je vous ai cherchée, Ada, avec une anxiété dont Dieu seul connaît le secret.

Elle ne lui répondit pas, mais un sourire d'incrédulité se manifesta sur ses lèvres; car elle n'ignorait point dans quel but et dans quel intérêt il avait voulu se retrouver avec elle.

— Vous hésitez à me croire! dit Leicester en essayant de lui prendre la main.

Ada fit un pas en arrière, en serrant l'éventail sur sa poitrine au point que l'oiseau délicatement ouvragé se brisa dans cet effort. Le démon de l'orgueil se réveillait de plus en plus dans son cœur. Pour la première fois de sa vie, elle comprenait la puissance qu'elle avait sur cet homme qui s'était fait l'arbitre de sa destinée.

— Devais-je donc vous chercher, monsieur, pour que vous vinssiez cruellement me briser le cœur, et m'écraser du pied une fois encore? Fallait-il donc exposer de nouveau mon âme à vos étreintes de serpent? Avez-vous donc oublié notre entrevue dans la chambre de la tourelle, dans cette chambre où j'avais réuni tout ce qui me rappelait les mois heureux que vous m'aviez autrefois permis de connaître?... comme vous les offrant à vos yeux j'avais espéré réchauffer en vous le marbre de votre cœur!

Leicester chercha à parler, mais elle lui imposa silence.

— Malgré l'expérience du passé, je ne soupçonnais pas encore toute votre infamie. Votre âme a des noirceurs qui m'étaient encore inconnues, car si j'avais su alors tout ce que je sais maintenant, je me serais bien gardée de vous conduire là-haut, au milieu des sou-

La négresse, sans écouter ces paroles, pousse rudement celle qui venait de les dire.

venirs qui se rattachent à mon enfant! C'est ici que je vous aurais reçu. N'est-ce pas que tout ce qui m'environne vous montre jusqu'à quel point je suis riche? Et en disant ces paroles, sa bouche dédaigneuse accompagnait ses yeux, qui faisaient le tour du boudoir.

Dans tout ce que venait de dire Ada, un seul mot avait frappé Leicester.

— Votre enfant, Ada! Juste ciel! voudrez-vous donc m'exclure de tout partage, même de l'amour de notre enfant?

Mais, malgré l'émotion que lui causait le souvenir de sa fille perdue, Ada demeura impassible devant ces paroles hypocrites. Leicester s'en aperçut, et changea aussitôt de manières et de langage.

— Du reste, pourquoi vous adresserais-je une prière, pourquoi perdrais-je ainsi mon temps à vous parler? dit-il en laissant de côté toute affectation de tendresse. Vous êtes ma femme, ma légitime femme, et la mère de ma fille. Tout ce qui vous appartient est à moi par la loi de ce pays. Je ne m'abaisserai donc pas à vous prier, madame; je suis le maître de cette maison du moment qu'elle est à vous. J'ai le droit d'y commander, et j'en userai. Répondez-moi donc: cette fortune qui a fait de mistress Gordon l'idole de la société aristocratique de la ville, cet hôtel splendide, sont-ils réellement à vous? Si cela est, c'est moi qui suis le maître ici!

Le mépris qui se manifesta sur tous les traits de la jeune femme tenait véritablement du sublime.

— Oui, dit-elle, oui, cette fortune est à moi, et... à vous si la loi vous fait votre part; mais écoutez-moi bien, et après cela vous me direz si vous voulez la réclamer.

Elle s'inclina de son côté, pâle comme la mort, tandis que de temps à autre son front blanc comme la neige se teintait d'une rougeur fiévreuse.

— Vous m'avez demandé pendant cette nuit où nous nous trouvions là-haut si pendant mon séjour en Europe j'avais été la gouvernante de la fille de cet homme.... Je vous ai répondu affirmativement. C'était un mensonge. Cet homme m'a tout donné, tout, jusqu'au dernier dollar des millions que je possède; il a fait un testament en ma faveur sur son lit de mort, et, s'il m'a légué tous ses biens, c'est pour que je ne retombasse plus en votre pouvoir et que je cessasse à jamais d'être votre esclave...

Et, en faisant cet aveu, Ada parlait à voix basse, sans orgueil; tous ses membres tremblaient si fort, qu'elle fut obligée de s'appuyer des deux mains au marbre de la cheminée pour ne pas tomber sur le tapis.

— Mais tout ceci, répondit Leicester en articulant clairement chaque mot, ceci n'empêche pas mes droits aux biens qui vous appartiennent. Votre fortune s'élevât-elle au double de ce que vous dites, ce ne serait là qu'une faible compensation pour le mal que vous m'avez fait et pour l'outrage que vous avez infligé à mon nom.

Ada ne répondit point; elle l'écoutait parler sans oser respirer, en essayant de comprendre l'infamie de cet homme, car elle découvrait bien qu'elle n'avait pas encore mesuré toute la noirceur de l'âme de ce misérable.

Leicester avait fait une pause dans l'intention de lui laisser le temps de répondre; mais, comme Ada gardait toujours le silence, il continua, toujours avec calme et en appuyant sur chaque parole:

— Mais tout ce que vous venez de me confesser devient important sous un autre point de vue, madame; car la loi, en m'accordant tous vos biens, me permet aussi de faire disparaître le seul obstacle qui me serait désagréable. Votre aveu, madame, me donne le droit de réclamer le divorce.

— Oh! grand Dieu! vous ne le ferez pas, non, vous ne le ferez pas! dit la pauvre femme d'une voix entrecoupée.

— Allons, vos sentiments naturels reprennent le dessus, vous voilà redevenue douce! dit-il avec un rire qui la blessa au cœur. Ainsi vous comptiez m'éblouir par vos richesses, m'écraser de vos dédains orgueilleux! Pauvre folle!

— Pitié, pitié! personne ne m'arrachera donc à cet homme! s'écria la malheureuse en joignant les mains avec désespoir.

Leicester se disposait à lui adresser encore quelques railleries infernales, rien n'était plus facile à voir, à l'expression de sa bouche crispée; mais le cri qu'elle venait de pousser avait frappé d'autres oreilles, et, au moment où on s'y attendait le moins, Jacob Strong se précipita dans le boudoir. Leicester jeta les yeux sur lui avec un ébahissement qu'il ne put maîtriser, car le serviteur s'était approché d'Ada, et, prenant ses deux mains dans les siennes, il la conduisit jusqu'au divan tremblante et émue, au point qu'elle était incapable de prononcer une parole.

— Qu'est-ce que cela veut dire! Comment vous trouvez-vous ici, drôle? dit Leicester dès que l'étonnement que lui causait la présence de Jacob se fut dissipé.

— Ma maîtresse a appelé à son aide, et je suis venu, répondit Jacob avec fermeté.

— Votre maîtresse! qui... qui appelez-vous ainsi?

— Madame, votre première femme. Quant à l'autre...

— Misérable! qui êtes-vous?

Jacob regarda fixement Leicester; il était calme et immobile.

— Qui je suis! regardez-moi donc. Il est vrai que j'ai grandi depuis que vous m'avez vu chez M. Wilcox. Je crois même que vous ne vous souvenez plus de cet enfant timide qui avait soin de votre cheval, et qui vous indiquait les ruisseaux où nageaient les plus belles truites du canton; mais moi... moi je n'ai pas oublié cette époque de ma vie. Oh! épargnez-moi votre colère, que vous ne maîtriseriez mon cœur. Oh! vous attendriez plutôt les rochers sur lesquels nous grimpions ensemble, que vous ne maîtriseriez mon cœur.

— Continuez, continuez; je désire en savoir davantage, dit Leicester dont les lèvres pâlirent. Ainsi donc vous étiez mis à mon service pour m'espionner?

— Oui, pour vous espionner et pour découvrir vos secrets infâmes! J'ai lu le contenu de cette lettre de la Géorgie, j'ai dans mes mains ce cahier d'exemples sur lesquels on aurait pu envoyer aux galères Robert Otis mon neveu. C'est moi qui possède cette fausse lettre de change de dix mille dollars, que je puis retrouver quand bon me semblera, et livrer à la justice. Comprenez-vous maintenant? Je vous ai vu l'écrire, je l'ai vue passer de vos mains dans celles de Robert. Je m'étais caché pour cela derrière le rideau de votre chambre à coucher. Scélérat! vous êtes maintenant en mon pouvoir.

Leicester devint, à ces mots, d'une pâleur livide; ses yeux se ternirent, et, pour la première fois de sa vie, cet homme indomptable et criminel se sentait terrifié; et pourtant la colère plus que la crainte faisait battre son cœur dans ce moment suprême. Un sourire de dédain se jouait sur ses lèvres. Il se tourna du côté d'Ada, qui avait enseveli son visage dans la soie des coussins du sofa, et paraissait ne songer qu'au malheur qui l'accablait. Aussi n'aperçut-elle pas le regard infernal que Leicester jetait sur elle; mais Jacob l'aperçut. Ses yeux s'animèrent à cet aspect : une flamme magnétique parut en jaillir.

— Si vous voulez voir une autre de vos victimes, dit-il, suivez-moi, venez. Oh! les victimes ne manquent pas autour de vous! Venez donc!...

Jacob, dans son indignation, avait une grandeur imposante; ses formes disgracieuses se métamorphosaient et lui donnaient une beauté mâle et accentuée. Sa colère concentrée ressemblait à ces fleuves dont la profondeur est incommensurable, et dont la tranquillité est plus terrible encore. Il saisit Leicester d'une main irrésistible, et l'entraîna comme il l'eût fait d'un enfant.

Leicester n'osa pas résister, et le suivit à travers le cabinet de toilette, où brûlaient encore de nombreuses bougies, où miroitaient encore des fleurs aux couleurs luxuriantes, jusqu'à la chambre à coucher, où tous deux s'arrêtèrent près du lit. Jacob, sans quitter la main de Leicester, écarta les rideaux de dentelle, et lui montra une forme couchée et insensible qu'on aurait dit enveloppée d'un voile aussi blanc que la neige.

— Regardez, regardez, misérable! dit Jacob en s'adressant à l'homme qui avait été son maître, voilà votre dernière victime, la dernière, et pour l'éternité.

Leicester ne put s'empêcher de jeter les yeux sur ce lit de douleur, car il se sentait fasciné par ce regard plein de tendresse qui s'arrêtait sur lui, et attiré par le doux sourire exprimé par une bouche adorable. Cette vue émut son cœur, ce cœur impénétrable sur lequel le désespoir d'Ada n'avait point eu de prise.

— Elle a tout entendu, elle a vu tout ce qui s'est passé entre vous et votre femme, dit Jacob.

— Et quoi! malgré cela, elle me sourit encore!

Il y avait dans la voix de Leicester une émotion véritable, lorsqu'il prononça ces paroles. Il se pencha sur cette créature inanimée pour

écarter les cheveux qui lui couvraient le visage et empêchaient ses yeux de se confondre avec les siens.

Mais le sourire de la malheureuse se changea aussitôt en un éclat de rire qui tenait de la folie. Leicester tressaillit et fit un pas en arrière. Florence se releva sur son lit; la robe de dentelle de son mariage encerclait ses membres comme un linceul; ses bras étaient comprimés par ce riche voile de dentelle qui recouvrait ses épaules de ses lambeaux déchirés, et restait pourtant attaché sur le sommet de sa tête par une étoile de diamants. La couronne de jasmin et de cyprès, à moitié détachée, restait suspendue parmi les tresses de ses cheveux noirs. Elle s'aperçut que Leicester s'éloignait d'elle, et, déchirant son voile avec violence, elle dégagea ses bras et les tendit vers lui, en se penchant hors du lit, comme l'eût fait un enfant réveillé dans son sommeil pour appeler sa mère. Leicester se rapprocha, car, malgré la dureté de son cœur, il ne pouvait résister à son émotion. Florence lui prit les deux mains, s'appuya sur sa poitrine, et se mit à rire d'une manière effrayante.

Dans ce moment suprême, une femme, dont les vêtements noirs formaient un triste contraste avec la blancheur éclatante du lit, sortit de l'un des angles de la chambre qui étaient ensevelis dans l'obscurité; elle prit Florence dans ses bras, et posa doucement sur l'oreiller cette tête infortunée. Elle avait vu un spectacle dont Leicester et Jacob ne se doutaient pas : Ada Leicester, debout dans le boudoir scintillant de lumière, assistait à la scène que nous venons de décrire.

— Ma mère! vous aussi dans cette maison, s'écria Leicester d'une voix qui trahissait une émotion irrésistible.

Et la femme revêtue de vêtements de deuil désigna du doigt la porte du boudoir en répondant ces paroles :

— Voulez-vous donc la rendre folle comme celle-ci!

— Plût à Dieu que cela fût possible! répondit Leicester avec ironie et faisant un geste de défi moqueur : il s'inclina; puis, se relevant de toute sa hauteur, il se dirigea, suivi de Jacob, du côté du boudoir.

— Arrêtez! s'écria Ada en se présentant devant lui. Qui sont les personnes que j'aperçois dans ma chambre à coucher?

— L'une d'elles, répondit Leicester avec un calme imperturbable et une effronterie sans pareille, l'une d'elles n'a pas grande importance, car, comme vous pouvez vous en convaincre, ma chère madame, c'est une de nos anciennes connaissances. L'autre est une jeune personne d'une beauté sans égale, ainsi que vous pouvez le voir d'ici sans vous déranger, que j'ai eu l'honneur d'épouser hier au soir. Comment a-t-elle été invitée à votre fête, je ne saurais le dire. Mais peu importe : accordez-lui la plus parfaite hospitalité, je vous prie, ne fût-ce que par égard pour l'amour que je lui porte, amour que mon cœur n'a jamais ressenti pour aucune femme avant elle.

— Sortez! s'écria Ada blessée jusqu'au cœur par cette insolence sans pareille, ou plutôt laissez-moi sortir, si vous êtes vraiment le maître céans.

Elle prit un châle qui se trouvait sur une chaise, et s'en enveloppant, elle ajouta :

— Prenez tout ce qui est ici. Que je parte et que je m'en aille en paix! Leicester, ô mon ami, vous ne m'abandonnerez pas maintenant.

— Non, répondit celui-ci avec une tendresse respectueuse qui donna à son visage caractéristique une expression plus touchante que la beauté. Débarrassez-vous de votre châle, madame. Cet homme n'a plus le pouvoir de vous nuire. L'insolence avec laquelle il vous parle n'est pas autre chose que du désespoir. Les crimes qu'il a commis l'ont frappé d'impuissance.

— Que voulez-vous dire? Quoi! Est-ce à cela qu'il a voulu faire allusion? s'est-il véritablement marié avec une autre? Répondez! dites-moi que c'est encore une de ses bravades. Oh! plutôt cent fois sortir d'ici, pauvre, sans pain et la tête nue pour mendier dans les rues!...

Et elle s'approcha de Leicester, les mains étendues vers lui. Celui-ci s'aperçut de cet amour insensé que le désespoir décelait sur ce visage radieux de beauté, et il reprit courage. Dans sa lâcheté, il conçut l'espoir d'être peut-être sauvé par elle.

— Ada, fit-il en changeant tout à coup de langage et de manière d'être. Ada, je désire vous parler seul à seul.

La pauvre femme se retourna vers Jacob comme pour lui demander conseil, mais celui-ci s'aperçut du danger qu'elle courait, et la prenant par la main il l'entraîna forcément dans la chambre à coucher.

— Regardez, dit-il en lui montrant Florence étendue sur le lit, et demandez à cette infortunée ce que tout cela veut dire.

Ada s'avança du côté de la vieille dame, qui vint elle-même à sa rencontre, comme le font ceux qui reçoivent les amis éplorés au jour des funérailles.

— La mère de Leicester! prononcèrent avec désespoir les lèvres pâlies de la pauvre Ada.

— O ma fille! fit celle-ci en pressant la main tremblante étendue vers elle.

— Pourrez-vous... voudrez-vous encore m'appeler de ce doux

nom? O madame, qu'il y a longtemps que ces paroles consolantes n'ont frappé mon oreille!

L'expression d'humilité qui se décelait dans chaque parole de la jeune femme fit couler les larmes de la mère de Leicester. Elle ouvrit les bras, et la pressa tendrement sur son cœur. Jacob sortit alors de la chambre à coucher, et alla retrouver Leicester dans le boudoir.

— Va-t-elle venir? je suis fatigué d'attendre, dit celui-ci au moment où Jacob fermait à double tour la porte qu'il venait de franchir.

— N'attendez rien de sa faiblesse, et n'espérez plus la revoir. C'est désormais avec moi, et non pas avec une femme faible, affectionnée et oublieuse que vous aurez affaire.

— Avec vous, le garçon de ferme de son père, avec mon domestique!

— Allons, pas d'insolences! ce n'est pas le moment de perdre nos paroles. Vous aurez bientôt besoin de toute votre éloquence pour vous défendre, répondit Jacob d'une voix ferme et avec tout son sang-froid. Depuis vingt-quatre heures vous avez commis deux crimes que la loi punit sans pitié. Vous avez épousé une jeune fille lorsque vous saviez que votre première femme était encore vivante. J'ai été témoin de ce mariage, moi, le compagnon de son enfance, son protecteur, son ami fidèle depuis l'époque où, après l'avoir épousée, vous l'avez plongée dans un malheur et dans une affliction terribles; c'est moi qui l'accompagnais à l'Astor-House pendant cette nuit d'orage. J'ai tout vu, j'ai tout entendu, tout, jusqu'à la scène qui s'est passée hier soir. Mais laissons cela; je ne tiens pas à ce que les malheurs de cette infortunée se trouvent mêlés à vos crimes aux yeux de la société. Vous avez commis un autre crime aussi infâme que le premier, ce faux par lequel vous cherchiez à déshonorer le plus honnête et le plus loyal jeune homme que je connaisse. Vous pensez bien que le nom d'Ada Wilcox ne sera point être mêlé aux poursuites que la justice va exercer contre vous, car je vais vous livrer aux constables. Vous n'éviterez pas le châtiment que vous avez mérité, et, Dieu aidant, vous serez condamné à mourir en prison. Non pas, soyez-en persuadé, que je tienne à me venger de vous, mais pour que votre femme puisse enfin vivre en paix. Vous pouvez sortir d'ici tranquillement, monsieur, car je ne veux pas qu'un misérable de votre espèce soit arrêté dans sa maison. Allez où bon vous semblera pendant quelques heures encore; mais, je vous le conseille, que ce ne soit pas à votre hôtel, car Robert Otis vous attend dans votre chambre avec un officier de police. Ne cherchez point à quitter la ville sur l'un des bacs ou l'un des bateaux à vapeur: j'ai donné votre signalement à la justice, et partout vous trouverez des agents pour vous arrêter. Allez! jusqu'à cette après-midi, monsieur, vous êtes encore libre.

— Je ne quitterai pas cette maison sans parler à Ada, répondit Leicester d'une voix hautaine et étranglée qui passa entre ses dents comme le sifflement d'un serpent blessé.

— Je vous donne cinq minutes pour réfléchir. Sortez d'ici tranquillement, comme pourrait le faire un invité de la fête qui vient de finir, ou bien je vous déclare que je vous fais arrêter par des hommes que le chef de la police a mis à mes ordres pour protéger ces lieux. Vous comprenez? pour protéger ces lieux!

Leicester ne répondit point, mais ses yeux brillèrent d'une lueur infernale. Il glissa sa main sous son gilet de velours, et la retira lentement, puis on entendit le bruit sec d'un pistolet de poche qu'il armait.

Jacob avait suivi tous ses mouvements, et un sourire de pitié parut sur ses lèvres.

— Vous oubliez qu'en qualité de domestique, c'est moi qui ai préparé vos habits de noces, et que vous m'avez donné mission de charger cette arme. Mettez-la de côté, monsieur: j'ai l'habitude, lorsque je rencontre un serpent à sonnettes, de l'empêcher de mordre.

Leicester étendit la main et jeta son pistolet au visage de Jacob. Celui-ci recula d'un pas: la balle coulait à l'angle de la bouche. Heureusement pour lui, Leicester avait trouvé que le pistolet à plusieurs coups qu'il était dans l'usage de porter sur lui était trop lourd pour être placé dans la poche de son habit de bal; Jacob, sans s'émouvoir, prit tranquillement son foulard et étancha le sang qui coulait de sa blessure, sans perdre de vue l'aiguille de la pendule; et pendant ce temps-là un sourire satanique effleurait les lèvres de Leicester à la vue du sang de son ennemi. Jacob, remettant son foulard dans sa poche, lui adressa de nouveau ces paroles:

— Vous pouvez jouir de quelques heures de liberté si vous partez sur-le-champ, je vous le répète. Un homme qui n'a pour toute perspective que les murs d'une prison doit apprécier le répit qu'on lui accorde, peut-être à tort.

— C'est vrai, on peut faire beaucoup de choses en quelques heures, murmura Leicester en se parlant à lui-même.

Et, s'emparant de son chapeau, il se dirigea vers la porte.

— Ouvrez-moi, je crois ne vous rien devoir: je vous gages n'est payés jusqu'aujourd'hui.

Jacob s'inclina gravement, et reprenant sa démarche naturelle, il suivit son maître jusqu'au bas de l'escalier. Parvenu à la porte d'entrée, il l'ouvrit, et Leicester descendit dans la rue d'un pas tranquille, comme si le respect de son domestique n'eût point été simulé.

Le jour commençait à poindre, la température était froide et d'une humidité pénétrante, le pavé glissant, et les rues encore plongées dans une obscurité indécise. Leicester suivait son chemin à pas lents, enseveli dans ses pensées. Pour la première fois de sa vie peut-être, son esprit infernal et fertile en ruses se refusait à lui fournir quelque invention qui pût lui être utile. Qu'allait-il faire? comment allait-il se tirer d'embarras? Son hôtel, la rue qu'il parcourait peut-être étaient remplis d'agents de police; ses habits élégants attiraient l'attention, l'arme qu'il portait avec lui était impuissante, sa bourse contenait à peine quelques shillings d'argent et une pièce d'or. Jamais position n'avait été plus désespérée.

Cependant les heures s'écoulaient, et Leicester continuait toujours sa marche errante à travers les rues. Au moment où le crépuscule fit place au jour et dissipa le brouillard qui enveloppait la ville, il aperçut deux personnes qui marchaient près de lui. Il doubla le pas, le ralentit, retourna en arrière, marchant son chemin dans des rues qu'il ne connaissait point. Les deux personnes, tantôt bras dessus, bras dessous, tantôt se séparant pendant quelques minutes dans l'épaisseur du brouillard, se montrant à ses yeux et disparaissant dans l'ombre, semblaient l'observer, et leur vue avait le pouvoir de faire frissonner Leicester. Tout d'un coup il s'arrêta, et demeura immobile au milieu de la rue. Cette enfant, pensait-il, ces deux vieillards qu'il avait reconnu la nuit précédente pour être M. Wilcox et sa femme, pauvres et sans amis, ne s'était-il efforcé de les oublier. Ils vivaient, rien n'était plus sûr. Les événements qui venaient de se passer pendant la nuit s'étaient précipités les uns sur les autres, comme le fait le tonnerre dans une nuit d'orage. En cherchant à se défendre lui-même ou en attaquant les autres, il n'avait pas eu le temps de songer à quoi pouvait lui servir la découverte de sa fille et celle de ses grands-parents. Cette pensée subite lui venait à l'esprit avec la rapidité de l'éclair. Il était donc urgent qu'il s'emparât de la jeune fille, de cette enfant qu'Ada avait perdue. Lui seul savait qu'elle existait, et la possession de cet enfant rachèterait ses crimes aux yeux de sa femme. Les vieillards étaient pauvres; ils consentiraient donc à rendre un enfant à son père riche, sans lui adresser aucune question. Une fois qu'il aurait ce trésor dans les mains, Ada ne se refuserait en aucune manière à le lui racheter, quelque prix qu'il en demandât, et cet homme d'une force brutale et indomptable, qui s'était constitué le gardien de sa femme, et qui avait sacrifié sa vie entière à protéger la mère de cet enfant, cet homme qui l'avait traqué comme eût pu le faire un limier dressé à la chasse des esclaves, serait-il capable de venger sa maîtresse, refuserait-il de lui obéir dans cette occasion? Ainsi donc, cette humble petite fille, pour qui Leicester avait montré tant de dédain, allait devenir sa planche de salut! Comme elle lui devenait précieuse dans ce moment où ses pensées sur elle se pressaient dans son esprit!

Leicester hâta donc le pas, se dirigeant vers le quartier qu'il avait visité la veille au soir. Il descendit les escaliers qui donnaient accès à la chambre souterraine où habitaient le vieux M. Warren ou Wilcox, comme nous les appellerons désormais, et, au moment où il ouvrit la porte, il aperçut sa femme en compagnie de sa petite-fille qui prenaient leur repas du matin. L'état de délabrement dans lequel se trouvait cette chambre se déguisait avec peine sous la propreté la plus scrupuleuse, qui n'en décelait pas moins une pauvreté sans exemple. Leicester venait de faire cette remarque au moment où l'on s'aperçut de sa présence. Le vieux M. Wilcox se leva lentement de dessus sa chaise; son visage macié devint pâle à la vue de l'élégance du visiteur qui s'introduisait chez lui, et des riches vêtements qui contrastaient si fort avec la pauvreté de l'appartement. Une vague terreur s'empara de lui, car il n'avait pas reconnu d'abord les traits de Leicester changés par les années, et surtout altérés par les émotions terribles de la nuit précédente. Tout à coup il reconnut son gendre, et, retombant sur son siège, il poussa un soupir étouffé.

Julia se leva à la hâte, vint se jeter au cou de son grand-père pendant que Leicester s'avançait délibérément avec un sang-froid imperturbable.

— M'avez-vous oublié, monsieur? dit-il en plaçant une de ses mains sur la table.

— Non, murmura le vieillard, non!

— Voici une petite fille qui paraît avoir peur de moi; mais quand elle saura...

— Taisez-vous!... s'écria le vieillard en se levant et en prenant entre ses mains la tête de sa petite-fille. Pas un mot de plus, jusqu'à ce que nous soyons seuls.... Ma femme, Julia, sortez, laissez-nous!...

La pauvre femme hésitait; elle aussi, elle avait reconnu Leicester, et elle avait peur de quitter son mari. Julia elle-même portait ses regards de l'un à l'autre dans un trouble inexplicable.

— Faites comme il vous plaira, dit Leicester, je n'ai pas de temps à perdre. Ainsi donc, renvoyez-les. Nous serons ainsi plus libres, moi de vous adresser ma demande, et vous de me faire part de vos réclamations.

— Allez, répliqua le vieillard en appuyant encore sa main sur la tête de Julia.

Et cette main tremblait comme une feuille.

Julia et sa grand-mère sortirent de la chambre, mais elles restèrent

5.

dans le corridor; elles s'arrêtèrent à l'entrée, et un bruit confus de voix parvenait encore à leurs oreilles. De temps à autre une parole confuse devenait plus distincte que les autres, et la pauvre mistress Wilcox prenait alors la tête de Julia, en mettant la main sur son oreille, comme si elle eût craint que ces murmures confus ne devinssent intelligibles pour cette pauvre enfant.

Tandis que ces malheureuses créatures restaient ainsi tremblantes à leur place, une scène terrible se passait près de la table sur laquelle était servi le déjeuner des Wilcox. Leicester avait d'abord été calme, et, tout en promettant la richesse, le bien-être, tout en protestant de prodiguer ses bontés et de faire oublier ses torts, il s'était efforcé d'influencer le vieillard pour qu'il lui rendît son enfant. Mais lorsqu'il s'aperçut que celui-ci refusait et demeurait inébranlable, il entra dans une colère violente, et, se laissant aller à tout l'entraînement de ses passions, il fit tout ce qui était en son pouvoir pour intimider cette créature affaiblie à qui il avait déjà porté un coup fatal que rien au monde ne pouvait faire oublier. Le vieillard répondait peu de chose, car il était terrifié et craintif comme un enfant. Cependant il persistait à refuser de rendre Julia à son père.

— Si la loi me l'enlève, je ne pourrai pas m'y opposer, dit-il; mais je ne vous la rendrai que si la justice des hommes m'y contraint.

Des larmes coulaient sur ses joues amaigries, pâles à faire peur: sa résolution était inébranlable, et Leicester ne put le faire consentir à céder à ses desseins.

Lorsqu'il vit que tout était inutile, il s'élança désespéré hors de la chambre basse. Julia et sa grand'mère se pressèrent contre la muraille, car la pâleur de ses traits le rendait vraiment hideux à voir. Leicester ne parut pas faire attention à elles; il monta rapidement les escaliers qui conduisaient à la rue, et ne s'arrêta que lorsqu'il parvint sur le trottoir. Les deux ombres ou plutôt les deux hommes qui l'avaient suivi bras dessus, bras dessous, se trouvaient devant lui. A leur vue Leicester recula, et, redescendant en arrière l'escalier de la maison des Wilcox, il rentra précipitamment dans le corridor, tandis que les malheureuses femmes s'enfuyaient à son approche jusque dans l'obscurité. Le vieillard était si épuisé de la scène qui venait de se passer, qu'il était retombé sans force sur sa chaise. Au moment où Leicester rentra dans la chambre, il leva les yeux, et lui dit d'une voix suppliante:

— Oh! laissez-moi seul, laissez-moi! Voyez à quelle misère vous nous avez réduits! Laissez-nous, laissez-nous!

— Une dernière fois... une dernière fois, vous dis-je, voulez-vous me rendre mon enfant?

— Non, non!

Un couteau se trouvait sur la table; c'était un couteau de cuisine long et tranchant, qui servait à mistress Wilcox pour l'usage domestique. Leicester l'avait regardé plusieurs fois du temps qu'il parlait au vieillard. Tout d'un coup sa main le saisit, et, au moment même où Wilcox prononçait ce dernier Non! le couteau se releva, un éclair jaillit de la lame, et Leicester tomba mort sur le sol. A cette vue, le vieillard s'agenouilla et arracha le couteau de la blessure; le sang bouillonnant jaillit et inonda ses mains tremblantes, le gilet blanc qui recouvrait sa poitrine, et tout le reste de ses vêtements, des pieds à la tête. Il demeura paralysé, sans pouvoir pousser un seul cri, immobile et rempli d'effroi, et dans ce même moment plusieurs personnes firent irruption dans la chambre...

Une lumière brillait dans le chalet appartenant à la mère de Leicester; cette lumière brillait dans la chambre où Julia avait aidé Florence Craft à revêtir sa robe de noces. Un lit était dressé là, enveloppé d'une mousseline blanche, et immobile comme si elle eût été de marbre; les plis d'un drap qui recouvrait une forme humaine paraissaient visiblement sur ce lit : c'était la mort qui était là, la mort! L'atmosphère de cette chambre était imprégnée des odeurs qui émanent d'un cimetière. A l'un des angles du lit, penchée sur la draperie que le poids de son corps faisait plisser davantage, Florence Craft se tenait debout, et tandis que ses cheveux noirs tombaient en boucles sur le cadavre immobile, sa voix faisait entendre un chant qui n'avait rien d'humain. Quelquefois on l'entendait rire, et puis des pleurs venaient interrompre son chant. Chacun des accès de sa folie était rempli d'une tendresse ineffable, excepté pourtant lorsque la chambre voisine s'avançait vers elle une femme pâle et accablée de douleur, les mains pendantes et les yeux remplis de larmes qui cherchaient en vain à se créer une issue.

Chaque fois que cette infortunée voulait s'approcher du lit, Florence se relevait et l'empêchait de faire un pas, en poussant un cri pareil à celui d'un aigle blessé; elle reprenait ensuite sa chanson mélancolique, et ses mains crispées, blanches comme un morceau de cire, elle ramenait le linceul sur le cadavre couché devant elle.

C'est ainsi que la pauvre Ada Leicester fut forcée d'abandonner la chambre mortuaire où reposaient les restes inanimés de son mari, et de se réfugier dans l'appartement voisin, où sa mère adoptive était agenouillée, calme, les mains jointes, et le chagrin au fond du cœur.

Ada courbait sa tête devant cette mère éprouvée; ses genoux allaient à leur tour toucher le sol, et elle murmurait d'une voix éteinte :

— O mon Dieu! pitié, pitié sur moi! Le malheur dont vous m'avez frappée est juste, mais venez à mon secours, ô mon Dieu, pitié !...

CHAPITRE XXI.

La prison des tombes.

L'édifice le plus extraordinaire, dans le monde entier, est sans contredit la prison de la ville de New-York, dont les ombres terribles, projetées par des murailles épaisses en pierre dure, un granit contre lequel le fer s'émousse, sont bien faites pour inspirer l'horreur du crime, et faire comprendre la poésie du désespoir. Un étranger qui passe devant ce monument massif se sent malgré lui attristé, lors même qu'il ignore pour quel usage douloureux il a été construit, car l'atmosphère qui l'entoure porte au cœur une sensation d'alarmes. Cette architecture d'un style égyptien, d'une pesanteur sans pareille, les murs épais, sans fenêtres, à travers lesquels nul rayon de soleil ne pénètre jamais, et derrière lesquels des cris de désespoir s'éteignent sans qu'on les entende au dehors, tout contribue à glacer le cœur. Les colonnes trapues qui supportent le fronton et voûte se perdre dans l'obscurité du portique, ces masses de granit qui s'étendent dans la direction de Broadway, et semblent avoir été taillées d'une seule pièce, dont la surface unie et brillante comme un vernis est à peine trouée çà et là par quelques meurtrières comme une forteresse qui n'a d'autre destination que celle d'abriter la misère, tout cet ensemble contribue à frapper l'imagination de terreur.

Du moment où les yeux s'arrêtent sur ce monument, votre poitrine devient oppressée, et l'on respire avec peine : on dirait que l'atmosphère est humide de larmes et chargée de soupirs. C'est un orage de douleurs humaines qui s'amoncèle au-dessus de votre tête; la brise apporte à vos oreilles un murmure insaisissable que l'on croit formé de toutes les malédictions et de tous les sanglots proférés dans l'enceinte de ces cellules épouvantables. On se sent entouré de fantômes qui vous représentent le crime, la honte et la douleur. Ils sont là, vous suivant ou marchant devant vous, et cet effet est d'autant plus terrible que l'animation de la ville circule autour du monument, que l'indifférence la plus grande se manifeste dans la foule qui passe devant ces murailles.

La prison repose, comme un monstre enchaîné, au cœur même de la ville impériale; les veines et les artères de la rotation sociale viennent se rejoindre tout autour; on dirait des serpents qui sont éclos dans la même atmosphère fangeuse. Cette prison est construite sur des fondations basses et au-dessous du niveau des murailles des maisons qui l'environnent; elle s'élève sur l'emplacement d'un marais desséché où les miasmes délétères de la nature ont été remplacés par les émanations putrides des crimes de la société, et le quartier qui avoisine cette maison de détention est tombé comme elle au-dessous du niveau respectable de la vie humaine. Y a-t-il donc sur la terre un autre endroit où la douleur soit plus éloquente et la population plus criminelle?

Les *Tombes*, ainsi fut nommée cette prison, il y a nombre d'années, lorsque les premières pierres de ses fondations furent posées sur la surface marécageuse du sol; chaque jour on pouvait voir cette vaste construction s'affaisser au milieu des marais, entourée de miasmes qui se dégageaient de ce terrain fiévreux. Les misérables entassés dans ces murs périssaient comme des troupeaux de bétail empoisonné; les cercueils de bois de sapin entraient vides à chaque instant, et, ressortaient aussitôt remplis d'un cadavre décomposé; le corbillard des pauvres s'éloignait chaque jour chargé de dépouilles humaines, dans la direction du cimetière de Potter's-Field : quiconque franchissait la porte de cette prison, fût-il innocent ou fût-il coupable, avait dès ce moment fait un pacte avec la mort et lui appartenait.

Cet état de choses ne dura qu'une saison; bientôt le tassement de l'agglomération humaine, comme aussi la pesanteur de cette masse de pierres, fit sortir au dehors toutes les émanations empoisonnées de la terre, mais la prison conserva toujours son nom lugubre, un nom d'une signification solennelle pour tous ceux qui pensent que le crime et la mort sont aussi regrettables que la cause matérielle qui avait présidé à son baptême.

La porte du bâtiment principal, dont la façade s'élève sur Centre-Street, s'ouvre sur un vestibule obscur soutenu par des piliers; on pénètre immédiatement aux différents appartements consacrés aux cours de justice et aux bureaux des employés de la prison. A droite de l'entrée est la salle du grand bureau de police, vaste appartement aux profondes embrasures; à l'une des extrémités on aperçoit une estrade élevée devant laquelle s'étend une balustrade destinée à contenir le peuple les jours d'audience; c'est là que s'asseyent les magistrats. Il n'y a là qu'un ou deux bureaux avec leurs accessoires : au fond de la salle on trouve plusieurs petites chambres consacrées à l'examen particulier des prévenus.

Ce fut dans l'une de ces chambres, la plus petite et la plus éloignée de toutes, que le lendemain matin du jour dont nous venons de raconter les tristes événements, vinrent s'asseoir plusieurs personnes sur les traits desquelles on lisait les traces d'un amer désespoir; l'une d'elles était un vieillard, d'une taille élancée, amaigri par le besoin et pâle à faire peur, et cependant sa physionomie était calme et inspirée à la fois : c'était celle d'un homme qui a appris à souffrir et à rester fort malgré la douleur. Il était assis près d'une table ronde couverte d'une serge usée sur laquelle son coude s'appuyait lourdement, car l'infortuné n'avait presque pas mangé depuis plusieurs jours : la longueur des privations ordinaires de la misère unie à cette réaction violente des nerfs qui succède à une scène d'horreur avaient empreint sa marque sur toute sa personne beaucoup plus que sur son visage. Le malheureux vieillard était pâle, comme je viens de le dire, et paraissait épuisé, mais il était tranquille et calme à un degré qui étonnait ceux qui l'examinaient en silence, car il était là sous la prévention de meurtre, et son insensibilité passait aux yeux de ceux qui ne le connaissaient pas pour l'endurcissement dans le crime et l'indifférence de l'homme qui ne comprend pas l'horreur qu'il inspire. A côté de ce malheureux deux femmes étaient assises, l'une âgée et l'autre une enfant; elles ne pleuraient pas, leurs larmes étaient taries, mais leurs yeux enflammés par la douleur étaient baissés dans la direction du plancher. Leur visage portait de terribles marques d'un désespoir concentré, et le silence qu'elles observaient, l'immobilité dans laquelle elles restaient, tout inspirait un effroi qui glaçait le cœur. De temps à autre, un soupir s'échappait à moitié contenu des lèvres pâles de la jeune fille. A peine l'entendait-on; on aurait dit un de ces bruits imperceptibles qu'exhale une fleur au moment où on l'écrase sous le pied ; la pauvre jeune fille ne pensait qu'à une seule chose, à la douleur qu'elle éprouvait alors et qui était plus grande que celle qu'elle avait encore jamais éprouvée. La femme âgée, pâle, immobile et ensevelie dans son désespoir, ne soupirait même pas : on aurait dit que son haleine s'était congelée sur ses lèvres glacées, et que son corps aussi bien que son âme était pétrifié. Un agent de police se tenait dans la chambre : ce n'était pas un de ces hommes grossiers, au costume blanc, comme on en trouve toujours dans les romans anglais, mais au contraire un individu de grande taille, maigre et ayant les manières d'un homme comme il faut, qui jetait un œil de compassion sur les trois personnes confiées à sa garde, et qu'il avait été chargé d'arrêter lui-même. A vrai dire, il cherchait à lire sur le visage du vieillard, comme le font ceux qui ont étudié les traits de l'homme, pour deviner dans leur expression le secret de leur pensée, mais dans sa manière d'examiner, comme aussi dans ses regards, il agissait avec une convenance remarquable. Après quelques instants consacrés à cet examen, l'agent de police se souvint que ses prisonniers n'avaient point pris de nourriture depuis le jour précédent. Il se reprocha cet oubli, et leur adressa aussitôt la parole :

— Vous devez avoir besoin de manger; j'aurais dû me le rappeler, fit-il en s'approchant de la table. Je vais aller commander du café pour vous.

Le vieillard releva la tête, et tourna vers l'agent un regard plein de reconnaissance.

— Oui, dit-il en souriant, elles ont faim. Un peu de café leur fera du bien.

La jeune fille se retourna, et fit un signe négatif; la femme âgée demeura immobile : elle n'avait pas entendu ce qui venait de se dire.

L'agent, après avoir donné ses ordres au geôlier qui se tenait en dehors de l'appartement, referma la porte, et se mit à marcher de long en large, à pas lents, comme s'il éprouvait un respect particulier pour le silence douloureux qu'il avait mission de surveiller.

Quelques instants après, on apporta du café, du pain et quelques tranches de viande froide.

— Allons! bon courage! Il faut prendre quelque nourriture pour vous donner des forces, dit l'agent avec bonté. L'interrogatoire sera peut-être fort long, et j'ai souvent vu des personnes fort s'évanouir dans le cours de la séance. Mangez un peu, croyez-moi, pour vous soutenir, ou bien vos nerfs seront agités et vous ne serez pas maîtres de vos pensées, comme on doit l'être pour répondre sagement.

— Oui, répondit le vieillard d'une voix attendrie, il vous avez raison : elles auront besoin de forces, et moi aussi.

Il prit deux des soucoupes de fer-blanc que l'on avait apportées remplies de café, et la présenta à sa femme.

— Tiens, femme, dit-il en s'inclinant vers elle.

La malheureuse tressaillit et le regarda d'un œil hagard.

— Qu'est-ce que c'est, Wilcox? que veux-tu?

— Vous voyez qu'elle a presque perdu la raison, dit le vieillard en s'adressant à l'agent, et son visage exprimait une douleur incommensurable. Que dois-je faire?

— Oh! cette absence momentanée arrive bien souvent : il faut la sortir de sa torpeur, répondit avec bonté. Parlez-lui encore.

Le vieillard se baissa vers sa femme et lui prit doucement les mains dans les siennes. Pourtant elle demeura immobile. Il pressa ses doigts affectueusement, les larmes aux yeux, elle conserva la même immobilité. Pendant quelques instants il regarda ce visage égaré; des larmes coulaient de ses yeux : il hésita, se tourna vers l'agent, puis du côté de sa femme, qu'il embrassa sur le front.

Ce baiser rompit la glace qui murait son cœur; elle se releva tout d'un coup, et se mit à pleurer.

— Tu m'as parlé, Wilcox : que voulais-tu? Je me sens mieux maintenant, tout à fait mieux. Que désires-tu que je fasse?

— Votre mari désire que vous mangiez un peu et que vous buviez quelque chose, répondit l'agent d'une voix qui trahissait l'émotion.

— Boire et manger! Mais cela est-il possible? Avons-nous la moindre provision? C'est toujours ainsi qu'il parle quand nous n'avons presque rien à manger. Il nous presse de nous mettre à table, et oublie qu'il meurt de faim.

— Mais il y en a assez pour tous, dit le vieillard, regarde ; je mangerai aussi, et Julia comme nous.

— Eh bien, puisqu'il y a assez pour tous, nous mangerons tous. Pourquoi pas? dit la pauvre femme avec un sombre sourire.

Elle prit la tasse de café, la porta à ses lèvres, et jeta un regard de curiosité vague tout autour de la chambre.

— Qu'est-ce que c'est que tout cela? où sommes-nous donc, Wilcox? dit-elle à voix basse et avec effroi.

Le vieillard dirigea sur elle ses yeux, qui exprimaient l'anxiété; et cette hésitation qu'elle lui adressa encore une nouvelle question.

— Où sommes-nous, dis-moi? Je me rappelle que nous avons marché, que nous nous sommes promenés, je crois, au milieu d'une foule qui se pressait autour de nous, qui nous empêchait presque de passer. Quelques personnes disaient qu'on nous menait en prison, que je n'avais rien fait, et qu'on ne me garderait pas enfermée, tandis que Julia et toi resteriez en prison. Je serais donc remise en liberté, car une femme ne pouvait pas témoigner contre son mari, tandis qu'une petite-fille le pouvait. Ai-je été folle, ou bien n'ai-je marché que dans mon songe, Wilcox?

— Ce n'est rien, ma femme; mais tu es fatiguée, tu te sens mal à ton aise. Prends un peu de ce café, et je suis persuadé qu'avant peu la mémoire te reviendra.

La pauvre femme obéit et avala avec avidité la plus grande partie du café qu'on lui avait servi; ensuite elle porta les yeux sur son mari, sur Julia et sur l'agent de police, comme si elle s'efforçait de deviner pourquoi ils se trouvaient tous ensemble dans cet appartement inconnu. Tout d'un coup elle replaça la tasse sur la table, et poussa un profond soupir.

— Je me souviens, je me souviens! dit-elle tristement. Cet homme mort, étendu sur le sol, regarde ses mains, les yeux ouverts et les dents serrées, je savais qui il était autrefois, je le connaissais.

L'agent fit un pas du côté de la femme, et s'arrêta pour mieux entendre ; l'esprit de sa profession se réveillait en lui. Il pouvait découvrir une preuve dans la conversation qu'il écoutait, et pendant un instant l'humanité de l'homme fit place à la subtilité de l'agent. Le vieillard s'aperçut de ce mouvement de curiosité, et le regarda avec un sourire de répulsion.

— Voudriez-vous, dit-il, prendre avantage de son égarement ou bien des paroles que je lui adresserai dans le but de la calmer?

— O mon Dieu! non, répondit l'officier en se retirant d'un air confus, tant s'en faut; je me garderai bien d'en rien faire de propos délibéré.

Mais la vieille femme, qui avait prêté l'oreille à ce que son mari avait dit à l'agent, commençait à se défier; elle se rapprocha de Wilcox, et lui dit à voix basse :

— Je ne puis pas te faire comprendre, Wilcox. La foule..... les gens qui nous environnent disaient qu'on nous menait en prison... Mais cette chambre n'est pas une prison. Regarde ; il y a des tapis sur le parquet, des fauteuils, des persiennes; tout cela est très-gentil, et puis nous sommes là tous ensemble, buvant : ce n'est pas une prison, Wilcox? Voilà bientôt dix ans que nous n'avons été si bien logés.

— Nous sommes ici dans une des salles de la prison; plus tard on me donnera une cellule, répondit le vieillard avec un sourire qui exprimait la douleur, et cette cellule sera bien petite.

— Tu dis: on me donnera? reprit la femme en serrant la main de son mari. Est-ce que cette cellule, quelle qu'elle soit, ne sera pas assez grande pour nous deux? J'aime à croire que tu ne veux pas m'abandonner, mon ami?

Le vieillard détourna les yeux pour ne pas voir l'expression chagrine de sa femme. Il lui était impossible de ne pas être affecté par cette voix pleine de terreur et de prière.

— Souviens-toi, reprit-elle, que voici bientôt trente ans que nous ne nous sommes jamais séparés, pas même la nuit!

— Je le sais, répondit le vieillard les lèvres tremblantes.

— Et maintenant voudrais-tu te séparer de moi?

— Demande-le à monsieur, dit le vieillard en se tournant du côté de l'agent, demande-le lui.

La pauvre femme laissa retomber la main de son mari et s'avança vers l'agent :

— Vous avez entendu ce que vient de dire mon mari? Vous savez donc ce que je demande. Nous avons vécu ensemble pendant bien des années, plus longtemps que votre vie entière; nous avons eu du chagrin, oh! beaucoup de chagrin! mais nous l'avons supporté avec courage dans les bras l'un de l'autre. Dites-moi : est-ce que nous ne pourrons pas rester ensemble ?

— Je ne saurais vous dire, répondit cet homme avec émotion ; votre mari est accusé d'un crime qui attirera sur lui toute la sévérité du règlement de la prison.

— Je sais qu'on l'accuse d'un crime ; mais vous voyez comme il est innocent, répondit la femme, dont la physionomie respirait une foi sainte et pure, un souvenir de cet amour toujours constant, né dans son cœur à l'époque de sa jeunesse, et dont l'âge n'avait fait qu'augmenter la puissance. Oh ! oui, il est innocent !

L'agent de police secoua la tête d'un air affirmatif, car il n'osait pas contredire la bonne femme au sujet de l'innocence de son mari, quoique l'évidence de son crime lui parût irrécusable.

— Vous ne me renverrez pas, n'est-ce pas ? ajouta la vieille femme en le regardant avec anxiété.

— Je n'ai pas ce pouvoir-là, ce n'est pas moi qui décide. Je sais seulement que déjà l'on a accordé cette faveur. C'était, il est vrai, pour des personnes accusées d'une offense peu grave. Je n'ai jamais vu, dans un cas sérieux, de femmes habiter avec leurs maris dans la prison.

— Mais qui a une autorité suffisante pour me laisser avec lui ? Ce sera pour si peu de temps, une semaine ou deux, tout au plus ; mon mari ne doit pas rester davantage ici, vous le savez bien.

— Cela se peut, et je le désire de tout mon cœur ; mais je ne puis répondre de rien.

— Qui commande donc ici, et que faut-il faire ?

Ces dernières paroles avaient été prononcées par la jeune fille.

Les supplications de sa grand'mère, la voix tremblante de son grand'père l'avaient enfin réveillée de l'abattement glacial qui s'était emparé d'elle et de ses parents. Les brouillards se dissipaient tout autour de ses yeux, et quoiqu'elle les sentît appesantis par le sommeil et accablés par la douleur, un mot avait suffi pour leur rendre une expression qui leur était ordinaire, celle de la bonté.

— Il n'y a rien à faire à présent, ma pauvre enfant, répondit l'agent, rien jusqu'à ce que l'interrogatoire soit achevé.

Julia s'était rapprochée de sa grand'mère, et avait saisi d'une main un des plis de la robe fanée dont la malheureuse était recouverte. L'officier regardait attentivement ce visage si triste et si noble dans l'adversité. Il allait adresser à l'enfant quelques paroles de consolation ; mais au moment où elles se pressaient sur ses lèvres, une porte de la salle de police s'ouvrit, et un homme se présenta, qui d'une manière insouciante et brusque prononça ces paroles :

— Faites entrer l'assassin.

La salle d'audience était encombrée de témoins que l'on se préparait à examiner. Il y avait là des avocats cherchant des causes, des légistes attirés ici et de ses parents, pressés les uns sur les autres devant le tribunal du juge d'instruction. Au moment où le prisonnier entra, la foule s'accrut ; elle avait trouvé accès par la porte d'entrée à l'instant où elle s'était ouverte. On pouvait la suivre sous le vestibule jusqu'au pilier de granit, et tous ceux qui la composaient n'avaient qu'un seul désir, celui d'apercevoir d'une manière quelconque le vieillard accusé d'assassinat.

Un sillon mouvant fut cependant tracé au milieu de cette foule, dont chaque individu poussait l'autre et avançait la tête de manière à apercevoir le vieillard : on aurait dit la bête fauve de quelque ménagerie offerte aux regards des curieux. Enfin l'infortuné Wilcox arriva devant le tribunal du juge. Là, il s'arrêta timide comme un enfant, regardant d'un œil étonné la foule qui jetait sur lui des regards avides. Une faible rougeur se montra sur les rides du front de cet homme, ses mains étreignirent avec force la balustrade de la barre, sans que pourtant sa physionomie fût le moins du monde altérée.

La foule s'était refermée sur son passage ; mais les deux pauvres femmes, se serrant l'une contre l'autre, s'étaient fait jour au milieu des curieux, n'ayant qu'un seul désir, celui de ne pas quitter le prisonnier. Malgré les oscillations de tous ceux qui leur barraient le passage, mistress Wilcox et Julia ne perdaient point de vue les cheveux gris de l'accusé, dont la tête vénérable se détachait au milieu de celles qui se voulaient toutes de son côté, agitées, ainsi que le pensaient les deux malheureuses, par une curiosité qui tenait de la menace. Elles parvinrent enfin à arriver jusqu'à lui, et, inaperçues par la foule, leurs mains étreignirent les vêtements de Wilcox.

Le juge se pencha en avant sur son passage pour regarder le visage du prisonnier. Rien dans la physionomie du magistrat ne décelait la sévérité ou la brusquerie si souvent inhérente aux fonctions des dispensateurs de la justice. Si le crime dont Wilcox était accusé eût été moins terrible, le visage du juge eût montré autant de bienveillance et de dignité que dans cette occasion, où il avait à se livrer à l'investigation d'une offense capitale. La véritable dignité est toujours bienveillante.

Le magistrat s'avança sur son bureau ; sans sourire, mais d'une voix douce, avec un regard de bonté, il informa le prisonnier de ses droits, et le prévint de ne pas faire de réponses aux interrogations de la cour qui pourraient, sans qu'il le sût, aggraver les charges accumulées contre lui. Le vieillard releva les yeux, remercia le juge à voix basse et attendit.

— Quel est votre nom ?

— On m'appelle Benjamin Warren ; je suis connu sous ce nom, et pourtant ce n'est pas le mien.

— Comment vous appelez-vous donc véritablement ?

— Je préférerais ne pas répondre à cette question.

La voix de Wilcox n'avait aucune aigreur, mais on s'apercevait qu'il parlait avec fermeté. Le juge inclina la tête, et parut consentir à ce que demandait l'accusé. Le silence, pendant quelques secondes, ne fut interrompu que par le bruit des plumes du greffier et d'une douzaine de rédacteurs de journaux qui prenaient des notes. La foule s'était tue ; personne n'osait souffler, de peur de perdre un mot de ce qui se disait devant le tribunal. Ceux même qui se trouvaient dans le vestibule gardaient le silence, car ils attendaient que les réponses du vieillard parvinssent jusqu'à eux de bouche en bouche.

— Connaissiez-vous l'homme qui a été trouvé mort dans votre maison le dix-neuf de ce mois ?

— Oui, je le connaissais particulièrement.

— Où l'aviez-vous d'abord rencontré ? A quelle époque aviez-vous été en rapport avec lui ?

— Je désire ne pas vous répondre.

— L'aviez-vous vu dans la soirée du dix-huit ?

— Non.

— Existait-il entre vous deux des motifs d'animosité ?

A cette demande, le vieillard devint pâle, ses mains appuyées contre la barre tremblèrent ; il hésita, comme s'il ne trouvait pas le mot pour répondre d'une manière exacte.

— Je ne saurais vous dire quels sentiments cet homme avait pour moi ; mais je vous dirai quels étaient les miens pour lui, car j'ai souvent interrogé mon cœur à ce sujet. William Leicester m'avait fait, à moi et à ma famille, tout le mal possible, mais je lui avais pardonné tous ses torts, et j'avais oublié toute ma haine.

— N'avez-vous pas échangé avec lui des paroles acerbes et insultantes, le matin où cet homme a été trouvé mort chez vous ?

— J'avoue qu'il était en colère, mais moi je ne l'étais pas. Je me sentais seulement agité, profondément troublé, mais je n'étais point en colère.

— Êtes-vous resté seul avec lui ?

— Oui.

— Combien de temps ?

— A peu près dix minutes.

— Laissez-moi vous dire avant de continuer, fit le juge, que devant une autre cour les réponses que vous venez de me faire pourraient être interprétées contre vous. Voyons, ne vous pressez pas. Vous n'avez pas d'avocat pour vous donner des conseils, ainsi donc, réfléchissez avant de répondre. Quelle était l'affaire qui avait amené chez vous M. Leicester ? Sur quel sujet la conversation roulait-elle entre vous deux ?

Le vieillard baissa la tête contre la barre, et resta ainsi quelque temps sans répondre ; il comprenait bien dans son honnêteté que chaque question à laquelle il refusait de répondre soulevait une charge de plus contre lui et faisait douter de son innocence. Il n'avait que deux partis à suivre : le premier, d'observer le silence ; le second, d'avouer toute la vérité. Il releva enfin la tête, et s'adressant au juge avec douceur, comme s'il eût pris auparavant l'avis d'un ami, il lui dit :

— Si j'ai le droit de refuser de répondre à certaines de vos questions, n'ai-je pas aussi le droit de garder le silence ?

— Il n'y a pas de loi qui vous force de répondre à une question qui serait préjudiciable à votre cause.

— Ce que je pourrais dire servirait-il à me tirer d'affaire ?

— C'est douteux.

— Eh bien, alors, je me tairai ; mais je ne jamais levé la main sur cet homme, jamais ! et que Dieu m'assiste !

Le juge parut faire comprendre au vieillard que c'était ce qu'il avait de mieux à faire, car un sourire de satisfaction éclaira sa physionomie. La noble dignité du vieillard, la remarquable figure de la jeune fille qui cachait sa pâleur sous ses vêtements en lambeaux ; la misère de la pauvre vieille qui se tenait serrée contre l'accusé, tout avait excité sa sympathie. Il était impossible de jeter les yeux sur ce groupe et de croire qu'aucune de ces faibles créatures fût coupable d'avoir répandu le sang qui avait rejailli devant leur foyer misérable, et cependant les preuves qui avaient été relevées par l'enquête du coroner[1] paraissaient être terribles contre le prisonnier. Après cet incident, la foule commença à devenir agitée. Chacun se communiquait à l'oreille ses impressions, et de temps en temps une plaisanterie grossière faite sous les colonnes du vestibule excitait un rire qui circulait ; un mouvement de va-et-vient se faisait par toutes les issues, et pendant ce temps-là le juge présidait à l'audition des témoins. Quelques-uns d'entre eux avaient aperçu, le dix-neuf au matin, un monsieur mis avec la plus extrême élégance s'introduisant dans le corridor conduisant à la misérable demeure souterraine de

[1] Commissaire de police de la justice américaine.   (Note du traducteur.)

prisonnier et de sa famille ; un autre témoin, qui habitait sur le devant de la maison, dans une chambre contiguë à celle de Wilcox, vint certifier avoir entendu échanger des paroles menaçantes et un bruit pareil à celui que l'on fait en frappant fortement du pied sur le sol. Dans le même moment des pas rapides s'étaient fait entendre dans le corridor, il avait vu un étranger s'avancer sur les escaliers qui conduisaient à la rue, puis cette personne était retournée dans la chambre de l'accusé. Naturellement sa curiosité avait été piquée : il avait ouvert la porte de sa chambre et regardé dans le corridor. Il avait donc vu le gentleman qui rentrait et les deux femmes qui se tenaient dans l'obscurité. Toutes les deux, la femme âgée et la jeune fille, les mêmes qui se trouvaient là derrière le prévenu, parurent au témoin très-effrayées, car leur figure avait une pâleur sans égale. La vieille femme se tordait les mains tandis que la jeune fille versait d'abondantes larmes. Quelques instants après, deux minutes à peine, il avait entendu un grand bruit dans la chambre voisine, celui d'un corps pesant qui tombait sur le sol. Un profond silence avait suivi cette commotion, et le témoin avait tressailli de la tête aux pieds. Il était sorti sur-le-champ, et avait vu les deux femmes se serrant l'une contre l'autre, pâles et terrifiées, essayant d'ouvrir la porte sans pouvoir y parvenir, tant leurs mains tremblaient avec violence.

Le témoin, pour leur rendre service à toutes deux, avait ˙evé le loquet et jeté les yeux dans l'appartement par-dessus les épaules des deux femmes : elles avaient poussé un cri de frayeur, et se tenaient immobiles, l'empêchant lui-même de faire un pas en avant. Il avait vu le monsieur étranger étendu à terre de tout son long, râlant dans une ultime agonie ; ses dents étaient serrées, ses yeux étaient ouverts, et ses mains cherchaient à s'accrocher par un dernier effort aux barreaux de la table.

Peu à peu les membres de cet homme qui mourait s'étaient roidis, une convulsion générale s'était manifestée, suivie d'une immobilité entière : la victime n'était plus qu'un cadavre. L'appartement était mal éclairé ; mais malgré cela le témoin avait vu parfaitement la scène qu'il venait de décrire, et il avait assisté aux derniers instants de William Leicester. Puis ses yeux s'étaient portés ailleurs ; il avait vu tout d'abord le visage de M. Warren, pâle comme il n'avait vu personne au monde. Il était étendu sur le canapé ; sa main paraissait crispée sur un morceau d'étoffe blanche taché par le sang qui s'écoulait d'une blessure que le monsieur étranger avait reçue à la poitrine. Le témoin, à la vue de cette scène d'horreur, avait éprouvé le plus grand effroi. Il avait repoussé les deux femmes et s'était précipité dans la chambre. L'accusé s'était relevé sans que sa main quittât le cadavre ; ses lèvres remuaient : il avait essayé de parler, sans pouvoir en venir à bout. Lorsque le témoin s'était baissé, il avait vu que ce morceau d'étoffe blanche que le vieillard tenait serré entre ses doigts était un des côtés d'un gilet de soie blanche et une portion de la chemise de fine batiste que portait la personne assassinée. Il avait vu en même temps à terre une lame de couteau humide de sang jusqu'au manche. Après une minute ou deux d'un silence terrible, le vieillard lui avait demandé ces paroles : probablement il s'était aperçu que l'homme était bien mort. Il avait détourné la tête avec un regard qui exprimait la compassion, et avait prononcé ces mots : « Qu'allons-nous faire ? » et le témoin avait répondu : « Rien, car cet homme est mort ! »

Dans ce même moment le vieillard s'était relevé, se dirigeant vers une couchette placée à terre à l'un des angles de la chambre, sur laquelle sa femme et sa petite-fille s'étaient jetées à l'instant où le témoin les avait violemment repoussées, sans avoir pourtant l'intention de leur faire mal, quand il s'était précipité dans la chambre. Là il avait parlé à voix basse à sa femme, qui lui avait répondu :

— O Wilcox ! jure-moi que tu n'as pas commis ce crime ! L'accusé avait alors jeté les yeux sur elle, comme frappé d'un horrible étonnement par cette demande inattendue ; sa physionomie paraissait être atterrée : on aurait dit qu'il était blessé au cœur. Le regard qu'il adressa à sa femme eût suffi pour faire pleurer l'âme la plus insensible, et sa voix, au moment où il parla, contenait des larmes émouvantes ; et cependant ses yeux étaient secs comme ceux d'un homme qu'un chagrin violent empêche de respirer.

— O ma femme ! avait-il dit sans ajouter un mot de plus.

Mais ces quelques paroles avaient suffi pour qu'elle se couvrît le visage avec ses mains et qu'elle se mît à sangloter comme un enfant. Julia, leur petite-fille, qui jusqu'alors pâle et immobile comme le cadavre qu'elle avait devant les yeux, était pressée contre sa grand'mère, avait alors seulement jeté les yeux sur le vieillard. Elle aussi témoignait un plus triste étonnement de la parole adressée par la femme à son mari, et s'était sentie blessée au cœur. Mais bientôt sa physionomie avait perdu tout sentiment d'horreur pour faire place à celui de la plus vive tendresse. Elle s'était levée avec un regard angélique, et pressant ses deux mains sur le bras du vieillard, qui regardait toujours sa femme avec une expression de douleur, elle appuya sa tête sur sa poitrine en lui disant :

— Oh! grand'père, elle ne pensait pas ce qu'elle vient de vous dire. Ce n'est pas grand'mère qui a parlé, c'est la terreur qu'elle éprouve qui lui a suggéré cette horrible pensée.

Le vieillard avait alors voulu poser sa main sur la tête de sa petite-fille, mais cette main était rouge et humide de sang ; il s'en était aperçu, et l'avait retirée avec horreur pour la laisser retomber inerte. Cette scène épouvantable éclairée par une lumière vacillante, ces visages pâlis par l'effroi, ce cadavre roidi par la mort, tout était si terrible à voir, que le témoin ne s'était pas senti la force de rester plus longtemps ; il s'était enfui précipitamment afin d'appeler au secours. Bien plus, il n'avait pas voulu remettre les pieds dans cette chambre ; car, disait-il, il ne comprenait pas comment il y était resté si longtemps sans s'évanouir.

Comme on le pense bien, nous avons rapporté ici la substance de la déposition du témoin, et non ses propres paroles. C'était un Allemand qui parlait un anglais assez barbare ; mais la scène qu'il avait vue était assez horrible pour que son discours parût aux yeux du juge empreint d'une loyauté toute particulière. Le magistrat et la foule ne purent s'empêcher de ressentir une vive impression ; car cette déposition du témoin avait satisfait ce goût particulier que le public a de nos jours pour tout ce qui est horrible, et la sensibilité de la foule se trouvait aussi réveillée par les sentiments d'honnêteté et par l'innocence apparente de l'accusé et de sa famille. Parmi ceux qui étaient présents, la plupart échangeaient entre eux à voix basse le désir qu'ils avaient que l'accusé fût reconnu innocent. La vieille femme et sa petite-fille attiraient l'attention générale : chacun cherchait à s'approcher d'eux pour les voir, et les rédacteurs de journaux arrêtaient leur griffonnage sténographié pour prendre de nouvelles notes, afin de décrire plus exactement les haillons dont ces pauvres malheureux étaient couverts.

Le juge écouta plusieurs autres dépositions, qui toutes tendirent au même but et n'eurent d'autre résultat que celui d'incriminer le pauvre vieillard. Lorsque tous ces interrogatoires furent achevés et qu'on en arriva au tour de la jeune fille, l'intérêt devint général et s'accrut au plus haut degré. La foule chercha à se rapprocher de la barre ; ceux qui se trouvaient dans le vestibule firent de nombreux efforts pour pénétrer dans la salle ; aussi, cette mer humaine était-elle capable d'atteindre le point qu'il n'eût pas été possible à une épingle de toucher le sol. Julia tressaillit lorsque son nom fut prononcé, et ce fut avec une grande difficulté qu'elle parvint à se hisser sur le banc, qui mit son visage à une hauteur suffisante pour que le juge pût l'examiner à son aise. Ses petites mains serrèrent convulsivement la barre, et l'on pouvait voir à la pâleur de ses doigts que tout le sang qu'ils contenaient s'était retiré. La pauvre enfant fût tombée à terre, car elle n'avait plus de force, et son cœur anéanti ne battait plus que grâce à la pensée solennelle qui l'animait tout entière. Sa physionomie avait une expression plus terrible que n'est ordinairement celle de la crainte. Les beaux yeux bleus qu'elle fixait sur le juge avaient une signification plus sublime que celle de la douleur. Le magistrat aperçut le mouvement de ses lèvres, et se pencha sur son bureau afin de saisir les paroles qu'elle cherchait à prononcer.

— Il m'est impossible de répondre à aucune de vos questions. Ne m'interrogez pas, monsieur, je vous en prie.

Le juge comprit ces paroles ; il devina ce courage résigné qui parlait bien plus encore que ne pouvaient le faire ses lèvres tremblantes. Personne, excepté lui, n'avait vu ce regard et n'avait entendu cette voix, pas même l'accusé, dont l'oreille était tant soit peu dure. Le juge, en examinant son attitude, la jeunesse et la douceur de la jeune fille, s'était senti ému de compassion.

C'est vraiment une horrible devoir pour un magistrat de chercher une preuve accablante dans l'interrogatoire d'une créature dévouée qui souvent peut d'un seul mot faire pencher la balance contre celui qu'elle aime le plus, et prononcer pour ainsi dire elle-même sa peine de mort. Jamais, avant ce jour-là, le juge n'avait senti la cruauté de sa mission. Les questions qu'il avait préparées se refusaient à sortir de ses lèvres et lui refluaient au cœur. Il lui semblait qu'il allait torturer un agneau en présence du troupeau, que le regarderait faire.

Et cependant les magistrats de nos tribunaux ont sous les yeux de nombreux exemples de la dépravation actuelle de l'enfance et de la jeunesse. Ne pas être défiant serait pour un juge une très-grande faute. Cette petite fille pouvait avoir reçu des conseils ; un avocat habile lui avait peut-être dicté cette réponse. A la regarder en face, il était impossible de ne pas croire à ses paroles ; mais les yeux les plus doux couvrent parfois des mensonges qui vous feraient tressaillir. Personne plus que le magistrat exercé ne connaît la perversité humaine, et cependant il y a dans la franchise un accent de pureté qui sert à convaincre le cœur bien avant que le jugement et la décision de l'esprit aient été pris.

— Qui vous a dit de ne pas répondre à mes questions ? fit le magistrat à la petite fille en lui parlant à voix basse.

— Personne.

— Alors pourquoi vous refusez-vous à parler ?

— Parce que mon grand-père n'a jamais tué le monsieur, et ce que je pourrais dire ferait peut-être croire tout le contraire.

— Savez-vous, ma petite, que votre refus ressemble à une insulte que vous faites à la cour, et que je pourrais vous punir d'en agir ainsi ?

— Je l'ignore complètement.

— Il me serait possible de vous forcer à répondre.

La physionomie de Julia refléta un sourire expressif : on aurait pu la prendre dans ce moment pour un martyr regardant avec mépris le bûcher qui l'attend pour avoir refusé d'abjurer sa foi. Ce sourire n'avait nullement changé l'humilité de sa contenance, et le magistrat parut être satisfait de la force morale dont elle venait de lui donner la preuve.

Les rédacteurs de journaux eux-mêmes n'avaient pas pu saisir le moindre mot de cette conversation. Ainsi la dignité du juge n'était nullement en jeu. Il se décida à abandonner ce cruel interrogatoire, qui tourmenterait inutilement cette pauvre créature, car les preuves qui ressortaient des témoignages déjà entendus par lui étaient suffisantes pour motiver l'emprisonnement du vieillard.

— Je ne crois pas utile de poursuivre l'interrogatoire de cette jeune fille, dit-il en s'adressant à un assesseur qui lui servait de secrétaire et avait écrit jusqu'alors toute la procédure.

Divorcer! cela n'est pas possible, fit la pauvre Ada d'une voix étouffée.

— A quoi bon? répondit celui-ci sans relever la tête et tout en continuant à écrire. La déposition de cet Allemand était plus que suffisante pour lancer un mandat d'amener contre le coupable. Du reste, cette pauvre petite à terriblement peur, il vaut autant la laisser partir.

— Mais son témoignage sera requis lors des débats de la cour d'assises.

— C'est vrai, aussi faudrait-il s'assurer d'elle. Quelqu'un s'est-il présenté pour lui servir de caution?

— J'ai peur que non. C'est un terrible devoir que celui d'emprisonner cette pauvre petite.

— Mon Dieu, oui; c'est aussi affreux que de mettre un merle en cage, répondit l'assesseur, qui ne cessait pas d'écrire avec sa plume d'or. C'est une dure nécessité, mais c'est indispensable; les mauvaises lois aussi bien que les bonnes doivent être exécutées, mon cher collègue. Cette loi peut être dégradante pour notre civilisation, mais c'est une loi; il faut donc l'observer, même quand elle nous force à enfermer de gentilles petites filles avec la lie de la société.

— Cela me répugne, et j'agis bien à contre-cœur, répondit le magistrat en soupirant. Il me semble que je jette un flocon de neige immaculée sous les pieds d'un troupeau d'animaux immondes. Jamais, depuis que j'existe, je n'ai eu tant de répugnance à donner ma signature.

— Il le faut, pourtant. Vous avez fait tout ce que vous avez pu pour elle. Allons, redevenez juge. Voilà déjà les rédacteurs de journaux qui ont les yeux sur vous. Si vous agissez faiblement, demain toute la presse va vous attaquer.

— J'agirai suivant que me le conseillera ma conscience, et je me moque de ce que diront les journaux.

— C'est à coup sûr une noble indépendance de sentiment; mais prenez garde, mon cher collègue, si tous ces griffonneurs de papier vous entendaient, ils pourraient bien ne pas partager votre opinion.

Le magistrat qui parlait ainsi à son confrère disait la vérité; jamais, depuis qu'il était au monde, il n'avait signé un mandat d'amener avec autant de répugnance; mais enfin l'acte d'incarcération fut préparé et remis à un agent de police. Le vieillard fut donc emmené d'un côté de la barre, pendant que Julia était entraînée dans une autre direction par un agent de la prison, qui se créa avec elle un chemin à travers la foule. D'abord la jeune fille supposa qu'elle allait accompagner son grand-père; mais lorsqu'elle s'aperçut que les personnes qui l'entouraient la séparaient de lui, elle chercha à s'échapper pour le rejoindre : elle poussa un gémissement insensible, et celui qui la tenait par le bras fut obligé de l'empoigner fortement autour de la taille afin de l'empêcher de s'échapper au milieu de la foule.

La pauvre femme avait suivi machinalement son mari et sa petite-fille; mais au moment où le vieillard et Julia se trouvèrent entraînés chacun d'un côté opposé, elle hésita, ne sachant de quel côté se diriger. Au moment où la pauvre enfant fit entendre ce cri d'effroi dont nous venons de parler, mistress Wilcox s'élança vers elle, mais sans qu'elle pût se rendre compte de ce qui se passait; elle se trouva tout d'un coup encerclée par la foule. Elle adressa à droite un regard égaré au malheureux prisonnier, qui s'était retourné vers elle; puis ses yeux se tournèrent à gauche, dans la direction de l'endroit d'où le gémissement était parti. Chacun des deux prisonniers disparut bientôt derrière une porte qui s'ouvrait au milieu des profondeurs obscures de la prison. La malheureuse aperçut un bras qui s'élevait dans un mouvement convulsif, comme pour lui faire signe de venir dans cette direction. Elle s'élança, faisant des efforts douloureux mais inutiles pour résister au courant de la foule. Mais ce courant était irrésistible, elle fut entraînée sous le vestibule; et là, seule au monde, séparée de tous ceux qu'elle aimait, appuyée contre un de ces piliers massifs de granit, elle cherchait encore des yeux son mari et son enfant. C'était un spectacle à fendre l'âme; mais, hélas! ces sombres murailles sont chaque jour témoins de scènes aussi déchirantes que celle que nous venons de décrire.

CHAPITRE XXII.

Le témoin en prison.

N'est-il pas étrange, horrible même, qu'il y ait encore autant de barbarie dans les lois et les coutumes d'un pays libre? Sans avoir commis aucun crime, sans avoir offensé qui que ce soit, l'on peut être arrêté à New-York et dans toute ville des États-Unis, jeté en prison pendant des mois entiers, confondu avec la foule des plus infâmes malfaiteurs! On n'a aucun respect pour votre personne, aucun égard pour vos affections les plus intimes : ne faut-il pas obéir au code américain? Quelle peine doit donc être cette loi qui a besoin de l'oppression afin de pouvoir rendre justice?

A New-York, un témoin pauvre qui a le malheur de connaître quelques circonstances relatives à un crime, se trouve, à la cour d'assises, exactement dans la même position que le criminel. Comme lui il faut qu'il fournisse caution pour répondre de sa présence le jour du procès, et sans argent, s'il lui est impossible de trouver une garantie, il doit perdre l'espoir d'obtenir cette faveur, et il lui faut partager la prison du malfaiteur que son témoignage doit condamner. C'est ainsi que des étrangers, des marins, arrivés de la veille d'un pays lointain, et des personnes privées d'amis, sont souvent emprisonnées pendant des mois avec la honte et la lie de l'humanité; ils sont innocents, et cependant ils se voient contraints à souffrir les peines les plus sévères méritées par le crime.

Et cette injustice, si frappante qu'elle ferait rougir des sauvages, existe pourtant, sans être remarquée, dans une ville où l'on trouve à chaque pas des sociétés de bienfaisance, des églises, et des chrétiens qui professent la plus vive sympathie pour les opprimés de toutes les nations et de toutes les villes de la terre. Si la charité fastueuse voulait pour une fois seulement faire place à la simple justice, New-York, aussi bien que toutes les autres villes d'Amérique que nous connaissons, serait bientôt plus respectée au dehors et plus respectable à l'intérieur.

C'est donc grâce à cette loi que Julia Warren, jeune fleur de seize ans qui s'épanouissait à l'entrée de la vie, fraîche, aimable, sensible et innocente, telle que la nature l'avait formée, fut traînée en prison comme l'est une voleuse ou une prostituée. Elle était descendue sur les derniers degrés de la pauvreté, et cette dégradation touche presque toujours de si près au crime dans les grandes cités, qu'il paraît presque impossible que l'innocence soit intacte quand on est arrivé si bas. Mais Julia avait été préservée dans sa pauvreté par des principes de vertu si solides, par une tendresse si sainte, que ni le contact du péché ni les tortures de la faim n'avaient influé sur elle et n'avaient terni cette fleur de pureté qui était innée dans son cœur et lui faisait fuir l'influence délétère du mal : elle agissait ainsi par instinct, comme le cygne qui secoue les gouttes d'eau tombées sur son cou blanc, bien que son corps se trouve plongé tout entier dans le liquide élément.

Cette jeune créature, dans sa douce innocence, sans avoir commis de crime, sans savoir même ce que c'est qu'une faute, était maintenant jetée dans cette prison, associée aux malfaiteurs, et traitée sur le même pied que le crime, dont elle ne connaît pas l'existence.

Lorsque l'agent de police sépara la pauvre fille de ses grands parents, elle résista d'abord avec fureur, appela au secours, et implora enfin cet homme à genoux, en jetant sur lui des yeux si pleins d'expression, en mettant en usage une éloquence si touchante, que celui-ci s'arrêta dans un des sombres corridors qui partent de la cour, et essaya de l'apaiser, supposant qu'elle était seulement effrayée du triste aspect de cette demeure.

— Non, non, répondit-elle, ce n'est pas cela. Je n'ai pas pris garde à l'obscurité, je n'ai rien vu; mais mon grand-père, ma pauvre grand'mère! Oh! laissez-moi les rejoindre; je n'ai pas peur, cela m'est égal d'être en prison, pourvu qu'on me laisse avec eux!

Au moment même où Wilcox prononçait ce dernier mot, le couteau se releva, un éclair jaillit de la lame, et Leicester tomba mort sur le sol.

— Votre grand'mère n'est pas ici!

— Pas ici, pas ici! répondit la pauvre enfant tout éperdue. Alors qu'est-elle devenue? Laissez-moi, laissez-moi aller la rejoindre, autrement, je vous le jure, elle mourra sans moi!

Julia ouvrit ses petites mains, qu'elle avait tenues jointes jusqu'alors, repoussa sa chevelure en arrière, et s'enfuit le long du corridor avec une telle rapidité, que l'agent, pris à l'improviste, fut bientôt distancé par elle. Un geôlier qui venait du côté de la cour saisit Julia par le bras au moment où elle passait près de lui.

— Pas si vite, mon petit oiseau, pas tout à fait si vite! il faut des ailes plus légères que les vôtres pour sortir de cette cage.

Julia, effrayée et hors d'haleine, jeta les yeux sur cet homme.

— Pourquoi me retenez-vous, pourquoi ne puis-je sortir? murmura-t-elle avec angoisse.

— Parce que vous êtes prisonnière, ma petite!

— Mais je n'ai rien fait!

— Tous ceux qui viennent ici n'ont jamais rien fait, dit l'homme avec un sourire de mépris. Jamais il n'y eut autant d'innocents réunis dans la même maison. Et tout en parlant l'agent lui tenait le bras serré et le forçait de marcher devant lui. La pauvre créature ne put supporter une pression si brutale.

— Vous me faites mal au bras, dit-elle à voix basse.

— Serait-il vrai? dit l'homme ému, malgré sa profession, par l'accent douloureux de sa voix, je n'en avais pas l'intention. Il serait difficile de toucher une créature aussi délicate que vous sans y laisser quelque marque. Allons, ne pleurez pas, je ne l'ai pas fait exprès.

— Je le sais bien. Ce n'est pas cela, répondit la jeune fille levant ses yeux d'où coulait un ruisseau de larmes, ce n'est pas cela qui me fait pleurer.

— Bien alors, venez avec moi; je vous conduirai dans le départ-

tement réservé aux femmes. L'on ne vous gardera pas longtemps ici, à moins que vous n'ayez volé ou fait quelque chose de la sorte.

— Volé! bégaya-t-elle, volé! La rougeur couvrit ses joues pâles et inondées de larmes; un sourire de mépris fit trembler ses lèvres.

L'agent de police à qui elle avait échappé rejoignit Julia et son confrère dans ce moment.

— Venez, dit-il avec impatience, je ne puis pas attendre ainsi.

— Je suis prête, murmura la pauvre enfant d'une voix empreinte du plus profond découragement; et sa tête se pencha sur son sein. Si je suis prisonnière, emmenez-moi. Mais qu'ai-je donc fait?

— N'importe, vous arrangerez vos affaires avec les juges. Je suis pressé, ainsi dépêchons-nous.

Julia ne répondit pas, et n'essaya pas de résister.

Elle donna la main à l'agent, qui la fit marcher aussi vite que possible. Ils s'engagèrent dans un passage sombre et voûté, et arrivèrent devant une porte grillée à travers laquelle la tremblante fille aperçut de noires et hideuses créatures, qui se mouvaient dans l'atmosphère ténébreuse qui obscurcissait la prison. Deux ou trois de ces êtres aux visages égarés et ressemblant à des furies se pressaient contre les barreaux.

L'une d'elles était une négresse couverte de cicatrices provenant des coups qu'elle avait reçus dans des querelles du ruisseau, et dont les yeux enflammés se fixèrent méchamment sur l'innocente créature que les lois lui envoyaient pour compagne.

— Arrière, retirez-vous! ordonna le geôlier en frappant la grille de ses clefs, vous voyez bien que vos figures hideuses effrayent cette pauvre enfant!

Les êtres à qui le geôlier s'adressait s'éloignèrent en grimaçant un défi et en poussant un éclat de rire qui fit frissonner Julia de la

Florence Craft se tenait debout, et sa voix faisait entendre un chant qui n'avait rien d'humain.

tête aux pieds. Elle se rapprocha de l'homme et s'attacha à ses vêtements, pendant qu'il tournait une lourde clef dans la serrure et qu'il ouvrait la porte à moitié. Le regard de Julia put alors plonger au milieu d'une salle sur laquelle s'ouvraient des cellules béantes pour le moment, et remplie d'une lumière sombre, à travers laquelle des formes diaboliques erraient çà et là, ou restaient immobiles appuyées contre la muraille. La pauvre enfant recula en frissonnant, et se cramponna avec désespoir au bras de son conducteur.

— Oh! pitié.... pitié! Pas ici.... pas ici! cria-t-elle pâle et tremblante.

L'homme la prit vivement dans ses bras et, franchissant la porte avec ce léger fardeau, il la reposa doucement à terre. Julia entendit le bruit des clefs, puis le grincement d'un lourd verrou. Elle vit l'ombre de son dernier ami s'évanouir à travers la grille; alors, accablée de désespoir, elle s'assit sur un banc de bois, appuya sa joue glacée contre la muraille, et ferma les yeux. Les larmes coulaient abondamment sous ses cils longs et noirs, et tombaient une à une en larges gouttes sur son visage. Ses bras étaient allongés, inertes, sans vie à ses côtés. Toute l'énergie de sa jeunesse paraissait l'avoir abandonnée.

La salle était pleine de femmes de tout âge qui portaient la marque que le vice ou le chagrin imprime toujours sur la physionomie. Quelques-unes, vieilles et endurcies dans le mal, se tenaient à distance, et regardaient la jeune fille au cœur brisé avec des yeux durs et sans pitié; d'autres, plus jeunes, moins soucieuses et plus violentes dans leurs impulsions, s'assemblèrent autour d'elle et se mirent à commenter sur son chagrin, les unes avec moquerie, les autres avec une expression presque affectueuse. Négresses et blanches, toutes se groupèrent autour du banc où Julia était assise, soufflant sur elle, exhalant leurs haleines brûlantes, jusqu'à ce qu'enfin la pauvre enfant devint plus pâle et s'évanouit, comme si les exhalaisons d'un upas empoisonné fussent tombées sur elle.

— Elle est malade, elle tombe inanimée! cria l'une des femmes, apportez de l'eau!

— Non, s'écria une autre, ce qu'il nous faudrait pour lui faire du bien, ce serait une goutte d'eau-de-vie; mais de l'eau pure, pouah!

— C'est la frayeur qui produit son effet. Voyez comme elle tremble! s'écria une troisième avec un éclat de rire et en secouant la tête.

— Rien de tout cela. Elle est trop jeune, trop belle!

— Oh! taisez-vous donc! Est-ce que je ne connais pas ces symptômes? interrompit la première avec un rire grossier. Ne suis-je pas jeune, ne suis-je pas belle? Qui dit le contraire? Et pourtant ne m'avez-vous pas bien entendue, ne m'avez-vous pas souvent vue trembler comme si la fièvre m'agitait?

— C'est parce que le docteur ordonne de l'eau-de-vie, interrompit une malicieuse mulâtre, qui tout en parlant se croisait les bras et jetait du côté de son interlocutrice un coup d'œil significatif. Quand cette médecine arrive, vous devenez tout de suite tranquille.

Cette réponse fut suivie d'un rire général, auquel crut devoir prendre part celle qui en était l'objet; aussi s'en donna-t-elle à cœur joie, jusqu'à ce qu'enfin les larmes lui en vinrent aux yeux.

Au milieu de cette bruyante gaieté, Julia était tombée sur le banc comme une fleur flétrie sur sa tige. Au même instant la grosse négresse qui avait tellement effrayé la pauvre enfant à travers la grille s'élança d'une cellule au milieu de la salle, et vint vers le groupe portant à la main une tasse d'étain pleine d'eau.

Un scélérat chargé d'un message de paix n'aurait pas formé un contraste plus frappant que celui de cette hideuse créature s'abandonnant à l'influence d'un bon sentiment. Elle traversa la salle aussi rapidement que le lui permettaient ses pieds nus chaussés de vieilles bottes coupées en pantoufles. Ses vêtements de calicot, sales et dégoûtants, tombant en lambeaux et en festons autour de ses membres décharnés, traînaient d'un côté sur le plancher, et se relevaient de l'autre au-dessus de sa cheville.

Les femmes s'écartèrent à son approche, et lui laissèrent un libre accès auprès de la jeune fille évanouie.

— Ainsi c'est vous qui êtes cause de cela! murmura-t-elle. Comment avez-vous osé vous approcher d'elle? N'avez-vous pas vu que je l'ai prise en amitié, même avant qu'elle eût franchi la grille? Laissez-la tranquille. Je voulais une protégée, une amie : elle sera la mienne!

— La vôtre! mais c'est votre figure qui l'a effrayée à en mourir; elle a perdu ses jolies petites couleurs du moment où elle vous a vue! répondit la femme qui avait insisté pour avoir de l'eau-de-vie, et qui gardait sa place en dépit de la formidable négresse. Donnez-moi cette eau, et ôtez-vous de ma vue!

La négresse, au lieu d'obéir à cette injonction, repoussa rudement cette femme, et s'agenouillant auprès de la jeune fille, toujours sans connaissance, elle lui humecta le front et les tempes. Julia ne remua pas; la frayeur était toujours d'une pâleur mortelle, sur elle et le tour de ses yeux conservaient une teinte violette, ses petites mains retombaient usées sur les dalles, et ses petits pieds pendaient lourdement le long du banc. Cette attitude, plus encore que la blancheur de son visage, ressemblait à la mort.

— Appelez un gardien, crièrent simultanément plusieurs voix, elle va mourir!

— Le médecin! dirent d'autres prisonnières. Il n'y a qu'un médecin qui puisse la faire revenir de cet accès!

— Nous ne voulons point de médecin, s'écria fortement la vieille négresse; il dirait que c'est un accès de frayeur, et il lui administrerait ou de l'eau-de-vie ou du laudanum. Je vous dis que cette enfant n'est pas accoutumée à des boissons de cette sorte! Je suis sûr qu'une goutte de spiritueux n'a jamais touché ses lèvres.

Un rire grossier se fit entendre de nouveau parmi les prisonnières.

La négresse remplit sa main d'eau, et en inonda le visage de Julia, autour duquel ce rire flottait comme l'eût fait le chant de l'orgie autour d'une couche funèbre. Elle se leva s'appuyant sur un genou, et tourna ses regards courroucés du côté de celles qui raillaient sa protégée.

— Jamais, de ma vie, je n'ai sali une page de mes écrits en reproduisant un langage impie ni même en décrivant un caractère profane;

je n'ai jamais placé sans respect le nom de Dieu sur les lèvres d'un personnage idéal. Oui, plutôt mille fois sentir ma conscience me reprocher à moi-même un blasphème, que d'en écrire un seul qui pourrait ainsi être lu par des milliers de lecteurs, plutôt que d'initier à de pareilles expressions ceux qui auraient mis, sur l'étiquette du sac, une confiance entière en moi!

Dans cette prison où le langage le plus impie et le plus obscène est le seul usité, connu, je n'emploierai que le mien, car je préfère affaiblir ainsi la vérité de la description locale plutôt que de mentir un seul instant à la règle de toute ma vie.

Et cependant, c'est à la vue de ces scènes, à l'audition de ces paroles que je ne puis forcer cette plume à rendre, à la présence de ces créatures pour la plupart endurcies dans le vice à un degré qui fait frémir, que cette jeune et innocente créature fut exposée, par la faute des règlements d'un peuple civilisé. Lorsque Julia ouvrit les yeux, cette négresse dégoûtante, qu'un sentiment de bonté rendait pour le moment moins repoussante qu'à l'ordinaire malgré sa hideur naturelle, fut le premier objet qui s'offrit à ses regards ébahis.

Cette femme, ainsi que je l'ai dit, s'était agenouillée. Le saint nom de Dieu se pressait sur ses lèvres n'était que le prélude d'un torrent de blasphèmes qui s'en échappèrent de la manière la plus grossière et la plus effroyable.

— Vous n'avez pas besoin de rire; est-ce que je ne le sais pas mieux, cinquante fois mieux qu'aucune de vous? Est-ce la première fois que je viens ici? C'est la quinzième. Est-ce que je ne vais pas chaque été passer la belle saison dans ma maison de campagne de l'île de Blackwell? Combien de fois la meilleure d'entre vous est-elle venue ici? je donnerai quelque chose pour le savoir. Deux fois, trois fois, qu'est-ce que ça! Comment pouvez-vous connaître la vie? Ôtez-vous de là. Cette enfant commence à soupirer, vous ne la tourmenterez plus ainsi, je vous le jure! C'est l'eau qui l'a fait revenir; laquelle de vous reviendrait à elle si on ne lui donnait que de l'eau? Répondez-moi, coquines! Que l'une de vous s'approche et vienne respirer son haleine pendant qu'elle sanglote, elle est parfumée comme la rose, douce comme le benjoin. Je vous dis qu'elle n'a jamais pris autre chose que du pain et du lait depuis qu'elle est au monde.

La femme acheva son discours par une imprécation à son adresse qui fit bondir la pauvre jeune fille. Elle regarda tout effrayée autour d'elle, comme si elle eût cru se trouver au milieu d'une bande de démons.

— Qu'avez-vous? avez-vous peur? dit la prisonnière blanche qui avait parlé d'abord en se penchant vers elle.

— Allez-vous-en! lui lança un autre jurement; c'est ma protégée, n'y touchez pas, ou gare à vous!

La terrible créature, dont la bonté même était cruelle, avança le bras et essaya d'attirer Julia de son côté; mais la pauvre enfant recula en frissonnant à ce toucher nauséabond: elle tomba à genoux, et se boucha les oreilles avec ses mains.

— Vous avez peur de moi, n'est-ce pas? cria fortement la négresse en touchant presque sa bouche les doigts écartés de Julia.

— Oui, oui! dit celle-ci d'une voix tremblante; et elle continuait à fixer ses yeux effarés sur cette femme; oui, j'ai peur!

— Voilà ce que l'on appelle avoir de la reconnaissance! dit la négresse d'un ton furieux. Je l'ai fait revenir à elle, et elle me prend pour un chien enragé!

Julia se sentit transpercée par le regard terrible qui accompagna ces paroles; la frayeur de la pauvre enfant ne fit qu'exaspérer sa hideuse protectrice, qui, grinçant des dents de colère, s'empara d'une de ses petites mains, et l'éloigna de l'oreille qu'elle couvrait; puis elle se mit à proférer, sans désemparer, un torrent des plus effroyables imprécations.

— Oh! je vous en prie, ne jurez pas ainsi, c'est affreux!

— Jurer! Mais je n'ai pas juré, pas une seule fois. J'ai dit tout le temps des paroles douces comme miel, juste pour vous faire plaisir; j'en appelle à toutes ces dames! dit cette mégère évidemment convaincue de son assertion, et prenant à témoin avec une simple confiance ses compagnes de prison; car ce langage impie était chez elle une habitude enracinée dont elle n'avait réellement pas conscience.

Un éclat de rire empreint de raillerie répondit à ce singulier appel, et une douzaine de voix assurèrent d'un ton dédaigneux que Julia s'était certainement trompée, bien plus, elles ajoutèrent ces paroles :

— Oh! la vieille May n'a jamais juré de sa vie!

Torturée par ce bruit sauvage qui la rendait presque folle, Julia ne put s'empêcher de crier au secours. Se levant d'un bond désespéré, elle écarta la négresse, et se dirigea vers la porte grillée. Il lui semblait impossible de respirer librement au milieu de ces misérables créatures.

— Maman, maman! prononça une douce voix d'enfant qui sortait de l'une des cellules. Et comme Julia se retournait, elle vit à travers les étroits barreaux de fer de la porte une tête d'enfant qui se penchait vivement vers elle, radieuse de joie et étonnée par la surprise.

Julia s'arrêta. Elle étendit ses deux mains tremblantes et entra dans la cellule, souriant à travers ses larmes, comme si un ange l'eût appelée.

L'enfant se redressa, car il marchait en s'appuyant sur ses mains et sur ses genoux; il rejeta en arrière, à l'aide de ses deux petites mains sales et potelées, ses cheveux dorés, qui, en dépit du manque de soin, retombaient en boucles soyeuses, et regarda celle qui venait vers lui d'un air désespéré sans prononcer une seule parole. Julia s'aperçut de l'étonnement de l'enfant, et son cœur se serra encore.

— Ce n'est pas moi que tu appelais? fit-elle en mettant sa main tremblante sur l'épaule de l'enfant. Es-tu fâché que je sois venue?

— Oui, répondit l'enfant. Et ses yeux bruns, d'une douceur inexprimable, se remplirent de larmes. Je croyais que c'était maman; l'obscurité m'a empêché de voir, et j'ai cru que vous étiez maman.

Julia se baissa et embrassa l'enfant. Dans cette lumière douteuse, il était difficile de reconnaître laquelle de ces deux charmantes figures était la plus angélique.

— Mais je t'aime, je suis contente de te voir! dit-elle d'une voix qui fit sourire l'enfant à travers ses larmes. Il fixa attentivement un long regard sur Julia, puis s'approcha tout près d'elle, et murmura :

— Et moi aussi je vous aime!

Il y avait un lit étroit dans la cellule; Julia vint s'y asseoir et mit l'enfant sur ses genoux. En retour de cette prévenance affectueuse, elle sentit un petit bras se glisser autour de son cou et une joue brûlante se poser sur la sienne; l'innocence de cet enfant comprenait celle de la pure jeune fille, comme on doit supposer que le toit des fleurs qui se retrouvent sous une atmosphère étrangère, lorsqu'elles se penchent l'une vers l'autre.

— Est-ce qu'on renferme les enfants dans cet affreux séjour? Comment es-tu venu ici, mon petit ange?

— Je ne sais pas, répondit l'enfant en secouant sa tête gracieuse.

— Mais es-tu venu seul?

— Oh! non, elle est venue avec moi!

— Qui donc? Est-ce ta maman? demanda Julia, qui s'intéressait si profondément à cet enfant, que pendant un moment elle oublia entièrement le chagrin dont elle était accablée.

— Non, ce n'est pas ma maman. On l'appelle ainsi, mais elle ne l'est pas. Avancez ici bien doucement, je vous la ferai voir.

Le gentil enfant conduisit Julia à l'entrée de la cellule, et lui indiqua une femme accroupie, la tête baissée, près d'un poêle. Il y avait quelque chose de si pittoresque dans les contours hardis de son visage, d'une coupe tout à fait romaine, que Julia la fixa avec la plus grande attention. Sur sa tête énorme on voyait une masse de cheveux d'un noir terne relevés par derrière, attachés sans art, et retombant en boucles échevelées le long de ses joues. Son nez, dont la courbe hautaine n'était pas dépourvue de grâce, son large front et son menton épais, surmonté d'une bouche assez grande, estampée de carmin et d'un aspect tout à fait sensuel, tout concourait à donner à sa tête baissée, que la lumière frappait d'un seul côté, l'effet pittoresque de quelque vieux tableau qui, sans posséder une beauté réelle, restait gravé dans la mémoire comme un de ces crimes que l'on n'oublie pas.

Cette femme avait évidemment reçu quelque blessure sur le front, car il était entouré d'un foulard écarlate dont les bouts se mêlaient par derrière aux mèches pendantes de ses cheveux négligés, qui, sans cette précaution, seraient retombés sur son cou et sur ses épaules.

Sa robe de barège bleu avait été élégante, sinon de riche étoffe, mais elle était maintenant sale et fanée, et les épaves de son volant à moitié déchirés étaient maladroitement retenues avec des épingles qu'elle avait ramassées sur la pierre de la prison. Toute cette toilette avait un cachet particulier de misère, et chaque pli accusait la pauvreté et le dénûment causés par une hideuse débauche.

Un livre recouvert de papier jaune, sale et déchiré, reposait sur les genoux de cette femme, qui tenait ses larges bras entièrement croisés sur sa poitrine et se penchait sur ce livre, paraissant le dévorer des yeux avec un intérêt qui trahissait toute l'intensité de sa nature vicieuse. On pouvait voir son œil s'enflammer sous ses cils noirs lorsqu'elle feuilletait impatiemment un feuillet ou qu'elle était dérangée par le bruit qui se faisait autour d'elle.

Il était impossible de regarder un seul instant cette femme sans ressentir cette influence qu'un caractère puissant, alors même qu'il est inactif, imprime à l'esprit. Une haute intelligence et de fortes passions, l'une dépourvue d'éducation, les autres impétueuses et sans frein, se devinaient dans chacun des mouvements de cette femme, et se lisaient sur chaque trait de son visage.

Au moment où Julia était à la porte de la cellule entourant l'enfant de l'un de ses bras, il arriva que cette femme leva la tête et aperçut ses beaux yeux attentivement fixés sur l'enfant. Elle la regarda d'un air dur et impertinent qui remplit la jeune fille de crainte, bien qu'elle se sentît fascinée par ce regard.

La femme parut furieuse de ce que son coup d'œil n'avait pas fait baisser sur-le-champ celui de l'étrangère, et, saisissant la livre d'une main, elle se leva, s'avançant et se frayant un passage à travers les prisonnières avec cette aisance remplie d'effronterie qui était jadis

de la grâce, avant que le vice ne l'eût changée en impudence. Elle vint à Julia, un juron sur les lèvres, et lui demanda pourquoi elle l'avait regardée ainsi. Julia ne répondit pas, mais elle se rapprocha en frissonnant de l'enfant qui se cramponnait à elle, évidemment terrifié par l'attitude menaçante et les regards que sa témérité avait provoqués.

— Viens ici, petit misérable! s'écria cette méchante coquine, en prenant l'enfant par le bras et en le lançant fortement à travers la porte de la cellule. Comment oses-tu parler à qui que ce soit sans ma permission? Suis-moi, ou bien je te briserai les os!

Et par un brusque mouvement elle poussa si rudement l'enfant devant elle, qu'elle le fit tourner sur lui-même, et l'envoya rouler près du siège qu'elle occupait. Elle s'assit ensuite, et serra le pauvre petit être entre elle et le poêle brûlant en appuyant son pied, dont les doigts passaient à travers une pantoufle de satin blanc maculé, sur ses genoux, afin de bien cercler l'enfant et de le faire tenir tranquille pendant qu'elle continuait la lecture de son roman.

Le pauvre petit garçon baissa la tête, laissa retomber ses deux petites mains, et demeura immobile comme un chérubin tombé du ciel et écrasé sous le pied d'un démon. Une seule fois il essaya de se retirer, car la chaleur du poêle énorme près duquel il se trouvait était devenue insupportable. La femme, sans lever les yeux fixés sur son livre, lui mit la main sur l'épaule en proférant un blasphème épouvantable, et le força à rester en repos. Le pauvre enfant n'osa dès lors plus remuer, quoique sa figure, son cou et ses petits bras fussent devenus rouges de chaleur, et que la sueur qui perlait sur son front, comme des gouttes de pluie, saturât sa chevelure dorée et retombât même sur ses vêtements. Il leva ses yeux doux exprimant la crainte et la prière vers le visage dur qui était au-dessus de lui; mais celle à qui s'adressait cette supplication se repaissait de l'un des hideux passages dans lequel s'était complue l'imagination fébrile de l'écrivain. L'innocente créature tremblait à cette expression au moment où il essaya de se retirer.

Deux larmes parurent à l'angle de ses yeux, tournés, d'un air suppliant, dans la direction de la jeune fille, qui continuait à le regarder avec une indicible pitié.

Julia Warren ne put résister à ce coup d'œil. Elle perdit sa timidité, elle oublia même la prison dans ce moment suprême; son âme tout entière fut pénétrée de compassion pour cet être plus abandonné qu'elle-même, à qui elle pouvait peut-être porter secours. Elle s'avança doucement vers la femme, et lui toucha le bras. Sa compassion lui donna ce tact exquis qui rend si belle une impulsion généreuse.

— Madame, voudriez-vous laisser votre enfant venir avec moi, je le ferai rester tranquille pendant que vous lirez!

Ces paroles furent dites d'un ton si soumis, d'une voix si douce, qu'elles étonnèrent cette femme, comme l'eût fait une poignée de violettes fraîchement cueillies dans l'atmosphère nauséabonde de la prison. La femme avait autrefois aimé les choses pures, et cette voix lui alla au cœur, comme si elle l'eût fait nager dans un océan de parfums. Elle leva brusquement la tête, et, fixant avec hardiesse ses grands yeux sur la jeune fille, elle parut à la fois étonnée de la bonté qu'elle lui montrait et du courage qu'elle avait eu de lui adresser ainsi la parole.

Julia soutint ce regard sans se laisser émouvoir, mais elle ne pouvait s'empêcher de jeter de temps en temps les yeux sur l'enfant, qui prit sa robe d'une main et se cacha la tête dans les plis.

— Comment vous trouvez-vous ici? demanda la femme avec rudesse.

— Je ne sais pas, répondit humblement Julia.

— Vous ne savez pas... Bah! qu'avez-vous fait?

— Rien.

— Rien! répéta la femme avec un sourire de dédain. Ainsi, vous n'appartenez pas à la race des cocottes? Ah! je connais ces rubriques-là. Bon! vous n'avez rien fait! Je ne réponds jamais de cette manière, moi... je méprise le mensonge.... j'ai toujours le courage d'avouer ce que j'ai eu le courage de faire : c'est original, j'aime mieux cela. Suivez mon avis, ma fille, dites la vérité, et faites ainsi damner le diable. Satan est un des meilleurs amis sans doute; mais j'aime à le mettre en colère, à l'exaspérer un peu en disant la vérité de temps à autre. Mes camarades ne font jamais comme moi; aucune d'elles n'a commis une seule faute dans toute sa vie... Elles sont malheureuses, rien de plus.

— Voulez-vous me laisser prendre l'enfant avec moi? dit Julia avec un sourire de prière. Voyez, la chaleur lui fait mal!

La femme regarda brusquement la petite créature; elle enleva à moitié son pied, puis le pressa de nouveau sur elle en attirant l'enfant à elle; mais elle résista à l'effort que Julia fit pour l'emmener avec elle.

— Non! pas maintenant, cet enfant est à moi; je le rendrai méchant autant que cela me fera plaisir en le voyant, mais je ne veux pas le laisser courir seul parmi les prisonnières!

— Êtes-vous réellement sa mère? dit Julia.

— Oui, je suis réellement sa mère! répondit celle-ci d'un air moqueur. Et qu'est-ce qui peut vous en faire douter?

— Oh! rien. Seulement je pensais que vous devriez craindre de la voir ici dans cette prison?

— Et votre mère, elle n'a pas eu peur de vous laisser venir ici, à ce que je vois?

— Je n'ai pas de mère! dit Julia avec une voix si pleine de tristesse qu'elle produisit une impression pénible même sur la mauvaise nature de celle qui l'écoutait.

— Pas de mère! Eh bien, ne soyez pas triste pour ça, dit la femme avec une nuance de profond sentiment. Remerciez-en Dieu, si vous croyez en lui; votre mère ne vous rendra pas visite ici; pour vous attrister par la vue de son visage pâle et malheureux; elle ne se laissera pas mourir de faim pour vous arracher au crime et racheter vos fautes; elle se succombera pas de douleur... je vous le dis... en vérité, tout cela ne sert à rien. Vous ne la verrez pas clouer dans son cercueil de sapin et enterrer dans le cimetière de Potter's Field, et vous ne sentirez pas au plus profond de votre cœur que, si elle est morte, c'est par votre faute! Remerciez Dieu, remerciez Dieu, je vous dis, pauvre fille, de n'avoir pas de mère!

La femme s'était levée en parlant, ses traits étaient imposants, et tout son corps tremblait d'émotion. Des larmes coulaient de ses yeux noirs et leur donnaient du feu, de la passion et une expression indicibles. Elle cessa de parler, retomba sur son siège, et se cachant la figure entre les pages de son livre maculé, elle se prit à sangloter en songeant à ceux qui l'entouraient.

L'enfant, délivré de la pression de son pied, se tenait debout et tremblant sous l'orage de ses paroles; mais lorsqu'elle retomba, il commença à pleurer, ses lèvres roses s'agitèrent, et sa petite poitrine se souleva en poussant de gros soupirs; il monta sur l'escabelle sur laquelle sa mère s'appuyait, se pencha vers elle et l'embrassa sur la joue.

Le baiser de cet ange tomba sur ce front avili comme une goutte de rosée; la femme enleva le roman qui cachait sa figure, et tendit le bras vers l'enfant.

— Regardez, cria-t-elle dans l'intervalle d'un sanglot en tournant vers Julia son visage souillé et couvert de larmes, regardez! il a une mère; fixez les yeux sur moi, et après cela osez être triste parce que vous n'en avez pas!

— Mais j'ai un grand-père et une grand'mère qui m'aiment comme si j'étais leur propre enfant, dit Julia profondément touchée de la violente angoisse qui se révélait à elle.

— Et où sont-ils?

— Mon grand-père est ici.

— Ici! Comment cela se fait-il? De quoi l'accuse-t-on?

Les lèvres de Julia pâlirent en prononçant ces deux mots :

— De meurtre!

Cette femme elle-même fut frappée d'entendre nommer un crime bien plus sérieux qu'elle ne l'avait supposé.

— Mais vous, on ne vous accuse pas d'assassinat? dit-elle d'une voix radoucie.

— Non! dit Julia naïvement; on m'accuse d'en avoir été le témoin !

Un nouveau torrent de violents blasphèmes s'échappa des lèvres de cette femme : elle maudissait une loi presque aussi hideuse que ses propres méfaits. Julia recula, effrayée de cette violence impie. L'enfant descendit du banc, et s'approcha d'elle en pleurant. La femme s'en aperçut et se contint.

— Alors vous n'avez réellement rien fait?

Julia secoua la tête et sourit tristement.

— Quel beau pays! quelles lois équitables! dès lois qui envoient une innocente enfant prendre des leçons de savoir-vivre près de femmes comme nous! Oh! ma chère, c'est bien dommage que vous n'ayez pas été à la prison pénitentiaire une demi-douzaine de fois, vous ne manqueriez pas de personnes bienfaisantes qui seraient toutes prêtes alors à vous réformer coûte que coûte!

Julia la regardait avec étonnement. Elle ne comprenait pas tout à fait ce que cette femme lui disait.

— J'ai le cœur qui me brûle de vous voir ici, continua-t-elle vivement; c'est un crime! une honte! Mais je prendrai soin de vous; il y a encore quelques bons sentiments chez moi. Ne vous fiez qu'avec ce petit enfant, ne frayez pas avec personne autre; restez dans notre cellule, le gardien ne les laissera pas entrer. La dame chargée de la surveillance viendra tantôt; elle deviendra une mère pour vous; c'est une bonne et joyeuse chrétienne qui remplit avec bonheur ses devoirs de religion. Je crois en ces choses-là, quoique j'eusse honte de l'avouer. Cette dame préposée à notre surveillance est bonne, parce qu'elle ne peut faire autrement sans aller contre sa propre nature. J'aime cette femme; d'ailleurs, il n'y a pas ici une créature assez méchante pour ne pas lui être attachée.

— Quand la verrai-je? demanda Julia se réjouissant à cette première lueur d'espoir.

— Demain matin, peut-être avant, je ne sais pas au juste. Elle entre et elle sort toutes les fois qu'il y a du bien à faire. Mais, allons, venez dans ma cellule, on ne vous en a pas encore donné une, je suppose. Voilà toute la bande qui revient encore de ce côté.

Julia regarda, et vit une foule de femmes qui venaient de la grille,

où elles avaient été attirées par quelque bruit dans le passage extérieur. Terrifiée par la crainte de rencontrer encore l'horrible vieille négresse, elle saisit la petite main qui tenait toujours ses vêtements, suivit la femme en courant, et se jeta dans la cellule où elle avait d'abord aperçu l'enfant.

Les prisonnières s'amusaient de sa terreur. Elles s'assemblèrent autour de l'entrée; mais au moment où Julia s'asseyait sur le lit, pâle et palpitante de terreur, sa gardienne de bonne volonté s'avança vivement et leur ferma brusquement la porte de fer au nez, la poussant avec un tel fracas, que le son en retentit de corridor en corridor comme celui d'une cloche.

— Là! dit-elle avec un sourire qui, pendant un moment, chassa la dure expression de son visage, je voudrais bien voir une de ces coquines assez audacieuse pour avancer seulement à la portée de mon bras. Si les lois ne vous protègent pas contre ces énergumènes, je vous défendrai, moi!

L'ascendant que cette douce fille avait conquis sur cet être dépravé qui la prenait sous son égide était vraiment merveilleux. Lorsqu'elle fut entrée dans la cellule, aucun mot, aucune expression profane ne lui vint aux lèvres. Elle parut avoir renfermé une partie des mauvais penchants, inhérents à sa nature quand elle eut clos la porte de fer qui la séparait de ses compagnes de prison. Ses grands yeux brillèrent comme s'ils étaient émus par un plaisir sensuel, lorsqu'elle vit son enfant se glisser sur les genoux de Julia et appuyer sa jolie tête sur son sein.

— Comme vous semblez vous attacher naturellement l'un à l'autre! dit-elle en dénouant la masse de ses cheveux noirs et en commençant à les démêler à l'aide de ses doigts, comme si le regard pur de sa compagne lui eût reproché leur désordre. Quand j'étais petite, nous avions des quantités de roses sauvages dans un marais près de la maison. C'est étrange, je n'y ai pas pensé depuis dix ans; mais, lorsque je vous ai vue vous asseoir avec l'enfant, il m'a semblé que je n'avais qu'à étendre les mains pour atteindre les églantines.

Julia ne répondit pas; ses yeux étaient fixés sur l'enfant : le gentil petit être avait cessé de pleurer et reposait tranquillement dans ses bras, tranquillement qu'elle put voir peu à peu le sommeil s'emparer de lui. La femme continuait en silence à arranger sa longue chevelure. Julia, qui avait observé pendant quelques instants les yeux bruns et doux de l'enfant, pendant que leurs paupières les couvraient graduellement comme les pétales d'une fleur qui se ferme, leva enfin les yeux en exprimant dans son regard une joie si pure, que la femme se prit à sourire sans y songer.

— Il est profondément endormi, dit la jeune fille en écartant les boucles humides qui couvraient son front. Regardez, quel gracieux sourire; je l'ai vu paraître graduellement sur sa figure depuis que ses yeux ont commencé à se fermer.

La femme rejeta sa chevelure en arrière à l'aide de ses deux mains, et tourna ses regards, où se lisaient une sorte de sévère tristesse, dans la direction du petit garçon tout à fait assoupi.

— Il ne s'endort jamais comme cela sur mon sein! dit-elle avec amertume. Puis elle ajouta d'un ton plus rude encore : Comment le pourrait-il? mon cœur bat quelquefois assez fort pour m'effrayer moi-même; je ne crois pas que les fleurs sauvages fleurissent sur le mont Etna! En tout cas, si elles y fleurissent, pourquoi alors mon enfant à moi ne reposerait-il pas sur mon sein?

— Mon grand-père m'a dit que les fleurs croissent autour des volcans, dit Julia avec un doux sourire, mais c'est parce que le feu ne les atteint jamais; car, dès que la flamme les aurait effleurées, les pauvres plantes périraient!

— Et mon cœur brûle tout ce qui l'approche. Est-ce là ce que vous voulez dire? répondit la femme avec un degré de douceur particulièrement remarquable dans une voix qui ordinairement était si rude et si élevée.

— Quand vous étiez fâchée tantôt, ce cher petit être tremblait, lorsque vous pleuriez, il vous embrassait, dit la douce fille en regardant en face le visage hâlé de sa compagne, qui, malgré son naturel farouche, prêtait une attention respectueuse au courage moral qui parlait par ces jeunes lèvres.

— Eh bien, qu'est-ce que cela fait si je l'effraye? Ce sont ceux que nous craignons le plus que nous aimons le mieux; c'est dans la nature humaine; c'était la mienne du moins, et c'est devant être celle de mon enfant! dit la femme cherchant à secouer une influence dont elle devenait honteuse.

— Et avez-vous jamais craint quelqu'un?

— Demandez-moi plutôt si j'ai jamais aimé quelqu'un, répondit-elle d'une voix émue et si péniblement affectée, qu'elle semblait venir du fond d'un cœur où elle avait été enfouie pendant des années.

— J'espère et je crois que vous avez aimé. D'ailleurs, ne chérissez-vous pas votre enfant?

La femme repoussa de la main toute sa chevelure en arrière avec un mouvement impétueux; alors, montrant entièrement les contours de son visage, elle jeta un regard perçant sur la jeune figure tournée si innocemment de son côté : ce regard fut long et scrutateur. l'ombre de terribles pensées se reflétait sur cette physionomie. Quelques paroles passionnées, quelques expressions suppliantes, empreintes de douleur, d'amertume et de repentir, s'évanouirent inachevées sur ses lèvres, et la malheureuse femme, joignant les bras sur sa poitrine, se laissa retomber sur le grabat de sa cellule en s'écriant d'une voix entrecoupée par des sanglots :

—O mon Dieu ! ô mon Dieu ! ne pourrai-je donc jamais redevenir aussi innocente que cette jeune fille !

CHAPITRE XXIII.

Les trois vieilles femmes.

— Comment vous portez-vous, madame ? Achèterez-vous quelque chose chez moi ? de ces belles poirées, de ces excellents épinards ! Voyez ce céleri, assez brillant et frisé pour convenir à un Alderman ! j'en ai vendu cinq pieds pour le souper de City-Hall il n'y a pas une demi-heure. Tout mon étalage est frais comme l'eau du printemps et parfumé comme une rose. Deux pieds de céleri ? Bien, madame : prenez-vous autre chose encore ? Ne vous faut-il pas une petite mesure de pommes de terre ? elles sont savoureuses, et sortent toujours de la casserole la jaquette crevée. Seulement une mesure ? Très-bien, merci.

— Avez-vous des mûres de ronces ?

— Certainement !...

En vantant ainsi sa marchandise, occupée comme une abeille, et d'une humeur toute joviale, notre vieille revendeuse du marché de Fulton se tenait à son étalage couvert de légumes, le lendemain du jour où Julia Warren avait été jetée en prison. Aucune pratique ne passait sans lui acheter quelques provisions. Il y avait dans sa manière quelque chose de si franc et de si engageant que chacun était porté à s'arrêter pour examiner ses légumes si soigneusement arrangés, et alors même que toutes ses voisines étaient sans chalands, mistress Gray était sûre d'avoir les mains pleines chaque jour de la semaine.

Ce jour même, elle avait été occupée outre mesure à servir les chalands, à rendre la monnaie, à arranger son étalage ; de temps à autre elle s'arrêtait pour échanger quelques mots de bonne humeur avec ses voisines, ou pour jeter quelques poignées de légumes dans le panier d'un mendiant. Les paroles qui commencent cet chapitre étaient adressées à une vieille dame en grand deuil, qui portait tranquillement un panier d'osier à son bras, et était occupée à choisir quelques friandes bagatelles dans les diverses boutiques devant lesquelles elle passait.

— Des mûres, oh ! oui, les plus belles que vous ayez vues cette année, grosses comme des cerises de juin ; voyez, madame, jugez-en vous-même.

Tout en parlant, la bonne femme prenait une quantité de mûres et commençait à les passer d'une main dans l'autre, souriant avec complaisance tantôt au fruit, tantôt à sa paisible acheteur.

— Oui, elles sont très-belles, dit la vieille dame ; donnez-m'en une petite mesure ; enveloppez-les proprement, elles sont pour une personne malade.

Mistress Gray jeta les yeux sur sa boutique pour y chercher du papier ; mais il n'y trouva que le *Morning Express*, qu'elle lisait habituellement pendant le temps qui lui restait entre l'arrivée et le départ de ses pratiques. Dans cette matinée elle avait été trop occupée même pour jeter un coup d'œil sur ses colonnes, et remarquant que sa voisine était aussi dépourvue qu'elle de papier-enveloppe, elle prit le journal et allait le déchirer, lorsqu'un article fixa son attention. Elle releva le papier et lut avec avidité. Ses joues perdirent leurs vives couleurs, et l'on voyait vaciller son double menton, signe certain chez elle d'une extrême agitation qui ne lui était pas ordinaire.

— Vous avez oublié les mûres ! dit enfin la vieille dame en regardant avec quelque surprise le journal, qui commençait à s'agiter violemment entre les mains de la marchande de légumes.

Mistress Gray ne paraissait pas l'entendre, et continuait la lecture de son journal avec une agitation croissante. A la fin, elle se laissa choir sur son tabouret ; ses mains, qui tenaient encore la gazette, tombèrent sur ses genoux, et elle demeura complètement anéantie.

— Etes-vous malade ? lui demanda avec anxiété la vieille dame. Quelque chose dans ce journal paraît vous avoir troublée.

— Oui, répondit la marchande en lui montrant la feuille et lui indiquant du doigt le paragraphe qu'elle venait de lire, j'ai le cœur brisé ; voyez, je connais tous ces gens-là, j'en affectionne quelques-uns. Je suis vraiment suffoquée. Croyez-vous que ce soit vrai ?

La dame tendit la main, prit le journal, et lut le récit entier du meurtre de Leicester et l'arrestation de M. Warren. Mistress Gray examinait avec anxiété sa physionomie, et quoique le visage de la dame fût plus froid que le marbre, il sembla à la bonne femme que sa bouche se contractait et que ses yeux exprimaient une peine profonde, mais contenue.

— Croyez-vous cela ? demanda mistress Gray oubliant que la personne à laquelle elle adressait cette question lui était tout à fait inconnue.

— Oui, répondit la dame faisant un effort visible pour parler, oui, il est mort !

— Quoi ! assassiné par ce vieillard ! Je ne le crois pas, c'est contre nature.

— Il est mort de mort violente, dit la dame paraissant contenir son émotion.

— Alors c'est lui-même qui s'est tué ! reprit mistress Gray retrouvant quelque peu de son énergie naturelle. Je le reconnais à ce trait.

— Oh ! plaise à Dieu que cela soit !

La dame prononça ces mots d'une voix ferme et étouffée, comme si les paroles de mistress Gray avaient confirmé dans son cœur un terrible doute. La bonne vieille marchande, voyant que sa pensée affligeait cette dame, n'insista plus sur ce sujet.

— Alors il doit y avoir d'autres coupables, ce ne peut être M. Warren, je le connais depuis assez longtemps pour savoir que c'est un brave homme, j'en répondrais sur ma tête. Il s'est assis à ma table au dernier dîner d'actions de grâces, madame ! Je me rappelle le *Benedicite* qu'il prononça d'une manière si humble et si pleine de gratitude, quoiqu'il eût devant lui une dinde plus belle qu'aucune de celles qui soient jamais sorties d'une basse-cour, un rôti fait pour engager à être bref, et quoique chaque ligne de ses traits indiquât un grand appétit. Je n'ai jamais entendu un tel *Benedicite* depuis mon jeune âge. Un aussi honnête homme accusé de meurtre ! Je ne le croirais pas même si tous les juges de New-York se déclaraient contre lui.

La vieille dame se disposait à répondre, mais mistress Gray l'arrêta soudain en lui posant la main sur le bras.

— Chut ! vous voyez cette vieille qui vient au marché, c'est sa femme, je le connais depuis assez longtemps pour savoir que c'est un brave homme, j'en répondrais sur ma tête. Il s'est assis à ma table — Chut ! vous voyez cette vieille qui vient au marché, c'est sa femme, l'épouse de M. Warren ! Voyez comme elle regarde, le cœur brisé, dans chaque boutique ; peut-être elle cherche quelqu'un. Oh ! comme ses pauvres yeux brillent ! C'est dans le malheur qu'on a besoin d'un ami ; en vérité, elle ne sait où regarder pour le trouver, vous voyez !

Au même instant la malheureuse vieille femme, qui entrait dans le marché comme un fantôme errant, saisit un rayon de cette aimable figure et de cet air radieux qui de tout temps avaient fait remarquer la marchande. Son visage pâle s'anima, et elle se fraya un chemin à travers la foule, repoussant chacun de ses mains avec une fiévreuse vivacité.

Mistress Gray laissa sa pratique dans la boutique, et traversa le marché avec un empressement bienveillant. Les rubans blancs de son bonnet flottaient au vent, et sa marche rapide agitait les bords de son tablier. Elle aborda mistress Warren avec un salut à la fois plein de bonté et de compassion, et, sans lâcher la main amaigrie qu'elle avait prise, elle la conduisit jusqu'à sa boutique.

— Là, maintenant asseyez-vous sur mon tabouret, dit-elle lui serrant cordialement la main avant de la laisser. Vous êtes fatiguée et hors d'haleine ; là, reposez-vous. Pleurez si vous voulez, je resterai devant vous.

La brave femme avait aperçu des larmes amassées dans les yeux égarés de sa visiteuse. Lorsque des pleurs restent cachés dans un cœur sensible, la bonté les encourage à couler librement, et avec cette instinctive délicatesse qui donnait un cachet naturel à toutes ses actions, mistress Gray laissa la pauvre créature pleurer à son aise, lui faisant un rempart de son ample personne pour l'empêcher d'être remarquée.

— Oh ! les mûres ! j'oubliais que vous attendiez après, dit-elle à sa pratique, qui se tenait tranquille dans un coin de sa boutique, feignant de ne pas faire attention à tout ce qui se passait, mais y portant un vif intérêt, malgré son apparente indifférence.

A ces mots, la dame se leva, et sans répondre à mistress Gray, elle l'examina pendant que celle-ci faisait un cornet de la moitié du journal et le remplissait de mûres ; puis elle prit le paquet de mûres et offrit machinalement une pièce d'argent dont elle attendit la monnaie. Tout cela fut fait d'une manière froide et insignifiante comme une chose naturelle et non affectée, et avec une parfaite indifférence. Elle resta encore un moment pour recevoir son dû ; puis attirant près d'elle mistress Gray, elle lui dit tout bas :

— Demandez à cette dame où elle demeure.

Mistress Gray, jetant les yeux autour d'elle, vit que la pauvre mistress Warren se tenait courbée et que ses larmes coulaient en abondance. Elle se pencha vers elle, et lui dit à voix basse :

— Restez-vous toujours au même endroit ?

— Non, répondit-elle d'une voix entrecoupée ; je ne pourrais plus demeurer seule, même si le loyer était payé ; et comme il n'est pas, on ne voudrait pas m'y laisser, je suppose.

— Où est votre logement alors, ou est votre famille ? dit la dame du ton le plus affable.

— Ma famille est en prison, je n'ai que la rue pour demeure.

— Mais où couchez-vous ?

— Nulle part, je n'ai plus besoin de dormir depuis qu'ils l'ont pris !!! fut sa triste réponse. J'ai erré toute la nuit, souvent j'ai eu froid, mais mieux vaut cela que de rester seule à dormir.

— Elle viendra chez moi, dit mistress Gray en s'adressant à la pratique et passant la main sur ses yeux bruns noyés de larmes ; elle y consentira volontiers, je n'en doute pas. Je ne vous connais pas, madame, cependant je ne sais pourquoi il me semble que vous éprouvez le désir de secourir cette malheureuse femme; elle a besoin d'amis, elle en a trouvé un qu'elle apprécie, mais mieux vaut en avoir plusieurs.

— Si... si seulement vous pouviez obtenir du juge qu'il m'enfermât avec eux dans la prison ! dit mistress Warren en tournant avec peine sa figure vers l'inconnue d'un air humble et suppliant ; je ne pourrais trouver un meilleur asile.

— Eux ! n'est-ce pas eux que vous dites ? demanda la marchande. Qui est donc en prison avec M. Warren ? ce n'est pas Julia, mon petit ange, vous ne voulez pas dire cela ?

— Ils les ont emmenés, excepté moi ! répondit mistress Warren d'un air triste et affligé.

— Je n'ai jamais dit pareille chose avant ! s'écria mistress Gray en dénouant son tablier, le pliant et roulant autour les cordons avec un mouvement de vivacité qui ne s'accordait point avec cette simple action ; je n'ai jamais dit cela jusqu'à ce jour, mais je rougis de mon pays ! C'est une honte pour l'humanité. Je désirerais seulement que Jacob en eût connaissance, voilà tout !

— Chut ! dit tout bas la dame d'un ton grave, il y a quelqu'un plus puissant que les lois, qui permet ces choses dans ses sages desseins.

Mistress Warren leva la tête. Un triste sourire anima son visage.

— C'est bien aussi ce que dit mon père ; ce sont ses propres paroles.

— La dame a raison ! vous ne devez pas perdre tout espoir, ni être tous les deux abattus. Ayez la foi, ayez la charité ! ajouta l'affectueux orateur, puis se détournant des regards affligés de mistress Warren pour s'adresser à la revendeuse : — Vous ne pouvez savoir combien d'autres personnes souffrent de cette même cause. Prenons patience, ayons toute confiance en Dieu !

Elle s'éloigna comme elle cessait de parler, et se perdit dans la foule, laissant après elle un baume pour la douleur et un sentiment de crainte, car la dignité calme de sa propre affliction avait fait tomber le ressentiment que mistress Gray avait éprouvé, comme aurait pu le faire la remontrance d'un ange.

— Connaissiez-vous cette personne ? demanda-t-elle en poussant un profond soupir, au moment où elle perdait de vue son noir costume. On dirait qu'elle était déjà initiée à toute cette affaire.

Mistress Warren secoua la tête.

— Elle disait vrai, continua la fruitière. Je reconnais qu'elle avait raison, mais nous ne pouvons toujours éprouver cette pieuse confiance ; elle nous manque quelquefois ; si nous l'avions, elle nous éviterait bien des chagrins. Qui songerait à passer à gué une rivière quand on a la certitude que l'eau est profonde en cet endroit, et parce qu'on aperçoit l'autre rive couverte de fleurs ? Se jeter dans un gouffre profond, lorsque les nuages couvrent les rives et sans qu'une seule étoile se montre à vous, c'est manquer de foi. Mais, après tout, elle parle comme quelqu'un qui sait très-bien ce que les choses signifient. Ainsi, prenez courage, ma pauvre amie, la rivière est profonde, les nuages sont chargés, mais nous trouverons quelque part un rayon de la miséricorde de Dieu au sein même des ténèbres. N'y a-t-il pas une hymne qui commence par ces paroles ? Je crois que oui. Elle dit : « La terre n'a pas de douleur que le ciel ne puisse guérir. »

— Oh ! si l'on voulait me permettre de rester avec lui !... répondit la pauvre affligée en exprimant un triste sourire, j'aurais foi et je croirais que le ciel est pour moi !

— Vous le verrez. Vous resterez avec lui du matin au soir, si vous le voulez ! J'irai moi-même au palais de justice. Je visiterai souvent l'Alderman comme le sien et le solliciteur, jusqu'à ce qu'on vous conduise auprès de lui. J'irai, oui, je chercherai Jacob, il peut faire quelque chose. Vous n'avez jamais vu Jacob ? c'est un homme qui doit avoir des relations au palais. Fort comme un lion, fidèle comme un chien de garde ; ayant passé la moitié de sa vie en pays étrangers. Il en fera plus en dix minutes que sa sœur dans toute une année ; il arrangera tout cela en peu de temps. Votre mari est innocent, innocent comme moi ! Il faut que nous le prouvions, voilà tout.

Mistress Warren ne put exprimer la reconnaissance qui se peignait dans chacun de ses traits, mais elle prit la main que mistress Gray lui avait abandonnée, et la pressant entre les siennes, elle la porta à ses lèvres.

— Bah ! pas d'enfantillage ! on pourrait vous voir ! Prenez courage maintenant, et cherchons par où nous devons commencer. Si Jacob était là, ou même seulement mon neveu Robert Otis, il agirait mieux que qui que ce soit.

— Merci, ma tante Gray, mille fois merci de tant estimer mon faible mérite ! dit tout près d'elle une voix dont la bonne humeur contrastait avec la tristesse des deux femmes.

Mistress Gray se détourna avec une vivacité qui manqua lui faire perdre l'équilibre.

— Robert... Robert Otis ! s'écria-t-elle en s'adressant au noble jeune homme, qui tendait ses mains vers elle dans l'attente du salut amical qu'il était sûr d'obtenir. Justement je désirais te voir, car

mistress Warren a besoin de toi. Te souviens-tu de la petite-fille de mistress Warren ? Elle est dans la peine, dans une grande peine !

Le jeune homme remarquant l'expression de douleur qui se peignait dans les traits de la malheureuse femme, je suis allé à la prison.

— L'avez-vous vue ? vous a-t-on laissé entrer ? s'écria la bonne vieille, qui commença à trembler. Oh ! dites-moi comment vous l'avez trouvée... Lui est-il beaucoup informé de moi ? Était-il inquiet sa pauvre femme ?

— Je suis allé de trop bonne heure aux Tombes. On ne m'a pas laissé entrer, répondit le jeune homme tournant vers la vieille dame ses beaux yeux pleins d'une noble compassion. Mais j'ai appris par un des gardiens que votre mari était plus calme qu'on ne l'est ordinairement la première nuit d'un emprisonnement.

La pauvre affligée retomba sur son siège d'un air abattu et désappointé.

— Et Julia, ma petite-fille, vous êtes vous informé d'elle ?

À cette question, la contenance de Robert changea.... Sa voix s'altéra, un tendre souvenir parut le troubler.

— Je l'ai vue ! répondit-il.

— Vous l'avez vue ! Quel air avait-elle ? que vous a-t-elle dit ?

— J'ai obtenu la permission de parler à mistress Forster la surveillante, une belle et agréable femme, mais il était de trop bonne heure pour laisser entrer les visiteurs, et je n'ai pu voir votre petite-fille qu'à travers la grille.

— Paraissait-elle malade, pleurait-elle, avait-elle mauvais visage ?

— Elle était pâle, certainement, mais calme et tranquille comme un ange dans le ciel.

— Oh ! oui, c'est un ange, cette chère petite-fille !

— Elle conduisait par la main un petit enfant qui allait et venait dans le couloir. Une belle créature, qui se tenait tranquille fixant son doux regard sur les yeux de sa compagne, comme on voit quelquefois un chien se mirer dans ceux de son maître. Je l'ai entrevue, et je me suis retiré.

— Elle ne vous a pas paru abattue ? demanda sa grand'mère.

— Je ne puis pas dire cela. Ses yeux étaient languissants comme si elle avait beaucoup pleuré pendant la nuit, mais elle était calme lorsque je l'ai vue.

— Voudrait-on me la laisser voir aussi, si je promettais de ne pas lui dire un mot ?

— Il n'y a pas de raison pour que vous ne puissiez lui parler, ainsi qu'à votre mari. Si les gardiens refusent, j'obtiendrai un ordre du Shérif !

— En êtes-vous certain ? Pourrai-je les visiter aujourd'hui ?

— Soyez tranquille, vous les verrez avant quelques heures, n'en doutez pas ! répondit le jeune homme ; de plus, je pense que votre petite-fille au moins sera mise en liberté. C'est à ce sujet que je suis venu voir ma tante.

— Et je suis très-contente que tu sois venu, mon neveu, répondit la marchande. Je désirerais secourir ces infortunés, mais je ne sais comment m'y prendre pour les sortir de cette position, car je ne connais pas plus les lois qu'un oison qui vient de naître ; ce que je sais, comme chacun, c'est que cela coûte beaucoup d'argent ; mais de quelle manière le dépenser ? quelle demande faire ? c'est ce que je ne sais, et c'est ce que je te demande.

— Bien, ma tante, la première chose, il me semble, serait de faire sortir de cette horrible demeure, la petite-fille de madame. Je puis vous dire que mon sang bouillonnait dans mes veines en apercevant au milieu de toutes ces femmes.

— Oui, oui ; mais que faut-il faire ?

— Il faut que vous alliez au palais de justice, y donner une caution pour elle, c'est-à-dire consentir à verser cinq cents dollars au trésor si cette jeune fille ne se présente pas devant le tribunal le jour où l'on jugera son grand-père ; et si elle se présente au temps prescrit, vous serez dégagée de toute obligation ; mais si elle fait défaut, vous serez forcée de payer ladite somme.

— Si elle fait défaut ! J'avais une meilleure opinion de toi, mon neveu ! Comment as-tu pu prononcer ce mot ? Ne l'ai-je pas éprouvée plusieurs fois, avec satisfaction ? ne l'ai-je pas, avec sécurité, intéressée, pour la moitié, dans le produit des fleurs de la serre de Dunlap, il y a près d'un mois ? Non ! Robert, le monde t'a corrompu ! Comment oses-tu parler ainsi de cette fille ? je l'aime comme si elle était ma propre nièce, Robert ; comment as-tu pu dire qu'elle pourrait me tromper, devant sa pauvre grand'mère qui est là près de toi ?

Était-ce cette réprimande énergique qui colora si fort les joues du jeune homme, ou le petit mot « nièce » qui était sorti si affectueusement de la bouche de sa bonne tante ? Ce ne pouvait être la première parole, car le jeune homme témoigna sa joie par un sourire expressif, et la remontrance, quoique faite avec bonté, n'eût pas amené le sourire de la joie.

— Vous ne pouvez avoir en elle plus de confiance que moi-même, chère tante, dit-il ; mais j'ai jugé convenable de vous faire bien comprendre toute la responsabilité que vous alliez prendre.

— C'est juste, tu es un homme d'affaires ; je ne fais jamais attention à ce que je dis, mon neveu, répliqua la bonne femme en secouant affectueusement la main du jeune homme jusqu'à rendre sa figure écarlate; ta tante Gray fut et sera toujours une vieille folle, qui voit sans cesse des fautes où il n'y en a pas, et se rend elle-même ridicule, mais qui ne songe jamais à elle; elle donnera la caution exigée pour la pauvre enfant. Et pour le vieillard, quelle somme énorme demandera-t-on!

— Je crains bien qu'il ne soit pas en votre pouvoir de lui rendre la liberté, ma tante.

— Pourquoi? Serait-ce parce qu'ils demanderont trop? Ah! tu penses peut-être que ta tante Gray ne doit pas courir de risque; mais elle le veut, à tout prix. Je te dirai que ce vieillard est honnête et franc comme l'acier; on peut se fier à lui et laisser les portes de la prison ouvertes. Il fera ce qui est juste, sans rien craindre et sans demander grâce. Je donnerai jusqu'à mon dernier shilling pour sa caution, si la justice l'exige. Il est aussi innocent qu'un enfant à la mamelle, et moi, je voudrais que le monde, oui, tout le monde, sût que c'est là mon opinion!

— Vous entendez parler de moi, tante Gray! Je ne vous blâme pas de vouloir agir ainsi, loin de là; mais M. Warren est accusé d'un crime pour lequel on n'admet pas de caution.

— Je ne savais pas cela, répondit mistress Gray en baissant la voix. Toutefois on ne peut faire quelque chose; regarde comme la pauvre femme suit tous nos mouvements! Oh! mon cœur se déchire à sa vue, Robert!

— Le ciel m'est témoin que je suis prêt à tout risquer pour la servir; mais, je vous le répète, ma tante, l'évidence du crime est accablante pour son mari!

— Mais, toi, Robert, est-ce que tu le crois coupable?

— Non, ma tante; je pense fortement que M. Leicester s'est suicidé. Mais qu'est-ce que vous pouvez, si je ne puis fournir de preuves?

— Alors tu es persuadé qu'il est innocent?

— Comme je le suis moi-même, ma tante.

— Je ne te demande pas de m'embrasser, Robert, parce que nous sommes dans un lieu public, et que nous prêterions à rire; mais serre-moi la main encore. Après la foi en Dieu, j'aime à voir la confiance parmi les hommes. La foi dans les créatures de Dieu est une belle chose! Celui qui est bon se confie naturellement aux bons. Ce pauvre vieillard est chrétien comme nous, sois aussi respectueux avec lui dans sa prison que tu l'eusses été avec l'un des apôtres. Sa bénédiction te portera bonheur, quoiqu'elle vienne du gibet.

— Je crois tout cela, ma tante. Il se passe quelque chose de mystérieux relativement à cet homme; mais il est impossible de le croire coupable d'un meurtre. Toutefois il doit y avoir entre lui et M. Leicester quelques rapports qui ont besoin d'être éclaircis pour mieux comprendre la situation respective.

— Je ne sais rien sur cette affaire, rien que ce qu'en disent les journaux; mais une chose certaine, Robert, c'est que personne n'a jamais eu de relation avec M. Leicester sans en souffrir. Il était bon pour toi quelquefois, mais souvent il semblait vouloir attenter à ta vie. Il meurtrissait tes membres au point de te faire pâlir. Que de fois mon cœur saignait en voyant gâter un enfant que j'aimais comme mon fils, et en le voyant grandir en société d'un homme si réservé dans ses pensées et si égoïste! Je me rappelle une fois pendant que que Leicester logeait dans notre maison, nous avions un beau rosier dans un coin du jardin. J'avais peu de temps à consacrer aux fleurs, cependant je trouvais toujours une minute chaque matin avant d'aller au marché pour soigner mon rosier dont venait le moment de la floraison. Cet été-là, le buisson était chargé de feuilles, quoiqu'il n'eût qu'un seul bouton, un unique mais magnifique bouton, gros comme une fraise et d'un rouge aussi foncé. Il commençait à pointer à travers le feuillage. Je me plaisais à voir grossir de jour en jour ce magnifique bouton. Chaque matin, pendant qu'il était couvert de rosée, je voyais ses feuilles se replier comme si elles eussent craint l'ardeur du soleil.

Un matin, précisément au moment où la rose s'ouvrait jusqu'au calice, je trouvai M. Leicester courbé sur le rosier, essayant avec ses doigts d'ouvrir la pauvre fleur. Ses mains étaient empreintes du suave parfum qu'elle répandait dans l'air; il me parut que pour cacher le dégât qu'il avait fait, il roulait les feuilles entre ses doigts. Il eût été pénible de condamner un homme pour avoir voulu ouvrir une rose à moitié épanouie; mais cette action laissa dans mon cœur une prévention contre M. Leicester. La fleur ne vécut pas jusqu'au lendemain.

— Eh bien, quoi! j'aspirais tout le parfum, dit-il. Ne laissez jamais vos roses distiller leur essence au soleil, goutte à goutte, mistress Gray, surtout lorsque vous pouvez vous-même absorber leur suc d'un seul trait.

Je me rappelle sa réponse mot pour mot; elle était encore vivide dans ma mémoire quand je le vis, mon cher garçon, te flétrir comme ma rose sous ses caresses. Il me sembla qu'il s'emparait des feuilles de ton jeune cœur, et qu'il aspirait ta vie à son profit comme l'eût fait un vampire.

— Et vous comparez mon sort à celui de votre rose, chère tante?

Le jeune homme prononça ces mots en pâlissant et en baissant les yeux. Les paroles de la bonne femme l'avaient étrangement impressionné.

— Cela me tint éveillée toute une nuit, Robert.

— Mais vous ne pensiez pas que l'oncle Jacob était là? S'il eût été dans le jardin, Leicester n'eût pas trouvé l'occasion de tuer votre rose favorite. Il aurait aspiré son parfum, et voilà tout.

La marchande regarda attentivement cette jeune et belle figure, et Robert soutint son regard avec un sourire qui décelait une tristesse apparente.

— Et Jacob mon frère s'est placé entre toi et ce méchant homme! dit-elle à son neveu avec une vive émotion, qui fit trembler le double étage de son menton.

— Il m'a rendu plus sage et plus prudent: en un mot, il m'a sauvé, tante Gray.

— Dieu bénisse mon frère! Dieu bénisse Jacob le fort! s'écria la marchande en joignant les mains, tandis que ses yeux se remplissaient de larmes. — Larmes de reconnaissance qui pendent aux cils comme la rosée sur l'enveloppe charnue d'une noisette mûre.

— Amen! dit le jeune homme d'une voix basse. Maintenant, bonne tante, allons retrouver cette pauvre femme. Voyez comme elle nous observe attentivement.

La tante et le neveu s'étaient mis à l'écart pendant que leur conversation était toute personnelle, et la pauvre mistress Warren les avait regardés tout le temps avec le plus grand intérêt. C'étaient les seuls amis qu'elle eût encore sur la terre. Pour son âme brisée, il semblait qu'ils tenaient le droit de vie et de mort sur les êtres qu'elle aimait si ardemment. Robert avait promis qu'elle verrait son mari et sa petite-fille; le cœur de la pauvre femme ne désirait rien de plus. Elle ne lui demandait jamais d'où lui venait son pouvoir; mais elle s'assit tenant les yeux tournés avec admiration sur les nobles traits du jeune homme, comme si c'était un ange qui vînt lui ouvrir les portes du ciel.

Robert et sa tante s'approchèrent d'elle dès que leur conférence fut terminée, et le jeune homme tira sa montre.

— Est-ce le moment d'entrer aux Tombes? me laissera-t-on pénétrer maintenant? demanda la femme éplorée en voyant ce mouvement et se levant à demi.

— Êtes-vous assez forte pour venir avec moi? répondit-il remarquant qu'elle tremblait.

— Oh! oui, je suis forte, très-forte, partons!

Et de ses mains brûlantes et desséchées elle serra son châle contre son cou, et se tint debout; forte par ses affections de femme, par son humilité chrétienne, mais bien faible de corps et d'esprit.

Mistress Gray s'enveloppa elle-même dans un ample châle de laine, et nouant les brides de sa capote, elle sortit du marché, en oubliant pour la première fois de sa vie qu'elle laissait sa boutique sans gardien.

CHAPITRE XXIV.

La première nuit en prison.

S'il existe un quartier de la prison de New-York moins triste que les autres, c'est assurément celui dans lequel s'étend la double rangée de cellules parallèles à Elm-street. De la toiture recouverte de vitres épaisses tombent des rayons de lumière qui égayent cet endroit du sol au plafond, et l'atmosphère qu'on y respire y est plus pure que dans toute autre partie de la geôle. Les murailles qui s'élèvent dans cet endroit sont percées du haut en bas par de nombreuses cellules; autour de chaque étage règne un étroit balcon de fer, relié à celui-ci est placé vis-à-vis par une petite passerelle, sur laquelle se tient ordinairement assis un gardien qui fume un cigare, tout en lisant un journal. Pendant la journée, les prisonniers qui peuplent ces différentes cellules ont la permission de se promener et de prendre l'air sur ces galeries. Les prévenus accusés des crimes les plus horribles jouissent même souvent de ce privilége avant qu'ils aient été condamnés; car l'épaisseur de ces murailles et la vigilance des geôliers permettent à la direction des prisons de laisser plus de liberté dans les Tombes de New-York qu'on ne pourrait le faire dans un autre édifice moins solidement construit. Je ne sais pas s'il existe un règlement par lequel les prévenus de meurtre doivent être relégués dans les cellules les plus élevées; mais généralement c'est à la troisième galerie qu'on les place, leur laissant un certain degré de liberté, tant qu'ils n'ont pas été jugés. Mais aussitôt que leur sentence de mort a été prononcée, le cabanon se referme comme une tombe et les entoure de toutes parts d'une muraille épaisse; les portes de fer sont cadenassées sur eux à l'entrée qui donne sur la galerie, et ils attendent l'heure de l'exécution dans ce silence de mort.

Une meurtrière pratiquée dans le mur, ayant cinq ou six pieds de profondeur, laisse pénétrer toute la lumière et le peu d'air respirable dont le malheureux puisse jouir jusqu'au moment où il doit être précipité violemment dans cette cellule de sapin clouée de toutes parts, où la lumière et l'air ne pénètrent plus jamais. Un lit étroit, une table raboteuse, tel est le seul ameublement qui puisse être contenu avec le prisonnier dans cet étroit cabanon. Presque toujours on accorde au condamné la faveur d'avoir un livre pour tuer les heures, et bien souvent ces petites cellules assument un air de propreté et de confortable relatif, suivant le goût et les mœurs de celui qui les habite.

Le vieux M. Warren avait été placé dans une de ces cellules le jour de son interrogatoire, il avait suivi les agents de police le long de ces interminables galeries, offrant à Dieu comme une expiation de ces fautes, quelles qu'elles fussent, la honte que lui faisait éprouver la curiosité des prisonniers qui examinaient le nouveau venu. Cette humilité lui gagna tout d'abord les bons offices des geôliers. Le vieillard entra dans la cellule qui lui était destinée; ses yeux se portèrent tout autour des murailles, et adressant à l'agent de police un regard de gratitude mêlé de résignation, il le remercia de lui avoir accordé une place bien meilleure que celle à laquelle il s'était attendu.

Julia se jetant et pressait ...

Le constable se sentit ému de l'air de bonté et de soumission avec lequel il exprima ce simple remerciment, et il répondit avec bonhomie qu'il ferait tout ce qui pourrait lui être agréable dans les limites du règlement de la prison; et en disant ces mots, après avoir regardé si tout était en ordre, il sortit en fermant la porte épaisse de manière à ne pas faire de bruit; puis il poussa le verrou, cherchant à empêcher le fer de grincer dans ses rainures. Et le vieillard resta seul, dans un isolement complet, enfermé à double tour dans une cellule solitaire qui, pour l'homme qui se sent coupable, doit être plus terrible que la mort. D'abord ses pensées se pressèrent confuses dans son cerveau. Les événements tragiques qui l'avaient amené en prison avaient été si rapides, qu'il avait à peine eu le temps d'y songer. Ils tourbillonnèrent devant lui comme la fantasmagorie d'un rêve. Il lui était impossible de penser, comme il lui était impossible d'adresser à Dieu sa prière. Il s'assit sur le grabat placé à l'un des angles du cabanon, ses mains se portèrent à son front, et il fit un effort pour se rendre compte de son exacte situation. Ses yeux étaient fixés sur le plancher; à différentes reprises, ses lèvres tremblèrent comme s'il éprouvait une terreur secrète, car tout était confusion dans ses idées, et il lui était difficile de se rappeler les détails des horribles événements dont il était la victime. Sa femme, sa petite-fille, ces deux êtres pour lesquels il avait souffert tout ce qu'on peut endurer ici-bas, on les avait arrachés à ses embrassements. Sa pauvre vieille femme! le cri qu'elle avait poussé au moment où elle s'efforçait de se creuser un chemin à travers la foule pour se rapprocher de lui, ce cri vibrait encore à son oreille. Elle n'avait même pas, la malheureuse! une prison pour refuge! Le vieillard jeta les yeux autour de sa cellule, les parois étaient propres et sèches; les murailles blanchies à la chaux étaient d'une propreté sans pareille, et les dalles sur lesquelles étaient posés ses pieds ressemblaient à du marbre nouvellement taillé. De

toutes manières, ce cabanon était plus confortable que la cave dans laquelle les mandataires de la justice étaient venus le saisir. A vrai dire, ce n'était qu'un trou creusé dans l'épaisse muraille d'une prison; mais si sa femme avait été avec lui, l'infortuné se fût tenu pour content. Bien plus, il eût été reconnaissant envers ceux qui l'avaient enfermé dans cet étroit espace, car jusque-là il n'avait pas encore eu le pouvoir de songer au terrible danger dont il était menacé.

Les heures se passèrent ainsi; il restait immobile, repassant dans ses souvenirs tous les incidents de cet interrogatoire, qui lui paraissaient autant de rêves dont aucun n'atteignait la réalité. La seule chose dont il se souvint particulièrement, c'était de ce cri poussé par sa femme, et de la physionomie pâle et égarée de son enfant lorsqu'il avait été entraîné au milieu de la foule. Il cherchait à deviner où avait dû se rendre sa pauvre femme, et dans quel endroit elle avait pu trouver un asile. Ce n'était pas sans doute dans leur ancienne demeure, dont le plancher était encore teint de sang. Timide comme elle l'était, craintive comme un enfant, du moment qu'il n'était plus là pour la soutenir, qu'allait-elle devenir? Elle mourait peut-être dans la rue; peut-être couchée sur les marches de pierre de quelque maison, elle succombait à la douleur et à la misère.

Il n'y a rien au monde de plus touchant et de plus saint que les sentiments affectueux qu'un vieillard a pour celle qui fut sa compagne depuis de longues années. L'amour impétueux de la jeunesse ne peut être comparé à ce sentiment solennel d'un attachement que le temps a dépouillé de toutes ses passions. L'habitude de cette vie domestique rend l'âme beaucoup plus indépendante que lorsqu'elle est enchaînée à ces joies du paradis que l'on appelle chaste bonheur dans les liens du mariage.

Aussi le pauvre Warren ou M. Wilcox, enfermé dans la cellule des Tombes, ne succombait-il pas tant à la douleur amère d'être accusé

Le vieillard Julia venait la cellule qui lui était destinée.

de meurtre qu'à la désolation d'être séparé de cette pauvre femme qui avait été arrachée à ses embrassements et à sa protection pour la première fois depuis trente années.

Ce n'était pas avec autant d'angoisses et de sollicitude que l'infortuné pensait à Julia, car il savait que la pauvre enfant avait en elle de la vigueur, de l'énergie, et une force morale bien au-dessus de son âge. Sans doute elle devait souffrir terriblement, mais son grand-père était convaincu que la sublime pureté de sa nature la protégerait contre toute corruption. Elle n'était point d'un esprit faible et facile à abattre comme sa pauvre femme, et cependant son cœur saignait en pensant à cette noble créature, chaste, belle, aimante et sensible se trouvant tout d'un coup mêlée aux pensionnaires de cette terrible prison.

C'était à ces deux infortunées que pensait le vieillard, beaucoup plus encore qu'à sa propre position. Peu à peu l'anxiété qu'il éprouvait lui donna le besoin de se mouvoir; il se releva, et commença à marcher de long en large dans sa cellule. Un étroit espace s'étendait entre son lit et la muraille, et les prisonniers qui l'avaient précédé, à force de se promener dans ce passage exigu, avaient buriné la trace de leurs pas dans la pierre.

Qui donc avait ainsi laissé l'empreinte de sa douleur solitaire sur ces dalles de granit? Quel était le pied qui avait foulé pour la dernière fois les marches donnant accès dans ce triste asile de misère? Cette pensée intérieure dissipa pour un instant dans le souvenir du vieillard les préoccupations qui l'agitaient. Il désirait, ne fût-ce que par curiosité, connaître l'histoire de son prédécesseur, et cette du crime qui l'avait conduit là. A qui ressemblait-il? Avait-il une femme ou un enfant pour pleurer sa mort? Était-il sorti de cette cellule pour recouvrer sa liberté, pour être relégué dans une maison de détention, ou pour marcher au supplice?

Cette pensée de mort rappela le vieillard à lui-même pour la première fois. Il se souvint alors des accusations terribles qui avaient été portées contre lui, et des apparences fatales qui corroboraient ces charges. Ces souvenirs le frappèrent d'immobilité; ses yeux étaient fixés à terre, et il cherchait à se rendre compte de la terrible position dans laquelle il se trouvait. Un sourire vint effleurer ses lèvres, et il reprit sa marche avec plus de tranquillité qu'il n'en avait eu jusqu'alors.

Je dois vous dire, lecteur, quelle était la cause du sourire qui illuminait la physionomie de ce vieillard abandonné dans une cellule de prison, car vous serez convaincu dès lors que le crime seul peut rendre un homme tout à fait malheureux. M. Warren avait réfléchi sur tous ces événements passés, sur l'accusation d'assassinat, et sur l'impossibilité de nier et de donner des preuves contraires sur les évidences qui l'accablaient. Le danger qui le menaçait était évident, comme aussi le supplice auquel il serait indubitablement condamné, et pourtant ce fut cette conviction qui avait fait sourire le vieillard. Qu'était la mort pour lui, sinon un acheminement vers le ciel? La mort, il ne l'avait jamais demandée à Dieu; car la religion qu'il nourrissait dans son cœur était trop sainte et trop humble pour être importune même lorsqu'elle ne demandait que la mort. Il n'était pas de ceux qui se jettent au pied des autels, et qui demandent à l'Éternel de leur accorder les faveurs qui lui seront agréables. Oh! non. La religion de ce noble vieillard — car la véritable religion a toujours sa noblesse — appartenait à cette nature humble et confiante qui dit à Dieu : Que votre volonté soit faite et non la mienne! M. Warren songeait toujours, lorsqu'il souriait avec tant de résignation, aux terribles épreuves qu'il avait déjà subies, et qui, à ses yeux, étaient bien plus horribles que la mort elle-même.

Aussi retrouva-t-il presque tout son courage lorsqu'il se mit à penser à sa femme. Elle viendrait le rejoindre au ciel, et il en était certain comme il était assuré de la vie future dans un autre monde. Il se rappelait en outre avec plaisir que plusieurs vieillards, unis depuis longtemps l'un à l'autre, étaient certains de mourir dans l'espace de quelques semaines, ou tout au plus de quelques mois, après que le premier avait dit adieu à l'autre. Combien d'exemples de cette réunion dans l'autre monde n'avait-il pas eus depuis qu'il vivait! C'était là une pensée consolante à laquelle il prêta pendant longtemps la plus grande attention. Le gardien, au moment où il rouvrit la cellule pour apporter au vieillard le dîner qui lui était destiné, ne put s'empêcher de manifester son étonnement en le trouvant aussi tranquille et aussi résigné. Jamais, depuis qu'il exerçait la profession de geôlier, il n'avait vu de prisonnier plus calme, particu-

lièrement le premier jour de son incarcération. Ni la philosophie ni l'endurcissement ne pouvaient donner à ce vieillard une expression si douce et si empreinte de dignité.

— Mon ami, dit le vieillard au gardien au moment où celui-ci s'apprêtait à sortir, ce que je vais vous demander vous paraîtra étrange ; mais, malgré les pensées de toute sorte qui m'assiégent, j'éprouve le plus vif désir de connaître quelques détails sur l'homme qui se trouvait ici avant moi.

Le geôlier hésita à répondre ; c'était une question embarrassante, et il craignait qu'en obtempérant à cette demande il n'inquiétât le prisonnier.

— J'ai deviné une partie de cette histoire, fit celui-ci, et j'en sais assez pour connaître que c'était un vaillant marin qui ne manquait pas de mérite.

— Et comment avez-vous découvert cela? demanda le geôlier.

— Là, sur cette muraille. C'est sur un dessin grossier qu'on y découvre une pensée sublime. Et en disant ces mots le vieillard désignait une partie de la muraille où à l'aide d'un crayon on avait cherché à représenter une mer agitée, au milieu de laquelle se trouvait un vaisseau, les mâts brisés, près de sombrer, et dont la proue était déjà enfoncée dans la mer.

— Pauvre diable! je me souviens de lui. Je croyais pourtant que ce croquis avait été effacé, et qu'on avait passé un lait de chaux sur la muraille. Celui qui dessina ce que vous voyez, le fit pendant la semaine qui précéda son exécution.

— Ainsi donc il a été exécuté?

— Oui : rien n'aurait pu le sauver.

— Il était donc coupable?

— Parbleu! La piraterie fut prouvée clair comme le jour lors des débats, et l'accusé n'hésita pas à confesser son crime.

— Ah! il avoua qu'il était coupable! Sa mort dut être terrible! dit le vieillard en secouant tristement la tête.

— Oh! celui-là était un homme qui ne craignait ni Dieu ni diable, et jusqu'à la dernière heure, il manifesta une gaieté hors de saison. Mais à vrai dire, je crois que c'était un lâche : chaque matin je trouvais son traversin mouillé de pleurs. Pendant le dernier mois de sa vie il avait tracé un calendrier sur la muraille, près de son lit, et la première chose qu'il faisait le matin en se levant, c'était d'effacer avec son doigt la journée qui commençait. Quelqu'un paraissait-il lui porter intérêt, il se mettait à jurer et à blasphémer comme cela n'arrive à personne au monde, et refusait des marques de sympathie dont il se souciait fort peu, disait-il.

— Avez-vous jamais vu exécuter un innocent? demanda le prisonnier, qui se sentait ému de ce que venait de lui raconter le geôlier ; je veux parler d'un homme qui affronte la mort sans stoïcisme, sans bravade et sans lâcheté?

— Je ne doute pas que souvent l'on ait exécuté dans le monde entier des hommes innocents ; mais à ma connaissance je n'ai jamais assisté à la mort de l'un d'eux.

Le geôlier, en achevant ces paroles, dit adieu au vieillard, ouvrit et ferma la porte ; puis il s'éloigna sur la plate-forme extérieure. M. Warren sentit alors la tristesse envahir son cœur, et il suivit des yeux les mouvements de la porte qui se fermait sur lui.

— Pourquoi chercher d'autres exemples? dit-il enfin. Le Fils de Dieu n'a-t-il pas été condamné quoiqu'il fût innocent? Ne me suffit-il pas de savoir que votre Sauveur est mort sur la croix?

C'était une chose singulière ; mais M. Wilcox, dès le moment où il avait été arrêté, n'avait jamais songé pouvoir sortir de prison au-

Madame, vous plairait-il de laisser votre petit garçon venir avec moi?

trement que pour subir une mort violente ; aussitôt qu'il s'était trouvé dans sa cellule, seul, abandonné à ses propres pensées, toute son énergie lui était revenue ; car il n'avait qu'un seul but, celui de mourir en chrétien.

La nuit vint, et la diminution de la lumière devenait visible à travers les meurtrières qui lui donnaient accès dans le cabanon. Au milieu de l'obscurité qui envahit bientôt ce triste intérieur, le vieillard se jeta tout habillé sur son grabat, et essaya de dormir. Son âme se dirigeait alors en pensée vers sa pauvre femme qu'il avait si longtemps abritée sur sa poitrine, et vers sa pauvre petite-fille : qu'allaient-elles devenir toutes deux ? Son cœur se brisait en pensant à la position désolée que le sort fatal avait faite à ces deux êtres aimés. Il s'endormit enfin, et bientôt les songes les plus riants vinrent s'offrir à lui, des songes que le ciel avait seul pu inspirer, des songes pareils à ceux qui font sourire le petit enfant, lorsque sa mère le croit en conversation avec les anges. Mais ce repos ne lui dura pas longtemps. Il se réveilla dans l'obscurité sans pouvoir se rendre compte de l'endroit où il se trouvait, et étendit machinalement la main ; il ne rencontra que la muraille froide et nue, et ce contact ressemblait à celui de la lame d'un couteau qui l'aurait percé de part en part. Sa femme n'était pas à côté de lui : où pouvait-elle donc être, cette créature adorée ? Il s'adressa à lui-même cette question à haute voix. Les soupirs réveillèrent les échos de sa cellule, et l'oreiller sur lequel il reposait sa tête fut bientôt imbibé des larmes qui s'échappaient de ses yeux et coulaient sur son visage. Ce n'était point la crainte de la mort qui le faisait pleurer ainsi ; mais les larmes qu'il répandait étaient de celles qui prouvent la force d'un honnête homme. Il est des heures dans la vie où le plus fier d'entre tous n'a pas honte de pleurer.

Il lui fut impossible de fermer les yeux pendant le reste de la nuit, mais il mêla ses larmes à sa prière, et, sur cette couche de douleur, il demandait à Dieu, avec toute l'humilité possible, de lui donner de la force, de la patience et de la charité. Peu à peu le jour parut et se glissa par la meurtrière dans la cellule du prisonnier ; il aperçut alors pour la première fois devant lui un livre placé sur une tablette étroite, tout près de la fenêtre, et se levant avec rapidité, il s'en empara sans mot dire. Un rayon de jour vint illuminer son visage : ce livre était une de ces Bibles à bon marché que les bureaux de bienfaisance répandent dans les prisons des États Unis. Au moment où ses doigts entr'ouvrirent le volume sacré, un rayon de soleil jaillit à travers l'ouverture et vint inonder de lumière la page sur laquelle ses yeux s'étaient arrêtés. Était-ce le hasard qui avait fait briller ce rayon doré ? Était-ce le hasard qui avait ouvert ce livre à l'un des passages les plus consolants et les plus fortifiants de l'Écriture ?

Le prisonnier se hâta de prendre ses lunettes et de s'asseoir pour lire à son aise ; les heures s'écoulèrent, et pourtant il restait toujours enseveli dans cette lecture, comme si jamais ses yeux n'avaient rencontré le texte de la Bible. En effet, nous avons besoin de souffrir pour que la beauté de ce livre consolateur se dévoile à notre âme.

Un bruit qui se fit dans le corridor vint pourtant le rappeler sur la terre. Le prisonnier éprouva une agitation intérieure dont il ne se sentit pas maître. Une porte de prison, quelque épaisse qu'elle soit, ne suffit pas pour séparer deux cœurs unis par une longue affection ; ses mains se mirent à trembler : c'est à peine s'il put replier ses lunettes et les enfermer entre les pages de la Bible. Il lui était impossible de lire davantage.

Tout à coup la porte s'ouvrit, et dans l'embrasure se tinrent plusieurs personnes qui se disposaient à entrer.

— Mon mari, ô mon mari ! s'écria la vieille mistress Wilcox en étendant les deux mains et en se précipitant dans les bras du pauvre vieillard.

Le prisonnier s'empara de ces mains amaigries, et les baisa avec emportement comme il le faisait jadis, lorsque leurs doigts rosés appartenaient à la jeune fille qui devait être sa compagne. La porte se ferma doucement alors, car la bonne mistress Gray n'était pas femme à troubler ainsi par sa présence une entrevue aussi triste et aussi touchante.

CHAPITRE XXV.

Le petit Georges.

Julia dormit peu pendant la nuit. L'état d'excitation nerveuse dans lequel elle se trouvait, la commotion qui l'avait rendue faible et tremblante à l'approche de ses compagnes de prison, tout, jusqu'à l'étrange bienveillance de la créature indomptée et au cœur endurci qui lui portait une espèce d'intérêt, tout avait chassé le sommeil de ses yeux.

Une cellule avait été disposée pour elle, et la femme qui la protégeait contre les autres prisonnières avec cet amour farouche de la bête sauvage qui défend sa progéniture, consentit à ce que son enfant couchât avec elle. Ce fut un grand soulagement pour la pauvre fille. Dans sa pensée, elle se trouvait protégée par le sommeil innocent de ce petit être qui, couché sur ses tempes délicatement veinées, pressait

le grossier traversin du lit comme s'il eût été recouvert de feuilles de roses.

Julia ne pouvait dormir, et dans son insomnie elle était heureuse d'aspirer la douce respiration de ce chérubin dont son visage était inondé, et de sentir ses bras potelés enlacer son cou. Pour sa poétique imagination, c'était un ange envoyé du ciel afin de la consoler et la réjouir au milieu des ténèbres. Quelquefois elle tressaillait et pressait contre elle son compagnon, lorsqu'elle entendait des voix rauques et des cris féroces qui s'échappaient des cellules voisines, des sons étouffés comme ceux des esprits en peine, des gémissements et des éclats de rire sauvages poussés au milieu de la nuit par les misérables créatures enfermées dans cette prison, chaque fois que le souvenir du passé était réfléchi à leurs yeux fermés par un rêve sans lendemain, car bien souvent pour ces femmes le sommeil n'était qu'un reste d'ivresse.

Nous n'avons presque rien dit ni du cœur, ni de l'esprit de cette pauvre enfant. L'isolement dans lequel elle avait vécu dès son jeune âge l'aurait laissée dans l'ignorance et avec une intelligence bornée, si Julia eût été d'un caractère ordinaire. Mais il en était autrement ; sa nature avait une telle élévation, une telle force, que la souffrance en avait développé avant l'âge tous les ressorts, et avait fait grandir chez elle la pensée en même temps que le sentiment ; aussi l'on eût donné trois ou quatre ans de plus. La reconnaissance qui remplissait de bonne heure son jeune cœur faisait présager en elle l'énergie de l'affection, de la passion même, dès qu'elle serait une fois excitée.

Dans notre pays, la plus grande misère n'empêche pas de se procurer des livres, aliment indispensable de l'esprit. Julia avait lu et réfléchi bien plus que la plupart des jeunes filles de son âge qui vivent dans les classes les plus élevées de la société. Elle avait puisé l'amour de la poésie à la meilleure des sources, dans la Bible. Son grand-père lisait bien, et ne manquait pas d'éloquence naturelle. La douce et solennelle poésie des prières, que la jeune fille entendait réciter au vieillard le matin et le soir, depuis son enfance, l'élévation même de sa foi, la confiance naïve dans la bonté de son Créateur, qui jamais ne l'abandonna, l'humilité qui faisait le fond de son caractère, tout cela avait excité dans le cœur de Julia de sympathiques émotions. Le juste seul est à même de sentir parfaitement combien les plaisirs de l'âme sont doux à éprouver et de grande douceur.

Mais, quoique la Bible renferme toutes les beautés de la littérature, de l'histoire, de la biographie, de la poésie et de la morale, et cette fiction qui contient la vérité dans les paraboles, l'esprit recherchait encore d'autres éléments d'instruction. Quelques vieux volumes, tellement déchirés que les prêteurs sur gages auraient refusé d'en donner même un penny, et que les bouquinistes n'auraient achetés à aucun prix, avaient été admis dans la pauvre maison de son grand-père. Julia les avait lus avec l'ardeur d'un esprit avide de connaissances. Mistress Gray avait à cette époque quelques livres à la ferme ; elle ne les avait jamais lus, la bonne femme, et chaque fois qu'elle entendait parler des beautés du *Paradis perdu*, elle s'était imaginé que nos premiers pères avaient été chassés d'un jardin remarquablement beau et plein de fruits et de légumes, juste au moment de faire la récolte. Aussi avait-elle un grand respect pour l'homme qui avait pu décrire en vers une si cruelle perte, et ce faisait-elle un plaisir de prêter ces volumes à sa jeune amie, lorsque celle-ci avait le temps de lire.

C'est à l'aide de ces ressources bornées et de ces patientes instructions de son grand-père, que Julia s'était procuré quelque éducation. Elle avait appris à mettre de la clarté dans ses pensées et à sentir avec justesse ; aussi son imagination exaltant ses sentiments, éprouvait-elle au milieu de la nuit, dans cette noire prison, des sensations qui agitaient tout son système nerveux. L'image d'une personne lui apparaissait dans son sommeil ; c'était la figure de son grand-père, pâle comme celle d'un agonisant, qui se penchait sur celle d'un cadavre. Jamais le visage de l'étranger, aux traits sévères, mais réguliers, ne l'avait si vivement impressionnée. Ces traits se dessinaient parfaitement à ses yeux, même au milieu des ténèbres de la nuit.

Elle aurait voulu éveiller l'enfant et lui demander s'il ne voyait pas aussi cette figure ; mais elle était si effrayée qu'elle n'osait ni parler, ni faire le moindre mouvement. Le bruit même de la douce respiration de cet ange endormi lui donnait un sentiment de terreur. Mais au moment où Julia tremblait, la pauvre petite créature s'éveilla, et se mit à caresser son visage avec ses petites mains. Ses doigts potelés doux comme des feuilles de roses, se promenaient délicatement sur son visage, le front et la bouche de la jeune fille. Qu'ils étaient gracieux, ces petits doigts ! on eût dit les rayons du soleil qui jouaient sur le cristal d'un lac glacé. La jeune fille, ne se voyant plus seule, cessa dès lors d'avoir peur ; elle pleura, afin de soulager son cœur, baisa les mains de l'enfant, l'attira sur son sein, posant souvent ses lèvres sur ses yeux pour s'assurer qu'ils restaient ouverts ; mais toutes ces ruses ne suffirent pas pour tenir l'enfant éveillé ; la jeune fille s'aperçut bientôt à sa respiration qu'il s'était rendormi, et vaincue elle-même par le magnétisme de cette douce haleine, elle sentit le sommeil s'emparer de tout son être.

Ces deux belles têtes reposant ensemble sur ce grabat de prison, formaient un ravissant tableau. Le sourire imprimé sur ces lèvres roses ; les beaux cheveux bouclés de l'enfant appuyés sur les tresses

qui couvraient les tempes de la jeune fille et rehaussaient leur couleur éclatante comme des fils d'or; tel était le tableau que présentait ce sommeil de l'innocence. Les murs salpêtrés de la prison n'avaient jamais peut-être, depuis leur fondation, été témoins d'un tel spectacle. Il était naturel que Julia sourît dans son sommeil, et que ce repos ramenât des couleurs vives sur sa figure, comme cela arrive à la rose, quand, à l'aube d'un beau jour, les premiers rayons du soleil cherchent à se glisser dans son calice. Elle rêvait, et sa pensée semblait se reporter à des événements qui avaient précédé cette nuit. Le songe qu'elle faisait était entremêlé de souvenirs de la vie réelle liés à la vision qu'elle avait eue, et aux douces joies de son enfance. Elle se trouvait dans une vieille ferme à moitié cachée dans le feuillage de deux magnifiques érables, auxquels la gelée avait donné des teintes dorées et cramoisies; ses grands parents, assis devant la porte et causant avec mistress Gray, lui souriaient, tandis qu'elle avait rempli son tablier. Ces fleurs répandaient un parfum des plus enivrants et des plus suaves, quoiqu'elles eussent été cueillies dans un jardin inculte.

Les songes ont toujours quelque chose de confus; et la jeune fille apercevait un jeune homme dont les traits lui étaient familiers, quoiqu'il lui fût étranger : il se tenait à côté d'elle et lui souriait doucement pendant qu'elle se penchait sur son bouquet. Son imagination dépassait-elle la réalité, ou n'était-elle que l'ombre d'un souvenir qui lui revenait dans son sommeil? Oh! oui, elle avait rêvé avant de s'endormir, et les pensées qui l'assiégeaient maintenant dans ce songe avaient quelquefois empourpré ses joues et fait baisser ses longs cils sur ses beaux yeux. C'était vraiment un ange, celui de l'amour, qui venait visiter Julia dans sa prison.

Le rêve et la réalité se mêlaient encore dans cette chère vision, mais c'était confusément et avec cette vague incertitude qui nous fait soupirer lorsque nous nous apercevons que le souvenir n'est qu'un songe. Le sentiment pénible du malheur qui frappait son grand-père semblait se mêler au parfum enivrant des fleurs; elle s'asseyait encore sous les arbres, et voyait le vieillard se débattant au loin avec une troupe de gens à moitié cachés par un épais nuage qui enveloppait l'horizon. Elle ne pouvait faire un mouvement ; les fleurs contenues dans son tablier devenaient aussi pesantes que du plomb; en vain cherchait-elle à s'en débarrasser; elle faisait de vains efforts, et criait avec force, en appelant à son aide : Robert, Robert Otis !

A ce nom, les fleurs reprirent leur parfum naturel; des flammes argentées sillonnèrent le nuage, les étoiles lui parurent filer l'une après l'autre, se détachant de leur groupe. Robert Otis était tantôt au loin, tantôt près d'elle; elle ne pouvait ouvrir les yeux sans rencontrer les siens, qui lui souriaient avec ardeur; ses lèvres murmurèrent son nom, et le cauchemar s'évanouit. Un doux repos apporta le calme dans l'esprit de la jeune fille, et elle dormit paisiblement, comme fait la fleur qui s'assoupit lorsque son calice est plein de rosée.

Julia fut tirée de ce bienfaisant sommeil par le grincement aigu du fer contre le fer, et par le mouvement qui régnait dans le couloir. On ouvrit la porte de la cellule, et l'on déposa près d'elle, pour son déjeuner, un vase d'étain rempli de café et un morceau de pain bis. Le songe de la nuit avait dans son cœur un baume de consolation; aussi tout cet horrible bruit des verrous ne l'effrayait plus. Elle arrangea ses cheveux, passa sa robe, éveilla l'enfant par des baisers multipliés, et procéda à sa toilette. Il était assis sur ses genoux, son joli visage rose près de celui de la jeune fille, pendant que celle-ci tressait ses cheveux ou les roulait en boucles autour de ses doigts, et cessa ce moment sa mère entra dans la cellule. A peine regarda-t-elle l'enfant; elle s'assit la tête appuyée sur une main, et resta ainsi dans un morne silence, les yeux fixés sur le sol. Il n'y avait rien d'éhonté, rien de grossier dans ses manières; seulement sa physionomie était sombre, et empreinte d'une sorte de tristesse qui tenait plus de la mélancolie que du chagrin.

Elle parla enfin, mais sans changer de position et sans détourner ses yeux du plancher, où elle les dirigeait obstinément.

— Voulez-vous me confier votre nom? Voulez-vous me dire quel était cet homme que l'on accuse votre grand-père d'avoir assassiné? Était-ce... était-ce...

Il lui fut impossible d'articuler un autre nom; elle fit pourtant un nouvel effort, et ajouta, mais à voix basse : — Était-ce William Leicester?

Cette question empêcha Julia de continuer son gracieux travail; ses mains abandonnèrent les tresses dorées qu'elles tenaient, et elle répondit d'une faible voix :

— Oui, c'est ainsi qu'on le nommait?

— Alors, il est mort; en êtes-vous certaine?

— Très-certaine! Tout le monde l'a assuré, même le docteur qui l'a examiné.

— Vous l'avez vu vous-même alors?

— Oh! oui, oh! oui, répondit la jeune fille en fermant les yeux avec horreur; je l'ai vu !

— Pourquoi votre grand-père l'a-t-il tué? Est-ce que Leicester lui avait fait du mal?

— Je ne sais pas quel tort le gentleman pouvait lui avoir fait, répondit Julia; mais je suis sûre que, même si mon grand-père eût eu à se plaindre de quelque injure, il n'eût pas fait tomber un cheveu de sa tête.

— Qui donc l'a tué? demanda cette femme d'une voix stridente.

— Je pense qu'il s'est suicidé, répondit Julia d'une voix ferme.

— Non, cela ne peut être ainsi, murmura la femme perdue : mon avis est que le vieillard a agi comme d'autres auraient pu le faire sur de plus graves motifs. Racontez-moi comment cela s'est passé.

Julia vit la pâleur se répandre sur le visage de cette femme à mesure qu'elle parlait; la main sur laquelle était appuyée sa tête devenait bleue. On eût dit qu'elle grelottait.

— N'ayez pas peur de moi. Continuez, je ne ferais pas de mal à une souris ce matin, dit-elle, lorsqu'elle remarqua l'hésitation de Julia.

Elle s'assit alors, et se mit à regarder attentivement la jeune fille. Elle avait été amenée dans cette prison il y a deux semaines environ, et jusqu'à ce jour je n'avais pas entendu parler de cette mort.

— Connaissiez-vous M. Leicester? lui demanda Julia.

— Oui, je le connaissais.

Elle dit cela d'un ton qui surprit la pauvre enfant. Sa voix exprimait plus d'amertume que de chagrin.

— Voulez-vous répondre à ce que je vous demande? ajouta cette femme avec son emportement ordinaire.

— Oui, répondit Julia, il m'est pénible de parler de ce malheur; mais, si vous y tenez absolument, je vous en ferai le récit.

Elle raconta avec hésitation les scènes que le lecteur connaît déjà. La femme écouta attentivement : tantôt elle retenait sa respiration pour ne rien perdre de l'intérêt du récit, tantôt elle laissait échapper un gémissement, comme si elle eût voulu comprimer avec effort un sentiment violent qu'elle éprouvait. Lorsque Julia eut cessé de parler, elle cacha son visage à l'aide de ses deux mains, et se laissa tomber sur ses genoux, sans pousser un sanglot, sans une larme; mais son silence était éloquent.

Bientôt elle se releva, et sortit sans mot dire. Quelques instants après, Julia conduisit l'enfant à la cellule de sa mère. La pauvre femme était couchée, le visage tourné vers la muraille, inerte comme la pierre sur laquelle ses yeux restaient fixés. Elle ne se retourna pas, et fit signe de la main qu'elle voulait être seule.

Julia entraîna vers le couloir l'enfant qu'elle tenait par la main. Les prisonnières ne vinrent plus la molester; à peine lui adressèrent-elles quelques paroles d'intérêt : là se borna leur manifestation intempestive, et chacune chercha dans le travail quelque adoucissement à sa situation.

Cependant les heures s'écoulaient. Ce sentiment confus d'angoisse et de terreur que Julia avait éprouvé la veille avait fait place à cette apathie qui est l'image de la vie délétère de la prison. Les prisonnières allaient et venaient d'un pas triste et morne; quelques-unes étaient assises et immobiles contre le mur, regardant fixement en l'air, comme privées de sentiment et de vie; d'autres cherchaient à abréger par le sommeil la longueur du temps; mais le dépérissement s'attachait à toutes ces malheureuses créatures.

Julia s'avança jusqu'auprès de la grille, où parfois quelques rayons de soleil venaient se glisser, lorsque la porte de la salle qui était en face s'ouvrait pour donner passage aux gens de service. Il y avait dans ce mouvement quelque chose qui faisait rentrer l'espérance dans son âme. L'enfant, qui ne la quittait pas, éprouvait aussi cette douce influence, et son joli visage, entrecoupé de temps à autre par un éclat de rire, était aussi agréable qu'une douce harmonie aux oreilles de la jeune fille.

— Viens, mon amour, viens, allons-nous-en, voilà du monde! s'écria-t-elle tout à coup en s'efforçant d'emmener l'enfant.

— Non, non, il fait clair ici, je veux rester, répondit le petit garçon en courant et en folâtrant; c'est la surveillante qui arrive. N'entendez-vous pas le cliquetis des clefs? Elle m'emmènera dans sa jolie petite chambre, et vous aussi; je la voilà, je suis sûr qu'elle va me demander.

La porte s'ouvrit, et une petite femme à l'œil noir et vif entra dans le couloir. Elle s'arrêta en le voyant se glisser, Julia était sur son passage, faisant de gracieux efforts pour dégager sa robe des mains de l'enfant, qui la retenait. La beauté de la jeune fille, son air modeste et sa confusion, qui avait fait monter le rouge à sa figure, tout attira sur elle l'intérêt de la surveillante, aussi lui adressa-t-elle un sourire maternel en disant:

— Ah! tu as trouvé un autre camarade? mon Georges est un petit joueur; n'est-ce pas, mon chéri? Viens donc lui, et confie-moi son nom, mon petit homme.

— Elle ne me l'a pas encore dit, balbutia l'enfant, dont les mains abandonnaient la robe de Julia pour s'avancer vers la surveillante.

— Je m'appelle Julia... Julia Warren, madame, dit-elle en rougissant d'entendre son nom répercuté par les échos d'un tel lieu.

— Je m'en doutais, j'en étais presque sûre. La, la, ne vous effrayez pas, ne pleurez pas. Venez dans ma chambre. Georges, nous accompagnera aussi. Dis à ta jeune amie que quelqu'un l'attend là-haut, quelqu'un qu'elle sera bien contente de voir.

— Dites-moi... oh! dites-moi qui? demanda la jeune fille hors d'elle-même.

— Votre grand'mère, ou du moins une dame qui assure l'être, et... Julia n'en écouta pas davantage, et partit en courant.

— Attendez-moi, attendez-moi donc, vous ne trouverez pas le chemin! dit en riant la surveillante en faisant tourner dans la serrure une lourde clef polie par l'usage et en ouvrant alors la grande porte. Venez maintenant, dit-elle, Georges et moi nous vous montrerons par où il faut passer.

Julia s'arrêta dans le passage pendant que la porte se refermait; ses joues étaient empourprées par la joie, et son corps frêle tremblait d'impatience. Le petit Georges semblait partager son anxiété; il courait çà et là comme fait un oiseau éveillé aux premiers rayons du soleil. Il s'accrocha à la robe de la surveillante; chaque mouvement de sa tête agitait les jolies boucles de ses cheveux, et il faisait tous ses efforts pour l'entraîner. Son air était si gracieux, et sa physionomie si enjouée, que Julia et la surveillante ne purent s'empêcher de sourire; et, quoiqu'elles marchassent assez rapidement, le gentil enfant les devança et redescendit même une douzaine de marches avant qu'elles fussent arrivées à la moitié de l'escalier.

Julia et sa grand'mère ne purent trouver une parole à se dire en se revoyant; mais on lisait dans leurs yeux et sur leur physionomie la joie qu'elles éprouvaient et l'affection qui se réveillait à ce contact mutuel.

— Et maintenant, dit la bonne mistress Gray en s'approchant avec cet air toujours affable qui lui était naturel, puisque vous ne paraissez pas disposée à parler, Robert et moi nous allons nous présenter nous-mêmes.

Julia se retourna en entendant cette voix, et vit, à moitié caché derrière la majestueuse figure de sa tante, Robert Otis, qui lui adressait un de ces regards remplis de cette même expression affectueuse qu'elle avait remarquée dans son rêve. Leurs yeux se rencontrèrent; elle baissa les paupières, comme éblouie par l'éclair qui avait jailli entre les cils du jeune homme. Elle oublia mistress Gray, magnétisée par ce pouvoir éloquent, car elle croyait rêver encore.

— Vous ne voulez donc pas me parler, vous ne voulez donc pas me regarder? dit la marchande un peu surprise de cette réception, mais en s'exprimant d'un ton de cordiale amitié; car elle n'était pas de ces femmes qui aiment à se fâcher pour peu de chose.

— Ne pas vous parler! s'écria la jeune fille sortant de sa douce rêverie pour passer à une réalité non moins agréable, oh! mistress Gray, vous savez bien le contraire!

— Je le sais en effet, dit la bonne femme avec un éclat de rire qui fit trembler les plis de son fichu.

Et tout en parlant elle prit la petite main de la jeune fille, et la pressa affectueusement à différentes reprises :

— Allons, maintenant prenez votre capote, rassemblez vos effets, et...

Julia regarda la surveillante.

— Mais je suis prisonnière! dit-elle.

— Pas le moins du monde. Je vous ai délivrée, j'ai donné ma caution, enfin tout ce qu'il fallait, Robert vous dira tout cela; mais ce qu'il y a de certain, c'est que vous êtes libre, aussi libre qu'une hirondelle. Vous pouvez venir chez moi, votre grand'mère vous y accompagnera; je suis vieille, je suis seule, j'ai besoin de quelqu'un pour garder ma maison tandis que je suis au marché : vous en aurez soin.

— Mais grand-papa, où est-il, dites-le-moi; bonne madame, où est-il?

Mistress Gray perdit contenance; elle semblait prête à fondre en larmes.

— Ne me le demandez pas, Robert vous apprendra ce qui en est. J'ai fait tout ce que j'ai pu, j'ai offert aux juges de leur donner ma ferme en garantie, mais ils se sont montrés inexorables; tout a été inutile.

— Nous ne pouvons pas le laisser seul ici, dit Julia avec un de ses plus séduisants sourires.

Robert Otis s'avança alors.

— Votre présence ici serait inutile pour vous et pour lui, même quand la loi vous permettrait de rester. Vous aurez la facilité de le voir souvent si vous demeurez avec ma tante, et lorsque vous serez libre, vous trouverez plus aisément les moyens de lui être utile.

Julia le remercia d'un regard qui fut pour lui un encouragement.

— Vous n'avez pas le choix, ajouta-t-il en souriant à la jeune fille. Votre grand-père désire que vous acceptiez la proposition de mistress Gray, et elle — Dieu la bénisse! — aurait le cœur brisé si vous la refusiez.

— Grand-papa le désire, M. Otis aussi... voulez-vous que nous acceptions, grand'maman?

— Certainement, mon enfant, ton grand-père le veut.

— Cela suffit; mais je le verrai chaque jour : vous vous rappelez votre promesse, madame, chaque jour je le viendrai, c'est chose promise.

— Vous ferez ce que vous voudrez. Voilà comment j'aime à obliger mes semblables, répondit mistress Gray. Ceux que nous voulons rendre heureux à notre propre manière et non pas selon leur idée, subissent le pire des esclavages, car ils se croient obligés à être reconnaissants à cause de la chaîne qu'on leur fait porter. J'ai

entendu dire cela cent fois à mon frère Jacob, et à vous aussi, Robert.

— Mon oncle Jacob n'a jamais rien dit dans sa vie qui ne fût marqué au cachet de la sagesse et de la générosité, répondit le jeune homme.

— Si jamais ange est venu sur la terre, c'est bien lui! ajouta mistress Gray jetant un regard à son auditoire en s'assurant que ses paroles lui avaient donné une haute idée du caractère de son frère.

Un sourire brilla sur les lèvres de Robert.

— Bien, ma tante; mais j'espère que vous ne vous représentez pas les anges habillés à la manière de mon oncle? dit-il en s'adressant un coup d'œil malicieux à la bonne dame.

— Oh! Robert, tu te moques toujours de moi, répliqua gaiement la fermière en se tournant du côté de ses auditeurs. Il a toujours été ainsi, le plus espiègle de tous les enfants. J'espérais le voir se corriger avec l'âge, mais, chassez le naturel, il revient au galop.

Robert rougit à cet éloge de sa tante, car en ce moment il ne voulait pas qu'on lui rappelât son caractère d'enfant gâté. Il crut apercevoir dans les yeux de la jeune fille une sorte de tristesse provoquée par la plaisanterie de sa tante. Julia comprit sa pensée, et lui adressa un doux sourire. Elle n'avait pas eu l'intention de l'affliger, et son regard expressif fut plus éloquent que toutes les paroles qu'elle aurait pu dire.

Lorsqu'un malheureux a le cœur ulcéré, la gaieté lui est importune; mais peu à peu il en subit la douce influence. Un rire joyeux, une parole intempestive, folle et enjouée, lui font mal de prime abord; mais bientôt ce changement produit son effet, il s'y habitue et se sent disposé à étancher les larmes qui entretenaient son désespoir. Donnez à l'âme quelques rayons de bonheur, elle deviendra plus forte pour tenir tête à l'orage. Quand le chagrin est soigneusement entretenu dans le cœur, il dégénère bientôt en une sombre tristesse. La souffrance a ses vanités comme la joie a son ostentation.

CHAPITRE XXVI.

Mistress Gray et la prisonnière.

Il fut décidé que Julia et sa grand'mère accompagneraient mistress Gray à sa vieille maison de Long-Island. Au moment où ils allaient partir, Julia se rappela avec peine qu'il fallait rendre le petit garçon à sa mère. Cette pensée la rendit triste. L'enfant était constamment resté auprès d'elle depuis son entrée dans la chambre; il s'était fortement cramponné à sa robe, ses joues étaient animées, et son menton s'agitait comme s'il allait pleurer.

Les yeux de Julia se remplirent de larmes en regardant cette faible créature.

— Que faire? dit-elle. On dirait qu'il devine que nous allons partir sans lui!

— Viens avec moi, lui dit la surveillante en le prenant par la main, je te reconduirai auprès de ta maman. Allons, Georges, sois courageux comme un petit gentleman, mon cher enfant.

Les larmes que l'enfant retenait dans son cœur s'échappèrent aussitôt. Il sanglotait de toutes ses forces, et, quittant la main de la surveillante, il courut se jeter dans les bras de sa nouvelle amie.

— Prenez-moi, prenez-moi, je veux m'en aller aussi! dit-il en se cramponnant de toute sa force aux vêtements de la jeune fille et en essuyant de ses deux mains les pleurs qui coulaient le long de ses joues.

Julia le prit dans ses bras, et, écartant les boucles de ses cheveux, elle couvrit son front de tendres baisers.

— Que faut-il faire? dit-elle en tournant machinalement les yeux du côté de Robert Otis.

Robert sourit et secoua la tête; mais mistress Gray, dont le cœur était rempli d'une bonté inépuisable, s'avança aussitôt et répondit :

— Ce qu'il faut faire? Pourquoi ne pas l'emmener? la maison est assez grande pour que nous puissions nous y loger tous. Cela me rappellera le temps où j'avais un petit gamin qui tournait sans cesse autour de moi; Robert n'est plus là maintenant.

— Mais la mère de ce cher enfant est en prison, fit la surveillante; c'est une femme bizarre, emportée, qui a cependant obtenu des directeurs de la prison, par une condescendance incompréhensible, la permission de garder son enfant pendant le temps qu'elle restera ici.

— Sa mère est prisonnière! pauvre femme! Laissez-moi lui parler, je suis persuadée qu'elle sera contente de voir son fils admis dans une maison hospitalière, répondit la bonne femme confiante dans la démarche qu'elle voulait tenter.

— Je crains bien qu'il n'en soit pas ainsi, ajouta la surveillante; cette prisonnière paraît avoir une affection toute particulière pour cet enfant; elle est jalouse quand on le caresse, au point qu'elle l'a retiré de nourrice, il y a quelques semaines à peine, pour l'arracher à l'affection que lui témoignait cette femme. Aussi j'ai été fort étonnée de la confiance qu'elle accordait à votre jeune amie.

— Mais c'est affreux, c'est abominable de tenir cette petite créature enfermée dans une prison ! Je veux le lui dire, je veux lui en faire des reproches, continua mistress Gray, laissez-moi parler à cette femme ; conduisez-moi vers elle, je vous en prie, madame !

La surveillante secoua la tête, et, tout en tournant sa clef dans ses mains, elle répétait que c'était là une démarche inutile ; elle consentit cependant à conduire mistress Gray dans la cellule de la prisonnière.

Elles les trouvèrent encore couchée, immobile, et la tête appuyée contre le mur. La surveillante lui ayant adressé la parole, elle se retourna, et mistress Gray s'aperçut que son visage était noyé de larmes.

La marchande s'assit sur le lit ; elle prit dans ses mains potelées une de celles de la prisonnière, qui étaient en ce moment inertes, et la pressa doucement d'une manière affectueuse.

La femme, étonnée d'abord de cette tendresse muette, se leva à demi, et, après avoir jeté sur l'inconnue ses grands yeux noirs animés d'un étonnement farouche, elle fut frappée de l'air de bonté de mistress Gray, poussa un profond soupir, et retomba de nouveau dans son abattement.

Mistress Gray lui dit alors avec sa franchise ordinaire qu'elle venait lui demander la permission d'emmener le petit garçon avec elle. Elle dépeignit ensuite le comfortable de sa vieille habitation, lui donna des détails minutieux sur son jardin, sur sa basse-cour, sur les oiseaux qui faisaient leurs nids sur les deux beaux érables, sur la quantité inouïe de pommes d'hiver que renfermait son cellier ; elle décrivit, en un mot, tout ce qui pouvait charmer un enfant et captiver une mère.

La prisonnière, après avoir attentivement écouté mistress Gray, releva brusquement la tête.

— Est-ce que vous êtes pour la réforme des mœurs ? demanda-t-elle avec un air d'ironie à la revendeuse.

— Non, répondit celle-ci d'un air embarrassé. Je ne sais ce que vous voulez dire. Mais on a depuis quelque temps imaginé tant de noms extraordinaires pour exprimer les choses les plus simples, que je pourrais appartenir sans le savoir à cette association dont vous parlez.

— Alors vous êtes philanthrope ?

— Je n'ai pas la moindre idée de ce que peut être un philanthrope, fit mistress Gray avec une simplicité sans pareille.

— Etes-vous une de ces femmes qui visitent les prisons pour ramasser les enfants des autres tandis que les leurs restent chez elles abandonnés ; qui font coucher dans un galetas et nourrissent de croûtes de pain bis ces pauvres petites créatures, et qui prônent dans la société et font annoncer dans les journaux qu'elles sont des anges sur la terre ? Etes-vous une de ces dames qui viennent chercher lci et arracher à l'ombre des cellules une des pauvres malheureuses qui y sont renfermées, l'obligent à épouser un pauvre diable de la campagne, qu'elle trompe bientôt, et qui, sans savoir si cette expérience de réforme pourra réussir, annoncent avec emphase le changement de mœurs de leur protégée, oubliant à dessein de mentionner les tromperies dont elle se rend coupable ? Est-ce pour servir de spécimen que vous avez besoin de mon garçon, est-ce pour célébrer quelque anniversaire ? Quelle belle chose ce serait pour votre société d'arracher cette pauvre petite créature du sein de sa mère comme on enlève un morceau du milieu d'un foyer ardent ! Enfin, voulez-vous vous en servir comme d'un leurre pour extorquer l'argent des bonnes gens de la campagne, qui, croyant naïvement secourir un enfant, ne vous demandent même pas quels sont vos moyens d'existence ? Appartenez-vous à ce genre de femmes ?... répondez donc ! voyons, là, sans hésitation !

— Bonté divine ! Dieu sait si j'ai de telles pensées ! répondit mistress Gray. Jamais je ne me suis attribué les qualités d'un ange ici-bas ; jamais je n'ai cru pouvoir être prise pour une sainte, ni dans ce monde ni dans l'autre !

— Alors vous n'êtes pas une dame présidente de quelque société charitable ?

— Dans notre pays libre, fit mistress Gray, on ne choisit pas une vieille femme pour être présidente, et regard d'ailleurs qu'on les cherchât dans la classe qui porte des bonnets et des tabliers blancs.

Le calme commença à renaître sur le visage de la prisonnière.

— Je vois que vous n'êtes membre d'aucune société, dit-elle, rassurée par la franche cordialité de sa visiteuse.

A ces paroles mistress Gray devint sérieuse, et ses yeux bruns brillèrent d'un éclat plein de douceur.

— J'ai l'honneur d'être membre de l'Eglise des Baptistes ; et à moins que vous n'ayez une répulsion marquée pour ceux qui professent « la foi de l'immersion », je ne vois pas quelle objection vous auriez à me confier cet enfant, si déjà il a été baptisé.

— Vous n'êtes donc pas une femme charitable par profession, vous ne voulez donc mon enfant que pour lui être utile ? Qu'en ferez-vous, si je donne mon consentement ?

— Ce que j'ai fait de mon neveu Robert. Je le laisserai courir dans le jardin, chercher des nids, conduire les oies, quand il connaîtra lui-même le chemin, et faire toute sorte d'exercices qui le préserveront du mal et lui conserveront la santé. Quand il sera assez grand je l'enverrai à l'école, et je lui apprendrai moi-même le *Pater*. Je ferai de mon mieux : je le gronderai lorsqu'il ne sera pas sage, et je l'embrasserai quand il sera bon ; en un mot, je ferai tout mon possible pour qu'il soit brave, honnête et savant comme Robert, mon neveu. Chacun s'accorde à dire qu'il est le meilleur jeune homme du monde, et c'est moi qui l'ai élevé, comme j'élèverai votre fils.

— Vous lui enseignerez à oublier et à mépriser sa mère ? ajouta cette femme en fixant ses yeux humides sur mistress Gray avec un regard scrutateur.

— Je n'ai jamais manqué aux principes enseignés par la Bible. Lorsque l'enfant apprendra à lire, il y trouvera ces mots : « Honore » ton père et ta mère, si tu veux que le Seigneur ton Dieu t'ac-» corde de longs jours sur la terre. »

— Pourrai-je le voir quand bon me semblera ?

— Certainement, pourquoi pas ?

— Mais je suis en prison, et ce n'est pas la première fois que j'y viens.

— N'êtes-vous pas sa mère ? telle fut l'affectueuse réponse de mistress Gray.

— Vous rougirez de me recevoir chez vous.

— Pourquoi donc ? J'ai toujours été une bonne voisine, une honnête femme, pourquoi craindrais-je les visites de qui que ce soit dans ma maison ?

— Mais lui, il rougira de sa mère quand il sera dans une maison bien comfortable, avec des amis, et qu'il ira à l'école. Mon enfant apprendra alors à me mépriser, à me haïr !

— Non ! répondit mistress Gray ; et sa belle figure sembla comme inspirée par une pieuse prophétie ; non, parce que sa mère elle-même deviendra alors une femme exemplaire, j'en suis sûre. Vous n'êtes pas encore corrompue et gangrenée jusqu'au fond du cœur, il ne vous faut que des soins et du soleil ; veuillez-le, et vous deviendrez un jour un membre utile de la société, du moins, telle est mon opinion formelle. Puisse Dieu vous aider !... puisse-t-il vous bénir !... Encore une fois, parlez : puis-je emmener votre petit garçon ?

— Oui, répondit la mère en se soulevant sur son lit et en cachant les yeux dans ses deux mains ; oui, oui, prenez-le, prenez-le ! »

Mistress Gray retourna chez elle le soir même avec ses trois nouveaux hôtes. Le temps était froid et sec, et les feuilles des érables, chassées par le vent, tourbillonnaient autour de la vieille habitation. Une forte gelée avait détruit les fleurs et annihilé tout vestige de verdure dans la cour et dans le jardin. Et cependant l'aspect des lieux n'était point triste comme on eût pu le croire. Les fenêtres de la salle étaient garnies de chrysanthèmes de toute couleur, dont les étamines d'or brillaient à la clarté d'un feu de bois de noyer.

Robert avait pris les devants pour porter à la servante irlandaise les ordres de mistress Gray. Un bon souper avait été préparé par ses soins, et l'eau destinée à faire le thé bouillait dans un immense coquemar. Le beau linge damassé qui parait la table, les jolies petites tasses en porcelaine de Chine et les grands flambeaux d'argent qui projetaient dans la salle une riche lumière, tout cela formait un ensemble bien fait pour réjouir la vue.

Mistress Gray se sentait tout heureuse, elle était d'une bienveillance parfaite pour chacun de ses hôtes ; lorsqu'elle riait, chacun se montrait disposé à l'imiter. La soirée s'écoula ainsi ; ce fut une de ces soirées pareilles à celles qui font dire aux malheureux : « Le chagrin, qui déchirait mon cœur il y a quelques heures à peine, n'existait-il donc que dans mon imagination ? »

Le petit Georges s'endormit après le souper. Julia vint s'asseoir sur le canapé près de la fenêtre, et reposa sur ses genoux la petite tête de l'enfant. Les chrysanthèmes enveloppaient ce groupe gracieux, et projetaient leur ombre sur les beaux cheveux noirs de la jeune fille. Robert Otis parla peu dans cette soirée ; mais sa bonne tante parut enchantée de l'admiration qu'il paraissait avoir pour ses fleurs, vers lesquelles les yeux du jeune homme restaient constamment fixés.

Comme on le supposera facilement, son regard fit monter le rouge au visage ordinairement si pâle de la jeune fille, et rendit à ses yeux une animation momentanée ; ils brillaient sous les feuilles des chrysanthèmes comme la violette sous les feuilles qui l'abritent. Le cœur de Julia était trop éprouvé par le chagrin, pour qu'en ce moment des pensées d'amour pussent y trouver place ; mais une délicieuse émotion pénétrait son âme d'une joie indicible.

Robert Otis était préoccupé. Ses pensées prenaient une forme plus calme, et il ne pouvait se rendre compte de ce sentiment de vague tristesse qui se mêlait à son admiration, et remplissait son cœur toutes les fois qu'il regardait la jeune fille. Mistress Gray devina bien ce qui se passait en lui, au moment où elle prit son fauteuil pour aller s'asseoir devant le feu. La servante venait de placer devant elle, sur une petite table, un plat de pommes cuites de la plus belle apparence ; elle en prit une entre ses doigts pour s'assurer si elle était préparée à point, et fit signe à son neveu d'en offrir à la société. Robert n'aperçut point le geste de sa tante, tant il était préoccupé, et il ne comprit pas non plus que sa distraction avait été remarquée.

— Viens ici, lui dit mistress Gray, tu as rêvé assez longtemps, mon neveu, et tu t'oublies. Voilà des pommes qui attendent d'être offertes par toi. Tu sais que quand je suis assise dans mon fauteuil, je n'en bouge plus. Et la bonne femme fit sourire ses hôtes lorsqu'elle leur prouva qu'elle remplissait entièrement la place qu'elle occupait dans le rocking-chair. Ce n'est pas chose facile que de me relever maintenant, ajouta-t-elle. Allons, vous autres, pendant que nous, vieilles femmes, nous nous reposerons, Julie et toi vous ferez le service. Je me rappelle que la première fois que je vis M. Gray, c'était dans le Maine, à un apple-cutting [1], pendant que nous prenions place autour de la corbeille de pommes, il s'arrangea de manière à être placé près de moi. Je sentis mes joues se couvrir d'une rougeur subite quand il approcha sa chaise de la mienne. Il tira son couteau pour commencer la besogne; il pelait les fruits, moi je les coupais en quartiers. Je ne le regardai qu'une fois, et je m'aperçus que ses joues étaient encore plus brûlantes que les miennes, et que sa main tremblait. Il prit par hasard dans le panier une magnifique pomme jaune comme l'or et lisse comme la joue d'un petit enfant. Je le regardai faire du coin de l'œil, et je vis qu'il pelait cette pomme avec soin et en faisait un long ruban doré. Il arriva ainsi jusqu'au bout, et les cercles gracieux de l'épiderme du fruit tombèrent au moment où je prenais la pomme de ses mains.

— Maintenant, me dit-il tout bas en inclinant tant soit peu la tête de mon côté, et en étalant à mes regards cette pelure, je suis aussi certain que ceci formera la première lettre d'un nom que j'aime, que je suis sûr d'exister.

Il roula doucement ce ruban doré autour de sa tête; la société était occupée de toute autre chose, et je fus la seule qui vis la forme qu'il donnait à ces anneaux. Il s'assit en fixant ses yeux sur les miens. Je retenais mon haleine, il respirait à peine.

— Voyons, fit-il, que diriez-vous si ce nom était le vôtre?

Je ne répondis pas, mais nos regards se rencontrèrent. J'étais bien sûre que ce serait une S. Jamais plume d'oie n'avait tracé une plus belle lettre.

— Je m'y attendais, dit-il, et ses yeux brillèrent comme deux diamants. C'est comme je le désirais. Et il n'ajouta plus un mot.

— Et que répondîtes-vous, ma tante? demanda Robert Otis, qui l'avait écoutée avec la plus grande attention, que répondîtes-vous?

— Rien; mais je coupais mes quartiers de pomme aussi vite que possible, tandis que M. Gray travaillait plus que tout autre. J'aurais cru qu'il ne s'arrêterait jamais et ne me dirait plus un mot. Tout à coup il me présenta une autre pelure de pomme qu'il venait d'enlever d'une seule pièce; elle était d'un rouge superbe, je me souviens encore de cette particularité, et aussi lisse qu'un ruban de satin.

— Je ne serais pas étonné de cette fois ceci devînt un G, dit M. Gray, en admettant que vous voulussiez bien essayer, mademoiselle.

— J'y consens, répondis-je; et je pris la peau de cette pomme où je tournai trois fois autour de ma tête; et la laissant tomber ensuite sur le plancher, elle forma un G, le plus parfait qu'il fût possible de voir.

M. Gray regarda la lettre, puis, m'adressant un regard, il ajouta:

— Voilà qui est fait : S. G., et ramassant la pelure, il la mangea, comme si c'eût été la première bouchée d'un thanksgiving. Aimeriez-vous à voir ces deux lettres gravées ensemble sur une douzaine de belles petites cuillers d'argent toutes neuves? ajouta-t-il.

Je crois réellement qu'on aurait pu allumer une bougie à ma figure, tant elle devint rouge à ces paroles : j'avais perdu l'usage de ma langue, et je ne pouvais pas plus parler qu'un muet.

— Mais ne répondîtes-vous rien au sujet des cuillers? demanda Julia.

— Je crois que si, répondit mistress Gray d'un air réservé en regardant son tablier, mais ce fut dans la soirée du dimanche suivant, fit la bonne femme en froissant les plis de son tablier.

Qu'y avait-il donc dans le récit naïf de mistress Gray qui pût avoir ému les deux jeunes cœurs et couvert leurs joues d'une aimable rougeur? Pourquoi, après avoir échangé un rapide regard, Robert Otis et Julia Warren n'osèrent-ils plus se parler de la soirée?

CHAPITRE XXVII.

Le chagrin dans le cœur et la joie sur les lèvres.

Les passions empruntent l'énergie qui les caractérise à la nature particulière des personnes à qui elles appartiennent. La douleur ca-

pable de faire trembler un cœur, comme un tremblement de terre le fait du sol, a différentes expressions, qui toutes sont caractéristiques. Les uns l'ensevelissent au fond de leur cœur et en meurent, les autres font tous leurs efforts pour l'étouffer : pas une parole n'échappe à leur bouche, pas un signe ne décèle les tortures qu'ils éprouvent, et cependant leur douleur est plus terrible encore que celle qui s'exhale dans les cris et dans les démonstrations énergiques. Et enfin certains malheureux fuient la douleur, et semblent tantôt la défier, tantôt se jouer avec elle; tantôt ils s'arrêtent hors d'haleine au milieu de cette course folle, çà et là, sans choisir la place, faisant de vains efforts pour arracher la flèche qui reste toujours dans la plaie, et qui pénètre plus avant à chaque effort que fait le malheureux pour l'arracher.

C'est ce qui arrivait à la femme qui est l'héroïne de notre histoire : telle était la situation dans laquelle se trouvait Ada, veuve aujourd'hui du misérable Leicester. Comme lui, elle avait été coupable; l'un et l'autre avaient commis de grandes fautes, et chacun d'eux avait subi les fatales conséquences du péché. Tant que son mari avait vécu, son amour pour lui avait été une passion désordonnée, sans frein comme sans raison; et maintenant qu'il était mort, la nature indomptée de cette veuve éplorée avait assumé la même exagération qui avait marqué les phases de son amour. C'était une douleur sauvage, fière et énergique, une douleur qui pourtant demandait à se faire jour, et à produire en public ses regrets amers, qui l'aiguillonnaient avec toute la folie que peut réveiller dans un cœur l'amour insensé d'une femme.

Comme le cheval indompté qui se cabre sous l'éperon de celui qui le guide, une douleur pareille à celle d'Ada réclame, pour être adoucie, le bruit et l'enivrement du monde. C'est une espèce de douleur qui a soif de mouvement, qui réveille des passions ensevelies sous la cendre, et se plaît à les rendre toujours présentes à sa vue. Ada Leicester n'était point connue dans la société qu'elle fréquentait pour avoir été liée même de loin avec l'homme que M. Warren était accusé d'avoir assassiné. Elle qui donnait le ton dans le monde fashionable devait cacher ses chagrins aux yeux de tous, étouffer ses gémissements entre les parois de ses appartements et refouler ses pleurs, qui retombaient goutte à goutte sur son cœur enflammé et en accéléraient la combustion. Cet homme avait fait son malheur et son désespoir pendant tout le temps qu'il avait vécu. La dernière parole qu'il lui avait adressée avait été une insulte, son dernier regard une raillerie; et à cette heure qu'elle rappelait ces souvenirs dans sa mémoire, son chagrin devenait plus amer encore. Il avait changé le fil d'or qui se trouvait mêlé à ses jours un chaîne de fer; et maintenant que le dernier chaînon était brisé par la mort de cet homme, son existence à elle lui paraissait être sans but et sans affection. Jamais elle n'avait aimé personne avant lui, et jamais son cœur ne s'ouvrirait pour un autre; ce qui peut faire ici-bas une femme qui n'a plus d'amour, et qui sans espérance et sans passion ne peut même plus songer au passé.

Le chagrin de cette infortunée était donc devenu un entraînement sauvage; elle s'efforçait de l'éteindre dans une gaieté insensée, et elle se livrait à tous les plaisirs d'une existence factice avec une fièvre qui augmentait à mesure qu'elle faisait quelques pas dans cette vie sans issue. La saison de l'Opéra italien était des plus brillantes; la société élégante de New-York avait décidément établi ses quartiers d'hiver, et Ada, à la ville comme aux eaux de Saratoga, était toujours l'une des belles étoiles du monde fashionable.

Parmi les innovations des gens à la mode, les bals du matin, éclairés au gaz ou à la bougie, avaient été inventés depuis peu de temps. Quelque temps après la mort de Leicester, la maison splendide de mistress Gordon fut un matin le théâtre de l'une de ces fêtes excentriques, pour laquelle chaque fenêtre avait été close à l'aide des persiennes et des volets, sur lesquels, pour mieux intercepter la lumière du jour, on avait fait retomber les draperies épaisses de chaque embrasure. La lumière brillait dans toutes les formes : là c'étaient des becs de gaz innombrables, plus loin des girandoles regorgeant de bougies enflammées, et enfin des lampes d'albâtre, — clair de lune factice, — qui illuminaient ces appartements somptueux à giorno, au détriment de cette lampe éblouissante que l'Éternel tient toujours allumée au-dessus de nos têtes. Les danseurs s'en donnaient à cœur joie dans cette maison princière, sur les murailles de laquelle des guirlandes de fleurs exotiques dispersaient de toutes parts leurs senteurs embaumées, et s'enroulaient avec grâce autour de plusieurs statues classiques dues au ciseau des plus habiles sculpteurs.

Jamais, dans tout le courant de sa vie, Ada n'avait paru plus belle aux yeux de ses admirateurs; elle se mêlait à cette foule, insouciante, brusque, excitée, jetant çà et là des sourires, trouvant un trait d'esprit à chaque phrase. Tantôt on la voyait s'élancer dans le tourbillon de la valse, tantôt elle s'arrêtait un peu pour respirer, mais pour trouver encore le moyen de riposter aux galanteries de ses invités, tout en prêtant l'oreille aux accents mélodieux d'une musique enchanteresse; et puis elle allait d'un groupe à l'autre, voltigeant comme un oiseau de paradis : elle passait de la salle de bal à la serre en laissant derrière elle un parfum plus suave que celui des fleurs entassées de tous côtés. Et pourtant de temps en temps elle se retirait dans l'obscurité d'un boudoir : sa tête retombait sur sa poitrine, ses bras s'allongeaient comme s'ils étaient sans vie, une flamme brillait dans ses yeux, ses lèvres pâlissent, et la vie s'échappait d'elle pendant qu'elle restait ainsi plongée dans une douleur muette.

C'est ainsi qu'au milieu des contrastes les plus frappants, s'abandonnant aux élans d'une gaieté et d'une douleur aussi énergiques l'une que l'autre, la pauvre Ada vit s'écouler les heures de cette fête élégante offerte par elle à tous ses amis éphémères de la société de New-York. Quiconque eût observé cette transition outrée de la joie au chagrin, ces éclairs évanouis avant même que leur clarté eût brillé à tous les yeux, la pâleur de ces joues qui, un moment après, se couvraient d'incarnat, la morbidesse de cet œil dont l'ardeur était pénétrante, eût pu deviner que cette coquetterie apparente et fascinatrice, qui attirait tous les hommages de l'adulation sur celle qui mettait tout en œuvre pour enchaîner ses adorateurs autour de son char, cachait une émotion particulière cherchant à se faire illusion; car la malheureuse femme avait oublié ce matin-là le calme qui d'ordinaire rendait ses manières plus élégantes encore.

Mainte et mainte fois un rire strident et sans frein résonnait d'un salon à un autre, se trouvant à l'unisson de la musique de l'orchestre, ou bien s'élevant au-dessus du diapason, et cette joie intempestive plaisait d'autant plus aux invités d'Ada Leicester, que c'était une nouveauté que leur idole leur avait caché jusqu'alors : et véritablement ce n'était point pour sa richesse et sa beauté qu'Ada Leicester se trouvait ce matin adulée par tout le monde. Pareille à cet oiseau blessé qui écarte à l'aide de ses ailes et fait voler autour de lui les feuilles mortes sur lesquelles il est tombé, la pauvre femme avait fasciné toute la société par son agonie, bien faite pour réveiller l'étonnement de tous ces cœurs blasés.

Vers le milieu du jour, les invités commencèrent à se retirer; et c'était vraiment un spectacle curieux que celui de cette foule sortant de cette maison splendide pour exposer au soleil couchant des robes froissées, des joues pâlies et des yeux abattus. Ce spectacle est quelquefois pittoresque lorsque la nuit prête au tableau ses ombres fantastiques; mais lorsqu'on y assiste en plein jour, il paraît emprunté et quelquefois repoussant.

Quelques hôtes distingués, les privilégiés de la maison, avaient été invités par Ada à dîner avec elle, car la pauvre femme redoutait la solitude et préférait le bruit du monde, qui, au lieu de la guérir, était bien plutôt fait pour user sa vie. Si la force lui manquait, si parfois un sourire faisait défaut à ses lèvres, même pour un instant, bientôt sa bouche, par un effort suprême, se rouvrait plus riche et plus colorée que jamais : tout cela était factice, et cependant aucun de ceux qui l'examinaient n'aurait pu deviner l'intrigue de cette comédie. Les ressources de son intelligence semblaient être inépuisables, et plus les heures avançaient, plus les saillies de son esprit naturel étaient fines et brillantes.

Tout autour de sa table s'étaient assis des messieurs et des dames du grand monde, du nombre de ces météores d'élégance qui de temps à autre illuminent les cercles de la ville de New-York, et font partie de cette aristocratie intellectuelle qui vivifie et chasse la monotonie d'une société éphémère, comme ces étoiles qui embellissent par leur éclat et leur beauté l'azur d'un ciel d'été. Malgré l'habileté et l'usage du monde de ces convives, aucun d'eux ne put lire ce qui se passait dans le cœur, qui les séduisait tous malgré le chagrin qui le déchirait, ou peut-être à cause de ce chagrin même. Tous ne comprenaient point quelle était la souffrance d'Ada, à l'exception d'un seul, et celui-là n'était point assis à sa table; il gardait le silence, et s'il attirait l'attention de ces gens hautains, c'était seulement par son manière d'agir bizarres et sa physionomie empreinte d'un cachet tout particulier, bien faite pour qu'on ne l'oubliât pas du moment qu'elle s'était présentée à vos yeux.

Derrière le siège occupé par Ada se tenait un homme de haute taille, aux épaules carrées et à la démarche fantastique. Il n'y avait pas à s'y tromper, c'était un domestique, quoiqu'il ne portât point la livrée comme les autres. Ceux d'entre les convives qui prenaient garde remarquaient qu'il ne servait que sa maîtresse, et que plusieurs fois il se baissa jusqu'à son oreille pour murmurer quelques paroles inintelligibles : celle-ci ne lui répondait jamais un seul mot, mais un mouvement de tête, qui paraissait approuver ou rejeter la proposition qu'on lui faisait, rendait cette conversation un mystère pour tous ceux qui en étaient témoins.

Il y avait quelque chose de touchant dans l'expression de chagrin qui se peignait sur le visage de cet homme toutes les fois que les saillies de sa maîtresse ripostaient à ceux qui l'entouraient. Lui seul connaissait la source d'amertume d'où découlait cette folie momentanée, et chacun des sourires qui s'épanouissaient sur les lèvres de la pauvre Ada augmentait la profonde tristesse qu'il ne s'efforçait point de cacher comme elle à tous les yeux.

— Maintenant, dit Ada en se levant de table et en se dirigeant vers son boudoir, — car ce dîner avait été un impromptu, et la salle de danse était encore dans une confusion très-facile à expliquer, — maintenant tâchons de nous égayer avec un peu de musique. Il faut nous séparer pendant une heure, changer de toilette, et aller à l'Opéra, où je vous donne rendez-vous. Et puis demain... A propos, que ferons-nous demain?

Et tout en disant ces paroles, Ada était entrée dans son boudoir,

et comme frappée par un souvenir douloureux qui venait tout à coup l'oppresser, elle porta la main à son front, en répétant avec langueur : Oui, demain, que ferons-nous demain?

— Vous êtes pâle! qu'éprouvez-vous donc? seriez-vous indisposée? demanda une dame qui se trouvait près d'elle avec cette voix sympathique en apparence dont la douceur égale l'indifférence de celui qui s'en sert dans le monde. Je crains que cette gaieté n'ait été nuisible à votre santé.

— Pas le moins du monde; vous vous trompez, répliqua-t-elle avec un rire étouffé. Le malaise que j'éprouve vient seulement de l'odeur de ces bouquets, qui m'a porté à la tête. Et d'une main fébrile elle sonna : tout aussitôt le domestique qui s'était tenu derrière elle pendant le dîner se présenta à la porte du boudoir.

— Emportez ces fleurs, Jacob, dit-elle en désignant du doigt un superbe vase de Chine. Il doit y avoir là de l'héliotrope, et vous savez que le parfum de l'héliotrope me porte horriblement sur les nerfs. Dorénavant qu'on ne mette jamais une seule fleur dans cet appartement, vous m'entendez! et surtout pas la plus petite tige fleurie d'héliotrope.

— Oui, madame, répondit le domestique avec le calme d'une obéissance servile, j'obéis, mais ce n'est pas moi qui avais mis ces fleurs dans votre boudoir.

Ada s'assit sur le sofa, appuyant son front sur une de ses mains, et ses lèvres continuèrent à pâlir. Quoique l'on eût emporté les fleurs, on aurait dit que leur parfum, dispersé dans la chambre, oppressait de plus en plus la jeune femme. Tout à coup elle se leva d'un seul bond en poussant un rire convulsif, et entra dans la chambre à coucher ; mais bientôt elle revint trouver ses convives : ses joues avaient repris leur couleur, ses lèvres avaient retrouvé leur éclat de corail, mais le cercle d'ombre qui entourait ses paupières, et le frémissement spasmodique qui agitait ses lèvres révélaient à tous les yeux l'artifice de ce sourire et de cette gaieté factice. A dater de ce moment tout son entrain reparut, et sa conversation gracieuse et enjouée fit bientôt oublier à ses amis cette agitation inconnue qu'elle avait été malgré elle contrainte de leur laisser voir.

On se sépara, et une heure plus tard Ada retrouvait tout son monde au théâtre de l'Opéra, où elle leur avait donné rendez-vous. La toilette qu'elle portait, quoique revêtue à la hâte, était cette fois plus riche et plus élégante que celle inaugurée par elle à sa fête de jour, et tous les yeux étaient tournés du côté de la loge qu'elle occupait, sans que personne pût soupçonner que cette mantille de cachemire rose, entourée d'un duvet de cygne plus blanc que la neige, cachait un cœur oppressé par le chagrin. Qui se fût douté en admirant ces diamants précieux entourés d'opales de la plus belle eau qui chatoyaient sur le marbre de ses bras splendides, sur sa poitrine et sur le corsage de sa robe de brocart, qui se fût douté que tous ces joyaux n'avaient pour la pauvre femme pas plus de valeur que de méchants cailloux à peine dignes d'être foulés aux pieds? Ses joues radieuses d'éclat et de santé apparente, ses yeux brillants, cette agitation fébrile qui l'empêchait de rester plus d'une minute à la même place, paraissaient être le jeu d'une coquette désireuse de faire admirer la splendeur de ses vêtements. Comment eût-il été possible de croire que le cœur au-dessus duquel scintillaient tant de pierres précieuses était inondé par des larmes qui n'osaient pas se faire jour à travers ses paupières?

L'infortunée Ada, au milieu de cette foule brillante, demeurait insensible à cette admiration générale; la musique versait autour d'elle ses accents passionnés, ses harmonies mélodieuses. Mais, malgré le sourire stéréotypé sur ses lèvres, elle n'en ressentait ni le pouvoir, ni l'éloquence. Les mélodies les plus entraînantes tourbillonnaient dans toute la salle, comme le fait au printemps la brise du soir sur les violettes embaumées, et pourtant elles n'avaient aucune influence sur elle. Cependant, à la fin, les notes glissèrent jusqu'à son cœur, elle se sentit émue; et pour éviter de se compromettre, elle se leva, adressa de la main un signe d'adieu à ses amis, et sortit de sa loge. Plusieurs gentlemen, parmi les plus élégants de son cercle, quittèrent leur stalle pour lui offrir leur bras, elle confia le sien au premier venu qui l'accompagna jusqu'à sa voiture, et à qui elle adressa au moment de partir un gracieux bonsoir prononcé d'une voix plus gracieuse encore.

Elle se trouvait seule alors, personne n'avait les yeux sur elle, et ceux qui l'avaient suivie du regard en admirant sa démarche élégante, au moment où elle quittait sa loge, se doutaient peu de l'angoisse qu'elle éprouvait, tandis que sa voiture somptueuse la ramenait à sa demeure. A voir ses joues pressées contre le velours des coussins, ses mains crispées l'une dans l'autre, à entendre ces soupirs tumultueux, ces gémissements qui soulevaient sa poitrine, le cœur le plus insensible fût devenu compatissant.

CHAPITRE XXVIII.

Ada Leicester et Jacob Strong.

Le serviteur, assis dans le vestibule où il attendait sa maîtresse, tressaillit en voyant le visage d'Ada qui trahissait une douleur inaltérable. Au moment où elle passa devant lui, il la regarda avec anxiété, et s'apprêtait à lui adresser la parole; mais elle détourna la tête, doubla le pas, et gravit avec rapidité les escaliers.

Ce serviteur était le même qui était resté derrière le siége d'Ada, pendant tout le temps du dîner. Ses yeux étaient humides de larmes, et il pressa fortement ses lèvres l'une contre l'autre, comme s'il eût voulu étouffer la sensation douloureuse que l'air hautain de sa maîtresse avait fait naître dans son cœur. Jacob Strong demeura immobile, la suivant des yeux tandis qu'elle montait l'escalier, sur ses riches tapis que ses pieds foulaient sans faire le moindre bruit. Sa main pâle et blanche comme l'albâtre se détachait en relief sur l'ébène de la rampe, et son visage immobile formait un contraste effrayant avec la rougeur de ses lèvres. Arrivée au premier étage au tournant de l'escalier, elle jeta dans la direction de Jacob un regard qui, pareil à un éclair, perça l'obscurité. Le fidèle serviteur resta quelques instants à la même place, les yeux fixés à l'endroit où elle avait disparu, puis il s'élança sur les marches d'un pas aussi ferme

La mère de Leicester.

et aussi rapide que celui de sa maîtresse, et cependant ses pieds ne produisirent aucun bruit dans l'épaisseur de la laine tissée en forme de fleurs qui couvrait les marches, et l'ombre produite par sa haute stature s'avançait silencieusement en se projetant sur les murailles de l'escalier.

Jacob ouvrit plusieurs portes et les referma l'une après l'autre en évitant de faire frapper les battants l'un contre l'autre. Et, au moment où il entra dans le boudoir, il aperçut Ada absorbée par une pensée secrète et ne paraissant pas se douter de sa présence auprès d'elle. La flamme pétillait dans la cheminée incrustée d'argent, et projetait une lumière éclatante dans tout l'appartement, où, malgré cela, l'obscurité régnait dans les angles de ce boudoir élégant; car, à l'exception d'une lumière tamisée à travers un globe d'albâtre, et placée dans l'appartement voisin, pas une seule bougie n'était allumée dans ce réduit mystérieux.

Ada, après avoir quitté sa pelisse sur le sofa, avait replié ses bras sur le marbre noir de la cheminée; son front reposait entre ses mains; on aurait dit une statue préposée à la garde du feu. Au-dessus du charbon enflammé s'élevait une flamme de couleur améthyste, dont les reflets faisaient scintiller les opales et les diamants dont sa robe était couverte. Peu à peu ces pierreries s'enflammèrent : on aurait dit qu'elles brûlaient, comme les charbons ardents de la cheminée, sur ses bras et sur sa poitrine aussi blancs que la neige. Ainsi penchée sur la flamme, au milieu des étincelles prismatiques de ces bijoux, à voir ce visage sévère que la douleur assombrissait encore, on l'eût prise pour un ange déchu pleurant son bonheur perdu, beaucoup plus encore que pour une femme. Enfin Jacob fit un bruit léger

auquel Ada détourna la tête; elle fronça les sourcils, et lui dit :
— Je n'ai pas sonné, et je n'ai pas besoin de vous.
— Je sais, madame, que vous n'avez pas besoin de moi; je m'ignore pas non plus que mon dévouement vous est odieux. Pourquoi cela ? Je suis venu ici ce soir pour vous adresser cette question : Pourquoi me haïssez-vous ? répondit Jacob avec une dignité hautaine bien différente de la manière obséquieuse dont un domestique, quelque familier qu'il soit avec ses maîtres, doit parler à ceux au service desquels il se trouve. Qu'ai-je fait pour être traité de cette manière ?

Ada le regarda pendant quelques instants avec une fixité sans pareille; ses lèvres se crispèrent par un sourire amer.
— Ce que vous avez fait, Jacob Strong ? Osez-vous le demander à la femme de Leicester, lorsque par votre propre faute vous venez de la rendre veuve !
— Mais comment cela est-il arrivé, comment se fait-il que je vous aie rendue veuve ? dit-il en pâlissant et en lui adressant un regard expressif.
— Comment ? s'écria la pauvre Ada dans un mouvement de désespoir et avec une violence terrible, car sa nature exaltée s'était contenue pendant toute la journée, et, au moment où elle éclatait, tout son être frémissait d'indignation. Quelle est la hideuse araignée qui a tressé cette toile, et qui l'a enchevêtré dans ce piège criminel où il est tombé ? Qui donc a suscité mon orgueil, éperonné ma colère et réveillé cet esprit hautain qui m'est naturel ? Qui donc m'a forcée, moi, pauvre infortunée, moi qui l'avais outragé et qui étais coupable à son égard, à me tourner contre lui et à le précipiter dans l'abîme ? C'est vous, Jacob Strong, c'est vous qui avez agi de la sorte ! c'est vous qui l'avez conduit dans cette impasse terrible dont il ne pouvait sortir que par la mort ! C'est vous et moi qui sommes coupables de ce suicide; son sang a rejailli sur mon cœur : ma pauvre tête a le vertige rien que de penser à cet horrible malheur ! Je vous hais ! oh, oui ! et je me hais mille fois plus moi-même, moi qui ai servi d'instrument à mon propre valet !
— Votre valet ! Ada Wilcox ! Ai-je toujours été votre valet ?
— Non, répondit-elle avec passion, c'est moi qui ai été votre jouet, c'est moi que vous avez rendue votre dupe ! Oui, moi dont vous avez fait l'assassin de Leicester ! Je l'aimais, lui ! Ô Dieu de bonté, vous seul savez l'amour que j'avais pour cet homme !

Et la pauvre femme se tordait les mains et agitait ses bras avec une telle rapidité que les diamants dont ils étaient surchargés brillaient comme font les éclairs pendant une nuit d'orage.
— J'espérais toujours qu'il reviendrait à moi, malgré sa cruauté, malgré son insolence. Que m'importait-il d'ailleurs ? Nous aurions dû savoir que son caractère hautain ne plierait jamais. Oh ! si du moins il était mort autrement ! Oh ! tout au monde, je donnerais tout au monde plutôt que de nourrir cette pensée déchirante, que moi, sa femme, je l'ai conduit au suicide !

Jacob Strong, qui se tenait toujours près de la porte, s'avança du côté de sa maîtresse, et prit ses deux mains dans les siennes. Les reproches qu'elle lui adressait lui faisaient mal à entendre, et chaque parole perçait son pauvre cœur comme l'eût fait l'acier d'un poignard.
— Asseyez-vous, dit-il d'une voix ferme et douce à la fois, asseyez-vous, Ada Wilcox, et écoutez-moi, j'ai encore quelque chose à vous dire. Puissent mes paroles vous faire comprendre toute l'injustice des reproches que vous m'adressez, puissent-elles vous réconcilier avec vous-même ! car, je vous l'affirme, on hésite à croire dans le public que votre... que M. Leicester se soit suicidé. Pour ne pas aggraver votre douleur, j'ai empêché de parvenir jusqu'à vous tous les journaux dans lesquels il était question de cette mort. Vous y auriez vu que son suicide est fort problématique, et que celui qui est prévenu de l'avoir assassiné se trouve maintenant en prison.
— Un homme l'aurait assassiné, dites-vous ? Et cet homme est en prison ! fit Ada, qui tressaillit à ces paroles. Mais comment cela se peut-il, puisque sa mère nous a affirmé que son fils s'était suicidé ?
— Elle le croit peut-être, et probablement le croit-elle encore; mais l'opinion générale est différente. On l'a trouvé mort dans une chambre basse, seul avec le vieillard qui est maintenant entre les mains de la justice. Pourquoi se trouvait-il dans cet endroit écarté ? Personne ne peut l'expliquer. Mais on a découvert que la veille du jour où il est venu à votre bal costumé, avant que de se rendre chez vous, il était allé dans ce même endroit. Donc cet as, c'est-à-dire le porteur de l'argent que vous lui aviez fait compter le matin, il est probable que la cupidité du vieillard a été éveillée, et alors cet homme, qu'on dit réduit à la dernière indigence...

Au moment où Jacob allait continuer, sa maîtresse, qui l'avait écouté avec la plus vive attention, l'interrompit en ces termes :
— Et vous, Jacob, croyez-vous comme les autres qu'il ait été assassiné ?
— Les preuves les plus évidentes existent contre ce vieillard, répondit Jacob, et on le croit généralement coupable.

Ada respira plus librement.
— Mon cœur est déchargé d'un terrible fardeau ! fit-elle en pressant une des mains de Jacob contre sa poitrine et en se laissant tomber sur le sofa, tandis qu'un éclat de rire convulsif venait se

placer sur ses lèvres. Il est mort, mais du moins y a-t-il une chance pour que je ne l'aie pas tué. Je commence à me détester un peu moins.

— Et moi, moi ! me haïrez-vous toujours ?

— Vous avez toujours été un excellent ami à mon égard, Jacob Strong, meilleur que je ne le méritais, répondit Ada en lui tendant la main que le bon serviteur pressa avec une tendresse respectueuse.

— Du reste, croyez-moi, dit-il, ce que je faisais pour vous délivrer de l'étreinte de cet homme vil était un acte généreux et une grande preuve d'amitié dont vous deviez me savoir gré.

Ada tressaillit et arracha sa main, que Jacob tenait encore serrée dans la sienne.

— Silence ! Pas un mot de plus, dit-elle, si vous voulez continuer désormais à être mon ami. C'était mon mari, lui, et il est mort !

Le vieillard désigna du doigt un croquis tracé sur la muraille.

Elle retomba sur les coussins du sofa en prononçant ces mots, et, cachant ses yeux dans une de ses mains, elle s'abandonna à ses tristes pensées, tandis que Jacob se tenait debout devant elle ; car, malgré les termes affectueux dans lesquels ils étaient l'un pour l'autre, ceux d'un frère et d'une sœur, jamais le serviteur n'avait oublié le respect qu'il devait à sa maîtresse. Elle se réveilla enfin de cette longue douleur, et quand elle eut recouvré tout le calme dont elle avait besoin pour parler, lorsque toute sa force lui fut revenue pour écouter les réponses que Jacob devait lui faire, elle lui dit :

— Racontez-moi maintenant tout ce que vous savez sur cette mort horrible. Quel est l'homme que l'on accuse de cet assassinat, quelles sont les preuves que l'on a contre lui ?

Jacob lui rapporta tout ce qu'il savait sur l'arrestation du vieux M. Warren. A vrai dire, il ne croyait pas le pauvre homme coupable, mais il se garda bien d'exprimer son opinion à la pauvre Ada, car ce n'était qu'un sentiment plutôt qu'une croyance, et Jacob ne pouvait s'empêcher de voir que le seul moyen de se disculper aux yeux de la créature adorée à laquelle il s'adressait était de lui laisser croire qu'un autre était coupable de ce meurtre. Jacob n'eut pas le courage de lui dire autre chose que ce que l'on savait en public sur cette horrible affaire. Du reste, comment avait-il pu exprimer les vagues impressions qui s'entre-choquaient dans son esprit.

Ada l'écouta avec la plus grande attention. Jamais, depuis la mort de son mari, elle n'avait été aussi tranquille et aussi courageuse. Certes, il fallait du temps pour que des sentiments aussi violents que les siens prissent une nouvelle direction, et pour que la haine ou plutôt le remords qu'elle éprouvait dans son cœur se changeât en un désir de vengeance. Elle resta plongée pendant quelques instants dans une rêverie indécise ; aussitôt que Jacob eut achevé de lui raconter ces détails, et lorsqu'elle reprit la parole, toute sa physionomie avait assumé un nouvel aspect.

— Si cet homme est coupable, je n'ai donc pas à me reprocher la mort de Leicester ! dit-elle en pressant une main sur son cœur et en marchant à pas lents dans son boudoir. Lorsque le jugement de ce meurtrier aura été prononcé, j'aurai été ou acquittée ou convaincue de ce crime, et vous aussi, Jacob Strong : car si ce vieillard n'est point l'assassin de Leicester, il est évident que vous et moi nous l'aurons poussé au suicide.

Jacob ne répondit pas. Dans son âme et conscience il savait que tout ce qu'il avait fait contre William Leicester était juste, et il ne se sentait point coupable de sa mort, quelle qu'en eût été la cause. Mais il savait aussi qu'aucune raison, quelque bonne qu'elle fût, n'ôterait de l'esprit de cette pauvre femme les sentiments qu'elle lui avait exprimés ; aussi agissant avec sa sagesse ordinaire, il n'essaya point de la convaincre.

— Je vous ai tout raconté, dit-il en faisant un pas dans la direction de la porte. De toute manière, ma conscience est en repos.

Ada ne parut point avoir entendu ces dernières paroles, car elle lui demanda brusquement :

— Rend-on la justice avec sévérité en Amérique, et les meurtriers échappent-ils quelquefois au châtiment qu'ils méritent ?

— Mais, cela arrive ici comme partout ailleurs, répondit Jacob en souriant d'une manière farouche. Mais comme de temps à autre la justice des hommes condamne un innocent à être pendu, la balance reprend ordinairement son équilibre.

— Et comment un coupable peut-il échapper à la punition de son crime ?

— Oh ! par mille et mille moyens qu'un avocat subtil sait bien inventer : avec beaucoup d'argent, il n'y a rien de plus facile que d'esquiver la rigueur des lois. On fatigue la justice par de nombreux incidents et des ampl[...] répétés.

JULES ORFAUX.

Les prisonnières allaient et venaient d'un pas triste et morne, quelques-unes étaient assises et immobiles contre le mur.

— Ainsi l'argent suffit pour cela ?

— Certainement. A quoi ne suffit-il pas dans le monde, et que ne peut-on pas faire avec de l'argent ?

Ada pâlit en entendant ces paroles :

— Oh ! qui mieux que moi connaît le pouvoir de l'argent ? reprit-elle. Puis après un moment de pause, elle ajouta :

— Mais cet homme, cet assassin à cheveux gris possède-t-il cette puissance ? A-t-il assez d'or pour couvrir le sang qu'il a versé ?

— C'est un pauvre malheureux qui n'a rien au monde.

— Alors son jugement sera équitable. S'il est convaincu de meurtre il expiera son crime. S'il est acquitté loyalement, ouvertement, sans avoir employé la corruption de ses amis, alors, Jacob Strong, vous et moi nous sommes coupables comme ceux qui traînent un homme sur le bord d'un précipice, où il doit tomber en subissant toutes les tortures du vertige.

— Mais celui qui a fait son devoir n'a pas à se reprocher le crime d'un autre, répondit gravement Jacob.

— Mais ai-je fait mon devoir ? Ne suis-je donc pas coupable de cet acte de désespoir qui a terminé la vie de mon mari ?

Jacob demeura silencieux.

— Vous ne répondez pas, mon ami, demanda Ada avec tristesse ; vous ne sauriez me répondre.

— Et pourquoi pas ! fit-il, la mort de William Leicester, s'il est vrai qu'il se soit suicidé, a été la conclusion naturelle d'une vie infâme.

Ada fit un geste impérieux qui imposait à Jacob la défense formelle de continuer un pareil langage.

Elle rentra dans son cabinet de toilette, et en ferma la porte.

Jacob demeura pendant quelques instants silencieux, les yeux fixés sur cette cloison mobile qui le séparait de sa maîtresse, puis il laissa échapper un profond soupir et se retira tristement du boudoir ; et, pendant toute la journée du lendemain, il s'adressa à lui-même des reproches exagérés, car il croyait avoir trompé sa maîtresse. A vrai dire, il avait changé la nature du chagrin de la pauvre Ada, en éveillant dans son âme un sentiment moins terrible que celui qui était la cause de sa douleur ; mais n'avait-il point excité chez elle une passion qui devait la rendre encore plus malheureuse : celle de la vengeance !

CHAPITRE XXIX.

Le déjeuner solitaire d'Ada.

Pour la première fois depuis la mort de son mari, Ada s'endormit profondément, et demeura plongée dans ce sommeil jusqu'à une heure assez avancée de la matinée ; mais ce repos était loin d'être calme : des songes terribles passaient devant ses yeux, et agitaient de convulsions le beau visage de cette pauvre femme. Plusieurs fois déjà la femme de chambre s'était aventurée sur la pointe du pied jusqu'auprès du lit de sa maîtresse, et s'était courbée avec anxiété sur son visage, car elle entendait des gémissements et des plaintes entrecoupées qui s'échappaient de ses lèvres pâles en dépit des reflets brillants de cette somptueuse chambre à coucher, et elle pouvait observer un sourire douloureux qui assombrissait la physionomie d'Ada. Ce fut seulement à midi que ce sommeil de plomb disparut : le soleil brillait dans tout son éclat, mais grâce aux épaisses draperies qui retombaient contre les fenêtres de la chambre à coucher, c'est à peine s'il régnait dans cet appartement un crépuscule léger, à la lueur duquel la maîtresse du logis sortit de son lit pour vaquer à sa toilette du matin.

A l'heure où les ouvriers de la ville se rendaient à leur repas du matin, Ada se traîna dans son cabinet de toilette, où son déjeuner l'attendait : elle était pâle et languissante comme si elle venait de faire une longue maladie. Une table d'ébène, chargée de vases d'argent artistement ciselés et de vieux sèvres de la plus haute valeur, avait été placée près du feu. Ada se laissa tomber dans un grand fauteuil capitonné de damas rose, sur lequel était étendue une guipure du travail le plus fin. La femme de chambre vint offrir à sa maîtresse du chocolat, des petits pains dus à l'habileté d'un cuisinier français, puis elle apporta deux plats de cristal contenant, l'un, une gelée transparente comme un rubis dont elle avait la couleur, l'autre, du miel d'une nuance ambrée et dorée, qui avaient été préparés pour son repas du matin. Du beurre du goût le plus exquis, auquel le maître d'hôtel avait donné la forme d'un fruit, se présentait dans une feuille de vigne du cristal le plus pur, à l'un des angles du plateau ; une vapeur odorante s'échappait du vase contenant le chocolat, et répandait un brouillard au-dessus de ce déjeuner luxueux.

Le tableau que l'on avait sous les yeux était vraiment fait pour enflammer l'imagination d'un peintre. En effet, qu'y avait-il de plus pittoresque que cet appartement somptueux, ce repas d'une délicatesse exquise, cette femme négligemment vêtue, dont on apercevait le beau linge, grâce au désordre d'une robe de chambre de moire blanche ouatée, à peine attachée autour de sa taille par une cordelette de soie du plus bel écarlate ? Mais regardez le visage de cette femme ; voyez ces cercles bistres qui entourent ses yeux abattus ; remarquez cette bouche qui s'entr'ouvre avec langueur à chaque parole distraite qu'elle prononce ; comme elle tressaille par un mouvement convulsif chaque fois que les vases de cristal ou ceux d'argent s'entrechoquent et vibrent, lorsque la femme de chambre les place sur la table. N'y a-t-il pas dans tout cela une souffrance déguisée qui empêcherait l'ouvrier le plus malheureux de consentir à échanger le bien-être de son travail quotidien pour cette splendeur de la richesse qui le tenterait au premier abord ?

Ada rompit un des morceaux l'un des petits pains, y étendit languissamment un morceau du beurre succulent placé devant elle, puis elle rejeta cette bouchée appétissante sans même la porter à ses lèvres ; elle se sentait malade. Depuis longtemps son appétit était éteint ; elle se contenta donc de boire une tasse de chocolat, et, exprimant une sorte de dégoût pour ce déjeuner exquis, elle détourna la tête.

— Enlevez tout ce qui est sur la table, dit-elle à la femme de chambre.

— Madame ne prendra-t-elle rien de plus ? répondit celle-ci avec hésitation tout en obéissant à l'ordre qu'elle avait reçu.

— Non, rien ! répliqua sa maîtresse.

Le ton avec lequel ces paroles avaient été prononcées ne permettait pas d'insistance. Aussi la femme de chambre quitta-t-elle l'appartement, et Ada resta seule, émue, brisée par la fièvre et ensevelie dans sa douleur.

Elle se leva pourtant, s'approchant de la fenêtre, elle jeta les yeux au dehors ; mais, au bout de quelques minutes, elle s'ennuya à cette place, et revint se placer dans son fauteuil : elle prit un livre, l'ouvrit et voulut lire quelques pages. Mais sa pensée était ailleurs. Enfin elle éloigna le volume, et se remit à marcher de long en large dans son appartement.

Elle réfléchissait que si le vieillard était convaincu de mentir, sa conscience l'absoudrait de la mort de Leicester. Depuis ce fatal événement, son esprit subissait une cruelle influence ; car, s'il en eût été autrement, jamais elle n'eût pensé à cela, jamais elle n'eût admis qu'elle était criminelle. L'infortunée n'avait qu'un seul désir au monde, celui d'avoir la preuve du crime de cet homme : c'était là son unique espérance. Plus elle songeait à ce moyen qui lui était offert d'échapper à ses remords, plus elle désirait ardemment que le prisonnier fût reconnu coupable. Cette idée devint fixe chez elle : elle y croyait comme l'on croit à une autre vie.

Dès lors elle n'éprouva plus qu'un désir, celui de la vengeance. Elle s'irritait jusqu'à la fureur en pensant que ce vieillard pourrait échapper par quelques formalités au supplice qu'il avait mérité, et lorsqu'elle admettait la possibilité de son acquittement, ses yeux s'animaient d'un feu sauvage : on eût cru voir une tigresse en fureur, tant sa physionomie trahissait l'émotion qu'elle éprouvait dans son âme.

En passant devant un miroir, elle aperçut son image qui exprimait une fureur par laquelle tous ses traits étaient contractés. Elle sourit amèrement, et se dit à elle-même :

— Pourquoi la mort de ce vieillard me paraît-elle si désirable ? Suis-je folle ? ai-je perdu tous les sentiments d'une femme ? Oh ! Dieu seul pourrait dire, ajouta-t-elle en appuyant son front entre ses deux mains, tout ce que j'ai souffert pour en arriver à ne plus être moi-même !

Elle sonna brusquement, se fit habiller par sa femme de chambre, et donna des ordres pour qu'on attelât ses chevaux.

Lorsque Ada Leicester monta dans sa voiture, radieuse d'une beauté enchanteresse, quiconque l'eût vue dans sa toilette irréprochable eût été loin de croire que cette femme au port de reine était tourmentée par les plus amers regrets. Mais le carmin qui colorait ses joues, l'éclat de ses yeux brillants, les pas saccadés de sa démarche lorsqu'elle traversa le trottoir sur les coussins de sa calèche, tout, au contraire, eût prouvé que cette femme était heureuse. Hélas ! ce charme inexprimable ajouté par la nature à sa beauté naturelle avait pour contraste une douleur immuable, et la pauvre femme ressemblait au dauphin mourant, dont les écailles deviennent plus brillantes et plus irisées à mesure qu'il s'éteint dans les angoisses de l'agonie.

Le soleil brillait dans tout son éclat, le temps était superbe, la brise soufflait mollement, et la nature entière paraissait s'être revêtu ses habits de fête. Mais rien ne pouvait dissiper la fièvre qui minait Ada Leicester ; elle ne pensait qu'à une seule chose, à l'acquittement possible de ce vieillard. Cette obsession torturait son âme, c'est un serpent qu'elle cherchait à s'arracher. Elle voulut d'abord que sa voiture se mêlât à celles qui fourmillaient sur la route de Bloomingdale ; mais bientôt ce tumulte lui donna le vertige, et elle se fit conduire sur les bords de la rivière du Nord, où elle suivit des yeux les voiles blanches des barques, pareilles à des alcyons, qui descendaient ou remontaient le fleuve. Mais tout était inutile ; Ada ne pouvait trouver aucun instant dans la contemplation de ce calme de la nature.

Sa pensée devenait au contraire plus intense ; bientôt elle éprouva un mouvement de terreur, et une nouvelle idée lui vint à l'esprit. Si l'assassin allait échapper, et si son mari allait rester sans vengeance, son crime à elle ne serait-il pas aussi grand que si elle avait poussé elle-même Leicester au suicide ?

Ses yeux s'obscurcirent, tout devint confus autour d'elle : elle ne distinguait qu'une seule chose, sa pensée immuable. Son regard ne voyait pas, ses oreilles n'entendaient plus, rien ne pouvait la distraire : c'était une monomanie. Puis tout d'un coup elle tira le cordon et donna ordre à son cocher de ramener ses chevaux du côté de la ville.

Ce domestique tourna la tête pour regarder sa maîtresse, dont la voix lui parut étrange ; il fut alarmé en contemplant ses traits, qui à vrai dire étaient livides. Ada ne fit aucune attention à cet incident, elle tira les rideaux et se rejeta sur les coussins de sa voiture.

Son regard exprimait la terreur. Au moment où elle entra dans la ville, le cocher lui demanda si elle désirait qu'on revînt à l'hôtel. Cette voix la rappela à elle-même. Depuis qu'elle avait donné l'ordre de rentrer à la ville, les chevaux avaient parcouru une distance de cinq milles, et c'est à peine si Ada croyait que cinq minutes venaient de s'écouler. Aussi regarda-t-elle à la portière avec surprise ; elle reconnut l'endroit où elle se trouvait, et ordonna au cocher de la conduire chez un avocat célèbre à New-York, en l'habileté duquel elle comptait pour défendre son mari et pour faire condamner son meurtrier.

Ada trouva le légiste dans son bureau; celui-ci connaissait Ada Leicester comme l'une des femmes les plus brillantes de la société américaine, et son étonnement fut grand lorsqu'il la vit entrer chez lui. Il se leva, salua profondément sa cliente, et la pria de s'asseoir dans un fauteuil.

Elle hésita d'abord; mais bientôt elle recouvra tout son courage, et dit à l'avocat :

— Il y a dans la prison de New-York un homme qu'on accuse du meurtre d'un certain William Leicester : vous avez sans doute, monsieur, entendu parler de cette affaire. Je suis venue vous voir, afin de m'entendre avec vous pour que le prisonnier ne pût échapper au châtiment qui lui est dû, à moins qu'il ne soit prouvé qu'il est réellement innocent.

Elle prononça ces dernières paroles en s'appuyant sur chaque mot et en fixant des yeux ardents sur le légiste, qui la regardait avec une surprise contenue, et elle ajouta :

— Je crois qu'ordinairement les amis d'un homme accusé d'un crime quelconque cherchent à le faire défendre; eh bien, moi, je désire que vous preniez la défense du mort; car il était de mes amis, et je crains que les juges de notre ville ne prennent pas grand intérêt à cette affaire.

— Je ferai ce que vous souhaitez, madame. Du reste, cela m'arrive tous les jours.

— Très-bien! répondit Ada d'une voix mesurée en présentant à l'avocat un billet de banque d'une valeur considérable. Vous aurez l'obligeance de vous entendre avec l'avocat général, et de lui prêter votre concours pendant les débats.

— Ainsi, madame, vous me chargez de cette affaire, si je vous comprends bien? dit l'avocat en jetant un regard de cupidité sur le billet, qu'il avait laissé placer sur son bureau sans y toucher.

Ada fit un signe affirmatif, et lorsqu'elle se retira accompagnée de l'avocat, qui la reconduisit jusqu'à sa voiture, elle eut le bonheur d'entendre cet homme lui dire :

— Au revoir, madame, je crois pouvoir vous assurer que le criminel sera condamné.

Ada Leicester se fit ramener chez elle; son cœur lui paraissait déchargé d'un lourd fardeau, car elle était persuadée d'avoir fait son devoir.

CHAPITRE XXX.

La femme de la prison dans le boudoir.

À peine Ada Leicester avait-elle regagné son appartement, que Jacob Strong y pénétra. Il marchait d'un pas si pesant qu'elle l'entendit arriver malgré l'épaisseur des tapis de moquette qui couvraient les parquets. Elle jeta sur lui un regard mêlé de contrainte et de surprise. Jacob, si flegmatique, si brusque d'ordinaire, ne savait jamais se contenir avec sa maîtresse; un éclair jailli de ses yeux, un geste de sa main suffisaient pour lui troubler la tête et pour que son cœur si fort s'agitât dans son sein comme les ailes d'un oiseau effarouché.

— Madame, bégaya-t-il en remuant continuellement ses pieds sur le tapis, il y a une femme en bas qui demande à être introduite auprès de vous.

— Je ne peux recevoir personne ce matin, renvoyez-la!

— C'est ce que j'ai voulu faire, madame, mais elle répond que l'affaire qui l'amène est importante et qu'enfin il faut qu'elle vous voie.

Ada regarda Jacob fixement, et se tourna à moitié sur son siège. Ce message insolent la réveilla quelque peu de l'atonie morale qu'elle éprouvait.

— Vraiment! Et à qui ressemble-t-elle? qui peut-elle être?

— Elle a l'air d'une femme commune, assez belle, mais d'une physionomie désagréable.

— Vous ne l'aviez donc jamais vue avant aujourd'hui?

— Non, madame, jamais!

— Faites-la monter; il me serait difficile de consacrer les dix minutes qui vont suivre à quelqu'un de plus misérable que moi, ajouta-t-elle; introduisez-la.

Jacob sortit, et Ada, animée par le peu d'intérêt que lui inspirait la personne qui avait demandé si péremptoirement à être admise en sa présence, secoua un peu la langueur qui s'était emparée d'elle. Tout à coup la porte s'ouvrit, et sa singulière visiteuse s'offrit à ses yeux.

C'était une femme à l'air hautain et presque effronté. Sa toilette, quelque propre qu'elle fût, consistait en une robe d'étoffe à bon marché, portée avec une sorte de soin qui ne semblait pas lui être habituel; on eût dit que cette personne voulait cacher certains désordres dont il lui était impossible de se défaire.

Une capote noire doublée de soie rouge, défraîchie par l'usage, était placée très-haut sur son front et laissait voir les traits accentués d'un galbe romain, des yeux noirs et farouches, et une bouche qui,

par sa grandeur et l'épaisseur des lèvres, frappe plus désagréablement encore celui la contemplait que l'éclat féroce de ses grands yeux.

La femme contempla tout autour d'elle à mesure qu'elle s'introduisait dans le salon, et un sourire moqueur et presque imperceptible relevait sa lèvre pendant que son regard dédaigneux contemplait le luxe élégant de ce petit réduit. Ada n'avait pas un instant songé à inviter une personne qui prévenait si peu en sa faveur à s'asseoir dans cet appartement orné avec un goût exquis pour son propre plaisir; mais la femme n'attendit pas que la maîtresse du logis lui accordât cette permission. Elle jeta un coup d'œil perçant sur le visage surpris et étonné qui se tournait vers elle, puis dirigea un autre regard autour de la chambre qui contenait deux chaises, sans compter celle sur laquelle Ada était assise; elle en prit une, un siège élégant d'ébène finement sculpté dans lequel était enchâssé un coussin de moire blanche recouverte de broderie la plus délicate, et s'assit avec tout l'aplomb d'une personne du monde.

En toute autre circonstance, Ada aurait sonné pour faire jeter cette femme hors de sa chambre; mais elle se sentit, pour ainsi dire fascinée par cette froide audace, et sut se contenir. Elle laissa donc cette femme s'asseoir à son aise, et un léger sourire effleura sa lèvre quand elle entendit l'ébène fragile craquer comme s'il allait se briser sous le poids de ce fardeau pesant qui s'y appuyait si rudement.

L'étrange créature garda le silence pendant quelques instants; elle examina Ada d'un œil hardi et scrutateur, et cette effronterie sans pareille fit monter la rougeur sur le visage de mistress Gordon. Lorsque les yeux noirs et farouches de la visiteuse se furent promenés du haut en bas, à deux ou trois reprises, du joli bonnet de dentelle jusqu'à la pantoufle brodée qui commençait à frapper d'impatience le coussin sur lequel elle s'était languissamment appuyée, elle consentit enfin à parler.

— Vous êtes riche, madame, du moins on le dit, et tout ce que je vois me le prouve. On assure aussi que vous êtes généreuse, bonne pour les pauvres, que vous dépensez largement votre revenu. Je viens vous trouver parce que j'ai besoin d'un peu de votre argent.

Ada adressa un regard hautain à cette femme impudente; mais celle-ci, en échange, la fixa avec une fierté sans pareille.

— Vous n'avez pas besoin de tant examiner ma figure, dit-elle, je ne vous demande pas cet argent pour moi-même. On vit de peu à New-York, et je puis toujours facilement pourvoir à mes dépenses sans mendier et sans rien solliciter des femmes riches. J'aimerais mieux nettoyer du matin au soir les pavés de la cuisine du premier venu plutôt que de demander un rouge liard à vous ou à toute autre orgueilleuse aristocrate! Ce n'est pas pour moi que je suis venue, mais pour une personne qui est ou plutôt qui était une de mes camarades de prison, car je suis heureusement sortie de cage pour le moment. C'est pour un vieillard que je demande un peu d'argent, pour un brave et honnête homme que les hiboux de nuit ont emprisonné comme coupable de meurtre!

Ada tressaillit, mais la femme ne s'en aperçut pas, et elle continua avec une animation qui croissait à mesure qu'elle parlait.

— Ce vieillard est un saint sur la terre, oui, un saint, s'il en fut jamais! Je sais ce que c'est que le crime, je le devine mais hésiter dans les yeux et sur le front d'un coupable, quelque profondément caché qu'il soit. Mais ce vieillard est innocent; son visage est aussi serein qu'une belle matinée d'été! Ceux qui ont commis un meurtre par méchanceté ou par accident n'éprouvent pas une tranquillité pareille dans leur cachot; on ne lit pas sur leur physionomie une aménité affectueuse qui ne pense qu'à adresser sa prière au Seigneur!

— De qui parlez-vous? qui est ce vieillard? demanda vivement Ada. Que m'importe son innocence ou son crime?

— Que vous importe! dites-vous. Etes-vous donc une femme, ou n'avez-vous pas de cœur pour me faire une telle réponse? Ce serait bon pour moi de parler ainsi, moi qui sais ce que c'est que le crime, et qui devrais éprouver une sympathie particulière pour le criminel! Mais vous, qui regorgez de richesse, vous qui êtes belle, aimable, adorée, qui n'avez jamais eu la moindre tentation de faire le mal, c'est à vous à compatir aux angoisses d'un homme injustement accusé. Les innocents doivent se ranger du côté des innocents, et les coupables du côté des coupables. C'est ainsi que la sympathie devrait se manifester!

— Vous m'insultez ou vous raillez! fit Ada en quittant la chaise sur laquelle elle était assise. Qui vous a envoyée ici? comment osez-vous discourir de la sorte? Je ne sais rien au sujet de ce vieillard dont vous m'entretenez, et je ne désire pas en savoir davantage. Si vous voulez un secours, dites-le; mais ne me parlez pas de lui, de son crime, ni de... ni de meurtre!

Elle retomba sur sa chaise pâle et oppressée, tandis que son étrange visiteur restait debout, évidemment surprise de cette agitation, qui lui parut inexplicable.

— Ainsi les riches ont encore des sentiments, dit-elle; mais celui que vous me manifestez n'est pas dicté par la compassion. Ma présence vous est désagréable, madame, vous frissonnez à m'entendre vous parler de crime et de criminels, car vous ressemblez à s'y méprendre, par les yeux surtout, oui, vous ressemblez à cette enfant à sa figure angélique : c'est ainsi qu'elle me regardait lorsque je posai pour la première fois ma main sur son épaule.

— Quelle enfant? De qui parlez-vous? demanda péniblement Ada; car la femme se penchait de son côté, et elle se sentait fascinée par l'expression de ces grands yeux presque effarés.

— De la petite-fille de ce vieillard, du vieux meurtrier, comme on l'appelle; du vieux saint, suivant moi; c'est sa petite-fille que votre regard me rappelait il y a quelques instants. Cette vision est maintenant évanouie; mais je vous aimerai toujours, madame, pour m'avoir rappelé son image adorée, ne fût-ce même que pendant une minute.

— Son nom! quel est son nom? s'écria Ada, qui ne put retenir cette question, se sentant entraînée par une impulsion instinctive qui lui était incompréhensible et qu'elle n'essayait pas de dissimuler.

— Julia Warren.

— Une belle et douce jeune fille dont les yeux semblent implorer l'affection, comme font les violettes en ouvrant leurs feuilles pour recevoir la rosée lorsqu'elles sont altérées; une frêle et délicate créature courbée sous le poids des fleurs! Je l'ai vue plus d'une fois; son souvenir m'? poursuit partout, son nom même est toujours sur mes lèvres; pourquoi cela, je l'ignore, car il n'y a rien de particulier entre elle et moi!

Ada parlait à voix basse et comme s'adressant à elle seule; et pendant ce temps la femme continuait à la regarder, étonnée des paroles qui s'échappaient de cette bouche aux contours gracieux, paroles dont elle ne comprenait pas la portée.

— C'est la même jeune fille, j'en suis sûre, dit-elle enfin. Elle n'avait pas de fleurs quand je l'ai vue dans la prison se glisser près de moi, ses beaux yeux mouillés de larmes, mais sa figure exprimait tant de douceur qu'on aurait dit que l'enfant avait conservé le parfum de son fardeau. Elle était vraiment si... sainte! oui, si sainte! Et pourtant une telle expression est étrange dans ma bouche. Eh! cependant, madame, le croirez-vous, cette jeune fille était en prison avec moi, avec des gens de ma sorte!

— Il faut qu'elle en sorte; je ne veux pas qu'elle y reste une heure! dit Ada tout en cherchant à la hâte une bourse dans les plis de sa robe sans pouvoir la trouver. Je n'ai pas mon porte-monnaie sur moi; je vais sonner Jacob. Vous voulez de l'argent pour arracher cette jeune fille à la prison, c'est bien, c'est un acte charitable de votre part; vous en aurez. O mon Dieu, cette pensée seule m'étouffe! Cet ange, cette enfant si pure, cette fleur délicate dans un lieu pareil! Ah! pourquoi n'êtes-vous pas venue me voir plus tôt?

— J'étais moi-même sous les verroux; les geôliers ne nous laissent pas sortir si aisément, du reste, ordinairement nous ne sommes pas, nous autres, habituées à faire des visites, et puis encore comment aurais-je pu trouver ce que je devais espérer de vous? je ne vous connaissais que comme une de ces femmes orgueilleuses qui relèvent leurs robes de soie et s'éloignent de nous dès qu'elles s'aperçoivent de notre approche, comme si l'air que nous respirons était contagieux!

— Mais comment se fait-il que vous êtes venue me trouver?

— La jeune fille m'a parlé de vous.

— C'est elle qui vous envoie alors? demanda Ada, dont les yeux exprimaient une douce satisfaction. Chère petite, comme elle a bien fait de vous charger de cette commission!

— Oh! ce n'est pas cela, madame, la pauvre enfant m'a seulement parlé de vous, et je suis venue de mon propre mouvement.

La physionomie d'Ada devint triste à ces paroles; elle resta un moment silencieuse, comme si elle était sous l'empire d'un sentiment étrange de désappointement.

— Mais qu'importe de cet horrible endroit! Peu importe comment il se fait que vous soyez venue; il ne faut pas qu'elle reste là une heure de plus, si l'argent ou les sollicitations influentes peuvent la tirer de cet infâme bourbier!

— Mais elle n'est plus en prison maintenant! dit la femme.

— En vérité! Comment cela se fait-il? Que pouvez-vous donc désirer de moi, puisqu'elle n'est pas enfermée aux Tombes?

— Mais c'est son grand-père, le bon vieillard, qui y est retenu, abandonné de tous, quoiqu'il soit aussi innocent que l'enfant qui vient de naître. C'est lui, c'est cet honnête vieillard qu'il faut secourir!

— Pourquoi me parlez-vous de cet homme? Assez sur ce sujet! Le crime qu'il a commis est horrible; ce n'est pas moi qui le sauverai, lui, le meurtrier de... de....

— C'est le grand-père de la jeune fille!

Ada repoussa violemment la chaise sur laquelle elle était assise; elle se mit à marcher rapidement d'un bout à l'autre de la chambre, se croisant les bras et les serrant fortement l'un contre l'autre sous les larges manches de sa robe du matin, dont les glands de soie se balançaient impétueusement à chacun de ses pas. On aurait dit que le nom de ce bon vieillard avait produit sur elle l'effet d'un poison qui l'agitait tout entière. Elle n'avait pas compris auparavant que cet homme était par les liens du sang à la pauvre bouquetière; aussi quand la femme lui eut dit : C'est le grand-père de la jeune fille, elle se sentit frappée au cœur, comme à la pointe d'une flèche y eût pénétré; elle pâlit et demeura immobile en regardant d'un air presque farouche la femme qui avait osé proférer ces paroles.

— Cette enfant est la petite-fille du meurtrier de Leicester! s'é-

cria-t-elle. Grand Dieu! les fleurs qui se trouvent sur mon chemin se changent donc en serpents sous mes pas!

— Le vieillard n'a pas tué de Leicester, répondit la femme, dont le visage se contracta et devint pâle à son tour, ou s'il l'a tué, c'est qu'il a agi comme un instrument de la vengeance céleste, pour punir un monstre, vil et hideux misérable qui s'avançait en rampant à la rencontre de tout ce qui était beau et bon sur la terre, et l'écrasait en passant. Si ce pauvre homme avait tué Leicester, si je le croyais, madame, aucun saint de la religion catholique ne serait honoré comme j'honorerais moi-même cet homme que vous accusez d'assassinat.

— Mais que vous a donc fait Leicester pour que vous l'insultiez ainsi jusque dans sa tombe?

A cette demande, une expression de colère inexplicable se manifesta sur la physionomie de la femme. Elle s'approcha d'Ada, et pendant qu'elle lui répondait, sa respiration, que l'habitude de l'ivresse rendait fiévreuse, s'exhalait, en donnant passage à des expressions terribles dont la morsure, pareille à celle de reptiles venimeux, frappait le pauvre Ada jusqu'au fond du cœur. Aussi ne se sentit-elle pas la force d'arrêter ce torrent d'injures: elle se croisa les bras, les serra fortement contre sa poitrine comme pour préserver son âme, en quelque sorte, des paroles remplies d'amertume que sa question avait provoquées.

— Ce que Leicester m'a fait! dit cette femme. Regardez, regardez-moi; je suis son ouvrage des pieds à la tête, corps et âme! c'est lui qui m'a rendue ainsi!

— Eh! quoi? l'avez-vous aimé aussi? Une expression de profond dégoût se fit jour sur la physionomie de cette malheureuse, ses yeux brillèrent et ses lèvres rougirent.

— L'aimer! je ne suis jamais descendue à ce degré de bassesse; à peine a-t-il troublé la surface de mon cœur, mais l'âme qu'il contenait ne lui a jamais appartenu. Oh! si je l'avais aimé, il aurait pu se montrer satisfait de mon malheur seulement; mais ce qui me concerne, madame, ne sera pas long à vous dire, c'est une histoire très-courte. Je vais vous la raconter, et après cela j'irai boire.

— Remettez-vous, ne soyez pas si colère! dit Ada en frissonnant à la vue de l'orage qu'elle avait soulevé. Elle éprouvait cette sensibilité qui fait qu'un oiseau blessé protège son corps contre la flèche qui le menace, mais je n'ai pas eu l'intention de vous faire de la peine!

— De la peine! s'écria la femme en poussant un ricanement farouche, je suis à l'épreuve de tout cela. Il n'est pas utile de prolonger son chagrin quand les tavernes et les marchands de liqueurs sont ouverts et prêts à vous donner pour votre argent, le moyen d'oublier. Vous demandez ce que Leicester m'a fait. Peut-être le connaissiez-vous? mais n'importe, vous n'êtes pas la première femme dont la figure a pâli en entendant ce nom; mais à cette heure le misérable ne fera plus de mal à personne, son cœur ne bat plus, maintenant que la dernière goutte du sang qui l'animait s'en est écoulée.

Ada retomba sur sa chaise, élevant les mains et les plaçant loin de son visage, comme si elle eût voulu éviter le coup qui lui était porté; mais la colère de cette femme était devenue si violente, qu'il eût été impossible de réprimer son élan.

— Vous me demandez si je l'ai aimé, moi qui adorais mon mari, l'homme le plus noble, le plus beau, le plus jeune qui ait jamais existé, je l'adorais d'un amour qui n'aurait eu de fin qu'à ma mort, car cette affection était pure comme la religion. Leicester, ce scélérat qui maintenant expie ses crimes aux enfers, juste châtiment mérité par ses forfaits, ce démon incarné, pour tout dire, était l'ami de mon mari. Il avait aussi obtenu mon amitié, car j'aimais tout ce qui plaisait ou faisait sourire mon époux adoré, celui que j'idolâtrais et à qui je prodiguais des hommages comme on n'en adresse ordinairement qu'aux saints et aux anges! Je l'aimais enfin comme doit le faire une femme qui consacre sa vie entière à un être chéri. Jamais je n'ai été aussi bonne que lui, mais je l'aimais, je l'aimais! Vous me regardez avec étonnement; vous ne comprenez pas comment l'amour se change en fureur, surtout lorsqu'il se reporte dans le passé; vous ne pouvez concevoir quel est cet amour qui cherche à oublier à l'aide de l'opium, et qui se noie dans les flots d'eau-de-vie!

Ada ne répondit que par un faible gémissement, et ses yeux s'enflammèrent au fluide de ces grands yeux noirs qui la fixaient sans sourciller. La femme s'aperçut de ce regard fixe, et elle ressentit une sorte de compassion pour cette anxiété, qu'elle attribuait à la violence de son discours. Elle fit un grand effort sur elle-même; son langage devint plus calme, mais sa voix était toujours rauque, et les sons en étaient comprimés, comme c'est le frémissement lointain d'une tempête.

— Nous étions pauvres, madame; je tenais une petite école, mon mari était commis; il avait de petits appointements, quoique son travail fût très-fatigant; notre existence était pénible, mais nous étions heureux! Je ne sais pas où James fit la connaissance de M. Leicester, mais un soir ils revinrent tous les deux à la maison, et je me rappelle que nous fîmes un excellent souper, composé de gibier et arrosé de vins fins que Leicester avait fait venir de chez un restaurateur du voisinage. Si vous n'avez jamais vu cet homme, rien ne pourrait vous faire comprendre le charme fascinateur que l'on éprouvé en sa présence. Insinuant, persuasif, doux comme un ange en apparence; profond, rusé, cruel comme un scélérat en réalité. Eussiez-vous eu un défaut ou une faiblesse, il la découvrait d'un coup d'œil et ne manquait pas de s'en servir, dût-il par ce moyen vous conduire à votre perte! J'étais jeune, coquette, je connaissais peu le monde, on m'accordait même quelque beauté. Je doute que Leicester ait jamais vu une femme sans compter sur sa faiblesse et sans avoir des vues sur elle, ne fût-ce que pour l'amuser un moment, ou pour essayer le pouvoir de son charme diabolique.

J'étais forte, car j'aimais mon mari corps et âme; Leicester s'en aperçut, il ne savait ce qu'il faisait, excepté nous, qui connaissions qu'il s'employait à notre service: il me fusse renfermée dans ma simplicité, j'aurais sans doute pu éviter ses poursuites; mais j'étais vaine, capricieuse, passionnée. Bientôt il acquit sur moi un certain ascendant grâce à son enjouement rusé, et son habileté à flatter les mauvais penchants de ma nature obtint un effet complet. Cependant, lorsqu'une femme aime son mari de toutes ses forces, elle a dans cet amour un appui contre la séduction. Ma vanité était satisfaite des hommages de Leicester : c'était là tout, rien de plus, et grâce à son ascendant, sur moi le misérable obtint ce qu'il désirait, c'est-à-dire une influence illimitée sur mon mari. Si j'avais été son ennemie, cet infâme ne se serait pas plus acharné qu'il ne le fut contre cette simple et honnête nature. Je l'ai aidé dans son crime, car j'étais sa dupe : il a fait de moi l'instrument de la ruine de mon pauvre mari. C'est cette horrible pensée que l'eau-de-vie ne parvient pas à noyer, et que l'opium ne peut détruire!

Leicester devint notre bienfaiteur, vous comprenez, madame; nul ne savait ce qu'il faisait, excepté nous, qui connaissions qu'il s'employait à notre service: il demanda et obtint pour mon mari une place avec de plus forts appointements. Nous étions tous deux reconnaissants, et nous considérions Leicester comme notre ange gardien. Tout alla bien pendant quelques mois , nous nous étions de plus en plus attachés à l'homme qui nous avait comblés de tant de bienfaits. Un jour il se présenta au bureau de mon mari , qui travaillait pour une maison très-riche dont les fonds lui étaient confiés. C'était précisément une heure avant le versement; il y avait dix mille dollars en billets préparés pour être déposés à la banque : mon mari les avait placés à portée avec le livre de dépôt de sa maison de commerce. Leicester paraissait très-pressé; il avait besoin d'une forte somme d'argent ce jour-là; il lui serait facile de rembourser cinq mille dollars le lendemain matin; il avait quelque chose à payer cet après-midi, et il proposa à James de lui prêter cette somme sur celle qui était devant lui.

Mon mari hésita, et finalement il refusa. Leicester n'insista pas davantage, mais il s'en alla d'un air fâché. Lorsque James se présenta à la banque, il était trop tard pour y faire son dépôt, aussi rapporta-t-il l'argent à la maison, comptant bien y retourner le lendemain de bonne heure. Leicester arriva pendant que nous étions à dîner; il avait l'air triste et très-préoccupé. J'insistai auprès de lui pour connaître la cause de son chagrin, et il finit pas m'avouer son embarras, insinuant en même temps, comme un reproche, la peine qu'il avait ressentie du refus que mon mari avait fait de venir à son aide.

Je n'ai jamais eu, madame, des principes solides; le plus saint sentiment que je connusse alors , c'était l'amour que j'avais pour mon mari. Tout le reste n'était que passion, impulsion généreuse ou injuste suivant les circonstances. Je ne comprenais pas la droiture de la conduite de mon mari : ce refus me sembla être de l'ingratitude. Mon influence sur le pauvre James lui devint fatale. Lorsque Leicester quitta la maison, une somme de cinq mille dollars qui ne nous appartenait, ni à mon mari ni à moi, s'en allait avec lui.

Le jour suivant il ne vint pas à la maison. Mon pauvre James devint inquiet, je le rassurai, convaincue de la probité de Leicester; et ce ne fut que huit jours après que je pus me résoudre à croire que l'argent ne nous serait pas rendu aussi promptement que je l'espérais. Alors James alla s'informer de Leicester à l'hôtel où il habitait; il avait quitté la ville, se rendant au Sud.

Mon mari avait détourné l'argent de ses maîtres, il fut jugé, trouvé coupable, et condamné à sept ans de galères! Et c'est moi, moi seule qui lui avais donné ce fatal conseil! Quand il partit pour le bagne de Sing-Sing, les fers aux mains, enchaîné au milieu d'une bande de vils malfaiteurs de la plus horrible espèce, je l'accompagnai jusqu'au quai, avec mon petit garçon, son enfant et le mien, qui n'avait encore que quelques semaines, et qui pleurait serré contre mon sein. Je suivis des yeux le bateau à vapeur qui l'entraînait, tandis que des larmes brûlantes coulaient sur mes joues; et lorsque je l'eus perdu de vue au détour de la rivière du Nord, je revins à la maison, anéantie, à moitié morte. Et la malheureuse créature qui fut jamais sur cette terre. Sept ans , c'était une éternité pour moi! Je n'avais plus aucune force morale, j'étais folle. Mais j'avais un enfant, et c'est pour lui que j'ai lutté.

La femme s'arrêta : sa voix, auparavant si énergique, s'était adoucie , et avait une inflexion de tristesse particulière.

J'ai souvent visité mon pauvre mari , j'ai fait de vains efforts pour obtenir son pardon. C'était la première faute qu'il eût commise; mais il fallait qu'il restât un an ou deux en prison : il n'y avait rien

à obtenir du gouverneur de l'État avant que ce temps fût écoulé. Je vous ai dit qu'il était réellement innocent ; mais, soit à cause de la honte qu'il éprouvait , soit à cause de la nourriture grossière qu'il prenait, ou du travail pénible qui lui était imposé , il s'affaissa pour ne plus se relever. A chaque visite je le trouvais plus maigre; son sourire devenait plus triste , son front plus pâle. Un jour j'étais allée le voir avec notre enfant; on me dit de retourner chez moi, car James le forçat était mort.

Je revins à la maison aussi tranquillement qu'eût pu le faire un mouton engourdi par le froid. Le soir même j'avalai du laudanum dans l'intention d'aller rejoindre mon mari ; mais la dose n'était pas assez forte. Le poison n'eut pas d'autre effet que de me jeter dans un sommeil aussi profond que celui de la mort : hélas! la mort que j'appelais de tous mes vœux ne vint pas me trouver. Le laudanum ne me tua pas, mais l'effet qu'il produisit me fit comprendre que je pourrais trouver le repos en forçant le sommeil de m'obéir. Ce moyen me réussit : pendant quelque temps, je l'appelais selon mon vouloir; mais maintenant il m'est impossible de dormir quand je le désire.

Ada tremblait sur son siège pendant que la femme achevait son récit. Il lui semblait qu'elle-même avait été la cause des malheurs qui lui étaient racontés, et que la fureur et les justes reproches de cette femme s'adressaient à sa conscience.

— Quelle réparation peut-on vous offrir , que peut-on faire pour vous? bégaya-t-elle d'un geste suppliant et en levant les yeux comme pour implorer le pardon de cette femme, que l'angoisse avait réduite à cet excès de misère.

— Quelle réparation peut-on m'offrir? s'écria celle-ci en relevant la tête avec tant de vivacité que son capuchon découvrit à moitié les tresses de ses cheveux noirs. Aucune ! car le coupable , le vrai coupable expie maintenant son crime ! Il est puni à cette heure ! il est puni ! Ah ! ah !

Et le rire frénétique dont ces paroles furent accompagnées atteignit au cœur la malheureuse Ada, comme si elle eût été frappée d'un coup mortel. Elle adressa à cette femme un regard de pitié , et après avoir fait un faible effort pour lui parler, elle se renversa sur son siège et s'évanouit tout à fait.

Cette prostration, cette insensibilité émurent la veuve du pauvre galérien, car tout sentiment de bonté n'était pas encore éteint dans son âme : seulement elle ne pouvait pas comprendre comment son histoire, quelque terrible qu'elle fût, avait produit un effet pareil sur une personne qui paraissait si peu faite pour éprouver la moindre sympathie pour une créature de sa misérable condition. Mais sa qualité de femme qui avait souffert, et qui, par conséquent, pouvait compatir aux souffrances d'autrui , elle éprouva un sentiment de douce compassion qui se fit jour à travers les mauvaises passions par lesquelles la source des eaux pures de son cœur avait été tarie; sa physionomie s'humana , et une fois encore sa bonté naturelle reprit le dessus et se manifesta au grand jour.

Elle entra dans la chambre à coucher, et prenant un flacon de cristal rempli d'eau qui se trouvait sur le marbre, elle jeta une partie de son contenu sur la pâle figure qui reposait sur les coussins de damas.

Ce premier essai n'eut aucun résultat. Elle prit alors les mains froides d'Ada, et les frotta doucement dans les siennes, puis elle dénoua le bonnet et répandit quelques gouttes d'eau sur le front et sur les lèvres décolorées de la veuve de Leicester. Guidée par un tact qu'on n'eût point attendu d'elle, elle se garda bien d'appeler les gens de la maison, et continua seule à prodiguer ses soins à Ada, jusqu'à ce que la vie revint lentement dans ce sein qui lui avait paru, un moment auparavant, glacé comme le marbre.

Ada ouvrit péniblement les yeux, et les referma avec un frisson quand elle vit cette femme penchée sur son visage.

— Allez-vous-en, dit-elle en fermant les paupières l'une contre l'autre; laissez-moi votre adresse, et je vous enverrai de l'argent.

— Pour le vieillard?

— Non, pour vous-même; je n'en ai pas pour le meurtrier de Leicester !

— Je ne vous ai pas demandé de l'argent pour moi! répondit opiniâtrement la femme; si vous m'en donnez , je le donnerai aux meilleurs avocats de New-York pour qu'ils le sauvent !

— Partez , alors, partez , je n'ai rien ni pour vous ni pour lui ! Allez, répondit Ada à voix basse, mais d'un ton qui n'admettait pas de réplique ; et , se levant de son siège , elle se jeta dans sa chambre à coucher, dont elle ferma brusquement la porte.

La femme la regarda sortir avec un sentiment de colère mêlé de stupéfaction. Puis, abaissant son capuchon, et en attacha les brides d'un air délibéré, sortit du boudoir, descendit l'escalier, sans daigner faire attention aux serviteurs, dont l'étonnement fut porté au plus haut degré à la vue d'une créature de cette espèce qui avait été admise en la présence de leur maîtresse.

CHAPITRE XXXI.

L'avocat des Tombes.

Mistress Gray éprouva de grandes difficultés à rendre service aux Warren. Jamais elle n'avait été si embarrassée que dans cette circonsstance. Ignorante, comme l'est un enfant, de tous les détails de la procédure criminelle, elle ne pouvait compter sur aucune assistance de la part du prisonnier, de sa femme et de sa petite-fille, qui eux-mêmes n'en savaient pas davantage, et qui d'ailleurs étaient loin de partager son espoir. Son frère Jacob, sur qui elle comptait pour lui venir en aide et pour le conseiller, avait, à sa grande surprise, non-seulement refusé de prendre la moindre responsabilité dans cette affaire et de seconder ses efforts, mais encore il avait paru chercher à l'empêcher de s'occuper de tout cela. Jacob Strong avait une bonté naturelle qui ne reculait jamais devant une action généreuse, car sa rude enveloppe couvrait un cœur sincère et compatissant comme on en rencontre rarement en ce monde: mais la part qu'il avait prise dans tous les événements qui avaient amené la mort de William Leicester, la crainte insensée qu'éprouvait sa maîtresse de voir le prisonnier accusé du meurtre de son mari échapper au châtiment, les injures dont elle avait abreuvé son cœur et qu'elle lui avait prodiguées comme à plaisir, tout conspirait à lui donner plus que de l'indifférence pour le sort d'un homme qu'il n'avait jamais vu, et que dans son âme il désirait savoir coupable. Aussi refusa-t-il à sa sœur de lui servir de conseil, et l'engagea-t-il froidement à ne pas se mêler d'affaires qui ne la regardaient point, et dont elle ne connaissait pas la portée.

Ainsi livrée à ses propres ressources, cette femme charitable, loin d'être découragée, résolut d'agir suivant les inspirations de sa bonté. Son neveu Robert avait bien, il est vrai, promis son concours; il était allé trouver un avocat célèbre pour lui confier la défense de M. Warren, mais ce personnage avait demandé une somme d'argent si forte, que lorsque l'obligeante revendeuse eut connu ce chiffre elle recula épouvantée. En effet, c'était une somme fabuleuse pour une pauvre femme qui avait gagné sa petite fortune en amassant des cents et des shillings. Elle avait entendu parler de la rapacité des hommes de loi, de leurs extorsions et de leur peu de cœur, et elle résolut de leur prouver tout ce que peut une femme qui possède, suivant l'expression américaine, « toutes ses dents de sagesse. »

Aussi mistress Gray remercia Robert du concours qu'il lui proposait, et elle se chargea de trouver le défenseur nécessaire, comme s'il lui eût fallu s'occuper du déchargement d'un de ces bateaux de transport qui amènent sur l'Hudson des volailles et des légumes au marché de New-York. Plus d'un grave légiste demeura surpris de ses ruses et de ses efforts pour obtenir à meilleur compte l'éloquence nécessaire au salut de son vieil ami, et maintes fois le double menton de la bonne femme fut-il ému d'indignation en présence de la dureté cupide et de la rapacité des hommes de loi. Mais le temps s'écoulait, le jour du jugement s'avançait, et malgré ses bonnes intentions mistress Gray avait usé sa langue dans des conversations inutiles, car il lui eût été impossible de réformer la législation moderne, et le prisonnier n'avait encore d'autre conseil que lui-même. Certain jour, la revendeuse descendait les marches de la prison des Tombes, car elle accompagnait chaque matin mistress Warren jusqu'à la cellule de son mari, quoique cela lui fût d'un grand préjudice, particulièrement à l'heure la plus profitable pour ses intérêts; au moment où elle allait poser le pied dans la rue, un homme placé devant elle, appuyé contre l'un des piliers du monument, s'avança à sa rencontre, et l'appela par son nom. Cette démarche inattendue étonna mistress Gray; elle examina son interlocuteur: c'était un homme de trente-cinq à quarante ans, assez bien bâti, mais qui paraissait avoir une mauvaise santé; il avait des yeux noirs, pénétrants, qui semblaient, au premier abord, lire jusqu'au fond de votre cœur, mais qui, usés par l'étude et par la dissipation, semblaient reculer devant le moindre effort.

— Excusez-moi, dit cet étranger en ôtant son chapeau et en faisant à la vieille dame un salut gracieux qui la prévint en sa faveur; si je ne me trompe, vous êtes mistress Gray, la généreuse amie de ce pauvre homme enfermé là dedans sous la prévention de meurtre. Mon commis m'a informé que votre dame....— ce doit être vous, car personne ne le répond aussi bien à la description qu'il m'en a faite—qu'une dame était venue me chercher à mon bureau pour lui servir de conseil. J'ai vivement regretté de ne pas m'être trouvé chez moi. L'affaire de M. Warren est une de celles qui éveillent la sympathie générale. Vous paraissez étonnée. Je suis qu'en général la sensibilité se rencontre pas dans notre profession, mais il y a des cœurs, madame, des cœurs qui sont nés généreux, et que le contact de la loi n'a pas rendus insensibles comme les miens. Voilà pourquoi je suis encore pauvre, madame, tandis que tous mes confrères en jurisprudence s'enrichissent autour de moi.

— Monsieur, répondit mistress Gray, qui manifesta un sentiment de joie sur son visage, tout en tendant sa main potelée à son interlocuteur, qui trembla pendant cette étreinte amicale par tout autre motif que par une sympathie partagée, ce qui néanmoins disposa la revendeuse en sa faveur; monsieur, je suis heureuse de vous rencontrer. Je suis enchantée de découvrir un avocat qui me reconnaisse un si bon cœur dans sa profession. Je ne me souviens pas de m'être présentée chez vous pendant votre absence, bien que depuis quelque temps tous les avocats à qui j'ai fait visite m'aient fait dire qu'ils étaient sortis. »

Et la bonne vieille sourit en exprimant cette plaisanterie, qui fut saisie par l'avocat. Il poussa même la déférence jusqu'à se tenir les côtes, comme pour retenir un fou rire prêt à lui échapper.

— Et maintenant, ma chère dame, parlons d'affaires. Plutôt que de jouer sur les mots, songeons aux devoirs que l'humanité nous impose. Mon clerc m'a informé de la noble intention dans laquelle vous vous trouvez de secourir cet infortuné prisonnier. Il a ajouté que, grâce à votre fortune si honorablement acquise, vous étiez à même d'arracher un innocent aux mains souvent injustes de la justice. Me voici, madame, revêtu de ma cuirasse, armé de nos codes, et prêt à vous assister dans la bonne cause. Ah! si j'étais riche, si je n'avais pas épuisé ma vie dans de nombreux efforts pour aider l'humanité souffrante, rien ne me serait plus agréable que de marcher avec vous, ma main dans la vôtre, pour sauver ce malheureux sans réclamer de salaire, et sans même en attendre. Mais dans l'état des choses, ma chère dame, dans les circonstances actuelles, vous le savez : « celui qui a travaillé mérite salaire. »

Cette citation ouvrit complètement le cœur de la généreuse mistress Gray. Elle prit de nouveau la main osseuse de l'avocat avec une cordialité sans pareille, et lui dit :

— Je vous l'avoue, vous avez raison, mon cher monsieur. J'ajouterai même qu'en entendant les paroles sacrées de la Bible dans la bouche d'un avocat, je me sens... Certes, j'étais loin de m'y attendre!

— Ah! madame, s'écria le légiste en tirant de sa poche un mouchoir blanc qu'il y replaça aussitôt et paraissant résolu de réprimer son émotion coûte que coûte, oh! madame, les exceptions sont nombreuses, et ce n'est pas ordinairement la règle générale. Les gens de notre profession ne valent ordinairement pas grand'chose. Je ne me hasarderai donc pas à chercher à les disculper; quel est celui d'entre nous qui aurait assez peu de reproches à se faire pour oser défendre notre corporation? Mais il y a des exceptions... madame, d'honorables exceptions! Permettez-moi d'espérer que votre esprit pénétrant peut distinguer l'avocat mercenaire de celui qui sacrifierait tous les biens du monde pour conserver la paix de sa conscience. Croyez-moi, ma chère dame, il y a encore des avocats honnêtes et des hommes pieux parmi nous.

— Eh bien, je dois vous avouer que je n'avais jamais eu cette idée-là, répondit mistress Gray, avec une franchise sans pareille.

— Permettez-moi d'espérer qu'à dater de ce moment vous n'en douterez plus, madame, répondit l'avocat en frappant sur sa poitrine à la place où les anatomistes prétendent que se trouve le cœur humain.

Et maintenant, si vous le voulez bien, veuillez me suivre à mon bureau pour y fixer les préliminaires de nos conditions. Ce que vous cherchez, c'est un homme de sang-froid et une âme ardente. Par bonheur, cela se rencontre. Permettez-moi, madame, de vous offrir le main ; les escaliers sont glissants, et il arrive souvent des accidents dans cette rue; mon cabinet est à deux pas d'ici. Combien de malheureux qui ont eu recours à moi et qui en ont béni le ciel ! Veuillez prendre mon bras.

Mistress Gray hésita quelques instants; le rouge lui monta au visage, à la pensée de s'aventurer dans les rues de New-York, en plein jour, bras dessus, bras dessous, avec un gentleman aussi accompli. Depuis la mort du pauvre M. Gray, pareil honneur ne lui était arrivé; mais il y avait, chose naturelle, un reste de levain de vanité dans cette excellente nature. Le rusé fripon qui se tenait devant elle, en lui présentant son bras d'une manière si polie, avait parfaitement calculé l'effet de cette flatterie, et il renouvela sa proposition avec sa voix la plus insidieuse.

Mistress Gray, toujours hésitant, toujours rougissant, étira son gant sur sa main potelée, et plaça son bras dodu sur le bras frêle de l'avocat, en ayant soin de l'appuyer aussi doucement que possible, comme si elle craignait que ce poids inusité ne fût dangereux pour le petit homme maigre. C'est ainsi que la bonne femme traversa la rue aussi lestement que son embonpoint pouvait le lui permettre, entraînée par l'avocat, qui maintes fois fut obligé de s'arrêter pour respirer un instant. Mais cet homme exemplaire supportait sa charge avec une complaisance parfaite, lui faisant éviter tous les obstacles qui auraient pu détruire un équilibre difficile à conserver ; et se consolait des sourires que lui adressaient les officiers de police qu'il rencontrait sur son chemin, en leur faisant un signe particulier de la main qu'il conservait libre, et un clignement d'œil, au moyen desquels les agents comprirent facilement que l'avocat des Tombes avait ce matin-là fait une heureuse chasse.

Mistress Gray fut quelque peu désappointée lorsqu'elle entra dans le cabinet de l'avocat, où celui-ci l'introduisit avec une obséquiosité sans pareille. Elle avait devant les yeux une vieille chaise de cuir passablement délabrée, une table dont la serge verte pendait en lambeaux, et donnait asile à deux ou trois dossiers jaunis par la vétusté, une écritoire remplie d'une encre boueuse et une plume de fer rouillée jusqu'à la pointe; tout cela recouvert d'une poussière épaisse, qui ne lui donnait pas une idée très-avantageuse des nombreuses affaires de l'homme de loi. Celui-ci s'aperçut de cette impression, et se hâta d'effacer tout sentiment fâcheux qui lui eût été défavorable.

— Ceci est mon atelier, comme vous le voyez, madame; le moulin qui me sert à moudre mon pain quotidien, l'endroit où je prépare mes charités fréquentes. Ah! il n'y a pas ici de superfluité, pas de tapis, rien que le strict nécessaire de ma profession. Je laisse à mes confrères ces fauteuils moelleux, et ces autres comforts de la vie qu'ils font toujours trop payer à leurs pauvres clients. Vous comprenez, ma chère dame? Oh! c'est une heureuse récompense que celle de trouver de temps à autre, dans ce monde égoïste, une appréciation de sa bonne conduite. John, apportez-moi une autre chaise.

Le commis, dont l'avocat avait parlé à mistress Gray avec tant d'emphase, s'avança sous la figure d'un jeune garçon irlandais, eflanqué, plus grand que son maître de trois pouces au moins : ce qu'il eût été facile de prouver en mesurant la distance visible entre la culottes et les brodequins qu'il portait aux pieds. La porte du cabinet où M. le clerc avait un moment entr'ouverte, et on apercevait dans un demi-jour un monceau de bouteilles poudreuses, une toilette effondrée et deux énormes dames-jeannes dont l'osier, à l'orifice du goulot, portait les traces d'une humidité suspecte, malgré le bouchon de verre bien qui s'enchâssait dans le col des deux récipients. L'avocat fit un geste rapide avec l'une de ses mains, et le jeune Irlandais, qui en comprit la signification, se hâta de fermer la porte. Puis, prenant la chaise boiteuse que son clerc venait de lui apporter, il s'assit avec précaution, comme le fait un chat sur les genoux de sa maîtresse, lorsqu'il n'est pas bien sûr de l'accueil qu'il y trouvera, et il entra aussitôt en matière. Le jeune Irlandais se tenait près de lui, et comme pour s'instruire en écoutant une consultation aussi remarquable. Son regard exprimait une connaissance de cause, qui se changea bientôt en une grimace de satisfaction indicible, lorsqu'il vit mistress Gray tirer de sa poche un portefeuille, et remettre entre les mains de son avocat plusieurs billets de banque d'une assez grande valeur. Quand la bonne femme eut déposé la somme qui, suivant l'avocat, suffirait pour sauver la vie du vieux M. Warren, elle se leva, en poussant un profond soupir de satisfaction, étira les plis nombreux de sa robe, et sortit du bureau, en cachant sa joie sur l'heureuse issue de la transaction qu'elle venait de conclure.

L'avocat et son commis l'accompagnèrent jusqu'à la porte, et lorsqu'elle eut disparu au détour de la rue, le légiste, dans la satisfaction de son escroquerie, se rua sur le pauvre Irlandais, le secoua par le col de son habit — ce misérable loque qui jadis avait orné ses propres épaules — et l'étreignant avec vigueur, il lui dit :

— Qu'est-ce qui te fait grimacer de la sorte, mauvais chien? Comment te permets-tu de rire devant mes clients? Allons, prépare-toi à sortir. Voici de l'argent; va faire remplir les dames-jeannes, achète un paquet de cartes neuves, et tout ce qui manque, entends-tu?

Le jeune Irlandais, après s'être remis de la secousse qu'il venait de recevoir, s'empara de l'argent, et se précipita dans la rue, bien résolu à ne pas rendre un shilling sans d'abord se payer de ses gages arriérés comme toujours de plusieurs mois, suivant les louables habitudes de son maître. Quant à l'avocat, il s'étendit dans le fauteuil de cuir que venait de quitter mistress Gray, étira ses membres en signe de contentement, ferma les yeux à demi, se frottant doucement les mains l'une contre l'autre, et resta ainsi pendant dix minutes, en ruminant dans son esprit tous les avantages que devait lui rapporter l'affaire qu'il venait de conclure.

CHAPITRE XXXII.

Visite de l'avocat à son client.

Si tous ceux qui pensent que le bonheur n'existe que dans le bien-être extérieur et les circonstances favorables qui arrivent à l'homme avaient pu visiter le vieux M. Warren en prison, ils auraient été vraiment étonnés de la sérénité de son regard, du calme et de l'atmosphère sacrée qui régnaient dans sa cellule, où il avait su se créer un comfortable relatif. Sa femme et sa petite-fille veillaient sur lui avec toute l'affection possible, et le pauvre homme, comme il le disait lui-même, croyait n'avoir jamais été plus près de Dieu que depuis le moment où il était entré dans cette enceinte, bien faite pour inspirer le désespoir. Il pouvait mourir; les lois pouvaient le condamner, quelque innocent qu'il fût; mais si cela arrivait, il était persuadé que Dieu lui aurait permis pour accomplir un but sacré, dont personne n'aurait la solution avant que le sacrifice ne fût accompli.

Et pourtant le vieillard tenait à la vie, car dans sa pauvreté et dans son infortune il avait autour de lui deux cœurs dont la vive tendresse eussent dû rendre l'existence précieuse à celui qui eût le moins tenu à rester sur la terre. Cette affection pure et immuable, qui est ici-bas un reflet du ciel, il la ressentait toujours, et ce n'est que lorsque l'âme regarde en arrière et n'y aperçoit que des débris d'illusions évanouies, d'amours envolées, qu'alors elle se sent désireuse de mourir. Tous les bons chrétiens connaissent la résigna-

tion et la pratique; mais lorsqu'un homme en est arrivé à demander follement la mort et à chercher tous les moyens possibles pour la trouver, c'est qu'il n'a plus autour de lui un visage ami, ou bien qu'il a fait de la vie un usage insensé. Il arrive rarement que l'homme sage et honnête demande à mourir; en général, il attend la venue de cette messagère du Très-Haut, il l'attend avec calme et avec une foi inébranlable.

Il n'y avait aucune forfanterie dans le cœur de ce vieillard; sc manière d'agir, la confiance qu'il mettait en Dieu, n'étaient point un vain étalage; mais lorsque ceux qui visitaient la prison passaient devant la porte ouverte de sa cellule, et cela arrivait souvent, car M. Warren était placé dans le troisième corridor, lorsqu'ils le voyaient assis auprès de cette bonne vieille femme, et tenant sur ses genoux une Bible, livre vénéré qui avait appartenu à ses pères, involontairement ces curieux s'arrêtaient et lui adressaient ce silencieux hommage que la bonté inspire toujours, même lorsqu'on la trouve chez un infortuné.

L'ameublement de sa prison avait reçu quelques additions de bien-être, grâce à la bonne mistress Gray, qui, à chaque visite, se faisait un plaisir d'apporter un objet emprunté au mobilier de sa maison. Devant la couchette du cabanon, s'étendaient un ou deux mètres de tapis; sur une étagère formée d'une planche de sapin qui avait été appendue à la muraille, s'étalaient deux tasses avec leurs soucoupes, qui faisaient partie d'un service précieux de vieux chine du salon de mistress Gray, et, à la faible lumière qui pénétrait à travers la meurtrière entaillée dans l'épaisseur de la muraille, on pouvait voir un vase rempli de roses à peine épanouies.

Comme on le voit, et à tout prendre, le sort du prisonnier, à part les angoisses de sa situation, était à peu près tolérable. Le vieillard soupçonnait bien qu'il était à la veille de mourir, mais il se serait bien gardé de détourner les yeux de ces fleurs que Dieu répandait sur le chemin qui devait le conduire au tombeau. Il adressait un regard de reconnaissance à chaque rayon de soleil qui pénétrait à travers la muraille, et quand l'obscurité se faisait autour de lui, lorsque sa sainte compagne était forcée, par les règles de la prison, de le quitter jusqu'au lendemain, il restait assis sur sa couche et se disait à lui-même :

— O mon Dieu, ma prière s'élève dans l'ombre jusqu'à toi.

L'époque du jugement de M. Warren était presque arrivée, et cependant le prisonnier gardait toujours sa tranquillité immuable. Sa femme et sa petite-fille étaient convaincues de son innocence, et se persuadaient que jamais les lois ne pourraient atteindre un homme qui n'était pas coupable : elles partageaient en quelque sorte la sérénité sans pareille du pauvre infortuné. Mistress Gray elle-même ne perdait aucune occasion de leur inspirer la plus grande confiance, et Robert Otis arrivait toujours apportant, pour corroborer leur espoir, ses rêves de jeunesse, sa force de volonté et ses généreux sentiments.

Un matin, au moment où mistress Gray venait de quitter la cellule, car elle ne manquait jamais d'accompagner la timide vieille femme jusqu'à la prison de son mari, M. Warren vit entrer chez lui un visiteur qu'il voyait pour la première fois. C'était un individu d'un aspect sérieux, habillé de noir et d'une physionomie moitié religieuse, moitié mondaine, qui offrait un contraste assez bizarre. Il s'assit à côté du prisonnier, comme fait une garde-malade près de l'enfant à qui elle veut faire avaler une médecine, et après lui avoir adressé de sa voix la plus douce un bonjour affectueux, en serrant amicalement la main du vieillard, il examina la cellule avec une attention scrupuleuse.

Mistress Warren se tenait dans un coin, remplissant d'eau une des vieilles tasses de Chine qui venait de servir au déjeuner de son mari, et y disposant deux ou trois fleurs coupées le matin même sur les arbustes abrités dans le salon de mistress Gray. Ces fleurs reposaient encore sur la table et répandaient dans cet étroit espace un parfum exquis que les soins de mistress Gray devaient encore prolonger. Toute autre personne que l'inconnu dont il s'agit eût été enchantée d'observer le soin particulier que mettait cette femme à disposer les teintes les plus vivaces de son bouquet et à le placer vis-à-vis de son mari, en ayant soin d'exposer à ses yeux la partie de la tasse sur laquelle étincelaient les couleurs les plus brillantes. Mais l'avocat, car c'était lui, ne vit qu'une seule chose, c'est que c'était une femme qui, comme les autres, pouvait être utile lorsqu'on savait s'en servir. Au lieu de se sentir touché par la douceur empreinte sur toute la physionomie de cette bonne vieille, au lieu de comprendre l'affection qu'elle témoignait en agissant comme elle le faisait, il ne vit qu'une seule chose, c'est qu'il serait possible de l'employer dans l'intérêt de la cause qu'il avait à défendre.

— Ma parole d'honneur! on vous a mis dans une assez jolie cellule, mon bon ami, dit l'avocat, dont les yeux se portèrent avec un regard obséquieux sur le visage du vieillard, où il les tint fixés plus longtemps qu'il ne le faisait ordinairement, car il lui arrivait rarement de rencontrer un visage aussi placide dans l'enceinte de cette prison. Soyez persuadé que nous vous tirerons bientôt d'ici; vous ne pouviez pas être dans de meilleures mains que les miennes... Votre *** vieille amie—une femme choisie entre mille, n'est-ce pas? une femme parfaite, en un mot, — a confié votre cause à ma science légale.

— Est-ce mistress Gray qui vous envoie? Êtes-vous le gentleman à qui elle a recommandé ma cause? demanda le vieillard, qui jeta un regard calme sur l'avocat, tandis que mistress Warren abandonnait son occupation et venait s'asseoir près de son mari. Mistress Gray a paru désirer que j'eusse une entrevue avec vous : je suis bien aise de vous voir ici.

— Eh bien, mon très-cher ami, — permettez-moi de vous donner ce nom, car si l'avocat qui sauve un homme de la potence n'est pas le plus cher ami qu'on ait au monde, je voudrais savoir à qui l'on peut donner ce titre... — or donc, mon cher ami, je désire savoir quand vous voudrez que nous causions au long ensemble de votre affaire.

— Maintenant. Je ne pense pas qu'il soit possible de trouver d'occasion plus favorable.

Julia et sa grand'mère ne purent trouver une parole à se dire en se revoyant.

— Oui... mais cette dame?... Vous savez qu'en pareil cas il faut une confession entière; aussi je prierai madame de vouloir bien avoir la bonté de s'éloigner pendant la conversation que nous allons avoir.

— C'est ma femme, et je n'ai rien à dire qu'elle ne puisse entendre, répondit le vieillard en adressant un regard d'affection que lui rendit au même instant la chère compagne de sa vie.

— Votre femme, ah! très-bien! s'écria l'avocat en se frottant doucement les mains l'une contre l'autre, suivant son habitude, toutes les fois qu'il méditait une infamie un peu plus raffinée qu'à l'ordinaire. Peut-être aurons-nous besoin d'elle... peut-être non!... c'est une chose à voir... Il nous faudra peut-être un témoin à décharge, et alors... Mais nous parlerons de cela plus tard, lorsque vous m'aurez narré toute l'affaire. Allons, racontez-moi votre chapelet. Souvenez-vous surtout qu'un avocat est comme un médecin, et qu'il doit connaître tous les symptômes de la maladie sans en rien excepter : c'est un point essentiel. Considérez-moi comme votre conscience, et cependant,... mieux que cela... car bien souvent, vous le savez, on se fait illusion à soi-même, et l'on n'a quelquefois pas tort! Rappelez-vous donc que je suis votre avocat, que je tiens votre vie dans mes mains, et que, pour la sauver, je dois connaître toute la vérité. En un mot, vous pouvez mentir à votre conscience, si cela vous est agréable, mais ne trompez jamais ni l'avocat qui défend votre cause ni le médecin qui vous tâte le pouls.

— Je n'ai rien à cacher; je suis prêt à tout vous dire, répliqua le vieillard.

Le calme avec lequel cette réponse avait été faite arrêta quelque peu l'avocat dans son effervescence diabolique. Il s'attendait à ce que les cajoleries de son éloquence seraient bien plus nécessaires qu'elles ne l'avaient été pour amener son client à parler avec franchise. Aussi son étonnement n'eût-il pas de bornes lorsque le vieil-

lard lui raconta avec le plus grand sérieux, et sans farder la vérité, tous les détails relatifs à la mort de Leicester jusqu'au moment où elle était arrivée. Rien n'était plus décourageant que ce récit, présenté de cette manière à l'homme de loi. Si l'accusé eût été coupable, à ne pas en douter, son conseil eût trouvé bien moins de difficultés pour découvrir quelques moyens de défense. Du moment que le juriste ne trouva nulle possibilité d'entamer aucune chicane de procédure, il se vit les mains liées et mis dans l'impossibilité d'agir. Quoique cet homme fût sans principes, il n'éprouvait pas moins un certain intérêt, indépendamment de celui du gain, à toutes les causes dont il se chargeait. Ce qui lui plaisait surtout, c'était l'animation, les stratagèmes et les manœuvres d'une défense désespérée. Il concevait une sorte de sympathie pour l'habile criminel qui aiguisait son talent, et auquel il devait, en présence de la cour, des émotions pareilles à celle qu'éprouve un joueur de profession. Une cause semblable à celle qu'il était chargé de défendre était donc nouvelle pour lui. Il ne doutait pas un seul instant des faits que lui avait rapportés le vieillard : chaque parole était empreinte de vérité, et il se voyait convaincu, rien qu'à examiner cette honnête physionomie. Et c'était à cause de cette conviction même que l'avocat sentait son ardeur se ralentir ; il se voyait dans une position fâcheuse, car il avait tant de fois affirmé l'innocence d'hommes dont la culpabilité lui était démontrée, qu'il se voyait dans l'impossibilité de défendre sans rire, devant un jury quelconque, un de ses clients qui ne serait véritablement pas un misérable. Son unique ressource était de mêler à la vérité autant de mensonges que possible, pour mettre la justice dans l'impossibilité de sortir de ce dédale sans prononcer un acquittement absolu.

— Ainsi donc vous étiez tout à fait seul dans la chambre? dit-il en s'adressant à M. Warren.

— Tout à fait.

Quelle réparation peut-on m'offrir? s'écria celle-ci avec tant de vivacité que son capuchon découvrit à moitié les tresses de ses cheveux noirs.

L'avocat fit un mouvement de tête, et continua :

— Vous n'avez pas eu d'autre témoin de l'arrivée de cet homme et de la conversation que vous avez eue ensemble que votre femme et votre petite-fille?

— Aucun autre qu'elles deux.

— Mais vos voisins, n'en avez-vous pas près de votre domicile? N'y a-t-il pas eu quelque individu dans la chambre contiguë à la vôtre qui ait entendu du bruit, qui ait regardé par le trou de la serrure? hé!

Le vieillard regarda son interlocuteur d'un air grave, sans lui répondre une seule parole.

— Ah! je suis forcé de vous le dire, fit l'avocat d'un air rogue, désappointé par le regard de M. Warren, votre cause est désespérée.

— Je le crains, répondit le prisonnier avec résignation.

— Un cas désespéré ne peut être racheté qu'en employant des mesures extrêmes. Aussi, il n'y a pas de milieu, il nous faut trouver un témoin qui ait vu ce William Leicester se porter lui-même le coup de couteau dont il est mort.

— Mais qui aurait pu le voir, si ce n'est Dieu et moi ?

— Qui ? mais... votre femme. Il faut qu'elle l'ait vu... La porte n'était pas tout à fait fermée; elle est curieuse... comme le sont toutes les femmes... Donc elle aura regardé... elle aura vu cet homme s'emparer du couteau... Vous avez essayé de retenir sa main ; mais, comme il était très-fort et que vous êtes vieux et faible... vous comprenez... Vous avez vu tout cela, madame.

La vieille femme se tenait penchée en avant, les mains croisées l'une dans l'autre, et pendant que l'avocat parlait ainsi à son mari elle ne le quittait pas des yeux : on l'aurait prise pour un de ces oiseaux qui se trouvent soumis à l'influence magnétique d'un serpent. D'abord elle fit un signe d'hésitation avec l'intention de récuser l'histoire de témoignage dont l'avocat cherchait à la faire souvenir. Mais ensuite elle inclina plusieurs fois la tête, comme si elle affirmait chaque parole énergique du défenseur de son mari, et comme si elle croyait fermement avoir regardé par la porte et avoir vu tout ce que l'avocat lui avait conseillé d'avouer.

— Vous faites erreur, monsieur, répondit tranquillement le prisonnier; elle n'a rien vu du tout cela; et quand bien même, à quoi cela servirait-il ?.

— Vous l'avez vu, madame, fit l'avocat en persistant, sans quitter des yeux ceux de la vieille femme, mais en la fascinant de son regard : il est certain que vous l'avez vu !

— Mais... je ne sais pas... peut-être... oui... je crois...

— Et je vous certifie que c'est la vérité ! D'ailleurs la vie de votre mari dépend de ce fait-là. Voyons, rappelez vos souvenirs. C'est de son existence, comprenez-vous ? de son existence qu'il s'agit !

— Oui, oui, je l'ai vu, j'ai tout vu !

Ce n'était pas un mensonge délibéré que prononçait cette pauvre femme, mais une volonté puissante dominait la faiblesse de son esprit : elle resta convaincue pendant quelques instants qu'elle avait assisté à la scène si souvent représentée à son imagination. L'avocat s'aperçut de l'effet qu'il avait produit. Il sourit avec finesse, et ce sourire, duquel s'aperçut la bonne mistress Warren, détruisit en partie la conviction qu'elle commençait à avoir. Forcément elle réfléchit, et porta les yeux sur son mari ; et, lorsqu'elle rencontra le regard calme et plein de tristesse qu'il lui adressait, elle comprit le reproche qu'il s'y trouvait exprimé.

L'avocat apprécia la situation, et sans lui laisser le temps de se rétracter, il continua :

— En vous rappelant ce fait, madame, vous sauvez la vie de votre mari ; vous l'empêchez d'être pendu, son nom échappe au déshonneur, et son corps n'est point livré aux tables de marbre de la salle de dissection du collège médical.

La vieille femme se tordit les mains; le fichu qui couvrait sa poitrine frissonna sous les battements de son cœur.

— Je l'ai vu ! j'ai tout vu ! s'écria-t-elle en étendant ses mains jointes du côté de l'avocat et en les laissant tomber sur ses genoux; Dieu me pardonne! j'ai tout vu !

— Ma femme, dit le vieillard d'une voix solennelle qui fit même tressaillir l'avocat, ma femme, qu'affirmez-vous ainsi !

Elle ne répondit pas, mais courba la tête, ses mains jointes se détendirent et retombèrent inertes : cependant elle murmurait encore :

— Que Dieu me pardonne ! j'ai tout vu !

456.

JULES DAVID

A mesure que l'heure approchait, ces vagues humaines commencèrent à rouler et à se heurter contre les murs de la prison.

C'était véritablement un mensonge, et lorsque la pauvre créature le prononça elle s'éloigna de son mari, car elle se sentait coupable; puis elle chercha à sortir de la cellule.

— Un moment! dit l'avocat, qui commençait à s'enflammer dans son œuvre d'infamie, il s'agit d'établir un autre point, et vous aurez eu alors l'honneur, je dirai plus, la gloire d'être persuadée que c'est à vous que cet homme vertueux et innocent doit la vie. Depuis combien de temps êtes-vous mariés tous les deux?

La vieille femme regarda l'alliance d'or qu'elle portait au doigt, rendue par l'usage aussi mince qu'un fil, et elle répondit :

— Il y a bien près de quarante ans.

— En quel endroit avez-vous été mariés?

Mistress Warren regarda son mari; mais celui-ci avait les yeux tristement baissés vers le plancher, et semblait ne vouloir lui adresser ni un reproche, ni un encouragement. Aussi répondit-elle avec quelque hésitation : — Notre mariage a été célébré là-bas dans l'Est... dans le Maine!

— Tant mieux! L'acte a-t-il été enregistré quelque part?

— Je ne sais pas.

— Et les témoins, où sont-ils?

— Tous morts.

L'avocat se frotta les mains en faisant tous ses efforts pour modérer sa joie :

— Très-bien, parfait, excellent! On ne saurait trouver rien de mieux! Dites-moi, pourriez-vous prouver cela vous-même?

— Prouver... quoi? dit mistress Warren presque terrifiée, tandis que le prisonnier demeurait immobile, comme paralysé par la faiblesse de sa femme.

— Pourriez-vous prouver que vous n'avez jamais été mariés l'un et l'autre? Ce qu'il y a de certain, madame, c'est que jamais vous n'avez été l'épouse du prisonnier, jamais, au grand jamais! la chose est impossible! Comprenez donc que si cela était, vous ne pourriez pas servir de témoin?

— Mais je ne comprends pas, fit la vieille femme. Qu'est-ce que cela signifie, que voulez-vous dire?

— Ce que je veux dire, c'est que vous n'êtes pas sa femme.

— Pas sa femme, pas sa femme! Mais ne m'avez-vous pas entendue lorsque je vous ai dit que depuis quarante ans nous vivions ensemble?

— Si fait! Je n'ai rien à répondre à cela, si ce n'est que c'est une réponse victorieuse à ce propos calomnieux qui prétend que l'inconstance est le part des femmes. Et cependant il y a un fait certain, c'est que vous n'êtes pas mariés.

— Mais je suis sa femme! Lève la tête, mon mari, et dis à monsieur que je suis ton épouse légitime!

— Madame, répondit l'avocat d'une voix qu'il s'efforça de rendre pathétique, si vous voulez sauver la vie de l'accusé, vous devez apprendre autant à oublier qu'à vous souvenir. Vous avez vu Leicester vous faire un fait qui sauve votre mari de la potence. La femme d'un homme que l'on accuse d'un crime ne peut pas être entendue comme témoin, la loi s'y oppose : ainsi donc, vous n'êtes pas sa femme. Personne ne peut prouver que vous l'êtes. Je l'affirmerai et je maintiendrai qu'il n'y a jamais eu de mariage entre vous et le prisonnier. Voilà une chose entendue!

— Mais nous avons vécu quarante ans ensemble, peut-être! s'écria la pauvre femme, qui frissonna des pieds à la tête, tandis que le rouge lui montait au visage; et, si je ne suis pas sa femme, quel lien m'attache donc à lui, que lui suis-je donc?

— Et qu'importe une position... équivoque à votre âge? D'ailleurs, du moment qu'il sera acquitté, rien ne vous empêchera de votre mariage devant toutes les cours d'Amérique, sans que cela fasse rien. On ne pourra pas le juger une seconde fois!

— Et vous voulez que je nie que nous sommes unis, que j'affirme que je ne suis pas sa femme?

Et en prononçant ces paroles mistress Warren, malgré sa faiblesse apparente, prit un air sévère, et sa figure pâle dévoila aux yeux de l'avocat une expression sublime. Celui-ci comprit la force de ce regard, et lui répondit comme pour s'excuser :

— C'est là, madame, le seul moyen de sauver la vie de votre mari.

— Qu'il meure plutôt! Il me sera plus facile de supporter sa mort que de le renier pour mon époux! Jamais je ne prononcerai un tel mensonge! Et elle se laissa tomber à genoux devant M. Warren en murmurant au milieu de ses sanglots :

— O Benjamin! ô mon ami! dis-moi que j'ai raison maintenant! réponds-moi, m'as-tu entendue?

Le vieillard se leva : une sainte joie vint rayonner sur son visage; ses lèvres exprimèrent un sourire dont la douceur était un reflet du ciel. Il tendit ses bras à la pauvre femme, et écartant les cheveux gris qui couvraient son front, il y déposa un baiser rempli de tendresse; puis il pressa cette tête chérie sur sa poitrine, et se tournant vers l'avocat, il lui dit :

— Vous devez être satisfait, monsieur. Elle ne pense pas que la vie misérable de son mari puisse être rachetée au prix d'un tel mensonge. Et maintenant, monsieur, laissez-nous seuls.

L'avocat ne se le fit pas dire deux fois. Il quitta la cellule découragé et confondu, murmurant entre ses dents tout en descendant les marches de l'escalier :

— Allons, que ce vieux entêté soit pendu, puisqu'il le veut! Probablement ça lui fera plaisir; et pourtant, dire que voilà une cause magnifique qui se trouve entièrement perdue par la folie de cette vieille sorcière! Et m'y suis mal pris; j'aurais dû la voir à part; je suis convaincu que ce vieux fou est innocent, et pourtant, si sa femme ne veut pas entendre raison, il sera pendu haut et court comme le fut Aman par l'ordre du roi Assuérus.

CHAPITRE XXXIII.

Le procès du meurtrier.

Le jour désigné pour le procès parut enfin; les faits de cette nature sont assez fréquents à New-York, et à moins qu'il n'y ait dans la position ou dans la vie intime du criminel quelques circonstances dignes d'exciter l'attention du public, ce genre d'affaires passe généralement inaperçu. Et pourtant il n'y a pas un seul de ces procès qui ne touche d'une manière sensible le cœur de certaines personnes et de plusieurs familles, dont la parenté est directe soit avec l'accusé, soit avec la victime. Il n'y a pas un seul de ces jugements qui ne fasse couler des larmes à quelque innocente créature, et ne lui cause une douleur profonde. Pour nous, qui lisons dans les journaux un compte rendu de ces causes criminelles, quand il nous arrive d'apprendre qu'un meurtrier a été jugé, convaincu et condamné à mort, nous frémissons, et nous cherchons à oublier cette impression pénible, sans vouloir souvent réfléchir que cet événement terrible raconté en quelques lignes a navré de chagrin quelques personnes aussi innocentes que nous-mêmes, qui souffrent par l'expiation de ce crime des tortures plus terribles encore que celles de la mort.

Mistress Warren et sa petite-fille arrivèrent de grand matin devant la porte de la prison, bien avant l'heure où les visiteurs pouvaient être admis d'après le règlement : elles se promenaient de long en large devant la porte d'entrée avec cette anxiété fébrile que cause toujours l'inquiétude. Tout était animation dans le voisinage des Tombes. En quoi cela importait-il au public qui passait et repassait devant elles qu'un homme fût ce jour-là mis en jugement pour crime de meurtre, et se trouvât par conséquent en danger de mort? Deux personnes à peine prenaient part aux terreurs de l'épouse et de la jeune fille, et ces deux personnes étaient mistress Gray et son neveu.

Mistress Warren et Julia se trouvaient profondément émues par le spectacle qui les entourait, et l'on comprendra facilement leur étonnement douloureux à voir passer cette foule indifférente, dont les visages joyeux, l'empressement et l'insensibilité paraissaient une amère dérision aux sentiments qui déchiraient leurs cœurs. L'heure de l'admission sonna enfin, et il leur fut permis d'entrer dans la prison. M. Warren reçut les deux malheureuses femmes avec la plus grande affection, sans montrer la moindre crainte; il parut même plus joyeux qu'il ne l'avait été avant ce jour-là. La Bible se trouvait ouverte sur sa couchette, et, à la marque qui restait incrustée dans l'oreiller, on aurait dit que ses bras s'y étaient reposés longtemps tandis qu'il avait lu le saint livre à genoux. Il resta ainsi plus d'une heure à causer d'une manière calme avec sa femme et sa petite-fille, en s'efforçant de les consoler plus encore que de leur faire concevoir une espérance qu'il ne partageait pas; car, dès le lendemain de son arrestation, il avait été convaincu du résultat funeste du procès qui lui était intenté. Comment eût-il pu faire autrement, lui qui ne croyait pas dans l'habileté de son défenseur, et qui n'avait aucun témoin à décharge pour prouver son innocence? Peut-être c'est à cette conviction qu'il devait la force qu'il ressentait en lui-même et le calme sublime si remarquable chez un homme qui se trouvait en danger de mort. Lorsque les agents de police vinrent le chercher pour le conduire à la salle des assises, qui se tenaient à l'hôtel de ville, il les suivit avec calme, d'un air grave, comme l'eût fait un homme pieux qui se rend à l'église pour y adorer l'Éternel. L'atmosphère était froide, mais le ciel était brillant ce jour-là. Comme M. Warren était détenu depuis quelques semaines, il se sentit à son aise lorsqu'il put respirer l'air extérieur, et jeta les yeux sur l'animation de la rue. La foule était immense à la porte de la prison par laquelle devait sortir le vieux meurtrier; mais ceux qui s'étaient ameutés sur son passage se trouvèrent vraiment désappointés, lorsqu'au lieu de se trouver en présence d'un être à l'œil hagard et courroucé, rempli de terreur en pensant à la position terrible où il était placé, cherchant comme une bête fauve le moment favorable pour se dégager de l'étreinte de ses gardiens, ils aperçurent un vieillard paisible, recouvert de vêtements propres, et marchant tranquillement entre deux agents de police, sans aucune fanfarterie, comme aussi sans cette honte que donne la conscience de crime. Le grand air avait fait du bien à cet infortuné, et il était facile de voir à l'expression de son visage quelle était la reconnaissance qu'il adressait au ciel et qui lui faisait pour ainsi dire oublier les regards étonnés que la populace jetait sur lui.

— Il fait un temps superbe, dit-il en s'adressant à l'un des agents, qui ne put s'empêcher de manifester son étonnement à l'air de joie exprimé par le prisonnier. Si je n'avais jamais été en prison, je ne sentirais vraiment pas comme aujourd'hui le plaisir de respirer un air pur.

— Vous vous attendez probablement à être acquitté, répondit celui auquel il s'adressait, et qui ne pouvait attribuer qu'à cette conviction étrange la tranquillité manifestée par M. Warren.

— Oh! certes non, répliqua tristement le vieillard, non, je crois que le jury me trouvera coupable, j'en suis presque sûr!

— Vous le prenez tranquillement, ma parole d'honneur, très-tranquillement! s'écria l'agent. Vous avez donc résolu de confesser votre crime?

— Non, car je ne l'ai pas commis, et je ne saurais convenir de ce qui n'est pas vrai. Aussi m'efforcerai-je de prévenir le crime qu'ils commettraient en me condamnant; si j'agissais autrement, ce serait commettre un suicide.

Cette réponse frappa l'agent de police plus que n'eussent pu le faire toutes protestations d'innocence. Il ne put s'empêcher d'être surpris de la manière d'agir de cet homme qui se résignait ainsi. Depuis qu'il remplissait ses fonctions, il n'avait jamais conduit à l'audience des assises un homme qui marchât d'un pas aussi résolu et qui parlât d'une manière si calme.

— Dites-moi, fit-il, vous ne craignez donc pas d'être condamné? Vous n'avez donc pas peur de mourir?

Le vieillard détourna la tête et regarda derrière lui. Il aperçut deux femmes qui le suivaient à peu de distance; elles marchaient sur le trottoir opposé pour éviter la foule d'hommes et d'enfants, qui, comme une meute de chiens, suivaient le prisonnier en gesticulant et en parlant à voix haute. Les deux malheureuses jetaient du côté de M. Warren des regards d'anxiété, et lorsque l'agent de police les aperçut à son tour, il ne put s'empêcher de se sentir ému. Le vieillard, qui découvrit cette commisération, lui répondit alors douloureusement :

— Si je redoute la sentence de mort que le jury prononcera contre moi, c'est que cette condamnation retombera sur elles; et puis, voyez-vous, la mort est une chose solennelle, surtout lorsqu'on sait, à n'en pas douter, qu'à une heure certaine, désignée à l'avance, on va se trouver face à face avec Dieu.

— Et cependant tout me porte à croire que vous mourrez en héros.

— J'essayerai du moins, lorsque ce moment arrivera, d'achever ma vie en chrétien, répondit-il avec douceur.

Au moment où le vieillard parlait, on était arrivé au coin du Parc, et l'on allait traverser la voie publique appelée Chamber's-Street, lorsque la foule se trouva arrêtée par une voiture attelée de deux superbes chevaux, derrière laquelle se tenaient deux valets de pied en livrée, qui dispersa la foule à droite et à gauche.

Mistress Warren et sa petite-fille se trouvaient du côté du Bowery, au coin de Centre-Street. Julia poussa un cri, et saisit sa grand'mère par la robe, car les chevaux avaient failli l'écraser en passant. Mais la pauvre femme demeurait comme paralysée au milieu de la rue; elle était là, immobile, tout contre les chevaux et contre les roues, qui effaçaient son corps, et risquèrent de la renverser. Elle poussa un gémissement au moment où la voiture disparut à ses yeux, et s'élança comme si elle avait eu l'intention de la rejoindre. Julia courut aussi, et la retint par le bras :

— Grand'mère! grand'mère! où allez-vous donc? qu'avez-vous?

— L'as-tu vue? dit la vieille femme.

— Quoi, grand'mère?

— Le visage de cette dame qui se trouvait dans cette voiture, l'as-tu vu ?

— Non, grand'mère, je vous regardais, car je craignais que vous ne fussiez écrasée par les chevaux.

Mistress Warren paraissait écouter sans comprendre. Elle semblait folle, on eût dit qu'elle avait perdu tout sentiment de la position dans laquelle elle se trouvait.

— Où est ton grand-père ? Il faut que je lui parle, car, vois-tu, c'était son visage.

— Le visage de qui, grand'mère ?

— De qui, mais ne l'as-tu donc pas vu ? Et la vieille grand'mère parut alors recouvrer son intelligence, car elle ajouta : Hélas ! comment te serait-il possible de me comprendre, toi, pauvre enfant qui n'as jamais connu ta mère !...

— Grand Dieu ! Le chagrin vous égare, s'écria la jeune fille frappée de terreur, car les yeux de la vieille femme lui paraissaient hagards comme si elle eût été atteinte de folie.

— Non, je ne me trompe pas ! c'était elle. Vois comme je tremble ! j'en suis sûre, c'était elle ! Rien au monde que cela ne pourrait me faire frémir ainsi.

— Mais, grand'mère, j'ai le frisson moi-même depuis ce matin ! répondit Julia.

— C'est possible. Mais ce n'est pas la même cause : ton cœur ne tremble pas comme ton corps ; oh non ! Où est ton grand-père ? ils l'ont emmené pendant que nous sommes arrêtées ici. Viens, mon enfant, il ne faut pas le perdre de vue.

Elles traversèrent le parc dans la direction de City-Hall, où elles parvinrent assez à temps pour apercevoir le prisonnier au moment où il montait les escaliers toujours suivi par la populace. La cour d'assises se trouva bientôt remplie, du moment où le prisonnier eut été amené à sa place, et ce ne fut pas sans une grande difficulté qu'un agent de police put se frayer un passage dans la foule pour amener les deux femmes jusqu'au banc ordinairement réservé aux témoins. Mistress Gray était déjà arrivée, s'était casée à l'une des meilleures places de la salle ; elle était un peu plus sérieuse qu'à l'ordinaire, mais sa confiance était aussi grande dans l'innocence de son protégé, elle était si bien convaincue de l'infaillibilité de la loi qu'elle comptait religieusement sur l'acquittement de M. Warren. Elle adressa un sourire affectueux à mistress Warren et à Julia, et l'on entendit tout autour d'elle le frôlement de la soie de sa robe au moment où elle cherchait à en diminuer l'ampleur, pour faire une place à ses deux amies. Mistress Warren était dans une excitation impossible à décrire, elle fit de nombreux efforts pour s'approcher de son mari, tandis qu'on le conduisait à travers la foule, mais les spectateurs étaient si nombreux qu'en dépit de sa volonté, elle fut portée jusqu'au banc des témoins, sans avoir l'opportunité de lui glisser à l'oreille un seul mot relatif à ce qu'elle venait de voir, et à la circonstance fortuite qui l'avait si violemment émue.

Les juges avaient déjà pris leur siège ; les avocats étaient à leur place, et les débats allaient commencer. L'accusé demeurait calme comme il l'avait été toute la matinée, et cependant il était loin de se montrer indécis ou épouvanté, dans la terrible alternative où il se trouvait. Lorsqu'il eut été informé du droit qu'il avait de récuser les membres du jury, il examina chacun d'eux à mesure qu'il lui était nommé et, leur présenta un regard scrutateur, et ce ne fut que deux ou trois fois qu'il exprima un refus à la cour. Il écouta ensuite avec intérêt les questions que lui adressèrent ses juges, et il s'assit en respirant largement, comme s'il eût rempli un important devoir, du moment où le jury eut été constitué. Le procureur du district donna connaissance de l'acte d'accusation et ouvrit les débats avec une grande habileté. C'était un homme subtil, rusé, qui, une fois mis sur la piste d'un être assez infortuné pour avoir affaire à lui, lui courait sus avec le zèle implacable d'un limier, sans se laisser émouvoir par rien, sans éprouver aucune faiblesse, et ne connaissant ni pardon ni pitié. Ses fonctions lui donnaient ordre de faire condamner les coupables ; sa réputation pouvait donc être diminuée ou arrêtée par une décision favorable du jury. Il avait toujours cette pensée devant les yeux, car il désirait faire rapidement son chemin, et sa réputation demeurer intacte. Le jury devant lequel le représentant de la loi se trouvait en présence, devait cette fois ajouter un nouveau fleuron à sa couronne, ou bien arracher un de ceux qu'il avait déjà. Qu'était donc la vie d'un homme dans la balance où se trouvait cette pensée ? A voir cet homme dont le regard était rempli de colère, à entendre l'éloquence passionnée avec laquelle il attaquait le malheureux vieillard qui l'écoutait avec une douceur impossible à décrire, on eût cru que jamais le procureur du district n'avait eu d'ennemi plus digne de sa haine. Dès les premiers mots, et pendant toute la lecture de l'acte d'accusation, qui, comme on le sait, n'a pas besoin d'une très-grande éloquence, il n'avait pas pu s'empêcher d'adresser les plus cruelles injures à l'homme qui se trouvait sur le banc des accusés, et qui les avait écoutées sans protester ni par un mot, ni par un signe qui eût pu arrêter l'élan de cette honteuse éloquence si peu nécessaire à la justice. Il eût fallu voir mistress Gray pendant le réquisitoire du procureur ; jamais pomme d'api ne fut ornée d'une teinte plus écarlate que ne l'étaient les joues de la digne

femme ; jamais étoiles du ciel ne brillèrent davantage que ses yeux, qu'elle ouvrait démesurément. Elle éprouvait une telle indignation, qu'elle ne pouvait rester un moment tranquille, et qu'elle gênait particulièrement ses voisins, grâce au frôlement incessant de sa robe de soie. A chaque instant, elle se baissait à l'oreille de mistress Warren et à celle de Julia, leur disant :

— Ne faites pas attention, mes chères amies ; ne vous inquiétez pas de son impudence. Notre avocat aura bientôt son tour, et il répondra à ce drôle-là. N'écoutez pas ce qu'il dit : il fait son métier. L'État le paie pour cela : c'est une honte pour notre république. Notre défenseur va prendre la parole. Je n'ai pas autant de fortune que l'État de New-York, mais notre défenseur a reçu des arrhes qui lui ont aiguisé la langue, indépendamment de l'argent que je lui ai promis. Tout ce qu'il demande, c'est qu'il rétorque avec intérêt tous les arguments de ce monsieur-là, et qu'il lui fasse payer cher toutes ses sottises. Si je n'ajoute pas dix dollars à ses honoraires, je consens à perdre mon nom. Je voudrais pouvoir lui suggérer tout ce que je pense ; allons, allons ! ma bonne madame Warren, ne soyez donc pas émue comme cela : tout ceci n'est qu'un discours sans conséquence, on ne va pas le condamner ainsi ; c'est un verbiage, et pas autre chose !

Mistress Gray fut en ce moment obligée de réprimer les élans de son naturel généreux, pour prêter toute son attention aux incidents qui avaient lieu.

Les témoins à charge furent appelés par le procureur du district, et non-seulement il y avait là des gens qui avaient déposé lors de l'interrogatoire, mais on en voyait encore d'autres que l'infatigable représentant de la loi avait été chercher on ne sait où. Jamais preuves aussi complètes ne furent reproduites contre un homme, jamais crime ne fut plus clairement établi avec des détails aussi horribles et aussi circonstanciés. A mesure que chacun de ces témoins quittait l'estrade pour rejoindre sa place, on aurait dit que le crime du vieillard était avéré aux yeux de tous. Les questions qu'adressa son avocat, — celui qu'avait choisi mistress Gray — aux témoins du procureur du district tournèrent même contre l'accusé, et malgré toute l'habileté de la défense, on ne réussit qu'à prouver ce qu'il voulait réfuter. Un avocat plus habile eût été excusable de désespérer du résultat de son plaidoyer. Il paraissait impossible de détruire cet échafaudage de preuves évidentes contre le pauvre Warren ; jusqu'aux moyens extrêmes de la folie, tout échappait au défenseur. En effet, comment eût-il été possible de croire qu'une physionomie aussi calme, aussi sereine et aussi intelligente que celle de ce vieillard n'était que le masque de la folie ; l'homme le plus éloquent n'eût pas réussi à convaincre la cour. Parmi les derniers témoins que présenta l'avocat de l'accusé se trouvait Julia Warren ; elle avait d'abord positivement refusé de paraître dans cette affaire, comme le juge l'avait conseillé lors de la procédure ; mais son grand-père avait combattu cette détermination, car l'infortuné était persuadé que l'on doit obéir à la loi et s'en remettre à Dieu de ce qui peut advenir. Aussi avait-il réussi à vaincre l'opposition de la jeune fille, et à lui persuader que son véritable devoir était d'obéir. Elle se leva du moment où on l'appela par son nom, il lui adressa un regard à son grand-père, comme pour lui demander de soutenir son courage, puis elle alla se placer devant la barre, en tremblant, car il est vrai, mais avec plus de force qu'on n'eût pu attendre d'une créature si jeune et surtout si impressionnable.

Mistress Gray, par un motif de sensibilité et de générosité bien à elle à apprécier, avait pris soin de revêtir sa protégée avec simplicité, mais, malgré la capote doublée de rose qui couvrait la tête de la pauvre enfant, son visage était blanc comme la neige.

Un frémissement de sympathie se manifesta dans l'auditoire au moment où la jeune fille se trouva exposée aux yeux du public. On savait qu'elle était la petite-fille de l'accusé, et le bruit courait qu'elle n'a déposer des faits d'autant plus graves qu'ils étaient tous à charge. Cette circonstance était suffisante pour lui attirer les généreuses impressions qu'inspirent toujours le peuple qui, plus que tout autre au monde, sait ce qu'il doit à la faiblesse de la femme et aux droits du respect qui lui sont acquis. La modestie de la démarche vacillante de la pauvre enfant, la beauté inexprimable de son visage, sa jeunesse, ce parfum de bonne compagnie qui était inné chez elle, et qui s'évaporait de sa personne comme un nuage d'encens, tout contribuait à inspirer la plus vive pitié dans toute l'audience. Il n'y avait pas dans la salle un seul individu y compris même les agents de police, qui n'éprouvât un sentiment de compassion lorsque cette charmante enfant monta sur la plate-forme. Le pauvre vieillard surtout, placé au banc des accusés, lui adressa un regard sympathique dont l'éloquence était vraiment indicible. Pour la première fois, ce jour-là, des larmes coulèrent de ses yeux. Mais quand sa petite-fille le regarda en paraissant lui demander grâce et encouragement, et regard fut si éloquent, il s'achemina si directement vers son cœur qu'il ne put s'empêcher de lui adresser un sourire qui suffit pour dissiper la pâleur de son visage : on eût dit qu'un ange avait passé par là ; et qu'il n'avait manifesté sa présence qu'à Julia et à son grand-père. La jeune enfant toucha de ses lèvres le livre sacré sur lequel elle avait prêté serment, puis elle se tourna du côté des juges, en leur adressant un regard angélique rempli d'une soumission toute respectueuse.

7.

Lorsque l'avocat du district commença son interrogatoire, elle répondit à ses questions avec une dignité modeste qui réprima chez l'accusateur le moindre désir qu'il eût pu avoir de lui faire des demandes intempestives. Chaque parole qui sortait de ses lèvres suffisait pour enchaîner l'attention du public. Elle parlait à voix basse; de temps à autre sa voix fléchissait, mais les inflexions de son organe étaient si douces, les pleurs paraissaient être si près des cils qui couvraient ses beaux yeux, que les juges eux-mêmes et le jury se penchaient vers elle pour mieux entendre ce qu'elle disait, plutôt que de l'interrompre en lui commandant de parler plus fort.

CHAPITRE XXXIV.

Les deux témoins.

Je ne raconterai point en détail la déposition de Julia, car tous mes lecteurs connaissent déjà les événements auxquels elle fit allusion. Mon but n'a point été de chercher des effets dramatiques en entourant mon récit d'un mystère impénétrable. La vérité à laquelle les juges et le jury ne pouvaient être initiés est déjà connue de tous ceux qui ont eu la bienveillance de lire les pages qui précèdent. Lorsque Julia fut questionnée sur la manière dont elle avait fait connaissance de l'homme qui avait été assassiné, elle répondit qu'elle ne l'avait vu personnellement que trois fois : la première, sur le quai, près de la Batterie, où elle était allée vendre des fleurs et des fruits; là, dit-elle, il m'acheta quelques fleurs pour les offrir à une dame qui venait de quitter avec lui, depuis quelques minutes, le bord d'un steamer arrivé du Sud. Elle raconta ensuite comment le gentleman était monté dans une voiture à côté de cette dame, et elle ajouta qu'à cette époque elle ne s'attendait pas à le revoir de nouveau.

— Cependant vous vous êtes retrouvée avec lui? fit l'avocat qui l'interrogeait. Dites-nous à quel endroit vous l'avez rencontré, et comment les faits se sont alors passés.

— C'était en octobre dernier, la veille du jour où il... où il mourut. Je montais dans le quartier situé au haut de Broadway pour porter des fleurs à une dame qui me les avait commandées pour un bal qu'elle donnait le soir même. Il était déjà tard lorsque j'avais quitté la serre de M. Dunlap, et je marchais fort vite pour arriver à ma destination avant la nuit, de peur de ne plus retrouver mon chemin. Au moment où je passais devant une maison entourée d'un jardin au milieu duquel une jolie fontaine arrosait des buissons de dahlias et de chrysanthèmes, cet homme m'aperçut. J'étais hors d'haleine, et j'avais ralenti ma marche pour mieux écouter le murmure de l'eau, qui frappait mon oreille comme une musique harmonieuse. Je dirai même que le spectacle enchanteur qui était devant mes yeux me fascinait à un tel point, que j'étais littéralement clouée à cette place. J'allais pourtant continuer mon chemin au moment où M. Leicester vint à moi en me priant de lui vendre des fleurs; je refusai, lui donnant la raison qui m'empêchait de lui être agréable; mais il me répondit qu'il voulait un bouquet quand même, et sans vouloir m'écouter il me poussa avec mon panier de l'autre côté de la grille, et me fit entrer dans le cottage.

— Très-bien ! Dites-nous maintenant ce qui se passa dans cette maison.

— Le gentleman me fit monter dans une chambre située au premier étage, où je me trouvai en face de la jeune dame que j'avais vue avec lui sur le quai de la Batterie. Elle était seule, et allait passer une magnifique robe que j'aperçus sur un des meubles de la chambre; elle me pria de l'aider à faire sa toilette, et ensuite elle choisit dans mon panier quelques fleurs qu'elle destinait à l'ornement de ses cheveux et à celui de sa robe. J'étais très-pressée de m'en aller, et je la suppliai de me laisser partir : elle me pria pourtant de rester encore quelques instants, et je me vis dans l'impossibilité de lui refuser. Dès qu'elle eut achevé de s'habiller, nous descendîmes au rez-de-chaussée, dans un salon où cette jeune dame fut unie par un ministre à M. Leicester. Ce mariage, je dois vous le dire, ressemblait bien moins à une fête qu'à des funérailles. La jeune dame pleura tout le temps de la cérémonie, et je ne pus m'empêcher de faire comme elle. Lorsque tout fut fini, on me laissa partir, et je me hâtai de porter le reste de mes fleurs à la dame qui les avait commandées. Il était fort tard lorsque je retournai chez nous; je me perdis en chemin. Un gentleman était arrêté devant une fenêtre, au coin d'une rue, et me parut chercher à savoir ce qui se passait dans la maison. Je lui demandai, sans chercher à regarder sa figure, de vouloir bien m'indiquer la direction que j'avais à suivre pour rentrer chez moi. C'est alors qu'il se tourna de mon côté, et je reconnus M. Leicester. Il manifesta l'intention de m'accompagner; cette proposition me déplut, j'aurais bien mieux préféré me trouver égarée toute la nuit dans les rues; mais j'eus beau le supplier de me laisser aller, il refusa d'obtempérer à ma requête. Il me suivit donc, et voulut même descendre jusqu'à la porte de l'appartement voûté que nous habitions, ma famille et moi. Il n'y avait pas de lumière dans la chambre, et tandis que mon grand-père cherchait à faire prendre une allumette, M. Leicester disparut : je ne saurais trop

vous dire comment cela se fit, mais ce qu'il y a de certain, c'est que lorsque la bougie fut allumée et que nos yeux cherchèrent le gentleman, il n'était plus là.

— Avez-vous dit à votre grand-père cet homme vous avait suivie?

— Oui, monsieur, je dis toujours tout à mon grand-père.

— Ainsi, vous lui avez avoué que cet homme vous avait accompagnée malgré votre volonté?

— Oui, je le lui ai dit.

— A-t-il paru éprouver de la colère?

— Mon grand-père ne s'est jamais mis en colère.

— Mais que vous dit-il?

— Rien de particulier : il m'étreignit pendant longtemps sur son cœur, autant qu'il m'en souvient, tandis que je me réchauffais devant le feu, et il paraissait éprouver un profond chagrin dont j'ignorais la cause. Il m'adressa plusieurs questions relatives au gentleman; il me demanda à qui il ressemblait et ce qu'il m'avait dit.

— Ne vous dit-il pas autre chose? Est-ce là tout ce qu'il fit?

— Oh ! non; car avant de se coucher, ce soir-là, il adressa au ciel une prière bien plus fervente qu'aucune de celles que je lui avais jamais entendu prononcer. Je me souviens qu'il pria Dieu de me protéger contre le mal, ajoutant qu'il était vieux et si brisé par le malheur, que bientôt il ne me serait plus d'aucune utilité, tant il se sentait accablé par les années. Ce n'était pourtant pas la première fois que je lui entendais prononcer ces paroles, mais je me rappelle, comme si c'était hier, qu'elles produisirent sur moi un effet tel, que je me mis à pleurer.

— Quand avez-vous revu M. Leicester?

Julia, à cette demande, devint pâle comme la mort, et sa voix était si faible, qu'à peine pouvait-on l'entendre.

— Le lendemain matin.

— A quelle heure?

— Je ne sais pas précisément, mais nous venions d'achever notre déjeuner au moment où il entra dans l'appartement que nous occupions, et qu'il adressa la parole à mon grand-père.

— Votre grand-père le connaissait-il? Appela-t-il M. Leicester par son nom?

— Non, monsieur; mais je crois qu'ils s'étaient vus déjà.

— Qu'est-ce qui vous porte à croire cela?

— C'est que grand-père devint très-pâle et jeta sur lui un regard effrayant; jamais de ma vie il ne s'était trouvé dans un état semblable.

— Très-bien ! Que se passa-t-il après que M. Leicester fut entré chez vous?

— Je l'ignore. Grand-père nous renvoya, sa femme et moi, toutes deux hors de l'appartement.

— Et où allâtes-vous?

— Dans le corridor. C'était là le seul endroit où nous pussions nous retirer.

— N'avez-vous plus rien entendu après?

— Oh ! si... le bruit des voix, mais aucune parole n'était compréhensible. Enfin M. Leicester s'élança au dehors, et sortit sur le devant de la maison. Nous pensions qu'il était parti, lorsqu'au bout d'une minute il reparut et rentra dans la chambre où se tenait mon grand-père. Nous n'entendîmes plus aucune parole échangée entre eux, mais bientôt un bruit sourd retentit comme si quelqu'un fût tombé. Nous nous précipitâmes, ma grand'mère et moi : M. Leicester était étendu à terre; grand-papa se tenait à ses côtés; il y avait du sang partout. Mais c'est là tout ce que je sais, car ma tête tournait, et je ne me rappelle que je fus obligée de me cramponner à la robe de ma grand'mère pour ne pas tomber évanouie.

— Et c'est là tout ce que vous savez?

— Oui, c'est tout !

Il est impossible de rendre l'effet que la déposition de cette jeune fille produisit sur l'audience. La pauvre enfant ne pleurait ni ne rougissait, comme l'eussent fait la plupart des enfants de son âge; mais l'émotion qu'elle éprouvait et qui se reflétait dans chaque intonation de sa voix empreinte de tristesse, le désespoir dont sa physionomie trahissait la douleur, tout avait un cachet de vérité qui émut tous les assistants. Il était facile de voir que cette pauvre créature accomplissait un devoir solennel, du moment qu'elle venait là déposer contre celui qu'elle aimait le plus au monde. On comprenait facilement que cette heure passée à la barre du tribunal serait dorénavant pour son cœur un souvenir cruel que rien ne pourrait effacer.

Julia descendit de l'estrade où elle avait été exposée aux regards du public, plus âgée de dix ans que si elle n'avait jamais subi une torture pareille. Les souffrances semblables à celles-là mûrissent le cœur, car il ne faut pas longtemps pour changer le fer en acier, dès l'instant que le métal est chaud et que le marteau se hâte d'accomplir la transmutation. L'avocat chargé de la défense prétendit trouver inutile d'examiner à son tour la petite-fille de l'accusé : aussi la pauvre enfant fut-elle renvoyée à sa place. Au moment où on lui intima cet ordre, elle releva de nouveau ses yeux remplis de larmes vers son grand-père, et dirigea sur lui un regard qui trahissait une émotion inexprimable. Le vieillard lui adressa à son tour un sourire qui lui déchira le cœur, et cependant les yeux de Julia étaient si remplie de larmes qu'à peine avait-elle pu l'entrevoir; elle retourna en chancelant s'asseoir près de sa grand'mère, appuya sa tête contre la muraille, et sans pousser un soupir, sans faire le moindre mouvement, elle devint aussi insensible que la muraille elle-même. C'était une chose étrange, mais le témoignage de cette jeune fille, quelque terrible qu'il fût pour le prisonnier, disposa le jury en sa faveur, et produisit sur la foule qui remplissait la salle des assises une impression favorable pour le pauvre vieillard, qui était aimé de la sorte par une aussi bonne créature. Quant à mistress Gray, elle ne cessa de répandre des larmes tant que Julia fut interrogée devant la barre. Et la pauvre grand'mère demeurait immobile, portant alternativement les yeux du banc où était assis son mari, à celui où se tenaient les jurés, cherchant à lire sur leur visage s'il lui restait encore quelque espoir de sauver celui à qui son existence était liée.

Une des preuves évidentes de l'influence produite sur la cour par la véracité de la déposition de la jeune fille fut le peu de formalités auxquelles les juges se crurent astreints pour procéder à son interrogatoire. On lui avait permis de raconter son histoire à sa manière, comme bon lui semblerait, sans permettre aux avocats de l'interrompre : aussi, pendant les cinq minutes qui suivirent la fin de la déposition de Julia, la foule observa-t-elle la plus profonde tranquillité, comme si tout le monde eût craint de détruire même par un murmure l'impression favorable qu'elle avait généralement produite.

Le prisonnier fut le premier qui interrompit le silence ; il se leva tout d'un coup en s'efforçant de se précipiter du côté de sa petite-fille. Tandis que l'audience était absorbée par la sensation générale, lui seul s'était aperçu de l'évanouissement de Julia ; il avait vu sa tête tomber contre la muraille, ses paupières blanches s'abaisser inertes sur ses yeux et la pâleur de la mort recouvrir ses lèvres. Cet aspect lui avait brisé le cœur, et il s'élança, comme je viens de le dire, lorsque les agents de police l'arrêtèrent par les deux bras.

— Voyez, voyez donc ! vous l'avez tuée ! s'écria le vieillard en montrant du geste la jeune fille évanouie. Laissez-moi m'approcher d'elle, je vous en prie, une minute, une seule minute. Moi seul je pourrai lui faire reprendre ses sens !

L'agent de police essaya de nouveau de retenir le vieillard.

— Asseyez-vous, asseyez-vous donc ! dit-il, vous troublez l'audience ; on aura soin d'elle : ne craignez rien, et tenez-vous tranquille.

Le prisonnier essaya de nouveau de s'élancer du côté de Julia, et résista sans violence aux efforts de ses gardiens.

— Elle est morte ! Je vous dis que ce qui vient de se passer l'a tuée, pauvre enfant ! ma belle chérie ! Elle est morte ! répéta-t-il tandis que des pleurs coulaient le long de ses joues. Personne de tous ceux qui m'entourent ne voudra-t-il donc voir si elle respire encore !...

Au moment où ce cri pathétique s'échappait de la poitrine de l'infortuné vieillard, un jeune homme s'élança de l'un des coins de la salle d'audience, où il s'était tenu depuis l'ouverture des débats, auxquels il paraissait porter le plus vif intérêt, et prenant Julia dans ses bras, il la transporta jusque auprès d'une des fenêtres qui était grande ouverte.

— Veuillez me donner de l'eau, dit-il en s'adressant à un agent, il y en a sur la table du juge.

Et se tournant du côté de mistress Gray, qui, les yeux dirigés sur le pauvre M. Warren, n'avait pour ainsi dire pas fait attention à l'évanouissement de Julia, il lui dit :

— N'avez-vous par hasard des sels sur vous, ma tante ? Donnez vite, j'en ai besoin.

— Certainement oui, répondit la pauvre femme en lui présentant un flacon rempli de camphre qu'elle tira du fond de sa poche. Je redoutais un événement de la sorte, et j'avais eu le soin de m'en précautionner. Voilà de l'eau aussi. Ah ! ses paupières commencent à s'ouvrir !

— Elle est mieux ! elle sera bientôt tout à fait bien ! répondit Robert Otis en tournant son regard du côté du prisonnier, qui, se tenait debout sur la pointe des pieds, les yeux fixés sur sa chère petite-fille, et dont la physionomie exprimait une anxiété qui eût touché le cœur le plus insensible.

— Merci, merci ! répondit le vieillard. Et sans prononcer une autre parole il s'assit, se couvrit la tête de ses deux mains, et versa des larmes comme un enfant.

Un moment après Julia fut ramenée au banc des témoins, et Robert Otis se retira de nouveau au milieu de la foule. On examina un autre témoin dont la déposition ne parut pas être de grande importance ; après cet incident il y eut un temps d'arrêt et la cour suspendit la séance pendant quelques instants. Le procureur du district s'allongea dans son fauteuil, dirigeant les yeux du côté de la porte, comme s'il attendait une personne qui devait être d'une très-grande importance pour la conviction du criminel. Le juge, de son côté, malgré les désirs qu'il avait de continuer les débats, paraissait éprouver la même anxiété, lorsque enfin un mouvement se fit du côté de la porte au milieu de la foule. Ceux qui se trouvaient là

furent contraints par deux agents à faire place, pour livrer passage à un nouveau témoin qu'ils introduisaient. Ce témoin était une dame à la démarche précipitée, qui paraissait fort émue de la position dans laquelle elle se trouvait placée.

Un murmure de surprise plus encore que d'admiration s'échappa de toutes les bouches au moment où cette dame s'assit à la place qui lui était destinée. Après un instant d'hésitation, elle releva son voile de dentelle sur son chapeau avec un geste des plus gracieux, et tourna son visage dans la direction du juge. Cette physionomie admirable, dont le galbe rappelait ceux de l'antique Grèce, avait encore quelque chose de plus remarquable que sa beauté : c'était un air de hauteur, de détermination et de sang-froid qui n'avait rien de forcé, malgré son inflexibilité apparente. Et cependant, on voyait, à ne pas s'y tromper, que la pauvre femme tremblait de tous ses membres au moment où elle exposa ses traits à la vue du public.

Ce n'était point une terreur de honte qui eût fait rougir le front d'une femme sur laquelle tous les regards se portent à la fois ; mais c'était une excitation nerveuse qui la mettait bien au-dessus de ces hésitations puériles. Elle offrait un contraste extraordinaire par la robe de velours noir dont elle était revêtue, et qui venait s'agrafer jusqu'à la naissance du cou, et par la beauté de son visage, qui, dans ce moment, était d'une pâleur effrayante. Ce qu'il y a de certain, c'est que la foule éprouva, comme si elle eût été frappée par une commotion magnétique, un sentiment de ce respect que l'on ressent toujours devant ce qui est beau ; et cependant ce n'était pas tant sa beauté que la noblesse de sa douleur qui parut au public mériter une sympathie toute particulière. La rapidité qu'elle avait mise dans sa démarche, pour arriver jusqu'à la place destinée aux témoins, et la position qu'elle avait prise au moment où elle s'était affaissée sur le siège présenté par un officier de police, avaient empêché mistress Warren et Julia de la voir de prime abord ; mais au moment où elle leva son voile, lorsqu'elle tourna les yeux dans la direction des deux pauvres femmes, l'émotion qu'elles en ressentirent fut vraiment des plus terribles.

La vieille femme se leva à moitié de la place qu'elle occupait, la bouche ouverte, comme pour jeter un cri qu'il lui fut impossible d'articuler. Elle retomba lourdement sur le banc, serrant convulsivement la robe de mistress Gray, qui se trouvait à côté d'elle. Le visage placé devant les yeux était celui de la dame qu'elle avait vue le matin même dans la voiture qui avait failli l'écraser.

Julia, en reconnaissant celle qui avait produit cette émotion sur sa grand'mère, ne put elle-même s'empêcher de tressaillir ; car le nouveau témoin amené devant la cour était la dame qui lui avait acheté si souvent des fleurs : c'était celle qui s'était montrée si généreuse pour elle en toutes circonstances, et dont l'existence paraissait s'être enchaînée à la sienne depuis le moment où, sur le quai de la Batterie, elle avait acheté ce petit bouquet de violettes que Julia lui présentait de ses mains si mignonnes.

N'y avait-il pas, en effet, sujet, pour Julia, d'éprouver une émotion indicible, lorsqu'elle voyait surgir devant elle, comme une apparition, une personne qui lui était si sympathique ? Dans ce moment solennel, elle poussa un profond soupir, et prêta la plus grande attention, attendant avec impatience les premières paroles qui seraient prononcées par la cour. Mistress Gray n'éprouva pas moins d'étonnement que mistress Warren et sa petite-fille ; car elle vit son frère, Jacob Strong, entrer dans la salle et suivre la dame, près de laquelle il vint se placer avec l'air respectueux d'un domestique ; jusqu'au moment, où celle-ci s'étant assise, il se retira vers la porte d'entrée ; et là, dirigeant ses yeux du côté où elle était placée, il parut n'avoir d'autre but que celui d'attendre ce qui allait se passer. Cette anxiété absorbait Jacob, et ne lui permettait de distinguer aucune des personnes qui l'entouraient. En vain mistress Gray lui fit-elle des signes pour attirer son attention, Jacob ne les aperçut point ; car son regard ne quittait pas sa maîtresse.

De toutes les personnes présentes, aucune, sans exception, ne regardait avec indifférence la dame assise au banc des témoins. Le prisonnier, lui seul, n'avait pas paru prendre garde à elle. Pendant quelques instants, le pauvre vieillard s'était tenu la tête cachée dans ses mains, perdu dans ses pensées ou plutôt adressant à Dieu une prière mentale, afin qu'il ne l'abandonnât point dans le péril extrême où il se trouvait. Il n'avait donc pas vu entrer la dame, et ce ne fut que bien après l'instant où l'on commença son interrogatoire, qu'il eut conscience de la présence de ce nouveau témoin.

Il est bon d'ajouter que le procureur du district adressa la parole à la nouvelle venue avec un air de déférence et de respect qui ne lui avait pas été habituel pendant les autres interrogatoires. Sa voix, qui jusqu'alors avait été acerbe et mordante, devint dans cette circonstance doucereuse et mielleuse ; ses manières, au lieu d'être brusques et rudes comme elles l'avaient été pour les autres, devinrent tout à coup respectueuses et pleines de déférence. Aussi chacune des questions qu'il adressa à la dame était-elle plus une insinuation qu'une demande. Il passa très-légèrement sur les préliminaires habituels qui avaient rapport à l'âge et au nom du témoin, et il alla même jusqu'à s'excuser de la nécessité où il avait été placé de la faire comparoir en justice.

La dame l'écouta avec une impatience qu'elle ne pouvait s'empêcher de manifester ; il était évident qu'elle ne se sentait nullement disposée à écouter des galanteries : aussi, lorsque l'avocat du district lui posa les questions nécessaires pour entrer directement en matière, il devint visible pour tout le monde qu'elle se sentait plus à son aise.

— Mistress Gordon, c'est ainsi qu'on vous nomme, à ce que je crois ?

Ada fit un signe de tête comme pour acquiescer.

— Avez-vous connu M. William Leicester avant sa mort ?

Un frémissement de terreur se manifesta sur les lèvres de la pauvre femme. Cependant elle eut assez de force sur elle-même pour répondre clairement, quoique d'une voix émue :

— Oui, je le connaissais.

— Il vous rendait quelquefois visite ?

— Oui.

— A quelle époque l'avez-vous vu pour la dernière fois ?

— Le soir où...

Les paroles de l'infortunée veuve de Leicester s'éteignirent dans son gosier et permirent à peine d'entendre la date qu'elle allait mentionner. Cependant, le procureur du district avait d'excellentes oreilles, ce qui empêcha la répétition de cette demande ; et comme il s'aperçut de l'émotion qu'éprouvait mistress Gordon, il mit un certain intervalle jusqu'au moment où il continua son interrogatoire.

— A quelle heure William Leicester quitta-t-il votre maison pendant la nuit du bal auquel vous l'aviez invité ?

— Je ne saurais désigner exactement à quelle heure il s'est retiré.

— Était-il tard ?

— Je le crois, car il partit l'un des derniers, et tous mes invités étaient restés fort tard chez moi.

— Avez-vous remarqué ce jour-là qu'il y eût quelque chose de singulier ou tout au moins d'extraordinaire dans la manière d'agir de William Leicester ? Ressemblait-il à un homme qui a l'intention de se suicider le matin même ?

Une minute s'écoula avant que la dame se sentit la force de répondre à cette question. Elle surmonta pourtant l'oppression nerveuse qui la suffoquait, et répondit :

— Je ne saurais dire..... j'ignore..... C'est une étrange question que vous m'adressez.

— Je regrette la nécessité dans laquelle je suis placé, répondit l'avocat avec un mouvement de déférence. Mon but, fit-il en s'adressant au juge, est de prouver par le témoignage de madame quelle était la position mentale de l'assassiné la veille du jour où il s'est tué. Tout me porte à croire que le défenseur de l'accusé cherchera à prouver que William Leicester s'est suicidé, et nous désirons prouver qu'au lieu d'être causée par un suicide, la mort de Leicester l'a été par un assassinat. Je prouverai par le témoignage de madame qu'il est resté chez elle jusqu'à une heure très-avancée de la nuit, qu'il était un de ses plus joyeux convives, et je prouverai qu'aucun des invités de la fête n'y a plus participé que William Leicester. Aussi je suis forcé de répéter encore ma question. Madame, fit-il en se retournant du côté d'Ada, avez-vous remarqué la moindre singularité dans les manières et dans les regards de l'homme qui a été assassiné, y avait-il dans sa manière d'agir quelque chose qui l'ait fait distinguer de vos autres convives ?

Ada répondit après avoir fait un violent effort sur elle-même :

— Non, je n'ai rien vu... je n'ai rien remarqué.

Et l'infortunée baissa les yeux sous le regard de reproche que lui adressa Jacob Strong. Aussi, comme pour s'étourdir, ou plutôt pour éteindre la voix de sa conscience, elle ajouta à voix haute et d'un air de résolution :

— Aucune des paroles de William Leicester, aucun de ses actes ne m'a paru, pendant la fête à laquelle il assistait, dénoter la moindre idée de suicide. Non, rien, je l'affirme, rien de pareil ne m'a frappée !

Un gémissement prolongé se fit entendre du côté où se trouvait Jacob Strong. C'était lui, en effet ; il se perdit du côté de la foule, courbant la tête, comme l'eût fait une pauvre bête transpercée d'une flèche et cherchant à mourir. Dans le même moment, le procureur du district, agissant sous l'influence d'un pouvoir providentiel, dit en s'adressant à Ada suivant les attributions de la mission qu'il remplissait :

— Madame, jetez les yeux sur le prisonnier. L'avez-vous jamais vu avant aujourd'hui ?

Mistress Gordon détourna en partie la tête, dirigeant ses regards du côté du banc où le prisonnier était assis. Le vieillard tenait la tête courbée, car l'évanouissement de sa petite-fille semblait avoir brisé toutes ses forces. Aussi Ada ne put-elle voir les cheveux gris qui ombrageaient ce front vénérable, aussi lui fut-il impossible de se rendre compte de la noblesse empreinte sur la physionomie de l'accusé.

— Levez-vous, fit le juge en s'adressant au vieillard, levez-vous de manière à ce que le témoin puisse vous regarder en face !

M. Warren fit un effort et se tint debout ; ses yeux se dirigèrent graduellement sur la personne désignée par la cour, et bientôt ils se trouvèrent en contact avec ceux d'Ada, qui le fixait avec une terreur

à peine contenue. Il serait difficile d'exprimer les sentiments qui se manifestèrent sur ces deux physionomies au moment où Ada et M. Warren se regardèrent l'une l'autre. Tous les deux devinrent pâles comme la mort. Au bout de quelques instants, lorsque la pâleur cadavéreuse eut succédé à cette hésitation indicible de la malheureuse femme, une frayeur terrible vint faire trembler tous ses membres ; ses lèvres se crispèrent l'une contre l'autre, et ses yeux ouverts d'une manière démesurée brillaient à faire peur. Elle leva sa main nerveusement agitée comme une feuille de tremble, la porta deux fois sur ses yeux, comme si elle eût voulu s'assurer que la personne qui était devant elle n'était point un spectre. Elle n'essaya point de parler, car la vue de cet homme lui glaçait le corps et l'âme à la fois : on aurait dit qu'elle était devenue une statue de marbre. Le changement qui s'opéra chez le prisonnier ne fut pas moins remarquable. Un étonnement douloureux se peignit d'abord sur son visage ; cette altération physique fut aperçue de tout le monde, comme l'est une couche de neige, lorsqu'un rayon de soleil vient ricocher sur sa surface. Malgré la pâleur de ses traits, on devinait une expression d'affection et de tendresse mêlée à une gratitude impossible à décrire, et, tandis qu'Ada se trouvait fascinée par ce regard, il étendit ses deux bras vers elle. Cette scène était si étrange, l'agitation de ces deux personnes mises en présence l'une de l'autre était si extraordinaire, que tous les membres de la cour et toutes les personnes présentes restèrent ébahies, n'osant même pas respirer. On aurait entendu voler une mouche dans toute la salle ; chacun s'attendait à un cri qui paraissait prêt à s'échapper de la bouche du vieillard, chacun aurait juré que la dame allait tomber morte sur les dalles, tant était terrible l'agitation qu'elle éprouvait. Le prisonnier se contenta d'étendre les bras, et ce simple mouvement suffit pour rappeler Ada à elle-même : son visage devint sérieux, elle détourna ses regards lentement, comme si elle éprouvait une douleur impossible à décrire, et elle répondit froidement à l'avocat du district :

— Cet homme m'est tout à fait inconnu !...

Ses lèvres étaient blanches comme le marbre, et sa voix si rauque, qu'elle fit frémir tous ceux qui l'entendaient ; et cependant chaque parole fut prononcée de la manière la plus distincte.

Le vieillard se laissa choir sur son banc ; ses bras retombèrent sur ses genoux : on aurait dit qu'il était changé en pierre.

Le témoin resta encore quelques instants à sa place sans proférer une simple parole ; puis le procureur du district lui ayant fait un signe qui prouvait qu'on n'avait plus besoin de sa présence, Ada quitta sa place et disparut au milieu de la foule.

Mistress Warren, cette personne n'avait observée pendant la scène que nous venons de décrire, se leva de son siége au moment où la dame se frayait un passage hors de la salle d'audience, et la suivit sans prononcer un seul mot. La foule se referma derrière ces deux femmes ; mais la pauvre vieille parvint à saisir la robe de velours qui flottait devant celle, comme la draperie du poêle qui recouvre les cercueils. Ada Leicester se retourna : un visage pâle avait une expression de hauteur qui fit reculer la pauvre mistress Warren. Une convulsion nerveuse agitait l'épouse infortunée de celui qui se trouvait à cette heure sur le banc des accusés. Elle tendit les bras dans la direction d'Ada, comme si elle eût attendu le moment de la presser sur son cœur ; mais elle les laissa bientôt retomber au mouvement que fit celle-ci pour arracher sa robe à cette étreinte, et elle resta immobile, chancelante, s'appuyant contre la porte de la salle d'audience, tandis qu'Ada disparaissait dans les escaliers du City-Hall.

CHAPITRE XXXV.

La sentence de mort.

Depuis le matin il s'était opéré un brusque changement dans la température. L'air vif et glacial, dont la pureté semblait donner de la vigueur à tous ceux qui en ressentaient l'influence, avait été remplacé par une de ces tempêtes furibondes pendant lesquelles la pluie tombe mélangée de neige et de givre, et vous pénètre jusqu'à la moelle des os. Le Parc disparaissait sous une couche épaisse de cette neige durcie, et les branches des arbres étaient courbées sous le poids des glaçons qui y restaient suspendus comme autant de grappes de perles. Le pavé des trottoirs et les degrés de l'hôtel de ville étaient recouverts d'un tapis de verglas d'un pouce d'épaisseur, et on entendait les grêlons craquer sous les pieds des passants. En un mot, c'était une de ces nuits où tout être animé a hâte de trouver un abri, une de ces nuits pendant lesquelles ceux qui se trouvent dehors appartiennent à la classe souffreteuse et misérable de la société.

Malgré l'horreur de cette soirée, deux personnes erraient depuis de longues heures, parfois perdues dans l'obscurité, ou glissant sans bruit à la lueur des lampes que chaque souffle de l'orage menaçait d'éteindre ; on les voyait de temps à autre, comme deux fantômes insaisissables, franchir l'escalier du City-Hall pour revenir bientôt errer au milieu des rafales de la tempête déchaînée.

Au milieu de cette obscurité profonde, il eût été difficile de deviner le sexe ou la condition de ces deux personnages. Tous deux étaient de haute taille et enveloppés dans des vêtements aussi sombres que la nuit qui les entourait : parfois, dans leur marche silencieuse, leurs corps se rapprochaient et semblaient se confondre en une masse de ténèbres mouvantes. Marchaient-ils ou restaient-ils immobiles, c'était toujours sans quitter des yeux une rangée de fenêtres, sur l'une des ailes du City-Hall, d'où la lumière s'échappait et cherchait à percer les brouillards. Ce n'était pas une de ces lumières vives et animées qu'on remarque souvent dans une soirée de fête, mais bien plutôt l'éclat terne d'un phare presque étouffé par la pesanteur de l'atmosphère.

Ces deux personnages gravirent une fois encore les degrés, et pénétrèrent dans le vestibule où vient aboutir l'escalier en fer à cheval. Une rafale de verglas entra à leur suite, et le vent fit entendre ses lugubres gémissements par les fissures de la porte entr'ouverte. Près de l'escalier brûlait une lampe qui éclaira un instant la physionomie des deux inconnus. Les traits les plus frappants de ces personnages étaient ceux d'une femme dont le visage était encadré de cheveux naguère soigneusement bouclés, mais qui, à cette heure, pendaient en désordre et ruisselaient de pluie ; cette figure paraissait avoir emprunté au marbre une pâleur glaciale. Ses yeux égarés, naturellement bleus, mais bistrés dans ce moment par le sombre éclat qu'une attente prolongée leur avait imprimé, rayonnaient dans l'ombre produite par un large chapeau entouré d'un voile dont les plis épais retombaient jusqu'aux épaules. Son manteau de velours alourdi par la pluie avait perdu tout son lustre, et les franges de prix dont il était garni, roidies par les glaçons, produisirent un son vibrant lorsqu'elles se heurtèrent contre la balustrade qu'elle frôlèrent en montant les escaliers. Le compagnon de cette ombre animée... mais, au moment où nous songeons à le dépeindre, la femme se retourne la main appuyée sur la rampe : elle lui adresse la parole, le désignant ainsi bien mieux que nous ne pourrions le faire nous-mêmes :

— Qu'est-ce que cela, Jacob ? qu'est-ce que j'entends ? Un bruit de pas ! ô mon Dieu, mon Dieu, c'est le jury qui rentre !

Et tout en parlant elle saisit Jacob par l'étoffe de son épaisse redingote ; ses dents éclatantes de blancheur claquèrent de manière à faire reculer d'effroi cet homme à l'âme si forte ; car en ce moment une expression d'agonie terrible décomposait tous les traits de cette femme. Il prêta l'oreille.

— Non, ce n'est pas le vent qui mugit sous les voûtes.

— Quels gémissements ! ne dirait-on pas une voix humaine ? La mort ! la mort ! voilà ce que dit la tempête !

— Vous tremblez ! vous avez froid ! vous êtes toute morfondue ! dit Jacob en l'enveloppant dans son manteau roidi : que faire ? Croyez-moi, rentrez chez vous, madame, j'irai vous annoncer le jugement dès qu'il sera prononcé. Oh ! je vous en prie, retournez à l'hôtel.

— Écoutez ! entendez-vous encore ? Les vents ont-ils donc une voix pareille à celle de l'homme pour gémir ainsi ?

— C'est un orage épouvantable, et rien de plus, répondit Jacob.

Dans ce moment une femme descendit l'escalier. Elle n'avait pas de manteau, un simple châle, ramené sur la poitrine, recouvrait ses épaules ; un vieux capuchon rejeté en arrière laissait voir des traits rudes et sévères, mais qui, à cette heure, étaient comme adoucis par une expression de tristesse. Elle venait de l'étage supérieur, proba-blement de la salle d'audience. Ada vit cette femme, et, lui tendant ses deux mains rougies et tremblantes par l'action du froid, s'avança à sa rencontre. Ces deux femmes ne s'étaient vues qu'une seule fois au monde ; l'une servait d'une prison, l'autre demeurait dans un palais ; et cependant elles étaient là, face à face, sur le pied d'une parfaite égalité. Et pourtant, je me trompe, car la femme des prisons jeta sur la grande dame un regard plein de froideur et de mépris, et elle disait dans son cœur : « Que le sang de ce vieillard retombe sur sa tête ! Ne m'a-t-elle pas refusé l'or qui aurait pu le sauver ! » Mais elle n'eut pas plus tôt jeté les yeux sur la pauvre Ada, que tout son ressentiment s'évanouit. Au lieu de passer rudement, elle s'arrêta au bas des degrés, et d'un ton doux la douceur contrastait avec son apparence et sa tournure, elle lui dit :

— Voilà une nuit bien terrible ! madame.

— Dites-moi, oh ! dites-moi, murmura Ada en saisissant le châle de cette femme et en lui montrant du geste la salle d'audience, ont-ils parlé... dites, ont-ils...

— Pauvre dame ! vous vous repentez donc enfin ! répondit celle-ci, qui comprenait ce geste de douleur avec cet instinct magnétique dont les cœurs sensibles ressentent quelquefois les effets. Non, le jury n'est pas encore rentré ; mais ce n'est pas la peine d'attendre. Le pauvre vieillard sera condamné à être pendu ; vous pouvez en être sûre.

Ada poussa un faible cri, et cependant, quelque étouffé qu'il fût, il lui sembla que sa voix résonnait dans le palais tout entier, et dominait la tempête comme eût pu le faire un hurlement sauvage. Elle lâcha le châle qu'elle tenait, et resta immobile les yeux vaguement fixés sur ceux de cette femme.

— Vous devriez faire rentrer madame, dit cette dernière en s'adressant à Jacob d'un air de bienveillance. Elle est toute mouillée, ses vêtements sont hérissés de glaçons ; elle pourrait être prise d'une fluxion de poitrine. Je resterais bien près d'elle, car elle me paraît être accablée de chagrin, mais ce n'est rien en comparaison de ce qui attend le malheureux qui est là-haut. Je croyais avant aujourd'hui avoir été témoin des plus horribles scènes de douleur, mais il n'y a pas au monde d'eau-de-vie dont la force puisse m'enivrer assez pour me faire oublier celle-ci.

— Ne sait-on donc rien ? Le jury n'est-il pas rentré ? demanda Jacob.

— Non, il n'y a encore rien de nouveau, ils sont toujours en délibération. Le juge attend, et le vieillard...

— Silence, dit Jacob, elle nous écoute !

— Non, parlez, je veux tout savoir. Le vieillard, dites-vous ! s'écria Ada, et elle descendit deux ou trois marches en courant après cette femme.

— Il m'est impossible d'attendre, madame. Le jury peut sortir à tout instant, et il faudra une voiture pour les pauvres gens qui sont là-haut. Où en trouver une ; personne que moi n'y a songé. Peut-être les infortunés ne prendraient-ils pas garde à l'orage, car la sentence les aura atterrés ; mais la nuit est si terrible !

— Vous n'avez pas de manteau, et vos vêtements sont trop légers pour la saison : attendez-moi ici, je vais faire votre commission, dit Jacob.

— Je suis accoutumée à ne pas faire attention à la température, répondit-elle. Cependant je vous remercie de votre obligeance.

— Restez avec elle, fit Jacob ; et il descendit rapidement les degrés.

— Quelle horrible tempête ! quel temps affreux ! dit alors la femme en rassemblant les minces plis de son châle et en s'asseyant près d'Ada, qui s'était affaissée sur les marches glacées de l'escalier. La force paraissait avoir abandonné cette infortunée au moment où Jacob avait disparu. Vous tremblez, vous grelottez, vos pauvres mains sont roides comme glace. Allons, laissez-moi, les réchauffer dans les miennes.

Ada lui abandonna ses mains avec toute la soumission d'un enfant, qui une goutte d'eau, répéta-t-elle, qui n'avait aucun rapport avec celle que disperait l'orage au dehors, vint glisser le long de sa joue.

— Vous m'avez dit un jour, fit-elle, qu'avec de l'argent on pourrait le sauver ; faut-il aujourd'hui un million pour le faire ?

— Il est trop tard, lui répondit-on avec tristesse.

Et la tempête redoubla de violence ; et à l'oreille d'Ada, folle de douleur, il semblait que chaque rafale répétait ces mots terribles : « Trop tard ! trop tard ! » Elle frémit, et se pressa contre sa compagne, comme si elle entendait prononcer une sentence de mort.

Jacob, à son retour, trouva les deux femmes assises sur les degrés. A sa vue, Ada se leva, et s'élança avec précipitation dans les escaliers suivie par son serviteur.

— Où allez-vous ? pas là, j'espère !

— Oh ! n'entrez pas, je vous en supplie.

— J'entrerai !

Elle montait toujours. Ses vêtements, glacés et roides, frémissaient à chaque pas ; et le frôlement des plis l'un contre l'autre laissait derrière elle les débris pulvérisés de l'eau congelée. La physionomie d'Ada avait perdu cette dignité qui lui était naturelle, et sa riche toilette avait été souillée par l'orage. La femme qui la suivait avait sans doute l'aspect plus pauvre, mais rien chez elle ne décelait cet air de désolation qui faisait mal à voir.

Elle ouvrit la porte de la salle d'audience, et s'y glissa sans bruit. Tout le monde était parti. Les banquettes vides projetaient dans la salle leurs ombres funèbres ; les quinquets accrochés aux murailles assombrissaient, au lieu de les éclairer, tous les objets qui se trouvaient en contact avec leur lumière vacillante ; le juge était sur son siège pâle et immobile : on l'aurait pris pour une statue de marbre. Fatigué des émotions que lui avaient fait éprouver ces débats prolongés, il restait là, par cette nuit terrible, attendant la sentence de mort, face à face avec ce vieillard dont l'existence dépendait d'un mot qu'allait prononcer sa bouche. Ses yeux se dirigeaient constamment vers le prisonnier, et chaque fois ils rencontraient un regard qui lui allait jusqu'au cœur. Au-dessus du vieillard se trouvait une lampe dont la lumière faisait ressortir les traits et le front très élevé encadré de boucles argentées de cet infortuné, et projetait quelques pâles rayons sur sa poitrine. Il existe un tableau de Rembrandt, dont le sujet est tellement identique avec celui que je décris, que jamais l'impression qu'il a produite sur moi ne s'est effacée de ma mémoire. Les yeux calmes du personnage sont fort peu enfoncés dans leurs orbites, et expriment la sainteté et la force ; le développement du crâne et la tête tout entière raviraient mes souvenirs avec tant de vérité que je ne puis m'empêcher de tressaillir en écrivant ces lignes. La pensée qui m'avait frappée dans le tableau se reproduisait aussi chez le juge, qui allait au cœur en présence du malheureux qu'il avait sous les yeux.

Un groupe d'officiers de police se tenait près de la porte. Quelques-uns dormaient le chapeau rabattu sur les yeux, tandis que d'autres s'étendaient en bâillant sur les banquettes de la salle. Ce spectacle d'insouciance ajoutait encore à la sombre tristesse de cette scène par le contraste de l'indifférence de ces hommes avec la douleur qui régnait tout autour d'eux.

Là-bas, dans le coin le plus sombre, se trouvait un autre groupe composé de trois femmes et d'un homme. C'est à peine si on les entendait respirer; mais en regardant de leur côté, on se sentait comme terrifié par l'éclat de leurs yeux égarés. Au moindre bruit, les ombres de ces femmes semblaient frémissantes; elles s'animaient alors, et l'angoisse qui les torturait leur rendait en quelque sorte un souffle de vie.

Ada Leicester se glissa sans bruit le long des murailles noircies, et, suivie par la femme des prisons, elle alla s'asseoir à quelque distance de ces quatre personnes. Nul parmi elles ne sembla faire attention aux nouvelles venues, et elle resta ensevelie dans l'ombre, immobile comme ceux sur qui elle portait de temps en temps ses yeux égarés. Une heure se passa dans cette cruelle attente. Un silence de mort régnait dans la salle; au dehors, l'orage faisait entendre un bruit sourd pareil à des grincements et à des sanglots, et le vent rugissait autour des fenêtres, qu'il ébranlait avec fureur : on eût dit

— Excusez-moi, dit cet étranger en ôtant son chapeau et en faisant à la vieille dame un salut gracieux...

d'une bande d'esprits infernaux qui essayait de forcer l'entrée, et qui, ne pouvant y réussir, s'enfuyait en poussant des hurlements de rage. Ce contraste était terrible : d'une part, la tranquillité profonde qui régnait au dedans; de l'autre, le tumulte affreux de la tempête qui sévissait au dehors, impressionnait tous les assistants, même jusqu'aux agents de police, que cela faisait se presser instinctivement l'un contre l'autre. Toutes les autres personnes présentes étaient saisies d'une profonde terreur.

Minuit avait sonné depuis longtemps; la tempête parut vouloir se calmer, et un silence de mort régna dans tout le palais. On put alors entendre le bruit d'une porte qui se fermait; des pas nombreux frappèrent le plancher, et douze hommes entrèrent à la file l'un de l'autre dans la salle d'audience. Ils allèrent prendre leur place aux bancs du jury, et restèrent là immobiles, enveloppés dans leurs manteaux, dont les plis semblaient cacher l'éclat de la foudre : leur physionomie avait la pâleur du marbre.

Le juge se leva alors : il fut pourtant forcé de s'appuyer d'une main sur le bureau qui se trouvait devant lui. Ses lèvres s'agitèrent; mais ce ne fut qu'après un violent effort que sa bouche put émettre quelques sons; et soudain sa voix retentit avec l'éclat de la trompette.

— Prisonnier, fit-il, levez-vous et regardez le jury.

Le vieillard obéit, et se tournant avec un air de résignation soumise, il jeta les yeux sur les douze jurés qui tenaient sa vie dans leurs mains.

— L'accusé est-il coupable ou non coupable?

— Coupable! répondit le chef du jury.

Et l'orage recommença à hurler au dehors, tandis que le plus profond silence régnait toujours dans la salle du City-Hall.

CHAPITRE XXXVI.

Les grands parents et la petite-fille.

Le lendemain matin, une voiture, ou plutôt un de ces équipages qui donnent à Broadway un air d'élégance égal à tout ce qu'on peut voir dans les promenades publiques les plus fréquentées du monde, s'arrêta au coin de la rue Franklin. Les chevaux pommelés et la voiture aux panneaux vert foncé étaient bien connus dans ces parages : on les avait trop souvent vus arrêtés devant les magasins de Stewart et de Ball et Black, pour que personne songeât à remarquer l'espace de temps que l'équipage stationna dans cet endroit insolite.

Quiconque eût aperçu Ada Leicester descendre de voiture et monter d'un pas rapide l'escalier de pierre des Tombes, eût été frappé d'étonnement à l'aspect d'une dame si élégante et si délicate s'aventurant dans un quartier que peu de femmes visitent, à moins d'y être ou forcées par de puissantes raisons, ou guidées par des motifs de philanthropie.

Jacob Strong montait à côté de sa maîtresse. Ils échangeaient à peine quelques paroles, car tous deux paraissaient être péniblement préoccupés. Chez Jacob, cette préoccupation mentale se révélait par une démarche plus voûtée qu'à l'ordinaire et par le bruit que faisaient ses pieds en se heurtant à toutes les briques mal jointes du trottoir. Quant à la femme, elle cheminait comme si elle eût été plongée dans un rêve, les yeux fixés sur le sol, et pressant contre sa poitrine à l'aide de sa main nue les plis de son manteau de velours bleu. Les gens qui passaient près d'elle eussent pu croire qu'elle agissait ainsi par ces motifs de pure coquetterie, afin de montrer les bijoux qui brillaient de tout leur éclat sur la neige d'une main finement modelée. Hélas! qu'il est difficile de deviner ce qui se passe chez les

Le jeune clerc se précipite dans la rue après avoir saisi le billet.

autres! Ses gants de peau rosée lui avaient échappé des mains sans qu'elle y prit garde, ils gisaient couchés dans la boue près du seuil de sa somptueuse demeure. Sa femme de chambre les lui avait donnés le matin, après s'être, suivant l'usage, acquittée de ses devoirs quotidiens pour la toilette de sa maîtresse; mais celle-ci n'y avait pas pris garde.

Ada et Jacob entrèrent dans la prison, le serviteur échangea quelques paroles avec le geôlier, une porte s'ouvrit, et les deux visiteurs pénétrèrent dans une cour intérieure. Les bâtiments de pierre qui s'élevaient tout autour couvraient cette partie des Tombes de leur ombre lugubre. A l'extrémité de cette cour, ils passèrent sous une porte basse et entrèrent dans le quartier des hommes. Ada ne s'aperçut pas qu'une vingtaine de prisonniers l'examinaient du haut des galeries, le long desquelles se promenaient ceux d'entre eux qu étaient accusés de délits de peu d'importance. Dans ce moment suprême, une colonne de soldats se serait trouvée sur son passage, qu'elle eût passé à travers les masses sans prendre garde à cet obstacle.

Elle monta jusqu'à la troisième galerie, guidée par Jacob, qui s'arrêta enfin à une des pesantes portes de fer percées dans la muraille à égale distance du sol et du plafond. Un porte-clefs les précédait; il fit jouer la clef dans la serrure, et ouvrit brusquement la porte avec un bruit qui fit tressaillir Ada, comme si quelqu'un l'eût violemment frappée.

— Entrerai-je avec vous? dit Jacob.

Elle ne répondit pas, mais un gémissement s'échappa de ses lèvres et parut lui déchirer la poitrine; elle pénétra dans la cellule. Jacob lui fit place, et fermant la porte sur elle, il se mit à marcher de long en large dans la gal-rie, sans jamais s'éloigner de plus de six ou huit pas de l'entrée du cabanon.

Vous le voyez, elle ne pense pas que la vie de son mari puisse se rachetor à ce prix.

A-la Leicester se trouvait en face de son père. Le vieillard achevait sa lecture, et il avait déposé sa vieille Bible sur son lit, à côté de son siège, au moment où le bruit l'avait interrompu dans sa méditation. Il avait gardé devant les yeux ses lunettes d'acier, dont les verres étaient probablement ternis par la trace de quelques larmes répandues malgré lui; aussi ne pouvait-il pas distinguer facilement les objets qui l'environnaient. Par un mouvement qui lui était familier, et dont le souvenir fit trembler Ada d'émotion, il replia ses lunettes et les plaça entre les pages du livre.

Elle fit un pas dans la chambre, s'arrêta ensuite et resta immobile. Sans le frémissement de sa robe de soie, sans le tremblement qui agitait tous ses membres comme les feuilles secouées par le vent d'automne, on aurait pu la prendre pour une statue drapée, tant ses mains et son visage avaient l'apparence du marbre.

Le vieillard la regardait, et elle ne quittait pas des yeux le pauvre vieillard. Celui-ci ne chercha même pas à rompre le silence; plusieurs fois un mot vint expirer sur les lèvres d'Ada, dont les lèvres s'entr'ouvrirent sans produire le moindre son. Enfin cette parole s'échappa: elle partit comme une flèche, et se dirigea du cœur de la fille à celui de l'infortuné condamné à mort.

— Mon père!

C'était le premier mot que ses lèvres enfantines avaient autrefois bégayé. Le vieillard se sentit comme ébloui. Il ne vit plus rien de cette grande dame pâle, de ces yeux pleins d'éclat, de ces riches vêtements; il n'avait devant lui qu'une petite fille, à peine âgée d'un an, qui venait de se hisser sur ses genoux. Il l'apercevait plus que des boucles de cheveux soyeux et dorés, de grands yeux bleus, de petites épaules potelées sortant d'une robe de calicot: il étendait les mains pour caresser ce cou gracieux, car pour lui cette vision était aussi palpable que la réalité; mais il ne rencontra que la tête inclinée

de la femme qui s'était affaissée à ses pieds. Alors il retira ses mains en poussant un soupir rempli d'amertume. L'enfant s'était évanoui pour faire place à la femme déchue.

— Mon père! répéta-t-elle.

Le vieillard étendit un instant ses bras, qui tremblaient comme des feuilles desséchées, et les laissa retomber doucement sur ses épaules en s'écriant:

— Ma fille!

Puis des sanglots éclatèrent suivis d'embrassements frénétiques, accompagnés du frôlement des vêtements de soie et de gémissements si terribles, qu'on eût dit que l'âme se séparait de leur corps. Ada serrait son père dans ses bras, elle reposait sur ses genoux son visage glacé, et le cachait ensuite sur la poitrine du vieillard.

— Pardon! pardon! O mon père, pardonnez-moi!

Le pauvre infortuné souleva sa fille avec bonté, il la serra dans ses bras et la força à s'asseoir sur le lit; puis il dénoua les brides de son chapeau, et caressa de la main cette belle chevelure qui se cachait abritée par la soie et les fleurs.

— Ainsi, mon enfant, te voilà revenue dans la demeure de ton père!

— La demeure de mon père!

Elle jeta un coup d'œil rapide autour de la cellule et ramena ses yeux sur ceux du vieillard.

— Et c'est moi qui vous ai conduit dans ce lieu terrible! moi qui vous ai cherché si longtemps! qui ai prié, prié, mon père, non pas comme vous priez, vous, mais avec frénésie, avec désespoir, pour obtenir de vous un regard, une seule parole! ayez pitié de moi! Oh! vous me pardonnez, je le vois! Vos regards me le prouvent, mon père! Mais, grand Dieu! quel désespoir est le mien, car c'est par ma faute que je vous retrouve dans cette fatale cellule!

— Mon père, c'était le premier mot que ses lèvres enfantines avaient autrefois bégayé.

— Non, ce n'est pas toi qui m'as conduit ici, c'est Dieu! répondit le vieillard. Je savais bien, moi, que notre Père qui est aux cieux n'avait pas sans raison envoyé ces afflictions à son serviteur. Tout finira pour le mieux, Ada!

— Mais vous allez mourir! C'est aujourd'hui même qu'on va venir vous signifier votre jugement!

— Je le sais et je suis prêt; car je commence à entrevoir la sagesse de Dieu qui a voulu que les derniers instants de la vie d'un vieillard servissent à la réhabilitation de son enfant.

— Mais vous êtes innocent, et ils vont vous tuer!

— Ils ne peuvent anéantir que ce corps affaibli par le poids des années, ma fille: déjà mon âme s'élance vers l'éternité! Qu'importe alors que la feuille flétrie soit un peu plus tôt enlevée à la branche sur laquelle elle a vécu?

Ada respirait à peine; pénétrée d'un sentiment étrange, elle regardait son père. La tranquillité de sa voix, la douce résignation qui régnait dans ses paroles produisirent sur elle l'effet d'une harmonie céleste. Elle ne pouvait s'imaginer qu'il allait mourir. Son âme était inondée d'amour, et ses yeux réfléchissaient la sainte affection qui brillait dans ceux de son père. Elle ressentit un instant de bonheur; le souvenir de son enfance lui revint à la mémoire; elle oublia à la fois sa faute et le danger que courait son père vénéré.

— Maintenant, dit le vieillard, apprends-moi tout ce que je ne sais pas. De quels moyens Dieu s'est-il servi pour t'amener ici ?

A ces mots, Ada fit un mouvement pour se lever. Toute expression de joie abandonna ses traits; elle baissa les yeux; ses lèvres se plissèrent; elle essaya de relever les yeux; mais cela lui fut impossible, et elle cacha dans ses deux mains sa figure rougie par la honte.

— Que saves-vous ? fit-elle d'une voix sombre.

— Je sais, dit le vieillard, que tu as abandonné cet époux indigne de toi ; je sais aussi que tu as délaissé ton enfant pour suivre un étranger dans un pays éloigné.

— Mais vous ignoriez, reprit Ada, dont la figure était toujours cachée dans ses mains, vous ignoriez tout ce que je souffrais, les traitements indignes que j'avais à subir. Rien ne vous faisait soupçonner l'abandon dans lequel je me trouvais pendant des jours et des semaines entières, laissée pour otage dans des hôtels, sans argent, sans amis, exposée à toutes sortes de tentations. Vous ne pouvez connaître toutes les circonstances qui ont concouru à me pousser à cette action coupable et insensée! Oh! ne dites pas que j'ai abandonné mon enfant. Ne vous fai-je pas envoyée ! Ne m'en suis-je pas séparée au moment où elle m'était plus chère que la vie, afin de ne pas imprimer sur elle la honte de mes fautes ? O mon père, comptez-vous pour rien toutes les tortures auxquelles j'ai été en butte !

— Nous avons reçu l'enfant et nous avons fait tous nos efforts pour oublier la mère, dit tristement le vieillard.

— Oh! non, vous ne l'avez pas oubliée ! c'est impossible ! Cette pensée a toujours été pour moi l'ancre de salut qui m'a sauvée du dernier naufrage. Vous ne pouviez maudire votre unique enfant, quelque ingrate, criminelle et coupable qu'elle eût été pour vous !

— Eh bien! non, nous ne l'avons pas maudite. Nous n'avons pas même pu l'oublier.

— A mon retour, —Jacob Strong vous l'affirmera, — je ne perdis pas un instant pour vous chercher dans votre ancienne demeure; elle était habitée par des étrangers. Si nous nous étions rencontrés alors, si j'avais revu la vieille maison telle qu'elle était autrefois, si je vous y avais retrouvés, vous; ma mère et mon enfant, oh! alors notre sort à vous et à moi aurait pu être bien différent!

— Dieu dispose tout à son gré, murmura le prisonnier. Nous quittâmes notre demeure dès que la honte vint nous y chercher. Nous qui avions été si fiers de toi, Ada, et ce fut là un orgueil coupable, nous allâmes cacher notre abaissement parmi des étrangers. Nous ne pouvions plus regarder en face nos anciens voisins, et nous les quittâmes, comme nous le fîmes aussi au nom que notre enfant avait déshonoré.

— Mon père, mon père! épargnez-moi ! Si vous saviez combien je suis malheureuse, et comme je suis punie ! Oh ! épargnez-moi, je vous en supplie.

— Ada, dit le vieillard d'une voix solennelle, te repens-tu du fond du cœur? abhorres-tu sincèrement les péchés que tu as commis?

— Je me repens, j'ai renoncé à tout. Il est mort celui pour lequel je vous avais abandonné ! lui seul fut ma seule, mon unique faute; oh ! je l'ai bien amèrement expiée.

Le vieillard jeta sur elle un regard scrutateur, il contempla la richesse des étoffes dont elle était vêtue, le voile délicat qu'elle tenait d'une main serré contre son visage; son autre main était retombée sans force. Le père la prit dans les siennes, et regarda les bijoux qui lui couvraient tous les doigts. Elle s'en aperçut, comme aussi de l'étreinte menaçante qui la fit tressaillir.

— Et cependant tu portes encore ces joyaux!

Ada tressaillit, et le rouge de la honte monta de ses mains au sommet de son front.

— Rejette ces bijoux loin de toi, ma fille, reviens vers moi vêtue de cette jolie robe de toile qui te seyait si bien; débarrasse-toi de ces gages de déshonneur, fais-toi pauvre, honnête et humble comme nous, et alors ta mère t'accueillera, ton enfant saura que sa mère est encore vivante, et ton vieux père pourra mourir en paix, car il verra que le sacrifice de sa vie n'aura pas été inutile.

Tout en parlant, le vieillard la regardait fixement. Il lut sur ses traits le combat qui se livrait dans son cœur, la douleur que lui faisaient éprouver ses paroles, et il lui serra la main avec plus de force.

— Quoi! que voulez-vous que je fasse? dit-elle.

— Que tu renonces à tout ce que tu possèdes, excepté à ce que tu peux avoir acquis par un travail honnête. C'est ainsi que tu obtiendras le pardon que tu me demandes.

— Mais, mon père, cela est impossible, les biens que je possède sont immenses, ils me sont légués par testament à son lit de mort; c'était de sa part une sorte de réparation.

— Les gages du péché équivalent à la mort.

— La mort, mon père, la mort! Oui, vous avez raison, Leicester

est mort, et ils vont vous faire mourir, et rien ne peut vous sauver, si ce n'est cet argent, ces richesses dont vous voulez que je me dépouille.

— Cet argent ne me sauvera jamais, répondit le vieillard d'un ton sévère et plein de dignité; le prix du déshonneur de ma fille, montât-il à des millions, ne servira jamais à payer une heure de mon existence, même alors qu'il serait possible de corrompre les juges qui m'ont condamné!

— O mon père, ne parlez pas ainsi, vous brisez ma dernière espérance.

— Ma fille, dit le vieillard en redressant sa haute taille, et la figure éclairée d'une expression prophétique, ces sont ces richesses mal acquises qui rachèteront ma vie, la mort que je vais souffrir payera le salut de mon enfant; je devine clairement à cette heure les desseins de la Providence, j'en comprends les décrets aussi distinctement que s'ils étaient burinés sur cette muraille qui, jusqu'aujourd'hui, paraissait nue à mes yeux.

Ada laissa retomber la main dont elle se couvrait la figure, elle regarda son père avec un sentiment de crainte, car la foi solennelle qui brillait dans ses yeux tenait sa respiration en suspens.

Au même instant la porte du cachot s'ouvrit, et madame Warren entra suivie de sa petite-fille. La pauvre vieille femme s'arrêta sur le seuil pâle et hésitante ; Ada restait debout tremblante et craintive en présence de sa mère. Elles restèrent un moment face à face, les yeux fixés l'une sur l'autre. Enfin la mère étendit les bras, et des larmes abondantes inondèrent son visage. Ada allait s'élancer vers celle à qui elle devait le jour, lorsque le prisonnier se plaça entre elles deux.

— Non, femme, pas encore; le temps n'est pas loin où notre enfant pourra revenir dans nos bras, comme la brebis égarée. Mais Dieu a encore une œuvre à accomplir avant celle-là. Prends patience, et laisse-le partir.

— Patience, dis-tu? patience, Wilcox ! mais c'est notre fille Ada, c'est Ada, notre enfant adorée !

Il n'eut pas la force de les séparer. Leurs bras étaient entrelacés, elles étaient attachées l'une à l'autre : le bruit de leurs sanglots étouffés, de leurs douces caresses remplissait le cachot du pauvre condamné à mort. Tout ce qu'il y a de plus pathétique dans cette langue du cœur au cœur, sans l'aide de la parole, rendait cette scène émouvante au plus haut degré. Rappelez-vous, lecteur, que c'était une mère rencontrant son enfant unique, sa fille ingrate et coupable, pour la première fois depuis bien des années. Elles se revoyaient dans une prison, entourées des ombres de la mort. Était-il donc étonnant qu'en pardonnant et en oubliant le passé, elles se tinssent ainsi serrées l'une contre l'autre ? Ne comprenait-on pas que le porte-clefs qui assistait à cette scène, sentit des pleurs couler sur son visage ordinairement impassible!

Heureusement ces épanchements terribles ont toujours un terme, car autrement une scène aussi prolongée aurait pu briser deux cœurs qui s'élançaient l'un vers l'autre comme deux torrents qui se rencontrent au milieu d'une tempête. Enfin leurs bras se séparèrent; et elles ne se tinrent plus enlacées ensemble que pour se soutenir mutuellement, tant cette émotion leur avait enlevé de forces.

— Et c'est là mon enfant, ma petite Julia? dit Ada en se retournant vers la jeune fille qui restait debout, troublée et émue de ce spectacle inattendu !

Elle se pencha pour serrer Julia contre son cœur; mais le vieillard se plaça entre la mère et la fille : il repoussa la première avec un geste solennel.

— Ne l'embrassez pas encore! Il faut que la lèvre soit purifiée, que le baiser soit sanctifié pour toucher le front de l'innocence.

— Je pars, mon père, je m'en vais; ce que vous faites est bien cruel, mais c'est peut-être juste. Je vous quitte pendant que j'en ai encore la force.

Ada s'élança en dehors. Nous ne la suivrons pas jusqu'à la magnifique demeure où elle alla cacher ses angoisses. Nous ne resterons pas non plus dans le cachot du prisonnier. La scène qui s'y passa est trop sainte et trop pathétique pour être reproduite ici. Et cependant il y eut ce jour-là plus de bonheur dans cette prison que dans la demeure princière d'Ada Leicester. Ne vaut-il pas beaucoup mieux être victime que coupable?

CHAPITRE XXXVII.

L'aurore d'un jour nouveau.

La sentence était prononcée et le jour de l'exécution avait été désigné. Chaque matin, en s'éveillant, le prisonnier se disait : « Encore un jour de passé, il ne me reste qu'un certain nombre d'heures à vivre. » Je n'ose assurer qu'il ne ressentit pas en lui-même un sentiment d'horreur en songeant à cette agonie qui lui était réservée, je n'affirmerai pas que plusieurs fois les sombres nuages du doute ne s'amoncelèrent pas sur sa tête; mais il est certain que sa physionomie conserva toujours la même tranquillité, sa parole la même résignation; ce noble vieillard était soutenu par une espérance et par une foi sublimes, plus fortes que la mort.

Sa fille vint le voir fréquemment, et toutes les fois qu'elle quittait on s'apercevait aisément du changement qui se manifestait dans ses manières jadis si hautaines, car elle avait un air plus humble et plus soumis. Tant qu'elle avait conservé une lueur d'espoir de sauver le prisonnier, Ada avait vécu dans un état d'agitation et de surexcitation continuelles. Elle s'était adressée au gouvernement en personne, elle avait partout répandu l'or à profusion, elle avait fait mouvoir les puissants ressorts de son influence personnelle, mais toutes ses démarches étaient restées sans succès. Il y a certains cas où les serres de la justice se referment sur leur proie avec une ténacité telle qu'aucune puissance humaine ne saurait leur faire lâcher prise. Pour cette fois la miséricorde divine se voila le visage, et la justice s'arma de cruauté.

Jamais le vieillard n'avait autorisé les démarches de sa fille. Tout porte à croire qu'il ne désirait même pas la voir réussir. Une idée sublime s'était emparée de son esprit : lorsqu'il priait, il ne demandait pas à être sauvé de la mort, mais il souhaitait que le moment d'angoisse qui devait le lancer dans l'éternité ouvrît à son enfant les portes du paradis.

Nous avons dit que sa santé était chancelante. Des événements pareils à ceux qui lui étaient arrivés étaient bien faits pour ébranler un vieillard, car nul être humain ne pourrait résister à de pareilles commotions, aussi ces commotions morales avaient miné le peu de forces que lui avaient laissé l'âge et les privations. Ceux qui le voyaient journellement le remarquaient à peine, tant ce changement était graduel ; mais le Shérif, qui ne le voyait qu'une fois par semaine, fut frappé de l'affaiblissement qui s'opérait chez le prisonnier, et qui ne lui permettait plus de soulever ses bras alourdis par le pois des fers dont on avait jugé à propos de le charger. Plus d'une fois ce fonctionnaire se dit en lui-même : Ce ne sera guère plus qu'une ombre qu'ils me donneront à pendre. Cependant, à mesure que les forces du vieillard s'en allaient, la foi qui animait son âme sainte se faisait jour au dehors et brillait avec plus de force, comme une flamme qui acquiert son éclat de la pureté de l'huile qui l'alimente.

Il n'y avait plus d'espoir. Ada visitait son père tous les jours ; elle venait seule, et demeurait avec lui des heures entières. Dans ces instants, Jacob Strong, qui faisait sentinelle à la porte, s'arrêtait et retenait sa respiration. Ce n'était qu'il était ému par les accents doux et solennels qui, à travers l'épaisseur de la porte, arrivaient jusqu'à son oreille. Parfois il essuyait les yeux de l'une de ses larges mains, et puis, la tête penchée sur la poitrine, on le voyait reprendre sa marche ordinaire avec un air de tristesse profonde, à laquelle venait se mêler une certaine satisfaction intérieure.

Ada revenait toujours de ses visites la physionomie empreinte d'une expression de douceur et d'humanité que jamais auparavant on n'avait remarquée chez elle. Sa beauté même avait changé de nature. Ses traits s'étaient légèrement amaigris, ses formes avaient perdu quelque peu de leur rondeur, mais toute sa personne respirait cette grâce surhumaine qui défie toute description graphique. Ses yeux, dont la couleur devint plus foncée, avaient acquis une expression de douceur grâce aux ombres dont ils étaient entourés ; on se sentait ému en remarquant la pieuse et sainte lumière qui les éclairait tristement et avait remplacé l'animation dont ils brillaient autrefois au milieu des joies tumultueuses du monde. Ada était bien belle lorsque nous la vîmes pour la première fois, mais à cette heure elle avait bien plus de charmes. Chacun se sentait attiré vers elle, comme par une commotion magnétique due aux reflets de son regard. Tout ce que son être contenait de terrestre semblait s'être purifié, et son vieux père éprouvait, à la voir ainsi dépouillée des charmes terrestres, une joie qui adoucissait sa douleur d'une séparation imminente. La foi chrétienne qui éclairait le cœur du vieillard allait enfin trouver sa récompense.

CHAPITRE XXXVIII.

Le jour de l'exécution.

Le jour de l'exécution arriva enfin ; et il n'y avait pas dans New-York, cette grande métropole, une seule famille où l'on n'éprouvât un sentiment pénible à l'idée qu'à une heure désignée, entre le lever du soleil et son coucher un être humain devait périr de mort violente, et serait brutalement forcé à comparaître devant son Créateur. Les enfants se le disaient tout bas en se glissant hors de leur lit à la lueur blafarde du crépuscule ; les mères, celles du moins qui sentaient battre leurs cœurs, s'attristaient en songeant aux liens de famille qui allaient être brisés ce jour-là.

Je ne prétends point que cette loi de sang pour sang, à laquelle s'attachent encore avec tant de ténacité quelques personnes bonnes de leur nature, doive disparaître entièrement. Les femmes qui, par une convention juste et naturelle de la vie sociale, n'ont aucune part à la formation des lois, ne sauraient prendre sur elles le droit d'approuver ou de condamner les institutions provenant des plus

hautes sommités intellectuelles ; et nous, dont presque toute la puissance rationnelle prend racine au fond de nos cœurs, n'avons-nous pas à craindre que l'ange de miséricorde, objet particulier de notre adoration, ne vienne un jour ou l'autre à détrôner la justice ? Mais avouons qu'il devrait y avoir une loi qui défendît qu'un acte solennel de la justice devînt pour la multitude une scène de joie tumultueuse. Puisqu'il est nécessaire que de semblables exécutions assombrissent l'histoire des peuples, ne faudrait-il pas que le supplice fût silencieux comme la tombe, solennel comme l'éternité dont il ouvre la voie ?

On avait placé cette nuit-là deux gardiens dans la cellule du prisonnier. Le Shérif avait craint que le pauvre vieillard n'attentât à ses jours. C'était une précaution bien inutile pour lui, qui, si près de la mort, dormait d'un sommeil plein de calme. Il était là, plongé dans un repos profond, bien doux à la vieillesse. Les gardiens s'étaient munis d'une lampe dont la lumière, éclairant doucement ses traits pâlis par les souffrances, laissait apercevoir un léger sourire qui se jouait sur ses lèvres, et les ombres impalpables projetées sur son front par les cheveux blancs dont ses tempes étaient couvertes. Quelquefois ces hommes, en contemplant ce tableau et en songeant à la journée du lendemain, qui devait se terminer par la mort de cet infortuné, détournaient la tête comme frappés de terreur, et restaient les yeux baissés vers la terre ; car ils sentaient un frisson les atteindre au cœur à la vue de ce repos si paisible, comparé à celle du sommeil brutal de la mort où l'on allait plonger cet homme qu'ils gardaient dans ce but.

Au surplus, la loi ne réclamait qu'un bien faible rayon de vie, et ce souffle d'existence s'était même bien affaibli depuis quelques jours. La victime était tellement à bout de forces, qu'il était probable que les bourreaux seraient obligés de la porter sur l'échafaud quand viendrait l'heure du sacrifice.

L'aurore parut, et la lumière silencieuse versa sur les traits du vieillard endormi une sorte de lueur qui ressemblait à une sainte auréole.

Alors pour la première fois les gardiens remarquèrent la pâleur qui couvrait cette physionomie si sereine, et la faiblesse de la respiration qui soulevait à peine le linge dont la poitrine du condamné était couverte.

Le calme le plus profond régnait partout dans la vaste cité et dans la prison elle-même, qui semblait vouloir se cacher au centre de cette masse de pierre et de brique. Tout à coup ce silence fut interrompu par des coups de marteau, qui retentissaient comme le glas d'une cloche funèbre. Les gardiens tressaillirent et s'adressaient l'un à l'autre un regard d'intelligence ; cependant le vieillard dormait toujours, et peut-être ce bruit, s'il frappait ses oreilles, ressemblait-il pour lui à celui des ailes d'un ange, car il parut ajouter un nouveau charme à son sommeil. Un sourire vint effleurer ses lèvres, et il replia doucement ses mains sur sa poitrine en respirant plus profondément, comme si son âme avait été remplie d'une vision de bonheur ineffable.

Il eût été cruel de l'arracher violemment au dernier repos dont il devait jouir ici-bas ; aussi la matinée était-elle déjà avancée, et l'on entendait déjà dans la prison, avant que le condamné n'eût ouvert les yeux, un sourd bourdonnement, prélude ordinaire du retour de la lumière sous la voûte de la maison de détention, sombre demeure consacrée à la vindication de la société.

Il y avait pourtant dans la cellule du pauvre vieillard quelques personnes qui se trouvaient avec les gardiens, mistress Warren, cette épouse éplorée, qui bientôt allait être veuve, et Julia, qui déjà était orpheline au fond du cœur. Elles étaient assises au pied du lit, contemplant à travers leurs larmes celui qu'elles venaient visiter pour la dernière fois. En les apercevant à leur tendit les mains, et les accueillit avec le même sourire qui était posé sur ses lèvres pendant son sommeil. Quelle touchante émotion que celle de ces deux vieilles gens, accablés d'années, ensevelis dans leur douleur sublime ! C'était une scène faite pour émouvoir ! Un spectacle tel qu'on ne rencontre pas souvent dans le cachot d'un condamné. Ils restaient assis, les mains serrées l'une dans l'autre, enchaînés par cette affection surhumaine, qui résiste aux épreuves du temps, se consolant mutuellement avec la force énergique que donne la paix du cœur. Le mari lisait de temps en temps quelques passages de la Bible, et sa femme disait mot d'espérance à travers ses larmes, lorsqu'il lui parlait de leur grand âge et du peu de temps qu'ils avaient à être séparés l'un de l'autre. Il ne l'entretenait pas de la mort, mais d'un voyage important et émouvant à la fois, pour préparer une demeure nouvelle où la femme devait bientôt aller rejoindre son mari.

La petite-fille semblait plongée dans une douleur profonde. Elle n'ignorait pas, la pauvre enfant, qu'il lui restait encore bien longtemps à attendre ; elle était si jeune, et malheureusement, pensait-elle, si pleine de vie ! La vivacité de ses sensations, son imagination jeune et vivace ne lui permettaient pas à elle de bannir de sa pensée l'horreur du supplice que son grand-père devait avoir à subir ce jour-là. Ses yeux étaient inondés de pleurs ; chaque bruit la faisait frissonner de terreur, et elle s'attachait à la main du vieillard comme si elle eût espéré pouvoir ainsi empêcher qu'on ne vint le lui arracher avant l'heure fixée par la loi.

Une autre personne arriva à son tour, et dans ce sombre réduit la douleur fut alors à son comble. Modestement vêtue, dépouillée de tous les bijoux dont naguère elle aimait à se parer, le visage voilé, et sa beauté flétrie par les souffrances qui viennent de l'amertume du cœur, Ada Leicester était encore une fois réunie à sa famille : elle se trouvait en présence de ceux qui l'animait avant l'arrivée de sa fille : son visage était pareil à celui d'un ange ; il manifestait un sentiment de compassion en présence d'une pécheresse repentante.

— Voilà mon enfant, lui dit-il en ouvrant les bras pour la recevoir ; mon enfant que j'avais perdue et que j'ai retrouvée! Et il la tint pressée sur son cœur pendant quelques instants ; puis, étendant la main, il attira sa petite-fille vers lui.

— Voici ta mère, Julia, ta véritable mère ; elle a été bien longtemps éloignée de nous ; mais Dieu nous l'a rendue. Ada, embrasse ta fille. Julia, ma chère enfant, aime ta mère, respecte-la, car aujourd'hui même je serai du nombre de ceux qui se réjouiront à cause d'elle dans les cieux. »

Ada se tourna vers sa fille et lui ouvrit timidement les bras : une sensation de bonheur — si exquise qu'elle effaça jusqu'aux traces de ses larmes, pareille à un frisson, dans le cœur de la pauvre enfant abandonnée ; elle se jeta dans les bras d'Ada, et, cachant sa figure dans le sein de sa mère, elle ne pouvait se lasser de répéter ce nom si doux : O ma mère! ma mère!

Si je me suis peut-être, trop longtemps à votre gré, laissé aller à décrire cette scène, ami lecteur, c'est que mon cœur se refuse à raconter ce qui se passait au dehors de la prison. Il est si doux de n'avoir à parler que des bons sentiments de la nature humaine! tandis qu'il est, au contraire, si pénible de narrer des scènes répulsives et honteuses pour l'espèce intelligente à laquelle nous appartenons. Mais lorsqu'il veut éclairer sa toile qu'elle est, avec le cachet de la vérité, un écrivain ne peut pas toujours s'en tenir à montrer des tableaux riants, pas plus qu'il ne peut écarter les sombres nuages qui obscurcissent la nature.

C'était une journée d'hiver grise et froide, mais d'un calme morne et silencieux. Le ciel, sillonné de nuages, avait cette teinte bleu pâle, plus triste encore que l'aspect de la tempête. La neige avait cessé de tomber, mais on sentait à la moiteur de l'atmosphère que l'air en était chargé, et lorsqu'un rayon de soleil pénétrait à travers les nuages, sa lueur blafarde éclairait tristement la terre brune et glacée. S'il vous fût arrivé, ce jour-là, de sortir dans la rue, l'aspect animé de la populace vous eût annoncé qu'un événement important allait avoir lieu. Au coin des rues, sur le seuil des portes, on voyait se former des groupes ; les affaires étaient en quelque sorte suspendues ; mais on ne rencontrait que peu de femmes, et encore celles qui étaient dehors marchaient-elles avec précipitation, comme si la nécessité seule avait pu les faire sortir.

L'exécution devait avoir lieu à cinq heures de l'après-midi ; c'est de moment où le monde élégant se presse sur les trottoirs de Broadway ; mais ce jour-là la promenade était déserte, et, bien que les rues transversales fussent — même avant midi — obstruées par la foule, ces gens-là n'appartenaient pas à cette classe de la société qui donne d'ordinaire le mouvement et la vie à cette vaste avenue de la cité principale.

Chose extraordinaire, ce jour-là même, peu de temps après midi, une étoile devint visible au ciel, pâle et vacillante comme la lueur d'une lampe funéraire! A chaque coin de rue, on voyait des groupes d'hommes et d'enfants, les yeux fixés sur le firmament, avec une expression de crainte superstitieuse, comme s'ils eussent cru voir quelque luisant dire cette étoile et l'âme de celui qu'on allait lancer dans l'éternité. C'était peut-être un effet de la lumière blafarde du jour ; mais ceux qui sortirent pendant cette matinée doivent avoir remarqué la pâleur empreinte sur le visage des gens du peuple qu'ils rencontraient dans les rues. Il est assez difficile d'ameuter les masses dans une grande ville ; mais l'événement du jour était un cas exceptionnel : ce procès avait fait tant de bruit dans le public, que la population tout entière semblait en émoi. L'âge du prisonnier, la beauté et les charmes touchants de sa petite-fille, la position de William Leicester, le monde brillant dont il faisait partie, tout concourait à intéresser le public d'une manière particulière. Aussi plusieurs heures avant le moment de l'exécution les abords de la prison étaient-ils assiégés par une foule avide de ces terribles spectacles. Les ouvriers abandonnaient leur ouvrage ; des femmes du bas peuple quittaient leur demeure, les unes emportant leurs nourrissons sur les bras, les autres menant par la main leurs petits garçons et leurs petites filles. Tous étaient animés d'une impatience indicible et d'une curiosité stupide, tant ils désiraient voir un de leurs semblables étranglé à la face du ciel!

Le bruit s'était répandu que cette exécution ne serait pas publique, et qu'elle aurait lieu dans la cour des Tombes; trois ou quatre cents personnes protégées par le Shérif, y compris les rédacteurs de la presse américaine, seraient, disait-on, seules admises à voir mourir

le pauvre vieillard. Ces privilégiés devaient le lendemain, par l'organe des journaux quotidiens, faire un rapport circonstancié de sa lutte et de son agonie, afin de satisfaire l'horrible curiosité de cette populace qui se pressait, se bousculait et trépignait d'impatience hors de l'enceinte de la prison.

Toutes les rues transversales qui avoisinaient les Tombes furent bientôt encombrées : Centre-Street jusqu'à Reade et au-dessus de White fourmillaient de têtes humaines. A chaque instant la foule devenait plus compacte ; elle remplissait les fenêtres et couvrait le faîte des maisons, obstruant les passages et les allées, jusqu'à ce que le moindre espace fût rempli d'une animation impatiente et brutale. Ce que je vais ajouter peut paraître peu probable et même cruel à dire, et cependant bien des personnes avoueront avec moi que c'est une triste vérité. Aux fenêtres, et même sur le toit de presque toutes les maisons qui avaient vue sur la prison, on apercevait des femmes qui n'appartenaient pas aux classes inférieures de la société ; elles étaient venues là pour être témoins d'une scène dont la seule pensée eût dû faire frissonner leur âme par un sentiment d'horreur. Femmes indignes, qu'un Américain, quelque sentiment d'amour du pays natal qu'il éprouve dans son âme, rougit de reconnaître pour ses compatriotes ! A mesure que l'heure approchait, ces vagues humaines commencèrent à rouler et à se heurter contre les murs de la prison. Les uns grimpaient aux murailles, tant était grande leur soif de sang; au risque de se tuer ou de se briser les membres ; ils rampaient comme des animaux le long des dalles de granit ; les autres se hissaient sur les épaules de ceux qui se trouvaient au-dessous, jusqu'à ce qu'ils eussent atteint les corniches des portes ou le sommet des murailles. On les voyait tourbillonner comme ces essaims d'abeilles qui cherchent l'entrée de la ruche.

Plus l'heure de l'exécution approchait, plus la foule devenait compacte, et plus son impatience se faisait bruyante. L'animation se changea bientôt en férocité. Les figures qui n'avaient encore montré qu'une curiosité stupide se relevèrent tout à coup avec une expression de brutalité sauvage. Dix minutes s'étaient écoulées, dix minutes après l'heure fixée pour le supplice, et le poteau fatal attendait encore la victime.

On entendit alors dans la foule un murmure, accompagné de plaisanteries grossières, pareilles à celles qu'auraient pu se permettre des gens qui, après avoir payé leurs places à un spectacle, craignent de se voir dupés et frustrés de leur amusement. On poussa des cris, des blasphèmes furent échangés; ceux qui étaient perchés sur le mur se penchaient vers la cour la bouche ouverte et les yeux injectés de sang, puis, au moyen de signes télégraphiques, ils annonçaient à leurs compagnons d'en bas le résultat de leurs investigations, ou bien encore ils manifestaient à grands cris le désappointement qu'ils éprouvaient ; tandis que d'autres, plus impatients encore, s'élançaient du sein de la foule, chassaient de leurs places les premiers occupants, et parfois les précipitaient du haut des murailles en bas.

Tout à coup, au moment où la foule était dans toute sa fureur, un cri d'alarme se fit entendre dans l'intérieur de la prison :

— Au feu! au feu!

La multitude entendit ces clameurs avec l'accent de la rage, chacun se précipita : on se foulait aux pieds les uns les autres, tant on était avide d'assister à l'incendie des Tombes. Le premier bâtiment de la prison était dominé par une tour en bois, au sommet de laquelle on montait ordinairement pour la garde. La flamme se fit jour à travers les poutres massives de cette construction ; elle éclairait de sa lumière rougeâtre toutes ces physionomies animées, et augmentait encore l'horreur de cette scène déjà terrible par elle-même. Le tocsin se fit entendre ; la foule était ballotée çà et là : on l'entendait pousser d'horribles clameurs; on la voyait rouler comme une mer en furie, et ses flots humains venaient se briser contre les murailles de la prison. Trois ou quatre pompes à incendie percèrent cependant les masses compactes, suivies d'une foule de pompiers, qui mêlèrent encore dans cet affreux tumulte le bruit de leurs cris et celui de leurs porte-voix.

Les portes de la prison s'ouvrirent, et au moment où les pompiers pénétrèrent dans l'intérieur une partie de la foule, excitée jusqu'au paroxysme de la rage, se précipita après eux : en un instant la première cour fut remplie ; on eût dit un torrent qui a rompu ses digues.

L'incendie eut bientôt dévoré ces quelques poutres ; et comme le reste de la prison était à l'épreuve du feu, les flammes s'affaissèrent aussitôt, après avoir versé sur la multitude une pluie d'étincelles et de tisons à demi brûlés. On n'aperçut plus qu'une lueur rougeâtre et un nuage de fumée qui flottait encore au-dessus de cette scène fantastique. Lorsque la populace vit le feu s'éteindre, elle reporta toute son attention sur l'exécution du vieillard, et les clameurs recommencèrent plus bruyantes que jamais dans les rues et dans l'intérieur de la prison.

L'heure désignée pour le supplice était passée. Le peuple allait-il être dupé ? L'exécution serait-elle remise à cause de l'incendie de la tour ? Fallait-il faire attendre de braves ouvriers qui avaient perdu une demi-journée de travail pour venir pendre un homme, et cela encore, lorsque l'attente avait aiguisé leur appétit pour ce cruel spectacle? Les spectateurs se pressèrent plus étroitement dans la cour de la prison, ils entourèrent l'échafaud et pénétrèrent jusque dans les corridors de la prison, insultant le Shériff, et le sommant à grands cris de donner l'explication de tous ces délais.

Ce magistrat s'avança enfin, pâle comme la mort. Cette pâleur ne fut pas même remarquée, car en ce moment tout le monde était pâle, soit par un motif de compassion, soit par un accès de fureur. Le Shériff sortit lentement de la cellule du prisonnier, et du haut de la troisième galerie il baissa les yeux sur la foule.

« Faites sortir le vieillard ! s'écria un homme du bas de l'escalier, qu'on nous le fasse voir ; nous ne voulons pas qu'on se joue de nous.

— Je ne puis le faire sortir, il est...

La voix du shériff se perdit dans les clameurs.

— Il a triché la potence, il s'est tué !

Le Shériff voulut encore se faire entendre, mais le tumulte l'en empêcha.

— Faites-le sortir, mort ou vif ; amenez-le-nous !

D'un signe de la main le Shériff montra la porte du cachot. Une douzaine d'hommes se détachèrent de la foule et s'élancèrent dans l'escalier ; ils franchirent les galeries en criant à ceux qui étaient restés en bas :

— Nous allons voir par nous-mêmes. On veut se moquer de nous ; tous ces délais n'ont qu'un but, celui de le faire évader.

Et ces hommes, pareils à des animaux sauvages, se précipitèrent en avant, se poussèrent et pénétrèrent dans le cachot. Mais au spectacle qui s'offrit à leurs yeux, ils se sentirent comme frappés d'immobilité, et leur férocité brutale fit place à une émotion silencieuse. Ils aperçurent le vieillard gisant devant eux ; un dernier rayon de vie brillait dans son regard mourant, un dernier soupir errait encore sur ses lèvres. Dieu avait eu pitié de lui, il avait été plus miséricordieux que la loi des hommes.

CHAPITRE XXXIX.

La paix intérieure de la famille.

Mistress Gordon disparut pour toujours du monde fashionable de New-York. Le motif de cette retraite fut un mystère que personne ne put expliquer. L'ameublement splendide, les tableaux, les statues qui faisaient de sa maison un somptueux palais, furent vendus à l'amiable et remplacés par tout ce qui est essentiel pour rendre la vie confortable, sans que la maîtresse du logis conservât rien de ce luxe effréné qui avait été le sujet de toutes les conversations des cercles aristocratiques. Elle remplaça ses riches équipages par des voitures de la plus grande simplicité, qui furent désormais traînées par des chevaux d'un prix inférieur ; les jardins qui entouraient la maison d'Ada Leicester restèrent toujours garnis de fleurs ; les serres chaudes mûrirent encore des fruits succulents, mais la pauvre femme n'éprouvait pas plus de plaisir à respirer les unes qu'à porter les autres à ses lèvres : elle avait vraiment trop d'occupation, les heures lui étaient trop précieuses pour qu'elle en voulût distraire le moindre instant en faveur de la satisfaction innocente de son goût pour tout ce qui était beau. Elle était toujours par voies et par chemins, occupée à découvrir les indigents et à leur faire partager son hospitalité sans bornes. Jacob accompagnait toujours sa maîtresse, s'aventurant avec elle dans les sombres passages, gravissant les escaliers et s'introduisant dans les mansardes, afin d'y dispenser des œuvres de charité. Peu à peu, des vieillards, hommes et femmes, appartenant à cette classe de gens respectables chez qui l'éducation rend la misère plus affreuse, qui, se trouvant dans l'impossibilité de travailler, avaient trop de fierté pour demander l'aumône, furent installés dans ces salons splendides. Toutes les fois qu'on passant se hasardait le long de cette maison isolée, il apercevait à la fenêtre quelque bonne vieille, la tête recouverte d'un bonnet d'une blancheur de neige, tandis que plusieurs autres de ses compagnes se promenaient dans les jardins, ou se reposaient sur les bancs du vestibule. Tous les domestiques avaient été renvoyés, et Jacob Strong était le seul qui eût été conservé par sa maîtresse. En un mot, l'atmosphère de cette maison n'était plus la même ; les femmes de chambre françaises, les valets de pied, faux et obséquieux, suivant l'usage ordinaire, ne se trouvaient plus aux gages de mistress Gordon, et cet hôtel, qui naguère avait été témoin de toutes les folies qui caractérisent la société prétendue aristocratique de New-York, n'était plus fréquenté que par des gens calmes et tranquilles comme le sont ceux à qui leur conscience n'a rien à reprocher. La plus pure sérénité régnait sur tous ces visages, car chacun semblait jouir d'un bonheur parfait.

À vrai dire, ce petit paradis, car ce nom convenait tout à fait encore à la maison de mistress Gordon où la simplicité était aussi luxueuse que le luxe d'autrefois, paraissait être visité par un ange qui tantôt voltigeait sur les allées du jardin, enveloppé dans un rayon de soleil, tantôt venait s'abriter à l'ombre du giron maternel. Julia, car c'était elle, était devenue belle comme un séraphin, et son cœur était le tabernacle des vertus les plus dignes d'admiration. Si parfois un souvenir douloureux s'offrait à sa pensée, si elle se rap-

pelait la prison où elle avait été renfermée et les mains de ce vieillard étendues sur sa tête pour la bénir ; si les cris terribles d'un peuple en furie la réveillaient parfois la nuit, ou si ces clameurs revenaient à sa mémoire, le matin, quand elle rouvrait les yeux, ce nuage passager se dissipait bientôt, et ses yeux mouillés de larmes adressaient au ciel une prière fervente pour le remercier de ce que le pauvre vieillard avait échappé aux horreurs d'une mort infamante, et lui rendre grâce d'avoir épargné cette douleur à ceux qu'il avait tant aimés.

La vieille grand'mère s'endormit un soir pour la dernière fois, à la grande douleur de tous ses enfants, et ne se réveilla plus ici-bas, où elle alla rejoindre celui qui avait été son époux ici-bas. N'était-ce pas là le désir qu'elle entretenait depuis si longtemps, même en présence de ceux dont elle était l'idole sur la terre ? Elle fut enterrée dans le cimetière de Greenwood, dans le même caveau où étaient déposés les restes de M. Warren. Des larmes abondantes coulèrent sur son cercueil, car quelque certain que l'on soit du bonheur qui attend au ciel ceux qui vous quittent sur la terre, on ne peut s'empêcher de pleurer sur cette séparation, à moins de ne pas avoir ressenti pour eux une affection pleine et entière.

Ce vieillard que soutenaient deux femmes...

Il ne nous reste plus, avant de terminer cette narration, qu'à raconter un incident qui se passa trois ans après la mort du vieux M. Wilcox. Une fois encore la maison d'Ada Leicester fut éclairée pour recevoir des amis invités à une fête de famille ; le boudoir, dont il a été si souvent question dans ce volume, avait été rempli de fleurs ; les fenêtres étaient ouvertes, et les rideaux de mousseline blanche flottaient au gré du vent, imprégnés de senteurs balsamiques qui émanaient des fleurs dont le jardin était rempli. Dans la chambre à coucher, attenante au boudoir, on entendait des pas légers qui foulaient une natte de Chine, et par une porte entre-bâillée il était facile d'apercevoir des draperies blanches comme la neige, au travers desquelles la lumière était gracieusement tamisée ; tout cet ameublement était d'une chasteté exquise et d'une simplicité unique. Quelle différence avec ce luxe somptueux qui avait autrefois envahi la maison entière d'Ada Leicester !

Bientôt les appartements se remplirent : ceux qui entraient n'appartenaient point à cette classe de désœuvrés dont mistress Gordon avait autrefois fait sa compagnie. Les personnes qui s'étaient rendues à son invitation étaient d'un tout autre bord.

La première que Jacob introduisit dans le boudoir fut sa sœur mistress Gray. Jamais depuis qu'elle avait été mise au monde, l'excellente femme n'avait éprouvé un bonheur plus complet ; sa robe de soie grise frôlait d'une manière joyeuse à chaque pas qu'elle faisait, et les brides de satin qui attachaient à son menton le bonnet de dentelles dont elle avait couvert ses cheveux gris, retombaient avec coquetterie sur le fichu de linon blanc qui recouvrait sa poitrine à une poire de gants de la taille de ceux des hommes, mais d'une blancheur éclatante, avaient été solidement boutonnés autour de ses poignets musculeux. A l'aspect de cette tête respectable, de ces joues teintées de rose, de ce double menton qui paraissait plus engraissé que jamais, tous les invités se sentaient réjouis et émus à la fois.

On apercevait ensuite une dame vêtue de noir, dont les pas étaient aussi légers que ceux d'une ombre, et qui disparaissait derrière la rotondité de la sœur de Jacob Strong. Auprès d'elle se tenait une charmante créature, aussi couverte d'habillements noirs; sa beauté était de celles qui font tressaillir le cœur; sa physionomie exprimait une douleur si touchante, son teint était si pâle, qu'à chaque mouvement qu'elle faisait on eût cru avoir sous les yeux une vision prête à disparaître au moindre souffle; c'était une gazelle effrayée se disposant à fuir aussitôt qu'un visage étranger se montrerait devant elle. Ces deux personnes, ami lecteur, vous sont parfaitement connues: l'une était la mère et l'autre la victime de William Leicester. Pauvre Florence! La raison lui était revenue, mais elle avait perdu toutes ses joies d'autrefois, la tristesse avait pris leur place. C'était un pénible spectacle que celui de cette infortunée jeune fille, morne, silencieuse et abattue comme une malade prête à mourir. Elle s'assit auprès de sa compagne de deuil et de chagrin, et lui adressa un regard mélancolique qui alla se perdre ensuite dans les plis de sa robe. Un des plus gracieux sourires de mistress Gray n'eut même pas le pouvoir de faire briller un éclair de joie dans les beaux yeux de la pauvre Florence.

Il y avait aussi, allant et venant du boudoir à la chambre à coucher, une femme d'un embonpoint remarquable dont les yeux noirs et la chevelure charbonnée étaient vraiment pittoresques. Il eût été difficile de reconnaître dans cette femme décemment vêtue, aux joues fraîches et rosées, la prisonnière des Tombes, tant elle était changée à son avantage. L'amitié d'Ada et les soins affectueux qu'on avait eus pour elle amenaient cette métamorphose, et à l'époque où finit notre histoire elle remplissait les fonctions de femme de charge de la maison. Rappelez-vous demandé aux bonnes vieilles qui peuplaient la maison de mistress Gordon quelle était la moralité actuelle de cette femme, et qu'elles vous auraient répondu vous eût fortement étonné. Du reste, toutes les fois qu'il y a dans une créature une force de caractère que l'adversité ne peut ébranler, il devient toujours facile de réussir dans l'œuvre de réformation. Toutes les fois que cette femme traversait l'appartement où se tenait la compagnie, elle adressait un regard de tendresse à un petit garçon à demi caché dans l'ampleur majestueuse de la robe de mistress Gray: vraiment le vêtement de la bonne revendeuse était d'une largeur capable d'abriter bien autre chose encore qu'un petit enfant! La mère du petit Georges paraissait aimer son fils comme personne au monde.

A l'un des angles de cette chambre se trouvait Jacob Strong, vêtu d'un habit neuf dont les manches étaient d'une exiguïté honteuse pour le tailleur qui l'avait façonné. A vrai dire, c'était lui qui était le coupable, car il avait donné des ordres formels pour que ce vêtement fût taillé sur le patron de ceux qu'il portait autrefois. Un gilet chamois, des gants d'un jaune foncé, donnaient à son costume un air d'élégance particulière qui prouvait qu'il l'avait endossé pour une occasion solennelle, car c'était chose rare que de voir Jacob Strong manifester des symptômes de coquetterie à l'égard de sa toilette: mais aussi toutes les fois qu'il s'en mêlait il était sûr de produire un effet étonnant.

N'oublions pas non plus de mentionner une vingtaine de vieilles femmes, proprement vêtues de robes d'indienne, la tête recouverte de bonnets d'une blancheur éclatante, et dont la physionomie dénotait une satisfaction intérieure sans nuage. Elles chuchotaient toutes entre elles et jetaient les yeux avec une anxiété sans pareille du côté de la porte la plus rapprochée des escaliers, comme si elles eussent attendu l'arrivée d'un personnage important.

Leur impatience fut bientôt satisfaite, car un ministre, revêtu de la robe traditionnelle, entra bientôt escorté par Jacob Strong, qui depuis plus de dix minutes s'était placé à la porte d'entrée pour attendre sa venue. A peine le révérend se fut-il installé à la place qui lui était destinée, qu'une autre porte fut grande ouverte, et l'on aperçut Robert Otis tenant par la main une charmante jeune fille. Elle était vraiment d'une beauté céleste, cette gracieuse fiancée, qui rougissait et pâlissait à chaque parole, sous les plis vaporeux de son voile de dentelles.

Jacob Strong frottait l'une contre l'autre ses grosses mains recouvertes de ses gants jaunes, et l'ample jupe de mistress Gray avait un frémissement d'éloquence impossible à décrire pendant la cérémonie qui unit d'une manière indissoluble les deux êtres qu'elle aimait le plus au monde.

De toutes les personnes présentes, Ada était la seule qui éprouvât de la tristesse. Ce mariage lui rappelait le jour où elle avait été unie à Leicester, et au moment où le ministre prononça les paroles sacramentelles et adressa à Julia la bénédiction d'usage, elle ne put s'empêcher de répandre des larmes, car elle se souvenait d'une époque de bonheur qui s'était bientôt transformée pour elle en un chagrin qui ne cesserait qu'avec sa vie.

Lorsque la cérémonie fut terminée, Florence se leva, et, s'avançant vers la mariée, elle déposa avec une grâce parfaite un papier plié en quatre sur les genoux de la charmante Julia, puis elle disparut, comme si elle éprouvait une terreur indicible à la vue de tous les regards qui s'étaient portés sur elle. Julia ouvrit ce papier, le déplia si bien; et tout en rougissant au milieu d'un sourire, elle le remit aussitôt à son mari: c'était le titre d'une donation des deux tiers de sa fortune que Florence offrait à la fille de William Leicester, de cet homme qui avait pour toujours flétri les fleurs que la jeunesse s'était fait un plaisir de semer sur la route de sa vie.

UN MARIAGE D'ÉMIGRANTS

DANS LES MONTAGNES ROCHEUSES.

Les montagnes Rocheuses de l'Amérique du Nord ne sont pas autre chose que la continuation des Andes aux pics sans pareils, qui s'échelonnent sur toute la longueur des deux Amériques, et coupent le globe en deux parties. Nulle part, du nord au sud de cette vaste chaîne de rocs escarpés, sous les différentes zones au milieu desquelles elle s'élance vers le ciel, la nature n'est plus pittoresque, abrupte et grandiose que vers les passes qui servent d'accès aux émigrants pour se rendre en Californie. C'est de cet endroit que le voyageur découvre à l'horizon les Sierras Nevadas, les Sierras de los Mimores, la mer de Vermillon, le golfe des Perles, et les glaces azurées de la mer russe. Puis, aussi loin que la vue peut s'étendre, on aperçoit les vapeurs qui s'élèvent au dessus de l'océan Pacifique.

Sur la pente qui s'étend vers l'est de ces montagnes, l'on aime à suivre du regard, comme les fils d'argent de la Vierge, les méandres sinueux et sans fin des rivières nombreuses qui bordent les prairies verdoyantes où demeurent les Peaux rouges, Comanches, Pawnies, Soshones et Sioux.

A l'ouest, les ruisseaux sont devenus torrents, et leurs cascades hennissant au milieu des rochers, à travers des cavernes enfantées par le cataclysme du monde, jetant aux échos un bruit qui rivalise avec celui du tonnerre.

Au nord s'étend le désert appelé le grand Bassin, bordé de toutes parts de pics ardus couronnés de neiges éternelles, au centre duquel se trouvent enchâssés des lacs mystérieux, comblés peu à peu par des nuages de sables soulevés par le vent, mais reparaissant sur un autre point à mesure qu'un creux s'est formé à l'endroit où s'élevait jadis un monticule. C'est là que le mirage du désert révèle ses illusions d'optique d'une splendeur surnaturelle, offrant à l'observateur étonné des images fantastiques et animées dont les pieds touchent le sol et dont la tête atteint les nuages: une scène renouvelée des Titans est reproduite avec toute l'horreur requise pour être incompréhensible.

Là vivent, plus souvent en guerre qu'en bonne intelligence, les tribus des Apaches, des Utahs, des Walla-Wallas, des Snakes et des féroces Diggers, poursuivant le gibier jusque sur les sommets élevés qui recèlent dans leurs flancs des lacs glacés, des gouffres sans fond, des sentiers pour la plupart inexplorés, dont les aigles seuls connaissent la situation et les dangers.

Cette nature indescriptible est çà et là enrichie de grandes colonnes basaltiques prenant tantôt la forme d'un vieux château démantelé, tantôt celle d'une tour crénelée, d'un obélisque ou d'un arc de triomphe. Le voyageur marche dans ce désert au milieu d'une série d'enchantements renouvelés à chaque pas, et le poëte voit ses rêves fantastiques réalisés et palpables.

Les montagnes Rocheuses sont souvent dévastées par des orages dont la violence est inconnue à ceux qui n'en ont pas été témoins. Les éclats du tonnerre, les éclairs, les avalanches ont quelque chose d'insolite qui ne ressemble en rien aux convulsions de la nature auxquelles nous sommes accoutumés. La foudre retentit plus longtemps, les éclairs se prolongent indéfiniment, les chutes de neige couvrent des vallées d'une si grande étendue, qu'on les prendrait en Europe pour des plaines. Le vent y rugit avec fureur, balayant tout sur son passage, même les rochers, souvent renversés par son souffle irrésistible.

Le pays que nous décrivons n'est cependant pas désert, loin de là : la race blanche et la race de couleur rouge s'en disputent la possession. Aussi loin que les élans et les bisons peuvent fouler le sol, aussi haut que peut s'élever l'abeille sauvage, et malgré l'opposition des Peaux rouges, des milliers d'Américains se sont fixés dans un lieu où leurs seuls visiteurs sont les aigles et les vautours. La misanthropie, l'avarice, l'amour, les désillusions, l'entraînement, le crime, peut-être, ont amené cette horde hétérogène de commerçants, de pionniers et de chasseurs au milieu de ces solitudes sublimes. Ce qu'il y a de fort singulier dans cette vie du désert, c'est qu'elle attire comme le vide, et que tous ceux qui en ont vécu n'ont jamais songé à retourner vers les centres habités autrement que pour y vaquer à des affaires indispensables à conclure, se hâtant, dès qu'elles étaient conclues, de retourner dans leur solitude adorée. Et cependant le sol est partout humecté de sang humain, semé d'ossements blanchis par les becs des oiseaux de proie et les dents des animaux carnassiers. Tout, là, parle de la mort : le bruit des vents qui attriste le cœur, celui des torrents qui effraie l'imagination ; les gorges des montagnes, les rochers caractéristiques, les rivières mêmes portent le nom de ceux qui ont été assassinés. Chaque nouvelle appellation est un baptême de mort, et malgré cela des recrues viennent sans cesse prendre la place de ceux qui ont péri sur la route ; l'air que l'on respire dans les montagnes est si enivrant !

Au premier aspect, cette chaîne de montagnes paraît impraticable. L'aridité de sa base, les pics dont les pointes se perdent au milieu des nues, semblent opposer une barrière insurmontable au flux de l'émigration. Quel est le grossier chariot qui porte la femme et les enfants du pionnier, qui pourra s'élever au-dessus de ces murs cyclopéens, sur les créneaux desquels veillent, pour en défendre le passage, des barbares avides de sang ? Quelque impossible que paraisse ce tour de force, il est chaque jour accompli, depuis quatorze ans, par des émigrants dont le courage tient du prodige. Bien avant le voyage d'exploration du capitaine Frémont, dont les récits ont étonné le monde entier, des hommes et des femmes, les pieds nus et le corps couvert de haillons, avaient foulé le sable de la Passe du Sud des montagnes Rocheuses. Ni les rochers, ni les rivières, ni la mer, ne peuvent entraver la marche d'une armée de pionniers américains. Le danger, les privations, les fatigues de ces avant-gardes de la civilisation épouvantent bien un peu les cœurs les plus héroïques, mais rien n'a le pouvoir de refroidir l'ardeur, d'ébranler même le progrès d'un peuple qui n'admet pas dans son vocabulaire les mots *avoir peur* et *reculer*.

Le 4 juillet 1848, deux familles d'émigrants avaient dressé leurs tentes sur les bords d'une source appelée *Pacific Spring* que l'on rencontre sur le chemin conduisant du Missouri à l'Orégon et à la Haute-Californie. Ces pionniers avaient quitté Indépendance (dont ils étaient alors éloignés d'environ onze cents milles) en compagnie d'un très-grand nombre d'émigrants ; mais bientôt des querelles étaient survenues, comme cela arrive dans une troupe sans chef, la débandade avait eu lieu dans toutes les directions, chaque parti prenant toujours pour boussole les vallées aurifères de la Californie.

Les deux familles qui figurent dans cette narration avaient résolu de se séparer de leurs compagnons de route, dont l'esprit querelleur ne convenait point à leurs habitudes placides et douces. Pourvus d'excellents chariots, de nombreux mulets de transport et de bœufs pleins de vigueur, qui se relayaient entre eux dans la journée pour porter le bagage, ces émigrants ne craignaient point les périls de la route. Ils avaient donc pris les devants, et étaient parvenus à cette source connue de tous les pionniers américains, qui est appelée la *Source du Pacifique*, parce que ses eaux s'écoulent dans la direction de l'Océan qui porte ce nom. De cette manière ils avaient évité les neiges qui tombent souvent dans les premiers jours d'automne sur les pics de la Sierra-Nevada, et s'étaient débarrassés d'une société plutôt dangereuse qu'utile, même pour se protéger contre les attaques des Indiens.

Les émigrants qui composaient ces deux familles ne se dissimulaient cependant pas que plus ils avançaient, plus leur petit nombre était insuffisant contre le péril qui les menaçait à chaque pas. Leur troupe n'était composée que de douze personnes dont quatre étaient des enfants trop jeunes pour se défendre ; quatre autres des femmes, et les derniers des hommes. Grâce à leur énergie, à leur prudence et à leur ferme vouloir, quoique environnées de toutes parts de sauvages qui surveillaient tous leurs mouvements, les deux familles étaient arrivées à la moitié de leur route, et elles auraient franchi les douze cents milles qui les séparaient des premiers établissements élevés sur les bords du Sacramento, sans les événements imprévus que nous allons raconter.

Le jour allait finir : les émigrants, qui avaient dressé leurs tentes, attaché leurs animaux et allumé leurs feux, préparaient leur repas du soir, composé de viandes boucanées, qu'ils faisaient cuire au-dessus d'un feu entretenu au moyen de fiente de bisons. Tous se montraient joyeux et satisfaits. Ils plaisantaient entre eux, riaient, chantaient, comme devaient le faire autrefois les Israélites guidés par Moïse vers la terre promise.

Au coucher du soleil, une jeune fille et un jeune garçon s'éloignèrent du camp, et se dirigèrent vers un roc élevé qui dominait la route qui traverse la Passe du Sud. Du sommet de ce rocher, leurs yeux découvraient un paysage pittoresque au delà de toute description. Au loin, partout à l'horizon, on apercevait des plaines immenses, des montagnes superposées les unes sur les autres, éclairées par les feux du soleil couchant, noyées dans une teinte dorée de tous les prismes décevants de cette nature grandiose était sans contredit la Passe elle-même : un immense arc de triomphe, formé de rochers entassés les uns sur les autres, sous lequel dix chariots pouvaient passer de front sans difficulté.

Les deux amoureux gardaient le silence ; l'un et l'autre se livraient aux émouvantes impressions que produisait sur leur cœur la sublimité de la nature. Les mains de la jeune fille étaient enlacées dans celles du jeune homme, sa tête inclinée sur les épaules de celui qu'elle aimait ; leurs deux cœurs battaient comme s'ils eussent été renfermés dans la même poitrine : tous deux apercevaient le nom du créateur de toutes choses gravé sur les rocs qui les environnaient. Quoique nés sur une plage lointaine, quoique vêtus de bure et de vêtements grossiers, ils avaient dans l'âme cette noblesse de sentiments qui relève l'homme, à quelque rang de la société qu'il appartienne. Si le jeune émigrant était courageux au delà de toute expression, celle qui se trouvait auprès de lui possédait la beauté d'une madone. Leur amour mutuel était donc une nécessité de leur jeune âge, aussi naturel que le parfum des fleurs ou la pousse des feuilles au mois de mai.

— Quel magnifique temple pour notre mariage ! murmura Henry à l'oreille de sa fiancée, dont les yeux étaient fixés sur les blanches tentes du camp. Entends-tu, ma bien-aimée, les clochettes de nos mulets et la voix naïve des petits enfants ?

Emma (c'était là le nom de la jeune fille) leva sur son tendre regard sur son amant ; un sourire s'épanouit sur ses lèvres, et une rougeur charmante vint teinter ses joues.

— Te rappelles-tu ta promesse ? ajouta Henry, te souviens-tu qu'il y a un mois, quand nous étions encore sur les bords de la rivière Plate, tu m'as juré de devenir ma femme dès que nous aurions atteint la première fontaine dont les eaux s'écoulent du côté de la Californie ? Cette source, près de laquelle nous avons campé, roule sur un lit de cailloux jusqu'à la rivière Verte, qui, là-bas à l'horizon, prend le nom de Colorado et se jette dans le golfe des Perles.

Henry parlait encore, lorsque sa fiancée lui fit remarquer, dans la direction d'une roche basaltique appelée la Tour de Jacob, plusieurs formes de couleur sombre qui se mouvaient lentement. Tous deux crurent d'abord que c'étaient des Indiens ; mais leur appréhension se dissipa à mesure que les objets se rapprochaient. C'était, suivant toute probabilité, un troupeau de daims paissant tranquillement dans la prairie. Hélas ! les émigrants ignoraient que les Peaux-Rouges revêtent bien souvent des dépouilles d'animaux dont ils imitent les allures vagues dans le but de surprendre, au moyen de cette métamorphose, les voyageurs qui ignorent ces ruses particulières à la race indienne de l'Amérique du Nord.

Le crépuscule faisait graduellement place à la nuit, lorsque les deux amoureux retournèrent au camp. Le mariage devait avoir lieu après le souper du soir. Le père d'Emma, ministre protestant, officiait comme chapelain, et la cérémonie empruntait sa solennité à la nature grandiose au milieu de laquelle elle avait lieu. La lune, qui était en son plein, les étoiles, dont le ciel était constellé, éclairaient cette scène imposante dont le caractère était à la fois religieux et national. C'était là, en effet, un symbole digne d'être apprécié selon toute sa valeur, car si l'émigration est le moteur du progrès en Amérique, le mariage est dans ce pays l'élément moteur de l'émigration. Aussi un mariage parmi les émigrants, célébré à la passe des montagnes Rocheuses le jour anniversaire de la déclaration de l'indépendance des États-Unis, était un événement remarquable dans l'existence des deux familles.

La cérémonie était à peine terminée qu'une douzaine d'Indiens s'élancèrent au milieu du camp. Comme ils étaient entièrement nus et sans armes, leur irruption ne causa pas d'abord une très-grande émotion. L'un d'eux, cherchant à se faire comprendre, annonça qu'ils appartenaient à la tribu des Utahs ; ils offrirent à vendre une sorte de pain fait de graines de tournesol et de sauterelles mélangées à parties égales, pilées et grillées ensemble : or, comme on le pense bien, cette nourriture trouva peu d'amateurs parmi les émigrants. Dans un très-court espace de temps, les Peaux rouges furent rejoints par un grand nombre des leurs qui, tous nus et sans armes, paraissaient n'être animés par aucun sentiment hostile.

Un d'eux cependant, qui ne ressemblait nullement à ses camarades, un colosse, aux yeux farouches, à la barbe longue, aux cheveux tressés au-dessus de sa tête, s'avança soudain un tomahawk à la main : ses épaules étaient couvertes d'une peau de daim ; un pantalon et des mocassins complétaient son costume. A voir ses yeux gris, sa tournure sinistre, sa bouche grimaçante de cruauté, on devinait sur-le-champ que cet être sans nom était un blanc, banni de la société et ayant cherché un refuge parmi les Peaux rouges. Ce misérable jeta un regard sinistre sur les émigrants, et les examina les uns après les autres, jusqu'à ce qu'enfin ses yeux s'arrêtèrent sur la nouvelle mariée. Un horrible sourire glissa alors sur ses lèvres.

Mais à ce moment Emma, qui le reconnut, s'écria avec horreur : « Ah ! c'est Bill Moore, le meurtrier de mon frère ! »

A ces mots, le faux Indien proféra le terrible whoop d'attaque, signal convenu entre lui et ses camarades : ceux-ci, pareils à des panthères affamées, s'élancèrent sur les émigrants, qui tous, malgré leur courageuse résistance, furent bientôt renversés, meurtris, et se virent à la discrétion de leurs ennemis. Le chef de ces hommes sans pitié commanda alors aux Utahs de briser tous les fusils des émigrants. Par ses ordres les hommes furent liés avec des cordes, et l'on se prépara à partir en emmenant les femmes. Rien n'était plus émouvant à entendre que les gémissements des malheureuses femmes opposant une résistance, hélas ! inutile, à ceux qui les entraînaient, et que les cris des enfants séparés violemment de leurs mères.

Tout espoir semblait perdu, lorsque soudain à la clarté de la lune on vit une troupe nombreuse d'Indiens à cheval arriver au grand galop dans la direction du camp. Leur chef était une jeune et belle femme, vêtue d'habits de peau de daim ornés de plumes, de broderies aux couleurs brillantes et de plaques d'or. Elle était montée sur un magnifique cheval blanc qu'elle maniait avec une habileté sans pareille.

— Voilà les Soshones ! s'écrièrent à l'instant les Utahs saisis d'une irrésistible terreur, fuyant dans toutes les directions, et abandonnant leurs prisonniers, qu'une délivrance aussi inattendue remplissait d'étonnement.

L'un d'eux cependant ne laissa point sa victime. Le bandit Bill Moore saisit entre ses bras le corps inanimé de la jeune Emma, et escaladant, avec la vélocité d'un chat sauvage, une éminence qui s'élevait à une petite distance du camp, il disparut bientôt avec son fardeau derrière les sinuosités du terrain.

A peine s'était-il éloigné que les libérateurs Soshones entrèrent dans le camp et se hâtèrent de couper les cordes qui garrottaient les membres des malheureux émigrants. La noble et belle sauvage qui commandait les Indiens s'expliqua au moyen de signes et de quelques mots d'anglais; elle parvint à faire comprendre que celui qui commandait les Utahs était son mari. Le matin même il était parti, sous le prétexte d'aller à la chasse; mais elle avait été informée par un des siens que le traître se disposait à enlever vers le campement de la Passe de la source du Pacifique une femme blanche qu'il avait aimée autrefois, pour se réfugier chez les Indiens. Le hasard la fit arriver au milieu d'une troupe d'émigrants qui s'étaient reposés le long de la rivière des Eaux douces.

Henry fut le premier à comprendre le langage animé de la femme soshone, et il lui expliqua à son tour que son mari avait réussi dans son projet criminel, qu'il était parvenu à son but et fuyait dans ce moment, entraînant Emma avec lui. Il supplia la jalouse Indienne de courir sus à Bill Moore, et de lui permettre de l'accompagner.

Cette explication redoubla le courroux de l'épouse outragée, dont le cœur brûlait de jalousie et de désirs de vengeance. Par ses ordres, Henry obtint un cheval rapide, et comme il avait retrouvé sa carabine, qui, par le plus grand des hasards, avait échappé aux yeux des

Utahs et était encore intacte, il changea la capsule afin d'être plus sûr de son coup lors de sa rencontre avec le ravisseur d'Emma, et s'élança sur les traces de ce misérable, à la tête des Soshones et à côté de l'Indienne.

La troupe entière contourna la colline au sommet de laquelle Bill Moore avait disparu, et se trouva bientôt dans la prairie au milieu de laquelle on apercevait le géant, entraîné par un vigoureux cheval lancé au galop : devant lui une draperie blanche, la robe d'Emma, flottait au gré du vent.

La femme soshone poussa un cri de rage répercuté par les échos des montagnes Rocheuses, et la course recommença, plus rapide et plus obstinée. Chaque élan des chevaux raccourcissait la distance qui séparait celui qui était poursuivi de ceux qui volaient sur ses traces. Cette chasse à l'homme se dirigeait du côté de la tour basaltique de Jacob, et lorsque le faux Indien parvint à sa base, ceux qui étaient lancés sur ses pas n'étaient séparés de lui que par un espace de cent mètres. Il paraissait impossible qu'il leur échappât; la structure du monolithe aux parois lisses comme celles d'une construction faite par la main des hommes, semblait inaccessible à tout être animé qui ne serait pas muni d'ailes pour en atteindre le sommet.

Cependant, au grand étonnement des Indiens, Moore se jeta à bas de son cheval, et sans abandonner la pauvre Emma, il commença à gravir les parois du roc. Il avait découvert un sentier étroit qui faisait saillie et par lequel il parvint bientôt au sommet de cette merveille de la nature.

Tous les Soshones, malgré les exhortations de leur chef, paraissaient se refuser à tenter une ascension aussi périlleuse; Henry lui seul n'hésita pas. Saisissant sa carabine d'une main, et s'aida de l'autre pour s'accrocher aux interstices du rocher, et ce fut ainsi qu'il parvint au sommet.

Moore, qui n'avait pu échapper à ceux qui le poursuivaient, résolu d'assassiner sa victime, mais comme dans sa course haletante il avait perdu ses armes, il s'efforça d'étrangler l'infortunée Emma. D'un seul bond Henry s'élança sur lui, et, ne pouvant faire feu, ce fut avec la crosse de sa carabine qu'il brisa le crâne du misérable, dont dont le corps rebondit et tomba dans le vide, pour être mutilé à la base de la tour basaltique.

Se jetant alors sur le corps inanimé de sa femme, il craignit qu'elle ne fût morte. Sa bouche cherchait un reste de vie sur celle d'Emma, dont les lèvres bleuies, recouvertes d'une écume teintée de rose, étaient froides et desséchées. Mais lorsque la douce chaleur de la poitrine de celui dont elle était la bien-aimée eut pénétré ses sens engourdis, elle revint peu à peu à la vie; ses yeux se rouvrirent, et bientôt sa bouche murmura lentement ces paroles :

— O mon ami, quel horrible rêve j'ai fait!

Nous ne suivrons pas plus loin les émigrants de la source du Pacifique qui, escortés par la femme indienne et sa tribu, parvinrent sans encombre aux premières limites du territoire californien. Les deux familles vivent et prospèrent à l'heure qu'il est, sur les bords de la rivière Feather. Emma est mère de deux charmants petits garçons qui promettent d'être bons et courageux comme leur père. Pour perpétuer le souvenir de la délivrance miraculeuse de sa femme, Henry a élevé, sur la pelouse qu'il a semée devant leur habitation, un rocher auquel il a donné la forme de la tour de Jacob, et sur la base duquel il a gravé cette date : « 4 juillet 1848. »

B.-H. RÉVOIL.

Typ. Tinner et Isidor Joseph, r. du Four-Saint-Germain, 43.